BASTEI
LÜBBE

Über das Buch:

Sehnsuchtsland Schweden. Viele von uns kennen und lieben seine zauberhafte Landschaft. In diesem zweiten Buch finden Sie drei weitere in sich abgeschlossene Liebesgeschichten aus dem Land der Mitternachtssonne:

Unter dem Sommermond
Inselsommer
Mittsommerliebe

Über die Autorin:

Inga Lindström ist das Pseudonym einer erfolgreichen Drehbuchautorin. Sie ist verheiratet mit einem Bildhauer; Mutter einer Tochter. Sie pendelt zwischen Großstadt und Land. Nachdem sie Jura und Anglistik studiert und einige Jahre als Journalistin gearbeitet hatte, wandte sie sich dem Theater zu. Sie arbeitete bald auch als Dramaturgin für verschiedene Fernsehproduktionsgesellschaften. Und fing schließlich an, selbst Drehbücher zu schreiben.

Von Inga Lindström ist bisher bei Bastei Lübbe Taschenbücher erschienen: SEHNSUCHTSLAND (15213)

INGA LINDSTRÖM

Mittsommerzauber

NEUE LIEBESGESCHICHTEN AUS SCHWEDEN

BASTEI LÜBBE

BASTEI LÜBBE TASCHENBUCH
Band 15304

1. Auflage: Dezember 2004
2. Auflage: November 2006
3. Auflage: März 2007
4. Auflage: Oktober 2008

Vollständige Taschenbuchausgabe

Bastei Lübbe Taschenbücher in der Verlagsgruppe Lübbe

Originalausgabe

Umschlaggestaltung: Bianca Sebastian
Titelfoto: mauritius-images/age fotostock
Satz: KCS GmbH, Buchholz/Hamburg
Druck und Verarbeitung: GGP Media GmbH/Pößneck
Printed in Germany
ISBN 978-3-404-15304-6

Unter dem Sommermond

Wenigstens frühstücken könntest du noch mit uns«, sagte Eva zu Henning, während sie gemeinsam aus dem Haus traten. Doch im selben Moment, als sie es aussprach, merkte sie, dass sie es gar nicht so meinte. In Wahrheit freute sie sich darauf, mit Britta allein zu sein.

Zusammensitzen, klönen, lachen, in alten Erinnerungen schwelgen – es war nicht dasselbe, wenn Henning dabei war. Britta behandelte Henning zwar mit ausgesuchter Freundlichkeit, aber Eva war ziemlich sicher, dass sie ihn nicht sonderlich mochte. In Anbetracht der Tatsache, dass er nicht nur Evas Chef, sondern auch ihr Freund war, stellte das ein nicht zu übersehendes Dilemma dar, und Eva fragte sich in diesem Moment wieder, wieso ihr Freund und ihre beste Freundin nicht unter einen Hut zu bringen waren. In umgekehrter Richtung existierte dieses Problem nicht. Eva hatte Peter, Brittas Mann, auf Anhieb gut leiden können.

Sie streckte die Hand aus, um ihre Freundin zu stützen. Britta ließ es sich mit übertriebenem Augenrollen gefallen, und Eva unterdrückte ein Grinsen. Wäre Henning nicht dabei gewesen, hätte Britta vermutlich eine ihrer gewohnt sarkastischen Bemerkungen vom Stapel gelassen, zum Beispiel *Ich bin schwanger, aber nicht invalide* oder *Pass lieber auf deine eigenen Füße auf.*

Stattdessen sagte sie: »Bleib ruhig noch zum Frühstück, Henning. Deine Firma kommt doch bestimmt noch einen Tag ohne dich aus, oder?«

»Ich fürchte, wir können es kaum verkraften, wenn *Eva* vier Wochen nicht in der Firma ist«, sagte Henning.

Britta lachte. »Jetzt macht er mir wirklich ein schlechtes Gewissen.«

»Unsinn«, meinte Henning.

»Keine Sorge, Henning kommt prima ohne mich zurecht«, ergänzte Eva. »Vier Wochen sind schnell vorbei, und ich denke gar nicht dran, dich beim Kinderkriegen allein zu lassen. Wozu sind beste Freundinnen da?«

Henning verzog das Gesicht, ein Ausdruck zwischen Amüsement und Spott. »Frauenpower, hm?« Achselzuckend setzte er hinzu: »Es ist schon in Ordnung. Ich werde es überleben, und die Firma auch.«

Er öffnete die Wagentür und warf seine Reisetasche auf den Rücksitz. Seine Bewegungen ließen Eile erkennen. Schon als sie gestern Abend hier angekommen waren, hatte Eva gemerkt, dass er sich nicht sonderlich wohl gefühlt hatte. Während der Fahrt hierher hatte er Witze über die ländliche Gegend gerissen und behauptet, dass es rund um Barkhult vermutlich mehr Elche und Wölfe gebe als vernünftige Menschen. »Wer freiwillig hier rauszieht, hat sie doch nicht mehr alle«, hatte er gemeint.

Dem hatte Eva mit einer Bestimmtheit widersprochen, die Henning wahrscheinlich nicht an ihr gewohnt war. »Ich finde es wundervoll«, hatte sie entschieden erwidert.

Die Menschen dieser Gegend lebten überwiegend von der Fischerei und der Landwirtschaft, und nur in den etwas größeren Orten blühte vereinzelt auch der Tourismus. Auch Barkhult mit seiner malerischen Seenlandschaft und den Birkenwäldern lockte eine Reihe Sommerfrischler an, doch es war und blieb auch bei objektiver Betrachtungsweise ein Kaff. Dennoch mochte Eva jeden Winkel dieser

Gegend, jedenfalls, so weit sie bisher hier herumgekommen war.

Henning wandte sich zu ihr um. »Wiedersehen«, sagte er, während er Eva in seine Arme zog. »Viel Spaß in der Provinz. Und pass auf dich auf!«

Sie hob ihm das Gesicht entgegen und erwiderte seinen Kuss mit aller Wärme, die sie im Moment aufbringen konnte, doch sie merkte beklommen, dass es nicht allzu viel war. Als Henning sie losließ, trat sie hastig einen Schritt zurück und legte den Arm um Brittas Schultern. Henning setzte sich hinters Steuer, ließ das Seitenfenster herabgleiten und streckte den Kopf heraus. »Also, bis dann.«

»Kommst du am Wochenende her?«, fragte Eva aus einem Impuls heraus. Vielleicht wäre ja alles wieder in Ordnung, wenn er in ein paar Tagen wiederkam! Möglicherweise brauchte sie nur mal eine kurze Auszeit, ein bisschen Abstand von der Arbeit. Und von ihm.

»Komm doch einfach«, wiederholte sie zögernd. »Ohne Laptop, ohne Arbeit. Nur mal so, zum Ausspannen!« Vielleicht war das ja genau das, was sie beide brauchten! Doch noch bevor sie den abweisenden Ausdruck in seinen Augen sah, wusste Eva, dass sie sich in diesem Punkt etwas vormachte. Ob mit oder ohne Laptop, er hasste das Land, und daran würde sich auf die Schnelle sicher nichts ändern.

»Du lieber Himmel!« Henning schüttelte lächelnd den Kopf. »Kommt überhaupt nicht infrage. Einer von uns beiden muss ja arbeiten.«

»Keine Sorge«, warf Britta leichthin ein. »Hier hat sie Arbeit genug. Bis dann, Henning.«

»Gute Fahrt«, ergänzte Eva eilig.

Henning betrachtete dies offenbar als endgültiges Zeichen für seinen Aufbruch, denn er brauchte keine drei Sekunden, um das Fenster zu schließen und den Motor zu starten. Er winkte Eva über die Schulter zu, während er in einem aufspritzenden Schauer von Kieseln davonfuhr. Eva spürte, wie ihr zwei oder drei der Steinchen gegen die Schienbeine schlugen, doch sie wich nicht zurück. Immer noch den Arm um Brittas Schultern gelegt, schaute sie dem Wagen nach, bis er um die nächste Biegung verschwunden war.

*

»Und jetzt?«, fragte Britta.

»Jetzt ist er weg«, sagte Eva überflüssigerweise.

»Ja, er ist weg.« Es klang abwartend, so, als wollte Britta ihrer Freundin Gelegenheit geben, über ihre Gefühle zu sprechen. Doch danach stand Eva nicht der Sinn.

»Also dann«, sagte sie entschlossen. »Ich würde sagen, jetzt gibt es erst mal ein super Frühstück!«

»Gute Idee«, meinte Britta gelassen.

Gemeinsam gingen sie zurück zum Haus. Eva dachte darüber nach, wie lange es her war, dass sie Henning das letzte Mal vermisst hatte. Wann war das gewesen? Im letzten Dezember vielleicht? Damals hatte sie Britta und Peter in der Zeit zwischen Lucia-Fest und Heiligabend beim Einrichten und Dekorieren des Hauses geholfen. Sie hatten die Wände gestrichen, die Küche eingebaut und Gardinen aufgehängt. Später hatten sie gemeinsam die Räume mit Stechpalmen geschmückt und im Wald Kaminholz geschlagen. Henning hatte versprochen, an Heiligabend nachzukommen, doch daraus wurde nichts, weil er zu viel Arbeit hatte. Am zweiten Weihnachtstag hatte es dann an der Tür gepoltert, und in einer aufstiebenden Wolke aus Schnee war Henning doch noch aufgetaucht, mit einem

Sack voller skurriler Geschenke. Es war ein verspätetes, aber ausgelassenes Julklapp geworden, mit Rumpunsch, gebackenen Äpfeln und viel guter Laune. Sie hatten zusammen gelacht und gefeiert und abends stundenlang vor dem Kamin gesessen.

Eva kam es vor, als sei es hundert Jahre her. Wie konnte sich alles seitdem so sehr verändert haben?

Sie seufzte, während sie Britta zur Haustür folgte. Die Morgensonne tauchte die Fassade in ein strahlendes Licht und ließ das mattgelbe Mauerwerk wie altes Gold leuchten. Rechts und links vom Eingang setzten blühende Hibiskusbüsche in großen Terrakottatöpfen farbige Akzente. Zusammen mit den ebenfalls in Pflanzkübeln wachsenden Oleander- und Rosmarinsträuchern verliehen sie dem Vorgarten ein beinahe mediterranes Flair.

Britta besaß das, was Hobbygärtner und alle, die es gerne wären, als *grünen Daumen* bezeichnen. Sie umhegte die Topfpflanzen vor dem Haus mit demselben Eifer, den sie auch dem kleinen Gemüsegarten vor der Küche und der bunten Kakteensammlung in ihrem Wintergarten angedeihen ließ. Wo immer sie sich aufhielt, schien ihre Umgebung sich auf wundersame Weise in ein grünes Paradies zu verwandeln.

Hin und wieder wünschte Eva sich, nur einen kleinen Teil der Entschlossenheit zu besitzen, mit der Britta ihr Leben managte. Ihre Freundin schien immer mit traumwandlerischer Sicherheit im Voraus zu wissen, was sie als Nächstes tun würde. Im Frühling des vergangenen Jahres hatte sie Peter kaum kennen gelernt, als sie auch schon sicher war, dass er der Vater ihrer Kinder sein würde. Als Malin, seine Tante, Britta kurz nach der Hochzeit im letzten Sommer angeboten hatte, ihren Laden zu übernehmen, hatte Britta sofort zugestimmt. Aus dem Andenkenshop war inzwischen ein Geschäft mit Kunsthandwerk für gehobene Ansprüche geworden, das sich überregionaler Beliebtheit erfreute.

»Woran denkst du?«, fragte Britta, während sie sich in der Küche am Tisch niederließ, das Kreuz durchgedrückt und vorsichtig den dicken Bauch von der Tischkante wegschiebend.

»Vielleicht wünsche ich mir ja mehr Energie«, sagte Eva.

»Davon hast du mehr als genug«, widersprach Britta. »Wünsch dir lieber, sie sinnvoll einzusetzen.«

»Gute Idee.« Eva schaute sich in der Küche um. »Wie war das gleich mit dem Frühstück?«

»Oh, natürlich. Das Frühstück.« Britta machte Anstalten, wieder aufzustehen, doch Eva legte ihr die Hände auf die Schultern und drückte sie auf den Stuhl zurück.

»Stopp. Du bleibst schön sitzen. Das fällt ab sofort in meine Zuständigkeit.«

Britta hob zu einem Protest an und schob den Stuhl zurück, doch Eva fiel ihr mit gespielter Strenge ins Wort. »Wehe, du stehst auf! Was glaubst du, weshalb ich hier bin?«

Britta verzog das Gesicht. »Nicht, um mich rumzukommandieren. Ich wollte nur die Milch rausholen.«

»Das mache *ich*. Kaffee, Saft, Toast – was immer du willst, ich hole es.« Ohne mit dem Reden aufzuhören, öffnete Eva den Kühlschrank und inspizierte die gut sortierten Vorräte. »Möchtest du Käse? Fleischbällchen? Fischsalat?«

Britta grinste und verschränkte die Hände über dem Bauch. »Habe ich gerade *Fischsalat* gehört? Zum Frühstück?«

»Ich dachte, Schwangere haben die absonderlichsten Vorlieben«, gab Eva zurück.

Britta lachte. »Am Anfang war das wirklich so. Da hätte ich kiloweise Schafskäse verdrücken können.«

»Schafskäse? Was ist daran unnormal?«

»Ich habe ihn mit Nugatcreme gegessen«, sagte Britta trocken.

»Oh.«

»Ganz recht. Ein Sakrileg, vor allem bei Gustavs Käse.«

»Wer ist Gustav?«

»Ein Schafbauer. Hat seinen Hof hier ganz in der Nähe, fünf Minuten mit dem Rad. Ist ein komischer alter Kauz. Die Leute mögen ihn nicht, aber das stört ihn nicht weiter. Er lebt ganz allein mit seinem Hund da draußen, hält aber alles prächtig in Schuss. Seine Wolle ist die beste in der ganzen Gegend. Und wenn man seinen Käse probiert hat, will man keinen anderen mehr.«

»Wenn es derselbe Käse ist, den ich bei meinem letzten Besuch hier gegessen habe, hast du völlig Recht.« Eva holte das Käsebrett aus dem Kühlschrank, trug es zum Tisch und nahm den Deckel ab. Mit spitzen Fingern zupfte sie ein Stück von dem cremigen Weichkäse und schob es sich in den Mund. »Mhm!« Sie schloss die Augen und ließ das milde und dennoch würzige Aroma auf der Zunge zergehen. »Stimmt, davon kann man wirklich kiloweise essen. Sogar ohne schwanger zu sein.«

Britta streckte die Hand nach dem Käsemesser aus, doch mitten in der Bewegung erstarrte sie. Alarmiert beobachtete Eva, wie ihre Freundin die Hände gegen den Bauch presste und sich zusammenkrümmte.

»Was ist los?«

Britta atmete durch und richtete sich wieder auf. »Da übt nur jemand für die Boxweltmeisterschaften.« Sie lächelte schwach. »Jetzt guck nicht so erschrocken. Das ist ganz normal.«

Eva war anderer Ansicht. »Du legst dich sofort hin.« Der Schreck steckte ihr noch in den Gliedern, als sie Britta half aufzustehen und sie mehr oder weniger auf das Sofa im Wohnzimmer nötigte. Britta ließ es sich zuerst murrend, dann mit zunehmender Belustigung gefallen, dass Eva sie stützte und ihr ein Kissen unter die hochgelegten Füße packte.

»Soll ich einen Arzt rufen?«

»Wozu? Ich bin kerngesund.«

»Und wenn das Kind kommt?«

»Glaub mir, das würde ich merken.«

»Gut. Auf jeden Fall bleibst du jetzt erst mal liegen.«

»Zum Ausruhen habe ich eigentlich keine Zeit.«

»Wenn du deinen Laden meinst – der läuft auch ohne dich. Überlass das einfach mir.«

Britta wollte aufbegehren, doch dann verzog sie das Gesicht und legte abermals die Hände gegen ihren Bauch. »Meine Güte, da hat anscheinend noch jemand Hunger aufs Frühstück.« Sie seufzte, dann fügte sie achselzuckend hinzu: »Wahrscheinlich hast du Recht, ich sollte kürzer treten.«

»Deswegen bin ich schließlich hergekommen«, pflichtete Eva ihr bei.

Britta machte keinen Versuch mehr, zu widersprechen, im Gegenteil. Eine kleine Falte erschien zwischen ihren Brauen, während sie sich bequemer hinlegte und sich seitlich aufstützte. »Du hast Recht, es wird alles ziemlich beschwerlich. Es fängt schon damit an, dass man sich die Schuhe nicht mehr zubinden kann.« Sie lächelte schwach. »Im Prinzip muss ich Henning wohl dankbar sein, dass er dir gleich vier Wochen freigegeben hat. Ohne dich könnte ich den Laden wahrscheinlich zumachen.«

Das war, wie Eva wusste, maßlos übertrieben. Britta hätte

mit ihrem untrüglichen Geschäftssinn und ihrem Gespür für praktische Dinge in null Komma nichts eine andere Lösung aus dem Hut gezaubert, wenn es nötig gewesen wäre. Sie hätte beispielsweise Malin einspannen können, die Britta ohnehin des Öfteren im Laden zur Hand ging. Dennoch tat es gut, sich unentbehrlich zu fühlen, und wenn es nur für eine kurze Zeit war. Es war ein schlichtes, aber verständliches menschliches Bedürfnis, wichtig für jemanden zu sein. Und das war nicht der einzige Grund, warum sie sich so sehr gewünscht hatte, die letzten Wochen vor Brittas Niederkunft hier zu verbringen. Sie hatte aus Linköping rausgemusst, weil sie es einfach nicht mehr ausgehalten hatte. Plötzlich hatte sie das Gefühl, Britta davon erzählen zu müssen.

»Du musst niemandem dankbar sein. Ich bin froh, endlich mal aus der Tretmühle rauszukommen!« Sie setzte sich vorsichtig auf die Sofakante und nahm Brittas Hand.

Als Britta fragend zu ihr hochschaute, fügte sie eilig hinzu: »Du weißt schon. Hirn durchlüften und so. Ich hatte in letzter Zeit das Gefühl, dass alles, was ich entwerfe, schon mal da war!«

Sie hörte selbst, dass in ihrer Stimme ein verzweifelter Unterton mitschwang, und im selben Moment verfluchte sie sich, dass sie überhaupt davon angefangen hatte. Ja, sie hatte eine Kreativitäsblockade, und ja, sie hatte seit Monaten keinen vernünftigen Entwurf mehr zu Papier gebracht! Sie litt wie ein Tier deswegen und war davon überzeugt, dass Henning sie längst rausgeworfen hätte, wenn sie nicht zufällig seine Freundin gewesen wäre. Aber wie konnte sie so dämlich sein, Britta damit zu belasten? Ihre Freundin war in ihrem derzeitigen Zustand weiß Gott nicht in der Verfassung, sich auch noch mit Problemen Dritter herumzuschlagen!

Britta suchte ihre Blicke und nickte unmerklich, einen wissenden Ausdruck in den Augen. »Du hast es richtig gemacht. Für Hirndurchlüften ist diese Gegend berühmt. Du wirst schon sehen, in ein paar Tagen werden die neuen Entwürfe nur so aus dir heraussprudeln!« Sie verlieh ihrer Stimme einen scherzhaften Ton, doch Eva spürte den Ernst hinter ihren Worten. In einer Aufwallung von Dankbarkeit drückte sie Brittas Hand.

»Jetzt bin ich erst mal nur für dich da.« Sie sprang auf. »Du wolltest doch Milch trinken! Hätte ich fast vergessen! Einen Moment, kommt gleich!« Sie lief in die Küche und überhörte dabei geflissentlich Brittas entnervtes Seufzen. Sie fand, es sei höchste Zeit, sich auf die eine oder andere Weise nützlich zu machen! Bei diesem Gedanken spürte sie, wie der Druck langsam von ihr wich. Was auch immer ihr die nächsten Wochen an Verpflichtungen bringen würden – sie war entschlossen, ihre Sache gut zu machen.

*

Eine Woche später war sie davon überzeugt, dass sie auf dem besten Weg war. Nicht, dass ihr irgendetwas eingefallen wäre, das Henning zu Begeisterungsstürmen hingerissen hätte, im Gegenteil: Alle Versuche, neue Stoffmuster oder Tapetendekors zu zeichnen, waren bisher kläglich danebengegangen. Vor zwei Tagen hatte sie schließlich damit aufgehört, weil es einfach nichts brachte. Die Zeiten, in denen sie sich für eine wirklich gute Textildesignerin gehalten hatte, waren gar nicht mal so lange her, doch im Augenblick kam es ihr so vor, als hätte sich alles, was sie je an Talent für sich in Anspruch genommen hatte, sang- und klanglos in nichts aufgelöst.

Dafür machte sie sich als Geschäftsfrau gar nicht mal so

übel, wie sie selbst fand. Sie hatte den Laden drei Stunden am Vormittag und vier am Nachmittag geöffnet, und bisher war kein Tag vergangen, an dem sie nicht einen akzeptablen Umsatz eingefahren hatte. Britta konnte mehr als zufrieden sein – ein Zustand, von dem sie jedoch weiter entfernt war denn je. Zu ihrem größten Verdruss hatte ihr der Arzt untersagt, länger als drei Stunden täglich auf den Beinen zu sein. Leichte Hausarbeiten waren gestattet, etwa Kochen oder Blumengießen. Verboten waren hingegen Putzen, Wäscheaufhängen, Unkrautjäten – und natürlich die Arbeit im Laden. Es waren noch drei Wochen bis zum errechneten Geburtstermin, aber die gehäuft auftretenden Wehen deuteten darauf hin, dass das Kind möglicherweise früher kommen würde. Britta war jedoch vernünftig genug, sich den Anweisungen des Arztes zu fügen. Sie hielt die Ruhezeiten, die er ihr verordnet hatte, jeden Tag strikt ein und achtete darauf, sich nicht zu viel zuzumuten. Evas Eifer, ihr bei jeder sich bietenden Gelegenheit Arbeit abzunehmen, tat ein Übriges.

Als Eva an diesem Morgen nach Barkhult radelte, fühlte sie sich wie immer in den letzten Tagen von einer beinahe rastlosen Energie durchdrungen, fast wie bei einer Vorahnung von etwas Neuem, Unerwartetem.

Nach außen hin sah alles genauso aus wie immer. Die rot gestrichenen Holzhäuser mit den in der Sonne funkelnden Fenstern, die verschwenderisch blühenden Sträucher in den Vorgärten, die Menschen, die ihre Besorgungen erledigten. Die meisten Geschäfte hatten bereits geöffnet. Auf dem großen Platz vor der Kirche waren schon am frühen Morgen die Marktstände aufgebaut worden, und überall waren Leute zum Einkaufen unterwegs. Barkhult war nicht gerade eine Stätte urbaner Betriebsamkeit, aber es war genug los, um etlichen Läden blühende Umsätze zu bescheren. Eva registrierte nicht ohne Befriedigung, dass es an diesem Morgen nicht anders war als sonst.

Malin stand schon vor dem Laden, als Eva eintraf. Sie hielt eine Tüte in der einen Hand und winkte mit der anderen. »Hej, Eva!«

Eva radelte die letzten Meter bis zum Laden und stellte das Fahrrad in der kleinen gepflasterten Zufahrt ab. »Hej, Malin. Bin ich zu spät?«

»Nein. Ich bin zu früh.« Malin lächelte, und wie immer fühlte Eva sich bei diesem Anblick an eine überdimensionale Sonnenblume erinnert. Malin war eine große, üppig gebaute Frau in den Vierzigern, mit strohblonden Haaren, strahlenden Augen und runden Wangen. Sie hatte Britta letztes Jahr den Laden überlassen, weil sie, wie sie Eva erzählt hatte, keine Lust mehr hatte, hinter der falschen Seite der Theke zu stehen. Sie hatte sich beruflich neu orientiert und betrieb eine kleine Strickerei. Das wachsende Auftragsvolumen hatte sie letztes Jahr vor die Entscheidung gestellt, geschäftliche Prioritäten zu setzen, was wiederum dazu geführt hatte, dass Britta zur Ladeninhaberin avanciert war – eine Entscheidung, die keine von ihnen beiden bisher bereut hatte. Malins Strickwaren erfreuten sich weithin größter Beliebtheit, sodass sie alle Hände voll zu tun hatte. Sie hatte bereits angekündigt, demnächst nicht nur weitere Maschinen anzuschaffen, sondern wahrscheinlich auch eine Hilfe anzustellen, weil sie sonst nicht mehr nachkäme mit den ganzen Aufträgen. Dennoch hatte sie vorige Woche sofort angeboten, aushilfsweise einzuspringen, bis Britta wieder in der Lage wäre, sich um den Laden zu kümmern.

Eva schloss die Ladentür auf und wandte sich zu Malin um. »Was meinst du, soll ich vielleicht heute mal die Auslagen umdekorieren?«

Malin folgte ihr in den Ladenraum und warf einen prüfenden Blick ins Schaufenster. »Sieht doch alles ganz gut aus.«

Eva runzelte die Stirn. Geschnitzte Dalarna-Pferdchen, landestypische Töpferware, mehrfarbige Glasfiguren, ein paar kleine Antiquitäten, Pullover und andere Strickwaren, die aus Malins Produktion stammten – es war nicht nur eine signifikante Auswahl, die den Kunden zeigte, was ihn hier im Laden erwartete, sondern auch eine gefällige, in Stil und Farbgebung geschmackvolle Dekoration, an der es im Grunde nichts auszusetzen gab. Britta hatte ihre Sache sehr gut gemacht. Trotzdem hatte Eva das Gefühl, dass vielleicht etwas fehlte. Das Ganze wirkte in ihren Augen ein bisschen zu bieder und konnte möglicherweise etwas mehr Pep vertragen. Sie würde noch darüber nachdenken.

Malin holte Pullover aus der Tüte und legte sie nebeneinander auf die Ladentheke. »Hier, meine Wochenproduktion.«

»Drei Stück?«, fragte Eva erstaunt. »Britta hat was von zehn gesagt!«

»Was soll ich machen?« Malins Stimme klang leicht gereizt. »Die Wolle ist alle!«

Eva drehte sich verblüfft zu ihr um. »Was meinst du damit: Die Wolle ist alle? Wieso kaufst du nicht einfach neue? Wo ist das Problem?«

»Das Problem ist Gustav. Gustav Axelsson, der Schäfer.«

»Der mit dem Käse«, sagte Eva.

»Käse macht er auch«, bestätigte Malin. »Aber in dem Fall geht es um die Wolle. Er hat nicht geliefert.«

»Warum nimmst du nicht andere Wolle?«

»Ich verstricke jeweils die Wolle, die mir von den Kunden geliefert wird. Bisher bestand für mich kein Grund, selbst Wolle beim Erzeuger zu beziehen. Ich arbeite nach Auftrag, nicht auf Vorrat.«

»Ja, schon klar«, sagte Eva ungeduldig. »Aber warum liefert dieser Gustav nicht? Es muss doch einen Vertrag geben, oder?«

»Ich denke schon. Aber nicht mit mir, sondern mit Britta.«

»Da waren wir schon. Britta kann sich aber nicht darum kümmern, wie wir beide wissen. Hast du ihn schon gefragt, was los ist?«

Malin wich Evas Blicken aus. »Ähm ... Weißt du, der Kontakt zu Gustav läuft über Britta.«

Eva zog die Stirn kraus und betrachtete die drei Pullover. Allein in den letzten drei Tagen hatte sie acht Stück verkauft, und es hätten noch mehr sein können, wenn entsprechender Vorrat vorhanden gewesen wäre. Britta würde vermutlich sauer werden, wenn sie das erfuhr. »Die Saison hat gerade erst begonnen«, sagte sie, mehr zu sich selbst als zu Malin. »Aber so kann das natürlich nicht weitergehen. Nicht ohne Pullover.«

»Keine Pullover ohne Wolle«, sagte Malin unbeeindruckt.

Entschlossen ging Eva hinter die Theke und griff zum Telefon, das neben der Registrierkasse stand. »Ich rufe diesen Gustav sofort an.«

»Das wird nichts. Er hat kein Telefon.«

Eva ließ den Hörer sinken und schaute perplex auf. »Das ist nicht dein Ernst. Ein Mensch ohne Telefon? Gibt's so was heute wirklich noch? Ich fasse es nicht! Leben wir denn im Mittelalter?«

»Er ist eben gerne für sich«, sagte Malin.

»Na schön. Dann erklär mir, wo er wohnt.«

*

Die Rapsfelder links und rechts der Straße waren noch nicht voll erblüht, doch die jungen Triebe bildeten bereits einen zarten, aber weithin sichtbaren gelben Schleier. Der Sommer war noch nicht da, aber der Wind brachte bereits einen Hauch davon mit sich. Es war warm genug, um ohne Jacke zu fahren.

Eva atmete tief ein und aus und genoss den leichten Wind, der ihr das Haar zerzauste und ihre Bluse zum Flattern brachte. Ihre helle Steghose hatte eine Ölspur vorn am Knie, und ihre Frisur hatte sich vermutlich längst in Wohlgefallen aufgelöst. Für diese Exkursion war sie nicht unbedingt passend angezogen, aber das war ihr egal. Vielleicht war dieser Gustav jemand, der keinen Wert auf Äußerlichkeiten legte und der sich nicht darum scherte, ob seine Geschäftspartner mit dem Rad oder einer Limousine vorgefahren kamen. Jedenfalls hoffte sie das. Sie war wild entschlossen, das Wollproblem heute noch zu lösen.

Als sie um die nächste Biegung fuhr, lag der Hof vor ihr. Es musste der von Gustav sein, denn weit und breit war kein anderes Anwesen zu sehen. Eva reckte den Hals. Ja, dort drüben war der Pferch mit den Schafen, den Malin ihr beschrieben hatte, und in der Einfahrt stand der Pickup, von dem sie ebenfalls gesprochen hatte.

Eva stieg neben dem Wagen vom Rad und schaute sich um. Es war ziemlich einsam hier draußen, das ja. Aber wie das Heim eines Sonderlings sah es auch nicht unbedingt aus.

Das Haupthaus war nicht allzu groß, aber es machte einen gepflegten Eindruck mit seinem frischen roten Anstrich und den blanken Fensterscheiben. Zwei Nebengebäude rahmten das Wohnhaus ein, vermutlich Ställe oder Geräteschuppen, und beide ließen keinerlei Anzeichen von Verwahrlosung erkennen. Die Kieswege, die vom

Wohnhaus zu den Nebengebäuden führten, waren sauber geharkt. Auch die kleinen Gemüsebeete unweit des Hauses sahen aus, als würde sich regelmäßig jemand darum kümmern. Der Wagen war zwar alt, aber die rostigen Stellen waren sorgfältig mit Mennige übermalt.

Der Hof schien, jedenfalls auf den ersten Blick, ein richtiges Kleinod zu sein, ein Juwel, bei dem vor allem die Fassung perfekt war. Die Landschaft ringsum schien einen besonderen, fast widersprüchlichen Zauber zu verströmen, eine Mischung aus sanfter Idylle und wildwüchsiger Natur.

Hinter dem großen Pferch befand sich Weidefläche, die auf der einen Seite an ein lichtes Birkenwäldchen und auf der anderen an den See grenzte. Zwischen den Bäumen war das rote Dach eines winzigen Bootshauses zu erkennen. Das ganze Anwesen wirkte friedlich und anheimelnd, eine bäuerliche Idylle wie aus einem Touristenprospekt.

Dennoch machte der Hof auf Eva einen merkwürdig verlassenen Eindruck. Trotz der blökenden Schafe schien eine ungewöhnliche Stille zu herrschen. Evas Gefühl, dass hier etwas nicht stimmte, verstärkte sich, als sie sah, dass die Tür zum Haupthaus offen stand.

»Hallo, ist hier jemand?«, rief sie. Da der Pick-up hier war, konnte der Besitzer nicht allzu weit weg sein. Doch auf ihren Ruf reagierte niemand.

»Hallo«, rief sie erneut, diesmal lauter.

Sie glaubte, etwas zu hören. Angestrengt lauschte sie, doch da war nur das Blöken der Schafe.

»Ist jemand hier?«, schrie sie, diesmal so laut, wie sie konnte.

»Hier«, kam es zurück, wie ein schwaches Echo ihrer eigenen Stimme. Eva ging in die Richtung, aus der die Stimme gekommen war – eines der Nebengebäude.

»Hallo?«, rief sie. »Gustav Axelsson? Sind Sie da drin?«

Die Tür war nur angelehnt und öffnete sich mit kaum hörbarem Knarren, als Eva dagegen drückte. Der leicht beißende Geruch von feuchter Wolle schlug ihr entgegen, überlagert von Viehausdünstungen und dem säuerlichen Gestank von Futtermitteln. Der Boden des Stalles bestand aus festgestampftem Lehm und war mit Stroh bedeckt, das unter Evas Sohlen knirschte, als sie langsam einen Schritt vorwärts tat. Sie kniff die Augen zusammen, weil sie nach der blendenden Helle draußen im Hof hier im Dämmerlicht des Stalles kaum etwas sehen konnte. Nach zwei oder drei Sekunden gelang es ihr schließlich, ihre Umgebung besser zu erkennen.

Der Stall war durch grobe Holzbalken in mehrere Boxen unterteilt, und an den Wänden waren zahlreiche Gerätschaften und Jutesäcke befestigt. Von irgendwoher war ein Geräusch zu hören, das wie ein unterdrücktes Stöhnen klang. Eva wandte sich nach links, in die Richtung, aus der es gekommen war. »Herr Axelsson?«, rief sie alarmiert. »Sind Sie das?«

Das Stöhnen war erneut zu hören, diesmal lauter. »Ja!«, kam es dann. »Ich bin hier drüben!«

Eva ging ein paar Schritte nach links, und jetzt endlich sah sie ihn. Ein alter Mann stand in einer der Boxen, mit dem Rücken an die Wand gelehnt und beide Handflächen fest an die rissigen Balken hinter sich gepresst. Ein Hund drängte sich an die Beine des Mannes. Er hechelte mit weit heraushängender Zunge und wirkte unruhig, doch er bewegte sich nicht von der Stelle. Beim Näherkommen sah Eva, dass es ein Hirtenhund war, mit schwarz-weiß gemustertem Fell und spitzen Ohren.

Der Mann hatte sie erblickt und stöhnte jetzt lauter. »Hier bin ich!«

Eva eilte auf ihn zu. »Meine Güte, Herr Axelsson! Haben Sie sich verletzt?«

»Mein Rücken.«

»Sind Sie gestürzt?«

»Nein«, stieß er hervor. »Ist ganz plötzlich passiert. Beim Bücken. Kann mich nicht bewegen. Stehe seit einer Stunde hier, und es geht nicht vor und nicht zurück. Kann mich nicht mal setzen.«

Gustav Axelsson mochte Ende sechzig sein. Er war recht groß und von stämmiger Statur, doch durch die Schmerzen wirkte er weit älter. Mit seiner verkrümmten Gestalt und dem gesenkten Kopf bot er ein Bild der Hilflosigkeit. Sein dunkelblauer Arbeitsanzug wies nicht nur die üblichen Spuren landwirtschaftlicher Arbeit auf, sondern war nass geschwitzt. Auch das von der Sonne gefurchte Gesicht des Mannes war mit einer dicken Schweißschicht bedeckt. Wenn er Luft holte, bebte sein Brustkorb vor Anstrengung, und jedes Ausatmen war von einem Röcheln begleitet. Es gab keinen Zweifel, dass er unter unerträglichen Schmerzen litt.

»Vielleicht legen Sie sich besser hin«, schlug Eva vor.

»Geht nicht«, sagte Gustav kaum hörbar.

Eva zog ihr Handy hervor und tippte die Nummer der Ambulanz ein. »Gleich kommt Hilfe«, sagte sie zu Gustav. Als sich am anderen Ende der Leitung eine Frauenstimme meldete, nannte Eva hastig ihren Namen und schilderte die Sachlage.

»Nein, er kann sich nicht rühren«, antwortete sie auf die Frage der Frau. »Er braucht sofort einen Arzt.«

Spontan griff sie nach Gustavs Hand und drückte sie. »Ja, selbstverständlich bleibe ich bei ihm, bis jemand herkommt!«

Sie trennte die Verbindung. »In zehn Minuten ist der

Krankenwagen da«, sagte sie zu Gustav. »Kann ich in der Zwischenzeit irgendetwas für Sie tun? Soll ich Ihnen etwas holen?«

Er schüttelte den Kopf, dabei hielt er die Augen geschlossen, und der Mund war zu einer Linie zusammengepresst. Trotz des im Stall herrschenden Dämmerlichts konnte Eva erkennen, dass sein Gesicht grau wie Asche war. »Ich kann nicht ins Krankenhaus.« Wegen der Schmerzen klang seine Stimme so undeutlich, dass Eva ihn kaum verstehen konnte. »Kann hier nicht weg. Die Schafe ... Mein Hund ...«

»Nur nicht aufregen.« Eva zwang sich dazu, ihrer Stimme einen aufmunternden Ton zu geben. »Es wird sich alles finden.« Eilig überlegte sie, womit sie ihn ablenken konnte. Ihr fiel auf Anhieb etwas ein, das möglicherweise zugleich die Lösung seines Problems bedeutete.

»Haben Sie Kinder? Soll ich jemanden anrufen? Jemand, der herkommt und sich um alles kümmert, wenn Sie im Krankenhaus sind?«

»Meine Tochter«, sagte Gustav ebenso mühsam wie widerstrebend. »Aber sie kann nicht kommen. Sie ist in Stockholm. Ich will sie nicht beunruhigen.« Seine letzten Worte gingen in einem erneuten Stöhnen unter, und sein Körper zitterte heftiger. Eva versuchte, die aufsteigende Panik zu bekämpfen, doch sie merkte, dass sie allmählich die Beherrschung verlor. Tränen des Mitleids sammelten sich in ihren Augen, und sie schluckte heftig, um nicht weinen zu müssen. Bisher hatte sie sich immer für ziemlich stark gehalten, doch im Augenblick war sie weit davon entfernt, Herrin der Lage zu sein. »Gleich!« Ihre Stimme klang beschwörend, doch der Unterton von Verzweiflung war nicht zu überhören. »Gleich kommt der Arzt! Halten Sie durch! Alles wird gut!« Sie holte tief

Luft, dann fuhr sie mit größerer Entschiedenheit fort: »Und sagen Sie mir bitte die Telefonnummer Ihrer Tochter!«

*

David Lilienberg war sich Monicas Gegenwart überdeutlich bewusst, obwohl er sie nicht anschaute. Er stand mit dem Rücken zu ihr, die Hände in den Taschen seines Laborkittels vergraben, und schaute aus dem Fenster seines Büros über die Stadt. Flüchtig ging ihm die Frage durch den Sinn, ob das, was er vorhatte, wirklich dem entsprach, was er wollte. Er schätzte sein Labor mit all den technischen Möglichkeiten, und er mochte die meisten seiner Kollegen. Die diffuse Unzufriedenheit, die ihn hin und wieder überkam, hatte er bisher leicht verdrängen können, indem er sich voll konzentriert in neue Entwicklungsprojekte stürzte. Die Lebensmittelforschung und -entwicklung war ein weites Feld, und als Chemiker hatte er mehr als eine Möglichkeit, sich neue Gebiete zu erschließen. Er war einem Jobwechsel keineswegs abgeneigt.

Doch im Vergleich zu seinen Ambitionen waren die von Monica weit stärker darauf ausgerichtet, auf der Karriereleiter nach oben zu steigen, und zwar möglichst rasch und möglichst weit.

Vielleicht lag es daran, dass sie in anderen Verhältnissen aufgewachsen war als er. Sie hatte nie einen Hehl daraus gemacht, wie verhasst ihr das primitive Leben ihrer Jugend war. Seit ihrer Kindheit schien sie von diesem nie enden wollenden Hunger besessen, mehr aus sich zu machen.

Schweigend schaute er aus dem Fenster. Das Hauptgebäude von Svenskfood befand sich auf Södermalm, direkt am Söder Mälarstrand. Der Ausblick aus dem fünften

Stock war atemberaubend. Rechts lag die Altstadt-Insel Gamla Stan, davor Riddarholm mit seinen unverwechselbaren Kirchtürmen, und direkt gegenüber befand sich das Wahrzeichen Stockholms, das Stadthaus, dessen Turm mit den drei Kronen weithin sichtbar war.

Wäre es bei seiner Arbeit allein um die Aussicht gegangen, so überlegte David mit schwacher Selbstironie, hätte er nicht einmal im Traum daran gedacht, nach Amerika zu gehen, auch wenn Monica geschworen hatte, dass die Aussicht über den Michigansee diese hier noch um ein Vielfaches übertraf.

»Wieso sagst du nichts?«, fragte sie hinter ihm. »Hast du keine Meinung dazu? Wir beide in Chicago! Bei einem der größten Lebensmittelkonzerne der Welt!«

»Ich weiß, dass es eine Wahnsinnsfirma ist«, sagte David. Er merkte, wie leises Unbehagen in ihm aufstieg. Langsam drehte er sich zu Monica um. »Trotzdem bin ich nicht wirklich sicher. Ich kann nicht mal sagen, wieso. Tut mir Leid.«

»David, die Forschungsabteilung bei Unicom ist Weltspitze!«, rief Monica. »Was willst du denn noch? Ich habe den Job, den ich immer wollte, und ich habe sie dazu gekriegt, dir dasselbe Angebot zu machen!« Monica strahlte ihn an. »Hey, wir sind ein Gewinnerteam, klar?«

»Klar«, sagte David ohne großen Enthusiasmus.

Er beobachtete, wie sie ihr langes dunkles Haar hinter die Ohren strich, eine Geste, die immer auf besondere Weise ihre Entschlossenheit zu untermauern schien. Wenn sie das tat, brachte sie damit in der Regel zum Ausdruck, dass Widerspruch zwecklos war.

Sie war anscheinend wild entschlossen, ihrer beider Jobwechsel als vollendete Tatsache zu betrachten. Und sie legte offenbar Wert darauf, das Ganze gebührend zu feiern. Sie nahm eine Flasche Champagner aus dem Kühlschrank, in dem David normalerweise einige Probekulturen aufbewahrte. »Schau mal, was ich hier habe!«, meinte sie lächelnd.

»Ich muss noch arbeiten«, sagte David amüsiert, während sie Anstalten machte, die Flasche zu öffnen. Er fragte sich, wann sie die hier reingeschmuggelt hatte. Er war heute den ganzen Tag hier gewesen, also musste sie es gestern getan haben. Anscheinend hatte sie nicht den geringsten Zweifel daran, dass er ebenso versessen auf den Job in Chicago war wie sie selbst.

»Was soll dir passieren, wenn du einen Schluck Champagner trinkst?«, fragte Monica. »Kündigung? Na und? Wir haben bald was Besseres.«

Das Telefon klingelte, und David hob ab.

»Svenskfood Stockholm, David Lilienberg hier.«

Eine aufgeregte Frauenstimme tönte an sein Ohr. »Bitte, ist Monica Axelsson da? Die Sekretärin sagte mir, sie sei bei Ihnen im Büro!«

»Ja, sie ist hier. Moment, bitte.« Er hielt den Hörer mit einer Hand zu und drehte sich zu Monica um. »Für dich.«

»Ich rufe später zurück. Frag bitte, wer dran ist.« Monica schenkte Champagner in zwei Gläser und lächelte ihn verheißungsvoll an. Sie wirkte gelöst, beinahe glücklich. David konnte nicht umhin, sich klar zu machen, wie ungewohnt dieser Anblick für ihn war. Sie lebten seit fast sieben Jahren zusammen, aber nicht einmal am Anfang ihrer Beziehung hatte sie so ausgesehen wie jetzt, im Angesicht des bevorstehenden Karrieresprungs.

David wandte sich unwillkürlich ab und konzentrierte sich auf den Anruf. »Wie war gleich Ihr Name?«, fragte er höflich. Die Frau hatte zwar vorhin ihren Namen genannt, aber er hatte nur ihren Vornamen verstanden. Eva. Anscheinend hatte diese Eva etwas Wichtiges auf dem Herzen. Sie klang ziemlich nervös.

»Winklund, Eva Winklund. Ich rufe aus Barkhult an. Bitte, ich muss Monica Axelsson unbedingt sprechen! Es geht um ihren Vater, Gustav Axelsson. Er ist doch ihr Vater, oder?«

»Ja, natürlich«, sagte David mit aufkeimender Besorgnis. »Was ist mit ihm?«

»Es geht ihm nicht gut. Kann ich jetzt bitte seine Tochter sprechen?«

David holte scharf Luft. »Sekunde bitte.« Er hielt Monica den Hörer hin. »Deinem Vater scheint was passiert zu sein.«

*

Eva folgte den beiden Sanitätern, als sie die Liege aus dem Stall zum Krankenwagen trugen. Der junge Notarzt ging neben ihr, die orangefarbene Jacke geöffnet und das Gesicht vor Anstrengung verschwitzt. Die Untersuchung in der Stallbox war eine unbequeme Angelegenheit gewesen, nicht nur wegen der dumpfen Wärme, die dort drinnen herrschte, sondern auch, weil der Patient sich beharrlich geweigert hatte, zu kooperieren. Er war vor Schmerzen beinahe bewusstlos, aber er hätte beinahe einen Tobsuchtsanfall bekommen, als der Arzt erklärt hatte, dass er auf keinen Fall hier bleiben konnte. Sogar von der Trage aus argumentierte er weiter.

»Ich will nicht ins Krankenhaus!« Sein Gesicht, vorhin noch kreidebleich, war mittlerweile hochrot vor Anstrengung, den Arzt davon zu überzeugen, dass er hier auf keinen Fall wegkonnte. »Die Schmerzen haben schon fast aufgehört! Es geht mir wieder gut!«

Der Arzt warf Eva einen indignierten Blick zu, dann wandte er sich geduldig zu Gustav um. »Die Schmerzen sind nur deshalb besser geworden, weil ich Ihnen ein starkes Schmerzmittel gespritzt habe. Herr Axelsson, Sie müssen ins Krankenhaus, weil Sie nur dort richtig behandelt werden können. Es sind wichtige Untersuchungen durchzuführen, zum Beispiel eine Computertomografie. Nur so kann festgestellt werden, inwieweit Nerven in Mitleidenschaft gezogen worden sind oder wie bald die Operation durchgeführt werden muss.«

In einer Mischung aus Besorgnis und Mitleid sah Eva, wie sich das Gesicht des Alten vor Angst und Widerwillen verzerrte.

»Operation? Was für eine Operation? Ich will auf keinen Fall operiert werden!«

»Das kann ich hier nicht entscheiden«, sagte der Arzt.

»Aber die Schafe!«, rief Gustav. »Sie müssen doch versorgt werden!« Der Hund, offenbar beunruhigt durch die laute Stimme seines Herrn, gab ein kurzes Kläffen von sich. Er war dem Alten die ganze Zeit über nicht von der Seite gewichen und trottete neben der Liege her.

»Jemand wird sich schon um Ihre Tiere kümmern«, sagte einer der Sanitäter.

»Etwa jemand aus dem Dorf?«, stieß Gustav hervor. »Eher schneit es in der Hölle!«

»Sie machen sich zu viele Sorgen«, sagte der Arzt. »Es wird sich schon alles irgendwie regeln lassen.« Seine Stimme klang nach wie vor geduldig, aber Eva merkte ihm an, dass er es langsam leid war, über das Thema zu diskutieren. Er hatte einen schweren Bandscheibenvorfall diagnostiziert, zum Glück also nicht den Herzinfarkt, den sie insgeheim befürchtet hatte. Doch natürlich war auch diese Erkrankung viel zu ernst, um sie auf die leichte Schulter zu nehmen. Der Alte würde sich damit abfinden müssen, dass er nicht einfach hier bleiben konnte.

»Bitte«, sagte Gustav. Nur dieses eine Wort. Seine Stimme war brüchig, und Eva sah, dass er mit den Tränen rang.

Spontan trat sie an die Liege, kurz bevor die beiden Sanitäter sie in den Wagen schoben. »Seien Sie ganz ruhig. Ich kümmere mich um alles. Ich sorge dafür, dass es den Schafen an nichts fehlt. Ich verspreche es.«

Gustav sackte ein wenig zusammen und schloss die Augen. Die Liege glitt auf Schienen in den Wagen und wurde arretiert. Das Gesicht des Alten lag jetzt im Schatten, sodass Eva es nicht mehr richtig sehen konnte, doch sie meinte, in seiner Miene kurz den Ausdruck von Erleichterung wahrgenommen zu haben, bevor die Sanitäter die Tür schlossen.

Als der Krankenwagen anfuhr, warf ihr der junge Arzt aus dem offenen Fenster auf der Beifahrerseite heraus einen spekulativen Blick zu, fast so, als könne er es sich beim besten Willen nicht vorstellen, dass sie ihr Versprechen dem Alten gegenüber würde halten können.

Womit er vermutlich völlig richtig lag, wie Eva sich ohne zu zögern sofort eingestand. Sie war ein Stadtmensch und hatte Schafe bisher nur von weitem gesehen, folglich hatte sie keine Ahnung, was sie nun machen sollte. Wie es aussah, hatte sie jetzt nicht nur das Problem wegen der Wolllieferung, sondern obendrein jede Menge anderer Sorgen.

»Na, Akka, wollen wir an die Arbeit gehen?«, fragte sie den Hund. Außer einem kurzen Zucken der Schwanzspitze kam von dem Hund keine Reaktion. Eva schien es beinahe, als sei er ähnlich skeptisch wie vorhin der Arzt.

»Du traust es mir wohl auch nicht zu, wie?« Zögernd ging sie auf den Pferch zu. Hatten die Schafe vorhin, als sie hergekommen war, auch schon so laut geblökt? Ob sie

Hunger hatten? Eva kam sich über alle Maßen dämlich vor, weil sie fast eine geschlagene Minute überlegen musste, was zum Teufel Schafe überhaupt fraßen – so lange, bis sie merkte, was einige der Tiere gerade taten.

»Wiederkäuen«, sagte sie laut, ergrimmt über ihre eigene Dummheit. Natürlich waren Schafe Wiederkäuer und fraßen folglich dasselbe wie Kühe, nämlich Gras.

Im Pferch gab es nicht allzu viel davon. Der Boden war ziemlich kahl und bestand überwiegend aus festem Lehm, genau wie im Stall, nur dass es hier draußen hier und da ein paar Senken gab, in denen sich das Regenwasser der vergangenen Woche zu Pfützen gesammelt hatte.

Die Schafe drängten sich zusammen, und diesmal war nicht zu übersehen, dass sie wirklich unruhiger waren als vorher. Ohne groß nachzudenken, tat Eva das Erstbeste, das ihr in den Sinn kam: Sie öffnete das Tor des Pferchs. Der Bolzen saß ziemlich fest und ließ sich nur mit einiger Kraftanstrengung herausziehen, doch nachdem er einmal draußen war, schwang das Tor problemlos auf. Es war noch nicht ganz offen, als die Tiere sich auch schon wie auf Kommando in Bewegung setzten und auf die Weide hinausdrängten. Ein Leithammel trabte blökend voran und rannte Eva beinahe um in seinem Eifer, an die mit dichten Grasbüscheln bewachsene Fläche außerhalb der Umfriedung zu gelangen.

»Hej«, rief Eva, halb verunsichert, halb belustigt. »Nicht so stürmisch! Ist doch genug für alle da!« Ihre Erheiterung wich indessen wachsender Beklommenheit, und sie überlegte, ob das, was sie da getan hatte, wirklich so praktisch war, wie es ihr eben noch vorgekommen war. Die Schafe waren jetzt zwar draußen, aber mussten sie nach dem Grasen nicht wieder in den Pferch? Was sollte sie tun, wenn sie einfach davonspazierten?

Für den Moment sah es allerdings nicht danach aus, als hätten sie größere Ausflüge im Sinn. Ruhig fressend standen sie da und machten keine Anstalten, sich zu entfernen. Vielleicht lag es auch an Akka. Der Hütehund umrundete die Herde wachsam in einiger Entfernung und tat damit vermutlich das, wozu er ausgebildet worden war: aufpassen. Er musste weder bellen noch beißen, sondern sorgte offenbar allein durch seine Anwesenheit dafür, dass die Schafe in mehreren losen Pulks beisammenblieben.

Fürs Erste beruhigt, glaubte Eva es verantworten zu können, den Schauplatz des Geschehens vorübergehend zu verlassen. Sie musste sich umziehen, aber noch viel dringender musste sie etwas essen. Jemand würde sich schon bereit finden, hier das Nötigste zu tun. Allzu lange konnte es sowieso nicht mehr dauern, bis die Angelegenheit geregelt war, längstens bis heute Abend. Diese Monica hatte zwar vorhin am Telefon nicht sonderlich begeistert geklungen, als sie von dem Zusammenbruch ihres Vaters erfahren hatte, aber sie hatte immerhin versprochen, auf jeden Fall im Laufe des Tages herzukommen.

»Wiedersehen, Akka!«, rief Eva dem Hund zu. Sie kam sich ein wenig albern dabei vor, aber sie fand, er hätte ein kleines Lob verdient. »Du machst das ganz toll!«

*

Wenig später war sie nicht mehr so sicher, ob Akka tatsächlich weiterhin so zuverlässig ihren Job machen würde. Britta tat ein Übriges, um Eva zusätzlich zu verunsichern.

»Du hast die Schafe rausgelassen?«, fragte sie stirnrunzelnd. »Und hast du dir auch überlegt, wie du sie wieder in den Pferch kriegst?« Sie lag in einem Liegestuhl im Garten, ein Glas Saft in der einen und ein Magazin über sanfte Geburt in der anderen Hand. Die Schwangerschaft verlieh ihr eine beinahe archaische Schönheit. Ihr herzförmiges Gesicht schien von innen heraus zu leuchten, und ihr Haar ringelte sich wie ein zerzauster Heiligenschein um ihre Stirn. Sie sah aus wie eine liebliche, rundliche Madonna. Eine Madonna mit praktischen Einwänden. »Wer die Schafe rauslässt, muss sie auch wieder reinbringen. Du *musst* doch darüber nachgedacht haben!«

»Na ja, das habe ich schon«, sagte Eva kleinlaut. »Aber erst, als sie draußen waren. Bis jetzt ist mir noch nichts eingefallen, aber bestimmt weiß seine Tochter, wie man das macht. Oder der Hund. Irgendjemand wird sich schon drum kümmern, solange er im Krankenhaus ist, oder nicht?«

»Da bin ich mir gar nicht so sicher.« Britta legte das Heft zur Seite und richtete sich schwerfällig auf. Durch das viele Liegen wurde sie zunehmend unbeweglicher. Der Arzt hatte zwar gesagt, das Kind müsse noch um einiges wachsen, doch insgeheim bezweifelte Eva diese Einschätzung. Es war unmöglich, dass Brittas Leibesumfang sich noch mehr vergrößerte. Oder? Der Bauch wölbte sich jetzt schon so weit vor, dass man bequem einen Teller darauf hätte abstellen können, wenn man es hätte versuchen wollen. Zumindest einen kleinen.

Eva merkte, dass sie schon wieder anfing, ans Essen zu denken. Ihr Magen knurrte heftig, denn sie hatte seit einem hastigen spärlichen Frühstück im Stehen nichts zu sich genommen. Mittlerweile war sie so hungrig, dass sie ein ganzes Schaf hätte vertilgen können.

Endlich kam Malin aus dem Haus, das Tablett mit dem Mittagessen vor sich hertragend. Sie hatte bis zur Mittagspause den Laden beaufsichtigt und sich anschließend ums

Kochen gekümmert, während Eva bei Gustav gewartet hatte.

Eva schnupperte genießerisch, als ihr der verführerische Duft in die Nase stieg. Es gab Sillgratin* und Tomatensalat, und zum Nachtisch hatte Malin Zimtcreme mit Multbeeren** vorbereitet. Eva war vorhin rechtzeitig eingetroffen, um Malin noch bei den letzten Handgriffen zu helfen, und dabei hatte sie sich gefragt, wie sie es das ganze Jahr über mit Fertignahrung aus der Mikrowelle oder lieblos zusammengeschustertem Kantinenessen aushielt. Weder sie noch Henning waren große Köche, und meist musste es was Schnelles tun, wenn es Zeit zum Essen war.

Hier in Barkhult hatte Eva bis jetzt nur Köstlichkeiten aus frischen Zutaten zu sich genommen. Hungrig schielte sie auf die dampfenden Schüsseln.

»Du kennst Gustav Axelsson nicht«, sagte Malin abfällig, während sie das Tablett auf dem Gartentisch abstellte. »Dem wird niemand helfen. Mal abgesehen davon, dass er gar keine Hilfe will. Von niemandem. Der ist viel zu stolz.«

Sie rückte den Sonnenschirm zurecht und fing an, den Tisch zu decken. Eva sprang auf, um ihr zu helfen. Sie naschte von der Zimtcreme, was ihr einen strafenden Blick der Köchin eintrug.

»Diese Monica wird das alles auf die Reihe bringen«, sagte Eva eilig, während sie Besteck neben die Teller legte. »Sie hat gesagt, dass sie heute noch kommt.« Nachdenklich hielt sie inne. »Obwohl ich den Eindruck hatte, dass es Gustav gar nicht so recht war, als ich sie angerufen habe.«

»Jemand anderen als seine Tochter hat er nicht«, sagte

* Sillgratin (schwedischer Heringsauflauf) – Rezept, siehe Anhang

** Kanelkräm med hjotron (Zimtcreme mit Moltebeeren) – Rezept siehe Anhang

Malin kurz angebunden. An Britta gewandt, fügte sie hinzu: »An deiner Stelle würde ich mich jetzt schon mal nach einem anderen Wolllieferanten umsehen. Nur für den Fall, dass Gustav nicht zurückkommt.«

Britta quittierte diesen Vorschlag mit einem Achselzucken.

»Gibt's denn hier in der Gegend noch andere Schäfer, die so gute Wolle liefern?«, wollte Eva wissen. Sie naschte erneut, diesmal von dem Salat, was Malin ein verärgertes Schnauben entlockte. Eva riss sich zusammen und beeilte sich, Britta beim Aufstehen zu helfen.

»Nein, diese Qualität liefert nur Gustav«, räumte Malin ein. »Aber wenn es nicht geht, geht es eben nicht mehr.«

Irgendetwas schien Malin gewaltig quer zu stecken. Immer wenn die Sprache auf Gustav kam, wurde sie reichlich widerborstig. Es sah beinahe so aus, als könne sie ihn nicht ausstehen. Eva beschloss, Britta danach zu fragen – später. Im Moment interessierte sie nur das Mittagessen.

*

David hatte vor der Fahrt das Verdeck herabgelassen. Monica hatte sich beschwert, dass der Wind ihre Frisur ruinieren würde, doch David hatte nicht nachgegeben. Wozu war ein Cabrio gut, wenn es nicht bei schönem Wetter offen gefahren wurde? Monica hatte sich schließlich gefügt und war seinem Vorschlag gefolgt, ein Kopftuch umzubinden.

David war sich darüber im Klaren, dass sie wegen ihres Vaters nervös war und deshalb keine Gelegenheit ausließ, Streit zu suchen. Sein plötzlicher Krankenhausaufenthalt brachte ihre bis ins Kleinste durchkalkulierten Pläne durcheinander. Sie fuhr viel zu schnell und redete dabei fast ununterbrochen.

»Ich hatte es schon längst befürchtet. Papa ist einfach zu alt für den Hof.« Sie unterbrach sich, aber nur für die Dauer eines kurzen Kopfschüttelns. »Meine Güte, er hat sein Leben lang geschuftet! Er könnte sich jetzt endlich ausruhen!« Sie wandte sich David zu. »Ich kenne genug Leute in Stockholm, die den Hof sofort kaufen würden. Zu einem anständigen Preis.«

David wünschte sich, sie möge auf die Straße sehen und etwas langsamer fahren, damit er mehr von der Umgebung sehen konnte. Er mochte das Land, und immer, wenn sie hier rausfuhren, hatte er das Gefühl, wirklich nach Hause zu kommen. Nicht nur, weil er hier aufgewachsen war, sondern weil es sich einfach richtig anfühlte, hier zu sein. Nirgends war das Gras von so üppigem Grün und waren die Seen so leuchtend blau wie hier rund um Barkhult. Im Laufe der letzten Jahre waren sie viel herumgekommen bei ihren Urlauben und Abstechern, nicht nur in Schweden, sondern in ganz Europa und einige Male auch in Übersee. Aber zu Hause – das war nur hier.

»Woran denkst du?«, fuhr Monica ihn an. »Hörst du überhaupt zu, was ich dir sage?«

»Ja, du hast erwähnt, dass du Leute kennst, die den Hof kaufen würden«, entgegnete David in leicht bissigem Tonfall. Im selben Moment ärgerte er sich, dass er sich auf diese Weise aus der Reserve locken ließ. Er sollte mehr Gelassenheit zeigen. Ihr Vater war krank, sie konnte nichts dafür, dass ihre Nerven blank lagen.

Trotzdem nervte es ihn, wie sie mit der Sache umging. Wenn es nach ihr gegangen wäre, hätte ihr Vater den Hof längst an den Meistbietenden verscherbelt.

»Man könnte ein Sommerhaus daraus machen«, fuhr sie fort, im Ton noch eine Spur aggressiver. »Es ist geradezu ideal dafür, oder nicht?«

»Wie du meinst«, sagte David knapp.

»Es muss doch nicht jeder ein Schafbauer sein, oder?«

»Der Käse deines Vaters ist berühmt.«

»Weltberühmt«, meinte Monica mit einem giftigen Seitenblick. Ein wenig gemäßigter fuhr sie fort: »Komm, David. Du musst doch selbst zugeben, dass Papa langsam zu alt wird, um den Hof zu bewirtschaften.«

»Für ihn allein wird es etwas viel«, stimmte David widerwillig zu. »Aber das ist noch lange kein Grund ... «

Monica ließ ihn nicht zu Ende reden. »Es gibt wunderbare Seniorenresidenzen in Stockholm. Da würde es ihm gut gehen.«

»Und du müsstest dir keine Sorgen machen«, fügte David mit kaum unterdrücktem Sarkasmus hinzu.

Das brachte ihm einen weiteren wütenden Blick ein. »Ja, ganz genau«, sagte Monica. »Ich müsste mir keine Sorgen machen! Das Letzte, was ich in Chicago brauchen kann, sind Sorgen um meinen gebrechlichen Vater!«

»Bis jetzt wissen wir nur, dass er einen Bandscheibenvorfall hat.«

»Damit fängt es an! Und was ist morgen? Wenn ich in Chicago leben werde?«

David registrierte, dass sie zum ersten Mal nicht in der Mehrzahl gesprochen hatte. Vermutlich war das seine Schuld. Er hatte sich trotz ihres ständigen Drängens nicht darauf festlegen wollen, den ihm angebotenen Job sofort anzunehmen, und er weigerte sich, noch diese Woche einen Flug zu buchen.

»Nicht vor meinem Urlaub«, hatte er gesagt, und sie hatte es mit einem verständnislosen Kopfschütteln quittiert.

Wäre es nach ihr gegangen, hätten sie an Ort und Stelle die Wohnung aufgelöst und alle Brücken hinter sich abgebrochen. Seit sie den positiven Bescheid von Unicom in der Tasche hatte, kam sie ihm vor wie eine Getriebene. Alle Pläne mussten sofort in die Tat umgesetzt werden, es konnte ihr gar nicht schnell genug gehen.

Sie waren vor dem Kreiskrankenhaus angekommen. Monica brachte den Wagen mit quietschenden Reifen zum Stehen und sprang hinaus.

David stieg ebenfalls aus, blieb aber beim Wagen stehen. »Jemand muss nach den Tieren schauen«, sagte er. »Es ist schon Abend, und auf dem Hof ist niemand. Ich fahre rüber und sehe erst mal nach dem Rechten.«

»Ja ja, die Schafe«, sagte Monica ungeduldig. »Tu, was du nicht lassen kannst.«

Sie drehte sich nicht mehr zu ihm um. David wartete dennoch die wenigen Augenblicke, bis sie hinter der Schwingtür des Krankenhauses verschwunden war. Erst dann setzte er sich ans Steuer, um weiterzufahren.

*

Der Himmel hatte sich mit einem Hauch von Kupfer überzogen. Die Sonne stand tief über dem Horizont, und der See war wie in Flammen getaucht. Zwischen den Bäumen herrschte bereits sanftes Zwielicht, und die Flächen hinter den Gebäuden füllten sich zunehmend mit Schatten.

Eva saß auf einer grob gezimmerten Bank unweit des Pferchs, hatte ein Knie hochgezogen und das andere untergeschlagen. Sie betrachtete abwechselnd die friedlich grasenden Schafe und die von der Abendsonne überstrahlte Umgebung. Ihr war klar, dass sie sich allmählich Gedanken darüber machen sollte, wie sie die Herde in den Pferch zurückschaffen sollte, doch im Moment wollte sie einfach nur hier sitzen bleiben. Sie hatte sich seit langem nicht so gut gefühlt wie in diesem Augenblick, so völlig im Einklang mit sich selbst und der Welt um sie herum. Es war der pure Genuss, die letzten warmen Sonnenstrahlen zu genießen und dabei die ländliche Stille förmlich in sich einzusaugen.

Dann blökte irgendwo ein Schaf, und plötzlich fing Akka an zu bellen und hin und her zu rennen. Eva sprang von der Bank und eilte zu der Herde. Auf den ersten Blick schien alles in Ordnung zu sein, aber Eva zweifelte nicht daran, dass sich das bald ändern würde. Spätestens, wenn es dunkel würde, was nicht mehr allzu lange dauern konnte. Sie wusste, dass sie die Schafe nicht über Nacht auf der Weide lassen konnte. Der Pferch erfüllte schließlich einen Zweck, zur Dekoration war er ganz sicher nicht da.

»He, Akka!«, rief sie. »Hast du nicht Lust, die Herde in den Pferch zu treiben?«

Der Hund kam angesprungen und blieb vor ihr stehen.

»Ja, braves Hundchen«, lobte sie ihn. »Mach deinen Job! Treib sie da rüber!«

Akka sah sie mit schräg gelegtem Kopf an, ohne irgendwelche Anstalten zu machen, ihrem Vorschlag Folge zu leisten.

Eva wartete ein paar Sekunden, doch es passierte nichts. Sie seufzte, dann ging sie auf die Schafe zu und versuchte, sie mit scheuchenden Armbewegungen vorwärts zu treiben. »Los, los! Husch, ins Körbchen!« Zwei oder drei Schafe sprangen zur Seite, doch nach ein paar Metern kamen sie wieder zum Stillstand und grasten stoisch weiter.

»Verflixt, was soll das? Ihr müsst in den Pferch! So viel weiß ich! Oder wollt ihr euch von wilden Hunden fressen lassen?« Sie schob eines der Schafe vorwärts, doch das machte nur einen kurzen Satz und trabte dann in der verkehrten Richtung davon.

Eva schluckte die aufkommende Nervosität herunter und zwang sich zum Nachdenken. Ihr musste etwas einfallen, aber schnell!

Eines der Lämmer, das blökend dem Schaf gefolgt war, das sie vorhin angeschoben hatte, brachte sie auf die rettende Idee. Eva ergriff es und hob es kurz entschlossen hoch.

»Schau mal«, rief sie dem Schaf zu, das am Rand der Herde stehen geblieben war. »Was sagst du jetzt? Dein Baby wird gekidnappt. Willst du das zulassen? Wenn nicht, dann komm hier rüber und folge mir!«

Sie tat ein paar Schritte in Richtung Gatter, und tatsächlich, das Schaf setzte sich in Bewegung und kam herübergetrottet. Nach ein paar Schritten wurde es schneller und löste damit eine Art Kettenreaktion aus: Die anderen Tiere der Herde gerieten ebenfalls in Bewegung und strömten zusammen, um schließlich einträchtig in den Pferch zurückzukehren. Später machte Eva sich klar, dass es vermutlich hauptsächlich Akkas Verdienst gewesen war, die mit vereinzeltem Kläffen und gezieltem Hin- und Herlaufen die Rückkehr der Herde in geordnete Bahnen lenkte, aber in diesem Moment war ihr Triumph über den gelungenen Schachzug grenzenlos. Lachend schob sie den Bolzen ins Schloss und kam sich ziemlich kindisch vor, weil sie so stolz auf ihre Leistung war. Dennoch war es ein gutes Gefühl, das sogar dann noch vorhielt, als sie feststellte, dass sie sich über und über mit Dreck beschmiert hatte, als sie das Lamm weggetragen hatte.

Doch das war nichts, was man nicht mit etwas Wasser wieder in Ordnung bringen konnte. Pfeifend ging sie hinüber zum Haus.

*

David stieg aus dem Wagen und schaute sich um. Sein erster Blick galt den Schafen, doch mit der Herde schien alles in Ordnung zu sein. Die Tiere standen ruhig im Pferch, käuten wieder oder dösten vor sich hin.

Der Hund kam angelaufen und sprang an ihm hoch.

David lachte und tätschelte ihm den Kopf. »Gutes Mädchen! Na, alles in Ordnung, Akka? Wer hat sich heute um die Herde gekümmert, hm?«

Im nächsten Moment hörte er ein Geräusch. Es war ein schwaches und ziemlich falsch klingendes Pfeifen und kam vom Haus her. Zögernd ging David in die Richtung der Geräuschquelle, und als er näher kam, war außer dem Pfeifen auch das leise Plätschern von Wasser zu hören. David erkannte, dass das Geräusch von der Rückseite des Hauses kam. Langsam schritt er die Längswand des Gebäudes ab, und als er um die Ecke schaute, bot sich ihm ein Anblick, der ihm den Atem verschlug. Er verharrte mitten im Schritt und hielt die Luft an, als könne er auf diese Weise verhindern, dass sich das unglaubliche Bild wie ein Spuk verflüchtigte.

Unter einem blühenden Holunderbusch stand das zauberhafteste Wesen, das er je gesehen hatte. Es war eine junge Frau von vielleicht sechs- oder siebenundzwanzig Jahren. Sie stand an der Regentonne und wusch sich. Mit hohlen Händen schöpfte sie Wasser aus der Tonne und spritzte es sich über Gesicht und Arme. Auf den ersten Blick sah es so aus, als wäre sie nackt, doch dann sah David, dass sie ein durchsichtiges Spitzenhemdchen trug. Ein hellblaues Kleidungsstück – vermutlich eine Bluse – hing über einem der Äste des Holunderbusches hinter ihr.

Die junge Frau pfiff leise vor sich hin und rieb sich die Arme ab, bevor sie mit beiden Händen in ihr schulterlanges Haar fuhr und es nach hinten strich. Es hatte in der Abendsonne die Farbe von wildem Honig, einen Ton heller als ihre sanft gebräunte Haut. Ihre runden Brüste waren unter dem dünnen, durchnässten Hemdchen deutlich zu sehen, und David begriff, dass er dabei war, sich lächerlich zu machen. Er stand hier herum wie der letzte Spanner, anstatt sich höflich bemerkbar zu machen und ihr damit Gelegenheit zu geben, sich zu bedecken.

Er räusperte sich vorsichtig, und die Frau fuhr zusammen.

»Ich ... ähm, es tut mir Leid«, sagte David hastig. »Ich wollte Sie nicht erschrecken.«

Sie warf ihm einen prüfenden Blick zu, und David hatte Mühe, nicht schuldbewusst zurückzuweichen. Doch sie machte keine wütende Bemerkung, sondern griff ohne Anzeichen von Hast nach ihrer Bluse und streifte sie nachlässig über. »Hej«, sagte sie. »Gut, dass Sie kommen. Im Pferch habe ich sie ja jetzt. Aber ich habe keine Ahnung, was als Nächstes passieren muss.« Sie lächelte ein wenig schief, dann streckte sie die rechte Hand aus. »Entschuldigung. Ich habe vergessen, mich vorzustellen. Mein Name ist Eva Winklund.«

Erst in diesem Moment erkannte David ihre Stimme und kam sich grenzenlos unbeholfen vor, als er ihren Händedruck erwiderte.

Ihre Hand war zierlich und klein wie die ganze Person, aber der Druck ihrer Finger war überraschend fest. David hatte plötzlich den unbezähmbaren Drang, zu lächeln. Er tat es und fragte sich, ob es so dämlich aussah, wie er sich fühlte. Mit einem Mal war er von einer Leichtigkeit erfüllt, die ihn verblüffte. Die Sonne würde bald untergehen, doch es kam ihm vor, als sei die Welt um einige Nuancen heller als vorher.

»Ich glaube, wir haben telefoniert«, sagte er eine Spur zu hastig. »David Lilienberg.«

Eva erwiderte unverwandt seinen Blick. »Ach, Sie waren das. Natürlich. Ich habe Ihre Stimme nicht gleich erkannt.« Sie lächelte, und David stockte der Atem, weil sich ihr ohnehin schon reizendes Gesicht durch dieses kleine, offene Lachen völlig zu verwandeln schien. Sie war immer noch hübsch, aber das Lächeln verlieh ihr zusätzlich eine eigentümliche, beinahe wilde Schönheit. Vielleicht war es das Blitzen ihrer Zähne, vielleicht auch das besondere Funkeln in ihren Augen – deren Farbe David wegen des schwindenden Tageslichts zu seinem Verdruss nicht richtig erkennen konnte.

Sie knöpfte die Bluse zu und schob sich den Saum in die Hose. »Ist Gustavs Tochter auch mitgekommen?«

»Ja, sie ist bei ihm im Krankenhaus«, antwortete David, ohne den Blick von ihr zu wenden. »Ich schaue später auch noch nach ihm. Aber zuerst wollte ich hier nach dem Rechten sehen.« Er spürte sein Herz plötzlich schmerzhaft schnell schlagen und fragte sich, was um alles in der Welt mit ihm los war.

Sie lächelte abermals, kurz und voll unbewusster Süße.

»Danke«, sagte David unsicher. »Ich meine … danke für alles. Für alles, was Sie getan haben, meine ich.« Er unterbrach sein Gestammel und verstummte, bevor er weiteren Blödsinn absondern konnte. Stattdessen holte er tief Luft, als sie ihm zunickte und auf das Rad zuging, das sie drüben neben Gustavs Pick-up abgestellt hatte. »Na, dann geh ich mal«, sagte sie. »Die Schafe sind im Pferch, und ich nehme an, um den Rest werden Sie sich kümmern. Wiedersehen, Herr Lilienberg.« Kichernd wandte sie sich zum Pferch und hob die Hand zu einem kurzen Winken. »Wiedersehen, Schafe!«

Es war ihr leises Lachen, das David aus seiner Erstarrung riss und ihn daran hinderte, sie einfach so davonfahren zu lassen. »Warten Sie!«, rief er. Wie von einem Magneten gezogen, ging er auf sie zu und blieb vor ihr stehen. »Wollen Sie nicht noch etwas trinken? Ich meine ... Vielleicht ...«

»Ja«, sagte sie sofort. »Kaffee wäre nett.«

»Ja, Kaffee!«, antwortete David. Er wurde gewahr, dass sein Lächeln sich verselbstständigt haben musste. Seine Mundwinkel schienen ihm an den Ohren festzukleben, so unwiderstehlich war sein Drang, diese Frau anzustrahlen. »Mal sehen, was Gustavs Küche zu bieten hat!«

*

Sie stießen mit den Armen zusammen, als sie sich beide gleichzeitig in Bewegung setzten und aufs Haus zugingen. Eva wich einen halben Schritt zur Seite und lachte verlegen. Sie hatte Mühe, richtig Luft zu holen, während sie David von der Seite anschaute. Seit sie ihn vorhin das erste Mal gesehen hatte, schien sie generell Schwierigkeiten mit dem Atmen zu haben. Vielleicht lag es an der Art, wie er sie ansah, so nämlich, als würde er sie für etwas Besonderes halten. Als wäre sie keine von Dreck und Wasser durchweichte, zu klein geratene Aushilfs-Schafhüterin, sondern eine wirklich attraktive Person. Er selbst, das hatte ihr gleich der erste kurze Blick klar gemacht, sah aus wie ein junger Gott. Er war wie Apoll und Eros in einer Person. Waren die beiden nicht sowieso ein und derselbe, nur mit verschiedenen Namen? Sie hatte es vergessen. So wie sie schlichtweg alles vergessen hatte, was sich außerhalb ihres Gesichtsfeldes befand. Verstohlen ging sie hinter David her und betrachtete sein Hinterteil in der gut sitzenden Jeans. O ja, er hatte etwas deutlich Apollonisches. Oder etwas Erotisches, das schien sogar noch besser zu passen. Sein Haar war dunkel und kurz geschnitten, doch die lebhaften Wellen, in denen sich die untergehende Sonne fing, deuteten darauf hin, dass es lockig wäre, wenn er es länger tragen würde. Seine Nase war im Profil ebenso markant wie sein Kinn, doch der energische Ausdruck seines Gesichts wurde durch den sinnlichen Schwung seiner Unterlippe auf eine Weise abgemildert, die eine Frau nur auf unzüchtige Gedanken bringen konnte. Eva holte Luft und zwang sich, mit dem Starren aufzuhören. Stattdessen schaute sie sich im Erdgeschoss von Gustavs Haus um, das sie soeben betraten. Der Flur war schmal, aber jede Ecke war zweckmäßig ausgenutzt. Eine kleine Garderobe, ein Regal für Schuhe, ein Schirmständer und ein hohes Regal mit allerlei Haushaltskrimskrams.

Gustavs Küche war altmodisch eingerichtet, aber ebenso gepflegt wie der Rest des Anwesens. Sauber geschrubbte Holzmöbel, dunkelrote Steinfliesen und karierte Vorhänge ergaben ein schlichtes, aber gemütliches Ambiente.

David machte sich sofort daran, Kaffee zu kochen.

Eva riss ihren Blick von seinem breitem Rücken los und betrachtete die Familienfotos an den Wänden. Die meisten von ihnen zeigten eine anziehend wirkende junge Frau mit langen dunklen Haaren. Auf einigen weiteren war eine andere Frau zu sehen, die der Jüngeren stark ähnelte. Eine Aufnahme zeigte Gustav zusammen mit beiden Frauen – die jüngere war darauf noch ein Mädchen von vielleicht zehn Jahren –, und das Lachen, mit dem die drei in die Kamera blickten, ließ keinen Zweifel daran, dass es sich hier um eine Familie handelte.

David war ihren Blicken gefolgt. »Gustav mit Monica und seiner Frau.«

»Lebt sie noch? Ich meine, seine Frau.«

»Nein, sie ist gestorben, als Monica dreizehn war.«

Eva brannte die Frage auf der Zunge, in welchem Verhältnis David zu dieser Monica stand, doch natürlich wagte sie nicht, ihn darauf anzusprechen. Die beiden mussten auf jeden Fall mehr sein als nur Arbeitskollegen, denn welchen Grund hätte er sonst haben sollen, mit herzukommen? Außerdem deutete alles darauf hin, dass er sich bestens hier auskannte. Der Hund war freudig hechelnd um ihn herumgesprungen, als sie vorhin gemeinsam zum Haus gegangen waren, und die sicheren Griffe, mit denen er Wasser in die Kaffeemaschine füllte und Tassen aus dem Schrank nahm, ließen keinen Zweifel daran, dass er schon häufiger hier gewesen sein musste.

»Sie kennen sich hier aus, oder?«, fragte sie.

David nickte. »Als Junge habe ich hier mehr Zeit verbracht als bei mir zu Hause.« Er stellte zwei Tassen auf den Tisch und legte Löffel dazu.

»Hatten Ihre Eltern auch einen Hof?«

»Nein.« David lachte. »Das war es ja. Sie waren beide Lehrer. Ich hatte das Gefühl, dass es bei uns nur Bücher gab. Das wirkliche Leben hat für mich *hier* stattgefunden. Auf dem Hof von Gustav.«

Abermals drängte es Eva, ihn zu fragen, in welchem Verhältnis er zu Gustavs Tochter stand, doch sie verkniff es sich. Stattdessen wählte sie eine unverfänglichere Frage. »Sie leben in Stockholm, oder?«

Er nickte. »Wo einen das Leben eben manchmal so hintreibt.« Er senkte den Kopf. Sein Gesicht hatte einen ernsten Ausdruck angenommen. Doch als er ein paar Augenblicke später aufschaute, lächelte er wieder. »Sie sind aber auch nicht von hier, oder?«

»Sieht man mir das an?« Eva erwiderte sein Lächeln.

»Ich lebe in Linköping.« Sie stand auf, um die Zuckerdose aus dem Regal zu holen. Im selben Moment machte David eine Bewegung in dieselbe Richtung, und wie schon vorhin vor dem Haus stießen sie dabei zusammen. Doch diesmal wichen sie nicht voneinander zurück. Eva blieb stehen und spürte dem Beben nach, das plötzlich ihren Körper erfasst hatte und bis in ihre Fingerspitzen reichte.

»Entschuldigung«, sagte David leise, während er rasch die Zuckerdose nahm und auf den Tisch stellte. »Linköping, hm? Und was tun Sie dann hier, Eva Winklund?«

»Was ich hier mache?« Sie schaute ihm direkt in die Augen. »Ich weiß es nicht so genau. Schafe hüten? Babysitten? Ehrlich gesagt, habe ich keine Ahnung.«

Sie wusste es wirklich nicht, jedenfalls nicht in diesem Moment. Eins aber wusste sie ganz genau: Ihr Herz schlug lauter als jeder Donner.

*

Monica hatte gedacht, dass ihre Laune sich nicht weiter verschlechtern könnte, doch anscheinend war das ein Irrtum. Ihre Stimmung näherte sich dem absoluten Gefrierpunkt, und vor lauter Frustration hätte sie schreien mögen. Sie stand am Fußende des Klinikbettes und schaute in das zornige Gesicht ihres Vaters. Schweigend erwartete sie seine nächste Tirade, die dann auch nicht lange auf sich warten ließ.

»Die sollen mir Tabletten geben. Von mir aus lasse ich mir auch jeden Tag Spritzen verpassen. Aber mehr kommt nicht infrage! Ich habe einen Hof! Ich willige nicht in die Operation ein!«

Monica legte die Hände hinter ihrem Rücken zusammen und ballte sie dort zu Fäusten. Ihre langen Nägel schnitten in ihre Handteller, und der Schmerz half ihr, die Beherrschung nicht zu verlieren.

»Sei vernünftig, Papa! Wenn dir der Doktor sagt, dass die Operation nötig ist, dann ist sie nötig! Oder willst du, dass dein Bein lahm wird?«

Prompt hob Gustav das Bein hoch und wackelte mit den Zehen. »Siehst du? Es bewegt sich hervorragend. Es ist nicht lahm.«

»Noch nicht«, versetzte Monica mit scharfer Stimme. »Aber passieren kann es jeden Moment! Du hast kein Recht, so mit deiner Gesundheit zu spielen!«

Er schwieg auf eine, wie sie fand, aufreizend verstockte Art. Um Geduld ringend, ging sie zu dem Stuhl neben seinem Bett und setzte sich zu ihm. »Vielleicht ist der Bandscheibenvorfall nur ein Signal, Papa. Dein Körper sagt dir, dass du ihn nicht mehr so schinden sollst. Du hast einen Anspruch darauf, dich auszuruhen.« Sie hielt kurz inne, um ihrer nächsten Bemerkung mehr Nachdruck zu verleihen. »Wenn du den Hof verkaufen würdest ...«

Sofort fiel er ihr brüsk ins Wort. »Nein. Ich hab dir gesagt, du sollst nie wieder davon anfangen. Ich verlasse meinen Hof nicht. Es sei denn in der Waagrechten, mit den Beinen voraus.«

Sie zwang sich dazu, seine Hand zu nehmen. »Komm, sei doch nicht so stur! Dein Leben hört nicht auf, nur weil du woanders wohnst. Du musst ja nicht in die Stadt ziehen.« Eindringlich sah sie ihn an. »Obwohl Stockholm wirklich wunderbar ist! Es gibt dort für ältere Menschen viele ...«

»Nein, nein, nein!« Gustavs Widerspruch kam in solcher Lautstärke, dass Monica kaum dem Bedürfnis widerstehen konnte, sich die Ohren zuzuhalten.

»Das ist mein letztes Wort«, sagte Gustav, diesmal deutlich leiser. »Fang nie wieder davon an, Monica.«

Erbittert fragte sie sich, wieso sie sich das hier überhaupt antat. Er war nicht nur unbelehrbar, sondern auch verrückt. Ein normaler Mensch hätte von allein eingesehen, dass man als Krüppel keinen Bauernhof bewirtschaften konnte.

»Ich bin jetzt müde«, sagte Gustav, mittlerweile kaum noch in der Lage, zu flüstern. Anscheinend hatte er sein Pulver für heute verschossen. Die Augen fielen ihm bereits zu, und sein Atem wurde schwerer.

Monica spürte, wie Besorgnis in ihr aufkam, doch sie unterdrückte die unwillkommene Regung und stand hastig auf. Ohne ein Wort des Abschieds ging sie zur Tür und verließ das Zimmer.

*

Eva sortierte neue Waren ein. Nachdem sie sich umgezogen hatte, war sie noch zum Laden geradelt, um die letzten Handgriffe zu erledigen und die Tageseinnahmen zu zählen.

Eigentlich hätte sie nach diesem langen Tag erschöpft sein müssen. Auf gewisse Weise war sie es auch, aber ihre Müdigkeit reichte nicht über das Körperliche hinaus. Sie fühlte sich hellwach, und all ihre Sinne schienen auf ungewohnte Weise geschärft, fast so, als hätte sie eine Art Zaubercocktail getrunken, dessen Wirkung darin bestand, dass sie ihre Umgebung mit größerer Klarheit wahrnehmen konnte als je zuvor. Alle Gerüche waren deutlicher, alle Farben bunter, alle Gegenstände stärker umrissen als sonst.

Mit dem Finger fuhr sie über die Regale hinter der Ladentheke, streifte die Waren, die darin lagen, spürte ihrer Beschaffenheit nach und versuchte, mit geschlossenen Augen zu erkennen, worum es sich handelte. Kerze, Glasschale, Holzfigur. Bastteppich, Tonkrug, Tischlampe. Schließlich hob sie einen Pullover hoch, presste die flauschige Wolle an die Wange und strich mit den Fingern über das feine Muster der Maschen. Sogar ihr Tastsinn schien sich auf magische Weise verändert zu haben.

Natürlich lag es an ihm. Niemand musste ihr sagen, was passiert war. Ein gut aussehender Fremder war aufgetaucht und hatte sie mit seiner Erscheinung geblendet. Er sah nicht nur aus wie der Prinz ihrer eigenen Mädchentage, sondern wie der Ritter einer jeden Frau. Sie war verrückt, wenn sie sich einbildete, dass er etwas Besonderes in ihr wahrnahm. Trotzdem hatte er sie während ihres gemeinsamen Kaffeetrinkens auf eine Weise angeschaut, die ihr Herz zum Stolpern gebracht hatte.

Das Klingeln ihres Handys riss sie so abrupt aus ihren Gedanken, dass sie um ein Haar den Pullover fallen ließ.

Sie zuckte ein weiteres Mal zusammen, als sie den Namen auf dem Display leuchten sah, und einen absurden Moment lang erwog sie allen Ernstes, nicht abzuheben oder sogar einfach die Trennen-Taste zu drücken.

Aber selbstverständlich tat sie nichts dergleichen. Sie meldete sich, ein wenig atemlos zwar, aber durchaus gefasst. »Hej, Henning.«

»Hej. Wie geht es dir?« Sein Tonfall klang liebevoll, aber Eva meinte auch eine Spur von Ärger herauszuhören. Sie konnte es ihm nicht verdenken. Die ganze Woche über hatte sie kein einziges Mal als Erste angerufen. Immer war er derjenige gewesen, der sich gemeldet hatte.

»Alles in Ordnung«, sagte sie. »Ich bin bloß ziemlich geschafft.« Bevor er weitere Fragen stellen konnte, spulte sie einen raschen Monolog ab, um das Gespräch abzukürzen. »Es muss an der Landluft liegen, weißt du. So viel Sauerstoff ist meine Stadtlunge wohl einfach nicht gewohnt. Ach ja, und dem Baby geht es gut. Britta muss sich viel ausruhen, aber dafür bin ich ja hier. Ich kümmere mich um alles.«

»Du hörst dich so aufgekratzt an. So, als hättest du heute noch etwas vor. Hast du?«

Eva lachte und hoffte dabei, dass es sich echt anhörte. »Was ich heute noch vorhabe? Sehr komisch. Ich habe die Wahl zwischen einem Froschkonzert und einem Mondscheinspaziergang ... Alles sehr aufregende Sachen, oder?«

»So war es nicht gemeint«, sagte Henning.

Eva hatte den Eindruck, dass sein Tonfall um einiges frostiger klang als zu Beginn des Gesprächs. Und prompt stellte er die gefürchtete Frage. »Hast du Ideen? Zeichnest du?«

»Nein«, sagte sie, ebenso kühl wie er.

»Wir reden darüber«, meinte er. »Bald.«

Nach ein paar nichts sagenden Floskeln beendeten sie das Gespräch. Eva schob das Handy zurück in ihre Tasche und fuhr mit den Fingerspitzen erneut über den Pullover. Sie wartete, dass das Gefühl von vorhin zurückkehrte, doch nichts geschah. Die Magie war verschwunden.

*

David spielte gedankenverloren mit dem Käsemesser, während er auf den See hinausschaute. Hier von der Terrasse des Hauses aus hatte man einen guten Blick aufs Wasser.

Inzwischen war tiefe Dämmerung heraufgezogen, doch

über dem See lag ein sanftes Glühen, das bereits den näher rückenden Mittsommer ankündigte. In wenigen Wochen würde es um diese Tageszeit herum immer noch hell sein. Irgendwo schlug eine Nachtigall, und in den Sträuchern hinterm Haus raschelte der Wind.

David aß ein weiteres Stück Schafskäse und versuchte nicht an die Begegnung am frühen Abend zu denken – ein völlig aussichtsloses Unterfangen, wie er nach ein paar Sekunden einsehen musste. In den vergangenen Stunden hatte er bereits öfter den Versuch unternommen, nicht an Eva zu denken, doch ebenso gut hätte er sich befehlen können, mit dem Atmen aufzuhören. Es war beinahe, als hätte er sich mit einem merkwürdigen Virus infiziert, der seither in seinem Blut kreiste. Das Gefühl war nicht nur angenehm, weil er darin eine Macht erkannte, vor der er hilflos war. Für gewöhnlich war er Herr seiner Empfindungen, und er war ganz und gar nicht sicher, dass das, was da mit ihm geschehen war, für ihn oder sonst jemanden wirklich gut war.

Das Geräusch des näher kommenden Wagens war eine willkommene Unterbrechung seiner Grübeleien.

Das Taxi hielt in der Einfahrt, und im Licht der Scheinwerfer sah David, wie Monica die Beifahrertür öffnete und ausstieg. Sie hätte ihn ebenso gut vom Krankenhaus aus anrufen können, dann hätte er sie abgeholt. Sein Handy steckte immer in seiner Hosentasche, und sie wusste das genau. Trotzdem hatte sie es vorgezogen, mit dem Taxi zu kommen. Schwer zu sagen, ob dies eine Demonstration ihrer Unabhängigkeit sein sollte oder ob sie damit eher ihrer Verärgerung Ausdruck verleihen wollte. David war es ohnehin egal. Im Moment interessierte ihn nur, was mit ihrem Vater war.

»Wie geht es ihm?«, fragte er, nachdem sie ihn zur Begrüßung auf die Wange geküsst hatte. Also Unabhängigkeit, kein Ärger.

»Er will nach Hause«, sagte Monica. »Aber der Arzt ist anderer Meinung. Sie wollen operieren.« Sie ließ sich auf den Stuhl neben David fallen und nahm ihm das Käsemesser aus der Hand. »Immerhin haben sie ihn überreden können, erst mal dazubleiben.« Sie trank einen Schluck von dem Wasser, das David sich vorhin eingeschenkt hatte. »Ich wünschte, er würde endlich aufhören, den starken Mann zu spielen. Er ist nun mal nicht mehr der Jüngste. Stell dir vor, er klappt zusammen, und keiner ist in der Nähe ... « Der Ausdruck von Besorgnis in ihrer Miene war echt, als sie sich David zuwandte. »Er kann einfach nicht hier bleiben! Nicht allein!«

David nahm das Messer wieder an sich und schnitt ein Stück von dem Käse ab. »Hier, iss. Wird dir gut tun.«

Monica warf einen Blick auf den Käse und das Wasserglas. Sie lachte, aber es klang alles andere als erheitert. »Käse und Wasser, wie? Was bist du für ein genügsamer Mensch! Und dabei erfindest du täglich neue Köstlichkeiten für das Volk!«

David schob sich den Käse in den Mund und kaute voller Genuss. »Ich würde sonst was drum geben, wenn ich so einen Geschmack synthetisch herstellen könnte, glaub mir.« Er deutete in die Runde. »Überhaupt, das alles hier. Es ist ... Es ist einfach traumhaft. Ich frage mich schon die ganze Zeit, wieso wir eigentlich nicht öfter herkommen. Es würde uns gut tun. Und wir könnten deinem Vater helfen, so wie früher.«

»Für dich ist das hier ja vielleicht toll.« Ihre Stimme klang emotionslos, doch David ließ sich nicht täuschen. In ihr brodelte es, und bei ihrer nächsten Bemerkung brach es aus ihr heraus. »Du stehst vielleicht auf diese Bauernromantik mit Schafsmist und Blöken und Käse und diesem Kram! Ich kann es nicht ausstehen! Hörst du?« Sie beugte sich vor, das Gesicht voller Abscheu und Wut. »Verstehst du, was ich sage? Ich *hasse* es!«

Er wollte widersprechen, doch ihm fiel rechtzeitig ein, welche Umstände in ihrem Leben zu dieser Abwehrhaltung beigetragen hatten. Es war besser, ihren Zorn nicht noch weiter herauszufordern, das würde zu nichts führen.

Er schob den Stuhl zurück und stand auf. »Ich schaue mal nach, ob ich was Richtiges für dich zum Essen auftreibe. Vorhin habe ich Knäckebrot gesehen, und Eier habe ich auch im Angebot. Wie wär's mit Rührei oder Spiegelei?«

Monica schüttelte den Kopf und stand auf. »Keine Zeit. Ich muss in aller Herrgottsfrühe raus, wenn ich den Flieger morgen erwischen will.«

David blieb perplex stehen. »Du willst allen Ernstes fliegen?«

Sie bedachte ihn mit gereizten Blicken. »Was dachtest du denn, was ich mache? Hier bleiben?«

»Und dein Vater? Der Hof? Wie soll das denn hier alles weitergehen?«

Monica wollte auffahren, doch dann ließ sie die Schultern nach vorn fallen. Von einer Sekunde auf die andere wirkte sie verzagt wie ein kleines Mädchen, und plötzlich meinte David, sie wieder vor sich zu sehen, wie sie mit dreizehn gewesen war. Sein innerer Widerstand schmolz, und er hätte gern etwas getan, um es ihr leichter zu machen, ein Bedürfnis, das sich bei ihrer nächsten Äußerung noch verstärkte.

»Ich weiß doch auch nicht«, sagte sie leise. »David, ich *muss* nach Chicago! Wenn ich diesen Termin platzen lasse, habe ich meinen Lebenstraum aufgegeben! Ich kann es nicht tun, verstehst du das nicht?«

»Doch«, sagte er ruhig. »Ich habe noch Urlaub. Ich kann das hier übernehmen, jedenfalls fürs Erste. So lange, bis du wieder da bist und wir gemeinsam in aller Ruhe überlegen, was wir machen.«

Ihre Augen leuchteten auf. »Das würdest du für mich tun?« Doch im nächsten Moment verfinsterte sich ihre Miene. »Das heißt, du willst nicht mit nach Chicago, oder?«

»Ich kann nicht gleichzeitig hier und dort sein.«

Sie nickte langsam, während sie bereits ihr Handy hervorzog, um die Nummer des Taxidienstes einzutippen. »Na schön. Ich fliege rüber und mache alles klar. Und dann komme ich zurück, damit wir das hier regeln können.« Sie machte eine abfällige Geste in die Runde. »Danach klären wir das mit uns beiden. Und mit deinem neuen Job in Chicago.«

David wollte etwas erwidern, besann sich aber. In einem Punkt hatte sie Recht: Was immer sie zu besprechen hatten – es hatte Zeit, bis sie wieder zurück war.

*

Eva hatte sich in das kleine Hinterzimmer des Ladens zurückgezogen, wo Britta sonst immer die anfallenden Büroarbeiten erledigte. Es war ziemlich eng hier drin. Der winzige Raum bot gerade genug Platz für ein kleines Sofa, einen schmalen Schrank und einen PC-Tisch.

Es war Wahnsinn, nachts um ein Uhr immer noch hier herumzuhocken, aber Eva wusste genau, dass sie sowieso nicht schlafen konnte, wenn sie jetzt zu Bett ging. Also konnte sie genauso gut gleich hier bleiben und die Zeit für sinnvolle Dinge nutzen. Zum Beispiel, indem sie sich im Internet über Schafe informierte. Mithilfe der üblichen Suchseiten fand sie schnell, was sie interessierte. Sie betrachtete diverse Bilder, auf denen Gotlandschafe zu sehen waren. Es handelte sich dabei um die älteste schwedische Schafrasse, mit einem dichten Fell, dessen Farbe zwischen Silbergrau und Dunkelbraun variierte.

Gotlandschafe, so las Eva weiter, waren genügsam, robust und wetterfest. Das erklärte, warum sie des Nachts nicht in den Stall getrieben werden mussten. Außerdem hieß es weiter, dass das Gotlandschaf nur geringe Ansprüche an Fütterung und Haltung stellte. Eva verkniff sich ein Grinsen. »Nun ja«, murmelte sie. »Ein kleiner Viehtrieb am Tag, und wir haben lauter glückliche Schafe.«

Die Wolle dieser Schafrasse war hervorragend zum Spinnen und Walken geeignet. Ein Gotlandschaf lieferte bei der Schur etwa einen Wollertrag von rund vier Kilo.

Eva ließ den Cursor weiter über den Bildschirm wandern und fragte sich dabei, wie sie das Problem der immer noch fehlenden Wolle lösen sollte. Spätestens morgen würde sie diese Sache erneut in Angriff nehmen müssen, sonst würde es ewig dauern, bis sie wieder Pullover im Sortiment hatten.

Immerhin war jetzt sichergestellt, dass sich jemand auf dem Hof aufhielt. David Lilienberg hatte ihr versprochen, dass er sich darum kümmern würde.

David. Allein bei dem Gedanken an ihn spürte Eva, wie sie unruhig wurde. Ob er vielleicht morgen noch da war? Möglicherweise hatte er ja auch jemand anderen als Aushilfe eingestellt.

Eilig verdrängte sie jeden Gedanken an ein Wiedersehen. Inzwischen hatte sie von Britta erfahren, wie er zu Gustavs Tochter stand. Er war Monicas Lebensgefährte.

Mit anderen Worten, sie waren so gut wie verheiratet. Auf jeden Fall war er in festen Händen, daran gab es nichts zu deuteln.

Eva starrte auf den Bildschirm, bis ihr die Augen brannten. Ältere Mutterschafe, las sie, warfen zwei bis drei Lämmer pro Jahr, die sie aufgrund ihrer hohen Milchleistung problemlos aufziehen konnten. Die Lämmer kamen vorwiegend von Dezember bis Januar oder von April bis Juli zur Welt, und sie wurden bis zu acht Monaten gesäugt. Somit blieb genug Milch für den schmackhaften Käse übrig.

Eva konnte sich nicht mehr konzentrieren. Sie schaltete den PC aus, stand auf und streckte sich, bis ihr die Arme wehtaten.

Sie hatte Gustav versprochen, sich um alles zu kümmern, und sie hatte ihr Möglichstes getan. Was immer nun weiter auf dem Hof geschah, es ging sie nichts mehr an. Das war ab sofort allein die Angelegenheit von David und Monica.

Sie nahm ihre Tasche und ging nach vorn in den Laden, wo sie das Licht ausknipste. Für heute hatte sie genug getan.

*

Gustav wälzte sich in seinem Bett herum und versuchte, die Schmerzen zu ignorieren, die ihm bei jeder Bewegung durch die Wirbelsäule schossen. Er sagte sich, dass er schon Schlimmeres erlebt hatte. Damals vor zehn Jahren zum Beispiel, als er sich bei der Schur in die Hand geschnitten hatte und fast verblutet wäre bei dem Versuch, es lebendig in die Klinik zu schaffen. Oder noch früher, als er im Alter von neunzehn Jahren von diesem verrückten Bock auf die Hörner genommen worden war und dabei fast die Hoden verloren hatte. Das war ein Schmerz gewesen, der wahrlich nicht von schlechten Eltern war! Dagegen war das hier der reinste Spaziergang!

Der Greis, den sie heute hier ins Zimmer geschafft hatten, war mehr tot als lebendig, den würde es nicht interessieren, wer in dieser Nacht noch kam oder ging. Gustav gab sich keine Mühe, sein Stöhnen zu unterdrücken, während er sich in eine sitzende Position hochkämpfte und die Beine aus dem Bett schob. Der Alte nebenan konnte ihn sowieso nicht hören, der war ohne sein Hörgerät taub.

Gustav fühlte, wie ihm am ganzen Körper der Schweiß ausbrach, als er die Füße auf den Boden stellte. Wenn er saß, war der Schmerz kaum noch auszuhalten, doch er war davon überzeugt, dass es sich geben würde, wenn er erst eine Weile herumgelaufen war. Vorausgesetzt, er schaffte es, überhaupt aufzustehen.

Das Linoleum war kalt unter seinen nackten Fußsohlen, aber das störte ihn nicht halb so sehr wie das alberne Nachthemd, in das sie ihn bei seiner Einlieferung gesteckt hatten und das er immer noch trug, weil kein Mensch sich die Mühe gemacht hatte, ihm einen vernünftigen Pyjama zu besorgen. Es war natürlich nicht immer dasselbe Hemd. Zweimal am Tag kam eine Schwester und zog ihm ein frisches an, der Teufel sollte diese Weiber holen. Er hatte ihnen unverblümt gesagt, wohin sie sich ihre Leichenhemden stecken sollten, doch sie hatten allesamt seine Einwände ignoriert.

Monica hätte ihm einen Schlafanzug oder einen Bademantel mitbringen können. Vielleicht hätte sie es getan, wenn er sie darum gebeten hätte, doch daran hatte er nicht gedacht. Er war zu sehr damit beschäftigt gewesen, sie anzuschauen. Sein kleines Mädchen mit den Schneewittchenhaaren und den traurigen Augen. Wie oft hatte er sie gesehen im vergangenen Jahr? Einmal, zweimal? Eigentlich, so überlegte er, hatte er keinen Grund, sich zu beklagen. Seit sie mit diesem Lilienberg zusammenlebte, kam sie öfter. In den Jahren davor hatte er sie insgesamt nur zweimal gesehen, seit sie in Stockholm wohnte. Verteilt auf einen Zeitraum von vier Jahren.

Ja, in den letzten paar Jahren war es wirklich ganz gut gelaufen. Sie hatten hin und wieder telefoniert, und letztes Weihnachten hatte sie ihm sogar ein Paket geschickt, mit einer warmen Daunenjacke, die er bis vor ein paar Wochen noch fast täglich getragen hatte. Es war ihm fast so vorgekommen, als hätten sie ein ganz normales Verhältnis zueinander. Als könnte alles irgendwann wieder gut sein, so wie früher, als ihre Augen noch aufgeleuchtet hatten, wenn sie ihn ansah.

Doch heute hatte er in ihrem Blick nichts Versöhnliches gesehen, sondern wieder nur den Ausdruck, vor dem er sich fürchtete. Sie hatte ihn angeschaut, als wäre er nicht ihr Vater, sondern jemand, den man hassen musste.

Gustav zwang sich auf die Füße und blieb stehen. Wacklig zwar, aber er stand. Doch der Schmerz war so intensiv, dass ihm das Wasser in die Augen schoss. Jedenfalls sagte er sich, dass es am Schmerz lag. Er war kein Mann, der einfach so anfing zu heulen. Nicht Gustav Axelsson.

Ruckartig setzte er sich in Bewegung und taumelte zum Schrank. Seine Beine fühlten sich nutzlos an, wie zwei Stöcke, die nicht zu seinem Körper gehörten und jeden Augenblick unter ihm wegbrechen konnten, wenn er nicht richtig aufpasste. Er war ein Krüppel, der nicht mehr in der Lage war, seinen Hof zu versorgen, und er hatte eine Tochter, die ihn am liebsten tot sehen würde.

Die Tränen liefen ihm jetzt ungehindert über das Gesicht. Blindlings tastete er nach dem Schrank, in dem, wie er wusste, seine Sachen verstaut waren. Er fand den Griff und zog daran, und als die Tür sich öffnete, sah er seinen schmutzigen blauen Arbeitsanzug auf einem Bügel hängen. Die mit Schafsmist verschmierten Schuhe standen auf dem Boden des Spindes. Das Zeug verströmte einen ziemlich stechenden Geruch, doch im Vergleich zu dem widerlichen Karbolgestank des Desinfektionsmittels, das sie hier überall ständig versprühten, rochen seine Sachen wie frisch aus dem Paradies.

Er bückte sich, um nach seinen Schuhen zu greifen, als er aus den Augenwinkeln eine Bewegung wahrnahm.

Die Tür des Krankenzimmers hatte sich geöffnet, und vor dem hellen Rechteck des Gangs sah er die Umrisse der Nachtschwester. Sie stand da wie der leibhaftige Zerberus, beide Hände in die Hüften gestemmt und einen, wie Gustav meinte, geradezu fanatischen Ausdruck im Gesicht.

»Sie sind ja aufgestanden«, sagte sie.

»Was Sie nicht sagen«, gab Gustav brummig zurück.

»Das geht aber nicht, Herr Axelsson.« Und schon war sie an seiner Seite, um ihn zurück ins Bett zu verfrachten. Gustav fügte sich notgedrungen. Nicht nur, weil er schwach war wie ein kleines Kind und daher körperlich gar nicht in der Lage, sich gegen die aufgedrängte Fürsorglichkeit zu wehren, sondern auch, weil er vernünftig genug war, es für diese Nacht gut sein zu lassen. Er wusste jetzt, dass er laufen konnte, und das war die Hauptsache.

*

An diesem Morgen war die Welt wie frisch poliert, als David aus dem Haus trat und zum Seeufer ging. Er hatte hervorragend geschlafen und war fit und ausgeruht. Seit langem hatte er nicht mehr so gute Laune gehabt, was vielleicht auch gleichzeitig der Grund war, warum er sich dafür gewappnet fühlte, Monica anzurufen. Es war ihm egal, ob sie ihn mit Vorwürfen überhäufte oder sonst wie ihren Zorn über die Entwicklung der Dinge an ihm ausließ – heute Morgen würde er das problemlos verkraften. Es war das Wenigste, dass er ihr eine gute Reise wünschte.

Um diese Zeit musste sie am Gate sitzen und auf das Boarding warten. Ihr Flug ging in fünfundvierzig Minuten.

David zog sein Handy heraus und tippte die Kurzwahl mit Monicas Nummer. »Hej«, sagte er freundlich. »Ich wollte dir einen guten Flug wünschen. Und viel Erfolg in Chicago.«

»Danke.« Ihr Tonfall war reserviert, doch bei ihrer nächsten Bemerkung erkannte David, dass sie bloß aufgeregt war. »Ich habe Angst, ob ich das alles schaffe.«

»Ach was, du musst nicht nervös sein. Die sind froh, wenn sie jemanden wie dich bekommen.«

»Was machst du gerade?«, wollte sie wissen.

»Ich bin auf dem Weg zum See. Will mal nachsehen, ob das Boot noch funktioniert. Falls ja, fahre ich damit nach Barkhult und frage beim Bauernverband nach einer Aushilfe. Und natürlich sehe ich nach deinem Vater. Er wird sicher einen Bademantel oder einen Pyjama brauchen. Und normale Kleidung natürlich. Ich habe schon was zusammengepackt.«

»Ja«, sagte Monica. Es klang geistesabwesend. »Bis dann also. Ich melde mich.«

»Alles Gute«, sagte er erneut, doch sie hatte die Verbindung bereits getrennt.

Das Gespräch hatte seiner Laune einen Dämpfer versetzt, aber nicht so sehr, dass es ihm den Spaß am Bootfahren verdorben hätte. Der alte Kahn funktionierte tatsächlich tadellos. Der Motor tuckerte zwar reichlich laut, und beim Starten ertönte eine Abfolge knatternder Geräusche, die es zweifelhaft erscheinen ließen, dass er mit dem Ding heil über den See kommen würde. Aber als er erst einmal unterwegs war, verschwanden die Zweifel mit jedem Meter, den er zurücklegte. Der Wind fuhr ihm durchs Haar und blähte sein Hemd, als er wie ein Kapitän am Bug stand und über das von Sonnenreflexen leuchtende Wasser schaute. Viel zu schnell für seinen Geschmack kam er im Hafen von Barkhult an. Mit gedrosseltem Motor fuhr er an der Mole entlang zur Anlegestelle für Kleinboote, wo er das Boot vertäute und über den Steg in Richtung Dorfmitte ging. Eine Weile spazierte er einfach nur entspannt durch die Straßen und ließ die Umgebung auf sich wirken. Wenn er mit Monica hier war, kamen sie meist nicht dazu, durch Barkhult zu schlendern. Genau genommen hatten sie es noch nie gemacht, sondern waren immer nur durchgefahren, bis auf das eine Mal, als ihr ein Kosmetikspiegel kaputtgegangen war und sie unbedingt einen neuen brauchte. Damals hatte er sie überredet, in einem kleinen Bistro noch einen Kaffee mit ihm zu trinken.

Er fand das Straßencafé mit den verschnörkelten weißen Stühlen und der grüngold gestreiften Markise auf Anhieb wieder und ging erfreut darauf zu. Doch dann stockten seine Schritte, und er blieb stehen. An einem der Tische saß Eva Winklund. Ihr Haar schimmerte in der Morgensonne, und der Pastellton ihres Kleides unterstrich ihre ätherische Erscheinung. Vor ihr stand eine Kaffeetasse, und sie las etwas, so viel konnte er aus der Entfernung erkennen. Womit auch immer sie sich beschäftigte, er würde es gleich wissen, denn er hatte sich bereits in Bewegung gesetzt, um ihr einen guten Morgen zu wünschen.

Dann blieb er abermals stehen, denn außer ihm ging noch jemand auf den Tisch zu, eine hochschwangere junge

Frau in einem zeltartigen Umstandskleid, die bereits die Hand ausgestreckt hatte, um sie Eva auf die Schulter zu legen. David zögerte einen Augenblick, dann wandte er sich entschlossen ab. Damit tat er das Gegenteil von dem, was seine Gefühle ihm befahlen, doch was blieb ihm übrig? Alles andere wäre verrückt gewesen. Verrückt und gefährlich.

Leider war seine Laune nach dieser unerwarteten Begegnung in eine Art schwarzes Loch gefallen. Stumm und in sich gekehrt machte er sich auf den Weg zum Bauernverband.

*

Eva zog das nächste Blatt hervor, auf dem sie eine hochinteressante Zusammenfassung über Klauen ausgedruckt hatte. Schafsklauen natürlich. Schafe hatten gespaltene Klauen, und in den Ritzen konnte sich bei feuchtem Wetter und schlammigem Boden leicht Erde festsetzen, was zu Entzündungen führte und die Tiere lahmen ließ. Die Tragränder der Klauen mussten daher regelmäßig mit bestimmten Werkzeugen entfernt und die Hornwand sauber ausgeschnitten werden, damit es erst gar nicht dazu kam. Aufmerksam betrachtete Eva die Abbildungen mit den Werkzeugen und den Methoden des Klauenschnitts, als Britta von hinten an ihren Stuhl trat und sie aus ihrer Lektüre riss. »Seit wann interessierst du dich für Schafe?«

Eva schaute zu ihr hoch. »Tu ich gar nicht«, behauptete sie. »Bin nur zufällig im Internet darauf gestoßen.« Sie berührte vorsichtig mit den Fingerspitzen Brittas Bauch. »Was sagt der Arzt? Wie lange darf ich noch hier bleiben?«

Britta setzte sich auf den freien Stuhl neben Eva. »Er meint, das Kleine ist ziemlich ungeduldig. Aber je länger es sich noch Zeit lässt, umso besser.«

Eva nickte. Sie hatte in einem der Schwangerschaftsmagazine, die überall bei Britta herumlagen, darüber gelesen. Bei Kindern, die mehr als drei Wochen vor dem errechneten Geburtstermin zur Welt kamen, traten häufig gesundheitliche Komplikationen auf.

Britta winkte der Bedienung. »Kann ich bitte einen Milchkaffee haben?« An Eva gewandt, setzte sie hinzu: »Soso, Schafzucht also. Eva, du bist mir ein Rätsel. Manchmal möchte ich wissen, was in deinem Kopf vor sich geht.«

Eva merkte, wie sie rot wurde. Sie lachte gutmütig und schüttelte über sich selbst den Kopf. Wem wollte sie hier was vormachen? Einer Frau, die sie seit der Grundschule kannte?

»Ich bin eben vielseitig interessiert«, sagte sie.

Britta grinste. »Da gibt es wohl einen netten Schäfer, von dem ich nichts weiß, wie?« Sie lehnte sich zurück. »Wer ist es? Wen hast du getroffen?« Sie dachte kurz nach, dann hoben sich ihre Brauen. »Doch nicht David? Ja, er muss es sein. Du hast dich nach ihm erkundigt. Attraktiver Bursche, oder?«

Eva zuckte die Achseln. Was hätte sie auch sagen sollen? Sie hatte ihn nur einmal getroffen, nichts weiter. Und es war ja auch nichts passiert. Nichts, außer dass die Welt irgendwie stehen geblieben war und sich gleich darauf doppelt so schnell weitergedreht hatte.

»Lass uns eine Liste machen, was ich heute noch besorgen soll«, schlug sie vor. »Brauchst du etwas Besonderes? Was willst du heute Abend essen?«

»Ich würde viel lieber über diesen Schäfer reden.«

»Da gibt es nichts zu reden. Ich fahre dich jetzt nach Hause, du gehörst schon längst wieder in die Waagrechte.«

Doch später, als sie mit dem Rad hinaus zu Gustavs Hof

fuhr, wusste sie, dass sie jede Menge hätte erzählen können. Zum Beispiel hätte sie Britta gegenüber erwähnen können, dass sie kaum Luft bekam, wenn David sie ansah. Oder dass ihr Puls anfing zu rasen, wenn ihre Körper sich berührten. Oder, *last but not least*, dass er einen grässlichen Kaffee kochte. Den sie mit allergrößter Begeisterung heruntergeschüttet hatte, und zwar gleich drei Tassen davon. Nur um noch eine Weile länger bei ihm sitzen zu können.

Sein Wagen stand in der Einfahrt, also musste er hier sein. Aufgeregt stellte sie das Rad ab und legte die Hand gegen die Brust, als könnte sie so ihr Herz dazu zwingen, langsamer zu schlagen.

Akka kam angesprungen, und sie tätschelte ihr zerstreut den Kopf, während sie aufs Haus zuging. Zu ihrer grenzenlosen Enttäuschung öffnete ihr niemand, obwohl sie mehrmals klopfte und dann sogar zögernd seinen Namen rief. Auch im Stall war er nicht, ebenso wenig in der Nähe des Pferchs.

Die Herde war auf der Weide, also hatte sie jemand heute früh herausgelassen. Dieser Jemand war zweifelsohne David, denn sein Wagen war noch hier. Vermutlich war er mit dem Boot in die Stadt gefahren. Eva merkte, wie erleichtert sie darüber war, ein Gefühl, das von einer gewissen Beschämung begleitet war. Sie war schließlich wegen der Wolle hier, nicht wegen eines Mannes, der zufällig auch noch gebunden war.

Sie lehnte sich an das Gatter und schaute den Schafen beim Grasen zu. Da vorn war genug Wolle, um hunderte von Pullovern zu stricken. Man musste sie nur irgendwie von den Schafen in die Spinnerei schaffen. Rein theoretisch wusste Eva inzwischen alles über die Schafschur, aber praktisch hatte sie davon so viel Ahnung wie ein Schwein vom Fliegen. Sie würde es gar nicht erst versuchen. Doch natürlich würde sie David fragen, vielleicht wusste er eine Lösung.

Die Tiere machten einen friedlichen Eindruck, doch dann entstand an einer Stelle plötzliche Unruhe. Eines der neugeborenen Lämmer blökte jämmerlich und stakste auf wackligen Beinen hinter einem Mutterschaf her, das ungerührt davontrottete. Immer wieder versuchte das Lamm, an seine Nahrungsquelle zu gelangen, doch es war offensichtlich, dass die Mutter es nicht annahm.

»Wie gut, dass es das Internet gibt«, murmelte Eva. Sie war bereits losgelaufen, um sich um dieses neue Problem zu kümmern.

*

David wollte nicht lauschen, doch da die Tür des Krankenzimmers offen stand, konnte er nicht umhin, die letzten Sätze der Unterhaltung aufzuschnappen.

Eine fremde Männerstimme sagte: »Dich hat's ja ganz schön erwischt, Alter.«

»Wer sagt das?«, gab Gustav zurück.

»Alle. Es heißt, dass du den Hof aufgibst.«

»Blödsinn. In ein paar Tagen bin ich hier wieder raus.«

»Na, dann ist ja gut«, sagte der Besucher. »Wenn du länger ausfallen würdest, müsste ich mich nach einem anderen Käse umschauen.«

»Red nicht so einen Quatsch«, antwortete Gustav. »Wir haben einen Vertrag!«

»Den haben wir nur so lange, wie du lieferst.«

»Ich liefere. Verlass dich drauf.«

»Gut. Dann war's das auch schon. Ich komme Montag und hole die übliche Menge.«

Im nächsten Moment näherten sich Schritte der Tür,

und David trat zur Seite, um den Mann vorbeizulassen, einen griesgrämig aussehenden Burschen mit schütteren Haaren und dicken Tränensäcken. Grußlos ging er an David vorbei und verschwand in Richtung Ausgang.

David betrat das Zimmer. »Morgen, Gustav. Wie geht es dir?«

»Blendend«, sagte Gustav mürrisch. »Leute wie ich fühlen sich in stinkenden Krankenhäusern am wohlsten.« Er schaute zu David auf. »Was willst du hier?«

»Ich habe Monica versprochen, mich ein bisschen um dich zu kümmern.« David stellte die Tasche ab, die er mitgebracht hatte. Er holte den Pyjama und den Bademantel heraus und wollte beides in den Schrank hängen, doch Gustav befahl ihm hastig, es über den Stuhl zu legen. Gallig setzte er hinzu, er wolle möglichst schnell das Leichenhemd loswerden.

David blieb noch eine Weile und versuchte, eine Unterhaltung in Gang zu bringen, doch Gustav blieb einsilbig und in sich gekehrt. Schießlich kam die Visite, und David musste gehen. Er versprach Gustav, sich um alles zu kümmern, was dieser immerhin mit einem halbwegs dankbaren Kopfnicken quittierte.

Während der Rückfahrt dachte David über die Sache mit der Käselieferung nach. Er hatte versucht, Gustav darauf anzusprechen, doch der Alte hatte nur abgewinkt. Er werde das schon deichseln, hatte er behauptet. Doch David hatte beim Verlassen des Zimmers noch gehört, was der Arzt gesagt hatte. Gustav sollte so bald wie möglich operiert werden. Folglich war seine Vorstellung, den Käse liefern zu können, völlig illusorisch.

Nachdem er das Boot am Steg vertäut hatte, schaute er nach den Schafen. Als er am Pferch vorbeikam, sah er dort ein Blatt Papier liegen. Er hob es auf und betrachtete es.

»Na, so was«, sagte er laut und verblüfft. Er merkte, wie sich ein strahlendes Lächeln auf seinem Gesicht ausbreitete, und hastig schaute er sich um, ob sie irgendwo zu sehen war.

Die Stalltür stand offen, und er stolperte beinahe in seinem Bemühen, so schnell wie möglich dort hinzukommen. Als er ins Innere des Stalls schaute, bot sich ihm ein denkwürdiges Bild. Eva hockte auf einem der Strohballen, eines der Lämmer auf dem Schoß. Sie gab ihm die Flasche und gurrte dabei vor sich hin, als hätte sie ein richtiges Baby im Arm.

Fasziniert schaute David ihr zu, doch schon im nächsten Moment fing das Lamm an zu zappeln und entwand sich ihrem Griff. Immerhin, die Flasche war fast leer, die Fütterungsaktion musste also geklappt haben.

Eva stellte die Flasche zur Seite, dann schaute sie auf und sah ihn in der offenen Stalltür stehen. Der Ausdruck, der dabei auf ihr Gesicht trat, ließ sein Herz schneller schlagen. Es gab nicht den geringsten Zweifel, dass sie sich über alle Maßen freute, ihn wiederzusehen. David hätte am liebsten einen Triumphschrei ausgestoßen. Sie freute sich!

Er eilte zu ihr, um ihr von dem Strohballen hochzuhelfen, doch sie hatte sich bereits aufgerappelt und klopfte sich die Halme vom Hosenboden. Ihr Gesicht wirkte erhitzt, als sie ihm die Hand gab.

»Hej«, sagte sie leise. »Da sind Sie ja wieder.«

»Ja. Da bin ich wieder.« Er ärgerte sich, dass ihm nichts Geistreicheres einfiel, doch sie schien sich nicht daran zu stören, im Gegenteil.

»Das ist schön«, sagte sie schlicht.

»Was führt Sie her?«, fragte er. »Ich meine, außer Lämmer zu füttern.«

»Vielleicht fange ich ja gerade an, mich hier richtig heimisch zu fühlen.« Leichte Röte stieg in ihre Wangen, als sie zu ihm aufblickte. David stellte fest, dass ihr Scheitel ihm kaum zum Kinn reichte. Sie war klein und zierlich, aber jeder Zoll von ihr war so begehrenswert, dass er kaum noch klar denken konnte.

»Das kann ich nachfühlen.« David schaute sie unverwandt an. »Es ist seltsam, aber plötzlich ist alles andere weit weg.«

Er merkte, wie etwas zwischen ihnen aufflackerte, beinahe wie elektrischer Strom, und es kam nicht nur von seiner Seite. Unwillkürlich trat er einen Schritt vor, sodass sie den Kopf noch weiter in den Nacken legen musste, um ihm ins Gesicht schauen zu können. Ihr Haar fiel nach hinten, und David sah, wie an ihrem Hals eine kleine Ader pochte.

*

Atemlos schaute Eva zu ihm auf, und um ein Haar hätte sie etwas Unvernünftiges getan. Zum Beispiel die Hand ausgestreckt und ihn berührt. Das Klingeln ihres Handys bewahrte sie im letzten Augenblick davor, sich wie eine dumme Gans zu benehmen. Hastig zerrte sie es aus ihrer Umhängetasche und sah Malins Namen auf dem Display.

»Hej«, meldete sie sich. »Was gibt es, Malin?«

»Britta ist im Krankenhaus. Sie hatte Wehen, also habe ich sie hingefahren.«

»Wann denn?«

»Heute früh um neun.«

Eva erstarrte. »Wie bitte? Warum erfahre ich das erst jetzt?«

»Einer musste sich ja um den Laden kümmern«, sagte

Malin lapidar. »Außerdem wollte Britta dich nicht beunruhigen. Sie meinte, beim ersten Kind dauert es meist sowieso ewig.«

Eva war wütend, ließ sich aber nichts anmerken. Nachdem sie die Verbindung getrennt hatte, wandte sie sich zu David um. »Tut mir Leid, ich muss ins Krankenhaus. Meine Freundin bekommt ihr Baby.«

»Kein Problem. Ich fahre Sie hin.«

Eva lächelte erleichtert. »Gute Idee. Mit dem Fahrrad dauert es wahrscheinlich ewig.«

Sie eilte hinaus zu seinem Wagen, doch dann merkte sie, dass er in eine andere Richtung ging. Er zeigte zur Anlegestelle. »Mit dem Boot geht es viel schneller!«

Er half ihr beim Einsteigen und startete den Motor. Als er sich über den Außenborder bückte, rutschte ihm ein kleines Buch aus der Hosentasche. Eva hob es auf und las den Titel. *Schafzucht.*

Belustigt drehte sie sich zu ihm um. »Ach, Sie also auch?«

David lachte, dann zog er ein zusammengefaltetes Blatt Papier aus der anderen Hosentasche und klappte es auseinander. Eva sah, dass es einer ihrer Internetausdrucke war. Sie grinste ihn frech an. »Schafzucht, hm?«

Er nickte und ließ sie nicht aus den Augen, während er das Boot von der Anlegestelle weg hinaus auf den See lenkte. »Sieht aus, als hätten wir eine Menge gemeinsam.«

Da war es wieder. Eva konnte ihn nur noch anstarren und versuchen, dabei nicht die Fassung zu verlieren. Gab es das überhaupt, so einen machtvollen Sog zwischen zwei Menschen, die sich kaum kannten? Schließlich wich sie seinen Blicken aus und versuchte, an andere Dinge zu denken. Zum Beispiel daran, dass Britta gerade ihr Kind bekam und ihre beste Freundin nicht bei ihr war. Eva beschloss, Malin bei nächster Gelegenheit gehörig die Meinung zu sagen.

Im Hafen von Barkhult nahmen sie ein Taxi und fuhren das letzte Stück zum Krankenhaus. David übernahm das Bezahlen und meinte, sie solle ruhig schon reingehen, er werde in der Zwischenzeit Gustav besuchen. Eva bedankte sich und rannte durch die Gänge des Krankenhauses, bis sie den Kreißsaal gefunden hatte. Nach einigem Hin und Her ließ eine Schwester sie ein und brachte sie zur zuständigen Hebamme. Die ließ Eva kurz angebunden wissen, dass Mutter und Kind wohlauf seien.

»Sie meinen, das Baby ist schon da?«, fragte Eva konsterniert.

»Bei manchen geht es eben schneller«, meinte die Hebamme. Sie führte Eva zu einem Zimmer und öffnete die Tür. Eva wagte kaum, den Kopf hineinzustrecken, doch Britta hatte sie schon gesehen.

»Komm rein«, sagte sie leise. »Komm rein und schau dir meine Tochter an.«

Eva schluckte und ging die wenigen Schritte, die sie vom Bett trennten. Britta war blass und wirkte erschöpft, aber das Glück brachte ihre Züge zum Leuchten und verlieh ihr eine beinahe überirdische Schönheit. In der Beuge ihres rechten Arms lag ein weiß umhülltes Bündel, aus dem eine winzige Faust herausschaute.

Eva konnte nicht anders, sie fing an zu weinen, während sie neben das Bett trat und sich über das Bündel beugte. »Gott, wie schön sie ist!«

Britta sagte nichts. Sie nahm Evas Hand und drückte sie. Beide schwiegen und betrachteten das verknautschte rote Gesichtchen des neuen Erdenbürgers. Im nächsten Moment wurde die friedliche Stille jäh unterbrochen, denn die Tür flog auf und Peter kam hereingestürzt, einen gigantischen Blumenstrauß in der Hand. Den er im nächsten Moment fallen ließ und neben dem Bett auf die Knie sank, um zuerst seine Frau und dann seine Tochter zu küssen. Er war ein großer, beinahe ungeschlachter Mann, doch an seinen Bewegungen war nichts Ungeschicktes, als er sacht über das Flaumhaar des Babys streichelte. »Warum hast du nicht auf mich gewartet?«, flüsterte er vorwurfsvoll.

»Mir ging es auch nicht besser«, informierte Eva ihn.

Er schaute hoch und grinste sie an. »Hallo, Patentante.«

»Ich lasse euch dann mal allein«, sagte sie.

»Bleib doch noch«, meinte Britta.

Eva schüttelte den Kopf. Sie fand, dass dies eine Zeit war, die allein den Eltern und dem Baby gehören sollte.

Auf dem Weg zum Ausgang spürte sie immer noch einen Teil der Euphorie, die Britta vorhin verströmt hatte. Etwas Gewaltiges war von ihr ausgegangen, eine geheimnisvolle, neuartige Macht, und Eva ahnte plötzlich, was es wirklich bedeutete, wenn eine Frau Mutter wurde. Eine diffuse Sehnsucht erwachte in ihr, und zum ersten Mal in ihrem Leben dachte sie, wie es wohl wäre, wenn ...

Als sie um die nächste Ecke bog, lief sie beinahe in jemanden hinein, den sie kannte.

»Herr Axelsson!« Eva musterte ihn verblüfft. Gustav war in normaler Kleidung unterwegs, eine Reisetasche in der Hand. »Sie dürfen schon wieder nach Hause?«

»Ja«, sagte er wortkarg, während er bereits Anstalten machte, sich zu entfernen.

»Schön, dass es Ihnen wieder besser geht.« Eva war immer noch erstaunt. Mit dieser Wendung der Ereignisse hatte sie nicht gerechnet. Zögernd ging sie ihm nach. »Wenn ich noch irgendwas für Sie tun kann ...«

»Nein, Sie haben schon genug getan«, meinte er über

die Schulter. Besonders dankbar klang es nicht, und Eva musterte ihn erstaunt, als sie begriff, was er damit gemeint hatte.

»Weil ich den Arzt gerufen habe? Hören Sie, Sie konnten sich nicht mehr bewegen! Was hätten *Sie* denn in dieser Situation gemacht?«

»Mit einem Hexenschuss muss man nicht ins Krankenhaus«, behauptete Gustav.

Eva zog es vor, darauf nicht zu antworten. Er hätte ihr sowieso nicht mehr zugehört. »Wiedersehen.« Er nickte ihr kurz zu und humpelte davon, das Gesicht verzerrt und ein Bein nachschleifend, als wäre es taub.

Mehr als irritiert von dieser merkwürdigen Begegnung, folgte Eva ihm in einiger Entfernung zum Ausgang. Verspätet kam ihr der Gedanke, dass sie ihn nach der Wolle hätte fragen können. Eilig ging sie ihm nach. »Herr Axelsson? Warten Sie, Herr Axelsson!«

*

Gustav dachte nicht daran, stehen zu bleiben. Einerseits schämte er sich, weil er so grob zu ihr gewesen war – ein kurzes Dankeschön wäre das Mindeste gewesen –, und andererseits fürchtete er, sie könne ihm auf die Schliche kommen und einen der weiß gewandeten Quälgeister herbeirufen. Bevor es dazu kam, würde er rennen wie der Teufel.

Doch leider war es mit dem Rennen nicht weit her. Ächzend versuchte er, seine Schritte zu beschleunigen, doch dabei wäre er um ein Haar gestürzt. Außerdem wurden die Schmerzen allmählich so schlimm, dass er Angst hatte, das Bewusstsein zu verlieren. Vor seinen Augen bildeten sich bereits schwarze Flecken, und er bekam immer schlechter

Luft. Endlich hatte er die Ausgangstür erreicht, die er mühsam aufstieß. Nur um im selben Moment zu begreifen, dass er wieder verloren hatte.

*

David stand auf dem Parkstreifen vor dem Eingang des Krankenhauses und telefonierte mit der Sachbearbeiterin des Bauernverbandes. Sie hatte ihm bereits am Morgen versprochen, eine Aushilfe zu besorgen, doch da er bis jetzt nichts gehört hatte, fand er, es könne nicht schaden, seiner Bitte ein wenig Nachdruck zu verleihen. Sie meinte, dass sie bis nächste Woche jemanden besorgen könne.

»Nächste Woche ist es zu spät. Ich brauche *jetzt* jemanden! Hören Sie, es stehen über zweihundert Schafe auf dem Hof!«

»Ich will sehen, was ich tun kann«, sagte die Frau.

David wäre fast das Handy runtergefallen, als er sah, wer soeben aus dem Krankenhaus gehinkt kam.

»Ich rufe Sie wieder an«, sagte er geistesabwesend ins Handy, bevor er auf Gustav zueilte. »Du lieber Himmel, was machst du denn hier?«

Ein Pfleger kam aus der Tür gestürzt, einen zusammenklappbaren Rollstuhl in der Hand. Eva folgte ihm auf dem Fuße, einen besorgten Ausdruck im Gesicht.

»Was er hier macht?«, rief der Pfleger. »Abhauen! Herr Axelsson, so geht das nicht!« Er klappte den Rollstuhl auseinander und schob ihn Gustav kurzerhand in die Kniekehlen.

Gustav machte gar nicht erst den Versuch, sich zu wehren. Er sackte zusammen und ließ sich in den Stuhl fallen. Das Kinn sank ihm auf die Brust, und David sah, dass der Alte völlig entkräftet war.

»Um Himmels willen, was tust du denn?«, fragte er.

»Ist das hier etwa ein Knast oder was?« Gustavs Stimme zitterte viel zu sehr, um störrisch zu klingen. »Bring mich nach Hause, ja?«

»Er steht immer noch unter starken Schmerzmitteln«, sagte der Pfleger. »Er kann nicht nach Hause, tut mir Leid. Die Operation ist für morgen angesetzt.«

»Schon gut«, meinte David. Zu Gustav sagte er: »Wenn du das alles hier hinter dir hast, würde ich gern mit dir reden.«

»Es gibt nichts zu reden. Du kannst Monica ausrichten, dass ich mich nicht von meinem eigenen Hof vertreiben lasse. Wenn ich ihr als Schafbauer nicht fein genug bin, dann soll sie sich eben einen anderen Vater suchen.« Er verfiel in erschöpftes Schweigen, und der Pfleger schob ihn ohne großes Federlesen zurück ins Gebäude.

Eva, die schweigend die Diskussion verfolgt hatte, kam näher. »Alles in Ordnung?«

David drehte sich lächelnd zu ihr um. »Bei mir schon. Und wie ist es mit Ihnen?«

»Ich habe ein kleines Patenkind. Es ist ein Mädchen.«

»Das freut mich.« Er schaute auf die Uhr. »Ich muss leider zurück zum Hof. Die Arbeit wartet nicht. Die Schafe müssten schon längst geschoren sein.«

»Das kommt mir sehr gelegen«, meinte Eva. »Ich habe nämlich ein Attentat auf Sie vor.«

*

»Also, ich weiß nicht«, sagte Eva zaudernd. Im Internet hatte alles sehr einfach ausgesehen. Sie hatte sich sogar ein altes Video aus Brittas Beständen zu Gemüte geführt, auf dem es kinderleicht ausgesehen hatte. Schwitzende Männer mit nackten Oberkörpern hatten die Schafe in null Komma nichts aus der Wolle geholt und dabei ausgesehen wie auf einem Modelwettbewerb.

David mochte ja diese Rolle noch in etwa ausfüllen – er hatte sogar schon das Hemd ausgezogen –, doch sie selbst hatte nicht die geringste Ähnlichkeit mit der Meggy aus *Die Dornenvögel*. Außerdem war Scheren wohl doch etwas anders als Rasieren. Das Ding in ihrer Hand fühlte sich nicht gerade an wie ihr elektrischer Ladyshave.

Davon abgesehen war ihr nur zu bewusst, welch himmelweiter Unterschied zwischen Theorie und Praxis bestand. Sie hatte gelesen, dass eine Schafschur großes Geschick erforderte, und dass es, wenn der Scherer unvorsichtig war, leicht zu Verletzungen beim Schaf kommen konnte. In diesem Punkt bestand zwischen Menschen und Schafen kein Unterschied. Eine Klinge war eine Klinge, und wenn sie scharf war – was sie sein musste –, konnte sie in die Haut schneiden.

Eva hatte Seiten gefunden, auf denen davon berichtet wurde, wie viele Schafe allein in Australien nur an den Folgen der Schur zu Grunde gingen, etwa an infizierten Schnitten oder unbehandelten Wunden. Es waren zehntausende jedes Jahr.

»Wir versuchen es einfach«, schlug David aufmunternd vor.

Eva schluckte. Er hatte gut reden. Als Kind war er hier quasi ein und aus gegangen und hatte natürlich auch bei der Schur geholfen. Die Griffe und Techniken waren ihm vertraut, und er wusste genau, wie es sich anfühlte, wenn man das Schaf zu Boden warf, festhielt und dann das elektrische Schergerät ansetzte. Geübte Scherer machten das ganz allein, sie brauchten keine Assistenz. Sehr erfahrene Kräfte waren sogar mit einem Schaf in etwa einer Minute fertig. Eva fing an zu rechnen, wie lange *sie* wohl brauchen würde. Vielleicht dasselbe in Stunden? Machte bei über zweihundert Schafen ungefähr …

»Zählst du vielleicht Schafe?«, fragte David amüsiert. »Nicht, dass du mir einschläfst!« Er stand neben ihr, an den Querbalken der Box gelehnt, in die sie vorhin ein halbes Dutzend der Schafe getrieben hatten.

Schon während der Rückfahrt mit dem Boot waren sie ganz zwanglos zum *Du* übergegangen. Eva fragte sich, ob das nicht ein Fehler gewesen war, denn durch das Weglassen der Förmlichkeiten schien sich seine Anziehungskraft auf sie noch verstärkt zu haben. Ein Effekt, der sich auf der Stelle potenziert hatte, als er sein Hemd auszog. Eva warf aus den Augenwinkeln einen Blick zu ihm hinüber, machtlos gegen die Hitze, die sie bei seinem Anblick durchflutete.

Er stand wachsam da, den muskulösen Oberkörper angespannt und den Blick auf die Schafe gerichtet, die blökend in der Box umherliefen. Anscheinend ahnten sie schon, was ihnen blühte.

»Ich schnappe mir eins und halte es fest. Du scherst. Fang einfach ganz vorsichtig an. Du wirst sehen, dass du schnell ein Gefühl dafür kriegst. Mach gleitende Bewegungen, setz die Klinge flach an und übe nicht zu viel Druck aus. Aber sei auch nicht zu zaghaft, sonst bleibt das Gerät stecken.«

Er ließ ihr keine Zeit mehr zum Überlegen, denn im nächsten Moment machte er einen Satz und griff sich ein Schaf. Mit geschickten Griffen rang er es zu Boden, ein Knie auf dem Leib des Tieres und eine Hand am Kopf, das Maul umfassend und zur Seite drehend.

»Los!«, rief er.

Zuerst zaghaft, dann entschlossen tat Eva, wozu er sie

aufgefordert hatte. Sie befolgte seine Anweisungen, so gut sie es eben konnte, auch wenn es anfangs alles andere als einfach war. Es erwies sich als praktisch unmöglich, ein Fell in einem Stück zu gewinnen, obwohl das für die Weiterverarbeitung besser gewesen wäre. Zweimal musste sie das Gerät ausschalten, weil es stecken geblieben war, und einmal merkte sie, dass sie das Schaf geschnitten hatte, weil ihr Blut über die Hand lief. Entsetzt hörte sie auf und wollte nicht weitermachen, doch das ließ David nicht gelten. Ruhig erklärte er ihr, dass das noch öfter passieren würde und dass es für die Schafe nicht schlimmer sei, als wenn Männer sich beim Rasieren schnitten. Gustav habe hier im Stall alle nötigen Mittel, um solche kleineren Verletzungen zu behandeln. Eva ließ sich überzeugen und machte weiter, obwohl es ihr schwer fiel. In Gruppen zu je einem halben Dutzend trieben sie die Schafe vom Pferch durch einen Brettergang in die Box zum Scheren, und sobald eins fertig war, durfte es zurück auf die Weide. Allmählich wuchs die Anzahl der geschorenen Schafe, auch wenn es bei weitem nicht an die Ausbeute heranreichte, die Meggys Mann in *Die Dornenvögel* vorzuweisen hatte. Sie schafften kein einziges Schaf in einer Minute, aber als sie mit der Arbeit aufhörten, hatten sie gemeinsam immerhin fünfundzwanzig Schafe von ihrer Wolle befreit.

Irgendwann merkte Eva, dass sie nicht mehr konnte. Auch wenn sie noch gewollt hätte – es ging einfach nicht mehr. Sie ließ sich rücklings ins Stroh fallen, während David das zuletzt geschorene Tier mit einem Klaps in die Freiheit entließ.

Er kam zurück und setzte sich neben sie auf den Boden, schwitzend, verdreckt, mit verstrubbelten Haaren und intensiv leuchtenden Augen.

»Wir waren nicht schlecht, oder?«, fragte er.

»Wir waren professionell!«

Plötzlich veränderte sich etwas. Eine wilde, hitzige Spannung baute sich zwischen ihnen auf. Eva kam es so vor, als müsse sie durch Wasser atmen. Keuchend rang sie nach Luft und starrte ihn hilflos an.

»Eva«, flüsterte er.

Flüssiges Feuer schien durch ihre Adern zu strömen, als er seine Hand ausstreckte und sacht ihre Wange berührte. Sie wusste, dass er ihr Zittern bemerkte, doch sie konnte nichts dagegen tun. Alles, was sie fertig brachte, war, ihre Hand über seine zu legen und sie dort an ihrem Gesicht festzuhalten.

Sie weigerte sich, darüber nachzudenken, wie sie wohl aussah oder gar roch. Nichts war mehr von Bedeutung, nur noch sein ernstes, männlich schönes Gesicht, als er sich plötzlich über sie beugte und mit den Lippen vorsichtig ihren Mund berührte.

Als er den Kopf wieder hob, stand ein fragender Ausdruck in seinem Gesicht. »Was tun wir jetzt?«, flüsterte er.

Eva atmete mühsam ein. »Ich ... Ich suche eine Spinnerei für die Wolle. Und du wirst zurück nach Stockholm fahren und einen neuen Schokoriegel erfinden.«

»Wirklich?« Sein Blick bannte sie bis in ihre Seele. Er beugte sich erneut über sie, und diesmal beschränkte er sich nicht auf eine kurze Liebkosung. Er umfasste ihren Kopf mit beiden Händen und hob ihn halb an, während sein Mund den ihren förmlich verschlang.

Sie erwiderte seinen Kuss und drängte sich dabei mit ihrem ganzen Körper an ihn, um die Hitze seines Verlangens zu spüren. Sie fühlte sich wie die sprichwörtliche Motte, die zu nah ans Licht geflogen war und jetzt verbrannte. Es war verrückt, gefährlich, unverantwortlich – und wundervoll.

Sie hätten es ganz sicher nicht bei diesem Kuss belassen,

wenn nicht plötzlich draußen eine Männerstimme gerufen hätte.

»Gustav? Bist du da drin?«

David war kaum aufgesprungen, als auch schon jemand in der offenen Stalltür erschien und zu ihnen hereinspähte. Eva stand ebenfalls auf und fuhr sich hastig durch die Haare – eine sinnlose Geste, denn das, was sie auf dem Kopf hatte, fühlte sich mindestens ebenso verfilzt an wie die Wolle, die überall in großen Haufen herumlag. Außerdem war sie von oben bis unten mit Schafsmist, Blut und Desinfektionsmittel beschmiert, und mit dem großen Riss in ihrer Bluse war auch nicht gerade viel Staat zu machen.

Der Besucher war ein Mann in mittleren Jahren, mit verkniffenen Gesichtszügen und ausgeprägten Tränensäcken. Er stellte sich als Emil Martinsberg vor und teilte ihnen mit, dass er zufällig gerade in der Nähe gewesen sei und sich bei der Gelegenheit vergewissern wolle, ob mit Gustav alles in Ordnung sei.

»Er wird morgen operiert«, sagte Eva. Sie hatte den vagen Eindruck, dass David ihr ein bestimmtes Zeichen geben wollte, doch im Moment stand sie auf der Leitung. Sie war noch völlig durcheinander wegen des Kusses.

»So«, sagte Martinsberg knapp. »Dann suche ich mir eben einen anderen Lieferanten.«

»Gustavs Käse ist außergewöhnlich gut«, wandte David ein. »Ihre Kunden werden sicher nicht darauf verzichten wollen.«

»Es wird ihnen nichts anderes übrig bleiben. Sagen Sie Gustav, es tut mir Leid.« Er wandte sich zum Gehen.

Jetzt erst merkte Eva, was sie mit ihrer vorschnellen Auskunft angerichtet hatte. »Warten Sie! Ähm, ich hatte vorhin gar nicht erwähnt, dass ... Nun, Gustav hat eine Aushilfe gefunden für die Zeit, in der er nicht da ist.«

Martinsberg runzelte die Stirn. »Eine Aushilfe?«

»Ja«, erklärte Eva. »Er macht jetzt hier die Arbeit.« Bei *Er* zeigte sie auf David, der, wie sie fand, für einen Moment etwas begriffsstutzig dreinschaute, dann aber mit bewunderungswürdiger Überzeugungskraft ihr Spiel mitspielte.

»Hab ich Sie nicht schon im Krankenhaus gesehen?«, wollte Martinsberg wissen.

»Sicher«, sagte David. »Das war, als Gustav mich eingestellt hat.«

»Und was ist jetzt mit dem Käse?«

»Den bekommen Sie schon«, behauptete Eva.

Damit gab Martinsberg sich fürs Erste zufrieden. Als er gegangen war, schaute Eva zu David auf, der sie frech angrinste. »Kann es sein, dass ich verrückt geworden bin?«, fragte er.

»Kann schon sein«, kicherte sie. »Aber wäre das so schlimm?«

»Ein Abenteuer ist es auf jeden Fall.« Sein Lächeln wurde breiter. »Vor allem die Sache mit dem Käse.«

»Ich liebe Abenteuer«, sagte Eva, diesmal völlig ernst. Sie hörte Martinsbergs Wagen davonfahren. Halb hoffte, halb bangte sie, dass sie jetzt da weitermachen würden, wo sie vorhin aufgehört hatten.

David hatte ebenfalls aufgehört zu lächeln. Ohne große Umstände zog er sie in seine Arme, und als sein Mund ihre Lippen berührte, wusste Eva, dass die Zeit für Spielchen endgültig vorbei war.

*

Eva hatte das Gefühl, jeder müsse ihr ansehen, dass ihre Welt neuerdings Kopf stand. Obwohl sie in aller Eile geduscht und sich umgezogen hatte, war sie erhitzt und verlegen, als sie den Laden betrat. Sie blieb mit gesenktem Kopf neben der Eingangstür stehen, bis Malin die Kundin, der sie gerade ein Schaukelpferdchen verkauft hatte, fertig bedient hatte.

»Da bist du ja endlich«, sagte Malin, als die Kundin den Laden verlassen hatte. »Was treibst du eigentlich den ganzen Tag?«

»Arbeiten.« Das war sogar die reine Wahrheit, denn zwischen ihr und David war außer einem weiteren leidenschaftlichen Kuss nichts vorgefallen. Er hatte ihr nicht einmal die Bluse aufgeknöpft. Nicht, dass er es nicht vielleicht gern getan hätte. Aber bevor es dazu kommen konnte, hatte Malin angerufen und darauf bestanden, dass Eva endlich im Laden erschien.

»Schön, dass du mich mal ablöst.« Um Malins Mund lag ein beleidigter Zug. »Alle haben meine Großnichte schon gesehen, nur ich nicht.«

»Jetzt bin ich ja da.« Eva trat auf sie zu und umarmte sie spontan. »Komm, sei nicht sauer! Ich habe mich ja auch nicht aufgeregt, dass du mir nichts von Brittas Wehen erzählt hast!«

Malin musste lachen. »Sei froh. Ich habe dir jede Menge Aufregung erspart.«

»Kann sein. Jedenfalls danke, dass du die Stellung gehalten hast. Es war wirklich wichtig.« Eva lächelte triumphierend. »Ich habe nämlich dafür gesorgt, dass wir bald wieder neue Wolle haben!« Sie hielt inne. »Sag mal, wo gibt es denn hier eine Spinnerei?«

»Drüben in Billarb. Frag nach Sonja Sörensen.«

Eva bedankte sich und suchte sofort die Telefonnummer der Spinnerei heraus. Sie erreichte die Inhaberin, die ihr den Weg beschrieb und ihr zusicherte, die Wolle in der kürzestmöglichen Zeit zu verspinnen.

Malin nahm ihre Handtasche und verabschiedete sich. Eva blieb bis zum Abend im Laden, aufgekratzt und von rastloser Energie erfüllt. Die Knochen und Muskeln taten ihr so weh, dass sie unter normalen Umständen bei jeder Bewegung gestöhnt hätte. Doch die Umstände waren eben nicht normal. Der Schmerz war ihr willkommen, denn er war momentan die einzig fassbare Realität: Er verlieh ihr Schwere und hinderte sie daran, davonzuschweben. Ihr war, als säße sie auf einem Karussell, das sich immer schneller drehte, weiter und weiter, bis der Himmel über ihr wirbelte. Sie konnte nur hoffen, dass sie noch wusste, wo sie war, wenn es wieder anhielt.

*

David saß draußen auf der Terrasse, als Monica anrief. Er hatte schon den ganzen Abend überlegt, was er ihr sagen würde, wenn sie sich meldete. Ihm waren tausend treffende Formulierungen eingefallen, doch als er ihre Stimme hörte, war sein Gehirn wie leer gefegt. Das Einzige, was er mit großer Bestimmtheit äußern konnte, war seine Meinung zu dem Job in Chicago. Er sagte Monica klipp und klar, dass er nicht daran interessiert war. Wie erwartet, schäumte sie vor Wut, was ihn davor bewahrte, ihr noch einige andere Wahrheiten zu eröffnen. Er sagte sich, dass es schlechter Stil sei, per Telefon mitzuteilen, dass es jemand anderen gab; es ihr von Angesicht zu Angesicht zu sagen war das Wenigste. Doch gleichzeitig ahnte er, dass diese Art von Rücksichtnahme weniger seiner Loyalität als vielmehr seiner Feigheit entsprang.

»Ich verstehe das einfach nicht!«, rief Monica. »Du hast zuerst gesagt, du weißt nicht, ob du den Job willst. Und jetzt sagst du auf einmal, dass du ihn definitiv nicht willst!

Was ist los mit dir? Ich habe mir deinen Vertrag geben lassen, verstehst du? Er ist unterschriftsreif!« Ihre Stimme klang laut und verzerrt aus Davids Handy. In der Leitung knackte es hin und wieder, weil die Funkverbindung nicht ideal war. Zudem kostete sie das Gespräch ein Vermögen, das sie sich auch hätte sparen können. Sie war übermorgen wieder hier und hatte dann alle Zeit der Welt, mit ihm zu reden. Doch sie war offenbar entschlossen, es heute auszudiskutieren. »Du bist überarbeitet«, sagte Monica. »Wir bereden alles noch mal in Ruhe. Das letzte Wort ist darüber noch nicht gesprochen!«

»Soweit es mich betrifft: doch. Außerdem solltest *du* dir diesen Jobwechsel auch noch mal überlegen. Du musst an deinen Vater denken.«

»Aha«, sagte sie sofort. »Es geht dir nur um ihn! Dachte ich es mir doch!«

David wollte protestieren, doch sie ließ ihn nicht zu Wort kommen. »Wie gut, dass ich Frederik Malson angerufen habe«, sagte sie.

»Wer ist Frederik Malson?«

»Mein neuer Zahnarzt. Er ist ernsthaft an dem Hof interessiert. So ein Objekt sucht er schon lange.«

»Was soll das!« David sprang auf und widerstand dem Verlangen, das Handy von sich zu schleudern. »Du bist überhaupt nicht befugt, den Hof jemandem anzubieten! Er gehört deinem Vater! Monica, das kannst du nicht machen!«

»Ich sehe das anders«, sagte sie. »Papa wird sich nie zu einer Veränderung durchringen. Also muss ich Fakten schaffen. Und ich sage dir was: Wenn Frederik den Hof wirklich kaufen will, dann werde ich Papa dazu überreden, es zu tun. Er kann einfach nicht so unvernünftig sein, diese Chance auszuschlagen!«

David ging mit Riesenschritten auf der Terrasse hin und her. »Hast du denn kein Problem damit, das Haus, in dem du aufgewachsen bist, dem Nächstbesten zu überlassen? Du bist doch hier auch mal glücklich gewesen.« Er hielt inne, dann setzte er rasch hinzu: »Früher. Ich meine, bevor ... «

»Bitte nicht«, unterbrach ihn Monica. Aus ihrer Stimme klangen Trauer und Bitterkeit. »Das ist alles lange her. Zu lange.« David hörte sie durchatmen, dann fuhr sie fort: »Lass uns nicht über die Vergangenheit reden. Ich denke an die Zukunft. An *unsere* Zukunft. Und die liegt hier, in Chicago.«

David blieb abrupt stehen. »Monica, ich ... «

»Wir reden über alles, wenn ich wieder da bin.« Sie zögerte. »Du fehlst mir, David.«

Er schwieg, weil ihm keine passende Antwort einfiel.

»David?«

»Ich ... ähm, ja, es ist wirklich ungewohnt, getrennt zu sein«, meinte er ausweichend. Er horchte seiner eigenen Stimme nach und merkte, wie unehrlich es klang. Er empfand Abscheu vor sich selbst, vor seiner Unfähigkeit, die volle Wahrheit zu sagen.

Als sie ihm endlich eine gute Nacht wünschte, fühlte er sich miserabel. Erschöpft ließ er sich auf den Stuhl fallen, doch dann besann er sich und stand wieder auf. Hier draußen zu sitzen und auf den nächtlichen See zu schauen hatte für ihn auf einmal keinen Wert mehr. Er nahm das Brett mit dem Käse und die Wasserflasche und ging zurück ins Haus.

*

Als Eva aus der Stadt zurückkam, war es kurz vor Mitternacht. Sie hatte erwartet, dass alles schlief, doch als sie das Haus betrat, hörte sie die leisen Stimmen aus dem Wohnzimmer. Sie lugte durch den Türspalt und sah die jungen Eltern nebeneinander auf dem Sofa sitzen. Peter hielt das kleine Bündel in den Armen und schaute es an, als ob er es immer noch nicht fassen konnte, dass jetzt ein neuer Mensch zur Familie gehörte.

Britta hatte Eva gesehen und lächelte. »Na, so spät noch unterwegs?«

»Ihr aber auch.« Eva betrat das Zimmer und versuchte dabei, das Geschenk hinter ihrem Rücken zu verstecken. Doch natürlich war es dafür viel zu groß. Peter lachte, als er den überdimensionalen Elch aus Plüsch sah.

»Da müssen wir wohl anbauen.«

Eva kam auf Zehenspitzen näher, drückte Britta den Elch in die Hand und zupfte vorsichtig an dem Wickeltuch, bis sie das kleine Gesicht sehen konnte. »Es ist ein Wunder, oder?«, flüsterte sie. »Diese winzigen Finger, das Näschen ...« Staunend blickte sie Britta an. »Wie hast du das gemacht?«

Britta grinste. »Frag Peter.« Sie stand auf und schob sich dabei unwillkürlich die Hand ins Kreuz, so, wie sie es die letzten Wochen über immer getan hatte. Nur, dass es jetzt kein schweres Gewicht mehr auszugleichen gab. Britta merkte es und krauste die Nase. »Komisch, dass der dicke Bauch auf einmal weg ist. Muss ich mich erst dran gewöhnen.« Sie hakte Eva unter und ging mit ihr gemeinsam in die Küche. Eva schaute durch die offene Verbindungstür zu Peter hinüber, der ebenfalls aufgestanden war und sich das Baby über die Schulter gelegt hatte. Mit seligem Gesichtsausdruck wanderte er durchs Zimmer und gab dabei eine Reihe brummender Geräusche von sich. Er wirkte so sehr wie ein großer, tapsiger Bär, dass Eva sich auf die Unterlippe beißen musste, um nicht zu lachen. Sie wandte sich zu Britta um, die sich gerade ein Glas Milch einschenkte und dann einen Teller mit kalten Pfannkuchen* aus dem Kühlschrank holte.

»Wie geht es dir?«, wollte Eva wissen. »Bist du wieder ganz in Ordnung?«

»Klar«, rief Peter, der ihre Frage gehört hatte. »Sie hat ja auch bloß ein Kind gekriegt!«

Eva streckte ihm scherzhaft die Zunge raus. Sie fand ohnehin, dass Humor in dieser Situation ohne weiteres angebracht sei. Britta hatte ein Riesenglück gehabt. Das Baby war zwar drei Wochen zu früh gekommen, aber es war groß und kräftig genug, um weder Medikamente noch sonstige ärztliche Behandlung zu brauchen. Im Grunde war alles so gelaufen, wie Britta es sich gewünscht hatte: Sie hatte ambulant entbinden und das Baby gleich mit nach Hause nehmen können. Alles war sozusagen nach Plan verlaufen, bis auf den Umstand, dass Peter es nicht geschafft hatte, rechtzeitig zur Geburt hier einzutreffen. Doch Britta hatte sich von Anfang an nicht auf seine Anwesenheit versteift. Sein Job auf der Bohrinsel ging noch ein halbes Jahr, und es war klar, dass er bis dahin immer nur sporadisch zu Hause sein konnte.

Eva nahm sich einen von den Pfannkuchen und aß ihn. Zuerst glaubte sie, es nur zu tun, um ihre Verlegenheit wegen der Frage, die sie Britta gleich stellen wollte, zu überspielen. Doch dann merkte sie plötzlich, dass sie ungeheuren Hunger hatte. Es war lächerlich, aber sie hatte tatsächlich den ganzen Tag nicht daran gedacht, etwas zu essen.

* Plättar (Schwedische Pfannkuchen) – Rezept siehe Anhang

»Ich darf doch, oder?« Eva fand es peinlich, wie schnell die Schale leer war, aber Britta trug es offenbar mit Fassung, dass ihr Mitternachtsimbiss binnen Sekunden im Mund ihrer Freundin verschwand. »Raus mit der Sprache«, befahl sie, als Eva den letzten Bissen kaute.

Eva verschluckte sich und nutzte das aus, um etwas länger zu husten, als es nötig gewesen wäre. Anschließend meinte sie mit zur Seite gewandtem Blick: »Weißt du, ich möchte dich gern fragen, wie dringend du mich brauchst.«

»Henning hat dir vier Wochen freigegeben. Du willst doch nicht etwa jetzt schon abhauen?«

»Du lieber Himmel nein!« Eva druckste herum. »Ich meine nur ... Im Laden ... Malin macht das eigentlich perfekt. Und hier im Haus ... Peter ist ja im Moment da.«

»Worauf willst du eigentlich hinaus?« Britta hielt nachdenklich inne. »Warte. Sag mir lieber, was du angestellt hast, während ich mal eben ein Kind gekriegt habe. Da war doch was, oder?«

»Nein, überhaupt nichts.« Eva kreuzte rasch unterm Tisch zwei Finger. »Es könnte bloß sein, dass ich ... Na ja, dass ich eine neue Seite an mir entdeckt habe.«

»Ach«, meinte Britta angelegentlich. »Eine gute Seite?«

»Keine Ahnung. Das muss ich noch herausfinden. Es sei denn, dass du mich dringender brauchst. Das ginge dann natürlich vor.«

Darauf ging Britta nicht ein. »Es hat mit diesem Schäfer zu tun.« Es war eine Feststellung, keine Frage.

»Nicht das, was ich jetzt meine.« Eva wollte nicht im Detail erklären, worum es ihr ging. Dazu war die Idee, die sich heute im Laufe des Abends in ihrem Kopf eingenistet hatte, noch viel zu unausgegoren. Doch irgendwie musste sie Britta plausibel machen, was sie eigentlich wollte. Sie versuchte es, doch mehr als eine unzusammenhängende Erklärung brachte sie nicht zu Stande. »Schau, es ist so ... Ich bin im Moment so unsicher, über mein ganzes Leben. Ich meine, du hast jetzt das Baby ... Das ist wundervoll, etwas ganz Neues! Und ich – ich mache seit Jahren immer nur dasselbe. Bettwäsche, Tischwäsche, Handtücher, Geschirrtücher. Wenn ich mal Gardinen entwerfen darf, ist das schon eine Sensation! Ich möchte ...« Sie brach ab und schob in einer Geste der Hilflosigkeit den leeren Teller auf dem Tisch hin und her.

Britta griff nach ihrer Hand und hielt sie fest. »Schon gut. Ich denke, du weißt, was du tust.«

Eva lächelte sie erleichtert an. Eilig stand sie auf, ging um den Tisch herum und schloss ihre Freundin in die Arme. »Du bist toll, hab ich dir das schon gesagt?«

Peter stand im Durchgang zum Wohnzimmer, das Baby in seinen Armen wie eine winzige Puppe. »Hauptsache, ihr beiden seid euch einig. Ich muss ja davon nichts verstehen.«

»Du bist ein Mann, mein Schatz«, sagte Britta. »Die brauchen mit dem Verstehen immer etwas länger.«

Eva ließ die beiden mit ihrem Nachwuchs allein und ging auf ihr Zimmer. Höchste Zeit, dass sie endlich zur Ruhe kam. Ihre neuen Erfahrungen mit der Schafschur waren zwar lehrreich gewesen, würden ihr aber spätestens morgen den schlimmsten Muskelkater ihres Lebens bescheren. Trotzdem würde sie es jederzeit wieder tun. Selten hatte ihr eine Arbeit solchen Spaß gemacht. Es lag nicht nur daran, dass David dabei gewesen war, sondern auch an der schlichten Tatsache, dass sie diesen Hof mitsamt seinen Schafen – *vor allem* mit den Schafen – als etwas Besonderes empfand. Sie hatte heute mit ihren Händen Leistungen vollbracht, deren sie sich früher nicht für fähig gehalten hatte. Es war auf einmalige Weise neu und aufregend gewesen, und sie spürte mit all ihren Sinnen, dass sich dies nicht verbrauchen würde, wenn sie es wiederholte.

Sie warf sich rücklings auf das Bett des kleinen Gästezimmers, das Britta so liebevoll für sie hergerichtet hatte. Ihre Fingerspitzen glitten über den Satinstoff des Bettbezuges, ein sündhaft teures Modell mit aufwändigem Chinoiserie-Druck. Sie selbst hatte es entworfen, und da sie ständig Produktionsmuster als Angestelltendeputat bekam, musste sie nie mit wertvollen Präsenten geizen. Sowohl Britta als auch sie selbst schliefen nur in ausgesucht hochwertiger Bettwäsche.

Auf Gustavs Hof war alles eher schlicht und zum Teil schon ziemlich alt, aber es war sauber und gepflegt, von den Fußböden über die Möbel bis hin zu den Tischdecken und Vorhängen. Er und seine Frau mussten die Einrichtung des Hauses am Anfang ihrer Ehe mit großer Sorgfalt und Liebe zum Detail ausgesucht haben, und Gustav hatte sich nach Kräften bemüht, alles zu erhalten.

Ihr selbst würde es da gefallen, dachte Eva unvermittelt. Und für David galt das Gleiche, möglicherweise in noch stärkerem Ausmaß. Sie hatte den deutlichen Eindruck gehabt, dass er sich auf dem Hof beinahe wie zu Hause fühlte.

Sie sagte sich, dass sie sich endlich ausziehen sollte, doch sie spürte, dass sie nicht würde schlafen können. Sie war immer noch zu aufgekratzt. Trotzdem rappelte sie sich hoch und ging ins Bad, um sich wenigstens die Zähne zu putzen und ihr zerzaustes Haar in Ordnung zu bringen. Als sie vor dem Spiegel stand, sah sie, dass sie den kleinen Anhänger ihrer Halskette verloren hatte. Er war nicht besonders wertvoll, jedenfalls nicht nach materiellen Maßstäben. Es handelte sich um ein kleines Granatherz, zu dem sie auch die passenden Ohrringe besaß. Sie hätte sich ohne weiteres ein neues kaufen können, doch das Herz war das letzte Geschenk ihrer Eltern gewesen, bevor sie tödlich verunglückt waren. Sie hatte es zu ihrem achtzehnten Geburtstag bekommen.

Vor der Schafschur hatte es noch an der Kette gehangen, das wusste sie genau. Sie hatte neben David gestanden und den kleinen Anhänger betastet, wie sie es häufig tat, wenn sie nervös war. Er musste ihr bei der Arbeit im Stall runtergefallen sein.

Eva beschloss spontan, hinzufahren und nachzusehen. Auf die eine Viertelstunde kam es nun auch nicht mehr an, und vielleicht konnte sie hinterher endlich schlafen. Sie schlich auf Zehenspitzen aus dem Haus, weil sie Britta und Peter nicht schon wieder stören wollte. Sie holte das Fahrrad aus dem Schuppen und nahm eine Stablampe mit.

Der Nachtwind kühlte ihr erhitztes Gesicht, und sie merkte, wie sehr die kurze Fahrt sie anstrengte. Vermutlich würde sie hinterher schlafen wie ein Stein.

Zu ihrer Überraschung fand sie den Anhänger tatsächlich innerhalb weniger Minuten. Er lag dicht beim Gatter, genau an der Stelle, wo sie die ganze Zeit während der Schur auf dem Boden gekniet hatte. Der Fund löste einen Schub von Euphorie in Eva aus, denn sie machte sich klar, was für ein Glück sie gehabt hatte. Ebenso gut hätte das Herz in einem der Wollhaufen liegen können, die sich entlang der Wände auftürmten.

Eva schob den Anhänger vorsichtig in ihre Brieftasche und ging nach draußen. Sie legte die Handtasche in den Fahrradkorb und wollte gerade aufsteigen, als ein Geräusch sie innehalten ließ. Es kam vom Seeufer. Mit einem Mal wusste Eva, dass David dort drüben war. Sie hatte keine Ahnung, woher dieses Wissen stammte, aber es war da – eine instinktive Sicherheit, die sie dazu zwang, sich in Bewegung zu setzen und zum See hinunterzugehen. Das Blut rauschte in ihren Ohren, immer im Rhythmus ihres Herzschlags, und einen irrsinnigen Moment glaubte sie, sterben zu müssen, wenn sie ihn nicht fand.

*

Er war noch einmal zum See hinuntergegangen, weil er die Zeitschriften holen wollte, die er in Barkhult gekauft und dann auf dem Boot vergessen hatte. Ihm war danach, vor dem Zubettgehen noch etwas zu lesen. Er hätte natürlich auch versuchen können, zu schlafen, doch sogar nach all den Anstrengungen des Tages fühlte er sich hellwach, fast wie von einer Droge aufgeputscht.

Er hockte sich auf den Steg, um das Boot heranzuziehen, als er plötzlich ihre Gegenwart spürte. Gehört hatte er nichts, dazu war sie zu weit weg, aber er wusste, dass sie hier war.

Langsam drehte er sich um, und da sah er sie.

Sie kam durch das hohe Gras am Seeufer auf ihn zugeschritten, eine Traumgestalt mit wehendem Haar, silbrig wie die Sichel des Mondes, der über den Birken stand. Ihr Gesicht war ernst und dabei zugleich von einem Liebreiz, der kaum von dieser Welt sein konnte.

David richtete sich auf und streckte ihr ohne nachzudenken die Hand entgegen. Eva tat die wenigen Schritte, die sie noch trennten, und dann ergriff sie seine Hand und schaute ihn an. Ihre Augen schimmerten dunkel, Verheißung und Forderung zugleich.

David zog sie an sich und hob sie hoch, als wöge sie nicht mehr als ein Kind, und in der nächtlichen Stille trug er sie hinüber zum Boot.

*

Sie wurde von einer Fliege geweckt, die über ihrem Gesicht summte. Orientierungslos blinzelte sie in den blauen Himmel und musste gleich darauf die Augen wieder schließen, weil die Sonne sie blendete. Erst mit einiger Zeitverzögerung ging ihr auf, dass sie nicht im Bett lag, sondern die Nacht mit David auf dem Boot verbracht hatte. Sie hatten auf dicken Schaffellen geschlafen, die er aus dem Bootshaus geholt hatte. Es war gar nicht mal so unbequem, abgesehen davon, dass ihr ganzer Körper schmerzte wie nach einer ausgedehnten Prügelei. Nicht, dass sie sich je geprügelt hätte, aber sie war davon überzeugt, dass es sich so und nicht anders anfühlte.

Schwer zu sagen, ob ihr Einsatz bei der Schafschur daran schuld war oder ob es eher an ihren nächtlichen Aktivitäten lag. Sie spürte das Blut in ihre Wangen schießen, als sie sich daran erinnerte, was sich hier nach Mitternacht in der Zeit zwischen eins und schätzungsweise vier Uhr früh abgespielt hatte. Sie hatte sich immer für eine Frau mit normal ausgebildeter Sexualität gehalten, aber das, was sie mit David erlebt hatte, sprengte all ihre Vorstellungen von Leidenschaft und Erotik auf eine Weise, dass es keinen Zweifel geben konnte, wie einmalig diese Beziehung war.

Es fragte sich nur, ob sie überhaupt eine Beziehung hatten. Sowohl in ihrem als auch in seinem Leben gab es einige Dinge, die dagegen sprachen. Zum Beispiel Henning auf der einen und Monica auf der anderen Seite. Außerdem hatte David von Amerika gesprochen, von einem neuen Job und neuen Chancen. Eva hatte es nicht richtig mitbekommen, denn ihr Kopf war übervoll gewesen von tausend anderen Gedanken. Doch heute, im grellen Licht des frühen Morgens, fiel ihr einiges von dem, was er gesagt hatte, wieder ein, denn plötzlich war jedes Wort bedeutsam, das gegen diese zerbrechliche neue Bindung stehen konnte.

Leise stöhnend kämpfte sie sich unter der Decke hervor, die David gestern Nacht über sie beide gebreitet hatte. Er lag neben ihr, lang ausgestreckt auf der Seite, den Kopf auf einen angewinkelten Arm gebettet und ein Bein angezogen. Im Schlaf sah er aus wie ein Junge, auf so spitzbübische Weise kindlich, dass Eva sich spontan ihren Zeichenblock herbeiwünschte, um dieses Bild mit ihren eigenen Händen festhalten zu können.

Sie hockte sich im Schneidersitz neben ihn und beobachtete ihn fasziniert beim Aufwachen. Er schlug langsam und blinzelnd zuerst ein Auge auf, und dann, als er sie sah, folgte das andere mit größerer Geschwindigkeit.

»Du bist ja schon wach«, murmelte er. »Schon Zeit fürs Frühstück?«

»Hunger hätte ich schon.«

Er setzte sich auf und hängte sich die Decke um die Schultern. »Ich auch.« Er beugte sich vor, um sie zu küssen, und einen atemlosen Augenblick lang genossen sie beide die Nähe des jeweils anderen.

»Ich fürchte, ich kann dich hier nicht mit einem opulenten Frühstück verwöhnen«, sagte David.

»Ich verzeihe dir«, meinte Eva. »Wenn du versprichst, dass es nie wieder vorkommt.«

Anstelle einer Antwort griff David nach einer Angel, die seitlich am Boot befestigt war, und warf sie mit zielsicherem Schwung aus.

»Was soll das werden?«, fragte Eva amüsiert.

Er grinste sie an. »Frühstück?«

Sie kicherte und nahm ihm die Angel aus der Hand. »Da ziehe ich doch ausnahmsweise die herkömmliche Variante vor.«

Sie küssten sich erneut, dann zogen sie sich schweigend an. Eva betrachtete ihn verstohlen, und schließlich wagte sie es, die brennende Frage zu stellen. »Wir sollten wohl über Monica reden, oder?«

»Sie ist in Chicago«, sagte David tonlos. »Bereitet da unsere Zukunft vor.«

»Dieser Job, von dem du gesprochen hast – was genau bedeutet es?«

»Ich habe ein hervorragendes Angebot von einem amerikanischen Lebensmittelkonzern. Von so was träumt man sonst nur.«

»Wann wollt ihr rübergehen?«

»Wenn es nach Monica ginge, spätestens im September, aber ich ...«

Sie fiel ihm ins Wort. »September – da ist es wunderschön rund um Chicago. Indian Summer.«

Er schaute sie unverwandt an. »Der September ist auch hier in Schweden sehr schön. Ich liebe es, wenn die ersten Nebel kommen. Und wenn am Ende des Sommers alles plötzlich so still wird.«

»Ein bisschen wie ein Märchenzauber«, pflichtete sie ihm leise bei.

Sie schwiegen eine Weile, jeder seinen Gedanken nachhängend.

»Und du?«, fragte David schließlich. »Gibt es bei dir jemanden?«

Sie zögerte, doch dann nickte sie. Sie wollte mehr erzählen, ihm erklären, dass diese Beziehung nicht mehr von

Bedeutung für sie war, doch er hatte sich bereits abgewandt, um auf den Steg zu klettern. Sie folgte ihm, und gemeinsam gingen sie zum Haupthaus hinüber. Sie setzte abermals an, mit ihm über Monica und Henning zu sprechen, doch dann besann sie sich und schwieg lieber. Sie hatte begriffen, dass jetzt dafür vermutlich der falsche Zeitpunkt war. Wenn sie überhaupt mit jemandem über ihre Beziehung – oder besser: deren Ende – sprechen würde, dann mit demjenigen, den es als Ersten betraf, nämlich mit Henning selbst. Und warum sollte sie mit David über Monica sprechen, solange nicht sicher war, wie er darüber dachte? Es war seine Angelegenheit, für klare Verhältnisse zu sorgen. Falls er daran überhaupt interessiert war. Männer dachten in dem Punkt bekanntlich ein wenig anders als Frauen. Wenn sich ein Abenteuer bot, nahmen sie es gern mit, und hinterher hatten sie kein Problem, zur Tagesordnung überzugehen. Sie würde den Teufel tun, sich mit der Frage lächerlich zu machen, ob er sie womöglich als One-Night-Stand betrachtete.

Doch es gab noch ein anderes, ebenfalls sehr wichtiges Thema, das ihr am Herzen lag, und wenn sie jetzt nicht davon anfing, würde sie es vielleicht nie mehr fertig bringen.

»Wegen der Wolle«, begann Eva.

»Ja?« David wandte sich zu ihr um, einen verschlossenen Ausdruck im Gesicht.

»Ich würde sie gern in die Spinnerei bringen. Du weißt ja, dass Gustav meine Freundin beliefert. Seit seiner Krankheit ist er im Rückstand, und sie braucht die Wolle dringend für ihr Pulloversortiment.«

»Kein Problem«, sagte David sofort. »Wenn du willst, helfe ich dir beim Transport.«

»Dafür hast du keine Zeit. Einer muss sich ja um den Käse kümmern, sonst ist Gustav seinen Abnehmer los.«

Er verzog in gespieltem Schreck das Gesicht. »Du denkst aber auch an alles. Sagtest du nicht, du bist Textildesignerin? Das ist doch eigentlich etwas Künstlerisches. Ein bisschen versponnen, ein bisschen weltfremd ... «

»Klischees«, sagte Eva sofort.

Durch das kleine Geplänkel hatte sich die Stimmung zwischen ihnen entschieden gebessert, doch damit war es vorbei, als aus dem Haus das Klingeln eines Telefons zu hören war. Sie wusste, dass Gustav keines besaß, folglich war es Davids Handy.

Eva schaute zum offenen Küchenfenster, von wo das beharrliche Klingeln ertönte. »Das ist vermutlich Monica.«

»Kann sein. Ich gehe wohl besser mal dran.«

»Ja, tu das.« Hastig wandte sie sich ab, um zum Fahrrad zu gehen.

»Eva!«, rief er ihr nach. »Ich ... Es war schön!«

Sie nickte mit abgewandtem Gesicht. Aus den Augenwinkeln sah sie, wie er zum Haus eilte.

*

Nachdem sie bei Britta und Peter gefrühstückt und sich umgezogen hatte, fuhr sie mit Malins kleinem Lieferwagen zurück zu Gustavs Hof. Davids Wagen war nicht da. Einen bangen Moment lang glaubte sie, er sei abgereist, doch dann sah sie, dass die Schafe auf der Weide waren. Er würde nicht einfach nach Stockholm verschwinden und die Schafe längere Zeit hier draußen lassen. Wahrscheinlich war er zum Einkaufen gefahren.

Als sie in den Stall kam, sah sie zu ihrer Überraschung, dass er die Wolle in Jutesäcke gestopft und alles ordentlich neben dem Eingang gestapelt hatte. Sie musste die Säcke nur noch im Lieferwagen verstauen.

Während der Fahrt nach Billarb dachte sie darüber nach, was sie Henning sagen sollte. Ob und wie es mit ihr und David weiterging, war für sie dabei zweitrangig. Ihre Beziehung mit Henning war schon vorher nicht mehr tragfähig gewesen, das war ihr jetzt erst richtig klar. Eine Trennung war unausweichlich. Dass sie mit ihm reden musste, stand außer Frage, doch sie hatte keine Ahnung, wie sich ihr Kontakt künftig gestalten sollte. Schließlich konnte sie sich nicht einfach von ihm trennen, wie andere Leute es taten. Sie lebte nicht nur mit ihm in einer Wohnung, sondern sie war auch in seiner Firma beschäftigt und brauchte das Geld, das sie dort verdiente, zum Leben. Aus der Wohnung konnte sie ausziehen, und das würde sie auch schnellstmöglich tun. Doch mit dem Job war das so eine Sache. Arbeitsplätze waren in ihrem Beruf nicht allzu reichlich vorhanden, schon gar nicht welche, die so gut bezahlt wurden. Sicher, sie konnte sich etwas anderes suchen, aber so schnell ging das nicht. Ganz abgesehen davon, dass sie momentan in einer rabenschwarzen Schaffenskrise steckte und nicht wusste, ob sie je wieder vernünftige Designs entwerfen konnte. Solange ihr immer nur Schafe, Wolle und Pullover im Kopf herumgeisterten, würde daraus auf absehbare Zeit auch nichts mehr werden.

Sie fand die Spinnerei in Billarb erst nach einigem Suchen, doch dafür hatte sie in anderer Hinsicht Glück, denn die Frau, die sie draußen vor dem Gebäude antraf, war die Besitzerin, Sonja Sörensen. Sie kontrollierte frisch gefärbte Wolle, die draußen zum Trocknen aufgespannt war. Eva stellte sich vor. »Winklund. Wir hatten telefoniert. Ich bringe die Wolle von Gustav Axelsson.«

Sonja Sörensen nickte. »Er hat die besten Schafe weit und breit. Gute Pflege macht sich einfach in besserer Wollqualität bemerkbar.« Sie deutete auf ihren eigenen

Pullover. »Manchmal stricke ich mir auch was daraus.«

»Diese Farbe ...« Eva war fasziniert. Der Pullover war von einem so klaren Orange, wie sie es bisher an Wolle noch nie gesehen hatte. »Wie ist das gefärbt?« Eva unterbrach sich und deutete auf die Ständer an der Außenseite des Gebäudes. »Oder das da drüben. Das sieht ja herrlich aus!« Die Wolle, die dort aufgespannt war, leuchtete in unterschiedlichsten Regenbogenfarben. Blau, Rot, Orange, Gelb, Türkis – die Stränge schienen förmlich zu glühen.

Sonja Sörensen winkte einem Arbeiter, der die Wollsäcke aus Malins Lieferwagen holte und ins Gebäude trug, dann wandte sie sich zu Eva um. »Sie sind gar nicht neugierig, wie?« Sie grinste gutmütig. »Aber es ist kein Geheimnis. Jeder weiß hier, dass ich schon länger mit Pflanzenfarben experimentiere.«

»Ich würde sagen, das Experiment ist voll und ganz gelungen.« Eva war begeistert. Nicht nur, weil die Farben von so überwältigender Leuchtkraft waren, sondern weil soeben eine Idee in ihrem Kopf Gestalt gewann. Die Sache mit den Schafen und den Pullovern war ihr die ganze Woche nicht aus dem Kopf gegangen, aber jetzt erst, hier draußen vor Sonja Sörensens Spinnerei, wurde eine konkrete Vorstellung daraus. Sie ging zu einem der Ständer und zog einen Faden aus einem Strang. »Das ist ziemlich dick. Lässt sich das auch feiner spinnen?«

»Natürlich, das ist kein Problem.« Sonja Sörensen schaute Eva fragend an. »Verraten Sie mir, worüber Sie gerade so angestrengt nachdenken?«

Eva schüttelte den Kopf, doch sie strahlte dabei. »Das ist noch nicht spruchreif. Aber auf jeden Fall finde ich es sehr spannend, Sie kennen gelernt zu haben!«

*

Eva sprudelte förmlich über vor Begeisterung, als sie in den Laden gestürmt kam. »Malin, ich habe eine Wahnsinnsidee!«

Malin, die neben dem Ständer mit dem Trachtenschmuck stand, drehte sich zu ihr um. Eva erstarrte. Malin war nicht allein. Sie war in Gesellschaft von jemandem, den Eva hier zuallerletzt erwartet hatte.

»Eine Idee?«, sagte Henning. »Darauf habe ich gewartet. Dann hat dir die Zeit hier am Ende der Welt doch noch gut getan.« Lächelnd trat er auf sie zu und zog sie in die Arme. »Hallo, meine Schöne! Gut siehst du aus! Ein bisschen schmutzig, aber gut.«

Verlegen machte sie sich los und trat einen Schritt zurück. Als sie ihre Haare aus der Stirn strich, merkte sie, dass Wollreste sich in den Strähnen verfangen hatten, und ihre Jeans sah aus, als hätte sie damit den Schafstall aufgewischt.

»Was machst du hier?«, fragte sie. »Ist was passiert?«

»Das könnte ich dich fragen. Ich habe gestern den ganzen Tag versucht, dich anzurufen, und heute wieder.«

Sie betrachtete die schwarzen Ringe unter ihren Fingernägeln und hoffte, dass ihr das schlechte Gewissen nicht allzu deutlich anzusehen war. Gestern hatte sie kurzerhand ihr Handy abgeschaltet, weil sie in Davids Beisein nicht gestört werden wollte.

»Du hättest bei Britta anrufen können«, sagte sie.

»Das habe ich getan«, versetzte er in ärgerlichem Tonfall. »Nur um zu erfahren, dass sie schon längst ihr Baby hat.«

Eva merkte, wie sie errötete. »Die Kleine ist gerade mal zwei Tage alt!«

»Und du hast nur zufällig vergessen, mir davon zu erzählen, oder?«

Auf diese Frage gab es keine Antwort, jedenfalls keine, die ihr Versäumnis gerechtfertigt hätte. Daher versuchte sie es gar nicht erst, sondern hielt lieber den Mund.

»Wie auch immer«, sagte Henning. »Britta kommt offenbar schon wieder ganz gut allein zurecht. Du bist praktisch nie bei ihr, und außerdem ist Peter ja da.« Er betrachtete sie abwägend, und ihr war klar, worauf er hinauswollte: Sie sollte nach Linköping zurückkommen und in der Firma weiterarbeiten.

»Wir haben vier Wochen ausgemacht«, protestierte sie. »Die brauche ich auch!«

Die Türglocke bimmelte, und zwei Kundinnen kamen in den Laden. Malin, die sich bisher im Hintergrund gehalten hatte und der Debatte schweigend gefolgt war, bedachte Eva mit einem warnenden Blick. »Könnt ihr beiden bitte woanders weiterstreiten? Eure Probleme interessieren wirklich nicht jeden.«

»Entschuldige, Malin.« An Henning gewandt, setzte sie hinzu: »Komm, wir gehen ein bisschen, ja?«

Sie spazierten ein Stück den See entlang, und Eva war dankbar, dass Henning angefangen hatte, von der Firma zu sprechen. Er hielt sie locker untergefasst und redete über neue Aufträge, wichtige Kunden und anstehende Geschäftsreisen. Sie gewann dadurch Zeit, sich zu sammeln. Doch wie erwartet, dauerte es nicht lange, bis er zum Anfang ihrer Unterhaltung zurückkehrte.

»Wie war das gleich mit deiner neuen Idee? Es ging doch dabei bestimmt nicht um eine Ladendekoration, oder?«

»Du kennst mich doch«, sagte Eva ausweichend. »Ich habe dauernd Ideen. Aber die müssen erst reifen. Und bevor ich mir nicht sicher bin, rede ich nicht darüber. Habe ich noch nie getan.«

»Hör mal, du bist meine Angestellte! Laut Vertrag hast du kreativ zu sein – für *mich*!«

Eva suchte nach einer möglichst diplomatischen Erwiderung. »Du hast ja Recht. Und ich bin dir auch wirklich dankbar für den Freiraum, den du mir lässt.«

»Na ja.« Henning schien geschmeichelt und erfreut. »Ich habe schon so eine Ahnung, was ein Künstler braucht, oder?«

Sie nickte zustimmend und hasste sich, dass sie ihm nicht einfach hier und jetzt die volle Wahrheit sagen konnte. Doch sie konnte es sich nicht leisten, ihn jetzt zu verprellen, denn sie würde ihn noch dringend brauchen. Ohne ihn konnte sie ihre Idee gleich begraben.

»Gib mir doch diese vier Wochen«, bat sie. »Ich muss einfach meinen Kopf auslüften, meine Gedanken neu ordnen ... Ich habe das Gefühl, dass ich noch lange nicht das Ende der Fahnenstange erreicht habe. Henning, bitte gib mir diese Zeit!«

Henning lächelte und zog sie in seine Arme. »Sagen wir, ich täte es. Aber es geht ja nicht nur ums Geschäft! Was ist mit mir? Mit uns beiden? Vielleicht habe ich ja keine Lust, vier Wochen lang allein zu schlafen!«

Sie versteifte sich in seinen Armen. »Ein bisschen Enthaltsamkeit hat noch keinem geschadet.« Ihr wurde ein wenig übel, nachdem sie das gesagt hatte. Du lieber Himmel, was tat sie denn hier? Welche schleimige, verlogene Kreatur kam da aus den Tiefen ihres Charakters gekrochen?

Entschlossen hob sie den Kopf. »Henning, ich muss dir etwas sagen ...«

»Okay, okay«, fiel er ihr ins Wort. »Ich hab's ja begriffen. Du brauchst deine Ruhe, und ich lasse sie dir. Aber dafür versprichst du mir eine neue Kollektion, die allen die Luft wegbleiben lässt!«

Eva klappte verdutzt den Mund zu und starrte ihn an. »Du … bist einverstanden?«

Er zuckte die Achseln. »Wenn du zurück bist, feiern wir. Denn das Schöne am Fasten ist bekanntlich das Fastenbrechen, nicht wahr?«

Er zog sie erneut in die Arme, um sie zu küssen.

Sie duldete es eine schreckliche Sekunde lang, dann drehte sie den Kopf zur Seite und riss sich los. »Tut mir Leid, ich muss weg! Ich hatte Britta versprochen, Windeln zu besorgen! Du weißt schon – junge Mütter … Lass uns telefonieren!« Sie war schon auf dem Weg über die Straße und winkte ihm zu, ein gezwungenes Lächeln auf den Lippen und tiefschwarzen Selbsthass im Herzen.

*

David fand, dass er sich gar nicht so schlecht machte als Melkbursche. Am Anfang hatte es so ausgesehen, als würde er es nie hinkriegen, aber dann hatte er einfach seinen Händen das Denken überlassen, und schon hatte es geklappt. Er erinnerte sich, wie oft er mit Monica damals hier im Stall gehockt und Schafe gemolken hatte. Ihm hatte es immer einen Riesenspaß gemacht, doch für Monica war es nur langweilige, stupide Arbeit gewesen, vor der sie sich drückte, wo es nur ging. Nach dem Tod ihrer Mutter war sie auf ihren eigenen Wunsch hin auf ein Internat gegangen, wo es zu ihrer Erleichterung kein einziges Schaf gab.

Sie hatten einander eine Weile geschrieben, Kinderbriefe voll unbeholfener Zuneigung, die mit der Zeit seltener wurden und schließlich nur noch zu Weihnachten oder zum Geburtstag eintrafen. Dass sie sich vor sieben Jahren in Stockholm wiedergetroffen hatten, war eher ein

Zufall gewesen. Sie hatte in einem Restaurant drei Tische weiter gesessen, und er hatte sie auf Anhieb erkannt. Damals hatte er das Gefühl gehabt, ein Stück Heimat wiederzufinden. Nachdenklich lauschte David dem Geräusch der plätschernden Milch.

Dann, von einer Sekunde auf die andere, wusste er plötzlich, dass Eva hier war. Ihm schoss durch den Kopf, dass es vielleicht tatsächlich so etwas gab wie Magie, eine geheimnisvolle Macht, die bestimmte Sensoren in seinem Inneren aktiviert hatte, sodass er diese Frau wahrnehmen konnte, noch bevor sie richtig angekommen war.

Und tatsächlich, im nächsten Moment tauchte sie in der offenen Stalltür auf. Im Gegenlicht war ihre schmale Gestalt wie von Feenstaub überzogen. Langsam kam sie näher, eine stumme Frage im Blick.

»Sei froh, dass du nicht früher hier warst«, sagte David. »Am Anfang habe ich mich ziemlich dämlich angestellt. Aber dafür klappt es jetzt umso besser. Wie sagte mein Großvater immer: Du kannst alles erreichen. Du musst es nur wollen.« Er gab dem Schaf einen Klaps, und als es davongesprungen war, hob er den vollen Eimer. »Siehst du?«

Er merkte, dass er sie mit seiner launigen kleinen Begrüßungsrede nicht aus der Reserve gelockt hatte. Beklommenheit breitete sich in ihm aus, während er aufstand und auf sie zuging. »Ist alles in Ordnung? Du siehst so … bedrückt aus.«

»Es ist nichts. Ich muss nur … nachdenken.«

»Über das Käsemachen?« David zeigte auf die beiden anderen Eimer, die er im Laufe der letzten beiden Stunden in mühsamer Melkarbeit gefüllt hatte. »Ich habe heute lange mit einem Kollegen telefoniert, der sich hervorragend mit dem Käsemachen …«

»Nicht nur darüber«, unterbrach sie ihn.

Er begriff sofort, was sie meinte. Stumm trat er nah an sie heran und legte seine Hand an ihre Wange. Sie schmiegte ihren Kopf in seine Handfläche und schien seine Berührung zu genießen, doch dann löste sie sich von ihm und wich einen Schritt zurück. »Lass uns anfangen, ja?«

»Womit?«, fragte er heiser.

»Mit dem Käsemachen natürlich.«

*

Es wurde eine ziemliche Katastrophe. Schafscheren und Melken war eine Sache, aber das Käsemachen offenbar eine andere. David musste kleinlaut einräumen, dass er zwar in seiner Kindheit jedes Jahr bei der Schur geholfen und unzählige Male das Melken übernommen hatte, aber kein einziges Mal beim Käsemachen dabei gewesen war. Das war allein Gustavs Domäne gewesen.

Von der Theorie bis zur Praxis war es ein weiter Schritt, vor allem dann, wenn zwischen beiden eine unerwartete Mauer aus komplizierten Gerätschaften auftauchte. David hantierte in der Käseküche mit Lab-Eimern, Sterilisatoren und Gerinnungsbehältern herum und stellte nach kurzer Zeit fest, dass er gut beraten war, wenn er es sein ließ. Er wusste zwar, dass der Frischkäse, den er herstellen wollte, nicht aus der Rohmilch, sondern der Molke gewonnen wurde, und dass die Molke vorher dickgelegt und daher erhitzt werden musste. Er wusste, dass die Wärme das Albumin der Molke gerinnen ließ. Er kannte auch aufs Grad genau die dafür erforderlichen Temperaturen und die einzelnen Schritte der chemischen Prozesse. Er war schließlich Lebensmittelchemiker.

Aber er hatte keine Ahnung, wie genau er diesen verdammten Käse machen sollte. »Wer braucht schon Ricotta«, murmelte er.

»Emil Martinsberg«, sagte Eva trocken.

»Wir werden eine Lösung finden.« Er grinste. »Und wenn sie im nächsten Käsegeschäft hinter der Theke liegt.«

Eva kicherte. »Na, dann viel Glück.« Ihr Gesicht wurde ernst, und zögernd setzte sie hinzu: »Ich wünsche uns beiden Glück. In jeder Beziehung.«

Das war alles, was er an Ermunterung brauchte. Mit zwei Schritten war er bei ihr und zog sie in seine Arme. Sie erwiderte seinen Kuss mit einem Hunger, der ihn überraschte. Sie hatte sich ebenso danach gesehnt wie er, eine Erkenntnis, die ihn mit einer wilden Befriedigung erfüllte.

Der Kuss dauerte nur ein paar Sekunden, dann fuhren sie auseinander. Draußen ertönte wildes Gebell, dann war Gustavs Stimme zu hören. »Akka, da bin ich wieder! Freust du dich?«

*

Gustav schaute dem davonfahrenden Taxi nach, und als er sich wieder umdrehte, sah er David und die Frau über den Hof kommen. Sein erster Impuls war, sich zu verstecken, aber dazu war es natürlich zu spät. Folglich tat er so, als wäre alles in bester Ordnung.

»Hallo. Da bin ich wieder. Was macht ihr denn hier?«

»Wonach sieht es denn aus?« David lächelte ihn an. »Wir kümmern uns um deinen Hof.«

Gustav fühlte einen Anflug von Ärger, doch dann schalt er sich selbst einen Idioten. Die Arbeit hier machte sich schließlich nicht von allein.

»Wir wollten sogar Käse machen«, sagte Eva. »Haben wir leider nicht so gut hingekriegt wie das Scheren.«

»Na, dann ist es ja gut, dass ich wieder da bin«, knurrte Gustav. »Emil wird seinen Käse pünktlich kriegen.« Er rieb sich das Kreuz, nahm die Tasche auf und ging zum Haus. Natürlich folgten die beiden ihm, deshalb ging er nur bis zur Terrasse, in der Hoffnung, den Besuch hier draußen schneller loszuwerden. Wenn er sie erst ins Haus ließ, würde es sicher länger dauern, bis sie verschwanden.

»Danke für eure Hilfe.« Er ließ sich langsam und mit durchgedrücktem Rücken auf einem Stuhl nieder. Die Schmerzen waren auszuhalten, er hatte vorhin im Krankenhaus die Dosis eines ganzen Tages auf einmal geschluckt. Leider machte das Zeug auch ziemlich müde. »War nett, dass ihr hier wart. Aber jetzt müsst ihr eure Zeit nicht länger für mich verschwenden.«

»Sind Sie denn schon wieder ganz in Ordnung?«, fragte Eva. »Sollten Sie nicht operiert werden?«

»Das war jetzt doch nicht nötig.« Gustav hielt inne, um einen Geistesblitz anzubringen, der die Lüge wesentlich plausibler erscheinen lassen würde. »Sie sagen, man kann es auch in ein paar Monaten machen.«

»Ich könnte noch ein paar Tage hier bleiben und dir zur Hand gehen«, sagte David.

»Danke, nicht nötig. Du gehörst zu Monica, nach Stockholm.«

»Monica ist in Chicago.«

Gustav meinte, deutliches Unbehagen in Davids Miene zu lesen, und der Frau schien es auch nicht besser zu gehen. Ob sie ihm glaubten? Wenn nicht, würde es neue Schwierigkeiten geben. Bestimmt würden sie nicht zögern, ihn wieder ins Krankenhaus zu schaffen.

Doch zu seiner Erleichterung verabschiedete sich die Frau gleich darauf. »Ich muss los. Wiedersehen, Herr Axelsson. Alles Gute. Und falls Sie doch mal Hilfe brauchen, rufen Sie mich bei Britta Martensson an.« Sie drehte sich zu David um. »Wiedersehen, David.«

Gustav hatte immer noch den Eindruck, dass etwas nicht stimmte, doch er hatte keine Ahnung, worum es ging. Stumm schaute er zu, wie die Frau vom Hof radelte, dann wandte er sich David zu. »Hör zu, es ist nicht nötig, dass du hier bleibst. Du gehörst an die Seite von Monica.« Er musste plötzlich schlucken. »Sie braucht dich, David. Sie hat sonst niemanden, weißt du. Sie ist ... einsam. Und es ist ... Es ist meine Schuld. Deswegen bin ich froh, dass sie dich hat.«

Vermutlich war das die längste Rede, die er je gehalten hatte, doch es waren Worte, die herausmussten, und er war froh, dass er sie ausgesprochen hatte.

»Es war nicht deine Schuld, dass ... «

»Doch«, unterbrach Gustav ihn mit harter Stimme. »Monica braucht jemanden, der sie stützt, und das bist du.«

David schob die Daumen in seine Gürtelschlaufen. Auf seiner Miene malte sich unverhüllte Verärgerung. »Eine Nacht bleibe ich auf jeden Fall noch hier. Heute versorge ich noch einmal die Schafe, und dann fahre ich morgen im Laufe des Tages zurück nach Stockholm.« Er hob die Hand, als Gustav Einwände erheben wollte. Dann wandte er sich ab und ging mit Riesenschritten davon.

*

Eva hatte es sich bei Britta im Garten unter dem Sonnenschirm bequem gemacht und zeichnete wie eine Besessene. Als Gustav gestern Monica erwähnt hatte, war sie so schnell wie möglich verschwunden. Doch ein weiterer Grund für ihren überstürzten Aufbruch war der drängende Wunsch gewesen, die Bilder aus ihrem Kopf Realität werden zu lassen. Mit bunter Aquarellkreide und Kohlestiften brachte sie einen Entwurf nach dem anderen aufs Papier, bis sie eine ganze Kollektion beisammenhatte. Pullover, Strickkleider, Jacken, Schals … Ach was, es würde für zwei Kollektionen reichen! Es war wie ein Fieber, das sie plötzlich befallen hatte und das sie nur kurieren konnte, indem sie ihre Gedanken in Farben kleidete. Farben, die wie das Spektrum des Regenbogens leuchteten.

Britta kam mit einem Kuchentablett aus dem Haus und schaute Eva über die Schulter. »Wenn das eine kreative Blockierung ist, möchte ich so was auch gern haben.«

Eva schaute auf. »Es gefällt dir? Ehrlich?«

»Ich würde mir jedes einzelne Teil sofort kaufen«, sagte Britta mit Bestimmtheit. »Und meine Kunden werden mir die Sachen aus den Händen reißen.« Sie zeigte auf die Entwürfe. »Das da ist die perfekte Verbindung zwischen Tradition und modernem Design.«

Eva platzte vor Stolz, weil es Britta gefiel. Es gab keinen Menschen, der so schonungslos ehrlich war wie Britta. Sie würde niemals lügen, nur um jemandem zu schmeicheln.

Britta hielt Eva ein Stück Gebäck hin. »Probier das. Selbst gebacken. Mein erster Kuchen nach der Entbindung.«

Eva biss ein Stück ab. »Mhm, das ist köstlich. Was ist das?«

»Schokoladentorte*. Hat ungefähr eine Million Kalorien. Aber ich bin ja eine stillende Mutter, und du kannst es sowieso vertragen.«

Malin kam durch den Garten, die Geldtasche mit den Tageseinnahmen in der Hand. Sie beugte sich über den

* Chokladtårta (Schwedische Schokoladentorte) – Rezept siehe Anhang

Kinderwagen, in dem ihre Großnichte schlief. »Meine Güte, sie ist einfach entzückend!« Sie nahm ein Stück von dem Kuchen und rollte genießerisch die Augen, dann warf sie einen Blick auf Evas Entwürfe. »Du lieber Himmel, das ist ja unglaublich! Wann hast du das denn gemacht?«

»Gestern Abend und heute. Meinst du, dass du das für mich stricken kannst?«

»Sicher. Fragt sich nur, womit.«

Eva holte einen Strang sonnengelber Wolle aus ihrer Umhängetasche, reichte ihn Malin und wartete auf deren Reaktion.

»Wahnsinn!«, rief Malin überwältigt aus. »Diese Farbe! Und so fein gesponnen!« Sie nahm eines der Blätter mit den Entwürfen. »Klar, so was kann ich stricken. Größe achtunddreißig?«

Eva nickte. »Und noch einen in Kindergröße, wenn's geht. Vielleicht für ein Vierjähriges. Ich brauche einfach mal ein paar Musterstücke.«

»Und mach bitte schnell«, fügte Britta hinzu. »Ich glaube nämlich, wir sind gerade dabei, auf eine Goldgrube zu stoßen.«

»Na ja, noch ist es ein Versuch«, schwächte Eva ab.

Sie wollte weiterreden, doch in diesem Moment klingelte ihr Handy. Gleich gestern nach ihrer Rückkehr hatte sie es eingeschaltet, doch David hatte sich nicht gemeldet. Bis jetzt. Sie sah seinen Namen auf dem Display und presste eine Hand auf den rasenden Puls an ihrer Kehle. Die erstaunten Blicke von Britta und Malin ignorierend, lief sie eilig ins Haus, um ungestört telefonieren zu können.

*

Sie trafen sich an der verabredeten Stelle, ein einsames Stück Seeufer, wo wilder Hafer wuchs, unterbrochen durch hügelige grüne Grasflecken, auf denen die Frühlingsblumen bunte Sprenkel bildeten.

Er riss sie in seine Arme und presste sie an sich, bis sie ihre Rippen knacken hörte. Es tat weh, aber der Schmerz war ihr willkommen, denn er bewies ihr, mit welcher Macht dieser Mann sie begehrte.

Als er sie minutenlang küsste, befand sie sich wieder auf dem rasenden Karussell, das die Welt um sie herum zu einem diffusen Wirbel verschwimmen ließ.

Danach wurden sie ruhiger. Er legte einen Arm um sie, und sie gingen am See entlang. Er war so groß, dass sie ihren Kopf in seine Achselbeuge drücken konnte, an die Stelle, wo sie sein Herz schlagen hörte, wenn sie ihr Ohr dicht genug an seinen Brustkasten schob. Sie unterhielten sich über Gustav und den Hof, über Schafe, Wolle und Käse, doch damit schoben sie das Wesentliche nur vor sich her.

Eva fasste es schließlich in Worte. »Vielleicht ist ja alles viel zu kompliziert. Vielleicht sollten wir einfach so tun, als wäre nichts.«

»Das kann ich nicht«, sagte David. »Und ich will es auch nicht. Das mit uns ... es ist zu stark.«

»Aber du hast Pläne mit Monica.«

»Pläne kann man ändern.«

»Willst du das denn?«

Er blieb stehen und zog sie noch dichter an sich. »Ich habe mich hier immer wohl gefühlt. Hier auf dem Land, nicht in Stockholm. Und jetzt soll ich nach Chicago gehen?«

»Du hast selbst gesagt, dass es ein Wahnsinnsangebot ist.« Sie lachte kurz und bitter. »Es wird deinen Horizont erweitern.«

Sie wollte noch mehr sagen, doch er brachte sie mit einem wilden, beinahe strafenden Kuss zum Schweigen.

»Hör auf mit Chicago«, befahl er ihr anschließend. »Es ist nicht wichtig für mich.«

»Aber Monica ist wichtig!« Sie stockte, dann fuhr sie mit tränenerstickter Stimme fort: »Wie lange bist du mit ihr zusammen? Ihr habt euch schon als Kinder gekannt, oder? Seid praktisch zusammen aufgewachsen. So eine Beziehung gibt man doch nicht einfach auf für …« Sie suchte nach Worten. »Wir wissen doch gar nicht, was das genau ist zwischen uns … Jeder von uns hat ein eigenes Leben …«

»Und wenn ich es mit dir verbringen will?« Er umfasste ihr Gesicht mit beiden Händen und schaute ihr eindringlich in die Augen. »Weißt du, seit ich dich kenne, ist es plötzlich, als gebe es andere Wege für mich. Als ob mir meine Zeit hier mit dir die Augen geöffnet hätte … für etwas, was ich wirklich will.«

Diese Worte nahm sie mit sich, als sie sich kurz darauf verabschiedeten. Es war kein Versprechen, aber vielleicht eine Chance.

*

David hatte sie gebeten, nach Gustav zu schauen, doch Eva hätte es auch so getan. Sie wusste selbst nicht, was sie ständig hinaus zu diesem kleinen Schafbauernhof zog. Sie hatte nie eine besondere Affinität zum Landleben gehabt, und zu Schafen schon gar nicht. Britta hatte es auf den Punkt gebracht, indem sie einen ihrer trockenen Kommentare abgegeben hatte: Die Biester stinken, sind störrisch und machen einen Riesenhaufen Mist.

Das traf es ziemlich genau, Eva konnte es schlecht abstreiten. Die Sachen, die sie beim Arbeiten im Stall und auf der

Koppel getragen hatte, rochen sogar nach dem Waschen noch leicht streng. Ihre Fingernägel waren abgebrochen, die Haut an ihren Händen war rissig, und auf der Nase hatte sie einen unkleidsamen Sonnenbrand. Ihr Rücken und ihre Schultern schmerzten immer noch bei jeder Bewegung, und seit sie hier war, hatte sie bereits zwei Paar Schuhe ruiniert. Die Arbeit war schmutzig und anstrengend, und viel Geld ließ sich damit letztlich auch nicht verdienen. Von dem, was Gustav für die Wolle und den Käse einnahm, konnte er sich wahrlich kein luxuriöses Leben leisten. David hatte gemeint, es reiche gerade für das Nötigste.

Und doch gab es da draußen etwas, das verlockend auf sie wirkte, ob es nun das Land war oder die besondere Atmosphäre des Hofes – am liebsten wäre sie jeden Tag hinausgefahren.

Doch das war nicht der einzige Gedanke, der sie beschäftigte. Als sie an diesem Morgen an den Rapsfeldern vorbeiradelte, fühlte sie sich innerlich zerrissen. Mehr denn je war sie sich bewusst, in welch verfahrener Situation sie steckte. Was David und Monica betraf, so konnte sie nur hoffen, dass er es ernst meinte und tatsächlich seine Amerika-Pläne aufgegeben hatte. Und vor allem natürlich, dass er Monica nicht länger über seine neue Beziehung im Unklaren ließ.

Doch Eva wusste auch, dass sie in dem Punkt ihre Erwartungen nicht zu hoch schrauben durfte. Wenn er es nicht fertig brachte, sich von Monica zu trennen, konnte sie ihm das keinesfalls vorwerfen. Immerhin waren die beiden sozusagen von Kindesbeinen an zusammen. Ganz zu schweigen davon, dass sie selbst bisher zu feige gewesen war, mit Henning über den neuen Mann in ihrem Leben zu reden, obwohl sie die Gelegenheit dazu gehabt hätte. Statt ehrlich zu sein, wie es sonst ihrer Art entsprach, hatte sie sich gedrückt, und das auch noch mit der hanebüchenen Ausrede, dass sie Henning für die Umsetzung ihrer neuen Ideen brauchte. Seine Firma war dafür ideal, das war natürlich richtig. Aber sie hätte jederzeit auch einen anderen Vertriebsweg finden können, denn ihre Entwürfe für die Strickkollektion waren nicht nur passabel, sondern exquisit. Außerdem waren sie, und das war entscheidend, auf eine Art innovativ, dass damit eine komplett neue Produktlinie etabliert werden konnte, und zwar möglicherweise sogar international. Sie hätte Henning dafür nicht gebraucht. Warum also sagte sie ihm nicht einfach die Wahrheit? Wen ging es denn an, wenn nicht ihn? Verdammt noch mal, sie liebte einen anderen Mann!

Eva schloss kurz die Augen und ließ den Gedanken nachhallen. Ja, sie liebte David. Es war das erste Mal, dass sie es sich selbst explizit eingestand, ihrer Gefühle völlig sicher, ohne den Hauch eines Zweifels.

Sie stellte ihr Rad wie immer in der Einfahrt ab, neben dem alten Pick-up. Die Stalltür stand offen, und als sie näher kam, sah sie Gustav auf einem Strohballen sitzen und das verstoßene Lämmchen mit der Flasche füttern. Sie wollte sich gerade bemerkbar machen, als ihr der verzerrte Ausdruck auf seinem Gesicht auffiel. Im nächsten Moment hob er die Hand und presste sie ins Kreuz. Ein lang gezogenes Stöhnen entrang sich ihm, während er sich nach vorn beugte, in eine besser erträgliche Sitzposition.

Eva wusste sofort, dass er gestern gelogen hatte. Man hatte ihn mit Sicherheit nicht einfach aus dem Krankenhaus entlassen. Er hatte mal wieder seinen Kopf durchgesetzt und war vermutlich in einem unbeobachteten Moment verschwunden. Es war von himmelschreiender Offensichtlichkeit, dass er ohne fremde Hilfe keine paar Tage zurechtkommen würde.

»Hej«, sagte sie vorsichtig. »Ich wollte nur fragen, ob ich ...«

Gustav fuhr auf, und als er sie sah, verfinsterte sich seine Miene. »Ich habe doch gesagt, dass ich allein klarkomme! Wieso denkt ihr immer nur alle, dass ich ein gebrechlicher alter Mann bin?«

Eva wurde wütend. »Wie kann man nur so stur sein! Ich will doch nur helfen! Nichts weiter!«

»Kein Mensch will nur helfen.« Seine Stimme triefte nur so von ätzendem Sarkasmus. »Mir schon gar nicht.«

»Da könnten Sie Recht haben«, entfuhr es Eva.

Als er aufbegehren wollte, fiel sie ihm ins Wort. »Schon gut, ich hab's begriffen.« In bewusst provozierendem Tonfall setzte sie hinzu: »Sie sind einfach nur ein mies gelaunter alter Mann. Kein Wunder, dass Ihre Tochter keine Lust hat, nach Hause zu kommen. Ehrlich gesagt, ich kann sie verstehen. Schade bloß um den schönen Hof.«

Immer noch verärgert, wandte sie sich ab, um den Stall zu verlassen. Dieser Mann wollte es einfach nicht anders. Offenbar hatten alle anderen Recht. Er war ein alter Eigenbrötler, ein Misanthrop, wie er im Buche stand. Er verdiente es gar nicht, dass jemand hier die ganze Arbeit für ihn machte.

Als sie auf das Rad stieg, schaute sie noch einmal zurück. Er stand in der Stalltür, den Kopf gesenkt und eine Hand gegen die Wirbelsäule gedrückt. Beim Wegfahren meinte sie flüchtig, neben dem Schmerz noch einen anderen Ausdruck in seinem Gesicht wahrzunehmen, eine Regung von Reue, vielleicht sogar Verzweiflung und Angst.

Doch bevor sie genauer hinschauen konnte, hatte er die Stalltür zugeworfen.

*

David fühlte sich gründlich fehl am Platze, als er in der Ankunftshalle stehen blieb und die Anzeigetafeln absuchte. Der Flug aus Chicago wurde als gelandet angezeigt, sie würde also pünktlich hier eintreffen. Da sie nur mit Handgepäck gereist war, würde es nicht lange dauern, bis sie kommen würde. Er überbrückte die Wartezeit, indem er abermals darüber nachdachte, was aus Gustav und dem Hof werden sollte. Als er gestern Abend aus Barkhult abgereist war, hatte der Alte keineswegs gesund gewirkt, im Gegenteil: Er war ihm noch hinfälliger erschienen als am Tag davor. Allein das Treppensteigen machte ihm solche Mühe, dass David es ihm am liebsten verboten hätte. Er war drauf und dran gewesen, im Krankenhaus anzurufen und dem zuständigen Arzt mitzuteilen, dass diese Entlassung in seinen Augen mehr als unverantwortlich war. Doch er konnte dergleichen natürlich nicht einfach ohne Gustavs Einverständnis tun. Gustav indessen, von David darauf angesprochen, hatte ihm mit harschen Worten befohlen, sich um seine eigenen Angelegenheiten zu kümmern. Und um Monica.

Also stand er nun hier am Stockholmer Flughafen und wartete auf ihre Rückkehr, und das mulmige Gefühl in seinem Magen verstärkte sich mit jeder Minute.

Endlich trat sie durch die Sperre, und der Ausdruck auf ihrem Gesicht ließ keinen Zweifel daran, dass sie sich freute, ihn zu sehen.

Wenn irgend möglich, wurden die Gewissensbisse, die David schon seit Tagen plagten, noch schlimmer. Er fühlte sich erst recht wie das letzte Schwein auf Erden, als sie ihm in die Arme fiel und sich an ihn presste, als wäre er der wichtigste Mensch in ihrem Leben.

»Wie ist es gelaufen?«, fragte er betont forsch, nachdem er sie auf die Wange geküsst hatte.

»Chicago ist die tollste Stadt der Welt«, sagte sie mit leuchtenden Augen. »Mein Büro ist im zwölften Stock! Ich habe eine sensationelle Aussicht über die Stadt und den See! Und dein Labor ...« Sie fasste David beim Arm und schaute strahlend zu ihm auf. »Mein Gott, David, von so einer Ausstattung kann man nur träumen! Du musst so schnell wie möglich hin und den Vertrag unterschreiben!«

»Monica, ich ...«

»Warte, ich bin noch nicht fertig.« Sich an ihn schmiegend, fasste sie ihn unter und zog ihn zum Ausgang. »Das Tollste weißt du ja noch gar nicht. Ich habe ein Haus für uns gefunden!« Triumphierend blickte sie ihn an. »Es liegt direkt am Wasser! Und es ist mit allen Schikanen ausgestattet, Fußbodenheizung, Marmorbäder, riesige Fenster, Swimmingpool ...«

»Wozu braucht man einen Pool, wenn das Haus direkt am Wasser ist?« David merkte, dass dieser Einwand den Kern seiner Vorbehalte nicht einmal ansatzweise streifte, doch in seiner Verblüffung über diese zusätzlich auftauchende Komplikation war ihm nichts Besseres eingefallen. Er setzte an, ihr zu sagen, dass es keinen Sinn hatte, ein Haus für sie beide zu kaufen, da er nicht mitgehen würde, doch sie ließ ihn nicht zu Wort kommen.

»In Chicago sind die Winter lang und kalt. Ein beheizter Pool ist dort der schiere Luxus!« Sie reckte sich auf die Zehenspitzen und küsste ihn auf die Wange. »Es wird dir gefallen, wetten? Und die Leute von Unicom sind supernett. Sie haben mir praktisch jeden Wunsch von den Augen abgelesen! Und dich – dich lieben sie schon jetzt! Ich habe ihnen natürlich erzählt, was für ein fähiger Wissenschaftler du bist!«

»Hör zu, Monica, ich werde nicht ...«

Abermals unterbrach sie ihn. »Ich freu mich jetzt

schon! Ach, ich kann's gar nicht erwarten, bis wir beide endlich da sind!«

Sie packte ihn bei den Schultern, um ihn erneut zu küssen, diesmal auf den Mund. Als er zurückwich, sprach sie weiter, als ob nichts geschehen wäre. »Du wirst begeistert sein, glaub mir!«

David gab es für den Moment auf. Für eine Aussprache unter vier Augen war dies sowieso nicht unbedingt der passende Ort. Sie zogen zahlreiche Blicke auf sich, vor allem Monica. Mit ihrem langen schwarzen Haar und ihrem hellen Kostüm war sie eine auffallend attraktive Erscheinung. Um sie herum drängelten sich Fluggäste und Besucher, und die Ansagen der Lautsprecherdurchsage, die durch die Halle schallten, erschwerten ihre Unterhaltung zusätzlich.

Das klärende Gespräch war zwar längst überfällig, doch sie sollten es besser zu Hause führen. Schweigend nahm er ihren Arm und ging mit ihr zum Wagen.

*

Unter dem alten Apfelbaum kamen ihr anscheinend die besten Ideen. Nach dem Mittagessen hatte Eva sich erneut hierher zurückgezogen, um zu zeichnen, diesmal ausgesprochene Wintermodelle, mit Schals, Mützen und lustigen bunten Stulpen. Britta hatte den Kinderwagen neben ihren Liegestuhl geschoben und war auf ihr Zimmer gegangen, um ein Stündchen zu schlafen. Die letzte Nacht war wohl ziemlich unruhig gewesen. Eva hatte im Halbschlaf hin und wieder das Baby schreien hören. Anscheinend war es doch nicht immer und zu jeder Tages- und Nachtzeit ein ungetrübtes Vergnügen, Mutter eines Neugeborenen zu sein.

Wie auf ein geheimes Kommando fing die Kleine just in diesem Moment wieder an zu greinen. Eva steckte die Hand aus und rüttelte sacht am Griff des Kinderwagens, doch das schien den Unmut des Babys eher noch zu steigern.

Zu allem Überfluss klingelte nun auch noch Evas Handy. Sie fischte es aus ihrer Tasche und sah Hennings Namen auf dem Display. Ein harter Kloß bildete sich in ihrem Hals, als sie die Verbindung herstellte. Er hatte Wort gehalten und sie seit seiner Abreise in Ruhe gelassen, doch sie war weit davon entfernt, dies als Absolution für ihr unfaires Verhalten zu betrachten. Ihr Gewissen quälte sie zwischendurch immer wieder so sehr, dass sie ein paarmal sogar drauf und dran gewesen war, sich Peters Wagen auszuborgen und nach Linköping zu fahren, um endlich in einem persönlichen Gespräch klare Verhältnisse zu schaffen.

»Hej, Henning«, meldete sie sich. Sie musste lauter sprechen, um das Geschrei des Babys zu übertönen. »Wie du hörst, ist bei mir alles klar.«

»Ich dachte, ich frage mal an, ob du mir vielleicht schon ein paar Entwürfe mailen kannst.«

»O nein, bitte nicht, das geht nicht«, protestierte sie. »Bitte, Henning, dräng mich nicht!« Das Baby wurde lauter, und sie stand auf, um den Kinderwagen besser schaukeln zu können. »Du, ich muss aufhören, die Kleine schreit, und Britta muss unbedingt ein bisschen schlafen. Ich melde mich, okay?«

Henning schien alles andere als erbaut darüber, so knapp von ihr abgefertigt zu werden, doch er beließ es zum Glück dabei und wünschte ihr sogar für die nächsten Tage frohes Schaffen.

Eva steckte das Handy weg und wollte gerade das Baby aus dem Wagen nehmen, als es wie durch Zauberei mit einem Mal aufhörte zu schreien. Zufrieden gurgelnd lag es da und lutschte an einem Finger.

»Das hast du gut gemacht«, murmelte Eva. Sie blickte auf, als sie Malin in den Garten kommen sah. Eine Tüte schwenkend, trat sie näher und bedachte Eva mit einem Lächeln. »Hej! Willst du mal sehen, was ich hier habe?«

Eva sah Malin an, dass sie den Showeffekt gern länger genossen hätte, doch in ihrem Eifer, Eva ihr Mitbringsel zu präsentieren, schüttelte sie es einfach ohne großes Brimborium aus der Tüte auf den Tisch.

»Und?« Erwartungsvoll fuhr sie zu Eva herum und starrte sie mit großen Augen an, gespannt auf deren Urteil.

Eva trat näher, beinahe geblendet von der leuchtend gelben Wolle. Es waren zwei Pullover, ein großer und ein kleiner, und sie sahen genauso aus wie im Entwurf. Nein, noch schöner! Sie waren perfekt!

Eva gab einen unterdrückten Laut der Begeisterung von sich, der Malin offenbar zufrieden stellte. Sie reckte sich, und ihr rundes Gesicht sah aus wie das eines überglücklichen Buddhas.

»Großartig, Malin«, sagte Eva, während sie das Strickmuster prüfte und die Struktur der Wolle betastete. »Das ist einfach phänomenal!«

»Macht wirklich Spaß, mal was anderes zu machen«, stimmte Malin ihr zu. »Und Gustavs Wolle eignet sich hervorragend für so eine feine Arbeit!«

»Hast du was von ihm gehört?«, fragte Eva in beiläufigem Tonfall. »Weißt du, wie es ihm geht?«

Malin zuckte die Achseln. »Keine Ahnung. Ist mir auch egal.«

Sie wandte sich ab und beugte sich angelegentlich über den Kinderwagen. »Na, du süße Puppe! Bist ja wach! Wie geht es uns denn heute, mein Schätzchen?«

Eva merkte, wie Ärger sich in ihr breit machte. »Jetzt erklär mir doch mal bitte, was da los ist! Ich meine, der Mann mag ja schwierig sein, aber wieso kannst du ihn nicht leiden? Und auch sonst keiner hier?«

Malin nahm das Baby aus dem Kinderwagen, drückte es vorsichtig an ihre Brust und setzte sich mit der Kleinen in den Liegestuhl. Ihr Gesicht war verschlossen, als sie sich Eva zuwandte. »Er hat es sich selbst zuzuschreiben, weißt du. Maria – sie war so eine liebe Frau.«

»Maria. Das war seine Frau, oder?«

Malin nickte. »Sie hat alles für Gustav getan. Alles. Eigentlich wollte sie nach Göteborg gehen und da in einem Büro arbeiten. Sie hatte ein wirklich gutes Angebot. Gustav zuliebe hat sie es abgelehnt und ist hier geblieben, auf dem Hof. Sie hat von morgens bis abends in der Schafzucht geschuftet.« Ein bitterer Zug erschien um ihren Mund, als sie fortfuhr: »Und er hatte nichts Besseres zu tun, als sie zu betrügen.«

Eva war von widerstreitenden Gefühlen erfüllt. Empörung und Verständnislosigkeit auf der einen, Mitgefühl und ein massives eigenes schlechtes Gewissen auf der anderen Seite – sie sah sich außerstande, ihn zu verurteilen.

»Wie ging es weiter?«, wollte sie wissen.

»Seine Frau hat ihn erwischt. Zu allem Überfluss war es ihre beste Freundin, Agneta.« Malin tätschelte dem Baby sacht den Rücken. »Gustav hat Agneta wohl wirklich geliebt, das war ja das Schlimme. Er wollte sich sogar scheiden lassen ihretwegen. Maria hat die Nerven verloren.«

»Was hat sie getan?«, fragte Eva atemlos.

»Sie ist ins Auto gestiegen und in den See gerast. Und dabei ertrunken.«

Eva holte scharf Luft. »Es könnte ein Unfall gewesen sein.«

»Vielleicht ja, vielleicht nein«, sagte Malin mit stoischem Gesichtsausdruck. »Sie haben jedenfalls damals keine Bremsspuren gefunden. Offiziell ging man davon aus, dass sie sich das Leben genommen hat. Genau das dachten wir alle. Und auch Monica natürlich.«

Eva ließ sich auf einen Gartenstuhl sinken, weil sie mit einem Mal das Gefühl hatte, dass ihre Beine sie nicht mehr richtig trugen.

»Danach hat er sich von allem zurückgezogen«, erzählte Malin weiter. »Agneta hat sich einen anderen Mann gesucht und ist weggezogen, was für alle wohl das Beste war. Monica kam auf ein Internat – sie wollte das so –, und Gustav ist allein auf dem Hof geblieben und hat weitergemacht, so gut es ging.«

»Nur mit dem Unterschied, dass kaum noch jemand was mit ihm zu tun haben will«, setzte Eva leise hinzu.

»Mag sein. Aber größtenteils liegt es an ihm selbst. Er lässt ja sowieso niemanden an sich heran.«

Eva schloss die Augen und sah Gustav vor sich, wie er in der offenen Stalltür gestanden hatte, eine Hand im Rücken und diesen verlorenen Ausdruck im Gesicht. Und mit einem Mal hatte sie eine Vorstellung davon, was Einsamkeit einem Menschen antun konnte.

*

Kies spritzte hoch, als Monica den Wagen hinter dem Pickup ihres Vaters zum Stehen brachte. Sie zwang sich dazu, ihre Blicke nach dem Aussteigen nicht herumwandern zu lassen. Die ganze Umgebung schien sie zu verhöhnen, es klang beinahe wie ein Befehl: *Sieh mich an, sieh mich an!*

Sie wusste, dass es nichts Gutes bringen würde, wenn sie es tat. Das Wäldchen, die Wiesen, der See – es lagen zu viele Erinnerungen über dem Land, und wenn sie erst anfing, ihren Augen zu gestatten, diesen Erinnerungen nachzuspüren, würde sich über kurz oder lang wieder das Gefühl von Verlust und Trauer einstellen. Wenn sie etwas hasste, so war es Sentimentalität. Außerdem hatte sie keine Zeit dafür. Sie war nicht umsonst wie der Teufel hierher gerast. Es war höchste Zeit, dafür zu sorgen, dass ihre Pläne nicht mehr durchkreuzt werden konnten.

David hatte allen Ernstes behauptet, er wolle den Job in Chicago auf keinen Fall, doch sie hatte ihm keine Gelegenheit gegeben, ihr lang und breit seine Gründe zu erläutern, obwohl er ständig dazu ansetzen wollte. Sie wusste, dass jetzt stärkere Maßnahmen angezeigt waren, um ihm Amerika schmackhaft zu machen.

Sie hatte noch sein verblüfftes Gesicht vor Augen, als sie plötzlich aufgestanden und zur Tür gegangen war. »Ich fahre noch mal raus zu meinem Vater. Ist wohl das Wenigste, nachdem er so krank war.«

Und schon war sie aus der Tür gewesen, bevor er protestieren konnte. Ihr Handy hatte sie wohlweislich zu Hause gelassen. Sie hatte kein Interesse daran, weitere Argumente gegen Chicago zu hören. Im Gegenteil, jetzt war *sie* am Zug. Sie würde ihn vor vollendete Tatsachen stellen, und er würde sehen, dass es nur zu ihrer beider Besten war.

Sie wollte schon zum Haus hinübergehen, als ihr Vater aus dem Stall kam, in jeder Hand einen vollen Milcheimer. Er ging gebückt und dabei zugleich eigentümlich steif und verkrampft. Seine ganze Haltung signalisierte seine Hinfälligkeit, und bei diesem Anblick war Monica mehr denn je davon überzeugt, das Richtige zu tun.

»Papa«, rief sie. Nicht ohne Mühe ging sie ihm entgegen. Ihre hochhackigen Pumps waren nicht gerade das richtige Schuhwerk für die mit Kies ausgestreute Fläche.

»Wie geht es dir? Bist du sicher, dass du wieder in Ordnung bist?«

»Mir geht es gut«, sagte Gustav. Seine Stimme klang reserviert, doch der Ausdruck in seinen Augen wurde weicher, als er sie betrachtete. »Du warst in Chicago? Ist alles gut gelaufen?« Er holte Luft und stellte vorsichtig die Eimer ab, um sich verstohlen den Rücken zu reiben. »Ich meine, lief es so, wie du es dir vorgestellt hast?«

»Optimal.« Sie lächelte ihn an. »Deswegen bin ich ja auch hier. Ich muss etwas mit dir besprechen. Du musst mir helfen.«

Er starrte sie an und schluckte heftig. »Ich? Dir helfen? Du ... Du hast mich noch niemals um Hilfe gebeten!«

»Aber jetzt tu ich es.«

»Was kann ich denn für dich tun?« In seine Augen war ein so absurd hoffnungsvoller Ausdruck getreten, dass Monica unwillkürlich wegschauen musste. »Es geht um das Haus, das ich in Chicago kaufen will.« Jetzt schaute sie ihn wieder voll an. »Im Grunde geht es dabei um mein ganzes Leben.«

Gustav wich ihren Blicken nicht aus. Sie erkannte genau den Moment, in dem er begriff, worauf sie hinauswollte. Seine Schultern sackten unmerklich nach vorn, und das Licht in seinen Augen wurde stumpf.

Was tust du ihm an?, schrie es in ihr. Doch ein anderer Teil von ihr wusste, dass sie keine andere Wahl hatte.

*

Eva bremste, als ihr der Wagen entgegenkam. Einen Augenblick lang glaubte sie, David sei zurückgekehrt, doch dann sah sie, dass eine schwarzhaarige Frau am Steuer saß. Eva wusste sofort, dass sie Monica vor sich hatte.

Der Wagen brauste an ihr vorbei, ohne dass die Fahrerin sie eines Blickes gewürdigt hätte. Eva schaute ihm kurz nach, dann setzte sie ihre Fahrt fort, bemüht, die Besorgnis nicht zu stark werden zu lassen, die seit dem Auftauchen der Frau in ihr aufgekeimt war.

Schwieriger war es dagegen, nicht darüber nachzudenken, ob David sich schon mit Monica ausgesprochen hatte.

Eva verbot sich weitere Überlegungen zu dem Thema. Sie stellte ihr Rad ab, nahm die Tüte aus dem Gepäckkorb und machte sich auf die Suche nach Gustav. Sie fand ihn nach einer Weile auf der Bank, von der aus man sowohl den Pferch als auch den See überschauen konnte. Akka hockte neben ihm, den Kopf auf die Knie des Alten gelegt. Gustav kraulte dem Hund das Fell, doch seine Bewegungen waren eher mechanisch als konzentriert, und als Eva näher kam, hob Gustav die freie Hand und wischte sich über die Augen.

Von Mitleid durchströmt, trat Eva an die Bank und legte ihre Hand auf seine Schulter. »Hier sind Sie. Ich dachte schon, es ist niemand da.«

»Sie sind ja immer noch da«, sagte er. Sein Ton war unwirsch wie eh und je, aber sie sah die Tränenspuren auf seinen Wangen und ließ sich daher von seiner unbeteiligten Miene nicht täuschen. Einen Moment lang überlegte sie, ob sie sich für ihre unbeherrschten Worte bei ihrer letzten Begegnung entschuldigen sollte, doch dann sagte sie sich, dass er darauf vermutlich nicht den geringsten Wert legte.

Also würde sie versuchen, es auf andere Weise wieder gutzumachen. Rasch holte sie den Pullover aus der Tüte und drückte ihn Gustav in die Hände. »Ich bin gekommen, um Ihnen ein Geschäft vorzuschlagen.«

»Was ist das?« Gustav befühlte den Pullover.

»Ihre Wolle, mein Design. Ich bin Textildesignerin, falls

Sie das noch nicht gewusst haben. Finden Sie nicht, dass es gut aussieht?«

Gustav brummte etwas, das ebenso gut eine Zustimmung wie eine Ablehnung sein konnte, doch Eva ließ nicht locker.

»Wir könnten damit eine Menge Geld machen.« Sie streckte die Hand aus und wies auf die Schafe, die auf der Weide grasten. »Natürlich müssen Sie Ihre Herde vergrößern, damit wir auf eine ausreichende Stückzahl kommen, aber ich denke, dass ...«

»Ich habe doch gesagt, dass ich kein Interesse habe«, unterbrach Gustav sie. »Ich werde meinen Hof verkaufen.«

Eva klappte der Unterkiefer herab. Gustav und verkaufen? Er, der mit allen Fasern seines Wesens an diesem Hof hing, wollte aufgeben? Sie konnte es nicht fassen.

Gustav legte den Pullover zur Seite und stand auf. Er tat ein paar Schritte in Richtung Haus, doch plötzlich zuckte er zusammen und fing an zu taumeln. Ein tiefes Stöhnen entrang sich ihm, und aus seinem Gesicht war alle Farbe gewichen. Eva war aufgesprungen und an seiner Seite, bevor er stürzen konnte, aber er war zu schwer, als dass sie ihn aufrecht halten konnte. Sie versuchte trotzdem, ihn zu stützen, doch er sackte zusammen und glitt an ihr herab, bis er auf dem Boden lag.

»Gustav!«, schrie sie.

Doch er hatte die Augen geschlossen und antwortete nicht.

*

Sie tigerte unruhig auf dem Flur auf und ab, darauf wartend, dass der Arzt wieder auftauchte, um ihr zu sagen, was los war.

Ihre Schritte hallten auf dem Linoleum des Gangs, und

hin und wieder hielt sie inne, weil das Geräusch so nervtötend war. Aber noch unerträglicher war es, einfach stillzustehen. Schon das Warten auf die Ambulanz hatte sie fast wahnsinnig werden lassen. Sie hatte das Gefühl, unbedingt in Bewegung bleiben zu müssen, fast so, als könne sie dadurch die Situation für Gustav zum Besseren wenden.

Sie hatte bereits richtig vermutet: Vom Arzt hatte sie erfahren, dass Gustav keineswegs entlassen worden war, sondern eigenmächtig beschlossen hatte, nach Hause zu gehen. Er hatte sich angezogen, seine Tasche geschnappt und war heimlich verschwunden.

Endlich kam der Arzt aus dem Untersuchungszimmer. Sein Gesichtsausdruck verhieß nichts Gutes. »Wir müssen sofort operieren, jeder weitere Aufschub kann dramatische Folgen haben. Die Bandscheibe drückt so stark auf die Nerven, dass sein Bein bereits erste Lähmungserscheinungen zeigt.«

»Worauf warten Sie dann noch?«

Der Arzt breitete die Hände aus. »Er will nicht. Wir leben in einem freien Land, wissen Sie.«

Eva starrte ihn an. Er erwiderte ihren Blick, ohne mit der Wimper zu zucken, und sie begriff, dass er es tatsächlich so gemeint hatte, wie er es gesagt hatte. Er würde Gustav nicht gegen seinen Willen operieren, ganz egal, ob der Alte nachher im Rollstuhl saß oder nicht.

Langsam sagte sie: »Ich denke, jemand sollte ihm mal den Kopf zurechtsetzen.«

*

Als sie auf das Bett zuging, schoss ihr durch den Kopf, wie sehr ein Mensch sich durch eine unerwartete Krankheit rein äußerlich so rapide verändern konnte. Gustav wirkte nicht nur hilflos in seiner Schwäche, sondern er schien auch mit einem Mal viel kleiner und älter zu sein als noch vor wenigen Stunden. Zu der Kanüle an seinem Handgelenk führte ein Tropf, über den er schmerzlindernde Medikamente erhielt, und sein Gesicht war nicht mehr ganz so bleich wie vorher. Doch ihm war anzusehen, wie elend er sich fühlte, und Eva ahnte, dass seine Verzweiflung nicht nur körperliche Ursachen hatte.

Ihr war zum Heulen zumute, ihn so hier liegen zu sehen, doch sie zwang sich zu einem munteren Tonfall. »Jetzt hören Sie mir mal zu! Ich bin gerade dabei, mein Leben umzukrempeln! Und das lasse ich mir nicht von Ihnen verderben.«

»Von mir?« Gustav wandte ihr sein Gesicht zu. Unter seinen Augen lagen Schatten, und sein Mund wirkte eingefallen.

»Ich brauche Sie für meine neuen Pläne«, sagte Eva. »Sie haben die besten Schafe mit der besten Wolle! Und die ist gerade gut genug für meine Pulloverkollektion!« Sie hob die Stimme, als könnte sie ihn umso besser überzeugen, je lauter sie sprach. »Sie werden jetzt verdammt noch mal nicht einfach aussteigen! Im Gegenteil! Mensch, Gustav, jetzt geht es doch erst richtig los!« Sie beugte sich über ihn und nahm seine Hand. »Sie dürfen nicht aufgeben!«

Stumm drehte er den Kopf zur Seite und schaute auf die Wand.

Eva ging um das Bett herum, damit er sie wieder ansehen musste. So schnell gab sie nicht klein bei. »Bitte, Gustav! Lassen Sie sich operieren! Sie werden danach wie ein neuer Mensch sein! Und dann nehmen wir zusammen unser Projekt in Angriff. Wir werden Partner, verstehen Sie? Ich werde Ihnen auf dem Hof helfen, und wenn Sie ...«

»Monica sucht schon einen Platz für mich in einer Seniorenresidenz«, unterbrach er sie. Seine Stimme war kaum mehr als ein Flüstern. »Ich kann vielleicht sogar Akka mitnehmen.«

»Sind Sie verrückt geworden?« Eva wusste, dass sie sich im Ton vergriff, doch sie konnte nicht anders. Sie glaubte, bereits zu wissen, was hier im Gange war. »Was wollen Sie in so einem Heim? Sie sind nicht so alt, dass Sie ein Pflegefall wären! Sie sind rüstig und gesund und können die Arbeit auf dem Hof bestens erledigen! Sie haben nur einen Bandscheibenvorfall! Das kann man beheben, und danach sind Sie ganz schnell wieder fit!« Sie hielt inne, um Luft zu schöpfen. Dann sah sie den Ausdruck in seinen Augen und fuhr argwöhnisch fort: »Sie verkaufen, weil Sie sich schuldig fühlen, oder? Ist es das? Was haben Sie mit dem Geld vor, Gustav?«

Er gab immer noch keine Antwort, doch das war auch nicht nötig.

»*Sie* will das Geld, stimmt's? Monica braucht das Geld für irgendwas. Und Sie geben nach, weil Sie ein schlechtes Gewissen haben!«

»Sie kaufen sich ein Haus in Chicago.« Gustav brachte es nur stockend heraus. »Ich bin froh, wenn ich es ihnen finanzieren kann. Das ist mein Hochzeitsgeschenk für die beiden.«

Eva erstarrte. Das also war der Grund für Monicas Besuch heute gewesen! Folglich hatte David es sich anders überlegt.

Tränen schossen ihr in die Augen, als sie zur Tür ging, stolpernd, weil sie ihre Umgebung kaum noch erkennen konnte. Ihr Traum war ausgeträumt, er hatte sich doch für Chicago entschieden. Und für Monica.

*

Sie musste sich immer wieder über die Augen wischen, um nicht aus Versehen Passanten umzufahren oder gegen Laternenmasten zu knallen. Der erste rasende Schmerz war inzwischen heißer Wut gewichen. Sie kochte förmlich vor Zorn und hätte laut schreien mögen, um sich ein Ventil zu verschaffen. Stattdessen raste sie kreuz und quer mit dem Fahrrad durch Barkhult und hätte am liebsten jeden angebrüllt, der ihr in die Quere kam.

Auf der anderen Straßenseite sah sie eine Frau, die ihr bekannt vorkam, und erst, als sie schon fast vorbeigefahren war, merkte sie, dass die Frau niemand anderer als Britta war. Sie schob den Kinderwagen vor sich her und machte einen zufriedenen Eindruck. Anscheinend war ihre Einkaufstour erfolgreich verlaufen. Immerhin eine, der es gut ging, dachte Eva in jähem Selbstmitleid. Wenn Britta sie nicht schon gesehen hätte, wäre sie möglichst schnell und unauffällig weitergefahren, doch unter den gegebenen Umständen kam das natürlich nicht mehr infrage.

Widerwillig stieg sie vom Rad und schob es über die Straße. »Hej, Entschuldigung. Ich habe dich zuerst gar nicht gesehen. Alles in Ordnung? Hast du eingekauft?«

Doch die gespielte Leutseligkeit verfing nicht bei Britta. Niemand machte ihr so schnell etwas vor, und Eva schon gar nicht. Abgesehen davon brauchte es wahrhaftig keines besonders geschulten Blickes, um ihr vom Heulen verquollenes Gesicht zu bemerken.

»Was ist los?«, wollte Britta wissen.

»David«, brach es aus Eva heraus. »Er ist so ein Idiot!«

»Gestern war er noch Supermann. Wie kann jemand so schnell mutieren?«

Eva unterdrückte ein Schluchzen. »Wieso musste ich mich nur in so einen Typen verlieben!«

Britta hob die Brauen. Sie wirkte nicht sonderlich überrascht. »Was ist passiert?«

»Nichts. Das ist es ja. Ich bin einfach nur von der Voraussetzung ausgegangen, wir könnten so etwas wie eine Chance haben. Aber in dem Punkt habe ich mich wohl geirrt.«

»Bist du dir sicher?«, fragte Britta.

Eva zerrte ein Taschentuch hervor und rieb sich die Augen trocken, so fest, dass das Papier dabei zerriss. »Natürlich bin ich sicher. Und weißt du was? Er kann mir gestohlen bleiben. Soll er doch nach Chicago gehen, in sein neues Haus! Zusammen mit Monica! Sie haben einander verdient!« Sie brach ab und wandte sich zur Seite, damit Britta ihre Tränen nicht sah. Sie wollte nicht länger darüber reden, für sie war die Unterhaltung beendet. Mit einer gemurmelten Entschuldigung schwang sie sich wieder aufs Rad und trat in die Pedale, bis ihr die Waden schmerzten. In Bewegung zu bleiben war anscheinend das Einzige, was ihr in dieser Situation helfen konnte.

*

Monica sagte sich, dass sie tausend Gründe hatte, sich gut zu fühlen, doch die bohrende Unsicherheit wollte nicht weichen. Sie war nach ihrer Rückkehr aus Barkhult gar nicht erst wieder nach Hause gefahren, sondern gleich ins Büro gegangen. Sie hatte sich schon immer gut mit Arbeit von ihren Problemen ablenken können – vorausgesetzt, es handelte sich nicht gerade um Schafemelken oder Ställeausmisten.

Sie hatte sich gerade in eines der laufenden Projekte vertieft, als der Anruf vom Krankenhaus gekommen war. Anscheinend gab es wieder Probleme mit der Bandscheibe ihres Vaters. Sie hatte zugesagt, im Laufe der nächsten Tage vorbeizukommen. Immerhin hatte sie veranlasst, dass ihm sofort Telefon aufs Zimmer gelegt wurde. Es war das Wenigste, dass er Kontakt nach draußen hatte, wenn er schon zur Unbeweglichkeit verdammt war. Einem Impuls folgend, rief sie im Krankenhaus an und ließ sich zu ihm durchstellen. Es dauerte eine Weile, bis er sich meldete, und seine Stimme klang leise und brüchig, wie bei einem hundert Jahre alten Mann.

»Hej, Papa«, sagte sie, in einem angemessen zuvorkommenden Tonfall, wie sie fand. »Das hat ja alles bestens geklappt. Ich wollte dir auch nur noch mal sagen, wie dankbar ich dir bin. Ich weiß, dass es dir nicht leicht fällt, dich von dem Hof zu trennen, aber diese Lösung ist wirklich die beste für uns alle.«

Er sagte etwas, das sie nicht verstehen konnte, weil er so leise sprach, doch das machte nichts. Es war ja alles in Ordnung. »Also, dann, mach's gut, Papa. Wenn der Kaufvertrag aufgesetzt ist, komme ich dich besuchen. Bis dahin gute Besserung! Wiedersehen! Und danke nochmals!«

Sie hatte kaum aufgelegt, als es an der Tür klopfte. David betrat das Büro und kam mit undurchdringlicher Miene näher.

»Was soll das, Monica? Wieso läufst du vor mir davon? Wir müssen endlich reden!«

»Da bin ich ganz deiner Meinung«, sagte sie. »Gut, dass du kommst. Ich wollte dich sowieso gerade anrufen. Es gibt nämlich tolle Neuigkeiten! Die Finanzierung für unser Haus in Chicago ist geregelt!« Beifall heischend lächelte sie ihn an und stand auf, um ihn zu umarmen, doch er machte sich los und schob sie zur Seite.

»Ich will nicht länger um den heißen Brei herumreden, Monica. Ich komme nicht mit nach Chicago.«

»Das ist nicht dein Ernst.«

»Ich habe es dir schon mehrmals gesagt, und es wird Zeit, dass du es endlich akzeptierst. Monica, ich habe mir die Entscheidung nicht leicht gemacht. Ich will nicht in diese Stadt, und ich will nicht in diese Firma. Und ich will nicht ... «

Er stockte, und seine Augen irrten kurz ab, bevor er sie wieder anschaute. Sie spürte mit einem Mal die Enge in ihrer Kehle und wusste, was er als Nächstes sagen würde. Das, was sie schon die ganze Zeit über geahnt hatte, aber nicht hatte glauben wollen. Er sprach es dennoch aus. »Unsere Wege trennen sich, Monica. Es ist vorbei.«

Sie atmete ruckartig aus. Auch ohne ihn zu fragen, wusste sie, dass jemand anderes im Spiel war. Er war verliebt. Sie hatte es an seinen Augen gesehen, seinen Bewegungen, seiner ganzen Art. Jemand, der neu verliebt ist, besitzt ein gewisses Fluidum, es ist, als ob er seine ganze Umgebung zum Leuchten bringt. Genauso war es bei ihm gewesen, als er sie vom Flughafen abgeholt hatte, nur dass es nicht ihr gegolten hatte, sondern einer anderen. Sie horchte in sich hinein, doch entgegen ihren Erwartungen fand sie dort keinen Schmerz, sondern nur Resignation und eine gewisse Traurigkeit, gepaart mit leisem Überdruss. Konnte es sein, dass sie selbst sich bereits viel weiter von dieser Beziehung entfernt hatte, als sie wahrhaben wollte? Dass er nur einen logischen Schritt vorweggenommen hatte, den vielleicht sonst sie selbst hätte tun müssen?

Wehmut stieg plötzlich in ihr auf, denn sie war so lange mit ihm zusammen gewesen, dass es nicht einfach sein würde. Ihr halbes Leben hatte sie ihn gekannt, diesen Freund aus ihren Kindertagen. Er hatte im Winter neben ihr im Stall gesessen, die Nase rot gefroren und den Atem wie eine weiße Wolke vor dem Gesicht, und er hatte ihr versprochen, dass er ihr immer helfen würde.

»Weißt du noch, als wir zum ersten Mal davon gesponnen haben, zusammen nach Amerika auszuwandern?«, fragte sie.

Er nickte zögernd. »Ja, da waren wir elf oder so.« Ein widerstrebendes Lächeln erschien auf seinem Gesicht. »Wir waren beim Angeln, und du hast mir erzählt, dass du eine Sechs in Mathe geschrieben hast. Deswegen wolltest du abhauen.«

Er erinnerte sich! Monica fühlte sich mit einem Mal überwältigt von Hoffnung. »Du hast mich damals daran erinnert, dass ich kein Geld habe«, sagte sie eifrig. »Aber du hast mir versprochen, dass wir irgendwann zusammen nach Amerika gehen. Und jetzt ist es so weit!« Bittend legte sie die Hand auf seinen Arm. »Sag mir, dass das eben ein Scherz war! Dass du dich genauso freust wie ich!«

David schüttelte den Kopf. »Nein, ich freue mich nicht. Dieser Traum von Amerika – es ist *dein* Traum. Du passt nach Chicago.« Seine Augen waren ernst, aber sie las auch Zuneigung und Zärtlichkeit darin, als er seine Hand über die ihre legte. »Du wirst dich dort wohl fühlen, das weiß ich. Du wirst da ein Zuhause finden, auch ohne mich. Da bin ich ganz sicher.«

Monica zog ihre Hand von seinem Arm weg und wich einen Schritt zurück. Wut kochte in ihr hoch, unerwartet und so heftig, dass sie ihn am liebsten geschlagen hätte. »Und wieso konntest du mir das alles nicht früher sagen? Jetzt, wo alles perfekt ist, wo mein Vater den Hof verkauft hat und ich die Anzahlung für unser Haus …«

»Was?«, fiel er ihr ins Wort. »Dein Vater hat den Hof verkauft?«

In seinen Augen flackerte es, und Monica zuckte unwillkürlich zurück.

»Wie hast du ihn dazu gebracht, sein Leben aufzugeben?«, fuhr er sie an.

»Indem ich ihm endlich eine Chance geboten habe, seine Schuldgefühle loszuwerden«, sagte sie kalt. »Er konnte etwas für mich tun.« Sie besann sich, dann setzte sie betont hinzu: »Für uns. Und er war froh darüber. Froh, dass er uns die Grundlage für unser Leben in Chicago finanzieren kann. Indem er uns das Haus dort zur Hochzeit schenkt.«

David blickte sie unverwandt an. Lastendes Schweigen senkte sich herab, und erst nach einer Weile begann er, mit schleppender Stimme zu sprechen. »Glaubst du wirklich, ich hätte mich auf so was eingelassen? Mit dir in einem Luxushaus in Chicago zu wohnen, während dein Vater in irgendeinem Altenheim vor sich hin vegetiert?«

»Papa ist froh, dass er uns helfen kann«, wiederholte sie eigensinnig.

Ohne ein weiteres Wort verließ er den Raum.

Wut und schlechtes Gewissen kämpften in ihr abwechselnd um die Oberhand, doch sie dachte gar nicht daran, sich jetzt noch eine weitere Blöße zu geben. Sollte er doch sehen, was er mit dieser Information anfing. Ihr war es inzwischen egal. Ihr war alles egal. Wichtig war nur, dass sie nach Chicago gehen würde. So schnell ließ sie sich nicht unterkriegen, und sie ließ sich auch diese Chance auf ein neues Leben nicht zerstören. Plötzlich fühlte sie sich wieder stark. Gleichgültig, was geschah – sie konnte jederzeit selbst über ihr Schicksal bestimmen. Sie war jung, intelligent und schön. Es gab Millionen anderer Männer. Wie auch immer es in Chicago weiterging – sie würde etwas aus sich und ihrem Leben machen.

*

Er verschwendete wertvolle Zeit, indem er zum Hof fuhr und dort eine Ewigkeit nach dem Alten suchte. Der Pickup stand in der Einfahrt, die Schafe waren auf der Weide, und der Hund bewachte die Herde. Auf den ersten Blick schien alles normal zu sein. Doch dann sah David die beiden Milcheimer, über denen schon die Fliegen kreisten. Gustav hätte nie die Milch einfach so in der Sonne stehen lassen. Es musste etwas passiert sein! Er rannte zuerst ins Haus, dann in den Stall und in die Käserei. Er suchte sogar ein Stück vom Seeufer ab, immer in der Erwartung, den Alten dort irgendwo liegen zu sehen, verletzt, vielleicht sogar tot.

Nach einer halben Stunde angestrengten Suchens kam er schließlich auf die Idee, im Krankenhaus anzurufen, wo man ihm mitteilte, dass Gustav tatsächlich eingeliefert worden war. David schalt sich während der Fahrt einen Trottel, weil er nicht früher daran gedacht hatte, dort nachzufragen.

Als er die Tür des Krankenzimmers öffnete, hörte er einen Teil der Unterhaltung zwischen Gustav und dem Arzt.

»Wenn Sie noch lange warten, kann es zu bleibenden Lähmungen kommen, Herr Axelsson. Und dann wartet ein Leben im Rollstuhl auf Sie. Es tut mir Leid, dass ich Ihnen das so brutal sagen muss, aber ... « Er ließ das Ende des Satzes offen.

»Ach, wissen Sie, das macht nichts«, sagte Gustav. Es klang beinahe heiter. »Ich werde in Zukunft sowieso nur noch am Fenster sitzen und zusehen, wie sich draußen das Leben abspielt. Dafür brauche ich keine Beine.«

»Denken Sie nicht, dass ich so einfach aufgebe«, sagte der Arzt. »Ich komme wieder.« Er kam zur Tür und blieb vor David stehen. »Bringen Sie Ihren Schwiegervater zur Vernunft. Er *muss* sich operieren lassen.«

David trat an das Krankenbett. »Hej, Gustav«, sagte er leise. »Was machst du für Sachen?«

Als Gustav keine Antwort gab, fuhr David fort: »Ich war auf dem Hof. Und als du nicht da warst, dachte ich mir, dass ich dich hier finde.«

»Nur ein kleiner Rückfall.«

»Der die Operation dringend erforderlich macht«, sagte David. Kopfschüttelnd fügte er hinzu: »Ich verstehe nicht, warum du dich nicht operieren lassen willst!«

Gustav schaute zur Seite, doch David ließ sich nicht beirren. »Wir werden dein Geschenk nicht annehmen.«

Gustav wandte sich ihm wieder zu, und David hielt seinen Blick fest. »Du gehörst genauso wenig in ein Seniorenheim wie ich nach Chicago. Ich werde in Schweden bleiben, Gustav. Und du solltest alles dafür tun, dass du so schnell wie möglich wieder auf deinen Hof kommst.«

»Aber ... Monica ...« Gustav zweifelte noch immer, aber in seinen Augen stand die ängstliche Hoffnung, es möge alles wahr sein, was David sagte.

»Monica geht ihren Weg«, sagte David. »Aber sie wird ihn allein gehen.«

»Heißt das ...«

»Ja, wir trennen uns«, sagte David. »Es ist für uns beide das Beste.«

»Was ist passiert?«

»Wir haben uns verändert. Unsere Gefühle haben sich verändert. Es gibt Momente im Leben, da muss man einen Schnitt machen. Man kann nur stehen bleiben – oder weitergehen.«

Gustav schluckte hart, dann nickte er langsam. »Ja, damit hast du wohl Recht.«

*

Eva hatte nicht damit gerechnet, dass Henning an diesem Tag noch kommen würde. Natürlich war klar gewesen, dass er sich auf ihre E-Mail hin melden würde, doch dass er nur wenige Stunden später vor ihr stand, war eine Überraschung. Und zwar, wie Eva sich eingestehen musste, nicht unbedingt eine angenehme.

Sie hatte ihm nach einigem Nachdenken doch noch ihre eingescannten Entwürfe gemailt und auch diverse Digitalfotos der fertigen Muster angehängt. Und dann hatte sie mit wachsender Nervosität darauf gewartet, dass er sich meldete. Und jetzt war er hier.

Eva drängte es danach, mit ihm über alles zu sprechen, doch als sie ihm ihre Trennungsabsicht mitteilen wollte, kam er ihr mit der Bitte zuvor, ihm die Spinnerei zu zeigen. Also fuhr sie mit ihm nach Billarb und schritt mit ihm gemeinsam die Ständer ab, auf denen die farbige Wolle zum Trocknen auslag.

»Und dieser Gustav macht mit?«, wollte Henning wissen. »Ich meine, könntest du mir überhaupt eine konstante Wollqualität garantieren?«

»Das würde ich irgendwie hinkriegen«, behauptete sie. Unsicher fügte sie hinzu: »Soll das heißen, du interessiert dich für eine etwaige Produktion?«

Er zuckte die Achseln. »Meine Firma macht seit Jahrzehnten ihr Geld mit Tisch- und Bettwäsche. Ehrlich gesagt, ich bin mir nicht sicher, ob eine Erweiterung des Produktangebots Erfolg versprechend wäre.«

»Das ist aber kein *Nein*, oder?«, vergewisserte sie sich.

Anstelle einer Antwort musterte er sie abwägend. »Es geht dir nicht allein um die Pullover, habe ich Recht? Du bist dabei, dein ganzes Leben umzukrempeln.«

Sie wollte seinem Blick ausweichen, zwang sich aber dazu, ihn anzuschauen. »Ich hatte das Gefühl, auf der Stelle zu treten«, gab sie zu. »Nichts hat sich mehr bewegt … Tut mir Leid, Henning.«

Natürlich stellte er die unvermeidliche Frage. »Gibt es einen anderen?«

Sie merkte, wie ihr das Blut in die Wangen schoss. »Nicht wirklich. Ich dachte es eine Zeit lang, aber das hat sich zerschlagen.«

Er nickte, als hätte er es gewusst. »Irgendwie war es mir die ganze Zeit klar, die Anzeichen waren ja nicht zu übersehen. Ich kann nicht sagen, dass es mich nicht verletzt, Eva. Eigentlich sollte ich dich komplett aus meinem Leben werfen.«

»Ich könnte das verstehen«, sagte sie in bemüht sachlichem Ton.

Er deutete mit dem Kinn auf die bunte Wolle. »Andererseits – diese Kollektion, die du da entworfen hast … Ich bin mir ziemlich sicher, dass sie ein echter Knaller wird. Ich wäre ein Idiot, wenn ich nicht bei dem Projekt mit einsteige.«

»Heißt das, du würdest über eine Geschäftspartnerschaft mit mir nachdenken?«

»Das würde ich tatsächlich«, sagte Henning mit schiefem Lächeln. »Komm, schlag ein, Partner.« Er streckte Eva die Hand hin, und sie ergriff sie, um sie fest zu drücken. Es war ungewohnt, einem Mann die Hand zu geben, von dem sie einmal geglaubt hatte, ihn zu lieben. Doch sie konnte mit Fug und Recht sagen, dass es ein gutes Gefühl war.

*

Eva strich zwei neue Pullover auf dem Gartentisch glatt und betrachtete sie kritisch, doch sie fand nichts auszusetzen. Malin hatte ganze Arbeit geleistet. Sie würde wirklich bald neue Maschinen anschaffen müssen, um die anstehenden Aufträge erfüllen zu können. Einen Teil der Kollektion wollte Eva gern hier vor Ort herstellen lassen, jedenfalls, soweit Malins Kapazitäten ausreichten. Sie arbeitete gut und zuverlässig. Was den weitaus größeren Rest betraf, so würde Henning sich darum kümmern.

Britta, die im Liegestuhl saß und ihre Tochter stillte, machte sich durch ein Räuspern bemerkbar.

»Weißt du schon, wie es weitergeht?«

Eva hörte aus der Bemerkung heraus, dass Britta nicht nur die Pullover meinte. »Wenn ich das wüsste«, sagte sie seufzend. Sie ging zu ihrer Freundin und kauerte sich neben den Liegestuhl. »Irgendwie fand ich, in meinem Leben müsse sich etwas ändern«, meinte sie, während sie vorsichtig mit dem Zeigefinger über das flaumige Köpfchen fuhr. »Ich weiß nicht... Diese Tage auf dem Hof... Kennst du das, dieses plötzliche Gefühl, dass es auch noch etwas anderes gibt im Leben?«

Britta gab keine Antwort, sie schien zu spüren, dass Eva auch keine erwartete.

»Ich habe mich schon lange nicht mehr so ... lebendig gefühlt wie in letzter Zeit. So ... beweglich. Frisch im Kopf ...« Sie lehnte sich auf die Fersen zurück und schaute hoch in die Krone des alten Apfelbaums. »Es ist fast so, als hätte etwas in mir geschlummert, das jetzt aufgewacht ist.« Gleich darauf schüttelte sie den Kopf über diese Formulierung. »Klingt kitschig, oder? Aber ich hatte diese Blockade sicher nicht von ungefähr. Ich meine, mir ist einfach nichts Neues mehr eingefallen.«

Britta nickte, als würde sie dieses ganze wirre Gerede verstehen, und Eva zweifelte nicht daran, dass es tatsächlich so war.

»Und jetzt?«, fragte Britta. »Wie ist es jetzt? Was hat sich verändert?«

Eva zuckte die Achseln. »Jetzt? Ich setze mich vor ein Papier, und es fließt einfach nur so aus mir heraus. Ich kann gar nicht so schnell zeichnen, wie ich Ideen habe.«

Britta nahm das Baby von der Brust und stand auf, um es in den Kinderwagen zu legen. Anschließend wandte sie sich zu Eva um. »Komm her.« Sie streckte die Arme aus, und ganz selbstverständlich trat Eva zu ihr und ließ sich von ihr umfangen.

»Du hast da eine wunderbare neue Sache angefangen«, flüsterte Britta neben ihrem Ohr. »Wo ist das Problem?«

»Vielleicht ist es nur eine Phase«, murmelte Eva. »Vielleicht ist es morgen schon vorbei. Soll ich deswegen mein ganzes Leben auf den Kopf stellen?«

Britta schüttelte den Kopf. »Allein die Tatsache, dass man über Veränderungen nachdenkt, bedeutet, dass es Zeit dafür ist.«

Sie rückte ein Stück von Eva ab und schaute sie prüfend an.

Eva wand sich ein wenig unter ihrem Blick. »Und wie soll das gehen, das mit den Veränderungen?«

»Muss ich dir das wirklich sagen?«, fragte Britta lakonisch.

Eva warf die Arme in die Luft. »Aber er ist ein Idiot! Ich habe mich in ihm getäuscht!« Sie verbesserte sich. »Nein, *er* hat mich getäuscht!«

»Willst du ihm das nicht wenigstens ins Gesicht sagen?«

Eva ließ diesen Satz ein paar Sekunden auf sich wirken und begriff dann unversehens, dass Britta völlig Recht hatte. Sie hatte sich ihre Gefühle für diesen Mann nicht nur eingebildet. Und umgekehrt war sie mit einem Mal beinahe sicher, dass er dasselbe auch für sie empfunden hatte. Sie schuldete es sich und ihm, dass er ihr erklären konnte, was schief gelaufen war. Wenn es auch nichts an der Situation ändern mochte – vielleicht würde sie hinterher wenigstens wieder ruhig schlafen können.

»Ich fahre nach Stockholm und kläre das mit ihm«, sagte sie entschlossen. »Kann ich deinen Wagen nehmen?«

»Was immer du willst«, antwortete Britta.

Eva küsste sie auf die Wange und wandte sich ab, um zur Terrassentür zu gehen. In diesem Augenblick, sie konnte es kaum glauben, sah sie Davids Wagen vorn in der Einfahrt näher kommen.

Sie ballte die Fäuste und spürte, wie mit einem Schlag die ganze Wut wieder da war. Ohne nachzudenken, rannte sie mit Riesenschritten durch den Garten hinüber zur Zufahrt, wo David soeben ausgestiegen war. Schäumend stürmte sie auf ihn los. »Ihr seid wirklich das Allerletzte! Könnt ihr keinen Kredit aufnehmen? Seit wann muss man denn in Amerika irgendwas bar bezahlen? Ihr müsst doch Gustav nicht vom Hof treiben, nur weil ihr Geld für euer dämliches Haus in Chicago braucht!«

David hob die Hände. »Darf ich auch mal was sagen?« Er besaß tatsächlich die Frechheit, sie anzulächeln. »Gustav wird gerade in diesem Moment operiert. In vier Wochen ist er wieder bei seinen Schafen.«

Eva konnte ihn nur perplex anstarren. Sein Lächeln wurde breiter. »Und wenn du wissen willst, was mit Chicago ist ...?« Er sprach den Satz nicht zu Ende. Ein provozierendes Funkeln stand in seinen Augen.

Eva nickte mit trockenem Mund.

»Nun, ich gehe nicht«, sagte er ruhig. »Nicht nach Chicago. Und nicht mit Monica.«

»Du meinst ...«

Er nickte. »Genau das meine ich.«

Damit war im Grund alles gesagt. Eva brauchte keine weiteren Erklärungen mehr, nur noch seine ausgestreckten Arme. Mit einem erleichterten Auflachen flog sie an seine Brust, und als er sie an sich presste, fing das Karussell an sich zu drehen. Der Himmel wirbelte in endloser Bläue, und der Boden unter ihren Füßen verschwand. Doch diesmal war sie keinen Augenblick lang in Gefahr, denn sie wusste, dass jemand da war, um sie sicher festzuhalten.

*

David saß auf dem oberen Balken des Gatters, die Füße gegen den Mittelbalken gestemmt und mit der Hand die Augen vor der Sonne abschirmend. Es war einer der letzten schönen Tage des Sommers. Der Wind fuhr durch die Birken und brachte bereits einen Hauch des nahenden Herbstes mit sich, und auf der Terrasse war es trotz des Windschutzes so frisch, dass sie Jacken brauchten. Sie würden in diesem Jahr nicht mehr oft zusammen draußen sitzen können, und David genoss jede einzelne Minute dieses Beisammenseins. Gustav schien es ebenso zu gehen. Er saß auf der Terrasse und wirkte entspannt und zufrieden. Britta und Peter waren diesmal auch mitgekommen und präsentierten an der Kaffeetafel stolz den ersten Zahn ihres Nachwuchses. Malin kam aus dem Haus, ein Tablett mit Kuchen balancierend. Sie hatte überraschend schnell Frieden mit Gustav geschlossen, was vermutlich zu einem nicht unerheblichen Teil damit zusammenhing, dass ihre Firma dank seiner Wolle ständig expandierte. Doch unterm Strich kam es darauf nicht an, denn sie war immer gleich bleibend freundlich zu dem Alten und erwähnte niemals auch nur mit einem einzigen Wort die unselige Vergangenheit.

Eva und Akka scheuchten in Gemeinschaftsarbeit die Schafe von der Weide zum Pferch, verfolgt von Gustavs halb zweifelnden, halb wohlwollenden Blicken. So ganz schien er sich noch nicht daran gewöhnt zu haben, so viele Menschen um sich zu haben, doch David hatte den Eindruck, dass der Alte sich redlich bemühte, aus seinem Schneckenhaus herauszukommen. Die meiste Zeit mussten sie sich zwar selbst einladen, doch Gustav sagte niemals, dass es ihm nicht passte. Im Gegenteil: Immer, wenn sie sich in geselliger Runde bei ihm trafen, tischte er seinen besten Käse auf.

Mittlerweile produzierte er nur noch für den Eigenbedarf, denn den größten Teil der Käseerzeugung und Schafzucht hatte er in die Hände von David gegeben, von dem er im Gegenzug eine kleine Leibrente erhielt, die ihm ein bequemes Auskommen ermöglichte.

Eine moderne Melkstation und eine neue Käserei auf dem Nachbargrundstück, wo sich auch Davids und Evas kürzlich fertig gebautes Haus befand, waren der Grundstock für Davids frisch gegründete Existenz als Schafzüchter. Er hatte sich, wie er selbst fand, inzwischen stark verbessert, was die Erzeugung von ordentlichem Käse betraf. Seinem Job in Stockholm trauerte er ebenso wenig nach wie dem Angebot in Chicago. Er war noch nicht ganz so erfolgreich wie seine Frau, die mit ihren Strickkollektionen einen wahren Boom ausgelöst hatte, doch er arbeitete daran.

Auch Monica war zufrieden bei Unicom, wie Gustav zu berichten wusste. David freute sich ehrlich darüber, aber mehr noch empfand er es als Erleichterung, dass Monica sich mit Gustav ausgesöhnt hatte. Sie hatte ihn gleich nach der Operation im Krankenhaus besucht und ihren Frieden mit ihm gemacht. Seither schrieb sie ihm oft und rief auch regelmäßig an. Offenbar übte ihr neues Leben einen positiven Einfluss auf sie aus. Neulich hatte Gustav erzählt, dass sie in ihrem letzten Brief einen Mann erwähnt hatte, den sie kennen gelernt hatte.

David ging das Herz auf, als er sah, wie Gustav dem Baby komische Grimassen schnitt und es zum Lachen brachte. Manchmal, so überlegte David, lohnte es sich eben doch, hartnäckig zu sein. Was ihn selbst betraf, galt dasselbe. Besonders in Bezug auf eine etwas zu klein geratene, aber resolute Person, die sich weder vor Schafen noch vor grantigen alten Männern fürchtete.

Sie spürte seine Blicke und wandte sich ihm zu, um ihn anzulächeln. Dieser besondere Magnetismus war immer noch da, es war wie ein unsichtbares Band, das sie zusammenschmiedete und zueinander hinzog. David stieß sich vom Gatter ab und sprang zu Boden. Gemächlich schlenderte er zu ihr hinüber. Ihr Haar wehte rettungslos zerzaust im Wind, und auf der Nase hatte sie eine breite Schmutzspur.

Komm her, meine hinreißende kleine Schäferin, dachte David. Und als hätte sie ihn gehört, kam sie lachend in seine Arme.

ENDE

Inselsommer

Als Katarina auf die Uhr sah, war es Viertel vor zwölf. Schon Viertel vor zwölf!

»Mist. Das darf doch nicht wahr sein.« Hastig nahm sie den Strömling aus der Pfanne und legte ihn voller Sorgfalt auf den angewärmten Teller, auf dem schon eine zart angebratene Knoblauchrose und ein paar Zitronengrasstängel dekorativ drapiert waren. Sie betrachtete das Arrangement einen Moment lang kritisch. Der gebratene Ostseefisch sah köstlich aus mit seiner krossen Hülle, außerdem duftete er verführerisch. So verführerisch, dass Katarinas Kollege Hans vom anderen Ende der Küche, wo er gerade einen großen rosafleischigen Lachs ausnahm, schnuppernd zu ihr herübersah.

»Riecht lecker, Katarina. Aber ich komm nicht drauf, wonach?«

Katarina sah kurz zu ihm rüber. Normalerweise liebte sie dieses Quiz mit ihrem jungen Kollegen in der kleinen Küche des Restaurants Hjört, das im idyllischsten Winkel der Stockholmer Altstadt, der Gamla Stan, lag. Und meistens entwickelte sich ein munteres Frage-und-Antwort-Spiel zwischen ihnen, wenn sie wieder einmal etwas Neues ausprobiert hatte. Eine neue Gewürzkombination oder ein neues Öl zum Braten oder wenn sie schlichtes Gemüse wie Bohnen oder Karotten einfach einmal anders zubereitete. Hans bewunderte Katarina zutiefst. Im Grunde war er ein bisschen verliebt in die hübsche, junge Chefköchin, die mit Elan und Experimentierfreude die Küche des Hjört leitete.

Doch heute blockte sie das kulinarische Rededuell ab. Mit dem für sie typischen konzentrierten Blick begutachtete sie mit steil zusammengezogenen Augenbrauen das Arrangement auf dem Teller. Irgendetwas fehlte noch. Wenn sie nicht so unter Zeitdruck gestanden hätte, wäre sie sicher darauf gekommen. Aber jetzt musste sie einfach weg. Sie sah auf die Uhr. Zehn vor zwölf. Ungeduldig zerrte sie an den Bändern ihrer langen weißen Schürze, die sie um die schmale Taille gebunden hatte, und probierte gleichzeitig mit einem kleinen Löffel den Fischsud. Schmeckte wirklich sehr lecker. Doch trotzdem: Irgendetwas fehlte noch. Der letzte Pfiff.

In diesem Moment wurde die Küchentür aufgerissen, und Karin, die Bedienung, platzte herein.

»Zwei Fischsuppen für Tisch drei, zweimal die Muscheln mit Spinat für Tisch fünf. Und wo bleibt der Strömling, Kata? Der Gast hat schon danach gefragt.«

»Der soll sich nur nicht aufregen. Hast du ihm nicht gesagt, dass wir hier alles frisch zubereiten? Wenn er es eilig hat, soll er zu McDonald's gehen.« Suchend irrte ihr Blick über die Arbeitsfläche. Klar, das war es. Das Tüpfelchen auf dem i. Sie riss eine leuchtend orange Blüte aus einem Strauß Gartenkresse, der für einen Salat bereitlag, und drapierte sie neben den Fisch. Das war es. Sie wandte sich hastig an Hans.

»Kannst du die Kartoffeln dazulegen, bitte?«

Katarina warf ihrer Kollegin, die noch im Türrahmen stand, die Schürze zu und schlüpfte in ihre Jeansjacke. Auf dem Weg nach draußen griff sie nach ihrer Umhängetasche aus olivgrünem Stoff. Die war so groß, dass ihr gesamter Hausrat darin Platz gehabt hätte.

Karin sah verblüfft auf die ihr zugeworfene Schürze,

dann auf den Teller, auf den Hans jetzt sorgsam zwei kleine Kartoffeln legte. Genau abgezirkelt zwischen die Knoblauchrose und die Zitronengrasstängel.

»Was ist denn das schon wieder? Katarina, *einfacher* Strömling war die Bestellung.«

Katarina lachte sie vergnügt an. »Ist es auch … nach Thai-Art. Schmeckt wunderbar. Wirklich!«

Karins zweifelnder Blick sprach Bände. Diese Frau war irre. Wieso konnte sie sich nicht damit abfinden, dass im Hjört keine Experimente gefragt waren? *Einfache* schwedische Küche. Das war es, was die Gäste erwarteten.

»Wir sind kein Sterne-Lokal, wieso willst du das nicht begreifen?« Doch sie erhielt keine Antwort, zu oft schon hatten sie sich über Katarinas Ehrgeiz und ihre Lust am kreativen Kochen gestritten.

»Petersilie auf die Kartoffeln?«, wollte Hans fragen, als Katarina ihm schon das Wort abschnitt.

»Um Gottes willen. Keine Petersilie. Die beißt sich mit dem Zitronengras.«

Sie war jetzt fertig. Hastig griff sie sich den Teller.

»Welcher Tisch war das?«

»Die Zwölf, aber ich kann da auch selber …«

»Ich muss doch sowieso weg. Und außerdem«, sie sah mit ihrem leuchtenden Verschwörerblick von Hans zu Karin und wieder zurück, »will ich sehen, wie er auf das Arrangement reagiert. Als ›normaler‹ Gast. Also dann ihr beiden, ich bin weg.«

Hans eilte zur Tür und stellte sich neben Karin. Er öffnete Katarina mit einer großen Geste die Tür. Sie nahm eine fast königliche Haltung an.

»Wünscht mir viel Spaß in Spanien und macht bloß keinen Unsinn. Es wäre mir recht, wenn es meinen Arbeitsplatz nach meinem Urlaub auch noch gäbe und ihr ihn nicht abgefackelt hättet.« Sie lachte und war schon fast aus der Tür, als Karins Stimme sie noch einmal zurückhielt. Sie zerrte etwas aus der Tasche ihrer Schürze.

»Warte, das hätte ich fast vergessen. Post.« Katarina sah sie ungeduldig an. Kam sie denn heute überhaupt nicht weg? »Steck's einfach in meine Jackentasche, bitte.« Karin tat, wie ihr geheißen. Katarina küsste sie schnell auf die Wange und verschwand nun endlich Richtung Ausgang.

Mit einem leisen Seufzer der Erleichterung trat sie aus dem Lokal. Sie stand einen Augenblick still und ließ ihren Blick über das Äußere des Restaurants schweifen.

Das Hjört war ein hübsches Lokal in einem schmalen Altstadthaus, das sehr gemütlich wirkte mit seinen kleinen Fenstern und dem etwas schiefen Dach. Auf dem winzigen Platz vor dem Lokal standen Klappstühle aus Teakholz und Eisen, auf den Tischen lagen weiße Decken. Die meisten der Tische waren besetzt. Zufrieden wirkende Gäste ließen sich die Hausmannskost schmecken, für die das Hjört bekannt war. Leckere Fleischbällchen. Fischsuppe von Ostseefischen. Oder Rentiergeschnetzeltes. Die Gerichte waren einfach und sehr schmackhaft, die Gäste eigentlich immer zufrieden.

An Tisch Nummer 12 saß Sven Svanblom und wartete auf seinen Strömling. Blond, gut gekleidet in seinem dunklen Business-Anzug mit hellblauer Krawatte, las er in einer Akte. Mit einer Hand zerkrümelte er gedankenverloren eine Brotscheibe, während er die eng beschriebenen Seiten auf dem Tisch vor sich durchlas. Er las sehr konzentriert. Dieser Vertragsentwurf sollte schließlich das zukünftige Schicksal seiner Firma »Svanblom-Kaffee« bestimmen.

Gerade wollte er die Seite umblättern, da wurde vor ihm mit Schwung der Teller mit dem Strömling hingestellt. Mitten auf den Vertragsentwurf.

»Ihr Strömling, bitte sehr«, hörte er jemanden sagen. Das konnte doch nicht wahr sein. Wie kam diese Bedienung dazu, den Teller auf den Vertrag zu stellen?

»Ich bitte Sie, was soll das? Können Sie nicht aufpassen?« Er war empört. Zu Recht empört.

Katarina hatte viel zu spät gemerkt, was sie da tat. Hastig riss sie den Teller wieder hoch.

»Oh Gott. Tut mir Leid. Entschuldigung.« Sie war zutiefst verlegen. Und ärgerte sich gleichzeitig maßlos über sich. Wie konnte ihr so was passieren? Weil sie immer in Eile war. Und, musste sie sich eingestehen, weil sie auch unbedingt in die Rolle der Bedienung hatte schlüpfen müssen, nur um zu sehen, wie der Gast auf ihr Arrangement aus Fisch und Zitronengras reagierte.

»Ich war mit meinen Gedanken woanders. Hoffentlich habe ich keine Flecken gemacht. Bitte entschuldigen Sie vielmals ...«

Sven hatte sich inzwischen längst beruhigt. Es war ja wirklich nichts passiert. Er sah sie an. Und konnte sich ein Lächeln nicht verkneifen. Diese Bedienung war so hübsch in ihrer hektischen Eile und Verlegenheit. Und mit ihrem intensiven Blick, der ihn einen kurzen Moment lang fast ins Schleudern brachte.

Ohne großes Aufhebens räumte er die Papiere beiseite.

»Nichts passiert.« Seine warme Stimme klang beruhigend. Katarina stellte den Teller erleichtert noch einmal vor ihn hin.

»Gott sei Dank. Dann wünsche ich einen guten Appetit.«

Sie entfernte sich einen Schritt von dem Tisch weg. Konnte sich aber noch nicht dazu durchringen, zu gehen. Sie wollte doch seine Reaktion sehen. Und tatsächlich, nach einem kurzen, verblüfften Blick auf seinen Teller, wandte sich Sven prompt zu ihr um.

»Entschuldigung. Das muss ein Missverständnis sein. Ich hatte Strömling bestellt. Einen ganz einfachen Strömling.« Katarina strahlte ihn an. Sie trat wieder an den Tisch.

»Das ist einfacher Strömling. Nach Art des Hauses. Probieren Sie ihn. Sie werden keinen anderen mehr essen wollen.«

Ihre Stimme bekam einen beschwörenden Klang. Und traf bei Sven den richtigen Nerv. Einen Augenblick lang ruhte sein Blick auf Katarinas schönem, klarem Gesicht. Ihre leuchtenden Augen fesselten ihn. Sie schienen vor Leben zu sprühen. Was war das nur für eine Farbe? Nicht dunkelblau, nicht schwarz. Eher ein tiefes, schillerndes Veilchenblau. Er spürte sofort, dass man sich in diesen Augen verlieren konnte, wenn man nicht aufpasste.

»Los, probieren Sie schon. Keine Angst, ich pflege meine Gäste nicht zu vergiften.«

Sven konnte ein Lachen nicht unterdrücken. Und obwohl er modische Experimente und zeitgeistige Dekorationen in Bezug auf Essen hasste, wandte er sich dem Fisch zu. Katarina beobachtete ihn zufrieden. Sie wusste, er würde ihre Kreation mögen.

Doch als in diesem Moment das Zwölf-Uhr-Läuten der nahe gelegenen Tyska Kyrkan begann, war ihr klar, dass sie nun endgültig viel zu spät dran war und wirklich keine Zeit mehr hatte, auf seine Reaktion zu warten, wenn er den ersten Bissen im Mund hatte.

Sie rannte einfach los. Quer über den kleinen Platz. An der Ecke zur Stora Nygatan blieb sie doch noch einmal stehen. Sie konnte es sich nicht verkneifen, noch einen schnellen Blick zurück auf den Gast zu werfen. Allerdings hatte sie nicht erwartet, dass auch er hinter ihr hersehen würde. Und wurde jetzt unerwartet mit dem Blick seiner blauen Augen konfrontiert. Sie stand ganz still. Nur einen kleinen Moment lang. In dem ihr dieser intensive Blick fast den Atem stocken ließ. Wieso war ihr denn gar nicht aufgefallen, wie gut dieser Mann aussah? Sekundenlang verhakten sich ihre Blicke ineinander. Dann lächelte er leicht. Und wandte sich endgültig dieser interessanten Kreation auf seinem Teller zu.

Sven probierte vorsichtig ein kleines Stück des weißen Fischfleisches. Es schmeckte ein wenig nach der kühlen Ostsee, wie erwartet. Doch über den bekannten Geschmack legte sich der fremde Hauch einer unerwarteten Gewürzkomposition. Nur ein Hauch, der den Fischgeschmack irgendwie … er wusste gar nicht, wie er es nennen sollte … ja, abrundete, das war es. Es ergab sich ein verblüffend harmonischer, runder Geschmack. Nochmals sah Sven zu der Ecke hin, an der Katarina gerade noch gestanden hatte. Doch die Frau war verschwunden. Schade, er hätte ihr gerne seine Zufriedenheit signalisiert. Dieser Fisch war wirklich eine Offenbarung.

Der Himmel über Stockholm war von diesem unerhört tiefen Sommerblau. Über den schönen alten Häusern der Stadt lag die lichte Sommeratmosphäre, die Katarina manchmal beinahe vergessen ließ, dass auch dem schönsten, wärmsten Sommer zwangsläufig ein dunkler, eisiger Winter folgen würde. Seit sie vor fast zehn Jahren nach Stockholm gekommen war, liebte sie die Stadt im Sommer ebenso sehr, wie sie sie im Winter hasste. Nicht, dass sie mit der Kälte nicht klarkommen würde. Sie war Schwedin, sie war daran gewöhnt. Doch die Winter in der Stadt waren einfach etwas anderes als die Winter auf dem Land. Sie stammte aus Dalarna, dem Landstrich in der Mitte Schwedens. Sobald es dort zum ersten Mal schneite, war es, als lege sich ein Zauber über die Landschaft. Der Schnee brachte ein geheimnisvolles Schimmern in die langen dunklen Nächte, wie ein glitzerndes Tuch lag er über den Wiesen und Wäldern. Und die Seen, diese vielen Seen ihrer Heimat, lagen unter einer klaren Eisschicht, die leise knisternd von den Geheimnissen ihrer Bewohner wisperte. Wie oft hatte Katarina im Winter Heimweh nach Dalarna.

Doch jetzt war Sommer. Die Stadt glänzte in voller Pracht. Und Katarina stand im Stau, der sich wie immer auf der Skanstull-Brücke bildete. Sie verwünschte zum wiederholten Male ihre Unfähigkeit, auf die Zeit zu achten. Sie würde sich das unbedingt abgewöhnen müssen. Sagte sie sich und wusste gleichzeitig, wie aussichtslos dieser Vorsatz war.

Doch jetzt kam plötzlich Bewegung in die Kolonne. Und wie immer, keiner wusste warum, löste sich die Autoschlange genauso unerwartet auf, wie sie sich gebildet hatte. Katarina gab erleichtert Gas. Jetzt war es nicht mehr weit.

Kaum fünf Minuten später bog ihr alter, dunkelroter Volvo-Kombi in den Handelsvägen ein und stoppte vor der Enskede-Schule. Katarina sprang eilig aus dem Auto und suchte mit den Augen den Schulhof ab. Wie so oft verspürte sie in so einer Situation ein brennendes Gefühl der Panik in der Magengegend. Was würde sie tun, wenn Annicka nicht mehr da war?

Doch bevor die Panik sie überwältigen konnte, sah Katarina sie da sitzen. Auf der breiten Treppe, die zu dem alten Schulgebäude hoch führte. In der gleißenden Sonne: ihre Tochter Annicka. Das zarte blonde Mädchen saß da, den neuesten Harry-Potter-Band auf den Knien, in den sie vollkommen versunken war. Auf dem Kopf die Kopfhörer ihres Minidisc-Players. Die Welt um Annicka herum schien nicht mehr zu existieren. Sie befand sich an der Seite von Harry und Hermine in Hogwarts.

Annicka hatte die Haare zu einem Pferdeschwanz gebunden. Sie trug einen roten kurzen Rock und ein rosa T-Shirt, ihre langen dünnen Beine steckten in bunten Ringelsocken, die Füße in den roten Schuhen, die sie erst vor ein paar Tagen im Kaufhaus NK von Katarina erbettelt hatte. Dabei hatte sie eigentlich ein Paar praktische Laufschuhe bekommen sollen, doch Annicka hatte ihre Mutter mit der unendlichen Geduld und Hartnäckigkeit eines Kindes, das unbedingt etwas haben will, davon überzeugt, dass sie Zeit ihres Lebens einen Schaden mit sich herumtragen würde, wenn dieser vor ihr liegende Sommer nicht seine absolute Krönung in diesen wundervollen roten Schuhen erleben würde.

Katarinas Herz machte einen Sprung. Wie sehr sie dieses Kind liebte! Wie froh sie war, es zu haben. Auch wenn das Leben als allein erziehende Mutter wirklich nicht immer ganz einfach war. Doch der Anblick ihrer Tochter entschädigte sie in diesem Moment für alles.

Und jetzt hob Annicka den Kopf. Sie hatte das Auto ihrer Mutter zwar nicht herankommen hören, aber es war, als spüre sie, dass Katarina endlich da war. Ihre Augen, von denen Katarina immer behauptete, sie hätten das irisierende Blau des Siljan-Sees kurz vor einem Gewitter im August, strahlten auf, als sie ihre Mutter sah. Sie sprang auf, raffte Ranzen, Buch, Musik und Jacke zusammen und sauste auf Katarina zu.

Die fing die Tochter auf und wirbelte sie im Kreis herum. Und entschuldigte sich dabei wortreich wie immer.

»Tut mir Leid, dass ich zu spät bin. Ich bin so eine schreckliche Mutter. Aber ich bin einfach nicht früher weggekommen, ich habe dieses neue Rezept gemacht, das ich neulich zu Hause ... « Sie hielt inne, sah Annicka in die Augen. »Verzeihst du mir? Noch einmal?«

Annicka lachte sie fröhlich an.

»Es sind bloß zwanzig Minuten, Mama. Du wirst immer besser. Und in den Ferien wirst du genug Zeit haben, an dir zu arbeiten.«

»Es wird die Zeit kommen, da stehe ich eine halbe Stunde vor Schulschluss da. Und dann bin ich diejenige, die warten muss.« Katarina verzog das Gesicht bei diesem unvorstellbaren Gedanken. Annicka drückte sich lachend an sie.

»Guter Witz. Du, ich war ganz schön gut dieses Jahr. Ich hab fast überall 15 oder 20 Punkte.«

»Das ist ja toll. Ich bin so stolz auf dich!« Katarina küsste ihre Tochter. Herzte sie ungestüm. Womit hatte sie nur dieses Kind verdient? Nicht nur, dass Annicka mit ihren langen dunkelblonden Haaren, den blauen Augen und der zarten, durchsichtigen Sommersprossenhaut ein ungewöhnlich hübsches Mädchen war, sie hatte auch Humor und eine schier unerschöpfliche Geduld mit ihrer chaotischen Mutter.

Annicka wühlte schon in ihrem Ranzen, zog schließlich ein Blatt hervor und drückte es Katarina in die Hand. Ihr Zeugnis. Katarina studierte es, während sie den Arm um ihre Tochter legte und mit ihr zum Auto ging.

»Unfassbar, 20 Punkte in Rechnen und im Diktat. *Und* in Kunst ... Woher hast du das nur?«

Dieses Kind war ihr wirklich ein Rätsel. Dass sie in Kunst so gut war, okay. Die kreative Ader hatte sie von ihr, das leuchtete ein. Aber in Rechnen? Für Katarina war Mathematik immer ein Buch mit sieben Siegeln gewesen. Und dass sie nicht jedes Jahr mit null Punkten abschließen musste, hatte sie damals nur der Großzügigkeit ihrer besten Freundin Astrid zu verdanken, die sie als wahres Mathe-Genie immer hatte abschreiben lassen, nicht zuletzt bei den Hausaufgaben. Inzwischen war sie Professorin für Mathematik an der Universität von Uppsala.

Annicka nahm Katarina das Zeugnis wieder aus der Hand. Drängte sich an ihre Mutter.

»Können wir fahren? Ich hab so einen Hunger.«

»Klar können wir das. Was willst du? Pizza? Oder sollen wir uns schon mal eine Paella gönnen. Als Vorgeschmack auf die Ferien?«

»Paella nur in Spanien, Mama. Meinst du, in dem Club kochen sie gut?«

»Klar, es sind Spanier. Will ich jedenfalls hoffen. Könnten natürlich auch irgendwelche Studenten aus England sein, die im Club einen Ferienjob haben.« Sie verzog das Gesicht. »Mag ich mir gar nicht vorstellen. Englische Paella.« Sie suchte in den verschiedenen Taschen ihrer Jeansjacke nach ihrem Autoschlüssel. Wo hatte sie ihn nur hingesteckt? Er schien mal wieder einfach verschwunden. Wie Autoschlüssel das nur immer machten?

Da, jetzt spürte sie ihn. Sie griff tief in die rechte Tasche und zog den Schlüssel heraus.

»Wir können.«

Sie bemerkte nicht, dass mit dem Schlüssel ein Stück Papier aus der Jackentasche zu Boden flatterte. Annicka hob es auf.

»Was ist das?«

Es war der Brief, den Karin ihr in die Tasche gesteckt hatte.

»Ein Brief?« Katarina grinste. »Oder was denkst du?«

Annicka hatte den Brief schon umgedreht und studierte den Absender.

»Kennst du jemanden in Rörstrand?«

»Rörstrand? Keine Ahnung.«

Als Katarina die Autotüren öffnete, warf Annicka Ranzen und Jacke auf den Rücksitz und stieg ein, den Blick immer noch auf den Brief geheftet.

»Mach ihn auf«, sagte Katarina, während sie den Motor anließ.

Annicka riss den Umschlag auf und nahm einen handgeschriebenen Brief heraus. Die schöne, klare Handschrift füllte den ganzen Bogen aus. Annicka drehte den Brief um und studierte die Unterschrift.

»Deine Tante Augusta.« Sie sah Katarina an. »Wer ist Tante Augusta?«

Katarina hatte keine Ahnung, wer das sein sollte – da durchzuckte sie eine Erinnerung. Tante Augusta, da war doch was. Annicka, die sie beobachtete, reichte ihr den Brief.

Katarina blickte auf den Brief in ihren Händen und sagte dabei leise: »Mein Vater hatte einen Onkel Johan. Seine Frau heißt Augusta.« Annicka spürte die Wehmut in der Stimme ihrer Mutter. Sie lehnte sich zu ihr hinüber. Das Gesicht an Katarinas Schulter gepresst, fing sie leise an, den Brief vorzulesen.

»Meine liebe Katarina …«

Sie waren seit ein paar Stunden unterwegs nach Rörstrand. Der rote Volvo-Kombi fuhr über kleine Straßen, die sich durch die leuchtende Sommerlandschaft wanden. In den Gärten der roten Häuser mit den weißen Fensterumrahmungen bildeten dunkelrote Rosen und tiefblauer Rittersporn des Blütenpaar des Jahres. Helle, lichte Birkenhaine gaben den Blick frei auf zahlreiche Seen, die in der Sonne glitzerten. Annicka und Katarina hatten die Fenster heruntergekurbelt. Der Wind zauste an ihren Haaren.

Auf dem Beifahrersitz las Annicka zum wiederholten Male den Brief vor.

»... so lange ist es her, dass du als kleines Mädchen einmal deine Ferien bei uns verbracht hast. Ich weiß es noch wie heute, wie du fröhlich mit deinem Vater um die Wette geschwommen bist. Und wie du beim Angeln neben deinem Großonkel Johan im Boot gesessen hast. Deine Haare wurden im Lauf des Sommers immer heller, und die Sommersprossen auf deiner Nase bekamen jeden Tag neuen Zuwachs.«

Katarina lachte leise auf. »Bei tausend hab ich damals aufgehört zu zählen.«

Annicka berührte zärtlich Katarinas nackten Arm.

»Ich mag deine Sommersprossen. Sie sind süß.« Dann las sie weiter.

»Es war ein wunderbar fröhlicher Sommer damals. Dein Großonkel hat oft davon gesprochen. Wie gerne wäre er noch einmal mit dir zum Angeln rausgefahren. Leider werdet ihr das nun nie mehr machen können.«

Annicka hörte auf zu lesen. Sie sah aus dem Fenster auf den See, dessen winzige Kräuselwellen sie an die erste Wolle der Lämmer erinnerte, die sie vor kurzem bei einem Schulausflug im Tierpark Skansen gesehen hatte. Sie versuchte sich vorzustellen, wie ihre Mutter als kleines Mädchen gewesen war.

»Schade, dass dein Großonkel gestorben ist.«

Verstohlen beobachtete sie ihre Mutter. Katarina hatte nie von diesem Großonkel erzählt, also wusste Annicka auch nicht genau, ob ihre Mutter jetzt sehr traurig war.

Katarina spürte den fragenden Blick ihrer Tochter. Und

sie wusste selbst nicht, was sie gerade fühlte. War es die Freude darüber, sich wieder an diese schönen Ferien zu erinnern? Oder die Wehmut, nur ein einziges Mal auf Rörstrand gewesen zu sein? Doch sie kam nicht dazu, weiter über diese Frage nachzudenken, da mitten in der Landschaft plötzlich die Straße aufzuhören schien. Es war, als würde sie direkt in das Wasser des großen Sees fahren.

Ein Schild wies die verdutzte Katarina darauf hin, dass sie sich an einer Anlegestelle für Fähren befanden und die nächste Fähre sie bald zur Insel Rörstrand übersetzen würde. Und wie die anderen Familien in den Autos, die sich jetzt hinter ihnen einfanden, warteten Katarina und Annicka geduldig auf die Fähre, die gerade hinter einer der zahlreichen Inseln auftauchte und geradewegs auf die Anlegestelle zusteuerte.

Rumpelnd fuhren die Autos an Bord. Ein Mann ging herum und kassierte das Fahrgeld, und kurz darauf legte die Fähre ab. Katarina und Annicka stellten sich an die Reling und richteten ihre Blicke auf die vor ihnen liegende, berückend schöne Insellandschaft.

Sie fuhren an der traumhaften Schärenküste vorbei, schlängelten sich auf schmalen Wasserwegen zwischen kleinen Inseln hindurch. Und es war, als wecke diese Fahrt über das Wasser sehnsüchtige Erinnerungen in Katarinas Herz. Ihre Stimme klang leise und bewegt, als sie sagte:

»Onkel Johan war ein unheimlich netter Mann. Er konnte wirklich gut mit Kindern. Er hat mir das Motorbootfahren beigebracht und den Kopfsprung … abends … haben wir manchmal ein Lagerfeuer gemacht, und er hat mir von den alten Wikingern erzählt.« Sie lachte leise auf. »Es waren ganz schön blutrünstige Geschichten. Mich hat es immer ein bisschen gegruselt. Onkel Johan hatte so eine dunkle, geheimnisvolle Stimme ... Ich glaube, er war der beste Geschichtenerzähler der Welt.«

Annicka kuschelte sich an ihre Mutter. »Klingt nach tollen Ferien.«

Katarina sah versonnen auf die Wellen vom Bug der Fähre.

»Ich habe diesen Sommer nie vergessen. Weder das Angeln noch das Bootfahren. Und vor allem nicht Onkel Johans Mandelpudding. Mein Gott, war das eine Sensation.«

Annicka sah sie neugierig an. »Mandelpudding? Besser als deiner?«

»Onkel Johans Mandelpudding* war unvergleichlich. Ich konnte nie genug davon kriegen. Und die anderen auch nicht.«

Plötzlich hatte Katarina wieder diesen feinen Geschmack nach Mandeln, Sahne und echter Vanille im Mund. Sie schloss die Augen und seufzte ganz leise. Wunderbar.

Annicka beobachtete ihre Mutter. Sie nahm deren Arm und zog ihn eng um sich. Fast war es, als könne sie selbst den Pudding schmecken. Sie hielt das Gesicht in den Wind und genoss dieses Gefühl von Sommer.

»Und wie ist Tante Augusta?«

Katarinas Stimme wurde weich. »Da fällt mir nur ein Wort ein: lieb. Sie hat ein ganz warmes Lachen und schöne, fröhliche Augen. Ich hab mich in ihrer Nähe immer wohl gefühlt. Irgendwie zu Hause.«

Annicka nickte. Dieses Gefühl kannte sie. Seit sie denken konnte, ging es ihr mit ihrer Mutter so. Bei keinem anderen Menschen auf der Welt fühlte sie sich so beschützt und geborgen wie bei ihr. Sie und Katarina waren eine verschworene Einheit. Sie verstanden sich blind in allen Le-

* Onkel Johans Mandelpudding – Rezept siehe Anhang

benslagen, sie vertrauten einander und liebten sich innig. Dass es keinen Vater in dieser kleinen Familie gab, hatte Annicka nie vermisst. Sie und Katarina waren sich genug.

Sie beobachtete eine Möwe, die sich geschickt auf ein Stück Brot stürzte, das ihr ein kleiner Junge zuwarf. Noch im Flug schnappte sich der große, weißgraue Vogel die Beute. Annicka dachte an das Ende des Briefes. Ihre Mutter war vollkommen überrascht gewesen von der Ankündigung, dass Onkel Johan ihr etwas vererbt hatte. Annicka fand das aufregend. Etwas zu erben von einem Mann, der ihr ganz fremd war.

»Und was glaubst du, Mama, was wirst du erben?«

Katarina beobachtete jetzt auch den akrobatischen Flug der Möwe.

»Ich weiß es nicht ... Keine Ahnung. Lass uns einfach hinfahren und sehen, was Onkel Johan mir vermacht hat. Wahrscheinlich eine Taschenuhr oder ein paar Bücher ... Egal was, wir packen es einfach ein, und dann fliegen wir nach Spanien in den Club. Wie wir es geplant hatten. Ich hab Urlaub wirklich nötig.«

Annicka, die nach der Schule oft im Hinterzimmer des Hjört saß und Hausaufgaben machte, wusste, wie anstrengend der Beruf ihrer Mutter war. Als Köchin war sie manchmal von morgens um vier bis nachts um elf auf den Beinen. Sie legte mitfühlend den Arm um Katarinas schmale Taille. »Du arbeitest zu viel, Mama.«

Katarina lachte und zog Annicka noch enger an sich. Küsste sie auf die Stirn.

»Danke für dein Verständnis, meine Große.« Katarina war dankbar, dass Annicka ein so verständnisvolles und unkompliziertes Kind war. Sie war als kleines Mädchen ohne Murren in den Hort und zu Tagesmüttern gegangen, und jetzt, da sie größer war, machte es ihr auch nichts aus, immer wieder ein paar Stunden allein zu Hause zu sein.

Sie standen nun eine Weile stumm nebeneinander. Die Inseln, größere und kleinere, zogen an ihnen vorbei. Es war, als legte sich die Ruhe der Landschaft auf ihr Gemüt.

In Katarina stieg eine unbestimmte Sehnsucht auf. Sie konnte sich nicht genau erklären, wonach, aber es war überwältigend. Plötzlich hörte sie sich mit leiser Stimme sagen:

»Dieser Mandelpudding ... ich hab den Geschmack immer noch auf der Zunge. Irgendwie hab ich immer gedacht, dass so die Kindheit schmeckt.«

Das war es wahrscheinlich. Der Geschmack und der Duft der Kindheit, die plötzlich wieder wach wurden in ihr, sie machten vielleicht dieses sehnsuchtsvolle Gefühl aus, das sie fast überwältigte.

Annicka spürte die Wehmut ihrer Mutter. Als sie merkte, dass ihre Mutter sich langsam entspannte, wurde ihr warm ums Herz. Sie liebte diese ersten Stunden der Ferien, wenn der Stress des Alltags so offensichtlich von Katarina abfiel und diese sich wie ein Kind auf die bevorstehenden Tage freute.

»Vielleicht vermacht dir Onkel Johan ja das Rezept für seinen Mandelpudding ... Dann machst du endlich ein eigenes Lokal in Stockholm auf. Und wir werden reich und berühmt.«

Katarina musste jetzt auch lachen. Eine unbestimmte Ahnung überkam sie.

Da standen sie an der Reling der kleinen Fähre. Sie und ihre wunderbare Tochter. Und vor ihnen lag der Sommer. Der Sommer der Entscheidungen.

*

Eine Stunde später legte die alte Fähre mit einem knirschenden Geräusch am Ufer von Rörstrand an. Katarinas Volvo holperte über die eiserne Rampe an Land. Annicka, die den Kopf weit zum Fenster hinausstreckte, sah sich neugierig um. Rörstrand war ein idyllischer Flecken, mehr Dorf als Kleinstadt. Sie fuhren durch eine schmale Einkaufsstraße, die gesäumt war von gelben und roten Häusern, alle nicht höher als zweistöckig. Die Fenster und Türen waren in frischem Weiß gestrichen, was den Häusern ein einladendes Aussehen gab. Die Straße führte zu dem kleinen Hafen, in dem Katarina und Annicka jetzt standen. Katarina ließ den Blick schweifen. Der kleine Ort hatte sich, seit sie damals hier gewesen war, kaum verändert. Noch immer bestand er im Wesentlichen aus der einen schmalen Einkaufsstraße und dem kleinen Hauptplatz, um den sich ein paar Jahrhundertwende-Häuschen in Pastellfarben, die Bäckerei von Elisa Johansson, bei der es diesen wunderbaren Butterkuchen gegeben hatte, und ein neuer, kleiner Supermarkt gruppierten. Am kürzeren Ende des kleinen Platzes lag noch immer das zartblau gestrichene Rathaus, ein schlichter, schöner Holzbau, der von einem kleinen Turm gekrönt wurde.

Sie atmete tief durch. Dieser unverwechselbare Duft nach Meer, nach Hafen, die typischen Geräusche der tuckernden Motorboote und der kleinen Glocken, die an den Masten der Segelboote läuteten, ließen ihre Erinnerung wieder wach werden. Sie erinnerte sich daran, wie sie damals mit ihrem Vater zum ersten Mal hier angekommen war. Sie war ungefähr so alt gewesen wie Annicka jetzt. Ihr Vater Mats hatte sie an einem heißen Sommertag damit überrascht, dass er mit ihr die Insel Rörstrand besuchen wollte, um dort endlich einmal wieder seinen Onkel Johan und dessen Frau Augusta zu besuchen. Katarina, die bis dahin noch nie etwas von einem Onkel Johan gehört hatte, war zunächst überhaupt nicht begeistert von diesem Plan gewesen. Was sollte sie bei diesen, ihr vollkommen unbekannten Verwandten? Sie wollte den Sommer viel lieber mit ihren Freundinnen in Stockholm verbringen. Eis essen, baden, segeln gehen. So sah für sie damals der ideale Sommer aus. Doch da ihr Vater, bei dem sie die Hälfte der langen Sommerferien verbrachte, sich nicht von seinem Plan abbringen ließ, hatte sie sich wohl oder übel fügen müssen. Und dann war es der schönste Sommer ihrer Kindheit geworden.

Ein Lächeln stahl sich jetzt auf Katarinas Gesicht. Sie sah sich, wie sie mit ihrem Vater jeden Tag frisch geräucherten Fisch von diesem kleinen Hafen holte. Wie sie, ihre Hand in der seinen, mit ihm zu Lisbeths kleinem Eisladen schlenderte, wo sie immer eine große Portion Schokoladeneis mit einer noch größeren Portion Sahne bekam.

Unwillkürlich wischte sie sich mit dem Handrücken über den Mund, als wolle sie die Eisreste entfernen, die sie noch auf ihren Lippen zu schmecken glaubte. Ob es Lisbeths Eisladen noch gab? Und Henner, der die Fische in einem kleinen schwarzen Räucherofen direkt neben seinem Boot geräuchert hatte?

Annicka riss Katarina aus ihren Erinnerungen. »Und wo ist jetzt Onkel Johans Haus?«

Das Mädchen sah sie ungeduldig an.

»Komm, lass uns weiterfahren.«

Katarina lachte. »Es liegt ein wenig außerhalb, gleich neben der St.-Anna-Kirche. Ich hoffe, ich finde den Weg noch.«

Annicka lachte. »Wir finden uns in Stockholm mit seinen tausend Straßen zurecht, Mama, da werden wir doch noch Onkel Johans Haus finden.«

Sie stieg wieder ins Auto.

»Jetzt komm endlich, Mama. Ich will Tante Augusta kennen lernen.«

*

Es war für Katarina wie eine Fahrt zurück in die Kindheit. Sie fuhren langsam durch die engen Straßen, Annicka konnte kaum glauben, wie hübsch es hier war. Als sie den Ort hinter sich gelassen hatten, bogen sie in eine schmale Landstraße ein, die sich tatsächlich, wie Katarina erinnerte, unter hohen Kastanien hindurch einen sanften Hügel hinaufwand. Und dann müsste eigentlich die Abzweigung nach Tärna kommen, zu Onkel Johans kleinem Anwesen. Und tatsächlich, nach einer weiteren Kurve sah sie das verwitterte Holzschild, das nach links in eine kleine Straße wies. »Tärna« stand da in frisch gemalten weißen Buchstaben. Und darunter etwas kleiner »Landgasthof«.

Katarina bog in die kleine Straße, die jetzt durch einen hellen Birkenwald führte. Und blieb dann plötzlich stehen.

Annicka sah fragend zu ihr hinüber.

»Was ist los, Mama? Hast du dich verfahren?«

Katarina schüttelte den Kopf. Sie sah aus dem Fenster.

»Es hat sich nichts verändert«, sagte sie ergriffen. Sie war berührt von der heiteren Schönheit des Bildes, das sich jetzt vor ihnen auftat, betört von der Tatsache, dass es hier tatsächlich noch so aussah, wie sie es in Erinnerung hatte.

Sie gab Gas und steuerte den Volvo auf das gelbe Haus zu, das neben einer geduckten kleinen Kirche wie ein Sonnenfleck in einem üppig blühenden Garten lag. Der mittlere Teil des Hauses war ein wenig höher als die Seitenteile, ein Balkon im ersten Stock wurde von einem mit reichen Schnitzereien versehenen Dächlein beschattet, an den Fenstern und vor der Haustür standen Blumen in bunten Töpfen. Rosen in verschiedenen Rottönen, prächtige Pfingstrosen in Rosa bis Pink, dazwischen Rittersporn und Schleierkraut, es war ein Garten wie von Carl Larsson gemalt. Eine dicke, schwarzgelbe Katze schlich durch die Blumenbeete, ein paar Enten begaben sich gerade, ernsthaft schnatternd, hinunter zum Wasser, in dessen dunkelblauem Schimmer sich ein paar dicke weiße Kumuluswolken spiegelten.

»Das ist es? Das ist Onkel Johans Haus?«

Annicka war begeistert.

»Das ist ja echt niedlich, Mama.«

Katarina nickte und parkte den Volvo. Sie stiegen beide gleichzeitig aus und sahen sich um. Katarina nahm Annickas Hand.

»Ja, das ist es.«

In diesem Moment wurde eine Tür geöffnet, und auf der großen Terrasse vor dem Haus, auf der vielleicht zwanzig Gartentische standen, an die die unbenutzten Stühle zusammengeklappt gelehnt waren, erschien eine ältere Frau, Augusta Vasen. Ein Lächeln ging über ihr schönes Gesicht, in dem große, himmelblaue Augen strahlten.

»Katarina. Da seid ihr ja endlich.«

Augusta hatte eine Porzellan-Platte in den Händen, auf der sich ein unglaublich verlockend aussehender, gestürzter Mandelpudding befand.

»Ich habe dein Auto gehört. Ich hatte schon befürchtet, dass du den Weg nach Tärna nicht mehr finden würdest.« Sie stellte den Pudding auf den einzigen Tisch auf der Terrasse, der mit einer blau geblümten Tischdecke und dazu passendem weißblauen Geschirr eingedeckt war.

Katarina lachte. Und umarmte die schmale Frau herzlich.

»Tante Augusta.«

Ihre Stimme wollte plötzlich nicht mehr so, wie sie es wollte. Sie räusperte sich.

»Es tut mir so Leid um Onkel Johan.«

»Ja, er war ein wunderbarer Mann. Wir hatten ein schönes Leben.«

Augusta drückte Katarina an sich. Einen Moment verharrten sie in der Erinnerung an Johan. Dann wandte sich Augusta lächelnd an Annicka.

»Und du musst Annicka sein. Johan hätte sich sehr gefreut, dich kennen zu lernen.«

»Hej, Tante Augusta.«

Augusta betrachtete das Mädchen und war überrascht über die Ähnlichkeit, die es mit der kleinen Katarina von damals hatte. Auch sie war lang aufgeschossen und feingliedrig. Ein schönes, ernstes Mädchen mit langen Beinen und grazilen Armen und großen, aufmerksamen Augen in dem durchsichtigen Gesicht.

»Herzlich willkommen, mein Mädchen. Ich hoffe, du wirst dich auf Tärna genauso wohl fühlen wie damals deine Mutter.«

Sie nahm Annicka spontan in die Arme, und das Mädchen fühlte sich sofort von dieser ihr doch eigentlich fremden Frau angezogen. Was hatte Katarina über Tante Augusta gesagt? Sie sei eine sehr liebe Frau? Ja, das konnte Annicka schon jetzt spüren. Von Augusta ging eine herzliche Wärme aus, ihre blauen Augen lächelten Katarina und Annicka voller Zuneigung an, und Annicka fühlte sich bei ihr willkommen.

»Ihr seid doch bestimmt hungrig von der Fahrt? Habt ihr Lust auf Onkel Johans Mandelpudding? Oder wollt ihr zuerst eure Zimmer sehen?«

Katarina und Annicka blickten auf den Mandelpudding, den Tante Augusta in die Mitte des Tisches gestellt hatte. Er sah sehr verlockend aus in seinem zartweißen Schmelz, verziert mit dicken, roten Himbeeren, gekrönt von einer luftigen Sahnehaube. Das Wasser lief ihnen im Mund zusammen. Doch Katarina kannte ihre Tochter gut genug, um zu wissen, dass sie darauf brannte zu sehen, wo sie heute Nacht schlafen würde. Schon als kleines Mädchen hatte Annicka sich immer gefreut, wenn sie auf einer Reise mal im Hotel wohnten. Sie liebte es, sich in fremden Zimmern einzurichten. War immer neugierig auf die Möbel, ob es ein großes Bett für sie gab und vielleicht sogar einen kleinen Tisch, ganz für sie allein, an dem sie mit ihren Puppen und ihrem Lieblingsteddybär sitzen und wichtige Gespräche führen konnte.

»Erst die Zimmer und dann in aller Ruhe der Pudding. Oder, Annicka?«

Annicka nickte begeistert. Tante Augusta nahm das Mädchen an der Hand.

»Dann kommt mal mit.«

Sie lächelte Annicka zu.

»Ich bin sicher, dein Zimmer wird dir gefallen.«

*

»Ein Himmelbett!«

Annickas Stimme überschlug sich fast vor Begeisterung. »Ich hab mir schon immer ein Himmelbett gewünscht!«

Sie lief zu dem prächtigen alten Himmelbett, das den kleinen Raum unter dem Dach dominierte. Es war ein typisches Bauernbett aus bunt bemaltem Holz, mit frischer weiß-gelber Bettwäsche, über dem sich ein Himmel aus hellgelbem Voile-Stoff bauschte. Annicka warf sich auf das Bett und starrte in den sonnigen Himmel.

»Toll, das ist ein richtiges Prinzessinnenbett. Hier werde ich bestimmt gut schlafen.« Sie holte Rolf, ihren alten, vom vielen Schmusen schon ganz abgeknuddelten Teddybären aus ihrem Rucksack und lehnte ihn an das dicke Kopfkissen. Begeistert sah sie sich in dem Zimmer um. Ja, hier gefiel es ihr. Das Bett, der zierliche kleine Tisch am Fenster, auf dem ein Feldblumenstrauß und ein Teller mit Kirschen und Schokolade stand, der einfache alte Bauernschrank und der bunte Flickenteppich machten das Zimmer gemütlich. Katarina stand neben Augusta in der Tür, beobachtete ihre Tochter und genoss ihre Begeisterung. Genauso hatte das Zimmer schon ausgesehen, als Katarina damals ihre Ferien hier verbracht hatte. Und so hingerissen wie Annicka jetzt war Katarina damals gewesen. »Es hat sich nichts verändert. Du weißt immer noch, was kleine Mädchen mögen.«

Sie drückte Tante Augusta an sich. Schnupperte und lächelte in sich hinein. Es roch sogar noch wie damals.

Sie wusste, das war das Bienenwachs, mit dem Tante Augusta die schönen alten Möbel und den Dielenboden aus den breiten Lärchenbohlen, die bei jedem Schritt leise knacksten, pflegte. Wieso hatte es eigentlich so lange gedauert, bis sie wieder hierher gekommen war? Katarina fühlte den Anflug eines Bedauerns darüber, nicht öfter nach Tärna gefahren zu sein. Wie oft war sie mit Annicka zum Zelten in den Süden gefahren? Auf überlaufene Zeltplätze am Mittelmeer, wo sie es vor Hitze kaum ausgehalten hatten? Und wie oft waren sie in einer schäbigen kleinen Pension gelandet, weil Katarina sich als Auszubildende nicht mehr hatte leisten können und sich um nichts in der Welt von irgendjemandem das Geld für einen Urlaub mit ihrer kleinen Tochter hatte leihen wollen? Sie war gar nicht auf die Idee gekommen, nach Tärna zu fahren, wo sie, wie sie jetzt wusste, von Tante Augusta und Onkel Johan jederzeit herzlich aufgenommen worden wäre.

Aber so war das eben in dieser Zeit gewesen, als sie als sehr junge Mutter allein mit ihrer kleinen Tochter gewesen war. Sie hatte viel zu viel Stolz gehabt, wollte sich von niemandem helfen lassen, war wild entschlossen gewesen, alles allein zu schaffen. Die Lehre als Köchin, die Erziehung ihrer Tochter. Es waren schwere Jahre gewesen. Doch sie hatte sich niemals entmutigen lassen, hatte geschuftet wie eine Sklavin, jede Öre gespart, hatte nie mehr als fünf, sechs Stunden geschlafen, und wenn sie jemand nach dem neuesten Kinofilm gefragt hatte oder einem Buch, das sich seit Wochen in den Bestsellerlisten auf Platz eins befunden hatte, hatte sie nicht gewusst, wovon die Rede war. Natürlich hätte sie es sich einfacher machen können. Hätte Geld nehmen können von ihrer Mutter. Doch um welchen Preis? Immer hätte sie sich anhören müssen, dass sie sich nicht hätte von Harald trennen dürfen, dass es verantwortungslos sei, Annicka schon so früh in eine Kinderkrippe zu geben, und dass es doch am besten wäre, wenn sie sich einen netten, gut situierten Mann suchen würde, der für sie und das Kind sorgte.

Katarina schauderte bei dieser Erinnerung ein wenig. Ihre Mutter war seit ein paar Jahren tot, doch Katarina hatte den enttäuschten Ton ihrer Stimme immer noch im Ohr. Maja hatte sich für ihre einzige Tochter nicht das Leben einer berufstätigen und auch noch allein erziehenden Frau gewünscht. Wie hatte ihr Kind nur in diese Situation rutschen können? Sie hatte sie mit Vorwürfen überhäuft, hatte einfach nicht verstehen können, dass Katarina diesen schwierigen Weg für sich gewählt hatte. Erst spät, als Maja schon sehr krank war, hatte sie akzeptiert, dass ihre Tochter ihre eigenen Entscheidungen treffen musste. Sie hatte gesehen, dass Annicka zu einem fröhlichen, selbstbewussten Mädchen heranwuchs und dass Katarina die ersten Erfolge als Köchin zu verzeichnen hatte. Und so war es kurz vor Majas Tod zu einer späten Versöhnung zwischen ihr und Katarina gekommen. Ein Umstand, für den Katarina sehr dankbar war.

*

Wenig später, nachdem Katarina ihr ebenso reizendes Zimmer – allerdings ohne Himmelbett – bezogen hatte, wurden Annickas Augen vor stummem Wohlgefühl ganz rund. Der Mandelpudding. Tante Augusta hatte ihr die erste Portion des weißen Gedichts auf den Teller getan, und Annicka hatte vorsichtig prüfend einen kleinen Löffel in den Mund geschoben. So wie sie es aus dem Zusammenspiel mit Katarina kannte, die oft, wenn sie neue Gerichte ausprobierte, Annicka als kompetente Testerin einsetzte.

»Das schmeckt ... « Annicka suchte nach Worten. »Es schmeckt, wie ... wie wenn die Wolken vom Himmel in Puderzucker gefallen wären. In Puderzucker und ein bisschen Vanille.«

Augusta, die das Mädchen neugierig beobachtet hatte, lachte leise auf.

»Was für ein schönes Bild. So hat ja noch nie jemand Onkel Johans Pudding beschrieben.«

»Aber es stimmt.«

Katarina lachte und nahm jetzt selbst ein wenig Pudding in den Mund.

»Leicht wie eine Wolke am Sommerhimmel. Annicka hat einen gut ausgebildeten Geschmackssinn. Wenn ihr etwas schmeckt, dann kannst du wirklich sicher sein, dass es auch was ganz Hervorragendes ist. Und Onkel Johans Pudding ist ja auch hervorragend. Verrätst du mir die Zutaten, Tante Augusta?«

Augusta betrachtete Mutter und Tochter. Was für eine Freude, die beiden hier auf Tärna zu haben. Fast konnte sie den Kummer um Johans Tod, der ihr ganzes Leben durcheinander gebracht hatte und sich wie ein grauer Schatten auf ihre Seele gelegt hatte, dadurch ein wenig vergessen. Hier war das Leben. Katarina strahlte so viel Kraft und Lebensfreude aus. Und Annicka war so aufgeschlossen und zutraulich. Sie ertappte sich dabei, dass sie sich heimlich wünschte, die beiden könnten länger hier bei ihr bleiben. Doch sofort wies sie sich innerlich zurecht. Katarina hatte ihr ja am Telefon gesagt, dass sie nur eine Nacht bleiben würden, weil sie für die Ferien eine Reise nach Spanien gebucht hatten.

Also würde sie versuchen, nur den Moment mit den beiden zu genießen und nicht daran zu denken, was morgen sein würde. Oder übermorgen.

Eine Weile und viele Löffel Pudding später riss sie sich aus ihren Gedanken. »Seid ihr satt?«, fragte sie die beiden und stand auf.

Katarina und Annicka nickten.

»Ich könnte zwar den ganzen Pudding aufessen, aber ich denke, das wäre unvernünftig.«

Katarina schob ihren Teller ein wenig von sich weg, konnte sich aber nicht beherrschen, noch eine der Himbeeren von der Platte zu nehmen. Wie sie es schon als Kind gemacht hatte, zerdrückte sie die Himbeere mit ihrer Zunge am Gaumen und spürte diesem unvergleichlichen

Aroma nach, das nur Himbeeren haben. Spürte die leichte Säure, die am Gaumen prickelte und sich mit einer sanften Süße vermischte, genoss die Würze, die an einen sonnendurchglühten Birkenwald erinnerte und diese ganz eigene samtig-reife Konsistenz der Beere. Für Katarina waren Himbeeren jedes Mal ein veritables Duft- und Geschmacksfest. Die Himbeere war die Königin der Beeren. Trug alles in sich, was die Träume von einem idealen Sommer verhießen. Katharina liebte es, in den kurzen, schwedischen Sommern immer neue Gerichte zu erfinden, in denen die Himbeere eine Hauptrolle spielen konnte. Und musste doch zugeben, dass es nichts gab, was den reinen, unverfälschten Geschmack der Beere übertreffen konnte, wenn man sie pur genoss.

Annicka unterbrach das kulinarische Erlebnis und stieß Katarina in die Seite.

»Hej, seit wann essen wir von der Platte, Mama?«

»Ich weiß schon«, gab Katarina grinsend zu. »Von der Platte zu essen ist verboten. Aber es gibt Ausnahmefälle, in denen es erlaubt ist.«

»Zum Beispiel auf Tärna«, Annicka grinste zurück. »Wenn man eigentlich schon absolut voll ist, aber immer noch Lust hat, weiterzuessen.«

Sie nahm sich auch eine Himbeere, steckte sie in den Mund. Und lachte ihre Mutter verschwörerisch an.

»Die Königin der Beeren, ja?«

Katarina küsste Annicka schnell auf die Wange. Was für ein Glück war es doch, dieses Kind zu haben. Und was für ein Glück, dass sie und Annicka sich so blendend verstanden.

Augusta beobachtete die beiden und freute sich über die Harmonie, die dieses Mutter-Tochter-Gespann ausstrahlte.

»So, und jetzt kommt. Ihr wollt doch bestimmt wissen, was Onkel Johan euch hinterlassen hat.«

Katarina und Annicka sprangen auf. Beinahe hätten sie vergessen, weswegen sie nach Tärna gekommen waren. Annicka hängte sich bei Augusta ein, ihre Augen leuchteten.

»Ich bin echt gespannt. Wir haben noch nie was geerbt. Verrätst du mir, was es ist?«

»Ich denke nicht daran«, lachte Augusta »es ist eine Überraschung. Aber, sei beruhigt, ich denke, ihr werdet euch freuen.«

*

Die elegante weiße Motoryacht flog über das grün schimmernde Wasser auf die Insel zu. Es war ein prachtvolles Schiff, achtundzwanzig Meter lang, mit genügend Platz für 8 Personen, das mehr als zwanzig Knoten in der Stunde machte.

Am Steuer stand Sven Svanblom. Seine blonden Haare wurden durch den Fahrtwind zersaust, was ihm ein verwegenes jungenhaftes Aussehen gab. Wie selbstverständlich lenkte er die Yacht durch die Insellandschaft. Er liebte dieses Schiff, er liebte es, auf dem Wasser zu sein, den Duft des Meeres zu riechen, das Salz auf der Haut zu spüren. Sein Blick streifte die wie hingetupften, grünen Inseln, auf denen die Sommerhäuser der Stockholmer lagen. Aufwändige, reiche Holzhäuser in den typischen Rot- oder Gelbtönen, in denen die Stadtbewohner die Sommermonate verbrachten, weg vom Trubel Stockholms, mitten in einer grandiosen Natur.

Sven atmete tief durch. Nun war es doch gut, dass er auf den Wunsch seiner Mutter Viveca eingegangen war, mit ihr hier herauszufahren, auf die Insel, auf der sie ihre

Kindheit verbracht hatte. Zuerst war er über Vivecas Einfall genauso wenig begeistert gewesen wie seine Freundin Marita Tomasson, die es noch nie besonders auf das Land hinausgezogen hatte. Er selbst hingegen hatte sich gegen den Ausflug nicht aus Abneigung gegen die Natur gewehrt. Sven war ein Workaholic, der sich normalerweise keinen Urlaub gönnte. Und gerade jetzt, wo sich seine Firma, das Kaffeehandelshaus Svanblom, in einer kleinen Turbulenz befand und er mitten in den Verhandlungen mit dem größten schwedischen Kaffeeröster Tomasson, Maritas Vater, steckte, wollte er Stockholm eigentlich nicht verlassen. Jedenfalls nicht, bevor die Verhandlungen zu einem Abschluss gekommen waren.

Doch seine Mutter Viveca, eine attraktive, schlanke Frau mit einem sanften Gesicht, hinter dem sich jedoch ein eiserner Wille verbarg, hatte sich wie so oft durchgesetzt.

Und so langsam spürte er, wie der geschäftliche Stress, der ihn seit Wochen in Atem hielt, umso mehr von ihm abfiel, je weiter sich die Yacht von Stockholm entfernte. Wie so oft hatte das Meer eine geheimnisvolle Wirkung auf ihn. Plötzlich fühlte er sich entspannt und frei. Als seien alle Lasten von seinen Schultern genommen. Er kannte dieses Phänomen seit langem, und es war vor ein paar Jahren auch der Grund für ihn gewesen, sich diese hochseetüchtige Yacht zu kaufen. Er hatte damals vorgehabt, so viel Zeit wie möglich auf dem Wasser zu verbringen, um dort Kraft für seinen nervenaufreibenden Alltag als Geschäftsführer seiner Firma zu tanken. Doch es war anders gekommen. Der Job fraß ihn mehr und mehr auf. Das Schiff lag im Yachthafen. Er konnte sich glücklich schätzen, wenn er einmal im Sommer aufs Wasser kam. Dazu kam, dass seine Freundin Marita die wenige gemeinsame Zeit lieber damit verbringen wollte, shoppen zu gehen. Oder ins Kino. Oder in interessante Ausstellungen. So war es jetzt das erste Mal in diesem Sommer, dass Sven die Yacht steuerte. Und wie immer fragte er sich, wieso er das nicht öfter tat. Einfach nur rausfahren. Alles hinter sich lassen. Und nichts anderes spüren als den Wind und die Sonne und den herben Duft des Meeres.

Er sah über die Schulter zu seiner Mutter, die neben Marita auf einem der dunkelblauen Liegestühle im Heck saß und auf die Insel sah, der sie sich nun schnell näherten. Er war froh, dass Viveca zwei Jahre nach dem plötzlichen Herztod seines Vaters Max nun endlich wieder besser aussah. Der Verlust ihres Mannes hatte sie tief getroffen, monatelang hatte es so ausgesehen, als würde sie sich nicht mehr davon erholen. Sven hatte sich große Sorgen um seine Mutter gemacht, hatte sich angesichts des tiefen Schmerzes, der sie zu zerbrechen drohte, hilflos gefühlt. Zeit seines Lebens hatte er seine Mutter als eine kraftvolle, lebensbejahende Frau wahrgenommen, die nicht nur für ihre Familie gelebt hatte, sondern auch vielseitigen Interessen nachgegangen war. Er erinnerte sich wehmütig an die Ausflüge, die sie mit ihm in die Museen Stockholms gemacht hatte, um ihn mit der Geschichte des Landes vertraut zu machen und ihn der bildenden Kunst nahe zu bringen. Sie hatte ihn in die Oper mitgenommen und den Grundstein für seine Liebe zur klassischen Musik gelegt, war aber auch, als er älter wurde, oft mit ihm in Rockkonzerte gegangen, auch wenn sie seine pubertäre Vorliebe für Metallica und Kurt Cobain nicht immer verstanden hatte. Sven seufzte leise auf. Es war eine glückliche Jugend, die ihm seine Mutter bereitet hatte. Umso mehr hatte es ihn getroffen, als sie nach dem Tod seines Vaters jeden Lebensmut und jedes Interesse an ihrer Umwelt verloren zu haben schien.

Erst in letzter Zeit war ihm aufgefallen, dass sie aktiver am Leben teilnahm. Dass sie wieder mehr Zeitung las. Dass sie in die Kunstausstellungen ging, die Marita ihr empfahl. Und einmal hatte sie sogar im Lieblingssessel seines Vaters gesessen, als Sven nach Hause kam, und hatte eine Oper gehört. »La Bohème«, die Lieblingsoper seines Vaters, mit dem herzzerreißenden Schluss, wo Mimi in den Armen ihres Geliebten Rudolf stirbt. Ein paar Tränen waren ihr über die Wangen gekullert, doch dann hatte sie Sven angelächelt und leise gesagt, wie sehr sie die Musik in den letzten Monaten vermisst habe.

Vivecas Finger kneteten unruhig eines der feinen Spitzentaschentücher, die sie von ihrer Mutter geerbt hatte. Sie bemühte sich, ihre Anspannung vor Marita neben sich im Heck der Yacht zu verbergen. Versuchte, gleichmäßig und ruhig zu atmen. Und hoffte, damit ihr Herz, das wie ein Hammer in ihrer Brust schlug, beruhigen zu können ... Wie lange war sie nicht mehr auf Rörstrand gewesen? Als jetzt in der Ferne der spitze Turm der St.-Anna-Kirche auftauchte und bald darauf die ersten roten Häuser des Ortes, hielt sie es nicht mehr auf ihrem Sitz. Sie stand auf, ihre Hände umklammerten die Reling. Da war es. Ihr Elternhaus. Ein kleines rotes Fischerhaus, direkt am Wasser, zu dem ein einfacher Holzsteg führte. Das Haus schien frisch gestrichen, Blumenkästen mit zartrosa Geranien standen auf den Fenstersimsen, in ein paar großen Tontöpfen vor der Haustür blühte dunkelvioletter Lavendel. Jetzt kam eine junge Frau aus dem Haus, ein Baby auf dem Arm. Ein kleiner Hund rannte ihr zwischen den Beinen herum. Viveca konnte den Blick nicht abwenden. Sie lächelte. Und wunderte sich selbst ein wenig über sich. Eigentlich hatte sie erwartet, dass sich ihr Herz zusammenkrampfen würde, wenn sie ihr kleines Elternhaus nach so langen Jahren wiedersehen würde. Doch es war nichts in ihr als eine leise Wehmut, ein melancholisches Bewusstwerden darüber, wie lange es her war, dass sie dieses Haus zuletzt gesehen hatte. Sie hatte damals Rörstrand Knall auf Fall verlassen, und als ihre Eltern dann einige Jahre später gestorben waren, hatte sie das kleine Haus verkauft, ohne noch einmal dort gewesen zu sein. Und geglaubt, einen endgültigen Schlussstrich unter ihre Beziehung zu der Insel Rörstrand gesetzt zu haben. Zur Insel und allem, was sie mit ihrem früheren Leben verband.

Svens Stimme riss Viveca aus ihren Gedanken. »Mama, wir legen gleich an.«

Sie sah ihn an. Ihr wurde warm ums Herz. Wie früher hing ihm eine Strähne seines strohblonden Haares widerspenstig ins Gesicht. Wie oft hatte er sich über die Strähne beschwert! Er hatte sie abgeschnitten, mit Gel angeklebt, hatte versucht, sie in eine andere Richtung zu kämmen, doch es hatte alles nichts geholfen, und irgendwann hatte er sich damit abgefunden, dass sein an sich durch und durch seriöses Auftreten immer ein wenig durch die ungezogene Haarsträhne, die ihm in die Augen hin, konterkariert wurde. Am liebsten wäre Viveca zu ihm hingegangen und hätte ihm die Strähne liebevoll aus dem Gesicht gestrichen, doch diese mütterliche Geste hatte sie sich vor vielen Jahren abgewöhnen müssen, als ihr damals dreizehnjähriger Sohn ihr unmissverständlich klar gemacht hatte, dass er für sein Aussehen allein verantwortlich sei und er umgekehrt seiner Mutter ja auch nicht dauernd ins Gesicht fasse, nur weil sich eine ihrer blonden Locken mal wieder selbstständig gemacht hatte.

Sie lächelte. Was Sven wohl zu ihrer Überraschung sagen würde? Eigentlich war er kein Freund von Überraschungen. Er ging das Leben planvoll an, steckte sich

Ziele, entwarf Handlungswege und mochte es gar nicht, wenn etwas nicht so voranging, wie er sich das vorgestellt hatte. Egal, ob auf dem geschäftlichen oder privaten Sektor. Es gab Freunde, die ihm vorwarfen, er sei zu unflexibel und er würde sich das Leben nur unnötig schwer machen. Doch Viveca erkannte in diesem Charakterzug ihren Mann Max wieder. Auch dieser hatte Strukturen gebraucht, war unglaublich organisiert gewesen und ein Meister darin, Handlungspläne zu erstellen. Viveca, die selbst sehr diszipliniert war, wünschte sich manchmal, dass ihr Sohn nur ein wenig mehr Lässigkeit hätte, ein wenig Übermut und Unbekümmertheit. Sie hatte oft das Gefühl, dass er das Leben und die Pflichten, die es ihm auferlegte, zu schwer nahm. Ob er manchmal daran dachte, wie kurz es sein konnte? Wie schnell es vorbeiging?

Sven, der nichts von den schwermütigen Gedanken seiner Mutter ahnte, steuerte die Yacht an einen langen hölzernen Steg, der von einem Podest aus ins Wasser ragte. Er stoppte den Motor und sprang auf den Steg, um die Yacht mit einem Tau festzumachen. Dann reichte er nacheinander seiner Mutter und Marita die Hand, um ihnen beim Aussteigen zu helfen. Marita sprang mit einem leichten Satz an Land. Viveca blieb noch einen Moment stehen. Sie ließ den Blick schweifen. Und seufzte leise.

»Alles in Ordnung, Mama?« Sven spürte die Unruhe seiner Mutter. Er wusste, dass sie zum ersten Mal seit vielen Jahren an den Ort ihrer Kindheit zurückkehrte.

Viveca sah in Svens besorgte Augen und lächelte.

»Ja«, sagte sie aus tiefstem Herzen. »Das ist meine Insel.«

Viveca stieg vorsichtig an Land. Sie war eine elegante, sehr städtische Erscheinung in schmalen, schwarzen Hosen und einem modischen weißen Blazer, unter dem sie ein seidenes Hemd trug. An ihren Ohren glänzten die großen schwarzen Perlen, die sie von ihrem Mann zu ihrem fünfzigsten Geburtstag bekommen hatte und die sie seitdem nie mehr abgelegt hatte.

Sie nahm Svens Hand, sah sich nach Marita um, die ihr ein abwesendes Lächeln schenkte, und ging mit ihm über das Podest, auf dem eine sehr elegante weiße Sitzgruppe stand, an Land. Um sie herum war nichts als Grün. Die Wiese reichte bis zum Wasser, die Bäume standen im Frühsommersaft. Auf den alten Kastanien konnte man schon die ersten, kleinen grünen Früchte sehen.

»Ich will ja nicht vorlaut sein«, sagte Sven jetzt verschmitzt, »aber willst du uns nicht verraten, was wir hier eigentlich machen?«

Marita nickte und fügte hinzu, dass sie es ja ganz nett fände, wenn man hin und wieder mal einen Ausflug auf die Inseln machte, aber mitten in der Woche? Ob das wirklich sein müsse?

»Ja, es muss sein, sonst hätte ich es nämlich nicht mehr ausgehalten«, gab Viveca zur Antwort und wusste genau, dass Sven und Marita sich jetzt noch mehr den Kopf zerbrachen.

Aber schon tat sich vor ihnen, zwischen ein paar Birken, der Blick auf, von dem Viveca so sehr gehofft hatte, dass er noch existieren möge.

»Das ist mein Haus.«

Vivecas Satz verfehlte seine Wirkung nicht. Sven sah sie überrascht an.

»Dein Haus? Du willst damit sagen, dass dieses Haus da oben … dass das dir gehört?«

»Seit zwei Wochen, ja.«

Viveca freute sich wie ein Kind über das verblüffte Gesicht ihres Sohnes, der jetzt einen schnellen, ungläubigen Blick mit Marita wechselte.

»Das heißt, du hast dieses Haus gekauft?«

Marita konnte es nicht glauben. Jetzt kannte sie Svens Mutter schon fast zwanzig Jahre. Und diese Frau war immer noch gut für einen Coup. Sicher, seit dem Tod ihres Mannes hatte sie sich sehr in sich zurückgezogen, aber Marita erinnerte sich gut daran, wie sie Sven zum zwanzigsten Geburtstag, der mitten im Januar lag, ein Iglu hatte bauen lassen, in dem er und seine Freunde dann feiern mussten. Ein Frösteln ging durch Maritas Körper, als sie sich daran erinnerte, dass sie nach dieser Eisparty drei Wochen lang mit einer dicken Erkältung das Bett hatte hüten müssen. Und jetzt das. Was hatte das zu bedeuten, wieso hatte Viveca dieses riesige Haus gekauft? Marita war gespannt auf Vivecas Erklärung. Oder würde es wie so oft sein, dass Viveca es nicht für nötig hielt, irgendjemandem zu erklären, was sie tat?

»Ich kann euch nicht sagen, wie sehr ich mich darüber freue. Los kommt, ich zeige euch alles.«

Viveca zog die beiden mit sich. Plötzlich war sie wieder voller Energie.

»Wie lange habe ich von diesem Haus geträumt!?«

Sven war verblüfft.

»Aber woher kennst du dieses Haus? Warst du in letzter Zeit mal hier auf der Insel? Oder hast du es gekauft, ohne es dir anzusehen?«

»Ich musste es nicht ansehen«, unterbrach sie ihn fröhlich. »Ich kenne das Haus, seit meiner Kindheit. Wir sind immer hierher gekommen, um zu spielen.«

Ihre Stimme bekam einen wehmütigen Klang.

»Wir fühlten uns wie Prinzessinnen. Die Besitzer waren nach Amerika ausgewandert und kamen nur alle zwei

Jahre für ein paar Wochen hierher. Und in der anderen Zeit … gehörte es uns.«

Sven beobachtete seine Mutter von der Seite. Eine feine Röte war über ihr Gesicht gezogen, während sie von dem Haus erzählte. Er spürte, wie sehr es sie bewegte, an diese Stätte ihrer Kindheit zurückzukehren.

Marita war nicht so sensibel wie Sven. »Aber wieso musstest du es unbedingt kaufen?«

Sven warf Marita einen ungeduldigen Blick zu. Wie so oft konnte sie Vivecas Gedanken und Taten nicht nachvollziehen. Er wusste, dass seine Mutter Marita schon immer irgendwie unheimlich gewesen war. Marita war eher wie er, durch und durch rational und pragmatisch. Es war für sie unvorstellbar, sich spontan für etwas zu entscheiden, ohne über die Konsequenzen nachzudenken. Jede Entscheidung musste lange bedacht werden, das Für und Wider genauestens gegeneinander abgewogen werden. Und wenn die Entscheidung schließlich gefallen war, war sie richtig. Und für immer unumstößlich.

Vivecas hellblaue Augen lagen einen Augenblick nachdenklich auf der schönen, so streng wirkenden Freundin seines Sohnes.

»Wieso, fragst du? Ich glaube, weil ich es wollte. Oder einfach, weil es zum Verkauf stand und ich verhindern wollte, dass jemand anders es kauft.«

»Aber du hast doch das große Haus in Stockholm. Und die Villa in Antibes. Und das Appartement …«

Viveca ließ sie nicht weiterreden. Sie kramte in ihrer Tasche und zog einen riesigen Schlüssel heraus.

»Es wird euch hier gefallen. Ich dachte, ich könnte meinen Geburtstag hier feiern. Dieses Haus ist der richtige Ort für unsere Familie. Ein Ort, an dem wir zusammen sein können. An dem ihr mit euren Kindern den Sommer verbringen könnt. Wisst ihr, Weihnachten hier auf der Insel, das war immer etwas ganz Besonderes. Der Schnee und das Eis. Alles war ganz still, man hörte nur das Knistern des Eises. Für uns war es immer, als würden Seejungfrauen, die unter dem Eis gefangen gehalten werden, ihre spannenden Geschichten erzählen.«

»Du bist genau wie mein Vater«, fiel ihr Marita fast unhöflich ins Wort. Sie hatte es satt, indirekt immer wieder darauf angesprochen zu werden, dass es nun endlich Zeit würde, dass sie und Sven heirateten und Kinder in die Welt setzten.

»Wahrscheinlich habt ihr beide auch schon die Schulen ausgesucht, auf die meine Kinder einmal gehen sollen.«

Marita war kurz davor, zu explodieren. Sie hasste es, wenn andere Pläne für sie machten. Und noch mehr hasste sie es, wenn diese Pläne sie für ihr ganzes Leben festlegen wollten.

Sven, der sie gut genug kannte, wusste, dass es Zeit war, einzuschreiten. »Auf jeden Fall ist dieser Ort ideal, um deinen Geburtstag zu feiern, Mama.«

Sven ließ den Blick über den perfekt angelegten Garten, der eigentlich schon eher wie ein kleiner Park wirkte, zum Haus schweifen, dessen zartgrauer Anstrich, von dem sich das blendende Weiß der Fenster und Türen absetzte, sehr elegant und erlesen wirkte und auf Anhieb zu der aparten Eleganz seiner Mutter zu passen schien. Er spürte plötzlich, wie ihn ein Schauder durchlief. Und sich ein Lächeln auf seine Lippen legte. Ja, vielleicht hatte seine Mutter Recht, vielleicht war dieses Haus ja wirklich der richtige Ort. Wofür, wusste er nicht. Aber er spürte, dass er es erfahren würde.

Doch noch wollte Viveca nicht lockerlassen.

»Auf jeden Fall ist das Haus groß genug für jede Menge Kinder.«

Sven ging nicht auf sie ein. Er nahm ihre Hand und zog sie endgültig mit sich.

»Willst du uns dein Haus nicht endlich zeigen, statt immer nur darüber zu reden, Mama?«

»Ja, natürlich, du hast ja Recht. Kommt, ich zeige euch alles. Es wird euch gefallen.«

Sie zog ihn mit sich. Sven fasste mit der anderen Hand nach Marita, doch die hatte trotzig die Arme verschränkt. Sie fragte sich nun schon zum fünfzigsten Mal, wieso sie sich auf diesen Trip eingelassen hatte. Sie hatte wahrlich genug zu tun in ihrer Galerie für zeitgenössisches Design.

Viveca, die sehr wohl bemerkte, dass Marita Sven die Hand verweigerte, drückte ihrem Sohn den Arm.

»Danke, dass du dir Zeit genommen hast für mich. Du wirst das Haus lieben. Und die Insel auch. Weißt du was, mach doch nachher noch einen kleinen Törn rund um die Insel. Sieh dir alles an. Du wirst verstehen, wieso ich sie so geliebt habe damals.«

*

»Ein Boot? Onkel Johan hat uns ein Boot vererbt!«

Annicka konnte es kaum glauben. Onkel Johan hatte Katarina ein richtiges kleines Holzboot, blau mit weiß abgesetzt, nicht mehr als vier Meter lang, mit einem kleinen Aufbau, in dem sich das Steuer befand und auf dem die schwedische Flagge wehte, vererbt.

Augusta freute sich an der offensichtlichen Begeisterung des Mädchens.

»Und? Was sagst du?«

Sie sah Katarina an, die ein wenig verlegen und vor allem vollkommen überrascht neben ihr stand. Damit hatte sie nun gar nicht gerechnet. Was sollte sie mit einem Boot?

Die Liegeplätze in Stockholm waren rasend teuer, und das Boot verlangte sicher eine Menge Unterhaltskosten. Kein Wunder, dass ihre Freude sich in Grenzen hielt.

»Na ja«, meinte sie zögernd. Sie wollte Annicka nicht die Freude verderben.

»Es ist bestimmt toll, ein Boot zu besitzen. Aber ... «

»Kein aber, Mama«, fiel Annicka ihr ins Wort. »Ich wollte schon immer ein Boot haben. Und du doch auch. Wir haben doch immer davon geträumt, einmal um die Welt zu segeln.«

»Na, dafür ist die Delfin nun nicht gerade ausgerüstet. Aber sie ist ein kleines feines Boot, um hier zwischen den Inseln hin und her zu schippern. Onkel Johan hat sie sehr gut in Schuss gehalten. Sie war sein Augapfel.«

»Aber wieso hat er sie dann nicht dir hinterlassen, Tante Augusta?«

Katarina schien das eigentlich das Naheliegendste zu sein.

Augusta lachte ein wenig verschämt.

»Weil ich, na ja, ich kann nicht schwimmen. Und aufs Boot bin ich immer nur gegangen, weil Johan mir versprochen hatte, mich zu retten, wenn wir kentern würden.«

Man konnte direkt sehen, wie die Erinnerung an diese Bootsfahrten mit Johan in ihrem Gedächtnis auftauchte. Ein wehmütiges Lächeln huschte über ihr Gesicht.

»Aber du«, sagt sie zu Katarina, »du warst in jenem Sommer damals überhaupt nicht mehr von diesem Boot herunterzukriegen. Am liebsten hättest du sogar darauf geschlafen. Johan hat sich so gerne an diesen Sommer erinnert. Oft hat er davon gesprochen, was es ihm für einen Spaß gemacht hat, mit einer Wasserratte wie dir aufs Meer hinauszufahren.«

»Und deswegen will er auch, dass wir das Boot kriegen,

Mama. Weil du eine Wasserratte warst. Und ich eine bin. Komm, lass uns rausfahren. Mit unserem eigenen Boot. Das ist bestimmt toll.«

Annicka war fast nicht mehr zu bremsen in ihrem Enthusiasmus. Gleichzeitig musste Katharina zugeben, dass dieses kleine blaue Boot sie unwiderstehlich anzog. Nur eine kleine Runde, vielleicht sollte sie ja wirklich eine kleine Runde fahren. Nur mal spüren, ob es sich noch wie damals anfühlte. Nichts weiter.

»Also, erst mal fahre ich alleine los. Ich hab ja keine Ahnung, ob ich noch weiß, wie das alles funktioniert. Ich meine, das ist mir viel zu gefährlich, dich mitzunehmen, Süße. Lass es mich versuchen, und später können wir dann noch zusammen fahren.«

Sie wusste, dass Annicka ihre kleine Lüge durchschaute. Dass sie genau spürte, dass Katarina erst einmal allein sein wollte mit ihren Erinnerungen auf diesem Boot. Und wie Katarina erwartet hatte, nickte Annicka brav. Und Tante Augusta unterstützte sie auch noch, indem sie meinte, sie sollten Katarina ruhig ein bisschen üben lassen. Annicka wisse doch bestimmt, dass Mütter es hassten, sich vor ihren Töchtern zu blamieren.

»Wir können uns ja inzwischen die kleinen Katzen ansehen. Hast du Lust?«

Annicka war sofort Feuer und Flamme.

»Super.« Sie strahlte. »Ich hab mir schon immer eine Katze als Haustier gewünscht.«

Katarina stöhnte auf.

»Was denn noch: ein Boot, eine Katze. Wieso weiß ich denn nichts davon?«

»Weil ich ja doch keine Chance hatte, sie zu bekommen. Da war es doch besser, nichts davon zu sagen.« Sie grinste ihre Mutter an. »Sonst hättest du noch ein schlechtes Gewissen bekommen. Weil du so eine schlechte Mutter bist, die ihrem armen kleinen Einzelkind nicht den kleinsten Wunsch erfüllen kann.«

»Okay, du armes kleines Einzelkind, dann fahre ich mal los. Und du kannst nur hoffen, dass ich wieder zurückkomme von meiner Abenteuertour. Denn sonst, meine Süße, bist du kein armes kleines Einzelkind mehr, sondern eine arme, kleine Vollwaise.«

Sie stieg jetzt mit der größten Selbstverständlichkeit auf das Boot. Ließ den Motor an, was zugegebenermaßen drei Versuche brauchte und sie insgeheim ins Schwitzen geraten ließ. Doch dann fing der kleine Motor an zu blubbern. Katarina sah triumphierend zu Annicka und Augusta. Annicka hob die Hand zum Victory-Zeichen. Katarina holte aus ihrer Jackentasche ihre nagelneue Sonnenbrille hervor, die sie sich extra für den Spanienurlaub gekauft hatte, und zog schließlich triumphierend eine blaue Baseball-Mütze auf, die neben dem Steuerrad lag. Und schließlich gab sie Gas. Das kleine Boot schoss mit aufjaulendem Motor davon. Um nach ein paar Sekunden hinter einer kleinen Halbinsel zu verschwinden.

*

Katarina war sofort wie in einem Rausch. Obwohl das Boot klein und alt war, spürte Katarina, dass Onkel Johan es gut gepflegt hatte. Sie steigerte das Tempo kontinuierlich und fuhr schließlich mit Höchstgeschwindigkeit über das Wasser. Was für ein Gefühl! Unfassbar, wie viel Spaß das machte. Der Fahrtwind nahm ihr fast den Atem, die Sonne brannte ihr ins Gesicht. Auf den Lippen schmeckte sie das Salz. War das der Geschmack von Abenteuer und Freiheit? Sie musste über sich lachen. Was wollte sie schon mit Abenteuern? Sie war doch froh, dass sie die gefährlichsten Klippen ihres Lebens gemeistert hatte und sie und Annicka sich jetzt in ruhigen Fahrwassern aufhielten. Und Freiheit? Sie war eine junge Mutter, die allein für ihre Tochter verantwortlich war. Das Wort Freiheit hatte sie folglich bis auf weiteres aus ihrem Wortschatz gestrichen. Allerdings ohne großes Bedauern. Denn für die Freiheit, die wahrscheinlich sowieso immer nur eine vermeintliche war, hatte sie ein Leben mit ihrer Tochter eingetauscht. Und das würde sie für nichts auf der Welt wieder hergeben.

Sie fuhr einige weite Kurven, ihre Haare flatterten im Wind. In ihrem Bauch kribbelte es, als sie in einem Bogen ihre eigene Bugwelle schnitt und das Boot hüpfend über die Wellen tanzte. Sie hätte endlos so weiterfahren können. Es war, als entwische sie den Dimensionen Zeit und Raum.

Gerade steuerte sie elegant um eine winzige, bewaldete Insel herum, als das Gefühl der Leichtigkeit jäh endete. Der Schreck fuhr ihr in die Glieder. Genau vor ihr tauchte in diesem Moment eine Motoryacht auf. Ein Boot, sicher zehnmal so groß wie Katarinas kleines Holzboot. Instinktiv riss sie das Steuer so weit es ging herum.

Dann hörte sie es. Das hässliche Geräusch, das die beiden Boote machten, als sie sich streiften. Ein widerwärtiges Geräusch, das sich quietschend und kreischend in Mark und Bein bohrte. Einen Moment lang schloss Katarina die Augen. Eigentlich wollte sie gar nicht wissen, was genau passiert war. Dann war es still. Sie seufzte tief. Wie ungerecht war das: Gerade war sie im siebten Himmel gewesen, jetzt war sie wieder hart auf der Erde gelandet, aber wahrscheinlich nur, um direkt zur Hölle durchzurauschen.

Schicksalsergeben drosselte sie die Geschwindigkeit

und wendete das Boot. Entschlossen, sich ihrem Schicksal zu stellen.

Sven konnte es nicht glauben. Was war da geschehen? War da wirklich ein kleines blaues Holzboot hinter der Insel hervorgeschossen und hatte ihn gerammt? Wer um Himmels willen war so blind, eine große Yacht wie die seine zu übersehen? Das konnte doch nicht wahr sein. Er konnte sich vieles vorstellen, nur nicht den Nachmittag damit zu verbringen, sich mit irgendeinem Idioten zu streiten, der zu blöd war, ein Boot zu steuern.

Er schaltete den Motor ab, warf Anker und sah dem blauen Holzboot entgegen, das nun wieder auf ihn zukam und an seine Seite fuhr. Er konnte den Kapitän noch nicht erkennen. Sven stand in seinem Führerhäuschen und war wirklich sauer. Wahrscheinlich hatte das kleine Boot einen langen Kratzer in seine Schiffswand gemacht.

»Was sind Sie denn für ein Idiot? Haben Sie überhaupt einen Bootsführerschein? Ich finde, Sie sollten dringend darüber nachdenken, ihn wieder abzugeben!«

Die Worte brachen unkontrolliert aus Sven heraus, als der Kapitän des anderen Bootes auf ihn zukam. Er konnte sich nur mühsam beherrschen, seine Wut nicht noch deutlicher herauszulassen.

»Tut mir Leid. Ich hab sie echt nicht kommen sehen. Ich …«

Sven ließ den Idioten überhaupt nicht zu Wort kommen.

»Blind sind Sie also auch noch? Hören Sie, das wird teuer für Sie. Mein Boot hat im Frühjahr einen neuen Anstrich bekommen. Ich denke, da wird auf jeden Fall die Backbordseite neu lackiert werden müssen …«

In diesem Moment nahm Katarina ihre Sonnenbrille ab

und zog die Kappe vom Kopf. Ihre langen kastanienbraunen Locken fielen auf ihre Schultern. Aus ihren veilchenblauen Augen sah sie Sven entschuldigend an. Und er war plötzlich aus dem Konzept gebracht. Nicht nur, dass er in dem blauen Holzboot eher einen alten Fischer als eine schöne junge Frau erwartet hatte. Aber er hatte vor allem nicht diese Frau erwartet. An deren magischen Blick er sich sofort erinnerte.

»Sie? Wir kennen uns doch? Sie haben mir doch im Hjört diesen Strömling vorgesetzt.«

Katarina starrte Sven an. Ja, natürlich. Klar, kannte sie den. Das war der Gast mit dem Strömling. Dem sie ihre neueste Kreation vorgesetzt hatte.

»Ach hallo. Ich hab sie erst gar nicht erkannt.« Sie lachte ihn mit einer provozierenden Offenheit an. »Ich meine, so, ohne Anzug. Ich hoffe, der Fisch hat Ihnen geschmeckt! ...«

Sven wusste nicht warum, aber plötzlich fand er diese ganze Situation ziemlich komisch.

»Was tun Sie denn hier? Strömlinge erschrecken?«

Katarina konnte sich nicht so schnell auf seinen Stimmungsumschwung einrichten. Sie konnte diesen gut aussehenden Mann nicht einschätzen. Der im einen Moment wütend war und im anderen in ein so anziehendes Lachen ausbrach. Was war das für einer? War er arrogant? Oder nur genauso erschrocken über den Zusammenstoß wie sie? Sie wusste es nicht und flüchtete sich deshalb in eine hochnäsig wirkende Antwort.

»Sehr witzig. Hören Sie, ich werde selbstverständlich für den Schaden an Ihrer Yacht aufkommen. Die Rechnung können Sie mir einfach ins Tärna schicken. Die wird dann schon bei mir ankommen. Kennen Sie das Tärna? Es ist das Ausflugslokal neben der St.-Anna-Kirche. Nicht zu verfehlen. Können Sie sich das merken, oder wollen Sie sich das aufschreiben?«

Sven war verblüfft über so viel Frechheit. Hatte nicht eigentlich diese Frau ihn gerammt? Wie kam es dann, dass er sich schlecht fühlte?

Ruhig sagte er: »Auch wenn ich nicht so aussehe, ich bin durchaus in der Lage, mir zwei bis drei Dinge zu merken. Also, Tärna, neben der St.-Anna-Kirche, und wie heißen Sie? Ich meine, das könnte ich meinem Gedächtnis durchaus auch noch zumuten.«

Seine unerschütterliche Freundlichkeit und das ironische Funkeln in seinen Augen hatten jetzt doch ihre Wirkung. Katarinas Laune wurde besser, ihre Wut auf ihren Unfallgegner löste sich beinahe in nichts auf.

»Mein Name ist Katarina Fredholm. Und es tut mir übrigens Leid, dass ich so nah an Ihrem Boot vorbeigeratscht bin.« Sie war jetzt wirklich zerknirscht. Und wünschte sich verzweifelt ans entgegengesetzte Ende der Welt. So unbehaglich fühlte sie sich plötzlich in der Nähe dieses gut aussehenden, charmanten Mannes. Der ihr, wie sie zugeben musste, schon bei ihrer ersten Begegnung im Hjört ziemlich zittrige Knie verursacht hatte. Nicht nur wegen des Strömlings.

Sven, der sich an dieser erhitzten, verlegenen, wunderschönen Frau nicht satt sehen konnte, reichte ihr die Hand, hinüber in ihr kleines Boot.

»Ich bin Sven Svanblom. Es freut mich außerordentlich, Sie wiederzusehen. Der Strömling war übrigens ausgezeichnet. Und wenn Sie jetzt auch noch so Boot fahren würden, wie Sie kochen können ...«

Er lachte vergnügt. Katarina aber wollte die peinliche Situation nur noch beenden. Nichts wie weg. Was hatte sie überhaupt hier zu suchen, wollte sie nicht längst mit Annicka in Spanien sein? Katarina drehte Sven den Rücken zu, ohne ihm noch einmal einen Blick zu schenken. Sie ging zum Heck des Bootes und versuchte nervös, den Motor anzulassen. Doch natürlich, es war wie immer, wenn jemand zuschaute: Der erste Versuch missglückte. Der Motor tat keinen Mucks. Sie spürte seinen Blick im Nacken, konnte sich sein Grinsen vorstellen. Hektisch betätigte sie noch einmal den Anlasser. Wieder nichts. Ihr wurde heiß. Konnte es sein, dass ihre Wangen gerade dunkelrot anliefen? Sie wollte diesen Mann da drüben in seinem Klasse-Boot auf keinen Fall merken lassen, wie nervös er sie machte. Denn das war ihr längst klar: Es war nicht der Zusammenstoß, es war auch nicht die Schramme, die sie in die edle Yacht geratscht hatte, es war die pure Anwesenheit dieses Mannes, den sie gerade zum zweiten Mal in ihrem Leben sah, der ihre Knie zum Zittern brachte, ihre Hände schweißnass werden ließ. Dieser Mann, der in dieser Situation nicht nur so unverschämt lässig den Überblick behalten hatte, sondern der auch noch so verdammt gut aussah. Und sie zu allem Überfluss beobachtete wie ein Luchs. Wieso ging eigentlich immer gerade dann, wenn es darauf ankam, alles schief? Eine Sekunde vor dem Vorstellungsgespräch knallt man im Lift auf jemanden, der einem sein Erdbeereis auf die Bluse drückt. Oder vor dem ersten Rendezvous bekommt man plötzlich den dicksten Pickel seines Lebens auf der Nase. Oder ein blöder Motor springt nicht an. Sie hatte das Gefühl, als würden ihr plötzlich die Haare ausfallen. Als wäre ihre gerade noch blitzblanke weiße Jeans über und über mit Flecken besät. Außerdem würde ihre Stimme jetzt versagen. Von ihren Knien gar nicht zu reden.

Doch dann geschah das Wunder, der Motor sprang an. Katarina drückte den Rücken durch und hob den Kopf. Sie nickte Sven Svanblom kurz zu, schenkte ihm ein sehr knappes Lächeln und machte, dass sie wegkam. Gott sei Dank, das war geschafft. Jetzt wollte sie nur noch nach Hause und am liebsten ein heißes Bad nehmen. Das sie hoffentlich beruhigen würde.

Svens Blick folgte dem kleinen blauen Boot, bis es um die nächste Insel verschwand. Er ertappte sich dabei, dass er wie ein verliebter Schüler vor sich hin grinste. Was war das denn? Er schüttelte den Kopf. Diese Frau – irgendwie war die ja ganz schön beeindruckend. Erst diese seltsame Strömling-Kreation, die sie ihm im Hjört vorgesetzt hatte – obwohl er zugeben musste, dass es ihm durchaus geschmeckt hatte. Und jetzt dieser Zusammenstoß. In anderen Fällen hätte er getobt, wenn jemand ihm sein Boot zerkratzt hätte, hätte sich den Ausweis zeigen und die Kontonummer geben lassen und so weiter. Doch was hatte er getan? Er hatte diese Katarina angestarrt. Sein Herz hatte ihm bis zum Hals geklopft. Er hatte pseudowitzige Sprüche abgelassen. Und – das war unverzeihlich – er hatte es versäumt, sie um ein Wiedersehen zu bitten. Denn das war sonnenklar. Er wollte sie wiedersehen, diese Frau mit den vor Verlegenheit geröteten Wangen, den zersausten dunklen Haaren und dem leuchtenden Veilchenblick. Es ging dabei nicht um den Kratzer am Boot. Sie hatte wohl eher einen Kratzer in seinem Herzen hinterlassen. Und der tat seltsamerweise gar nicht weh. Es brannte nur ein bisschen. Und das war ziemlich aufregend.

*

Katarina steuerte das blaue Boot um die nächste Insel herum und drosselte dann die Geschwindigkeit. Sie sah sich nach Sven um und atmete tief durch, als sie sich sicher sein konnte, dass sie sich außerhalb seiner Sichtweise befand.

Was war das denn? Nun gut, es war klar, dass so ein Zusammenstoß, der ja durchaus auch hätte gefährlicher enden können, jede Menge Adrenalin freisetzte. Aber dass sie derart aus der Fassung geraten war, mit zitternden Knien und feuchten Händen hier herumdümpelte, irritierte sie sehr. Sie ließ den Blick über die Inseln schweifen. Und entspannte sich langsam in der beruhigenden Stille, die über dem Wasser lag und nur durch das ferne Kreischen einiger Möwen unterbrochen wurde. Sie legte den Kopf in den Nacken und ließ sich die Sonne aufs Gesicht brennen. Und konnte nicht verhindern, dass Svens spöttische Stimme in ihrem Ohr erklang.

»Und wenn Sie jetzt auch noch so Boot fahren würden, wie Sie kochen können …«

Was fiel diesem Kerl ein? Dachte er, er könne sich alles erlauben, nur weil er so schöne Augen hatte und so ein sympathisches Lachen? Sie verbot sich auf der Stelle, an diese blauen Augen zu denken, die sich unverschämterweise in ihrem Gedächtnis festgesetzt hatten, doch es gelang ihr nicht. Gut, was soll's, dachte sie. Er sieht gut aus, er ist charmant, anscheinend ist er auch witzig. Ich werde an so einen Mann ja zumindest denken dürfen. Doch schon schüttelte sie den Kopf. Auch das half nicht weiter. Denn dass dieser Mann in einer ganz anderen Liga spielte als sie, das war doch klar wie Kloßbrühe: die teure Yacht, der Anzug, den er im Hjört getragen hatte. Und hatte er nicht eine exklusive Schweizer Uhr am Arm gehabt? »Okay, Katarina, lass es einfach sein.« Sie griff zu einem bewährten Mittel, mit dem sie sich schon oft vor Enttäuschungen in Liebesdingen bewahrt hatte. Sie verbot sich ihre Gefühle einfach. Und wenn das nicht klappte, machte sie sich das

Objekt ihrer Begierde einfach noch ein bisschen madig. Und das fiel ihr bei Sven Svanblom nicht allzu schwer. Denn das kannte man doch von diesen reichen Schnöseln, die hatten kein Herz, waren nur auf einen unverbindlichen One-Night-Stand aus. Außerdem sowieso arrogant und unverschämt. Und überhaupt nichts für eine Frau wie Katarina. Die in ihrem Herzen eine kleine, gut verborgene Kammer hatte, in der sie immer noch ihre Mädchenträume bewahrte, nämlich die von der ganz großen Liebe bis ans Lebensende.

Das Klingeln ihres Handys riss sie aus ihren Gedanken.

»Mama, wo bist du denn? Komm bitte schnell!«

Annickas Stimme klang so aufgeregt, dass Katarinas Herz sofort einen Satz machte. Die bekannte Panik stieg in ihr auf. Vermutlich war das bei allen Alleinerziehenden so. Immer steckte in einem die Angst, dass dem einzigen Menschen, den man hatte, diesem kleinen Wesen, für das man die Verantwortung trug und mit niemandem teilen konnte, etwas zugestoßen sein könnte.

»Was ist los, Annicka? Ist was passiert?«

»Tante Augusta hat ein Problem. Du musst sofort kommen!«

Annickas Erklärung beruhigte Katarina zwar nicht wirklich, dämpfte aber die erste unwillkürliche Angst, dass ihrer Tochter etwas zugestoßen sein könnte.

»Bin schon unterwegs!«, beruhigte sie ihre Tochter. Und gab Gas. Sie konnte sich gar nicht vorstellen, was Tante Augustas Problem sein sollte.

*

Annicka fiel ein Stein vom Herzen, als Onkel Johans Boot um die kleine Insel bog und ihre Mutter auf den Steg zusteuerte. Sie hatte sofort begriffen, dass Tante Augusta in wirklichen Schwierigkeiten steckte, als sie hörte, wie der Lebensmittellieferant Olaf, der mit seinem Boot ein paar Kisten mit Gemüse und Obst geliefert hatte, sagte, dass Tante Augusta leider bar bezahlen müsse. Es war die Angst in Tante Augustas Stimme, die Annicka alarmiert hatte.

»Aber ich verstehe das nicht, Olaf. Wir haben doch immer am Monatsende gezahlt. Wieso willst du jetzt ... «

»Wenn ihr das nur hättet«, hatte Olaf geantwortet und ein Bündel Rechnungen aus seiner Hosentasche gezogen.

»Sieh dir das an, Augusta, das sind die unbezahlten Rechnungen des letzten halben Jahres. Über vierzigtausend Kronen schuldet ihr mir!«

Annicka hatte Tante Augustas Blick gesehen. Ihren Schrecken gespürt.

»Aber das kann doch nicht sein«, hatte sie geflüstert. »Johan hat mir nie was von Schulden gesagt.«

Olaf hatte ihr die Rechnungen in die Hand gedrückt und sie auf die Unterschriften hingewiesen. Tante Augusta war ganz blass geworden. Und hatte nur stumm genickt. Ja, das war Johans Unterschrift. Das musste sie anerkennen. Und dass sie nun wohl Olaf die vierzigtausend Kronen schuldete, auch.

In diesem Moment legte das blaue Boot am Steg an. Direkt neben Olafs Lieferanten-Boot. Katarina sprang an Land, sah Augusta und Annicka, beide blass wie die Wand. Sah die Kisten mit Lebensmitteln, vor die sich Olaf besitzergreifend gestellt hatte.

»Was ist denn hier los?«, fragte sie und nahm die Rechnungen, die Augusta ihr wortlos reichte. Sie warf einen schnellen Blick darauf und begriff sofort. Dann setzte sie ein professionelles Lächeln auf und wandte sich an Olaf.

»Hej, ich bin Katarina Fredholm. Johan Vasen war mein Großonkel. Und Sie sind?«

»Olaf Lindrot, der Lebensmittelhändler. Ja, es tut mir Leid, aber da sind diese unbezahlten Rechnungen. Ich kann einfach nicht weiter liefern, solange ich mein Geld nicht habe.«

»Und ich weiß nicht, woher ich das Geld nehmen soll.« Tante Augustas Stimme klang verzweifelt.

»Eigentlich hatte ich vor, zum Wochenende wieder aufzumachen, aber ohne Ware ...« Sie seufzte. »Ich wusste nicht, dass Johan Schulden hatte.«

»Leider nicht nur bei mir«, setzte Olaf nach. »Frag mal den Fischer Arne oder Göran von der Bäckerei. Die werden dir auch nichts mehr liefern, bevor du zahlst. Es tut mir wirklich Leid, Augusta. Aber es geht einfach nicht. Ich muss an meine Familie denken. Ich will dir ja nicht zu nahe treten, aber kannst du das Tärna denn überhaupt allein weiterführen?«

Damit traf er einen wunden Punkt bei Tante Augusta. In vielen schlaflosen Nächten hatte sie schon darüber nachgedacht. Wie sollte es weitergehen mit ihr und dem Tärna? Konnte sie diesen Gasthof wirklich allein führen? Sie hatte keine Ahnung vom geschäftlichen Bereich, das hatte immer Johan gemacht. Mehr schlecht als recht, wie sich jetzt herausstellte. Sie war immer für die Organisation zuständig gewesen. Dafür, dass genügend Tischdecken da waren und Servietten. Dass das Geschirr in Ordnung war. Dass zu Stoßzeiten im Hochsommer, wenn die Gäste das Tärna zu stürmen schienen, genügend Aushilfspersonal zur Verfügung stand. Für alles andere hatte Johan gesorgt.

»Ich will nicht, dass du dir über das Finanzielle Gedanken machst«, hatte er immer gesagt. »Das macht nur schlechte Laune und Falten auf der Stirn.« Und er hatte sie dann lachend in die Arme genommen und war mit ihr durch die Stube getanzt. Und Augusta hatte ihm vertraut und sich immer sicher bei ihm gefühlt.

Katarinas Stimme drang in Augustas Erinnerung. »Und du wusstest nichts von den Schulden?«

Augusta schüttelte den Kopf. »Ich glaube, wenn ich davon gewusst hätte, hätte ich das Erbe gar nicht angetreten. Ich habe doch keine Ahnung, was ich jetzt tun soll.«

Sie war bestürzt und verzweifelt. Und drehte sich jetzt weg, weil ihr die Tränen in die Augen stiegen und sie nicht wollte, dass Olaf das sah. Katarina und Annicka nahmen sie spontan in die Arme. Dann machte sich Augusta los und ging einfach weg. Annicka wollte ihr nachlaufen, doch Katarina hielt sie an der Hand fest.

»Lass sie. Sie muss jetzt allein sein.«

Annickas mitleidiges Herz brannte. »Wir müssen ihr helfen, Mama. Sie ist doch ganz allein.«

Katarina kannte diesen eindringlichen Blick ihrer Tochter. Sie würde jetzt nicht mehr lockerlassen. Bis sie wenigstens eine Antwort von Katarina bekommen hatte. Helfen? Ja sicher. Nur wie. Es gab vielleicht eine Möglichkeit, aber konnte sie Annicka das antun? Das Mädchen hatte sich doch so auf die gemeinsame Reise gefreut.

»Was ist mit Spanien? Die Clubferien. Die müssten wir dann sausen lassen ...«

Annicka nickte und umschlang dann ihre Mutter mit den Armen.

»Hier ist es doch auch schön.«

Katarina sah in Annickas schmales Gesicht, das zu glühen schien vor Aufregung und Sorge um Tante Augusta. Was war das nur für ein Kind? War sofort bereit, den ersehnten Spaß-Urlaub am Mittelmeer zu opfern für eine Großtante ... oder war es nicht sogar eine Urgroßtante? Die sie gerade mal einen halben Tag kannte.

Aber Katarina kannte dieses Gefühl. Ihr war es damals genauso gegangen, als sie mit ihrem Vater hierher gekommen war. Tante Augusta und Onkel Johan hatten sie, das kleine schüchterne Stadtmädchen, damals mit einer so herzlichen Selbstverständlichkeit willkommen geheißen, dass sich Katarina vom ersten Augenblick an auf Tärna wie zu Hause gefühlt hatte. Gut, dann sollte es wohl so sein. Sie wandte sich an Olaf, der inzwischen angefangen hatte, seine Kisten wieder in das Boot zurückzuräumen.

»Geben Sie mir einen Tag, ja? Dann begleiche ich Johans Schulden.«

Er sah Katarina stumm an. Nickte dann.

»Ein Tag, von mir aus.« Er räumte weiter die Kisten ein.

»Ja, aber nur, wenn Sie die Sachen hier lassen.«

Sie wusste, dass diese Forderung im Grunde eine Frechheit war. Aber sie wollte es wenigstens versuchen. Sie hielt Olafs stirnrunzelndem Blick mühelos stand und bekräftigte sogar ihre Forderung noch einmal.

»Sie lassen die Sachen hier, und ich komme morgen mit dem Geld zu Ihnen.«

»Ach? Und wenn nicht? Ich meine, ich kenne Sie doch gar nicht? Was, wenn Sie gar kein Geld haben.«

Sie lachte ihn einfach an.

»Ja. Dann haben Sie Pech gehabt. Aber soll ich Ihnen was sagen – dann haben wir alle Pech gehabt. Sie. Arne. Göran. Augusta. Und ich auch.«

»Sie auch? Wieso das denn?«

»Weil ich in den Ferien dann nicht mehr hierher kommen kann, wenn Augusta gezwungen ist, das Tärna aufzugeben. Und das wäre mehr als Pech. Das wäre ein richtiges Unglück.«

*

Ein paar Stunden später war es für Katarina und Annicka so, als ob sie nie vorgehabt hätten, nach Spanien zu fahren. Katarina war optimistisch, dass sie eine Lösung für Augustas Probleme finden würde. Und Annicka war dabei, alle ihre Freundinnen über die geänderten Ferienpläne zu unterrichten.

»Die Karte ist für Lina. Und die für Karin. Und die kriegt meine Lehrerin, Frau Lindberg, die ist so nett.«

Annicka hüpfte aufgeregt neben Katarina her. Zeigte ihr die bunten Postkarten, auf denen Rörstrand wie ein Dorf aus dem Bilderbuch aussah. Sie war vergnügt und fröhlich, schien gar nicht mehr daran zu denken, dass sie doch eigentlich nach Spanien hatten fahren wollen.

»Und du bist dir wirklich sicher, dass du mich nicht den ganzen Winter durch anmeckerst, weil wir nicht im Club waren? Ich meine, du hast dich auf die Paella gefreut und aufs Tauchen. Und du wolltest unbedingt reiten lernen in diesem Sommer.«

»Reiten kann ich immer noch lernen. Jetzt bringst du mir erst mal das Bootfahren bei.«

Katarina war beruhigt. Annicka hatte sich also schon ganz darauf eingestellt, den Sommer hier auf der Insel zu verbringen. Sie bummelten die kleine Einkaufsstraße entlang. Schauten in die Schaufenster der kleinen Läden, in denen bunte Sommersachen auslagen. Badeanzüge in den Modefarben dieses Sommers, Strandlaken, farbenfrohe Gummilatschen. Alles, was man brauchte, um einen traumhaften schwedischen Sommer zu verbringen.

Langsam veränderte sich nun auch das Licht. Nicht, dass die Sonne Anstalten machte, irgendwann unterzugehen. Doch etwas tiefer stand sie jetzt schon. Das Licht wurde weicher, wie samten lag es über der Insel und dem Meer. Die Luft war klar und rein.

Katarina trug einen dicken Strauß Sommerblumen im Arm. Sonnenblumen, Kornblumen, ein paar Pfingstrosenblüten und ein paar Rosen waren zu einem bildschönen Strauß zusammengebunden.

Sie legte den anderen Arm um ihre Tochter, die sich instinktiv eng an sie drängte. Wie so oft freute sich Katarina über den unkomplizierten Kontakt zu Annicka. Sie waren nicht nur Mutter und Tochter, sie waren auch wirklich gute Freundinnen, die es genossen, zusammen die Welt zu erobern.

»Du hättest Tante Augustas Gesicht sehen sollen, als dieser Olaf ihr sagte, dass er die Sachen wieder mitnehmen will. Sie hat fast geweint.«

Katarina wusste, dass Annicka mit ihrem großen Herzen den Schmerz ihrer Tante sehr gut nachempfinden konnte und dass er sie sehr bedrückte.

»Ja, sie und Onkel Johan haben sich sehr geliebt. Ich glaube, er war ihre erste große Liebe. Und auch die einzige. Sie muss ihn schrecklich vermissen. Sie darf das Tärna nicht auch noch verlieren.«

Katarina hatte den schrecklichen Verdacht, dass Onkel Johan das Tärna an den Abgrund gewirtschaftet hatte und dass es ganz schön schwierig werden würde, Tante Augusta langfristig zu helfen. Eines stand zumindest fest. Allein würde Augusta aus dem Schlamassel bestimmt nicht herausfinden.

Sie beobachtete das sommerliche Treiben in den kleinen Straßen und dem Hafen mit den bunten Booten, sah auf das grün schimmernde Wasser, in dem sich die kleinen Inseln ebenso spiegelten wie die dicken weißen Kumuluswolken, die zum schwedischen Sommer gehörten wie die Himbeeren auf den Mandelpudding. Der Entschluss war längst gefallen.

»So ein Sommer kann ja auch was Schönes sein.«

Annicka lachte vergnügt.

»So ein Sommer auf der Insel ist bestimmt das Schönste, was man sich vorstellen kann.«

Katarina zog ihre Tochter eng zu sich heran und drückte ihr einen Kuss auf die Haare. Wie gut, dass sie sich einig waren. Sie sah in den Himmel und spürte plötzlich eine unerwartete Zufriedenheit in sich. Ja, sie würden die nächsten Wochen hier auf Rörstrand bleiben. Um Tante Augusta zu unterstützen, so gut es ging. Es würden herrliche Wochen werden.

Und wieder schob sich in ihre Freude plötzlich ein Bild vor ihre Augen, das sie schon den ganzen Nachmittag immer wieder vergeblich versucht hatte, wegzuschieben. Sven Svanbloms lachende Augen. Unwillkürlich entfuhr ihr ein leiser Seufzer. War das etwa Sehnsucht, die sie da in sich spürte?

Katarina schüttelte den Kopf. Sie kannte diesen Mann ja gar nicht. Wie konnte sie sich nach ihm sehnen? Und doch, sie kannte dieses Ziehen in ihrer Brust. Sie hatte es zwar nicht oft gespürt, am deutlichsten damals, als sie Annickas Vater kennen gelernt hatte. Es war ein angenehmes Ziehen. Aber man konnte es auch als Warnung betrachten.

*

Der Kratzer an der Backbordseite der Yacht war lang. Fast zwei Meter zog er sich durch die frische Lackierung. Aber er war Gott sei Dank nicht tief. Drang nicht durch die Farbe bis in den Bootskörper ein. Sven fuhr ihn mit dem Finger nach. Und ein Lächeln stahl sich auf sein Gesicht. Die Erinnerung an Katarinas veilchenblaue Augen war ihm noch sehr präsent. Er wusste, er wollte sie wiedersehen. Was er nicht wusste, was er vielleicht auch gar nicht so genau wissen wollte, war, wieso er sie wiedersehen wollte. Schließlich gab es da Marita, mit der er seit dem Studium befreundet war. Wobei seine Mutter sein Verhältnis zu Marita immer als »verlobt« beschrieb. Und Marita selbst wohl automatisch davon ausging, dass sie und Sven das Leben gemeinsam verbringen würden. Maritas Vater hatte Sven dröhnend als »mein Schwiegersohn« an seine Brust gedrückt, und so ging nun die ganze Kaffeebranche in Europa davon aus, dass es nicht nur eine Fusion von Svanblom und Tomasson geben würde, sondern auch eine Heirat der beiden Erben. Nur Sven hatte sich immer seltsam zurückgehalten, wenn er auf Marita angesprochen wurde. Ja natürlich, es gab seit Jahren keine andere Frau in seinem Leben. Er und Marita wohnten zwar nicht zusammen, aber sie verbrachten die meiste freie Zeit miteinander. Theater, Ausstellungen, Kino, Reisen, alles machten sie zusammen. Sie waren natürlich auch ein Liebespaar. Und trotzdem, Sven hatte sich nie dazu durchringen können, Marita einen Heiratsantrag zu machen. Er war mit dem zufrieden, was sie hatten, und sah keine Notwendigkeit, den momentanen Status zu ändern. Auch wenn Marita in letzter Zeit hin und wieder darüber gewitzelt hatte, dass sie ihre biologische Uhr langsam ticken hörte. Sven war nie darauf eingegangen. Sicher, in seinem Lebensplan kamen Kinder durchaus vor. Er mochte Kinder, konnte sich auch vorstellen, Vater zu sein. Aber der Gedanke, diese Kinder mit Marita zu haben … Das war jedes Mal der Punkt, an dem er aufhörte, darüber nachzudenken. Das Leben mit Marita war gut so, wie es war. Aber sollte es mehr sein? Das wusste er wirklich nicht.

Und dann tauchte jetzt unerwartet diese Frau mit den

Veilchenaugen auf. Eine Köchin. Die noch dazu frech und anscheinend völlig respektlos war. Er schüttelte den Kopf. Wollte gar nicht wissen, was es bedeutete, dass er an sie denken musste. Aber er spürte deutlich, dass er nicht ruhen würde, bis er sie wiedergesehen hatte.

*

Schließlich war es doch noch dunkel geworden. Für zwei, drei Stunden hatte sich die Nacht über die Insel gelegt. Alles war still. Nur die Wellen plätscherten an den Strand. Und irgendwo sang eine Nachtigall.

Über dem Eingang zu Tante Augustas Haus schaukelte eine Laterne leise im Wind. Das Haus lag friedlich in der Sommernacht. Nur Tante Augustas Katze Blomma streifte lautlos mit hoch erhobenem Schwanz durch das Gras, auf der Suche nach einer Maus oder einem Maulwurf, den sie ihren Kindern vorsetzen konnte.

Im Haus brannte kein Licht. Es schien, als würden die drei Frauen, Augusta, Katarina und Annicka tief und fest schlafen.

Doch der Schein trog. Wie immer unter einem fremden Dach konnte Katarina einfach nicht einschlafen. Ruhelos wälzte sie sich von einer Seite zur anderen, strampelte ihre Beine frei, deckte sie im nächsten Augenblick wieder zu. Wie so oft fragte sie sich, wieso ihre Tochter überall, wo sie ging und stand, sofort in einen tiefen Schlaf fallen konnte, aus dem man sie nur mit Kanonendonner wieder wach bekam, während sie, Katarina, sich wie eine Prinzessin auf der Erbse anstellte.

Sie seufzte und machte das Licht an. Sah sich in dem kleinen, gemütlichen Dachzimmer mit den gelb gestrichenen Wänden und den gelb gestreiften Vorhängen um.

Tante Augusta hatte bei der Einrichtung des Hauses wirklich sehr viel Geschmack bewiesen. Geschickt hatte sie Altes mit Neuem kombiniert, wertvolle Antiquitäten, wie einen wunderschönen kleinen Biedermeier-Sekretär, neben einfachen Stühlen von Ikea platziert. Der gelbe Polstersessel in der Ecke hatte schon vor zwanzig Jahren da gestanden. Nur war er damals mit einem verschlissenen roten Brokatstoff bezogen gewesen, einem Stoff, von dem die kleine Katarina immer gesagt hatte, er sähe aus, als käme er aus einem Königsschloss.

Katarina stand auf. Sie öffnete das Fenster, atmete tief die kühle Nachtluft ein.

Sie beugte sich aus dem Fenster, sah auf das ruhige Wasser, lauschte dem Gesang der Wellen. Und versuchte, nicht an Sven Svanblom zu denken.

Plötzlich fiel unten auf die Wiese vor dem Haus ein Lichtschein aus einem Fenster. Es musste das Küchenfenster sein. Offensichtlich war sie nicht die Einzige, die in dieser Nacht nicht schlafen konnte. Vielleicht hatte Annicka ja einen Albtraum gehabt und wollte sich ein Glas Wasser holen. Eigentlich eine gute Idee! Plötzlich merkte sie, wie trocken ihr Hals war.

Sie schlüpfte in ihre hellblau-weiß gestreifte Schlafanzug-Hose und zog sich ein weißes T-Shirt über – ihre normale nächtliche Bekleidung, wenn sie sich in einem fremden Haus befand – und schlüpfte aus der Tür.

Mit nackten Füssen tappte sie über den frisch mit Bienenwachs eingelassenen Holzboden, der sich angenehm glatt anfühlte und wunderbar duftete. Sie ging die Treppe hinunter. Und zögerte plötzlich vor der Küchentür. Was, wenn da gar nicht Annicka, sondern ein Einbrecher in der Küche war? Ein hungriger Einbrecher, der sich gerade an Tante Augustas Mandelpudding satt aß? Bevor ihre Fantasie noch weiter mit ihr durchgehen konnte, stieß sie mit einem mutigen Ruck die Küchentür auf.

Und stand nicht vor Annicka. Aber auch nicht vor einem Einbrecher. Es war natürlich Tante Augusta, die da mitten in der Küche stand und gerade heißes Wasser auf einen Teebeutel goss.

»Tante Augusta!« Katarinas Ton war vorwurfsvoll. »Was machst du hier mitten in der Nacht? Ich hab schon gedacht, wir hätten einen Einbrecher im Haus.«

»Was sollte der hier wohl holen wollen?«, sagte die Tante leise.

Tante Augusta stand am Tisch und rührte melancholisch in ihrer Tasse, ihr Blick war müde. Plötzlich fiel Katarina auf, wie zerbrechlich ihre Großtante war. Ganz fein zeichneten sich ihre schmalen Schultern unter dem hübschen weißen Morgenmantel aus Baumwollspitze ab. Sie war so dünn, dass sie mühelos in Annickas Hosen gepasst hätte. Auf ihren zarten Händen zeichneten sich blau die Adern ab.

Katarina goss sich ein Glas Wasser ein und setzte sich an den sicher drei Meter langen, blank geschrubbten Esstisch aus hellem Ahornholz, der schon seit Generationen in dieser Küche zu stehen schien. Sie sagte vorsichtig:

»Du kannst nicht schlafen, weil du dir Sorgen machst, stimmt's?

Augusta lachte verlegen.

»Ich habe nur ein wenig nachgedacht. Aber das tue ich nachts immer. Ich brauche nicht sehr viel Schlaf, weißt du.«

Katarina verstand, dass Augusta nicht über ihre Probleme reden wollte. Sie war viel zu zurückhaltend, um andere mit ihren Sorgen zu belasten.

Augusta beugte sich zu ihr und gab ihr einen Kuss auf die Wange.

»Gute Nacht, Kind, ich gehe ins Bett. Der Tee wird mir helfen einzuschlafen.«

Katarina stand auf und nahm Augusta in den Arm.

»Ich wollte dich noch was fragen, Tante Augusta. Annicka und ich, wir haben uns überlegt, dass wir gerne den ganzen Sommer bleiben würden. Würde dich das stören?«

Über Augustas Gesicht huschte ein Lächeln. »Aber nein, natürlich nicht. Natürlich stört ihr mich nicht. Im Gegenteil. Ich freue mich, euch hier zu haben. Bleibt, so lange ihr wollt.«

Ihr Blick verdüsterte sich nun plötzlich, und es sah aus, als würden ihr Tränen in die Augen steigen.

»Wer weiß, wie lange es das Tärna noch geben wird.«

Sie versuchte ein schiefes Lächeln, strich Katarina hastig über die Wange und ging schnell aus der Küche.

Katarina blieb nachdenklich zurück. Sie machte sich Sorgen um Tante Augusta. Der Kummer wegen Onkel Johans Tod und jetzt noch die zusätzliche Sorge um das Tärna, das schien zu viel zu sein für diese zarte Frau. Wenn Katarina es bisher nicht gewusst hatte, jetzt war sie sich absolut sicher, dass es richtig war, auf der Insel zu bleiben. Sie würde alles tun, um Augusta aus dieser Krise zu helfen.

Sie lenkte ihre Gedanken in konstruktivere Bahnen. Das Tärna müsste doch eigentlich eine Goldgrube sein. Mit seinem sensationellen Blick aufs Meer und seiner gewachsenen Gemütlichkeit. Sie war sich sicher, dass die Leute, vor allem die aus der Stadt, gerne hierher kommen würden, um auf der idyllischen Terrasse zu sitzen. Sie würden den Duft des frisch geschnittenen Grases riechen, das Salz des Meeres auf der Haut spüren und mit einem exquisiten Essen verwöhnt werden. Zunächst würde sie das Kochen übernehmen. Dazu hatte sie wirklich Lust. Und dann würde sie einen Koch finden müssen, der die Tradition der guten Hausmannskost, die Onkel Johans Küche so beliebt gemacht hatte, fortsetzen konnte. Es wäre doch gelacht, wenn man das Lokal nicht wieder zur Blüte bringen könnte. Katarinas Blick fiel auf ein altes Schwarzweißfoto, das an der Wand über dem großen Küchentisch hing. Es zeigte das Lokal an einem Sommertag vor ungefähr 50 Jahren. Alle Tische waren voll besetzt mit gut gelaunten Leuten. Man aß und trank. Im Vordergrund des Fotos sah Katarina eine schöne junge, optimistisch in die Kamera strahlende Augusta. Neben ihr der junge Johan, der ein wirklich attraktiver Mann gewesen war, mit seinen dunklen Haaren und den schwarzen Augen. Er hatte seinen Arm um die schon damals sehr zarte Augusta gelegt. Sie lehnte sich vertrauensvoll an ihn. Beide wirkten stolz und glücklich. Katarina sah nachdenklich auf das Foto. Ja, diese Stimmung, die da auf dem Foto herrschte, die würde auch hier bald wieder herrschen. Die Leute würden Schlange stehen, um einen Platz im Tärna zu bekommen und Johan Vasens berühmten Mandelpudding zu essen.

Apropos Pudding. Schon bei dem Gedanken lief Katarina das Wasser im Munde zusammen. Eigentlich war es wie immer, so eine Art Pawlow'scher Effekt – der Mandelpudding ging ihr durch den Sinn, und sofort hatte sie Appetit darauf. War da nicht noch etwas übrig? Tatsächlich, da war noch ein Rest der feinen Nachspeise im Kühlschrank. Sie nahm sich die Platte und einen Löffel und ging damit nach draußen, wo sie sich auf die Stufen der Terrasse setzte und genussvoll zu essen begann. Nach dem ersten Löffel schloss sie die Augen, seufzte tief auf vor Wohlbehagen. Ja, es würde alles gut werden.

*

Sven Svanblom starrte auf den Bildschirm seines Notebooks auf seinem Schoß. Er saß in einem bequemen Outdoor-Sessel aus geflochtenem Rattan mit einem dicken weißen Polster, die Beine lang von sich gestreckt. Neben ihm auf dem Tisch stand ein Glas seines schottischen Lieblings-Whiskys. Die Nacht war dunkel und sehr still. Sosehr er, wie alle Schweden, die langen hellen Mittsommernächte liebte, so sehr liebte er auch die wenigen Stunden, in denen es doch noch dunkel wurde. In ihm lag eine ganz besondere Ruhe. Als ob in diesen zwei oder drei Stunden alles, was den ganzen Tag der Hektik und dem Stress unterworfen war, ganz plötzlich still stünde. Es war wie ein Innehalten, ein Luftholen. In Stockholm saß er oft um ein Uhr nachts in seinem Büro mit dem grandiosen Rundblick über die Stadt. Und es war ihm, als wäre dies die einzige Zeit des Tages, an der er zu sich kommen konnte. Egal wie viel Aufregung der Tag geboten hatte, wie wichtig Gespräche und Verhandlungen gewesen waren, wie schmerzhaft auch geschäftliche Niederlagen, in diesen Stunden war das alles weit weg. Nicht mehr so wichtig. In diesen Stunden nach Mitternacht fühlte er sich seltsam eins mit dem Universum. Ein winziger Teil des Ganzen nur, ein ganz unwichtiger. Aber geborgen in einem unbekannten Großen. So war es auch jetzt. Der Vertragsentwurf für den Fusionsvertrag mit der Tomasson-Rösterei lag auf dem Tisch. Er hatte ihn nur bis Seite zwölf gelesen und ihn dann beiseite gelegt. Natürlich war diese Fusion immens wichtig, natürlich musste er endlich zu einem Abschluss mit Tomasson kommen, doch plötzlich fragte er sich, ob es nicht Wichtigeres gab als immer nur Geschäfte. Sein Blick wanderte über den Garten, über die kleinen Baumgruppen, die wie zufällig angeordneten Rosenbüsche, die in voller Blüte standen. Der leichte Wind wehte ihren Duft zur Terrasse herauf, er vermischte sich mit dem herben Geruch des Meeres, auf das Svens Blick nun wanderte. Er sah die Lichter einiger früher Boote, die zum Fischen fuhren. Und starrte angestrengt in die Ferne, als wenn er etwas suchen würde. Suchte er denn tatsächlich etwas? Erwartete er wirklich, dass Katarina Fredholm in diesem kleinen blauen Boot auftauchen würde? Er musste über sich lachen. Natürlich würde sie nicht auftauchen. Vermutlich lag sie in den starken Armen ihres Mannes und schlief selig. Vielleicht liebten sich die beiden gerade. Plötzlich war er sich ganz sicher, dass Katarina verheiratet war. Oder zumindest verlobt. Und wenn nicht das, dann sicher in einer Beziehung mit einem Mann lebend. Solche Frauen, lebhaft, wunderschön, dazu mit den verführerischsten Veilchenaugen, die er je gesehen hatte, waren doch nicht allein. Es wäre ja ein Armutszeugnis für die Männerwelt, wenn sie so eine Frau nicht längst entdeckt hätte. Aber eigentlich war es auch egal, ob Katarina allein oder mit einem Mann lebte, Sven spürte, wie allein der Gedanke an sie ihn lächeln ließ. Wieso also sollte er sich diese positive Stimmung damit verderben, dass er sich ausmalte, sie sei sowieso nicht frei.

Plötzlich legten sich von hinten Maritas lange, feingliedrige Arme um seinen Hals. Er spürte das seidene Hemdchen, das sie nachts meistens trug, an seinem Rücken, ihren Atem an seiner Wange.

»Es ist fast zwei, Liebling. Willst du nicht langsam mal aufhören zu arbeiten?«

Sven nahm ihre Hand, hielt sie fest und drückte einen leichten Kuss darauf.

»Noch eine halbe Stunde. Ich bin noch nicht ganz durch mit dem neuen Vertragsentwurf.«

»Hast du dazu nicht deine Rechtsabteilung?«

Marita nahm einen Schluck aus seinem Whiskyglas. Verzog ein wenig das Gesicht, sie mochte den rauchigen Geschmack des schottischen Whiskys nicht so gerne. Normalerweise bevorzugte sie Bourbon, die aus Mais gebrannte, amerikanische Variante, die für ihren Geschmack wesentlich milder war.

»Es geht um meine Firma. Ich muss verhindern, dass dein Vater sie mit Haut und Haaren schluckt. Du weißt, wie unersättlich er ist.«

»Du wirst dich schon zu wehren wissen.«

Sie setzte sich lächelnd auf den Tisch vor ihm. Baumelte mit den Beinen. Ihr Blick war eine einzige Provokation.

»Komm«, ihre Stimme klang ein wenig heiser, »lass uns die Betten ausprobieren. Sie sehen zwar alt aus, aber deine Mutter hat sie alle mit neuen Matratzen ausgestattet.«

Sven wusste das. Seine Mutter hatte es ihm schon erzählt. Das Haus hatte einer alten Stockholmer Kaufmannsfamilie gehört und war mit erlesenen Antiquitäten und sehr schönen alten Bildern ausgestattet. Sie hatte das Haus komplett möbliert gekauft und nur die Sofas und Sessel neu beziehen lassen, mit edlen hellen Leinenstoffen, hatte passende Gardinen in alle Zimmer hängen lassen und ein paar der alten Teppiche ausgetauscht, die doch schon zu verschlissen gewesen waren. Sie hatte einige ihrer kleinen Lieblingsskulpturen des dänischen Jugendstilkünstlers Jonasson in den Räumen verteilt, und viele der alten Bücher, die ihr Mann Max mit großer Leidenschaft gesammelt hatte, hatten in den großen, gläsernen Bücherschränken im Wohnzimmer eine neue Bleibe gefunden. Mit diesen wenigen Mitteln war es ihr in kürzester Zeit gelungen, dem Haus ihre eigene, besondere Note aufzudrücken, sodass es sich anfühlte, als würde Viveca schon seit vielen Jahren hier leben und nicht, als wäre das Haus erst seit ein paar Tagen in ihrem Besitz.

Marita hatte jetzt Svens Hand genommen und angefangen an seinen Fingern zu ziehen. Ein Spiel, das sie schon als Kinder gespielt hatten. So lange an den Fingern des anderen zu ziehen, bis die Gelenke knackten. Viveca hatte sie immer gescholten, wenn sie bemerkt hatte, was sie taten. Es schade den Gelenken, hatte sie immer gesagt, und das wollte sie auf keinen Fall. Vor allem nicht, weil sie lange Zeit die Hoffnung gehegt hatte, dass Sven Pianist werden würde. Sein Fingergelenk knackste. Das Geräusch schien viel lauter als sonst. Sven entzog Marita seine Hand.

»Nicht.«

Sie sah ihn verblüfft an. Was hatte er plötzlich gegen ihr Spiel?

»Es ist zu laut.«

Marita glaubte nicht richtig zu hören. Zu laut? Redete er wirklich von dem leisen Knacken seines Gelenks?

»Es stört die Stille«, bekräftigte er.

»Prima«, lachte sie, »mir ist es hier sowieso viel zu still. Ich wünschte, ich hätte meinen i-Pod nicht in der Galerie liegen lassen.«

Sven nickte, Marita und ihr i-pod. Wo sie ging und stand, hatte sie die Ohrstöpsel des Musikgeräts in den Ohren. Sie war keine Minute am Tag ohne akustische Berieselung, außer vielleicht unter der Dusche, oder wenn sie zum Workout beim Schwimmen oder Squash war. Doch das hatte sie vor kurzem gegen Joggen getauscht. Weil sie beim Joggen Musik hören konnte, wie Sven vermutete.

»Sei doch mal still und hör einfach hin.« Konnte es wirklich sein, dass sie es nicht wahrnahm? Diese tiefe Stille, die über dem Land lag. Diesen Frieden.

Marita bemühte sich wirklich, Sven zu verstehen. Doch schon nach einer Sekunde fing sie an, mit den Beinen zu zappeln. Sie sprang vom Tisch und ging auf ihren roséfarbenen Manolo-Blahnik-Mules hin und her.

»Also, mir macht das eher Angst. Wenn ich so im Bett liege und draußen gar nichts zu hören ist. Man könnte meinen, man wäre tot.«

Sven lachte leise auf.

»Deswegen willst du, dass ich ins Bett komme?«

»Nicht nur deswegen«, sagte sie leise. Und ehe er es verhindern konnte, fuhr ihre Hand unter sein Hemd. Sie beugte sich zu ihm, küsste ihn auf die Lippen. Murmelte dabei:

»Du hast doch nicht vergessen, was man im Bett alles machen kann? Und ich vermute, auf dem Land ist das alles noch viel aufregender.«

Sven nahm ihre Hand aus seinem Hemd.

»Gib mir noch ein paar Minuten, ja? Ich will mir noch ein paar Notizen machen. Geh schon mal vor. Ich komme dann gleich nach.«

Sie richtete sich auf und betrachtete ihn skeptisch. Wusste sie, dass er nicht kommen würde? Dass sie auch heute, wie so oft, längst schlafen würde, bis er endlich ins Bett kam? Er erwartete, dass sie noch etwas sagte. Doch Marita kannte Sven gut genug, um zu wissen, dass sie die Sache nicht beschleunigen würde, wenn sie ihn jetzt drängte. Also drückte sie ihm einen Kuss auf die Lippen. Einen verheißungsvollen Kuss. Und ging ins Haus.

Sven sah ihr nicht nach. Er saß einfach nur auf seinem Sessel und sah aufs Wasser. Und atmete ein wenig flacher. Als wollte er den Duft von Maritas Parfum, sie bevorzugte seit langem Opium von Yves Saint Laurent, nicht zu tief einatmen.

*

Rörstrand lag da wie gemalt. Die bunten Häuser leuchteten im Morgenlicht, das Wasser war um diese Zeit von einem tiefen Dunkelblau, der Himmel sah in seinem intensiven Azurblau aus, als hätte man ihn von der italienischen Adria ausgeliehen. Es fehlte eigentlich nur eine von Kinderhand gemalte Sonne mit einem lachenden Gesicht. Es war ein perfekter Sommertag.

Katarina kam zufrieden aus Olafs kleinem Lebensmittelladen in der Lillegatan, die von dem kleinen Hauptplatz direkt zum Hafen führte. Olaf schüttelte ihr kräftig die Hand. Katarina sah ihn ernst an.

»Ich bin froh, dass wir uns einig sind, Olaf.«

»Ich auch. Weißt du, es hat mir ja schwer auf der Seele gelegen, die Sache mit Johans Schulden. Aber ich bin Geschäftsmann, nicht wahr. Ich habe eine Familie zu ernähren, dann ist da ja auch Britta, meine Angestellte. Das ist alles nicht so einfach. Ich meine, als Mensch hätte ich Augusta die Schulden ja gern erlassen. Sie tut mir ja auch Leid. Aber wo käme ich denn da hin? Das fängt bei Augusta an und hört dann gar nicht mehr auf. Das verstehst du doch, Mädchen?«

Katarina verstand das zwar nicht, sie war der Meinung, dass Olaf Augusta ein wenig Aufschub schon hätte geben können. Doch sie wusste, es hatte keinen Sinn, mit ihm zu streiten. Was hätte es auch gebracht? Sie hatte ihr Sparkonto geplündert und Johans Schulden bezahlt – damit waren nicht nur der Spanienurlaub gestrichen, sondern höchstwahrscheinlich auch ein paar Ausgaben, die im Herbst eigentlich fällig gewesen wären. Aber sie war sich sicher, dass das Tärna wichtiger war als das neue Sofa, das sie sich hatte anschaffen wollen, oder der neue DVD-Player, auf den Annicka wartete. Außerdem, sie hätte diese Aktion nicht gestartet, wenn sie nicht felsenfest davon überzeugt gewesen wäre, das Tärna wieder zum Laufen zu bringen und so ihr Geld nach nicht allzu langer Zeit zurückzubekommen.

Sie nickte Olaf zu.

»Also dann, bis bald, Olaf. Wir bleiben im Geschäft, ja?«

»Aber natürlich tun wir das. Natürlich. Johan war ja im Prinzip ein guter Kunde. Nur eben ein bisschen nachlässig mit der Zahlung. Aber so was wird ja jetzt nicht mehr vorkommen, nicht wahr?«

Sie nickte, winkte ihm zu und ging davon.

Das wäre geschafft. Irgendwie fühlte sie sich ziemlich gut. Es war noch nicht mal neun Uhr, und sie hatte eins von Augustas größten Problemen schon aus der Welt geschafft. Jetzt würde sie noch den Bäcker Göran Svensson bezahlen und danach noch den Fischer Arne. Und dann stand einem Neuanfang nichts mehr im Wege.

Mit langen Schritten ging sie die Lillegatan entlang. Sah in die Schaufenster, in denen Kunsthandwerk ausgestellt war oder die bunten Strandsachen. Sie beobachtete sich im Spiegel der Fenster. Und was sie sah, gefiel ihr ganz gut. War sie nicht gestern noch vollkommen erschöpft gewesen? Von ihrer aufreibenden Arbeit im Hjört und der Doppelbelastung als allein erziehende Mutter? Wie kam es, dass sie sich heute so energiegeladen fühlte? Gab ihr der Plan, Augusta zu helfen, derart viel Auftrieb?

Oder war es noch etwas anderes? Frauenzeitschriften behaupteten ja immer, dass man es einer Frau ansehen konnte, wenn sie sich neu verliebt hatte. Dass ihre Augen mehr strahlten als sonst, ihr Haar mehr glänzte, ihr Schritt energischer war. Aber seit wann glaubte sie, was Frauenzeitschriften sagten? Katarina lachte in sich hinein. Im Grunde war es ja auch egal. Sie war hier auf der Insel. Sie hatte eine Aufgabe vor sich. Die sie in Euphorie versetzte.

Sven Svanblom konnte da eigentlich nur noch das Tüpfelchen auf dem »i« sein. Wenngleich auch ein sehr attraktives Tüpfelchen, das außerdem ihr Herz zum Klingen brachte. Nun ja, es würde sich alles fügen, da war sie sicher. Sie freute sich über ihren Optimismus. Manchmal gab es diese Tage, da glaubte man, Kraft genug für jede Aufgabe zu haben. Stark genug zu sein, um alle Probleme dieser Welt zu lösen. Es waren diese Tage, an denen man sich schön und sexy fand, wenn man morgens in den Spiegel sah, an denen man im Kleiderschrank auf Anhieb das passende T-Shirt fand. Die Tage, an denen man einfach die ganze Welt umarmen wollte.

*

Richtig warm war die Ostsee um diese Zeit noch nicht. Aber Sven hatte an diesem Morgen der Verlockung eines Bades nicht widerstehen können. Immerhin, er war fast eine halbe Stunde in dem sechzehn Grad kalten Wasser geschwommen. Jetzt rannte er, das Handtuch um seine Hüften geschwungen, schnell über den Steg und durch den Garten zum Haus hinauf, wo gerade eine Frau mittleren Alters den Frühstückstisch deckte. Er schlang das Handtuch enger um sich, fuhr sich durch die Haare und nickte der Frau, die ein hellblaues Kleid und eine weiße Schürze trug, freundlich zu.

»Hej. Guten Morgen. Ich bin Sven Svanblom.«

»Guten Morgen, Herr Svanblom, ich bin Berit. Ihre Mutter meinte, es würde Ihnen gefallen, hier auf der Terrasse zu frühstücken.«

Sven blickte auf den Tisch, der mit einer weißen Tischdecke und teurem Porzellan mit Streublümchen gedeckt war.

»Ja, gerne. Allerdings, ich frühstücke nicht viel. Nur einen frisch gepressten Orangensaft und ein Stück Toast, das reicht mir.« Hinter ihm erklang die Stimme seiner Mutter. »Dann wird dir etwas entgehen, mein Lieber, Berit kocht die beste Erdbeermarmelade auf der Insel. Ein Traum, kann ich dir sagen.«

Viveca küsste ihren nassen Sohn auf die Wangen.

»Du bist ja ganz kalt. Geh um Gottes willen unter die heiße Dusche. Du wirst dich erkälten.«

»Ach Mama«, Sven drückte sie kurz an sich, »dass du einfach nicht aufhören kannst, dir Sorgen zu machen. Der Sprung ins kalte Wasser härtet ab, das solltest du schon mal gehört haben.«

»Aber nur, wenn man regelmäßig ins kalte Wasser springt. Und soviel ich weiß, hat unser Pool in Stockholm fünfundzwanzig Grad. Also, jetzt geh schon, zieh dich um. Ich würde gerne frühstücken.«

Sven verschwand im Haus. Es gefiel ihm, wie seine Mutter aufblühte, so vergnügt hatte er sie seit langem nicht gesehen.

Am oberen Ende der Treppe traf er auf Marita. Schön und kühl in einem eisgrünen Hosenanzug, unter dem sie ein T-Shirt trug, dessen Grün nur wenige Schattierungen dunkler war. Die blonden Haare trug sie schlicht glatt geföhnt, auf den Lippen glänzte ein wenig Gloss. Immer wieder war Sven darüber erstaunt, wie Marita es schaffte, zu jeder Tageszeit, und sei es auch noch so früh, auszusehen, als sei sie gerade der Vogue entstiegen. Sie war einfach perfekt.

»Hej. Ich hab gar nicht gemerkt, dass du aufgestanden bist.«

In ihrer Stimme lag ein leiser Vorwurf. Denn sie hatte auch nicht gemerkt, wie Sven ins Bett gekommen war.

»Sag nicht, du warst schwimmen.«

»Und sag du nicht, ich soll eine heiße Dusche nehmen. Ich bin nämlich keine vier mehr. Wie ich schon meiner Mutter versucht habe, zu erklären«

Maritas Mund verzog sich zu einem ganz kleinen Lächeln. Sie liebte es ganz und gar nicht, mit Svens Mutter verglichen zu werden. Dabei, und diesen Gedanken ließ Sven nur ganz selten und wenn nur mit schlechtem Gewissen zu, hätte ihr ein wenig von Vivecas Großzügigkeit und Offenheit ganz gut getan. Aber so etwas wollte Sven wirklich nicht denken.

Er küsste Marita auf die Wange, die kühl und glatt war, und ging schnell an ihr vorbei Richtung Badezimmer.

»Was denkst du, wie lange will sie hier bleiben?«

Maritas Stimme hielt ihn auf.

»Ich meine, ich kann meine Galerie nicht so lange geschlossen halten. Wir haben Sommer, Sven, das ist die beste Zeit für mich.«

»Ehrlich gesagt, ich bin auch nicht davon ausgegangen, dass wir hier einen vierwöchigen Urlaub verbringen, als Mama uns bat, sie hierher zu begleiten. Allerdings sieht es ganz danach aus, als wollte sie länger hier bleiben.«

Marita zog genervt die Augenbrauen hoch.

»Ja. Sie scheint tatsächlich vorzuhaben, ihren Geburtstag hier zu feiern. Denkst du, du kannst ihr das noch ausreden?«

»Ich vermute, das ist eine rein rhetorische Frage. Du weißt, dass man ihr solche Pläne noch nie ausreden konnte. Und ehrlich gesagt, im Grunde bin ich wirklich froh, dass sie überhaupt Pläne für ihren Geburtstag macht. Vor einem Monat wollte sie noch nicht einmal etwas von einer ganz kleinen Feier im Familienkreis hören.«

Tatsächlich hatte es Viveca zeit ihres Lebens vermieden,

ihre Geburtstage allzu groß zu feiern. Immer hatte sie eine Idee gehabt, die einen großen Aufmarsch von Gratulanten verhinderte. Mal wollte sie unbedingt in die Oper nach Salzburg, mal hatte sie eine kleine Hütte auf einer Südseeinsel gemietet, in die höchstens sechs Personen passten, mal wollte sie im Fesselballon über die Alpen schweben, mal auf einem Esel durch die Sevennen reiten. Sven und sein Vater Max waren jedes Jahr wieder gespannt gewesen, was ihr einfallen würde. Und sie hatten jede ihrer Ideen klaglos mitgemacht. Und dabei, sie mussten es zugeben, auch immer viel Spaß gehabt. Seit dem Tod von Max Svanblom hatte es diese Exkursionen zur Vermeidung von Vivecas Geburtstagsfeier nicht mehr gegeben. Aber Viveca hatte auch keinen Ersatz zulassen wollen. So hatte Sven ihr zu den letzten Geburtstagen nichts als ein paar Blumen bringen dürfen. Nur ein kleines zartes Wickensträußchen, wie sie es liebte. Nichts anderes. Sie wollte sich nicht zum Essen einladen lassen. Wollte nicht auf sich anstoßen lassen. Sie wollte einfach nur, dass dieser Tag genauso vorüberging, wie alle anderen Tage ohne Max einfach nur vorübergehen sollten.

Umso mehr freute sich Sven nun, dass Viveca wirklich plante, ihren sechzigsten Geburtstag zu feiern. Es schien, als hätte der Kauf dieses Hauses sie wieder ins Leben zurückgeholt. Und Sven musste zugeben, dass dieses Haus etwas ganz Besonderes hatte. Es war nicht die geschmackvolle Einrichtung. Oder der atemberaubende Blick auf die Insellandschaft, es war etwas eigenartig anderes, das sofort jeden gefangen nahm, der das Haus sah.

Es war ihm am Tag vorher so ergangen, als er sich neben seiner Mutter zum ersten Mal dem Haus näherte, er hatte es am Morgen gespürt, als er aus dem Wasser kam und zum Haus hochsah. Vielleicht war es der Frieden, den das Haus ausstrahlte, diese Harmonie mit der Natur. Er konnte es nicht genau benennen. Aber er konnte den Spontankauf seiner Mutter inzwischen verstehen. Und wieso sollte sie ihren Geburtstag nicht hier feiern? An diesem wunderschönen Ort. Das musste Marita doch verstehen.

»Weißt du, ich kann mir eine Geburtstagsfeier hier wirklich gut vorstellen. Auf der Terrasse, unten am Steg, im Garten. Mit einer kleinen Band, natürlich mit hervorragendem Essen. Ich denke, das kann ganz schön werden.«

»Und wer, denkst du, soll für dieses hervorragende Essen sorgen? Ich meine, in Stockholm kennen wir jede Menge gute Caterings. Es wäre überhaupt kein Problem, Vivecas Geburtstag auszurichten. Aber hier ...«

»Du hast Recht, Marita, es war eine blöde Idee.«

Viveca kam eilig ins Haus. Sie hatte Maritas letzten Satz noch gehört. Sven sah sie erschrocken an. Was war denn jetzt los? Seine Mutter war plötzlich blass, wirkte nervös und fahrig.

»Zieh dich endlich an, Sven. Wir fahren nach Stockholm zurück. Ich weiß überhaupt nicht, was ich mir dabei gedacht habe.«

»Wobei gedacht, Mama? Und wieso willst du jetzt plötzlich nach Stockholm?«

Er versuchte einen Scherz. »Ich habe noch nichts von Berits Erdbeermarmelade probiert.«

Vivecas Stimme klang enttäuscht. »Ich hatte das ganze Fest schon durchgeplant mit dem Martha-Lindquist-Catering, du weißt schon, das ihr auch bei der Hochzeit deiner Schwester hattet, Marita.«

»Martha Lindquist macht hier draußen auf der Insel ein Catering? Das ist ja hervorragend, Viveca, da kann ja dann wirklich nichts mehr schief gehen.«

»Wäre es auch, wenn sie mich nicht gerade angerufen hätte. Sie hatten einen Fehler in ihrem Buchungssystem. Am Tag meines Geburtstages richten sie ein Kinderfest auf Schloss Drottningholm aus. Das bindet alle ihre Kräfte. Für meinen Geburtstag hat sie da leider keine Kapazitäten frei.«

Sven spürte die Enttäuschung seiner Mutter, die mühsam versuchte, Haltung zu bewahren. Am liebsten hätte er sie in die Arme genommen und getröstet. Aber er wusste, dass ihre Dämme dann brechen würden. Und das war etwas, was Viveca sich nur gestattete, wenn sie allein war. Kein Mensch sollte ihre Gefühle sehen. Nicht ihre Enttäuschung. Nicht ihren Schmerz, nicht ihre Trauer. Sie hatte sich seit ihrem achtzehnten Lebensjahr immer bemüht, Haltung zu bewahren, egal was auf sie einprasselte. Was sie allerdings nicht ahnte und was sie in den Augen ihres Sohnes nur noch liebenswerter machte, war die Tatsache, dass sie sich zwar bemühte, ihre Gefühle nicht zu zeigen, dass man aber schon an diesem verzweifelten Bemühen sehr genau spürte, was sie bewegte.

»Das kommt ja überhaupt nicht infrage, Mama. Dieses Sommerhaus ist der schönste Ort, den ich mir für deinen Geburtstag vorstellen kann. Natürlich werden wir ihn hier feiern.«

»Ohne das Catering? Martha Lindquist ist die Beste!«

»Aber es gibt auch andere gute Leute. Vielleicht sogar noch bessere.«

Er sah Vivecas skeptischen Blick. Sah Maritas Stirnrunzeln. Er wusste, dass es Marita sehr recht gewesen wäre, wenn diese Feier in Stockholm stattgefunden hätte, am besten in einem der eleganten, kühlen Lokale mit dem zurückhaltenden modernen Design, die sie so liebte. Aber es ging eben nicht um Marita. Es ging um seine Mutter. Und es ging darum, dass er es nicht zulassen konnte, dass sie sich wieder in sich verschließen würde, bloß weil so ein blöder Catering-Service seine Termine nicht auf die Reihe bekam. Es gab doch sicher auch hier auf der Insel jemanden, der gut … Plötzlich wusste er es. Es durchfuhr ihn wie ein Blitz. Natürlich gab es jemanden. Er wusste sogar, wo er ihn finden konnte.

»Lass mich das einfach alles machen, Mama. Ich nehme das in die Hand. Du musst dich um gar nichts kümmern. Du musst dich einfach nur feiern lassen!«

Marita war entsetzt: »Du willst dich um die Organisation des Festes kümmern? Sven, du hast einen Job. Außerdem, wenn ich mich recht erinnere, wolltest du kurz vor der Kaffee-Ernte noch mal auf die Plantagen nach Guatemala fliegen.«

»Das kann Ingmar machen. Er kennt sich genauso gut aus wie ich.«

»Ingmar? Du hast doch erst letzte Woche gesagt, dass er noch eine Weile braucht, bis er selbstständig Entscheidungen treffen kann.«

»Dann ist diese Weile eben hiermit vorbei.« Sven sah sich unternehmungslustig um. »Ich denke, eine Woche hier auf der Insel kann ich mir leisten.«

Auch Viveca war skeptisch: »Und du bist dir sicher, dass dir das nicht zu viel wird? So ein Fest schüttelt man nicht aus dem Ärmel. Außerdem, wer soll denn das Catering übernehmen?«

Doch Svens Optimismus war nicht zu bremsen.

»Ich bin mir noch nicht sicher, aber ich habe da eine Idee …«

*

Katarina kam zufrieden den Weg zum Tärna herauf. Sie hatte alles erledigt, was zu erledigen war. In ihrem Korb trug sie frisches Gemüse und ein paar frische Fische, sie hatte wirklich Lust zu kochen. Das Tärna würde zwar frühestens am Wochenende wieder aufmachen können, aber als sie über den Markt gegangen war, hatte sie ein paar neue Ideen gehabt, die sie heute unbedingt ausprobieren wollte. Als sie jetzt die Küchentür öffnete, hörte sie eine Stimme, die ihr sehr bekannt vorkam. Eine dunkle, warme Männerstimme, die zu Augusta sagte:

»Das tut mir wirklich Leid für Sie, Frau Vasen. Und für mich natürlich auch. Ich hatte sehr gehofft, Sie könnten was für mich tun.«

Katarinas Herz schlug bis zum Hals. Das war doch ... konnte das denn sein? Was hatte Sven Svanblom bei Tante Augusta zu suchen? Bevor sie lange darüber nachdenken konnte, wurde die Tür von innen geöffnet. Und da stand er. Sven Svanblom. Es traf sie wie ein Schlag, ihn zu sehen. Ihr blieb die Luft weg, und ihr Magen zog sich zusammen. Sie stand da wie angewurzelt und konnte nichts sagen.

Über Svens Gesicht ging ein breites Lächeln, als er Katarina sah. Ja, es war eine gute Idee gewesen, hierher zu kommen, selbst wenn Augusta Vasen ihm gerade gesagt hatte, dass das Tärna auf keinen Fall das Catering für das Fest seiner Mutter übernehmen konnte. In diesem Moment war das völlig unwichtig.

»Hej, Katarina.« Seine blauen Augen lachten sie an. »Ich freue mich, Sie zu sehen.«

Katarina rang um Fassung. Und traf natürlich den falschen Ton.

»Herr Svanblom? Bringen Sie mir schon die Rechnung für den Kratzer?« Sie sagte es und wollte sich augenblicklich auf die Zunge beißen. Konnte ihr nichts Besseres einfallen?

»Den Kratzer?« Sven brauchte eine Sekunde, bis er wusste, wovon sie sprach.

»Nein, ich bin noch nicht dazu gekommen, ihn reparieren zu lassen ... Ehrlich gesagt, war ich wegen einer Anfrage gekommen. Aber Ihre Tante sagte mir, Sie hätten keine Kapazitäten, um ein Fest auszurichten. Ich muss sagen, ich finde es wirklich schade, dass das Tärna geschlossen ist.«

Katarina reagierte schnell.

»Na ja, im Moment haben wir noch zu. Aber wir machen wieder auf. Spätestens am Wochenende.«

»Ach? Das ist ja schön. Soll das heißen, dass Sie jetzt hier die Küche übernehmen werden?«

»Nein, das sicher nicht, ich lebe doch in Stockholm. Aber ich werde Tante Augusta den Sommer über helfen, wieder Schwung in den Laden zu bringen.«

Sie sagte das so optimistisch. Es ging so eine offensichtliche Freude und Entschlossenheit von ihr aus, dass Sven ganz hingerissen von ihr war.

»Was war das eigentlich für eine Anfrage, mit der Sie zu Tante Augusta gekommen waren?«

»Die Anfrage? Nun ja, ich hatte ihre Tante gefragt, ob sie sich in der Lage sehen würde, das Geburtstagsfest für meine Mutter auszurichten. Sie hat gerade das Sommerhaus auf dem Hügel gekauft, das graue mit der großen Terrasse. Und will in zwei Wochen dort ihren Geburtstag feiern.«

»An wie viele Gäste denkt ihre Mutter denn? Soll es ein gesetztes Essen sein? Oder ein Buffet? Kalt oder warm? Rein schwedisch oder international? Werden Sie im Haus feiern oder draußen im Garten?«

Katarinas Ton war ganz geschäftsmäßig geworden. Sie fühlte sich in ihrem Element. Sven schöpfte Hoffnung.

»Wir dachten an zirka 100 Gäste, eventuell 120. Das ist natürlich ziemlich viel. Ich weiß nicht, ob Sie in der Lage wären, das zu schaffen. Ich meine, das Tärna ist geschlossen, Sie haben genug Arbeit mit der Wiedereröffnung, ich ...«

»Wir schaffen das.« Katarina hatte sofort begriffen, was so ein Catering für den Ruf des Tärna bedeuten würde. Mit einem Schlag könnten sie wieder da sein. Sie hatten die Chance, sich im besten Licht zu präsentieren. Über solche Feste wurde immer gesprochen. Das war die Chance, die das Tärna und vor allem Tante Augusta brauchten. Egal, wie viel Arbeit das machen würde.

Doch Sven zweifelte plötzlich. Dieses Fest war ganz wichtig für seine Mutter. Es durfte auf gar keinen Fall schief gehen. Er kannte diese Katarina Fredholm ja überhaupt nicht. Sicher, ihr Enthusiasmus war ansteckend, doch was wusste er eigentlich von ihr, außer, dass sie ihm einen hervorragenden Strömling serviert hatte? Und, natürlich, ziemlich schlecht Boot fahren konnte.

»Ehrlich gesagt ... dieser Geburtstag ist ein wichtiges Ereignis für meine Familie. Ich kann den Partyservice nur in absolut professionelle Hände legen.«

Katarina streckte ihm spontan die Hände hin.

»Was meinen Sie, sehen diese Hände unprofessionell aus?«

Ihre Augen funkelten, die Farbe wechselte zu einem hellen Lila. Sven konnte seinen Blick nicht von ihnen wenden. Er spürte, dass sie dabei war, ihn in ihren Bann zu ziehen. Mühsam gab er sich einen Ruck.

»Ich gebe ja zu, das Tärna und vor allem Johan Vasen hatten einen sehr guten Ruf, aber das ist ja nun leider vorbei.«

»Und ich? Denken Sie an meinen Strömling. Geben Sie zu, Sie waren begeistert. Und das war nur ein Strömling. Hören Sie, ich bin eine hervorragende Köchin. Ich garantiere Ihnen, Ihre Mutter wird begeistert sein, und Ihre Gäste werden noch lange von diesem Fest träumen.«

Sven nickte automatisch. Auch er würde träumen. Aber nicht von dem Fest. Sondern von Katarinas glitzernden Veilchenaugen.

»Ja«, sagte er und räusperte sich, weil ihm plötzlich die Stimme versagte, »genau so etwas stellen wir uns vor. Ein Fest, an das sich die Gäste gerne erinnern werden.«

»Und die Gastgeber auch.« Katarina wusste, dass sie gewonnen hatte. Dieser Auftrag war ihr sicher. Und das Schönste war, dass er nicht nur eine Chance für das Tärna war. Es würde ihr auch die Möglichkeit geben, diesen Mann wiederzusehen.

*

Das Sommerhaus der Svanbloms lag im Sonnenlicht auf dem Hügel. Katarina hatte sich Tante Augustas Fahrrad geliehen und fuhr auf das elegante Haus zu, dessen Eingangsbereich mit den beiden Säulen rechts und links neben der Tür einen gleichermaßen einladenden wie auch einschüchternden Eindruck machte. Sie stieg vom Fahrrad, prüfte mit einem Handgriff, ob ihre Haare, die sie zu einem weichen Knoten zusammengesteckt hatte, noch saßen, befeuchtete mit der Zunge die Lippen und strich den Rock ihres geblümten Sommerkleides, das ihr immer schon dann gute Laune machte, wenn sie es im Schrank hängen sah, glatt. Ein wenig nervös war sie jetzt doch. Denn inzwischen hatte Tante Augusta ihr gesagt, um wen es sich bei diesen Svanbloms handelte. Nicht, dass Katarina Angst vor der prominenten Kaffeehändler-Familie gehabt hätte, für sie waren alle Menschen gleich, egal wie viel Geld sie hatten. Aber als sie jetzt dieses große, gepflegte Haus sah, mit den riesigen blühenden Rhododendron-Büschen und dem sorgfältig mit hellem Kies belegten Weg, der in einem weiten Bogen auf den Eingang zuführte, wurde ihr plötzlich bewusst, dass sie noch nie in so einem prachtvollen Haus gewesen war. Waren Leute, die in so einem Haus wohnten, vielleicht doch anders? Sie schüttelte den Kopf. Über Standesunterschiede nachzudenken war jetzt wirklich das Letzte, was sie wollte. Zumal es in Schweden ja offiziell keine Standesunterschiede gab. Sie riss sich zusammen und fragte den einen der beiden Gärtner, die gerade den frisch gemähten Rasen zusammenrechten, ob das das Haus der Svanbloms sei.

»Ja, da bist du schon richtig, Mädchen. Der Lieferanteneingang ist rechts hinten um die Ecke.«

Das brachte Katarina wieder auf den Boden der Tatsachen zurück. Lieferanteneingang? Sah sie aus wie ein Lieferant? Oder wie ein Dienstbote? Sie bedankte sich kurz und ging zu dem imposanten Haupteingang. Nach einem kurzen Zögern klingelte sie an der dicken Eichentür. Und da niemand öffnete, drückte sie einfach die geschmiedete Klinke herunter und betrat das Haus. Schließlich hatte sie ja einen Termin. Und wenn ihr niemand öffnete, musste sie eben selbst sehen, wie sie sich zurechtfand.

*

Sven hatte die Zeit völlig vergessen. Er saß mit seiner Mutter auf dem Podest am Wasser und trank Tee. Eine Zeremonie, die Viveca eingeführt hatte, als Sven ungefähr zehn Jahre alt war. Wenn er aus der Ganztagsschule nach Hause gekommen war, hatte er immer zuerst mit seiner Mutter eine Tasse Tee getrunken und ein paar Kekse gegessen, bevor er sich an die Hausaufgaben machte oder zum Sport ging. Viveca hatte diese halbe Stunde genauso geliebt wie ihr Sohn. Das war die Zeit am Tage, die nur ihnen beiden gehörte. Sven hatte aus der Schule berichtet, von seinen Lehrern, seinen Freunden. Viveca hatte zugehört. Und war glücklich gewesen. Auch heute tranken sie, sooft es ging, zusammen den Nachmittagstee. Oft verschwand Sven für eine Stunde aus dem Büro, leistete seiner Mutter ein wenig Gesellschaft und ging dann zurück an seinen Schreibtisch.

Als er jetzt Marita und Katarina den Weg durch den Garten herunterkommen sah, sprang er auf. Es ärgerte ihn, dass er das Klingeln offensichtlich nicht gehört hatte. Es war ihm wichtig, Katarina seiner Mutter vorzustellen. Sie sollte sich die Vorschläge der jungen Köchin anhören, und dann würden sie die Sache festmachen. Sven hatte keinerlei Zweifel, dass Katarina auf Viveca einen genauso positiven Eindruck machen würde wie auf ihn.

»Katarina, schön, dass Sie da sind!« Er nahm ihre Hand, und fühlte dabei, dass sie ganz kalt war. Es amüsierte ihn ein bisschen, dass Katarina, die ihm so selbstbewusst und frech vorgekommen war, offensichtlich doch auch Lampenfieber hatte.

»Mutter, das ist Katarina Fredholm. Ich hab dir von ihr erzählt, sie soll das Catering auf deinem Fest machen.«

Viveca gab Katarina die Hand. Musterte sie mit prüfendem Blick. Sven kannte diesen Blick. Und er musste zugeben, er ärgerte sich ein wenig darüber. Diesen Blick hatte seine Mutter auch, wenn sie Dienstboten einstellte. Nicht hochnäsig, gar nicht. Aber sehr auf Distanz bedacht, sehr kritisch.

Katarina aber schien sich davon nicht beeindrucken zu lassen.

»Ich freue mich, Sie kennen zu lernen, Frau Svanblom. Sie haben einen wunderbaren Besitz hier.«

»Danke. Sven sagte, Sie seien eine hervorragende Köchin.«

Katarina freute sich über dieses Lob und zog aus der Mappe, die sie unter dem Arm trug, ein paar Bögen Papier.

»Ich habe hier mal aufgeschrieben, was ich mir für Ihr Fest vorstellen könnte. Natürlich ist das ganz unverbindlich. Ich bin für alle Vorschläge offen. Ich wollte Ihnen nur einmal die Bandbreite zeigen ...«

Viveca unterbrach sie. »Sagen Sie, Sie haben doch sicher Referenzen. Wenn ich die zuerst einmal sehen dürfte.«

Sven zog hörbar den Atem ein. Katarina warf ihm einen Blick zu. Referenzen? Davon war doch nicht die Rede gewesen.

Aber Katarina blieb ganz professionell. »Natürlich könnte ich Referenzen beibringen. Aber ist die beste Referenz nicht Ihr Sohn? Er hat schon bei mir in Stockholm gegessen.«

»Dass Sie gut kochen können, ist das eine. Das andere aber ist die Frage, wie gut Sie organisieren können. Wissen Sie, es ist nicht unüblich, nach Referenzen zu fragen.«

Katarina war fest entschlossen, sich nicht demütigen zu lassen. Sie wollte diesen Job. Nur darum ging es.

»Wenn Sie darauf bestehen. Ich kann selbstverständlich aus Stockholm eine Beurteilung meines Chefs faxen lassen. Hier auf Rörstrand kennt mich nur Augusta Vasen. Meine Großtante.« Sie lachte. »Wenn Sie sie anrufen wollen, ich bin sicher, Sie wird nur das beste ...«

»Augusta Vasen ist Ihre Tante?« Vivecas Stimme klang plötzlich schrill und misstönend. Sven sah sie erschrocken an.

»Ja, genauer gesagt ist sie die Frau meines verstorbenen Großonkels Johan. Sie ...«

Viveca war aufgestanden. Sie sah Katarina nicht an, als sie keuchend sagte:

»Tut mir Leid, dass Sie sich die Mühe gemacht haben, hierher zu kommen. Ich kann Ihre Dienste leider nicht in Anspruch nehmen. Und jetzt entschuldigt mich bitte, ich habe Kopfschmerzen. Ich muss mich ein wenig hinlegen.«

Sie setzte ihre Sonnenbrille auf und ging langsam durch den Garten auf das Haus zu. Marita zögerte einen Moment, dann ging sie Viveca nach, Richtung Haus.

Sven und Katarina blieben zurück. Katarina nicht nur ratlos, sondern auch echt sauer.

»Was war das denn? Muss ich das verstehen?«

Sven konnte nur den Kopf schütteln. Er sah seiner Mutter nach, die, ohne sich noch einmal umzudrehen, jetzt im Haus verschwand. Er begriff auch nicht, was da gerade geschehen war.

»Ehrlich gesagt, ich weiß auch nicht, was das zu bedeuten hat. Tut mir Leid. Ich kann nur sagen ...«

»Kann es sein, dass Sie sich über mich lustig machen? Ich meine, wenn Ihre Mutter kein Zutrauen in Ihre Entscheidungen hat, wieso haben Sie mich dann erst herkommen lassen?«

»Es tut mir wirklich sehr Leid.«

Sven war ehrlich entsetzt. Dieser seltsame Abgang seiner Mutter war ihm zutiefst unverständlich. Was war nur in sie gefahren? So hatte sie sich ja noch nie benommen. »Ich werde mit meiner Mutter reden. Ich bin sicher, das Ganze hat nichts mit Ihnen zu tun.« Er konnte nur hoffen, dass Katarina sich von Vivecas Affront nicht zu sehr beeindrucken ließ.

Katarina aber war von Vivecas Zurückweisung natürlich tief getroffen. Alle ihre Hoffnungen, die sie für das Tärna gehegt hatte, schienen sich in Luft aufgelöst zu haben.

»Für Sie mag es ja egal sein, wer bei Ihrem Fest für das Essen zuständig ist. Aber es gibt Leute, die sind auf einen solchen Auftrag angewiesen. Denen ist es nicht egal, ob sie so einen Auftrag bekommen oder nicht ... Meine Tante zur Beispiel. Oder eine allein erziehende Mutter wie ich.«

Sven spürte, wie tief ihre Enttäuschung saß. Er wünschte, er hätte verhindern können, Katarina einer solchen Situation ausgesetzt zu haben. Und gleichzeitig zuckte er zusammen. Hatte er richtig gehört? Hatte sie gesagt, sie sei eine allein erziehende Mutter?

»Ich kann nur noch einmal sagen, dass es mir Leid tut. Ich werde meine Mutter sicher davon überzeugen können, Ihnen den Auftrag doch noch zu geben. Ich weiß, wie dringend ...«

»Sie?« Katarina war versucht, ihre ganze Enttäuschung an ihm auszulassen. »Einer wie Sie weiß doch gar nichts.«

Mehr konnte sie in diesem Moment nicht sagen, ohne Gefahr zu laufen, in Tränen auszubrechen. Also machte sie, dass sie wegkam. Rannte fast durch den Garten davon. Sie hatte hier nichts zu suchen, das war ihr jetzt klar. Sie wollte nur so schnell wie möglich weg.

*

Viveca saß in einem taubenblau gepolsterten Lehnstuhl am Fenster des großen, hellen Schlafzimmers, das sie bewohnte. Sie liebte dieses Zimmer, seit sie hier als Kind gespielt hatte. Schon damals war dieses Eckzimmer mit dem phänomenalen Blick aufs Wasser ihr Zimmer gewesen. Die hohen Fenstertüren waren jetzt geöffnet, ein leichter Wind bewegte den dünnen weißen Vorhang. Sie spielte mit der Kopfschmerztablette, die ihr Marita zusammen mit einem Glas Wasser gebracht hatte. Sie musste sie nicht nehmen. Weil sie gar keine Kopfschmerzen hatte. Waren solche Notlügen erlaubt?, fragte sie sich. Oder war es etwa feige, sich aus einer unangenehmen Situation, in der man sich unversehens befand, mittels einer kleinen Unwahrheit zu befreien? Plötzlich wusste sie nicht mehr, ob es richtig gewesen war, nach Rörstrand zurückzukehren. Es hatte doch einen Grund gegeben, dass sie damals Hals über Kopf davongelaufen war. Mit gerade mal 18 Jahren. All die Jahre hatte genau dieser Grund sie von einer Rückkehr abgehalten. Hatte sie wirklich gedacht, das würde nun alles keine Rolle mehr spielen?

Es klopfte leise an die Tür. Sie wusste, das war Sven. Ihn hatte ihr heftiger Abgang sicherlich tief beunruhigt. Sie strich sich die Haare aus der Stirn, streckte die Schultern, legte die Tablette neben das Glas auf den Tisch und öffnete die Tür.

Sven sah sie fragend an.

»Mama? Geht es dir besser?«

Sie ließ ihn eintreten.

»Es tut mir Leid, dass ich deine Pläne umgeworfen habe, aber ich kann das nicht. So will ich meinen Geburtstag auf keinen Fall feiern.«

»Ich will dich selbstverständlich zu nichts zwingen. Es ist dein Geburtstag, und du bestimmst, wie er aussehen soll.«

Sven sah die Tablette neben dem Glas liegen. Er wusste nicht, was in seiner Mutter vorging. Zum ersten Mal verstand er sie nicht.

»Ich meine, wenn du bei Katarina Fredholm kein gutes Gefühl hast, dann werde ich mich selbstverständlich … «

»Um sie geht es nicht.« Ihre Stimme klang unsicher.

»Um wen dann? Willst du mir nicht sagen, was los ist? Ich kann nicht verstehen, was passiert ist.«

Die Trauer in ihren Augen machte ihm Angst. Sie erinnerte ihn an die Tage und Wochen nach dem Tod seines Vaters. Damals waren Vivecas Augen genauso wie jetzt mit dieser tiefen Hoffnungslosigkeit erfüllt gewesen.

»Sag es mir, Mama. Ich kann dir vielleicht helfen.«

»Ich dachte, es sei eine gute Idee, dieses Haus zu kaufen. Wahrscheinlich habe ich gehofft, etwas von meiner Jugend zurückzuholen. Aber ich muss wohl einsehen, dass so etwas nicht geht. Was vorbei ist, ist vorbei.«

Sven nahm ihre Hand in die seine und streichelte den blassen Handrücken mit den feinen blauen Adern.

»Ich würde dir gerne helfen. Ich wünschte, ich könnte etwas tun.«

Viveca sah seine Hilflosigkeit und schämte sich dafür, ihm so viel Kummer zu machen. Ihrem einzigen Sohn, der sich voller Liebe und Aufmerksamkeit um sie kümmerte. Aber sosehr sie es wollte, sie konnte nicht aus ihrer Haut.

»Sag mal, als du im Tärna warst, hast du da mit … « Sie konnte nicht weiterreden.

Sven sah sie fragend an. Was wollte sie wissen?

»Ich meine … bist du da auch dem Besitzer begegnet?«

Viveca war sich sicher, dass Sven sehen konnte, wie stark ihr Herz jetzt gegen ihre Brust schlug. Sie presste die rechte Hand auf ihr Herz, so als hätte sie Angst, es könne ihr aus der Brust springen. Und sah ihn angstvoll an. Mit kaum verständlicher Stimme sprach sie weiter: »Ich meine, hast du Johan Vasen gesehen?«

Sven sah sie verwundert an. Wieso fragte Viveca nach Johan Vasen? Und wieso war sie so schrecklich nervös? Er schüttelte den Kopf.

»Nein, leider nicht. Ich hätte ihn gerne kennen gelernt. Er soll ja ein genialer Koch gewesen sein, ich hab die tollsten Sachen über ihn gehört …«

»Gewesen sein …«

Vivecas Stimme war kaum zu hören.

»Das heißt doch nicht, er ist …«

Sie konnte nicht weiter reden.

»Er ist leider gestorben. Vor sechs Wochen, glaube ich. Es ist zu schade, ich hätte mir wirklich gewünscht, dass er selbst das Catering bei deinem Fest übernommen hätte.«

Viveca drehte sich weg. Heiße Tränen liefen über ihre Wangen. Tränen, die ihr Sohn nicht sehen sollte. Johan war tot. Das konnte doch nicht sein. Er konnte doch nicht gegangen sein, ohne dass sie ihn noch einmal gesehen hatte. Sie fühlte sich, als sei alle Wärme aus ihr gewichen. Erst Max. Jetzt Johan.

»Mama. Was ist mit dir? Hast du Johan Vasen gekannt?«

Viveca konnte ihn noch immer nicht ansehen.

»Flüchtig. Aber das ist lange her. In einem anderen Leben.«

Sie wusste, dass Sven sich Sorgen um sie machte. Aber im Moment war sie einfach nicht in der Lage, mit ihm zu reden.

»Würdest du mich jetzt bitte allein lassen. Die Kopfschmerzen, du weißt schon.«

Sven wusste, dass er im Moment nichts tun konnte. Nicht für seine Mutter, nicht für Katarina. Er berührte sie leicht an der Schulter.

»Wenn du mich brauchst, ich bin da.«

Sie legte kurz ihre Wange gegen seine Hand.

»Ich danke dir, mein Junge. Aber mach dir keine Sorgen. Ich bin nur ein bisschen durcheinander. Morgen ist alles wieder in Ordnung.«

Aber sie wusste, dass das nicht stimmte. Morgen würde es wie heute sein. Wie gestern. Wie vor zwanzig Jahren. Der Schmerz, der seit damals in ihr wütete, würde nicht durch Johans Tod ausgelöscht werden. Im Gegenteil, sie fürchtete, dass sie nun nie mehr eine Chance haben würde, sich mit ihren Gefühlen auszusöhnen.

*

Katarina zog fröstelnd die Schultern hoch. Sie hatte vergessen, dass die hellen Nächte auf den Inseln doch immer zwei bis drei Grad kühler waren als die Mittsommernächte in Stockholm, wo die alten Häuser die Sonne des Tages länger speicherten. Mit einer gewissen Wehmut sah sie auf das kleine Boot, das vor ihr im Wasser schaukelte. Ein Boot. Eigentlich gehörte so ein hübsches, blaues Boot zu den Träumen, die sie einmal vorgenommen hatte, sich zu erfüllen. Und die sie längst ad acta gelegt hatte. Mit ihrem Gehalt als Köchin war es wirklich unmöglich, in Stockholm ein Boot zu halten. Die Preise für die Liegeplätze waren astronomisch hoch. Sie musste sich so schnell wie möglich von dem Boot verabschieden, bevor sie sich zu sehr daran gewöhnt hatte.

Als sie spürte, wie eine warme, weiche Jacke um ihre Schultern gelegt wurde, sah sie auf. Augusta lächelte auf sie herab.

»Woran denkst du, Kind?«

»Daran, wie schön es hier ist. Ich verstehe, dass ihr nie von hier wegwolltet.«

Augusta setzte sich mit einem leisen Lachen neben sie.

»Wer weiß, vielleicht werde ich ja jetzt einen Neuanfang machen.«

»Nur, weil der Svanblom-Auftrag geplatzt ist? Komm, Augusta, wir können das trotzdem schaffen.«

Als sie Augusta am Nachmittag von dem merkwürdigen Zusammentreffen mit Viveca Svanblom erzählt hatte, hatte die Tante nur genickt.

»Natürlich. Wie konnte ich annehmen, dass wir einen Auftrag von Viveca Svanblom bekommen? Ich hätte es mir denken können, dass daraus nichts wird. Es tut mir Leid, Katarina, dass du umsonst dort hingegangen bist.«

Katarina war erstaunt gewesen, dass Augusta Viveca Svanblom kannte. Zunächst hatte sie gedacht, sie würde den Namen nur aus der Zeitung kennen. Aber es war eindeutig, da gab es andere Zusammenhänge. Über die Augusta allerdings nicht reden wollte. Auch jetzt nicht. Für sie war mit dem Platzen des Svanblom-Auftrags entschieden, dass sie das Tärna würde verkaufen müssen. Sie traute es sich einfach nicht zu, das Lokal ohne Hilfe zu führen. Sie hatte doch keine Ahnung vom Geld. Und auch die Verantwortung, die sie dann für ihre Angestellten übernehmen müsste, machte ihr nur Angst. Die Aussicht, dass ihr Katarina im Sommer helfen würde, das Tärna wieder in Schwung zu bringen, machte sie auch nur bedingt froh. Denn sie dachte an den Winter. Wenn Katarina wieder in Stockholm war. Und sie ganz allein hier draußen auf der Insel.

Katarina wollte nicht glauben, dass Augusta so wenig Zuversicht hatte.

»Aber das geht einfach nicht. Wir dürfen es nicht aufgeben.«

Augusta legte den Arm um sie, zog sie enger zu sich heran.

»Weißt du, ich war hier mit Johan so viele Jahre glücklich. Ich würde das jedem Menschen wünschen, so eine wunderbare Ehe führen zu dürfen. Dafür bin ich dankbar. Aber jetzt muss ich wahrscheinlich einfach loslassen.«

»Aber du gehörst hierher.« Katarina wollte nicht glauben, dass Augusta das Tärna in Gedanken schon hinter sich gelassen hatte.

»Ja, das ist wohl so.« Sie lachte leise. »Dabei wollte ich als junges Mädchen nichts wie weg von hier. Ich wollte die Welt sehen. Hatte das Gefühl, dass es mir hier viel zu eng und zu provinziell sei.«

»Aber du bist geblieben?«

»Wegen Johan. Ich sah ihn und wusste sofort, mit diesem Mann werde ich mein Leben verbringen. Wenn er gesagt hätte, er wolle nach Südamerika auswandern, ich wäre mitgegangen. Aber Johan wollte nie etwas anderes als hier auf der Insel dieses Lokal führen. Und dann wollte ich das eben auch.«

Sie stand auf und küsste Katarina auf die Haare.

»Die Dinge ändern sich. Nicht immer zum Besten, leider. Aber so ist es nun mal. Und ich kann einfach nicht so tun, als wäre alles noch beim Alten. Als würde mein Johan noch leben. Er ist tot. Und mit ihm ist etwas in mir gestorben.«

Katarina wollte etwas sagen, doch Augusta ließ sie nicht zu Wort kommen.

»Vielleicht muss ich es einfach akzeptieren. Vielleicht wird dann alles leichter.«

Sie sah Katarina liebevoll an. Und ging zurück zum Haus. Katarina sah ihr nach. Ihr Herz krampfte sich zusammen vor Mitgefühl. Sie wünschte, sie könnte etwas tun für Augusta. Und gleichzeitig wünschte sie sich, dass sie nur einmal in ihrem Leben eine so große Liebe erleben dürfte wie die zwischen Augusta und ihrem Johan. Auch sie stand jetzt auf, wollte noch ein paar Schritte am Wasser entlanggehen. Vielleicht würde sie ja doch noch ein paar klare Gedanken fassen können.

Da tauchte plötzlich Sven vor ihr auf. Es hatte ihn genauso aus dem Haus getrieben wie sie. Und es hatte ihn in die Nähe des Tärna gezogen. Zu Katarina. Auch wenn er sich das nicht eingestehen wollte. Nun stand sie vor ihm, sie hatte ihre Schuhe in der Hand, die Hosenbeine hochgekrempelt, die Haare, die sie am Nachmittag zum Knoten gedreht getragen hatte, fielen offen auf ihre Schultern. Es war, als würde sie schon immer hierher gehören. Einen Moment lang sagten sie beide nichts. Sahen sich nur in die Augen. Vielleicht auch, weil sie weder wussten, wo sie anfangen sollten, noch, wie es weitergehen würde. Sie spürten, wie die Spannung zwischen ihnen stieg.

Katarina begann, sich unbehaglich zu fühlen. Was war das nur? Sie fühlte sich zu diesem Mann hingezogen. Selbst nach dem missratenen Auftritt heute Nachmittag war ihr sein Bild pausenlos durch den Kopf gezuckt. Gleichzeitig wollte sie sich um keinen Preis in ihn verlieben. Sie wusste, so etwas würde nur schief gehen. Nicht mit Kollegen, nicht mit Gästen, das war ihr Motto, seit sie ein paar Mal jämmerlich auf die Nase gefallen war. Nur, und das war ihr auch bewusst, wo sollte sie einen Mann kennen lernen, wenn nicht im Beruf? Mit Annicka auf dem Spielplatz? Oder im Schwimmbad? Aussichtslos. Junge Mütter mit Kindern, und seien es auch noch so süße kleine Töchter, standen nicht im Fokus des Interesses der Singles, die für Katarina infrage gekommen wären. Frau mit Kind? Viel zu kompliziert, das war die Meinung der meisten. Und irgendwann hatte Katarina das auch begriffen. Und einfach beschlossen, sich nicht mehr zu verlieben. Jedenfalls nicht mehr, bis Annicka aus dem Haus sein würde.

Nun war sie dabei, diesen erwiesenermaßen sehr praktischen Grundsatz, der sie vor einigen schmerzhaften Enttäuschungen bewahrt hatte, zu verletzen. Oder was sollte das Magenflattern und das plötzliche Schwindelgefühl, das sie in diesem Moment überfallen hatte, bedeuten? Sie war auf dem besten Wege, sich in Sven Svanblom zu verlieben. Und das bedeutete, sie war auf dem besten Wege, sich eine Reihe von Problemen aufzuhalsen. Das galt es zu vermeiden. Also rettete sie sich in das Einzige, was zu helfen schien: die Aggression.

»Gut, dass wir uns treffen, Herr Svanblom. Ich habe nochmals über uns nachgedacht. Natürlich nicht über uns privat. Ich wollte sagen, es ist mir eingefallen, dass Sie mir ja einen mündlichen Vertrag schon gegeben hatten, nicht wahr. Ich war ja nicht zu Ihnen gekommen, um zu klären, ob Sie das Catering von mir gemacht haben wollen. Ich sollte die ersten Vorschläge präsentieren, und bei dieser Gelegenheit wollten Sie mich Ihrer Mutter vorstellen.

Ich gehe also davon aus, dass ich den Auftrag habe. Also sollten wir so bald wie möglich darüber reden, wie Sie sich den Ablauf des Festes vorstellen. Außerdem würde ich Ihnen gerne einige Vorschläge zur Speisefolge machen.«

Sie hatte sich in Rage geredet, ihre Augen blitzten ihn aggressiv an. Ihre Wangen erröteten. Und er konnte einfach nicht verhindern, dass er lachen musste. Was für eine schöne, lebendige, kämpferische Frau. Er durfte sie einfach nicht mehr aus den Augen verlieren. Dies schien auch sein Herz zu begreifen, denn obwohl er wusste, dass es durchaus Schwierigkeiten mit Viveca geben würde, hörte er sich sagen:

»Natürlich haben Sie den Auftrag. Haben Sie etwa daran gezweifelt?«

Katarina konnte ihre Verblüffung nicht verbergen. Hatte Sie richtig gehört? Dieser Mann war ihr ein Rätsel.

»Sind Sie sicher?«

»Absolut sicher.«

Einen Moment lang wollte sie ihrem Misstrauen noch nachgeben. Aber dann dachte sie daran, wie wichtig dieser Auftrag war, und nur darum ging es. Sie fasste sich ein Herz. Und glaubte ihm einfach.

»Hervorragend. Sie werden es nicht bereuen.«

Sie streckte ihm die Hand hin. Und Sven nahm ihre Hand. Und hielt sie einfach fest, während er tief in ihre Veilchenaugen sah. Einen Augenblick lang standen sie einfach nur da. Es war, als wären sie plötzlich allein auf der Welt. Nur sie und das leise Plätschern der Wellen.

Katarina spürte dem Gefühl nach, das in ihr hochstieg. Es war warm und prickelnd. Irgendwie aufregend. Viel zu aufregend, wie sie plötzlich fand. Sie zog ihre Hand zurück.

»Also dann. Ich werde dann mal nach Hause gehen und mir ein paar Gedanken machen. Allzu viel Zeit habe ich ja nicht.«

Sie wollte an ihm vorbeigehen. Musste über die glitschigen Felsen steigen, die bis zum Wasser reichten. Doch, waren es ihre wackligen Knie, oder war es, weil sie sich nicht richtig auf ihre Füße konzentrierte? Wie auch immer, als sie schon fast an ihm vorbei war, kam sie ins Rutschen und drohte ins Wasser zu stürzen. Doch da war schon sein hilfreicher Griff. Er packte sie fest am Arm. Hielt sie fest und zog sie zu sich auf sicheres Terrain. Und jetzt ließ er sie nicht mehr los. Dicht an dicht standen sie voreinander. Spürten den Atem des anderen, meinten ihre Herzen heftig schlagen zu hören.

»Sie haben mich vor dem Ertrinken gerettet«, sagte Katarina mit einem kleinen, heiseren Lachen.

»War mir eine Freude.« Svens Stimme klang, als wären seine Stimmbänder verknotet.

Sie mussten nichts mehr sagen. Es genügte, dass sie beide in diesem Moment an diesem Ort waren. Ihre Köpfe neigten sich unwillkürlich einander zu. Fast fanden sich ihre Lippen. Doch dann war es plötzlich zu Ende mit Katarinas Mut.

Entschieden ging sie auf Distanz. Lachte wie ein verlegenes Schulmädchen.

»Also dann. Ich glaube, ich muss mal nach meiner Tochter sehen. Gute Nacht, Sven.«

Und sie ging schnell davon. Bemüht, nicht noch einmal zu straucheln. Und nur schnell aus dieser wirklich brenzligen Situation wegzukommen.

Svens Blick folgte ihr, bis sie im Zwielicht nicht mehr zu erkennen war.

»Gute Nacht, Katarina.« Sagte er unhörbar. »Schlaf gut.«

Katarina war nicht länger verwirrt. Es war eindeutig, sie hatte sich in Sven Svanblom verliebt. Oder wie sollte sie es anders deuten, dass ihr Herz ins Stolpern kam, wenn sie an seine widerspenstige Haartolle dachte, und ihre Knie flatterten, sobald sie ihn sah. Als sie sich am nächsten Morgen im Spiegel betrachtete, stellte sie sich unwillkürlich aufrechter hin und hoffte, dass diese Frau, die ihr da entgegensah, Sven Svanblom auch gefallen würde. Stand er überhaupt auf Frauen wie sie? Die sich nicht in die Kategorie magersüchtiges Model einreihen ließen? Wie diese blonde, elegante Marita Tomasson, der sie im Sommerhaus begegnet war. Wer war sie überhaupt? Eine Bekannte? Seine Freundin? Vielleicht die Gesellschafterin der Mutter? Auf jeden Fall war sie ein Typ Frau, dem Katarina mit ihrer natürlichen Ausstrahlung nie entsprechen würde. Klar, zu einem Vorstellungsgespräch zog sie auch ein hellgraues Business-Kostüm und hochhackige Schuhe an, und es war auch nicht so, dass sie darin nicht gut aussah. Aber lieber waren ihr Jeans und T-Shirt oder bunte Sommerkleider, in denen sie sich gut bewegen konnte. Überhaupt, alles, was sie einengte, wofür sie sich verbiegen musste, worin sie sich verkleidet vorkam, war für Katarina ein Gräuel. Sie war überzeugt davon, dass sie ihr Wesen sowieso hinter keiner Fassade verbergen konnte. Also, wieso sollte sie sich nicht von vornherein zu sich bekennen? Bis jetzt war sie damit immer ganz gut gefahren. Ob diese Haltung allerdings im Hinblick auf Sven richtig war, das konnte sie nicht einschätzen. Er lebte in einer anderen Welt. Er verkehrte mit Frauen, denen sie allenfalls hin und wieder als Gäste des Lokals begegnete. Elegante, perfekte Erscheinungen, die ihr Outfit in Paris und Rom kauften oder auf der Fifth Avenue in New York. Wie sollte sie in dieses Bild passen? Vielleicht betrachtete er die Begegnung mit ihr nur als nette Abwechslung, solange er sich hier auf der Insel befand? Als Zugabe zum Catering-Service? Katarina schüttelte energisch den Kopf. Diese Gedanken wollte sie nicht weiterverfolgen. Sie dachte lieber an Svens jungenhaftes Lächeln, an seine leicht kratzige Stimme, an seine Berührung. Und sie lächelte, als sich sofort dieses Kribbeln auf der Haut einstellte. Und ihr Herz sich zusammenzog vor Sehnsucht. Sie beschloss, nicht darüber nachzudenken, ob sie in die Welt der Svanbloms passte oder nicht. Im Moment stellte sich diese Frage gar nicht. Also musste sie auch nicht beantwortet werden.

Annickas vergnügtes Lachen riss Katarina aus ihren Gedanken. Sie zog die hellen Vorhänge zur Seite und sah ihre Tochter auf der Wiese sitzen und mit den Katzenbabys spielen. Die winzigen Fellknäuel kletterten auf ihren Beinen herum, purzelten übereinander und zerrten an den Schnürsenkeln ihrer roten Turnschuhe. Als Annicka ihre Mutter am Fenster bemerkte, rief sie vergnügt:

»Hej, Langschläferin. Wollten wir nicht auf den Markt gehen?«

Katarina sah auf die Uhr. Es war Viertel vor acht. Sie lachte.

»Sofort. Wenn du mir vorher noch einen Kaffee erlaubst ...«

Sie winkte Annicka zu und eilte in die Küche. Sie war optimistisch und spürte eine unbändige Lust, sich mitten ins Leben zu stürzen.

Der Dämpfer kam, als sie sich gerade in der Küche eine Tasse Kaffee einschenkte. Ihr Handy klingelte. Und sie hörte eine Stimme, die ihr auf der Stelle einen Schauder über den Rücken jagte.

»Hej, meine Schöne, ich bin wieder im Lande. Wie geht's dir? Und Annicka?«

Harald Molin war zurück. In Schweden. Annickas biologischer Vater. Sie hörte sein leises Lachen.

»Na, Überraschung gelungen, meine Schöne?«

»Woher hast du meine Nummer?« Sie fauchte ihn an, obwohl sie sich bemühte, gelassen zu wirken. Doch sie war ihm gegenüber nie gelassen gewesen. Es hatte Zeiten gegeben, da hatte sie wie Feuer gelodert, kaum hatte sie ihn gesehen. Er war der erste Mann gewesen, in den sie sich wirklich verliebt hatte. Ein wirklicher Mann. Nicht so ein Junge aus der Nachbarschaft. Er war damals Geschäftsführer einer Diskothek in Göteborg gewesen, wo sie gerade ihre Lehre als Köchin angefangen hatte. Alle Mädchen, die allabendlich in die Disco kamen, hatten für den großen, dunkelhaarigen, unheimlich lässigen Mann mit den schwarzen Augen geschwärmt. Aber es war Katarina, die ihn erobert hatte. Es war eine aufregende Zeit damals, jede Nacht unterwegs, in den tollsten Clubs und den besten Lokalen. Wenig Schlaf, viel Alkohol, und immer nur Fun. Katarina war anfangs fasziniert von dieser Welt. Sie liebte Harald und war stolz, an seiner Seite gesehen zu werden. Doch bald hatte sie gemerkt, wie schal der sechste Drink an einem Abend schmeckte, wie schnell sich das Prickeln des Champagners verflüchtigte, wenn er getrunken wurde wie Mineralwasser. Eine Zeit lang hatte sie sich noch einzureden versucht, dass dies das Leben sei, von dem sie geträumt hatte. Doch als sie eines Morgens verkatert und zu spät an ihrem Arbeitsplatz erschienen war und ihr junger, nicht annähernd so talentierter Kollege die Chance bekommen hatte, an ihrer Stelle bei einem wichtigen Essen beim Bürgermeister von Göteborg mit zu kochen, wusste sie schlagartig, dass sie etwas ändern musste. Plötzlich war ihr klar, dass sie nicht Harald liebte, sondern das Leben, das sie mit ihm führte. Und dieses Leben, das wusste sie nun genau, war das Falsche für sie. Von einer Minute auf die andere hatte sie sich von Harald getrennt. Sie hatte sich wieder ganz auf ihre Kochlehre konzentriert und war fest entschlossen gewesen, sich anschließend in Frankreich alles anzueignen, was sie zu einer Spitzenköchin machen würde. Bis sie gemerkt hatte, dass sie schwanger war. Alle ihre Pläne hatten sich in dem Moment in Luft aufgelöst, als der Arzt ihr sagte, dass der Schwangerschaftstest positiv sei. Es gab keinen Zweifel, dass Harald der Vater war. Mit einem Schlag war ihre Welt aus den Fugen geraten. Wie benommen war sie durch die Straßen von Göteborg gewandert. Was sollte sie nur tun? Das Einzige, was sie sofort wusste, war, dass sie Harald nichts von dem Kind erzählen würde. Dieser Mann gehörte zur Vergangenheit. Und außerdem war er leichtlebig und oberflächlich, nicht bereit, Verantwortung für einen anderen Menschen zu übernehmen. Er würde sowieso nichts von dem Kind wissen wollen, vielleicht sogar versuchen, sie zu einer Abtreibung zu überreden. Tagelang hatte sie sich in ihrem Zimmer verkrochen. Sie hatte einfach nicht gewusst, was nun werden sollte. Sie hatte sich gefühlt, als sei sie in ein tiefes Loch gestürzt. Nie in ihrem Leben hatte sie sich so allein gefühlt. Doch dann hatte sie sich für das Kind entschieden. Und in dem Moment, wo sie begann, sich auf Annicka zu freuen, spürte sie auch, dass sie genug Kraft haben, es schaffen würde. Das Kind setzte Energien in ihr frei, von denen sie nicht einmal geahnt hatte, dass sie in ihr schlummerten.

Kurz nach Annickas Geburt war dann Harald aufgetaucht. Irgendwie hatte er von dem Kind erfahren. Er kam jedoch weder, um Katarina zu gratulieren, noch um seine kleine Tochter anzusehen. Er wollte nur sicherstellen, dass Katarina nichts vom ihm zu erwarten habe. Falls sie Geld von ihm wolle, hätte sie sich geschnitten, hatte er gesagt. Da wären schon ganz andere gewesen, die ihm ein Kind anhängen wollten, aber keinen Erfolg gehabt hätten. Er würde auf jeden Fall alles abstreiten. Katarina hatte ihn hinausgeworfen. Und nie mehr etwas von ihm gehört.

Bis zu diesem Moment in der Küche des Tärna auf Rörstrand. Und es war seltsam. Seine Stimme klang, als wäre nichts geschehen. Als wären nicht mehr als neun Jahre vergangen, seit sie sich das letzte Mal gesehen hatten. Er klang wie ein netter Freund, der Lust hatte, mal vorbeizuschauen.

Und genau das drohte er jetzt auch an.

»Ich denke darüber nach, dich auf der Insel zu besuchen. Soll ja ganz idyllisch sein auf Rörstrand. Was denkst du? Würde Annicka sich freuen, ihren Papa zu sehen?«

Der Schreck fuhr ihr in die Glieder. »Lass Annicka aus dem Spiel. Sie denkt, ihr Vater ist tot.«

Harald lachte spöttisch. »Aber Katarina, du sollst doch nicht lügen. Was bist du denn für ein Vorbild für meine Tochter? Denkst du nicht, dass das Kind ein Recht darauf hat, seinen Vater zu sehen?«

Katarina fühlte plötzlich, wie die Angst in ihr hochstieg. Sie wusste sich nicht anders zu helfen, als das Gespräch einfach zu beenden. Sie schaltete ihr Handy aus. Legte es auf den Tisch. Ihr war plötzlich ganz schlecht. Tief durchatmen, redete sie sich zu. Er wird nicht kommen. Das war nur einer seiner dummen Scherze. Er hat sich doch noch nie für sein Kind interessiert. Sie zwang sich, den Kaffee auszutrinken.

Und ging dann in den hellen Tag hinaus, wo Annicka ungeduldig darauf wartete, mit ihr zum Markt zu fahren.

*

Sven hatte Marita zur Fähre gebracht. Der Abschied war ein wenig kühl gewesen. Marita hatte nicht verstehen wollen, dass Sven es tatsächlich ernst gemeint hatte, das Geburtstagsfest für seine Mutter zu organisieren. Gab es für so was nicht Personal? Oder Dienstleister, die das professionell machten? Sie spürte, dass in Sven eine Veränderung vor sich ging. Konnte aber nicht festmachen, was genau plötzlich so anders war. Nun, sie hatte keine Zeit, darüber nachzugrübeln. Ihre Galerie wartete, sie musste sich auf die nächste Ausstellung mit einer jungen Künstlerin aus Uppsala konzentrieren. Sven würde sich schon wieder einkriegen. Da war sie sich eigentlich sicher.

Sven hatte Marita noch kurz nachgewinkt. Irgendwie war er erleichtert, dass Marita nach Stockholm zurückfuhr. Dann war er zum Markt geschlendert, wo er nun vor einem Blumenladen stand. Rosen, Flieder, Margariten, Nelken, Hortensien, was für eine Farbenpracht. Der Duft der Blüten war betäubend. Er mischte sich mit dem Geruch des Meeres und des Hafens. Man spürte, dass der Sommer seine ganze Kraft entfaltete. Als die Bedienung kam, deutete er auf den Zinkeimer mit den englischen Rosen, deren Blüten dicht mit kräftig rosafarbenen Blütenblättern gefüllt waren. Viveca liebte englische Rosen, also kaufte er den ganzen Eimer leer.

Als er sich umdrehte, sah er plötzlich Katarina und Annicka an einem Gemüsestand. Das also war Katarinas Tochter. Er betrachtete das Mädchen genau. Und war überrascht über die starke Ähnlichkeit zwischen den beiden. Annicka hielt ihrer Mutter gerade ihr Schokoladeneis hin, um sie probieren zu lassen. Katarina leckte vorsichtig am Eis und verdrehte lachend die Augen. Dann gab Annicka Katarina einen Kuss und lief über den Markt davon zu der Ecke, in der die Bauern Hühner und Enten verkauften.

Sven ging in Katarinas Richtung. Es zog ihn einfach zu ihr hin. Und als er leise »Hallo« sagte, riss es sie herum. Er sah in ihre strahlenden Veilchenaugen. Plötzlich schien die Welt um ihn herum stillzustehen. Er sah nur noch Katarina. Er atmete ihren Duft ein, spürte ihre Wärme. Sein Herz klopfte schneller, er musste sich bemühen, sie nicht wie ein hingerissener Schüler anzustarren.

»Hej. Was machst du denn hier?« Auch Katarina konnte ihre Freude, ihn zu sehen, nicht unterdrücken. Was war nur passiert? Sie war ja wirklich in diesen Mann verliebt.

»Ich wollte dir das hier bringen.« Er konnte nicht anders. Obwohl er vorgehabt hatte, seiner Mutter die Rosen zu schenken, drückte er sie jetzt Katarina in die Arme. Diesen dicken Strauß, der aussah wie gemalt. Und der Katarinas intensive Schönheit noch mehr zum Leuchten zu bringen schien.

»Bist du verrückt? Was sollen denn die Leute denken?« Die Freude über die Rosen war ihr anzusehen.

Sven freute sich an ihrer Freude. »Was wohl? Dass da einer heftig in dich verliebt ist.« Dieser Satz war ihm plötzlich so herausgerutscht. Und in dem Moment, wo er ihn sagte, wusste er auch, dass er es ganz ernst meinte. Ja, er war heftig verliebt in diese Frau.

Sie hielt einen Moment den Atem an. Ihr Blick wurde ernst. Hatte sie richtig gehört? Hatte er wirklich gesagt, er sei in sie verliebt? Plötzlich verunsichert, flüchtete sie sich in einen Scherz.

»Ich glaube, die denken eher, du bist ein Angeber. Der mit der großen Yacht. Und den überdimensionalen Rosensträußen. Eben typisch.«

»Typisch, was?«

»Typisch Stockholm, typisch Millionär, typisch ... ach was, ist doch auch egal.« Sie hatte keine Lust mehr auf ihren unverbindlichen Ton. Denn da war etwas in seinem Blick, das eben gar nicht typisch war. Da waren Fragen. Da war eine Hoffnung. Und da war genau diese Sehnsucht, die sie auch spürte.

Plötzlich war sie still. Und sah ihn nur an. Und er erwiderte ihren Blick. Und es war ihnen, als wären sie allein auf der Welt. Die Geräusche des Marktes verschwammen, die Menschen um sie herum tauchten ab in einen Nebel. Es gab nur Katarina und Sven.

»Sehen wir uns heute Abend?« Svens Stimme klang in

seinen Ohren rau und unbeholfen. Er war froh, als Katarina nickte.

Ja, sie wollte ihn sehen.

»Sei um acht am Hafen.«

Wieder nickte sie nur. Und er beugte sich zu ihr, küsste sie ganz leicht auf die Wange.

»Ich freue mich auf dich«, sagte er leise. Und hoffte, dass er nicht klang wie ein unerfahrener Teenager. Denn genauso fühlte er sich.

Katarina nickte noch einmal.

»Ich mich auch«, antwortete sie. Und das war die Wahrheit. Sie freute sich wirklich darauf, ihn zu sehen. Und fragte sich, warum es noch nicht Abend war.

*

Viveca stand an einer Staffelei und malte. Zum ersten Mal seit Max' Tod hatte sie wieder das Bedürfnis gehabt, ihrem Hobby nachzugehen. Sie war eine begabte Landschaftsmalerin. Ihr Ehrgeiz hatte immer darin bestanden, in ihren Aquarellen die unterschiedlichen Lichtstimmungen, die die schwedische Landschaft so einzigartig machten, einzufangen. Die Sonnenkringel, die auf den Moosböden unter den Birken tanzten, den flirrenden Tanz der Schilfhalme im Wind, den gleißenden Schimmer kurz vor einem Gewitter auf dem See. Versonnen ruhte ihr Blick auf dem Wasser vor ihr, in dem die nächste Insel im Schatten einer Wolke lag. Seit sie sich entschlossen hatte, Sven die Organisation ihres Festes zu überlassen, war sie ruhig geworden. Das Nervenflattern, das sie befallen hatte, als sie dieser Katarina Fredholm begegnet war, hatte aufgehört. Sie konnte ihre Gedanken schweifen lassen, sich ihren Erinnerungen hingeben.

Berit brachte ihr ein Tablett mit Tee und eine dieser runden gefüllten Schokoladenmakronen, die sie schon als Kind geliebt hatte, schenkte ihr ein und verschwand wieder. Viveca nahm einen Schluck Tee. Er war ein wenig zu bitter. Aber das störte sie nicht. Sie tat zwei Löffel Zucker dazu, einen mehr als gewöhnlich, und genoss die bittersüße Herbheit des Getränks. Bittersüß, war so nicht das Leben? Wie bitter war es für sie damals gewesen, von Rörstrand wegzugehen. Die Eltern zu verlassen, die Freunde. Ihre große Liebe. Und wie süß war die Freude gewesen, als sie Max getroffen hatte. Der sie in seine Arme genommen und ein Leben lang geliebt und beschützt hatte.

In einem Impuls nahm sie jetzt plötzlich das schnurlose Telefon und wählte ohne nachzudenken eine Nummer. Eine Nummer, von der sie glaubte, sie längst vergessen zu haben.

»Gasthaus Tärna. Augusta Vasen am Apparat.«

Viveca traf diese Stimme aus dem Telefon wie ein Schlag ins Gesicht. Hastig legte sie auf. Was hatte sie denn erwartet? Sie wusste doch, dass Augusta noch im Tärna war. Hatte sie nicht angerufen, um ihre Stimme zu hören? Wieso hatte sie aufgelegt? Wieso, um Himmels willen, konnte sie nicht einfach sagen, dass sie sie sehen wollte. Oder, dass sie ihr nicht verzeihen konnte. Oder … dass sie sie vermisste?

Viveca setzte sich in einen Sessel. Sie fühlte sich flau. Sie hatte ihr Leben doch immer im Griff gehabt. War Konflikten nicht ausgewichen, sondern hatte sie als Herausforderung verstanden. Wieso brachte sie Augustas Stimme immer noch so aus der Fassung?

»Geht es dir gut, Mama?«

Svens Stimme riss sie aus ihren Gedanken. »Du hast wieder angefangen zu malen? Das freut mich!«

Sven betrachtete die Vorskizze der Landschaft, die Viveca zu Papier gebracht hatte. Dieses Haus schien seiner Mutter wirklich gut zu tun, wenn sie sich sogar wieder an die Staffelei stellte.

»Ich wollte dir nur sagen, dass ich jemanden gefunden habe, der dein Fest ausrichten wird. Es gibt ein neues Lokal in Rörstrand, der Wirt heißt Petterson. Er hat einen hervorragenden Ruf. Ich bin sicher, er wird seine Sache gut machen.«

Ganz wohl fühlte Sven sich bei dieser Lüge nicht. Aber er sah keinen anderen Weg, sowohl Katarina als auch Viveca zufrieden zu stellen. Irgendwann, wenn er begriffen haben würde, was Viveca gegen Katarina hatte, würde er ihr die Wahrheit sagen. Spätestens am Tag des Festes würde er sowieso nicht mehr darum herumkommen.

»Petterson? Noch nie gehört!« Viveca beschloss, nicht weiter zu fragen. Sie wollte die Sache einfach Sven überlassen. Sie hatte andere Dinge im Kopf, die viel wichtiger waren als ein Partyservice.

*

Katarina wirbelte in der Küche des Tärna. Sie liebte diesen großen Raum mit dem alten, roten Steinfußboden. Die riesige Arbeitsfläche in seiner Mitte forderte sie zu aufregenden Kreativitätsschüben heraus, der moderne Herd war genau richtig, um ihre Versuche punktgenau zu kochen, zu braten oder zu backen.

Mit dunkelroten Fingerspitzen, die aussahen, als hätten sie in Blut gebadet, legte sie vorsichtig die letzten hauchdünnen Scheiben einer gekochten Rote Beete auf einen Teller. Sie liebte diese intensive Farbe. Sie träufelte ein wenig Himbeeressig darüber und zog ein paar Tropfen Walnussöl in Fäden auf die Scheiben. Jetzt noch ein paar Raspeln frischen Meerrettich und schließlich die Garnele quer darüber gelegt – fertig.

»Sieht das nicht irre dekorativ aus?«, sagte sie in Richtung ihrer Tante, die gerade damit beschäftigt war, einen frischen Lachs auszunehmen.

Augusta warf einen Blick auf das Carpaccio* und nickte.

»Toll. Und wie schmeckt es?«

»Es muss noch eine Stunde ruhen, dann kannst du es probieren. Ich bin gespannt, ob du es magst.«

Sie deckte Alufolie über den Teller und drehte sich suchend um die eigene Achse.

»Wo sind die Moltebeeren? Ich hab sie doch gerade noch gesehen?«

»Hinter dir, auf der Spüle.« Augusta beobachtete Katarina, die durch die Küche hin und her flatterte. Ihre Nichte sprühte vor Ideen. War strahlend gut gelaunt. Und brachte ein interessantes Essen nach dem anderen zustande. Diese junge Frau mit ihrem Tatendrang und ihrem Optimismus tat ihr gut. Und vielleicht hatte sie ja Recht. Vielleicht war dieses Fest bei Viveca Svanblom so etwas wie ein neuer Anfang für das Tärna. Und nicht nur für das Tärna. Augustas Gedanken schweiften zu dem grauen Haus auf dem Hügel. Niemals hätte sie gedacht, dass ausgerechnet Viveca dieses Haus kaufen würde. Sie hatte sowieso nicht angenommen, dass Viveca wirklich noch einmal nach Rörstrand zurückkehren würde. Ihr Blick wurde wehmütig. Viveca. Wie sehr hatte sie immer bedauert, ihr damals so wehgetan zu haben. Wie viele Briefe hatte sie ihr geschrieben. Und ungeöffnet zurückbekommen. Sie hätte

* Röda Betor Carpaccio (Rote Beete Carpaccio) – Rezept siehe Anhang

ihr so gerne alles erklärt. Sich so gerne mit ihr versöhnt. Sie waren doch die besten Freundinnen gewesen. Und dann war plötzlich alles vorbei. Und es war ihre, Augustas, Schuld.

»Das werde ich dir nicht verzeihen. So lange ich lebe.« Mit vor Wut, Zorn und Enttäuschung glühendem Gesicht hatte Viveca ihr das entgegengeschleudert. Und am nächsten Morgen war sie verschwunden gewesen. Und nie mehr zurückgekommen. Sicher, Augusta hatte Vivecas Weg verfolgt. Sie hatte in der Zeitung gelesen, dass sie Max Svanblom geheiratet hatte. Und dass sie einen Sohn bekommen hatte. Und vor drei Jahren war Max Svanbloms Tod durch die Presse gegangen. Augusta hatte damals überlegt, Viveca einen Brief zu schreiben. Doch sie hatte es gelassen. Sie wollte nicht noch einmal einen Brief zurückbekommen, mit dem Vermerk »Annahme verweigert«.

Und jetzt war Viveca hier. Zurück auf der Insel. Anscheinend, um ihren Geburtstag zu feiern. Augusta wusste nicht, was das zu bedeuten hatte. Vielleicht war es doch möglich, sich zu versöhnen?

»Wo finde ich eine Schüssel für die Beeren?« Katarina riss sie aus ihren Gedanken. Ihre Nichte wühlte ungeduldig in den breiten Schubladen mit den Kochutensilien.

Augusta reichte ihr eine Schüssel.

»Moltebeerensorbet. Hab ich noch nie gehört.«

»Ich auch nicht.« Katarina lachte fröhlich. Sie hatte die leuchtenden Beeren auf dem Markt gesehen und sofort die Idee gehabt, dass ein fruchtiges Sorbet einen idealen Zwischengang darstellen könnte. Sorbets machten nicht zu viel Arbeit, und man konnte sie am Tag vorher vorbereiten. Und sie waren unheimlich dekorativ.

»Sag mal, das Hjört, in dem du arbeitest, ich dachte immer, das sei mehr so gutbürgerlich. Aber, wenn ich mir so ansehe, was du da so zauberst, müsste es ja mindestens drei Sterne haben.«

»Wenn die mich lassen würden, wie ich will, hätten sie die auch schon. Aber sie trauen sich nicht. Ist aber auch egal. Irgendwann werde ich mein eigenes Restaurant haben. Und man wird mich mit Sternen überschütten.«

Augusta bewunderte diesen unerschütterlichen Optimismus. Wenn Katarina lange genug bleiben würde, vielleicht würde dann auch etwas auf sie abfärben?

*

Katarina wusste nicht, was sie eigentlich erwartet hatte. Vielleicht einen abendlichen Törn mit der Yacht. Oder eine Einladung zum Essen. Kino? Sie hätte sich auch einen Spaziergang am Strand vorstellen können. Alles, nur das nicht.

Hoch über dem Wasser zu sein. Nah an den Wolken. Im siebten Himmel.

Sie saß neben Sven in dem kleinen Wasserflugzeug und sah auf die Erde. Wie schön das alles war. Und wie weit weg.

Wie war sie hierher gekommen? Hatte sie nicht gerade eben noch mit beiden Beinen auf der Erde gestanden?

»Und? Alles in Ordnung?« Sven, der am Steuerknüppel saß, betrachtete sie neugierig.

»Keine Ahnung. Ich muss erst mal wieder zu mir kommen.« Katarina sah in seine blauen Augen, die jetzt die Farbe des Abendhimmels angenommen hatten. Er sah sie an wie ein kleiner Junge, der seiner Mutter eine Überraschung zum Muttertag bereitet hatte und nicht sicher wusste, ob sie begeistert sein oder mit ihm schimpfen würde.

»Wo fliegen wir eigentlich hin?«

»Ich will dir was zeigen. Etwas, das mir sehr wichtig ist.«

Er steuerte das kleine Flugzeug in einem weiten Bogen nach Norden. Sie verließen die mit Schären übersäte Ostseeküste und flogen ins Landesinnere.

Katarina beschloss, einfach abzuwarten. Etwas anderes konnte sie sowieso nicht tun.

*

Das Sommernachtslicht wurde kühler, je weiter sie nach Norden kamen. Unter ihnen wurde die Erde allmählich grüner. Dichter Wald bedeckte sie wie ein Tuch. Nur getupft mit dem tiefen Blau der vielen Seen, die in das Land versprenkelt dalagen.

»Wir sind gleich da.«

Sven ging langsam in Sinkflug. Die Erde kam näher. Katarina überlegte, wo er hier, in dieser Wildnis, wohl landen würde. Seltsamerweise hatte sie kein bisschen Angst. Sie vertraute diesem Mann, den sie erst seit ein paar Tagen kannte, anscheinend mehr, als sie je einem Menschen in ihrem Leben getraut hatte.

Sven steuerte einen der idyllischen Seen mitten im Wald an und setzte das Flugzeug auf dem dunklen Wasser auf.

»Da sind wir. Willkommen, Katarina.«

»Wo?«

»Wenn es nicht so kitschig klingen würde, würde ich sagen, im Land meiner schönsten Kindheitserinnerungen.«

*

Es war ein Bild wie aus einem Traum. Sie waren eine Viertelstunde durch den Wald gelaufen, und nun lag vor ihnen ein kleiner, fast kreisrunder See. Und auf diesem schwammen, Katarina konnte es fast nicht glauben, hunderte von Schwänen. Ruhig glitten sie über das dunkel schimmernde Wasser und zogen symmetrische Linien durch die glatte Oberfläche.

Katarina, die hinter Sven aus dem Wald getreten war, verschlug es den Atem. So etwas hatte sie noch nie gesehen. Sicher, sie kannte Schwäne aus Stockholm. Einige Paare, die in der Nähe der Fähr-Anlegestellen lebten und sich von den Touristen füttern ließen. Oder am Ufer der Schäreninseln nisteten. Aber nie zuvor hatte sie Schwäne in dieser großen Anzahl gesehen. Und zu diesem überwältigenden Anblick kam auch noch ein pfeifendes Geräusch, das auf einmal die Luft erfüllte. Es schwoll zu einem rhythmisch schwingenden Rauschen an, sodass Katarina unwillkürlich den Kopf einzog. Dann sah sie die fünf Schwanenpaare, die im weiten Kreis über den See flogen und schließlich mit vorgestreckten Füßen auf dem Wasser landeten.

Sven lachte.

»Als kleiner Junge habe ich immer versucht, dieses Geräusch nachzuahmen. Mit Tüchern, die ich durch die Luft geschwungen habe. Mit einer Peitsche, die ich von meinem Reitlehrer hatte. Es ist mir einfach nicht gelungen.«

»Wenn sie über dich fliegen, hat man das Gefühl, als würden sie dich gleich mit in die Luft ziehen.« Katarina konnte die Faszination, die die Schwäne auf den kleinen Sven ausgeübt hatten und wohl immer noch ausübten, sehr gut nachvollziehen.

»Mein Urgroßvater hat diesen See vor vielen Jahren entdeckt. Mein Vater hat mich immer wieder mit hierher genommen, seit ich ein kleiner Junge war.«

»Svanblom ... kein Wunder, dass dein Großvater diese Schwäne gefunden hat – sie sind das Zeichen eurer Familie und sogar im Namen enthalten.« Katarina sah ihn von der Seite an. Sein schönes Profil stand wie gemeißelt vor dem See mit den Schwänen.

»Sie verlassen diesen See jeden Winter. Und fliegen nach Süden. Mein Großvater hat einmal einen Biologen gebeten, nachzuforschen, wohin sie fliegen.«

Katarina sah ihn neugierig an.

»Seltsamerweise konnte er es nicht herausfinden. Irgendwann über Frankreich hat er ihre Spur verloren.«

»Waren sie nicht mit einem Sender ausgestattet?«

»Doch, das ist ja das Seltsame. Und trotzdem waren sie wie vom Erdboden verschluckt. Um dann im nächsten Sommer wieder hier aufzutauchen. Als wäre nichts geschehen.«

»Ich habe gehört, dass Schwäne sich ein Leben lang treu bleiben. Glaubst du, das stimmt? Oder ist das nur eine romantische Vorstellung, die wir Menschen uns machen?«

Sven lachte. »Die Ornithologen sagen, es stimmt. Wenn ein Schwan einmal einen Partner gefunden hat, verlässt er ihn nicht bis an sein Lebensende.«

Stumm sahen sie dem eleganten Schwanentanz auf dem Wasser zu. Sven zog Katarina an sich. Sie lehnte ihren Kopf an seine Schulter. Sie war glücklich und dankbar, dass er sie hierher gebracht hatte.

»Danke, dass du mir das gezeigt hast«, flüsterte sie. Auch seine Stimme war ganz leise, als er antwortete.

»Ich wollte unbedingt, dass du das siehst. Für mich ist das der schönste Platz der Welt.«

Sie hob den Kopf, sah in seine Augen. Svens Blick war ernst und dunkel. Er senkte seine Lippen auf die ihren. Sie öffnete sie leicht und spürte die Erregung in sich, als sich sein Mund mit ihrem traf. Sie wollte ihn nur noch spüren.

Nichts sonst war mehr wichtig. Nur noch dieser Mann, dessen Arme sie fest an sich zogen, dessen Zunge sich nun drängend in ihren Mund tastete. Sie spürte seinen Körper an ihrem. Ihr Herz jubilierte. Sie wollte diesen Mann. Hier, an diesem wunderbaren See, begehrte sie ihn. Und sie wusste, dass er sich genauso nach ihr sehnte wie sie sich nach ihm.

*

Svens Hände waren trocken und kühl. Genau, wie Katarina es erwartet hatte. Ihre Haut, über die diese Hände suchend strichen, prickelte. Es war, als würde sie gleichzeitig von einem Eiswürfel und dem glühend heißen Tropfen einer Wachskerze berührt. Katarina schauderte.

»Was ist? Ist dir kalt?« Svens Stimme klang besorgt. Sie verschloss ihm die Lippen mit einem Kuss und murmelte:

»Ich hab keine Ahnung. Mir ist heiß und kalt zugleich. Aber es ist gut.«

Er zog sie fester an sich. Spürte ihre wunderschönen Brüste an seiner nackten Haut, sog ihren Duft ein. Alles war richtig. Diese Frau in seinen Armen. Hier in dem einfachen Jagdhaus, das sein Urgroßvater vor fast achtzig Jahren erbaut hatte. Das breite Holzbett knarzte leise, als er Katarina auf sich zog. Sie sah ihn mit ihren Veilchenaugen an, stöhnte leise, als er ihre Brustwarzen küsste. Sie drückte seinen Kopf an ihre Brust. Ihr Herz schlug schnell und erregt. Und es war ihr, als würde es vor sehnsüchtiger Lust zerplatzen, als Sven endlich zu ihr kam.

Draußen wurde es dunkel. Ein dunkelgelber Mond ging über dem Schwanensee auf. Und beleuchtete die Schwäne, die jetzt, schlafend die Köpfe unter die Flügel gesteckt, auf dem See trieben. Es war ein Bild des höchsten Friedens. Das durch nichts gestört werden konnte.

*

Viveca Svanblom wanderte unruhig auf der Terrasse des Sommerhauses auf und ab. Sie war allein im Haus. Kein Laut war zu hören. Nur der Wind, der leise die Blätter der Kastanien bewegte. Viveca hatte es zeit ihres Lebens genießen können, allein zu sein. Sie hatte diese Stunden immer gebraucht, in denen sie ungestört ihren Gedanken nachhängen konnte. Doch so oft sie auch mit sich allein gewesen war, so sehr hatte sie es immer vermieden, an Augusta und Johan zu denken. Immer, wenn sie spürte, dass ihre Gedanken nach Rörstrand streiften, wenn sich die Bilder ihrer Kindheit vor ihre Augen drängten, wenn sie Augustas helles vergnügtes Lachen plötzlich zu hören glaubte, immer hatte sie sich gezwungen, an etwas anderes zu denken. An die Geschenke, die sie Sven zum Geburtstag machen wollte, an die Charity-Events, die sie einmal im Jahr zu Gunsten von aidskranken Kindern organisierte, oder auch nur an den Speiseplan für nächste Woche, den ihre Köchin ihr vorgelegt hatte. Rörstrand sollte nicht einmal Vergangenheit sein. Sie wünschte sich, es einfach aus ihrem Gedächtnis ausradieren zu können. Doch es war ihr nicht gelungen. Im Gegenteil. Jetzt war sie zurück. Und sie konnte gar nicht fassen, dass sie diesen Schritt tatsächlich gegangen war. Sie kannte den Beweggrund für ihren Sinneswandel nicht. Tatsächlich war ihr erst wirklich bewusst geworden, was sie da eigentlich tat, als sie die Insel vor ein paar Tagen vor sich auftauchen sah und Sven sagte, sie wären gleich da.

Sie sah zu dem gemütlichen weißen Sofa, auf dem sie den Abend verbracht hatte. Stundenlang hatte sie da gesessen und auf ein Foto gestarrt. Ein Foto, das drei junge, schöne Menschen zeigte, die fröhlich in die Kamera lachten. Augusta, Johan und sie waren damals die besten Freunde gewesen. Johan stand zwischen den beiden jungen Frauen, die eine, Viveca, hielt er fest an der Hand. Seinen Arm hatte er um Augustas Schultern gelegt. Ihre Blicke waren voller Erwartung und Selbstbewusstsein. Viveca erinnerte sich daran, wie sie Pläne geschmiedet hatten, die sie hinausführen sollten in die Welt. Leise seufzte sie auf. Damals waren sie sich noch so sicher gewesen, dass nichts sie trennen konnte. Dass sie ein Leben lang zusammenbleiben würden. Vielleicht zusammen in Amerika einen Beruf erlernen oder auf einem Schiff anheuern würden, das sie nach Australien bringen würde, wo sie Schafe züchten könnten …

Wenige Monate später hatte Viveca die Insel verlassen. Und sich geschworen, den beiden anderen nie zu verzeihen, sie so enttäuscht zu haben.

Wieder nahm sie das Telefon zur Hand. Wählte die Nummer des Tärna. Und legte sofort wieder auf. Es war mitten in der Nacht. Da konnte sie doch nicht anrufen. Aber sie wusste ganz genau, dass die späte Uhrzeit nicht der Grund war, weswegen sie nicht den Mut fand, mit Augusta zu sprechen.

*

Katarina wusste einen Moment lang nicht, wo sie war. Dann hörte sie das schwingende Geräusch der fliegenden Schwäne. Sie drehte sich in dem großen Bett um. Und konnte es kaum fassen. Sven lag neben ihr. Er schlief tief und ruhig. Sein Gesicht war entspannt, er hatte die Knie angezogen, die Decke eng um seine Schultern gewickelt.

Katarina betrachtete ihn staunend. Wie war das alles gekommen? War sie nicht vor ein paar Tagen noch absolut sicher gewesen, sich so schnell nicht mehr auf einen Mann einzulassen? Weil das immer nur Stress bedeutete. Ihre Stirn kräuselte sich. Würde es mit Sven auch Stress geben?

Sie setzte sich auf, zog die Decke um die Schultern und sah aus dem Fenster auf den See, dessen dunkles Blau nun im Tageslicht zu einem hellen Grau geworden war. Ein leichter Wind war aufgekommen und kräuselte die Wasseroberfläche zu Schäfchenwellen. Die Schwäne, die ihre Hälse gründelnd ins Wasser tauchten, schaukelten wie dicke Wattebäusche auf den kleinen Wellen. Konnte es nicht einfach immer so friedlich bleiben?

Katarina lachte über sich. Ein friedliches Leben? Sie wusste ja nicht einmal, ob ihr das nicht zu langweilig würde. Andererseits, vielleicht hatte sie ja wirklich den Mann gefunden, mit dem es schön wäre, zu leben. Heute. Und morgen. Und vielleicht sogar übermorgen. Weiter wagte sie nicht zu denken. Zu schlecht waren ihre Erfahrungen.

Sie stand leise auf. Zum Frühstück würde sie Sven die Speisen servieren, die sie sich für das Fest ausgedacht hatte. In ihrem Rucksack, den sie immer bei sich hatte, befanden sich fast ein Dutzend winziger Tupperdosen, jede von ihnen mit einigen Bissen einer Köstlichkeit gefüllt, mit denen sie ihn bei ihrer Verabredung hatte überraschen wollen. Sie schlüpfte in ihre rote Hose und zog sich das T-Shirt über. Und fand sich plötzlich in Svens Armen wieder.

»Du willst doch wohl nicht einfach abhauen«, murmelte er in ihrem Haar.

»Doch, ich habe gerade beschlossen, die nächste U-Bahn nach Hause zu nehmen.«

Sie drehte sich zu ihm um. Wie gut es sich anfühlte, in den Armen dieses Mannes zu liegen. Seine tastenden Hände zu spüren. Und seine Lippen, die sich jetzt fordernd auf ihre drückten. Er zog sie zurück zum Bett. Und sie vergaß, dass sie eigentlich hatte aufstehen wollen.

*

Die Schwäne flogen ihre Kreise über dem See, als Katarina Sven endlich eine Gabel vom dem Rote-Beete-Carpaccio in den Mund steckte. Er hatte die Augen geschlossen und ließ sich wie ein hungriger Vogel vertrauensvoll von ihr füttern.

»Und? Wie schmeckt das?«

Sven kaute langsam. Genussvoll verzog er das Gesicht. Es war wunderbar. Anders als der Hühnersalat, den sie ihm vorher vorgesetzt hatte. Oder das Lachstatar von gerade eben. Anders als die kleinen Lammkoteletts mit Thymian, die ihm besonders gut geschmeckt hatten.

Jetzt öffnete er die Augen, sah das rote Carpaccio. Der Blick, den er ihr zuwarf, war nichts als vorwurfsvoll.

»Du hast mich belogen.«

Katarina wusste nicht, wovon er sprach. Fing aber schuldbewusst sofort an zu grübeln, was er wohl meinen könnte.

»Hast du nicht gesagt, du seiest die beste Köchin von Stockholm?«

»Hab ich nicht gesagt. Aber du könntest Recht haben.«

»Hab ich nicht.« Er mochte also nicht, was sie kochte. Sie sah ihn erschrocken an. Damit kamen große Probleme auf sie zu. Sie hörte kaum, dass er noch sagte:

»Du bist die beste Köchin von Schweden. Oder von der ganzen Welt. Ich hab noch nie so hervorragend gegessen.«

Katarina stürzte sich auf ihn.

»Du gemeiner Kerl. Wie kannst du so was mit mir machen. Ich sollte …«

Er hielt einfach ihre Hände fest. Zog sie an sich.

»Mich küssen sollst du«, er gab ihr einen zufriedenen Kuss auf den Mund, »und jede Menge tolle Sachen für mich kochen. Lass mich sofort die Suppe versuchen, und dann will ich den Fischauflauf und dann …!«

Sie steckte ihm eine Gabel voll knallgelbem Safranreis mit grünen Erbsen in den Mund. Er verstummte und verdrehte beglückt die Augen.

»Mein Gott … das ist perfekt. *Du* bist perfekt, Katarina. Ich weiß gar nicht, wie ich es verdient habe, dich zu treffen.«

Sie aß lächelnd den Rest des Carpaccios auf. Seine unverhohlene Begeisterung tauchte sie in ein warmes Bad glücklicher Gefühle. Alles war richtig. Alles war gut. Und was morgen werden würde, war heute vollkommen uninteressant.

*

Wenn sie ein wenig aufmerksamer gewesen wären, etwas weniger miteinander beschäftigt, als sie Stunden später das Flugzeug verließen und eng umschlungen über den Steg zum Hafen gingen, hätten sie vielleicht bemerkt, dass sich jemand für sie interessierte. Und es wäre ihnen einiges an Turbulenzen, an Misstrauen und Enttäuschung erspart geblieben.

*

In Stockholm ahnte Marita Tomasson nichts Böses, als sie am nächsten Tag, einen *Kaffee-to-go* in der Hand, die elegante Birger Jarl Gatan entlang auf ihre Galerie zuging. Mit den Gedanken war sie bei ihrem Vater, mit dem sie am Abend vorher im Yacht-Club gegessen hatte. Björn Tomasson, ein wendiger, welterfahrener Geschäftsmann, ein Global Player im besten Sinne, hatte ihr zu verstehen gegeben, dass er sich auf die Fusion mit Svanblom im Grunde nur ihr zuliebe einlassen würde. Natürlich war die alteingesessene Kaffeefirma für ihn interessant. Aber wenn er ehrlich war, musste er zugeben, dass er sich eigentlich viel mehr mit dem finnischen Elektronikmarkt beschäftigen wollte als mit schwedischem Kaffee. Björn war seit jeher Teetrinker. Kaffee mochte er nicht. Auch wenn er seit neuestem hin und wieder bei einem Essen der Svanbloms eine Tasse trank, seiner Tochter zuliebe. Wenn sie einen Winzer lieben würde, würde er Wein trinken. Nur bei einem Hamburger-Brater würde er Schwierigkeiten haben, aber auch das würde er für seine Tochter tun, den einen oder anderen der unförmigen Fleischklopse hinunterwürgen.

Marita hatte vergeblich versucht, ihrem Vater zu erklären, dass es ihr egal war, ob er Kaffee trank oder nicht. Dass auch Sven hin und wieder eine Tasse Tee trank. Und außerdem eine Hochzeit noch in weiter Ferne sei. Björn hatte nichts davon hören wollen. Für ihn war klar, er würde seiner Lieblingstochter eine Hochzeit ausrichten, die ihresgleichen suchte, sobald die Fusion unter Dach und Fach war, Marita sollte die schwedische Hochzeit des Jahres bekommen.

Marita liebte den Enthusiasmus ihres Vaters. Sie konnte sich vorstellen, wie er sie, vor Stolz platzend, zum Altar der Storkyrkan führte, in der auch die schwedischen Könige heirateten. Ihr Blick schweifte über die Stadt und fand den barocken Turm der Kirche. Schon als kleines Mädchen war sie fest entschlossen gewesen, einmal dort in dieser wunderschönen Kirche zu heiraten. Wie eine Prinzessin. Und seit sie sechzehn war, war auch klar, dass der Prinz neben ihr Sven Svanblom sein würde.

Bis zu diesem Moment.

Sie öffnete die Tür zu ihrer Galerie, in der sie hauptsächlich junge zeitgenössische schwedische Künstler ausstellte. Schaltete die Beleuchtung ein und hob die Post und die Zeitungen vom Boden auf, die, wie jeden Tag, durch einen Schlitz in der Tür in die Galerie geworfen worden waren. Sie legte den Packen Papier nachlässig auf ihren Glasschreibtisch und wollte in die Küche gehen, um Kaffee zu machen. Da rutschte die oberste Zeitung, das Stockholmer Abendblatt, vom Tisch. Die Seiten blätterten auf, und als sie sie wieder zusammenlegen wollte, fiel ihr Blick auf das Foto. Das Foto, das Sven im Hafen von Rörstrand zeigte, der eine Frau küsste. Sie eng umschlungen hielt und leidenschaftlich und selbstvergessen küsste.

»Kaffee-Erbe Sven Svanblom. Neue Liebe, neues Glück für den attraktiven Millionär?«, fragte die Zeitung, als ob sie das etwas anginge, und um die Neugier noch zu präzisieren: »Wer ist die schöne Dunkelhaarige, die sein Herz erobert hat?«

Zumindest diese Frage brauchte Marita sich nicht zu stellen. Sie hatte die Frau in Svens Armen schon einmal gesehen. Hatte sie sogar selbst durch das Sommerhaus der Svanbloms geführt. Und nicht geahnt, dass sie da ihre Nebenbuhlerin vor sich hatte.

Marita spürte, wie Wut in ihr aufstieg. Wie konnte er ihr so etwas antun? Wie konnte er sie so demütigen? In aller Öffentlichkeit. Und so kurz vor dem Abschluss der Fusionsverhandlungen? Noch aber war sie zu aufgebracht und zu wütend, um zu bemerken, dass es weniger ihr Herz war, das Sven verletzt hatte, als ihren Stolz und ihre Eitelkeit.

*

Im Lindingö-Vägen starrte zur gleichen Zeit Harald Molin auf das Foto. Das war ja interessant. Seine Ex-Freundin Katarina hatte sich einen der reichsten Männer Stockholms geangelt. Wie schön für sie. Und für mich, dachte Harald sofort.

Das würde das Ende dieser unbequemen Nächte in fünftklassigen Hafenabsteigen sein, zu denen er gezwungen war, seitdem die Behörden entdeckt hatten, dass in seinen Diskotheken jede Art von Rauschmittel verhökert wurde, und man ihm alle Läden auf einmal geschlossen hatte. Er hatte damals zwar den Ahnungslosen mimen können und war mit einer Bewährungsstrafe davongekommen, aber seitdem hatte er keinen Fuß mehr auf den Boden bekommen. Aber das würde sich ja nun ändern. Er grinste in sich hinein. Katarina würde sich doch sicherlich über einen Besuch freuen.

*

Noch schwebte Katarina im siebten Himmel. War das Leben nicht ein Traum? Sie hackte in Augustas Küche summend Kräuter klein, mit denen sie die Hühnchenbrüste füllen wollte, die sie auf dem Markt gekauft hatte. Der Duft des gehackten Thymians stieg ihr in die Nase, und in ihrer Fantasie erstand das nächste Gericht, das sie ausprobieren wollte: ein kleines feines Kräutersüppchen, das sie Thymianschnee nennen würde.

Augusta und Annicka, die zusammen in die Küche kamen, sahen sich verschwörerisch an. Annicka umarmte ihre Mutter herzlich mit beiden Armen.

»Du bist nicht nach Hause gekommen heute Nacht. Mama, ich hab dir doch gesagt, dass du anrufen sollst, wenn du ... «

»Ich hab doch gesagt, dass Herr Svanblom mich zum Essen eingeladen hat.«

»Herr Svanblom. Natürlich. Unser Auftraggeber. Hast du nicht gesagt, nicht mit Gästen, nicht mit Auftraggebern?«

»Nicht mit Gästen, nicht mit Kollegen, hab ich gesagt. Wenn ich auch noch die Auftraggeber ausschließe, dann bin ich ja ganz arm dran. Ich meine, steht es mir nicht auch mal zu, mit einem netten Mann auszugehen?«

Augusta, die einen Korb mit frischer weißer Tischwäsche trug, die im Garten an der Leine getrocknet hatten, holte nun Bügelbrett und Bügeleisen aus einem Schrank. Sie sah Katarina nicht an, als sie vorsichtig fragte:

»Und, ist er nett? Sven Svanblom?«

»Auf jeden Fall sieht er echt super aus.« Annicka fand das wirklich. Sie hatte Sven zwar nur von weitem gesehen, aber der Anblick hatte ausgereicht. Außerdem hatte Augusta ihr ein Foto in einer Illustrierten gezeigt. »Aber ich glaube, er hat eine Freundin, diese Marita ... irgendwie.«

»Marita Tomasson.« Augusta erinnerte sich auch an das Foto der kühlen Blonden, die an Svens Arm zur Eröffnung eines Musikfestivals ging. »In der Zeitung stand, dass sie eine kleine Galerie in der Birger Jarl Gatan hat.«

»Ich kenne sie«, gab Katarina zurück. »Ich hab sie im Sommerhaus gesehen. Aber sie ist wohl mehr so was wie eine Freundin der Familie. Ich meine, Sven hat mich eingeladen. Wir waren an seinem ... « Sie brach ab. Noch wollte sie nicht über diese wunderbare Nacht mit Sven reden, noch war sie zu frisch. »Auf jeden Fall glaube ich nicht, dass er mit ihr liiert ist. Oder mit irgendjemand anderem.« Mehr wollte sie dazu nicht sagen.

Augusta sah sie prüfend an. Und hoffte nur, dass Katarina von Sven Svanblom nicht enttäuscht würde.

*

Er kam ihr entgegen. Die Sonne beleuchtete sein Haar, wie eine Aureole lag ein heller Schein um sein Gesicht. Katarinas Herz hüpfte. Keine Frage, sie hatte sich in diesen Mann verliebt. Hals über Kopf. Es kribbelte in ihr vom Haaransatz bis zu den Zehenspitzen. Sie hatte nicht erwartet, ihn so schnell wiederzusehen. Woher wusste er, dass er sie hier finden würde? Am Wildgehege von Axel Böransson, bei dem sie Elchfilets* für das Fest bestellen wollte. Sie hatte vor, sie auf Sesamtoast zu servieren mit einem Klacks Sauerkirsch-Gelee.

»Hej, mein Liebster. Hast du schon Sehnsucht?«

»Ich muss mit dir reden.« Seine Stimme klang bedrückt. Sein Blick hatte alle Leichtigkeit verloren.

Ein Schatten legte sich auf ihre Freude, als sie in seine ernsten Augen sah. Sie blickte auf die Zeitung, die er ihr hinhielt.

Sie sah auf das Foto. Und versuchte, die in ihr aufsteigende Panik zu ignorieren. Sie zwang sich zu einer lässigen Antwort.

»Hübsches Foto. Findest du, wir sind nicht gut getroffen?« Noch versuchte Katarina das unheilvolle Gefühl in sich nicht ernst zu nehmen, noch wollte sie die Sorge in

* Älgfilé (Elchfilet) – Rezept siehe Anhang

seinem Blick einfach mit einem Scherz übertünchen. Konnte das wahr sein? Verdarb ihm so ein blödes Foto in so einer blöden Zeitung wirklich die Laune?

»Komm, das ignorieren wir doch. Wen interessiert schon, was so ein Käseblatt schreibt?«

»Meine Mutter zum Bespiel. Und Marita. Und letzten Endes auch mich.«

Sie kannte seine Stimme auf einmal nicht wieder. Sie klang kühl und geschäftsmäßig. Sie war verwirrt. Was geschah hier?

»Du willst mir doch nicht allen Ernstes sagen, dass so ein Foto irgendetwas zu bedeuten hat. Meine Güte, Sven. Du bist erwachsen, ich bin erwachsen. Wir können tun und lassen, was wir wollen.« Eine Ahnung stieg in ihr auf.

»Oder können wir nicht?«

Sven spürte die Distanz, die zwischen ihm und Katarina entstand.

Er hasste dieses Gefühl. Und noch mehr hasste er sich für das, was er ihr jetzt sagen musste. Doch sie hatte schon begriffen.

»Marita Tomasson.« Ihre Stimme klang ganz klein. Wie die eines traurigen Kindes. »Du bist doch mit ihr zusammen. Ja? Sag es. Sie ist deine Freundin?«

»Ich weiß es nicht.« Sven war verwirrt, er suchte nach Worten. Er spürte, dass alles, was er ihr sagen konnte, sie verletzen würde. »Wir sind befreundet, sicherlich. Aber das hat nichts mit uns zu tun. Ich ... ich habe sie nie so geliebt, wie ich dich liebe. Das Problem ist nur ... «

»Ihr Vater.« Katarina hatte begriffen. »Du willst mir wirklich sagen, dass es um die Fusion geht? Das glaube ich nicht, Sven. So etwas gibt es nur im Film.«

»Tomasson hat meiner Rechtsabteilung zu verstehen gegeben, dass man den Termin für die Unterzeichnung leider verschieben müsse. Offiziell geht es um ein paar Paragraphen, die noch nicht ganz klar sind.«

»Aber inoffiziell will er die Fusion platzen lassen. Wegen mir.« Katarina verlor die Fassung. Das konnte doch nicht sein. Im einundzwanzigsten Jahrhundert?

»Willst du mir sagen, dass du Marita Tomasson heiraten willst wegen einer Fusion?«

»Von Heirat ist im Moment nicht die Rede.« Sven schämte sich für das, was er sagte. »Aber ich kann nicht so tun, als wäre mir meine Firma egal. Ich brauche die Fusion. Ich habe eine Verantwortung für meine Angestellten. Ich kann die Existenz meiner Firma nicht wegen einer Affäre gefährden.«

»Eine Affäre?« Katarina sah ihn ungläubig an. Das war es also für ihn. Eine Affäre. Sie fühlte sich wie in einer schlechten Komödie. Der Sohn des Hauses hat eine Affäre mit dem Küchenmädchen angefangen. Das geht natürlich nicht.

Ihr war, als würde jemand mit einem Messer in ihren Eingeweiden herumbohren. War sie wirklich so naiv gewesen zu glauben, dass es keine Unterschiede gab zwischen ihrer Welt und der der Svanbloms?

Sie konnte Sven nicht ansehen. Sie wollte nicht, dass er ihre Enttäuschung sah. Sie sagte nur, dass sie jetzt weitermüsse, Böransson warte schon auf sie.

»Auf Wiedersehen«, brachte sie noch über die Lippen. Und ging.

»Sehen wir uns wieder, Katarina?« Sven wusste, wie verlogen seine Frage in ihren Ohren klingen musste. »Es muss nur ein bisschen Zeit vergehen, und wenn die Fusion besiegelt ist, dann ...«

»Tut mir Leid, ich glaube nicht, dass ich Zeit habe. Die Vorbereitungen für das Fest werden mich sehr in Anspruch nehmen.« Sie war froh, dass ihre Stimme einigermaßen gefasst klang. Und ging schnell davon.

Sven sah ihr nach. Und er wünschte, er könnte aus seiner Haut.

*

»Das kannst du mit mir nicht machen. Mich dermaßen zu demütigen. Ich weiß überhaupt nicht, was in dich gefahren ist.« Marita war wütend nach Röstrand gekommen. Insgeheim konnte sie nicht glauben, dass Sven wirklich eine Affäre mit dieser Köchin hatte. Sie hatte gehofft, er würde ihr beweisen können, dass das alles nicht wahr war. Dass das Foto eine Fälschung sei und er schon Klage gegen die Zeitung eingereicht hatte. Aber Sven hatte zugegeben, dass er mit Katarina Fredholm über Nacht weg gewesen war. Und ja, er hatte eingestanden, dass sie ihm sehr gut gefiel.

»Eine Köchin. Ich fasse es nicht. Eine Köchin spannt mir meinen Verlobten aus.«

»Bitte, Marita. Es ist doch egal, was sie von Beruf ist.« Auch wenn Sven sich schuldig fühlte an dem Skandal, den er ausgelöst hatte, ärgerte er sich darüber, dass Marita und auch seine Mutter so abschätzig über Katarina redeten.

»Dir vielleicht. Aber mir nicht. Was findest du an ihr? Oder geht die Liebe durch den Magen?« Ihr Lachen klang höhnisch. »Da kann ich natürlich nur verlieren. So schlecht, wie ich koche.« Tatsächlich hatte Marita noch nie Spaß am Kochen gehabt. Genauso wenig wie am Essen. Aber das war für Sven nie ein Problem gewesen. Solange es in Stockholm hervorragende Lokale gab und solange Hilde, die Köchin seiner Mutter, sich freute, ihn einmal im

Monat mit seinem Lieblingsessen zu verwöhnen, war es ihm egal gewesen, dass Marita nicht einmal in der Lage war, ein Frühstücksei zu kochen.

»Komm. Lass uns vernünftig reden. Du weißt doch auch, dass vieles nicht gestimmt hat zwischen uns.« Er sah sie bittend an.

»Findest du? Wir wollten heiraten, Sven.«

Er war überrascht, das Wort »heiraten« aus ihrem Mund zu hören. Sie hatten instinktiv immer vermieden, über eine Hochzeit zu reden. Seine Mutter, ja, die hatte schon mal eine Kirche vorgeschlagen, in der sie getraut werden sollten, und Björn Tomasson hatte Fotos von Villen gezeigt, die er ihnen zur Hochzeit schenken wollte. Er und Marita waren zwar ein Paar gewesen. Aber sicher, dass sie ein Leben lang zusammen sein würden? Wenn sie ehrlich waren, waren sie das beide nie gewesen.

»Deiner Mutter würde es das Herz brechen, wenn ihr die Firma verlieren würdet.«

Marita riss ihn aus seinen Gedanken. Sie hatte ausgesprochen, was er befürchtet hatte. Es ging nicht mehr nur um sie und ihn. Es ging um die Firma. Wie er erwartet hatte, stand nun die Drohung im Raum, dass Björn Tomasson sein Angebot zurückziehen würde. Und damit würde die Firma tatsächlich in eine gefährliche Schieflage geraten.

»Willst du wirklich die Existenz deiner Firma wegen dieser Frau gefährden? Soviel ich weiß, hat dein Vater dieser Firma sein ganzes Leben gewidmet. Er hat viele Opfer gebracht.«

Zumindest im letzten Punkt hatte sie Recht. Sein Vater Max war eigentlich der Zweitgeborene gewesen. Er hatte Medizin studieren und Kinderarzt werden wollen. Doch dann war sein älterer Bruder bei einem Segelunfall ums

Leben gekommen, und Max hatte sich von seinen Träumen verabschiedet und die Leitung der Firma übernommen. Marita hatte Recht. Max Svanblom hätte niemals wegen einer Frau, nein, eigentlich wegen gar nichts, die Firma im Stich gelassen. Wurde von ihm, Sven, nun das Gleiche erwartet?

Verärgert fuhr er sie an. »Ich kann nicht glauben, dass du mir die Pistole auf die Brust setzt. Die Fusion hat doch nichts mit uns zu tun.«

Marita blieb ganz kühl. »Tut mir Leid, ich hab einfach keine Lust, öffentlich blamiert zu werden. Und mein Vater sieht das ganz einfach: eine Fusion zwischen unseren beiden Firmen wird es nur geben, wenn seine Tochter glücklich ist.«

»Das kann nicht sein, Marita, eine Frau wie du lässt sich doch nicht verschachern!«

»Auch eine Frau wie ich hasst es, betrogen zu werden. Außerdem: Ich liebe dich, Sven. Ich würde alles tun, um dich nicht zu verlieren.«

Sven konnte nicht glauben, was sie gesagt hatte. Meinte sie das wirklich ernst? Oder war es nur ihr verletzter Stolz, der sie solche Worte aussprechen ließ? Aber eigentlich war es auch egal. Sie setzten ihn unter Druck. Und er sah keine andere Möglichkeit, dem zu begegnen, als sich innerlich von Katarina zu verabschieden. Von der einzigen Frau, die sein Herz zum Schwingen gebracht hatte. Mit der er sich wirklich vorstellen konnte, sein Leben zu verbringen. Und jetzt sollte er sie aufgeben, wegen eines Geschäftes? Er musste ja zugeben, dass in seinem Leben bis heute die Firma und das Erbe seines Vaters im Mittelpunkt gestanden hatten. Und er hatte sich gar nicht dazu zwingen müssen, er liebte seine Arbeit, fühlte sich mit der Firma innerlich verbunden. Doch jetzt sollte er sich plötzlich entscheiden zwischen einer Frau und seiner Arbeit? Vielleicht sogar zwischen einer Frau und seinem bisherigen Leben?

*

Katarina kochte Probe. Briet die Elchfilets in Butter. Aus dem Toaster hüpften die Sesambrot-Scheiben. Sie schnitt die Rinde ab, beträufelte das Brot ein wenig mit Öl, legte dekorativ einen Rosmarinzweig darauf. Platzierte nun eines der Filets darauf. Noch ein Klacks von dem wunderbaren Sauerkirsch-Gelee, das Augusta eingekocht hatte und eine Rispe Johannisbeeren als Dekoration. Fertig.

Sie war vollkommen konzentriert bei der Arbeit, gestattete ihren Gedanken keine Sekunde, zu Sven abzuschweifen. Auch wenn ihr Herz schwer war wie einer der Felsen, auf denen sie so gerne saß, sie würde ihn vergessen. Musste sie ja. Denn das Leben stellte noch ganz andere Anforderungen an sie. Zuallererst würde sie die Svanbloms mit einem phänomenalen Fest überrumpeln. Obwohl sie kurz daran gedacht hatte, einfach alles hinzuschmeißen. Aber hier ging es nicht um sie. Nicht um ihren Schmerz. Es ging um Augusta und das Tärna. Und dem würde sie einen hervorragenden Neustart bescheren. Und dann würde sie einen guten Koch für Augusta suchen, ihr noch ein paar Wochen zur Seite stehen. Und spätestens zu Beginn des neuen Schuljahres würden sie wieder in Stockholm sein, und die Episode mit Sven würde der Vergangenheit angehören.

»Willst du mir nicht sagen, was los ist?« Augustas feines Gespür für die Seelenlage ihrer Mitmenschen trog nicht. Sie wusste, dass etwas mit Katarina geschehen war.

»Nichts ist los. Ich bin nur im Stress.« Katarina hörte selbst, wie künstlich ihr Lachen klang.

»Einer Frau wie dir macht Stress normalerweise nichts aus. Du hast dich in ihn verliebt, ja?«

»Wie kommst du darauf?« Katarina wollte nicht zugeben, wie schwer es ihr ums Herz war. Nicht vor Augusta, die mit ihrem eigenen Kummer genug zu tun hatte.

»Du glaubst doch nicht, dass ich mich wirklich in so einen Mann verlieben würde. Er passt nicht zu mir. Seine Welt ist nicht meine Welt.«

Doch Augusta wusste es besser. Katarina tat ihr Leid. Hörte dieses Unglück, das sie damals verschuldet hatte und das seitdem zwischen den Svanbloms und der Familie von Johan Vasen stand, denn nie auf?

Katarina unterbrach Augustas Gedanken. »Was hast du eigentlich mit den Svanbloms zu tun? Wieso interessierst du dich so für sie?«

Katarina wollte nur von ihrem Kummer ablenken. Und ahnte nicht, dass sie genau in Augustas Herz traf. Augusta wischte geistesabwesend den Tisch ab. Und dann war es plötzlich, als würden die Erinnerungen aus ihr herausbrechen. Zum ersten Mal seit langer Zeit konnte Augusta darüber sprechen. Leise sagte sie:

»Viveca und ich waren einmal die besten Freundinnen. Wir haben alles zusammen gemacht. Schule, Freizeit, einfach alles. Immer hingen wir hier im Lokal von Johans Vater herum. Halfen in den Ferien. Wir und Johan waren ein unzertrennliches Gespann.« Wehmütig seufzte sie auf. »Bis Viveca sich in Johan verliebte. Und mehr von ihm wollte. Obwohl Johan nicht in sie verliebt war, war plötzlich alles anders. Unsere jugendliche Unbeschwertheit war dahin. Viveca, Johan und ich, wir unternahmen nichts mehr zusammen, gingen uns aus dem Weg. Viveca versuchte Johan zu überzeugen, dass er sich mit ihr verloben sollte. Aus dem Kinderfreund war wirklich ihre erste große Liebe geworden.«

Sie schenkte sich und Katarina eine Tasse Kaffee ein, setzte sich an den Tisch. Katarina wartete geduldig auf die Fortsetzung.

»Sie konnte nicht wissen, dass ich mich auch in Johan verliebt hatte. Er war wirklich der hübscheste und lustigste Junge, den ich kannte. Aber ich hielt mich zurück. Schließlich war Viveca meine beste Freundin. Mit ihr war ich zusammen, seit ich denken konnte. Ich kannte jeden Winkel ihres Herzens. Ich war diejenige, der sie aufgeregt anvertraut hatte, dass sie Johan liebte. Ich konnte ihr einfach nicht sagen, dass ich auch in ihn verliebt war.«

»Und dann hat Onkel Johan sich für dich entschieden?«

»Ja. Zu meiner großen Überraschung liebte er nicht sie. Sondern mich. Nicht die schöne, so lebendige Viveca, sondern das Mauerblümchen Augusta.«

»Du warst bestimmt kein Mauerblümchen!«

»Neben Viveca bin ich mir immer so vorgekommen. Erst als Johan mir sagte, dass er mich liebe und mich heiraten wollte, wurde ich selbstbewusster. Ich dachte wirklich, Viveca würde mich verstehen. Johan liebte sie doch nicht. Also hatte ich ihn ihr auch nicht weggenommen.«

»Aber sie hat dir nicht verziehen und ist weggegangen.«

»Weg von Rörstrand, von Johan und von mir, ihrer besten Freundin. Sie hatte nur einen Zettel hinterlassen, auf dem stand, ich sei die größte Enttäuschung ihres Lebens. Und dass sie mir niemals verzeihen würde.«

Sie schwieg einen Moment. »Und das hat sie dann auch nicht. Ist es nicht seltsam, dass du dich nun ausgerechnet in ihren Sohn verliebt hast?«

»Ich habe mich nicht in Sven verliebt. Er wird Marita Tomasson heiraten.«

Mehr wollte sie dazu nicht sagen. Sie war entschlossen, sich von Sven Svanblom nicht das Herz brechen zu lassen.

*

Annicka ahnte nichts von dem, was ihre Mutter so umtrieb. Und weder sie noch ihre Mutter ahnten, dass Augusta im Geheimen beschlossen hatte, das Tärna noch vor dem Winter zu verkaufen, sobald Katarina und Annicka wieder in Stockholm waren. Annicka saß auf der Wiese vor dem Haus auf einer Decke, die kleinen Katzen krabbelten auf ihr herum, und sie las in dem neuen Band von Harry Potter. Sie war wie immer hingerissen von den Abenteuern des pfiffigen Zauberlehrlings und wünschte sich manchmal, dass ihr eigenes Leben nicht immer so langweilig ablaufen würde.

Als ein Schatten auf sie fiel, sah sie erwartungsvoll auf. In der Hoffnung, Tante Augusta würde ihr, wie schon oft, einen Keks bringen oder ein Stück Butterkuchen, blickte sie plötzlich in das Gesicht eines fremden Mannes. Der freundlich auf sie herunterlächelte.

»Hej. Ich bin Harald. Bin ich hier richtig im Tärna?«

»Ja, sind Sie. Aber wir haben noch geschlossen.«

Der dunkelhaarige Fremde mit dem interessanten Dreitagebart sah sie enttäuscht an.

»Schade. Hier hat man doch immer so toll gegessen.«

»Kann man immer noch. Meine Mama ist die beste Köchin der Welt. Wenn Sie in ein paar Tagen wiederkommen, haben wir bestimmt geöffnet.«

»Deine Mama? Ist das die berühmte Katarina Fredholm?«

Annicka strahlte. Es gefiel ihr, dass ihre Mutter angeblich berühmt war.

»Ja. Und ich bin Annicka. Sind Sie hier von der Insel?«

Als Katarina aus dem Haus kam, um Annicka ein Stück von dem Rehfilet zu bringen, glaubte sie, ihr Herz würde stehen bleiben. Harald war da. Und redete mit Annicka. In Katarinas Kopf rasten die Gedanken. Hatte er ihr gesagt, wer er war? Was sollte sie tun, wenn Annicka fragte, wieso sie ihr gesagt hatte, ihr Vater sei tot?

»Annicka, kommst du bitte. Tante Augusta möchte, dass du ihr hilfst. Mit den … mit den Himbeeren, sie will sie jetzt einkochen«

Annicka lief zu ihrer Mutter. »Bin schon unterwegs. Du, der Mann da sagt, du bist eine berühmte Köchin. Du solltest ihm was zu essen geben.« Sie lachte fröhlich und winkte Harald zu. »Wiedersehen, Harald.«

Und lief ins Haus.

»Was willst du hier? Ich hab doch gesagt, du sollst uns in Ruhe lassen!« Katarinas Augen waren dunkel vor Zorn. Und auch vor Angst. Harald schenkte ihr sein Charmeur-Lächeln. Er nahm sie einfach in die Arme und küsste sie auf den Mund.

»Katarina, meine Schöne. Du siehst blendend aus. Wieso freust du dich nicht, mich zu sehen?«

Sie machte sich los und wollte zum Haus gehen. Doch er packte sie am Arm, hielt sie fest. Noch klang seine Stimme leicht und lässig.

»Annicka ist ein reizendes Kind geworden. Spricht für deine Erziehung. Aber ich bin mir sicher, dass ihr ein Vater fehlt. Kinder ohne männliche Bezugsperson haben im späteren Leben große Probleme.«

»Annicka wird keine Probleme haben. Und jetzt lass mich in Ruhe!«

»Würde ich ja. Das kannst du mir glauben. Aber nicht alle haben so ein Glück im Leben wie du. Eine tolle Tochter, einen guten Job und dann auch noch den reichsten Typen von Stockholm im Bett. Glückwunsch, du hast wirklich etwas aus deinem Leben gemacht!«

Katarina sah ihn ungläubig an. Das konnte nicht sein. Er würde doch nicht ... Doch, Harald sagte genau das, was sie befürchtet hatte.

»Leider geht es mir zurzeit finanziell gar nicht gut. Ein paar Fehlspekulationen, du weißt schon. Und schon steht man vor dem Abgrund.« Und dann kam es: »Du willst mich doch nicht fallen lassen, Katarina.«

Katarina bekam Panik. Sie wollte nichts als weg. Äußerlich blieb sie ruhig. »Was soll das? Ich habe nichts mit dir zu tun. Du bist für dein Leben selbst verantwortlich.«

»Doch, hast du. Du erziehst meine Tochter. Was denkst du, was sie sagt, wenn sie erfährt, dass du ruhig zugesehen hast, wie ihr Vater ins Unglück stürzte?«

»Lass Annicka aus dem Spiel.«

»Das kann ich nicht.« Sein Lächeln wurde gefährlich. »Sie ist meine Trumpfkarte.«

»Was willst du, Harald?« Katarinas Herz schlug bis zum Hals. Sie wusste, er hatte sie in der Hand.

»Nur ein bisschen was abhaben von den Millionen deines Liebhabers. Ein paar Kronen nur. Fünfhunderttausend vielleicht. Damit ich ins Ausland gehen kann, um eine neue Existenz aufzubauen. Das wirst du doch für mich tun können. Leiere aus deinem Kaffeehändler ein paar goldene Bohnen für mich heraus, und du bist mich los.«

»Aber ich habe mit Sven nichts zu tun. Ich weiß überhaupt nicht ...«

»Die Zeitungen lügen nicht. Ihr saht auf dem Bild sehr glücklich aus.«

»Sind wir aber nicht. Es ist aus zwischen uns. Sven Svanblom hat nicht die geringste Veranlassung, mir Geld zu geben. Bitte, Harald, das musst du einsehen. Du musst einfach wieder verschwinden und Annicka und mich in Ruhe lassen.«

»Da würde ich gerne tun. Aber leider geht das nur, wenn du mir hilfst.«

Er sah ihr tief in die Augen. Seine grünen Augen hatten noch immer diesen aggressiv-erotischen Glanz, der sie damals so angezogen hatte.

»Wiedersehen, Schönste. Ich melde mich. Und ich würde dir raten, ein wenig Kleingeld für mich bereitzuhalten. Wenn nicht, könnte es sein, dass ich meine Tochter bitten muss, für mich ihr Sparschwein zu schlachten. Und das willst du doch sicher nicht.«

Er wandte sich um. Und schlenderte davon. Ein gut aussehender Mann, mit dem lässigen Schritt eines James Bond. Wie es schien, war er bestens gelaunt. Katarina sah ihm nach. Und es war ihr, als sei ihr Herz zu einem Eisblock gefroren.

*

Was sollte sie nur tun? Katarina war ins Bad gestürzt, hatte ihr Gesicht unter das laufende Wasser gehalten. Irgendwie musste sie die Panik, die sie zu überwältigen drohte, in den Griff bekommen. Sollte sie Sven anrufen? Oder Annicka einfach einpacken und weglaufen? Die Polizei informieren? Auf jeden Fall musste sie verhindern, dass Annicka erfuhr, dass Harald ihr Vater war. Dieser Mann, der nie einen Funken Interesse an ihr gehabt hatte, der Katarina weggeschickt hatte, als sie schwanger war, dieser Mann hatte einfach nichts von einem Vater. Nur weil er ihr Erzeuger war, hatte er einfach nicht das Recht, ihr Leben durcheinander zu bringen. Langsam wurde Katarina ruhiger. Ihre Gedanken wurden klarer. Sie überlegte. Was würde passieren, wenn sie Harald einfach kein Geld gab? Er hatte doch nichts davon, wenn er Annicka die Wahrheit sagte. Im Gegenteil, er würde damit seinen vermeintlichen Trumpf zerstören. Wenn Annicka erst einmal die Wahrheit wusste, hätte Harald nichts mehr, womit er Katarina erpressen konnte. Sie sah ihr Gesicht im Spiegel an. Ja, sie würde Harald standhalten. Ihr Herz würde beben, ihr würde schlecht sein vor Angst, aber sie würde sich nicht von ihm erpressen lassen. Als sie diesen Entschluss gefasst hatte, war ihr wohler. Natürlich würde sie ein wacheres Auge auf Annicka haben, würde ihr nochmals einschärfen, niemals mit einem Fremden mitzugehen. Aber sie würde sich nicht von einem Idioten wie Harald dazu bringen lassen, ihr Leben zu ändern. Denn wenn sie das zulassen würde, würden nicht nur sie und Annicka darunter leiden, sondern zusätzlich auch Augusta. Und das wollte Katarina auf keinen Fall.

*

Augusta stand vor dem Sommerhaus der Svanbloms. Das Gespräch mit Katarina hatte ihr Mut gemacht, sie hatte sich endlich ein Herz gefasst. Wie lange sollten sie noch warten, bis sie endlich miteinander redeten? Das Leben konnte so schnell vorbei sein. Eine Zeit lang hatte sie gehofft, Viveca würde jetzt, wo sie auf der Insel war, den Weg zu ihr finden. Doch nun war sie des Wartens müde. Sie atmete tief durch und wollte gerade an die Haustür klopfen, als diese von innen geöffnet wurde. Sie sah in Vivecas graugrüne Augen.

»Hallo, Viveca.« Augustas Stimme klang ein bisschen wackelig.

Einen Moment lang leuchtete Vivecas Gesicht auf vor Freude. Doch sie hatte sich sofort im Griff. Mit einem hochmütigen Blick sah sie Augusta an.

»Ja? Was kann ich für dich tun?«

»Willst du nicht lieber wissen, was du für *uns* tun kannst?« Augusta wollte sich nicht einschüchtern lassen. »Ich wollte dir sagen, dass Johan sehr traurig war, weil er sich nicht mehr mit dir versöhnen konnte.«

Viveca verbarg den Schmerz, der sie bei der Erwähnung von Johans Tod durchzuckte, geschickt.

»Wenn es nach mir gegangen wäre, hätten wir uns erst gar nicht zerstritten. Es ist deine Schuld, dass wir uns verloren haben, Augusta. Nicht meine. Und jetzt entschuldige mich bitte, ich habe zu tun.« Sie wollte einfach die Tür schließen. Sie spürte, dass sie ihre ablehnende Haltung nicht mehr lange bewahren können würde.

»Du willst nicht mit mir reden?«

»Ich wüsste nicht, worüber.« Damit schloss Viveca die Tür.

Augusta schossen vor Enttäuschung die Tränen in die Augen. Sie ahnte nicht, dass hinter der schweren Eichentür auch Viveca mit den Tränen kämpfte.

*

Sven hatte eine schlaflose Nacht hinter sich. Er kam sich vor wie ein Idiot. Konnte es wirklich sein, dass er Katarina nicht halten konnte? Sie war doch eine moderne, intelligente Frau. Wieso wollte sie ihn nicht verstehen? Er spürte selbst, wie absurd der Gedanke war. Es hatte nichts damit zu tun, ob jemand modern oder altmodisch war. Keiner wollte die zweite Geige spielen. Und schon gar nicht aus geschäftlichen Gründen. Es war geradezu unverfroren von ihm gewesen, Katarina dies anzutun. Und es geschah ihm recht, dass sie nichts mehr mit ihm zu tun haben wollte.

Er seufzte tief. Die Einsicht hatte er ja. Aber sie half ihm nicht weiter. Er konnte einfach nicht so tun, als wäre ihm die Firma egal. Sicher konnte er sich ein Leben vorstellen, in dem er etwas anderes tat, als die Geschäfte der Firma Svanblom zu leiten. Aber ob er sich weit vom Kaffeehandel entfernen würde? Er liebte den Duft der schwarzen Bohnen. Er liebte den Blick über die unendlich grünen Plantagen in Kolumbien. Er liebte die Menschen, die dort für ihn arbeiteten. Er hatte ihnen schon vor Jahren sehr faire Verträge gegeben, sie krankenversichert, Kindergärten und Schulen gebaut. Nicht zuletzt deswegen war seine Firma in die momentane Schieflage geraten. Was immer er auch tun würde, um die Firma zu retten, die soziale Verbesserung bei seinen Arbeitern würde er niemals zurücknehmen.

Er befand sich in einer Zwickmühle. Und er hatte keine Ahnung, wie er aus ihr herauskommen sollte. Aber eins wusste er, er konnte Katarina nicht einfach so aus seinem Leben verschwinden lassen.

Katarina hatte Annicka gebeten, ihr beim Abschmirgeln der Terrassenstühle zu helfen. Sie wollte das Mädchen in ihrer Nähe wissen, Harald keine Möglichkeit geben, allein mit ihr zu sein. Die Stühle würden mit einem neuen leuchtend blauen Anstrich dem Tärna einen neuen Akzent geben.

Eine Männerstimme erklang. «Kann ich euch helfen?«

Katarina zuckte zusammen. Aber es war nicht Harald, der sie überraschte, es war Sven. Was wollte er? Sie hatte sich doch klar ausgedrückt, dass sie ihn nicht mehr sehen wollte. Sie sah ihn abweisend an, und gleichzeitig zog es sie mit jeder Faser ihres Körpers zu ihm.

»Falls du wissen willst, wie wir mit den Vorbereitungen für das Fest zurechtkommen, wir sind absolut im Zeitplan. Du musst dir keine Sorgen machen.«

»Ich wollte mit dir nicht über das Fest reden. Bitte, Katarina, du musst mir einfach noch einmal zuhören. Ich …«

Katarina wollte auf keinen Fall eine Diskussion mit Sven in Anwesenheit Annickas. Sie wollte eigentlich überhaupt keine Diskussion mit Sven. Oder doch? Sie hasste dieses Gefühlschaos. Wie war sie da nur wieder hineingeraten? Sie brauchte Klarheit in ihrem Leben.

Annicka, die spürte, dass ihre Mutter durcheinander war, legte das Schmirgelpapier weg. »Ich hab Durst. Ich hole mir was zu trinken.« Und weg war sie.

Katarina und Sven waren allein auf der Terrasse.

Sven ging einen Schritt auf Katarina zu. Sein Blick war bittend. Drängend. Hoffend.

Zögernd sagte er: »Ich will dich nicht verlieren. Es darf einfach nicht sein, dass es schon wieder zu Ende ist. Es war doch gut, Katarina. Hast du das nicht auch gespürt?«

Sie drehte sich weg, rieb heftig mit dem rauen Papier über das ausgebleichte Holz. Konnte einfach nichts sagen. Er ging neben ihr in die Hocke. Hielt ihre Hand fest. Sie sollte ihn ansehen.

»Gib mir ein bisschen Zeit. Ich werde alles regeln. Ich werde meine Firma retten, und ich werde …«

»Geh, rette deine Firma, Sven. Und lass mich in Ruhe.« Sie sagte das mit einer fremden, ganz kalten Stimme.

Sven sah sie erschrocken an. War sie das wirklich? Meinte sie das, was sie sagte?

»Es ist gut so, wie es ist. Ich hätte wissen müssen, dass es nichts werden kann mit uns. Weißt du, ich passe nicht in deine Welt der Geschäfte und der Fusionen. Damit will ich nichts zu tun haben. Auf Wiedersehen, Sven.«

Sie sah ihn nicht an. Sondern ging einfach an ihm vorbei ins Haus. So, als wäre er gar nicht da. Sven spürte noch den leichten Luftzug, den die sich schließende Tür verursachte, er atmete den sanften Duft ihrer Haare ein. Was sollte er noch tun?

Er war ratlos. Eine Frau wie Katarina hatte er noch nie geliebt. Er wusste kein Mittel, um sie zu halten.

*

Viveca saß am Tisch auf der Terrasse. Sie ordnete die schriftlichen Antworten, die sie zu ihrem Fest bekommen hatte. Mehr als sechzig Zusagen hatte sie schon. Ihre Freunde freuten sich alle, dass es ihr wieder besser ging. Viele hatten sich Sorgen gemacht um Viveca, die jeden Lebenswillen verloren zu haben schien.

Ja, das Leben hatte sie tatsächlich wieder. Dessen war sich Viveca bewusst. Sie atmete wieder. Sie freute sich an der Schönheit der Welt. Und an ihren eigenen Gefühlen. Niemals hätte sie vor einem Jahr gedacht, dass sie dem innigen Gesang der Nachtigall mit einer solchen Freude lauschen würde. Oder dass sie wieder mit großer Lust vor ihrer Leinwand stehen würde. Sie hatte sich leer gefühlt, verlassen und sich nichts anderes gewünscht, als dass das Leben auch für sie endlich zu Ende sei.

Doch sie lebte. Und sie spürte wieder die Verantwortung, die in ihr lag. Die Verantwortung für dieses eine Leben, das man hatte. Sie wollte es nicht vergeuden.

Ihr Blick fiel auf das Foto von ihr, Augusta und Johan, das nun an einem silbernen Kerzenständer lehnte. Sie glaubte, das vergnügte Lachen zu hören, das damals ihre Tage durchflutet hatte.

Sehnsüchtig strich sie über das Foto. »Ach Augusta … ich vermisse dich so … «

»Wen vermisst du, Mama?« Svens Stimme riss sie aus ihren Erinnerungen. Er hatte ihren wehmütigen Seufzer gerade noch gehört. Doch Viveca war nicht bereit, ihm zu sagen, an wen sie gedacht hatte.

»Sven, gut, dass du kommst. Björn Tomasson hat angerufen. Er will morgen mit uns im Yacht-Club essen. Mit Lotta, Marita, dir und mir.«

Sven nickte automatisch. Das überraschte ihn nicht. Björn Tomasson würde nun Nägel mit Köpfen machen wollen.

»Was denkst du, wollt ihr eure Verlobung morgen nicht offiziell machen? Das wäre doch eine schöne Gelegenheit.«

Sven konnte nicht glauben, dass seine Mutter so etwas von ihm erwartete. Andererseits wusste sie nichts von seinen tiefen Gefühlen für Katarina. Sie ging immer noch davon aus, dass er und Marita ein Paar waren. Und dass das mit Katarina nur eine dumme Spielerei gewesen war. Er sah Viveca an. Durfte er ihre Erwartungen enttäuschen? Gerade jetzt, wo sie endlich die Trauer um ihren Mann überwunden zu haben schien? Aber was war mit seinem Leben? Was war wirklich wichtig? Hatte er kein Recht auf die Liebe seines Lebens? Sie war doch auch glücklich mit ihrem Mann gewesen. Und hatte nicht ihre Liebe ihm Kraft gegeben? Stärke? Plötzlich war Sven alles klar. Plötzlich war er sich absolut sicher. So sicher wie nie zuvor.

»Ich muss dir etwas sagen, Mama. Es wird keine Verlobung mit Marita geben. Auch keine Hochzeit. Ich werde mich, sobald die Fusionsverträge unterschrieben sind, von ihr trennen.«

Viveca starrte ihn überrascht an. »Doch nicht wegen dieser Köchin? Sven, du wirst dein Leben doch nicht wegen einer Nichte von Johan Vasen wegwerfen?«

»Ich würde es wegwerfen, wenn ich Marita heiraten würde, nur weil ihr alle es erwartet«, sagte er ruhig.

»Sven, dieses Mädchen ist wirklich sehr hübsch, das muss ich zugeben. Aber es liegt in dieser Familie, gute Beziehungen zu zerstören. Ich wundere mich trotzdem, dass du auf sie reingefallen bist.«

»Ich bin nicht auf Katarina reingefallen. Ich liebe sie. Ich wollte mit ihr leben. Aber du kannst beruhigt sein, sie will nichts mehr von mir wissen. Und irgendwie geschieht mir das auch recht.«

Viveca sah ihn an, und plötzlich konnte sie seinen Schmerz und seine Enttäuschung spüren. Tröstend legte sie ihre Hand auf seinen Arm.

»Es tut mir Leid für dich, Sven. Ich weiß, wie schwer es ist, sich von einer Liebe zu verabschieden. Aber ich weiß auch, dass man eine andere Liebe finden kann.« Ein Lächeln stahl sich auf ihr Gesicht. Hatte sie nicht Max gefunden, damals, als sie sicher war, sie würde niemals wieder einen Mann so lieben können wie Johan? Dieser überraschende Gedanke – es war eine ganz neue Einsicht – nahm ihr einen Moment den Atem. Doch bevor sie weiter darüber nachdenken konnte, sagte Sven:

»Ich will mich von Katarina nicht verabschieden.«

Viveca seufzte leise. »Bist du dir sicher, dass sie nicht nur eine Sommerliebe ist? Du kennst sie doch noch gar nicht so lange. Und Marita ist eine kluge, schöne, gebildete Frau.« Schon während sie das sagte, wusste sie, dass sie ihn nicht überzeugen würde. Trotzdem, sie musste es versuchen. Es ging nicht nur um Sven. Es ging auch um das Lebenswerk von Max.

»Du bist doch glücklich gewesen. Du hast alles, was du dir wünschen kannst. Du solltest nicht unterschätzen, dass dein Lebensweg so klar vor dir liegt. Eines Tages wirst du wissen, dass du dich richtig entschieden hast.«

Sven hörte ihr zu. Doch ihre Worte lösten das Gegenteil von dem, was sie beabsichtigte, in ihm aus. Ja, sein Lebensweg hatte immer ganz klar vor ihm gelegen. Und er hatte immer akzeptiert, dass er auf einen Platz gestellt worden war, den er nicht infrage zu stellen hatte. Dass er eine Aufgabe übernommen hatte, die sein Leben definierte. Und plötzlich wurde es ihm klar.

»Darauf kommt es an, du hast ja Recht. Dass ich nicht eines Tages denken muss, es war die falsche Entscheidung. Ich will nicht irgendwann dastehen und bereuen, dass ich zu feige war, eine andere Richtung einzuschlagen. Ich will nicht zu feige gewesen sein, das zu tun, was richtig für mich ist.«

Er nahm sie spontan in die Arme. Küsste sie auf die Wange.

»Mach dir keine Sorgen.«

Er sah plötzlich ganz erleichtert aus, als sei ihm ein Stein vom Herzen gefallen.

»Was hast du vor?« Sie hatte plötzlich Angst, er würde alles hinwerfen.

»Ich muss nach Stockholm. Es wird sich alles klären.«

Er ging. Plötzlich hatte er es eilig. Er hatte sich entschieden, und es war, als wäre er beflügelt von seinem eigenen Mut.

Harald hatte es nicht mehr ausgehalten. Er wollte Schweden so schnell wie möglich verlassen, und dazu brauchte er Geld. Er stand bei Katarina in der Küche des Tärna und konnte kaum glauben, was sie ihm gerade gesagt hatte.

»Das wirst du bereuen, Katarina. Wenn Annicka erfährt, dass ich lebe, wird sie dir das nicht verzeihen.«

Katarina bemühte sich, gelassen zu wirken. Er sollte nicht sehen, dass sie vor Angst innerlich schlotterte. Aber sie würde nicht nachgeben. Sie durfte sich einfach nicht von ihm erpressen lassen. Selbst wenn sie so viel Geld gehabt hätte, wie er von ihr verlangte, sie hätte es ihm nicht gegeben.

»Du kennst sie nicht. Sie ist ein kluges Mädchen, sie wird verstehen, wieso ich so gehandelt habe.«

Sie nahm ihren Geldbeutel und holte ein paar Scheine, die sie am Tag vorher noch von der Bank geholt hatte, heraus.

»Das ist alles, was ich dir geben kann. Es reicht für einen Flug. Aber mehr wirst du nicht bekommen.«

Harald stopfte das Geld wortlos in die Hosentasche. Sie hatte ihn mit ihrer entschlossenen Haltung überrumpelt. Das war nicht mehr das junge Mädchen, das sich damals an ihn geklammert hatte. Hier stand eine Frau vor ihm, die keine Angst vor ihm zu haben schien. Er war unschlüssig. Sollte er wirklich unverrichteter Dinge gehen? Durfte er sich so behandeln lassen? Sein Stolz war verletzt. Wer war er denn, dass sie so mit ihm umspringen durfte? Er setzte an, etwas zu sagen, als draußen Schritte zu hören waren. Jemand kam. Harald, der keine Zeugen für seine Begegnung mit Katarina haben wollte, sah sie durchdringend an.

»Glaub nicht, dass du mich damit schon los bist. Ich komme wieder.«

Sie versuchte, die aufsteigende Übelkeit zu unterdrücken.

»Das wird keinen Zweck haben. Ich sage dir noch einmal, geh, Harald. Und lass mich in Ruhe.«

Sein Blick war böse und durchdringend, als er ging. Sie spürte, dass es noch nicht zu Ende war. Aber sie war froh, ihm entschlossen Widerstand geboten zu haben. Vielleicht würde er doch begreifen, dass er keine Chance hatte. Und vielleicht würde er einfach verschwinden.

Sie versuchte die düstere Stimmung, die Haralds Anwesenheit bei ihr ausgelöst hatte, zu vertreiben, indem sie sich ihrem Speiseplan widmete, der ausdruckt vor ihr auf dem Küchentisch lag.

Doch dazu kam sie nicht, denn plötzlich stand Sven vor ihr. Sven, der sie so voller Sehnsucht ansah. Katarinas Herz machte einen Satz. Ihr Magen, der sich gerade wieder beruhigt hatte, zog sich zusammen.

»Ich muss dir etwas sagen.«

»Ich wüsste nicht, was.« Sie bemühte sich, ihre Stimme kalt und desinteressiert klingen zu lassen. Sie wollte nichts mehr hören. Keine Erklärungen, keine Entschuldigungen. Sie versuchte sich einzureden, dass sie schon längst bereute, sich auf diesen Mann eingelassen zu haben.

»Ich liebe dich, Katarina.«

Katarina schluckte »Ja. Und? Was erwartest du, dass ich dazu sage?«

»Ich liebe dich, und ich will mit dir zusammen sein?«

»Ach?« In ihrer Stimme lag böser Spott. »Ist die Fusion geplatzt? Oder ist Marita dir weggelaufen?«

Sven nickte. Sie hatte alles Recht dieser Welt, so mit ihm zu reden. Aber er wollte sich nicht beirren lassen.

»Ich hatte einfach nicht damit gerechnet, eine Frau wie dich zu treffen. Die wie ein Tornado in mein Leben bricht und alles durcheinander wirbelt. Ich bin ein Mann, der gerne Klarheit hat. Der Strukturen braucht. Und den Überraschungen ziemlich irritieren.«

Katarina merkte, wie ihre Abwehr nachließ. Zumindest

zuhören musste sie ihm. Obwohl sie keine Hoffnung hatte, dass er ihr im Ergebnis etwas Neues sagen würde.

»Ich war durcheinander davon, wie die Dinge sich entwickelt hatten. Überrumpelt. Und überfordert. Na ja, ich habe wohl einfach Zeit gebraucht, um die Trümmer zu sichten. Und um sie neu zu ordnen. Und ich habe sie neu geordnet, Katarina.«

Erschrocken sah sie in seine Augen. Was wollte er damit sagen? Hatte er alles aufgegeben? Marita, die Firma. Das wollte sie nicht. Sie würde niemals die Verantwortung für derartig weit reichende Entscheidungen tragen wollen.

»Ich bin in Stockholm gewesen. Bei Björn Tomasson. Ich habe ihm klar gemacht, dass wir trennen müssen zwischen dem Privaten und dem Geschäftlichen.« Er lächelte vergnügt.

»Und ich habe ihm klar gemacht, was für eine Chance ihm entgeht, wenn er die Fusion platzen lässt. Svanblom ist eine großartige Firma. Mit ein wenig Kapitalerhöhung wird sie erfolgreicher werden denn je.«

»Und Tomasson hat das begriffen?«

»Als ich ihm erklärte, dass ich mit anderen Interessenten über die Fusion reden würde. Und als ich ihm vor Augen gehalten habe, dass Marita mit mir niemals glücklich werden kann. Er ist ein gewitzter Geschäftsmann. Und ein liebevoller Vater. Es hat nicht lange gedauert, und er hat begriffen, dass ich Recht habe.«

Eine kleine Weile herrschte Schweigen. Katarina wagte nicht zu denken, was Svens Entscheidung für sie bedeutete. So richtig wollte sie es auch nicht wissen. Hatte sie sich nicht gerade entschlossen, dass er der Falsche für sie sei?

»Wieso hast du das nicht früher gemacht? Mit Tomasson geredet?«

»Weil ich feige war? Und weil ich gar nicht auf die Idee gekommen bin, dass es auch andere Wege geben könnte. Das habe ich eigentlich erst begriffen, seit ich dich kenne. Wenn du nicht gewesen wärst, hätte ich ewig mit Marita zusammengelebt. Nicht unglücklich, bestimmt nicht. Aber auch nicht glücklich. Jedenfalls niemals auch nur annähernd so glücklich, wie ich es mit dir werden kann.«

Katarina konnte es nicht fassen. Er war zurück. Er stand vor ihr. Ihr wurde fast schwindelig, als sie die Zuversicht und Entschlossenheit, die er ausstrahlte, erfasste.

Sven nahm ihre Hand. Zögernd. Er war sich nicht sicher, ob sie ihm sie nicht entreißen würde. Doch Katarina wehrte sich nicht. Er zog sie an sich. Hielt sie einfach ganz fest. Schlang seine Arme um sie und wollte sie nie mehr loslassen. Seine Lippen fanden die ihren. Leise fragte er:

»Gibst du mir eine Chance?«

Katarina konnte nichts sagen. Nur heftig nicken. Und ihn küssen. Küssen, als würde sie nie mehr damit aufhören wollen. Das war besser als jede Antwort.

*

Harald hatte sich noch ein paar Minuten unschlüssig vor dem Haus herumgetrieben. Verärgert hatte er sich eingestehen müssen, dass Katarina ihm den Wind aus den Segeln genommen hatte. Und hatte sich dann auf den Weg zum Hafen gemacht. Er würde einfach verschwinden und diese Frau aus seinem Gedächtnis tilgen.

Da sah er plötzlich Annicka auf dem Steg sitzen und eine Angel ins Wasser halten.

In Haralds Kopf blitzte eine Idee auf. Er setzte sein charmantestes Lächeln auf und setzte sich neben Annicka auf den Steg.

»Hej, Annicka. Beißen sie?«

Sie schüttelte den Kopf. »Nicht einen hab ich heute gefangen.«

Er nickte, betrachtete das kleine Boot von Onkel Johan. »Da draußen hinter der Insel weiß ich einen guten Platz, wo es jede Menge Fische gibt. Ich war mit Johan oft draußen. Wir haben manchmal zwanzig Stück an einem Tag gefangen.«

Annicka war sofort interessiert.

»Wenn du willst, können wir rausfahren. Ich zeig dir den Platz.«

Annicka war Feuer und Flamme. Was nützte die schönste Angel, wenn man damit nichts fing? Aber gleichzeitig wusste sie, dass sie mit Fremden nicht mitgehen sollte.

»Ich würde gerne mit dir rausfahren. Aber meine Mutter mag das nicht.«

»Deine Mutter hat Recht. Geh nie mit Fremden mit. Aber ich bin ja kein Fremder. Ich kannte Johan jahrelang. In Rörstrand kennen mich alle. Aber gut, wenn du dich nicht traust, ich kann das verstehen.«

Er hatte genau das Richtige gesagt. Denn dass sie sich etwas nicht traute, das wollte Annicka sich nicht nachsagen lassen.

Sie stand auf.

»Aber in einer Stunde sind wir zurück, ja? Ich muss nämlich mit Tante Augusta heute die Kätzchen zum Impfen bringen.«

»Natürlich. In einer Stunde sind wir längst wieder da.« Er schenkte ihr sein charmantestes Lächeln. Und Annicka fand ihn toll.

»Und ich darf auch mal steuern?«

»Klar.« sagte er. Das ging ja einfacher, als er dachte. Er würde Katarina schon kleinkriegen. So schnell wurde sie ihn nicht los.

*

Sven und Katarina kamen aus dem Lokal. Sie hielten sich an der Hand wie Kinder, die sich nicht verlieren wollten. Sie waren auf der Suche nach Augusta und Annicka, um ihnen die gute Neuigkeit zu erzählen.

Doch Annicka war nicht, wie erwartet, auf dem Steg, wo Katarina sie noch vor kurzem hatte sitzen sehen. Und auch Onkel Johans Boot war nicht da. Doch sie war einfach zu glücklich in diesem Moment, um sich Sorgen zu machen. Aber dann sah sie das Boot. Draußen auf dem Wasser, wie es gerade um die nächste Insel bog.

»Das ist doch Johans Boot. Ich verstehe das nicht. Annicka fährt doch nicht allein mit dem Boot raus.«

»Vielleicht ist deine Tante mit ihr ... «

»Augusta hat Angst auf dem Wasser. Sie würde niemals mit Annicka allein rausfahren.« Sie konnte nicht verhindern, dass die Panik in ihr hochkroch.

In diesem Moment klingelte ihr Handy. Sie riss es hektisch ans Ohr. Als sie Annickas Stimme hörte, wurde sie blass vor Angst. Sie ließ sie nicht zu Wort kommen, rief hektisch ins Telefon.

»Annicka. Komm sofort zurück. Ich will, dass ihr umdreht und sofort wieder zurückfahrt. Sag es Harald. Bitte.«

Sven hörte die Angst in ihrer Stimme. Was war da los? Mit wem war Annicka dort auf dem Wasser?

Katarina bemühte sich, ruhig zu wirken. Annicka durfte auf keinen Fall spüren, dass sie Angst um sie hatte.

»Kannst du mir Harald mal geben, Schätzchen, ich muss

ihm etwas sagen.« Sie wartete einen Moment. Sven strich über ihren Rücken, sie blickte ihn angstvoll an und sagte leise:

»Annickas Vater, er hat versucht mich zu erpressen.« Jetzt war Harald am anderen Ende am Apparat. Er meldete sich mit lässiger Stimme. Mit so einer Überraschung habe sie wohl nicht gerechnet, was?

»Harald. Du Idiot! Bring sie sofort zurück, hörst du. Bring sie sofort zurück.«

Harald, der das Boot geschickt durch die Schärenlandschaft steuerte, warf einen Blick auf Annicka, die gerade einen Köder an der Angel befestigte. Die Drohung in seiner Stimme war unüberhörbar, als er leise sagte:

»Sie ist ein sehr nettes Mädchen. Es ist einfach nicht fair, ihr zu verschweigen, dass sie einen Vater hat. Denk doch noch mal drüber nach. Aber nicht zu lange würde ich sagen. Dieses nette Schiffchen hier kann uns ganz geschwind weit weg von hier bringen.«

Katarina war in Panik. Sie war schuld. Sie hatte ihm das Geld nicht gegeben, und jetzt war ihre Tochter da draußen mit diesem Mann.

»Nicht, Harald, warte. Ich tue alles, was du willst. Ich besorge das Geld. Sicher. Nur bitte, bringe sie zurück.«

Sie war den Tränen nahe. Harald aber legte einfach auf. Sie sollte ruhig ein bisschen schmoren. Das war die Rache dafür, dass sie ihn so kühl hatte abblitzen lassen.

Sven hatte Katarina beobachtet. Er hatte sofort verstanden, was da los war. Jetzt nahm er ihre Hand und zog sie mit sich.

»Komm. Wir kriegen ihn. Und mach dir keine Sorgen um Annicka. Es wird alles gut.«

*

Svens Yacht jagte über das Wasser. Das kleine Boot von Onkel Johan tauchte vor ihnen auf. Sven drosselte die Geschwindigkeit und sah aufmunternd zu Katarina, der jede Farbe aus dem Gesicht gewichen war. Sie war außer sich vor Sorge um Annicka. Und machte sich die größten Vorwürfe, dass sie es so weit hatte kommen lassen.

Svens Stimme war ruhig und bestimmt.

»Ich fahre jetzt ganz nah an sie ran. Dann übernimmst du das Steuer, und ich springe auf das Boot.«

Annicka hatte die Angel ins Wasser gelassen. Sie war gespannt, ob sie wirklich etwas fangen würde, wie Harald versprochen hatte. Wenn er doch nur ein wenig langsamer fahren würde. Aber er hatte gesagt, dass er weiter draußen noch eine viel bessere Stelle kennen würde.

Jetzt hörte sie ein anderes Boot kommen. Sie sah auf. Svens Yacht kam langsam auf sie zugefahren. Annicka sprang hoch.

»Mama! Hallo. Hier sind wir!« Sie winkte fröhlich und sah, wie die Yacht immer näher kam.

Harald hatte das Boot jetzt auch bemerkt. Was sollte das? Wer war das? Er gab Gas. Doch die Yacht war jetzt ganz nahe neben ihm. Er erkannte Katarina am Steuer. Diese Frau hatte doch vor nichts Respekt.

Er starrte sie finster an. Und bemerkte zu spät, dass Sven in seinem Rücken auf das Boot gesprungen war. Es war ein waghalsiger Sprung. Doch Sven dachte keine Sekunde an die Gefahr, die ihm drohte, wenn er abrutschen würde und zwischen den beiden Booten eingeklemmt würde.

Als er sich aufrichtete, stand Harald vor ihm. Wütend schrie er Sven an:

»Was wollen Sie hier? Hauen Sie ab!« Er versetzte Sven einen Kinnhaken. Sven taumelte ein paar Schritte zurück. Annicka schrie auf.

Doch schon hatte Sven sich gefangen. Er versetzte Harald einen gezielten Schlag in die Magengrube. Harald ging stöhnend in die Knie. Und schon war Sven über ihm. Drückte ihn auf den Boden. Harald versuchte vergeblich, sich zu wehren. Aber Sven war viel zu durchtrainiert, als dass Harald gegen ihn ankommen konnte.

»Das Spiel ist aus«, sagte Sven eisig. »Ich an Ihrer Stelle würde aufgeben. Oder soll Annicka erfahren, was Sie vorhatten?«

Durch Haralds Kopf schossen die Gedanken. Er blickte zu Annicka, die ihn erschrocken ansah. Und er wusste, dass er verloren hatte. Er schüttelte den Kopf und gab jeden Widerstand auf. Was hatte er sich bei dieser Aktion nur gedacht? Er war doch kein Krimineller. Er war nur so wütend gewesen, weil Katarina ihn nicht ernst genommen hatte.

Sven ließ ihn los. Harald setzte sich auf und starrte auf den Boden. Er wusste, er hatte zu hoch gepokert.

Sven war schon bei Annicka, legte den Arm um sie. Er würde versuchen so zu tun, als hätte diese Szene keine Bedeutung. Das Mädchen sollte nicht im Nachhinein noch mehr Angst bekommen.

»Na, alles in Ordnung? Hast du schon was gefangen?«

»Wieso habt ihr euch geprügelt?« Ganz war der Schrecken noch nicht aus Annickas Gesicht gewichen.

»Ach das war ganz harmlos«, lachte Sven. »Bloß ein dummes Missverständnis unter Erwachsenen. So, und jetzt fahren wir zurück an Land.«

Er suchte Katarinas Blick, die immer noch am Steuer der Yacht stand und das Ganze voller Sorge beobachtet hatte. Er zwinkerte ihr zu. Alles war gut.

*

Das Fest wurde ein großer Erfolg. Es war einer dieser warmen, lichten Mittsommerabende. Lampions und Kerzen verzauberten den Garten des Sommerhauses. Die Gäste waren begeistert von dem herrlichen Ort, das Essen wurde von allen als absolute Sensation gefeiert. Eine kleine Band spielte all die Melodien, zu denen Viveca und Max einst getanzt hatten.

Viveca stand strahlend und wunderschön im Mittelpunkt. Sie fühlte sich lebendig und frei. Und genoss die Freude ihrer Freunde, die sie zurück im Leben willkommen hießen.

Und dann stand plötzlich Augusta vor ihr. Sie hatte einen kleinen Strauß Kornblumen in der Hand und sah Viveca voller Hoffnung an.

»Die hast du damals geliebt, nicht wahr? Ich wünsche dir alles Gute zum Geburtstag Viveca. Von ganzem Herzen.«

Viveca sah sie an. Und plötzlich war sie froh, dass Augusta den Mut gehabt hatte, einfach hierher zu kommen.

Zärtlich betrachtete sie ihr Gegenüber. »Ich wusste lange nicht, was schlimmer war: Johan zu verlieren. Oder dich. Meine beste Freundin. Ich habe in meinem Leben nie wieder eine Frau gefunden, die mir so lieb war, wie du es damals gewesen bist. Du hast mir sehr gefehlt.« Sie nahm Augusta in die Arme.

»Du hast mir auch gefehlt. Aber jetzt bist du zurück. Und ich kann dir nicht sagen, wie sehr ich mich darüber freue. Irgendwie ist es, als hätten wir beide noch eine Chance bekommen, wieder Freundinnen zu werden. Falls du mir doch noch verzeihen kannst.«

Ja, das war die bange Frage, die sich Viveca auch selbst gestellt hatte. Konnte sie verzeihen?

»Ich weiß gar nicht, vielleicht hab ich dir ja längst verziehen. Vielleicht konnte ich mir ja nur nicht eingestehen, dass du durch deinen Betrug den Weg zu meinem Glück bereitet hast. Ich meine, ich weiß doch, dass ich niemals von Rörstrand weggegangen wäre, wenn Johan sich nicht in dich verliebt hätte. Ich hätte die Liebe meines Lebens, meinen Max, nicht kennen gelernt und meinen Sven nicht bekommen. Ich hätte das Glück meines Lebens nicht gefunden.«

Unter Tränen lächelten sie sich an. Sie waren sich so nahe wie damals, als sie junge Mädchen waren. Es war, als wären sie niemals getrennt gewesen.

»Ich bin so froh, dich wiederzuhaben«, konnte Augusta nur flüstern. Und Viveca nickte stumm. Ja, sie war auch froh. Der Kreis ihres Lebens hatte sich geschlossen.

Jetzt spielte die Musik einen Walzer. Augusta und Viveca wandten sich der Tanzfläche zu. Sie sahen Sven, der Katarina auf die Tanzfläche führte. Sie waren ein schönes Paar, das das Glück geradezu leuchten ließ.

Auf der Tanzfläche drückte Sven Katarina an sich. »Und? Wie soll es jetzt weitergehen mit uns?« Er konnte es kaum fassen, dass alles so gut ausgegangen war. Die Fusion war längst besiegelt. Marita war nach London gezogen, wo sie in der Tate Galerie einen aufregenden Job bekommen hatte. Das Tärna war wieder eröffnet und konnte sich vor Gästen kaum retten.

»Ich habe viele tolle Ideen für Gerichte. Ich werde jeden Tag was Neues kochen. Und im Winter, wenn wir geschlossen haben, werden wir anbauen. Ich denke, unsere Gäste würden ein paar Fremdenzimmer sehr zu schätzen wissen.«

Sven konnte immer wieder nur staunen über diese Frau, die ihm das Schicksal zugespielt hatte. Ihre Energie, ihr

Optimismus, ihre Lebensfreude überwältigten ihn Tag für Tag.

Keine Sekunde hatte er bereut, von Stockholm nach Rörstrand gezogen zu sein, in das wundervolle Sommerhaus. Und Katarina, Annicka und Viveca verstanden sich inzwischen blendend.

Und wie es aussah, würden auch Augusta und Viveca das wiederfinden, was sie vor vielen Jahren verbunden hatte.

Sven zog Katarina noch enger an sich, sie tanzten so harmonisch miteinander, als hätten sie nie etwas anderes getan. Das Leben war gut zu ihnen. Sie hatten das Glück gefunden. Und sie würden alles tun, um es nicht mehr loszulassen.

ENDE

Mittsommerliebe

Der Wind peitschte ihr einen Schwall Wasser ins Gesicht, und Anna schnappte nach Luft. Ihr Körper schien sich nicht entscheiden zu können, ob er unter der Schwimmweste frieren oder schwitzen sollte. Es war heiß heute, aber die Wassertemperatur betrug hier im Schatten der Schlucht trotz des beginnenden Sommers immer noch höchstens zwölf Grad, und der Neoprenanzug ließ Arme und Beine frei, sodass genug nackte Haut von Annas Körpers mit dem eiskalten Nass in Berührung kam.

Die Strecke, die sie heute ausgesucht hatte, war zwar nur knapp einen Kilometer lang, erreichte aber an zwei Stellen den fünften Schwierigkeitsgrad mit unübersichtlichen Durchfahrten und Katarakten, die es in sich hatten. Der Fluss strömte in schwer zu meisternden Wasserrutschen über blank gescheuertes Grundgestein und fiel im Bereich des Ausstiegs zu einem Wasserfall ab, in dem sie bereits zweimal ihre Erfahrungen mit der Eskimorolle hatte auffrischen können. Auch die restliche Strecke war mit mehreren Wildwasserstrudeln der Stufen drei bis vier noch anstrengend genug.

Anna stemmte das Paddelblatt gegen die Wucht der Strömung in der nächsten Kehre und konzentrierte sich darauf, die Felsdrift, die sich vor ihr auftat, unbeschadet zu durchqueren. Wasser spritzte ihr in Kaskaden entgegen und sprühte vom Helm über ihr Gesicht und ihre nackten Arme. Sie fühlte sich eins mit den Elementen, wie verwachsen mit dem Wasser und dem darunter liegenden glänzenden Fels.

Die kantig aufragenden Granitwände zu beiden Seiten des Ufers schienen ihre Kräfte zu bündeln und sie mit Energie aufzuladen, bis es ihr vorkam, als sei ihr eine besondere Macht zuteil geworden. Hin- und hergeworfen in ihrer rasanten Zickzackfahrt über den Fluss, wurde sie immer wieder zurückgeführt auf die Linie, die sie am Ende sicher ans Ziel bringen würde.

In einem Winkel ihres Bewusstseins bildete sich der Gedanke, dass die Fahrt im Kajak durchaus als Sinnbild ihres Lebens verstanden werden konnte. Sie wurde von einer Richtung in die andere getrieben und musste kämpfen, um nicht von Mächten vereinnahmt zu werden, die stärker waren als sie selbst.

Anna schöpfte Atem, als sie die Schrägstufe mit den gewaltigen Rückläufen erreichte, an die sich unmittelbar der Wasserfall anschloss, die gefährlichste Stelle dieses Parcours. Ohne zu zögern, senkte sie das Paddel links neben sich in die kochenden Strudel und begann den wilden Ritt durch die Wasserhölle. Sie stieß einen triumphierenden Schrei aus, als sie schließlich triefend und zitternd, aber wohlbehalten das Ende der Stromschnellen erreichte. Immer noch schwer atmend, paddelte sie an das kiesige Ufer, zu einer Stelle, wo sich ein schmaler, treppenartiger Pfad in den Wald hinaufwand.

Der Weg zurück zum Einstieg führte über Felsen und durch schattige Waldstücke, und Anna genoss ihn beinahe genauso wie die vorangegangene Fahrt. Das Boot wog kaum vierzehn Kilo und ließ sich problemlos tragen, sodass sie ihr Augenmerk weiterhin auf den Fluss richten konnte. Im Geiste erkundete sie abermals die Stellen, die sie vorhin durchquert hatte, schätzte ihren Schwierigkeitsgrad ab, maß die Tiefen der Wasserfälle und die Entfernungen von einem Handicap zum anderen.

Als sie an der nächsten Biegung des Flusses zwischen den hohen Fichten hervortrat, sah sie den Holzlaster, der auf der Brücke stehen geblieben war, die an dieser Stelle über den Fluss führte. Henner stand am Geländer und winkte ihr zu, eine winzige Gestalt vor einem voll geladenen Spielzeugauto.

»Hej, Anna!«, rief er.

»Hej, Henner!«, schrie sie zurück. Amüsiert überlegte sie, ob er ihr wohl die ganze Zeit zugeschaut hatte. Von da oben hatte man eine hervorragende Sicht über weite Teile des Flusses, und sowohl im Dorf als auch in der Fabrik gab es genügend Leute, die der Meinung waren, Annas Paddelkünste seien olympiareif. Henner war einer davon, er hatte schon mehrfach davon gesprochen, dass an ihr eine Spitzensportlerin verloren ginge. Anna selbst war realistisch genug, um das Kajakfahren als das zu sehen, was es für sie war: ein verrückter und manchmal ziemlich gefährlicher Zeitvertreib.

»Geht's dir gut, Anna?«, rief Henner.

»Wenn ich auf dem Wasser bin, immer!«

Trotz der Entfernung konnte sie erkennen, dass Henner nickte, ganz so, als hätte er keine andere Antwort erwartet. Vielleicht stimmte das sogar, er kannte sie immerhin seit ihrer Kindheit und hatte sie schon in ihrem ersten Schlauchkajak herumpaddeln sehen. Von allen Arbeitern in der Fabrik war er am längsten dabei. Er fuhr den Holzlaster, seit sie denken konnte.

Sie erreichte den Parkplatz, auf dem sie ihren Wagen abgestellt hatte, und verstaute das Boot auf dem Dachgepäckträger. Mittlerweile schwitzte sie gewaltig unter dem feuchten Neopren und zog sich daher im Schatten des Wagens rasch um. Eigentlich hätte sie dringend eine Dusche gebraucht, von einem Föhn ganz zu schweigen, aber dafür war keine Zeit. Sie war ohnehin schon spät dran – wieder einmal.

Während der Rückfahrt wurden ihre Blicke immer wieder von dem Prospekt angezogen, den sie auf den Beifahrersitz gelegt hatte. Die bunten Bilder waren eine einzige stumme Aufforderung, alles hinter sich zu lassen, einzutauchen in diese unbekannte, faszinierende Welt, in der sie frei sein würde. Der große Südseekreuzer mit seinen schneeweißen Deckaufbauten und den unzähligen Bullaugen durchpflügte die glitzernde Bläue des Pazifiks, und die Aufschrift *Kommen Sie an Bord* schien sie, Anna, persönlich anzusprechen. Es war wie eine geheimnisvolle Botschaft. *Komm und versuch dein Glück, lass alles hinter dir ...*

Als sie am Sägewerk vorbeikam, sah sie, dass die Männer bereits angefangen hatten, den Laster abzuladen, mit dem Henner vorhin gekommen war. Der Vorarbeiter gab dem Kranführer Zeichen, und der Ausleger des Lastzuges bewegte sich, als ein weiterer Stamm auf den Stapel neben dem Eingang der Halle herabsank.

Anna hupte kurz, und die Männer hielten mit ihrer Arbeit inne und winkten ihr zu, als sie vorbeifuhr.

Sie spürte einen Anflug von schlechtem Gewissen, als sie die vertrauten Gesichter sah. Natürlich war das Blödsinn, sie tat ja nichts Verbotenes. Sie wollte lediglich ihr eigenes Leben leben. Doch allein die Tatsache, dass niemand außer ihr das bisher wusste, reichte aus, um ihr ein schlechtes Gefühl zu geben.

Anna sagte sich, dass sie überreagierte, und sie zwang sich, ihre Situation objektiv zu betrachten. Das Sägewerk, die Männer, die für ihre Familie arbeiteten, ihre Mutter, ihr Bruder – all das waren Bestandteile ihrer vertrauten Umgebung, und niemand hinderte sie daran, neue Wege zu beschreiten.

Die Sache mit Bertil war eine andere Geschichte, aber auch dafür würde sie eine Lösung finden. Vorausgesetzt, sie konnte sich jemals dazu durchringen, mit ihm darüber zu reden.

*

Sie parkte den Wagen in einer der schmalen Straßen, die sternförmig auf den Hauptplatz führten. Das lichte, von pastellfarbigen Holzhäusern gesäumte Rund des Platzes wirkte anheimelnd wie immer, doch Anna empfand wie so häufig in der letzten Zeit eine gewisse Rastlosigkeit bei seinem Anblick.

Dabei fühlte sie sich keineswegs bedrückt von der dörflichen Enge und der ständig gleichen Umgebung. Sie liebte diesen Ort über alles, nicht nur, weil sie hier aufgewachsen war und die Menschen mochte, die hier lebten, sondern auch, weil die Gegend nicht nur in ihren eigenen Augen, sondern auch nach allen objektiven Maßstäben unvergleichlich war. Nicht umsonst kamen die Leute aus Stockholm hierher aufs Land, um Ferien zu machen. In ganz Schweden gab es kaum einen anderen Ort, wo sich Flüsse, Wiesen, Felshöhen und Wälder zu einer so wilden und zugleich märchenhaft anmutenden Landschaft vereinten.

Anna beeilte sich, endlich zur Arbeit zu kommen. Während des Laufens zog sie ihren Kittel aus der Tasche und schlüpfte hinein.

Silke stand am Eingang ihres Cafés und winkte, als Anna näher kam. Sie hatte ein leeres Tablett vor die Brust gepresst und lachte Anna an, die gute Laune in Person.

»Kaffee ist fertig!« Sie deutete auf einen der runden Bistrotische, die vor dem Café aufgebaut waren, eingerahmt von großen Blumenkübeln und überschattet von hellen Sonnensegeln aus Leinen. Eine dampfende Tasse stand dort bereit. »Wusste ich es doch, dass du jeden Moment auftauchen würdest.«

Anna blieb stehen und verzog reumütig das Gesicht. »Du bist so ein Schatz, Silke. Aber ich hab echt keine Zeit. Bin mal wieder viel zu spät dran.« Doch sie wollte ihre beste Freundin nicht verärgern und nahm einen Schluck. Und gleich darauf einen zweiten. Silke hatte Recht. Heißer Kaffee war genau das, was sie jetzt brauchte.

»Das tut gut, danke!«

Silke nickte vergnügt. »Siehst du. Kaffee muss sein, wenn du sonst schon immer ohne Frühstück wegrennst. Wie wär's mit frischem Kuchen? Bertil sagt sowieso ständig, dass du viel zu wenig isst.«

Anna stellte die Tasse ab. »Gott sei Dank wisst ihr alle hier bestens über mich Bescheid, hm?« Sie hatte beabsichtigt, es in scherzhaftem Ton zu sagen, doch sogar in ihren eigenen Ohren klang ihre Stimme eine Spur vorwurfsvoll. Sie lachte hastig, um den Eindruck zu verwischen, doch Silkes Gesicht hatte den heiteren Ausdruck verloren.

»Du warst schon wieder allein beim Paddeln. Das ist zu gefährlich, und du weißt es genau.«

»Woher willst du wissen, dass ich paddeln war?« Anna wusste, dass diese Frage kindisch war, schon bevor Silke auf ihren Wagen deutete, der von hier aus zu sehen war. Das leuchtend orangerote Kajak prangte wie ein vorwurfsvolles liegendes Ausrufezeichen auf dem Gepäckträger und strafte jeden Versuch, das Offensichtliche abstreiten zu wollen, schon im Vorfeld Lügen.

»Henner hat dich auch gesehen, er kam vorhin kurz vorbei. Du warst wieder an dieser schrecklich gefährlichen Stelle, wo du schon mal rausgefallen bist.«

Anna grinste unwillkürlich, gegen ihren Willen belustigt. »Toll. Wie schön, in so einem Kaff zu leben. Da wird wenigstens jeder Schritt beobachtet.«

Silke breitete die Hände aus. »Na und? Das garantiert immerhin, dass es jemand mitkriegt, wenn du aufhörst, zu atmen. Ist doch nett, wenn man nicht allein auf der Welt ist.«

»Du, ich muss jetzt wirklich an die Arbeit.« Anna klemmte sich ihre Tasche unter den Arm und knöpfte rasch ihren Kittel zu. »Sonst zerreißen sich am Ende noch die allwissenden Leute die Mäuler, dass ich wieder zu spät angefangen habe.«

Sie warf Silke einen übermütigen Handkuss zu. »Danke für den Kaffee. Der war meine Rettung! Auch wenn diese Fürsorge schon fast zu viel ist!«

»Hauptsache, wir lieben dich«, rief Silke ihr nach.

Anna nickte, ohne sich noch einmal umzudrehen.

Die Apotheke lag direkt neben dem Café, ein Arrangement, das für Silke und Bertil höchst praktisch war. Beide waren ausgeprägte Familienmenschen und verliehen ihrer gegenseitigen Zuneigung gern und häufig Ausdruck, indem einer den anderen regelmäßig auf ein Schwätzchen an seinem Arbeitsplatz besuchte.

Silke hatte das Café vor vier Jahren aufgemacht, als der Tourismus in der Gegend zugenommen und darüber hinaus die Eröffnung einer Kartonagefabrik etliche neue Anwohner in die Gegend gezogen hatte. Der Laden lief, zumindest in den Sommermonaten, ausgezeichnet, und Silke hatte bereits scherzhaft gemeint, ob Anna nicht lieber bei ihr jobben wollte als bei Bertil, es bliebe ja schließlich in der Familie. Vor ein oder zwei Jahren hätte Anna über eine derartige Bemerkung vielleicht noch lachen können, doch diese Zeiten waren längst vorbei.

Sie kannte Silke und Bertil schon seit dem Kindergarten und liebte beide aufrichtig, doch seit einer geraumen Weile fühlte sich dieses Leben hier einfach falsch an. Anna konnte nicht einmal sagen, woran es lag. Alles war wunderbar harmonisch, es gab weder Streit noch sonstigen Stress in ihrer Beziehung mit Bertil. Und doch war es nicht mehr dasselbe wie früher.

Sie atmete durch, als sie die Apotheke betrat. Nach dem hellen Sonnenlicht draußen war die Atmosphäre hier drin für einen Moment auf unheimliche Weise düster, beinahe wie in einem Mausoleum. Doch der Eindruck verflog sofort, und in der nächsten Sekunde war es nur noch eine etwas altertümlich wirkende Apotheke mit liebevoll polierten dunklen Schubfächern und geschnitzten Paneelen an Decke und Wänden. Bertil hatte die gesamte Innenausstattung originalgetreu restaurieren lassen, und auf den ersten Blick sah alles so aus wie vor fünfzig Jahren, als sein Großvater diese Apotheke eröffnet hatte. Hinter der antiken Fassade verbarg sich indessen modernste Technik, mit lautlos auf Spezialschienen gleitenden Auszügen, indirekter Beleuchtung, Klimaelektronik und einem effizienten Computersystem.

»Da bist du ja«, sagte Bertil. Er stand hinter der Theke und bediente eine Kundin. »Hat meine Schwester dich mit ihrem Kaffeeklatsch aufgehalten?«

»Silke ist absolut unschuldig. Ist mal wieder meine Schuld, dass ich zu spät bin.« Anna nickte der Kundin im Vorbeigehen zu. »Guten Morgen, Frau Hansen.« Rasch trat sie hinter die Theke und gab Bertil einen Kuss auf die Wange. »Tut mir Leid.«

»Kein Problem«, sagte Bertil. »Ist ja noch nicht viel los um diese Tageszeit.« Er schlang beide Arme um Anna und drückte ihr einen Kuss auf die Lippen, eine völlig normale und unter Verlobten durchaus angemessene Begrüßung. Dennoch widerstand Anna nur mit Mühe dem Drang, einen Schritt zurückzutreten. Als hätte Bertil ihre Verspannung gespürt, ließ er sie los und schickte sich an, das Medikament für Frau Hansen einzupacken. Während er den Preis in die Kasse tippte, wandte er sich zu Anna um, die bereits im Begriff war, in eines der Hinterzimmer zu gehen. »Ach, warte mal, Anna. Da war vorhin ein Anruf aus Stockholm für dich.«

Anna fuhr herum, davon überzeugt, dass ihr die Aufregung über diese Mitteilung auf mindestens hundert Meter Entfernung anzusehen war. »Wer war es denn?«, brachte sie mühsam heraus.

Bertil hob die Brauen. »Eine Frau Lindberg. Sie ruft wieder an.« Zögernd setzte er hinzu: »Wer ist das denn?«

»Lindberg? Keine Ahnung.« Anna hasste sich für die plumpe Lüge, doch in diesem Moment konnte sie nicht anders. Dies war weder der richtige Ort noch die richtige Zeit, eine Auseinandersetzung zu beginnen, schon gar nicht im Beisein von Frau Hansen, der größten Tratschtante des Ortes.

»Vielleicht jemand von dem Einrichtungshaus«, sagte sie in gespielt nachdenklichem Ton. »Ich habe mir doch Stoffe für Vorhänge angeschaut.« Sie zuckte die Achseln. »Na ja, ist auch egal.«

Eilig verdrückte sie sich ins Büro. Nachdem sie sorgfältig die Tür hinter sich geschlossen hatte, zog sie den Prospekt der Reederei aus ihrer Tasche. Auf der Rückseite befand sich die Telefonnummer. Anna kannte sie längst auswendig, doch allein schon beim Wählen das bunte Blatt in der Hand zu halten und das Schiff zu betrachten vermittelte ihr ein eigentümliches Gefühl von Sicherheit und half ihr gegen die Nervosität.

»Hier ist Anna Blomquist«, sagte sie, als die Telefonistin der Reederei Olsson sich gemeldet hatte. »Kann ich bitte Frau Lindberg sprechen?«

Sie umklammerte den Hörer fester, während sie verbunden wurde.

»Lindberg.« Eine angenehme, frische Frauenstimme. Anna holte Luft. »Anna Blomquist hier. Sie hatten angerufen?«

»Richtig, Ihre Bewerbung liegt noch vor mir. Ich finde, es sieht recht vielversprechend aus. Ihre pädagogische Ausbildung in Kombination mit Ihrem sportlichen Interesse … Es gefällt mir. Können Sie sich persönlich bei uns vorstellen? Sie würden dann mit Frank Brodersten sprechen, unserem Personalchef.«

»Oh, natürlich!« Anna konnte kaum atmen vor lauter Aufregung. »Selbstverständlich komme ich persönlich! Das ist toll! Ich meine, das ist … Wann? Wann soll ich kommen?«

»Passt es morgen um elf Uhr dreißig?«

»Das passt ganz wunderbar.« Es lag mitten in ihrer Arbeitszeit, doch wen interessierte das im Augenblick. Sie ganz sicher nicht.

Als die Tür aufging und Bertil das Büro betrat, blieb Anna gerade noch Zeit, einen kurzen Abschiedsgruß ins Telefon zu stammeln und dann rasch aufzulegen.

»Tut mir Leid, wenn ich störe«, sagte er. Anna glaubte, leichte Irritation in seiner Stimme wahrzunehmen, doch seiner Miene war nichts anzumerken. Sein schmales, intelligentes Gesicht wirkte beherrscht wie immer, und die dunklen Augen hinter der randlosen Brille zeigten den gewohnt freundlichen Ausdruck. Sein Kittel stand offen, was ihm einen leicht legeren Anstrich verlieh. Anna hatte einmal im Scherz zu ihm gesagt, er wirke so steril und zugeknöpft wie seine Berufskleidung, wenn man nichts von ihm sah außer seiner Brille und seinem frisch geplätteten Apothekerkittel. Aus unerfindlichen Gründen hatte er es sich zu Herzen genommen und trug seither den Kittel offen. Er gefiel ihr besser so, es machte ihn menschlicher, ohne seine Kompetenz zu schmälern.

»Du störst nicht«, sagte sie, während sie so tat, als würde sie in den Karteikarten nach einem Eintrag suchen.

Er streckte ihr einen Verbandskasten hin. »Kannst du den bitte zum Sägewerk bringen? Ich habe ihn neu bestückt.«

Anna blickte auf und nahm den Kasten entgegen. »Klar, mach ich sofort. Ich schreibe nur schnell die Rechnung.«

»Ach was, das ist nicht nötig«, widersprach Bertil. »Ist ein Geschenk des Hauses. Sag deiner Mutter schöne Grüße und richte ihr aus, dass ich mich schon auf unser gemeinsames Essen freue.«

Anna seufzte, dann streckte sie impulsiv die Hand aus und legte sie an Bertils Wange und dachte dabei, um wie viel einfacher es doch wäre, wenn er ein unausstehlicher Idiot wäre anstelle eines immer höflichen und liebenswerten Freundes aus Kindertagen. Dann wäre sie schon seit langem auf und davon!

»Bertil, ich habe dir doch schon so oft gesagt, dass du das nicht tun sollst! Die Familie Blomquist ist vielleicht nicht mehr so reich wie in früheren Jahren, aber wir sind auch nicht gerade arm und bedürftig. Soweit ich weiß, geht unser Sägewerk immer noch ganz gut. Wir können diesen Verbandskasten bezahlen, verstehst du?«

»Wozu?« Er beugte sich vor und küsste sie zärtlich auf die Schläfe. »Es bleibt doch quasi in der Familie. Schließlich sind wir verlobt, oder nicht?«

Sie nickte und ahnte, dass sie dabei ziemlich gequält dreinschaute, Grund genug, sich rasch abzuwenden und weiter in den Karteikarten zu blättern.

*

Für Robert Dahlström war es ein merkwürdiges Gefühl, auf dem Flughafen von Arlanda bei Stockholm zu landen. In den letzten vierzehn Jahren war er in der ganzen Welt herumgekommen, und es gab kaum einen internationalen Flughafen, den er seither nicht betreten hatte. Aber kein einziges Mal in der ganzen Zeit war er in Schweden gewesen. Vielleicht lag es daran, dass er hier keine familiären Wurzeln mehr hatte. Er war neunzehn und gerade mit der Schule fertig gewesen, als er damals mit seinen Eltern und seiner jüngeren Schwester nach Kanada ausgewandert war. Sein Vater war – wie er selbst inzwischen auch – Holzbauingenieur und hatte seine berufliche Zukunft in den endlosen Wäldern im Gebiet der Großen Seen gefunden. Seine Großeltern lebten nicht mehr, und auch sonst gab es keine Verwandten mehr in Schweden. Er hätte natürlich den einen oder anderen Freund aus Schulzeiten besuchen können, doch auch die waren inzwischen in verschiedene Winkel der Welt verstreut, sodass sich schlicht kein Anlass ergeben hatte, hierher zurückzukehren.

Robert erkannte eine gewisse Ironie dahinter, dass der Grund, der ihn jetzt nach all den Jahren doch noch herführte, weder familiärer noch auf andere Weise sentimentaler Natur war, sondern ausschließlich auf beruflichen Erwägungen beruhte. Aus demselben Grund war einst sein Vater nach Kanada gegangen – es war immer das bessere Angebot, das zählte.

Während er mit seinem Laptopkoffer zur Gepäckausgabe schlenderte, klingelte sein Handy. Das Display zeigte den Namen des Anrufers an. Es war James, sein Chef.

»Alles in Ordnung?«, fragte er.

»Alles bestens«, antwortete Robert. »Ich bin gerade angekommen. Morgen fahre ich weiter.«

»Haben Sie schon was in Erfahrung bringen können?«

»Ja, ich habe das angekündigte Material erhalten. Die Zahlen sehen gut aus.«

»Das klingt erfreulich. Wie geht es weiter?«

»Ich mache mich auf den Weg und melde mich dann.«

Robert trennte die Verbindung und ging weiter zum Laufband, um sein Gepäck zu holen.

In der Ankunftshalle wartete ein junger Mann in Chauffeursuniform mit einem Schild, auf dem Roberts Name stand. Robert verzog das Gesicht. Sein Chef neigte hin und wieder zu Übertreibungen. James Hartwood war Haupteigner einer der größten Holzverarbeitungsfirmen der Welt und schien zu glauben, es könne nichts schaden, diesen Umstand bei passender Gelegenheit zu demonstrieren.

»Robert Dahlström«, stellte Robert sich dem jungen Mann vor. »Anscheinend warten Sie auf mich.«

Der Junge lächelte eifrig. »Ich bin Jens. Ich soll Sie fahren.«

Was nicht zu übersehen war. Jens trug sogar eine Chauffeursmütze.

»Guter Service«, lobte Robert. »Aber leider völlig unnötig. Ich brauche Sie nicht.«

»Aber ... «

»Ich habe mir einen Mietwagen bestellt.«

»Herr Dahlström, ich habe Anweisungen aus Toronto, dass ich ... «

»Das kann ich mir vorstellen.« Robert grinste den Jungen an. »Ist schon in Ordnung so.« Er zog einen Fünfzig-Dollar-Schein hervor und schob ihn in Jens' Hemdtasche.

»Soll ich Sie wirklich nicht fahren? Ich meine, Sie haben doch viel zu tun, und es ... «

»Keine Sorge, ich kenne mich aus. Ich stamme aus der Gegend. Wird sich ja nicht viel geändert haben.«

Jens gab auf und zog achselzuckend seiner Wege. Auch ohne das fürstliche Trinkgeld würde er auf seine Kosten kommen. James ließ sich nicht lumpen und war im Übrigen dafür bekannt, dass er seine Auftragnehmer stets korrekt entlohnte, und sei es dafür, dass sie rufbereit irgendwo herumsaßen und darauf warteten, seine Befehle zu befolgen.

Robert schob den Gepäckwagen in die Richtung, wo sich den Hinweisschildern zufolge die Autovermietung befand. Nicht lange, und er säße im Wagen und würde nach Norden weiterfahren. Es war ein merkwürdiges Gefühl, zu dem Ort unterwegs zu sein, an dem er aufgewachsen war. Es fühlte sich nicht annähernd so an, als käme er nach Hause. Vorhin, als er mit Jens darüber gesprochen hatte, war er nicht ehrlich gewesen. Seit damals hatte sich viel verändert. Vielleicht nicht hier in Schweden, aber bei ihm. Vor vierzehn Jahren war er ein Junge gewesen, jetzt war er erwachsen. Er fühlte sich wie ein Seefahrer an unbekannten Gestaden, doch gleichzeitig barst er beinahe vor Neugier. Robert Dahlström war mehr als gespannt darauf, das Land seiner Kindheit neu zu entdecken.

*

Anna stellte den Wagen vor dem Sägewerk ab, nahm den Verbandskasten vom Rücksitz und stieg aus. Wie immer, wenn sie hier oben ankam, atmete sie tief ein, um den unverwechselbaren Geruch intensiver wahrnehmen zu können. Es gab nichts in ihrem Leben, was mit dem Duft von frisch bearbeitetem Holz vergleichbar war. Dieser Geruch hatte sie von klein auf begleitet und war Bestandteil ihres Lebens gewesen, solange sie denken konnte. Ihr Vater hatte sie schon zum Holzfällen mit in die Wälder genommen, bevor sie richtig hatte laufen können. Jedenfalls erzählte ihre Mutter das bei jeder Gelegenheit, und Anna sah keinen Grund, es nicht zu glauben.

Die Familie Blomquist und das Holz – das waren zwei Seiten einer Medaille. So oder so ähnlich äußerte sich Silvia Blomquist häufig zu diesem Thema. Anna akzeptierte derlei Bemerkungen als eine Art unabänderliche Familiendoktrin, während ihr Bruder dazu meist spöttische Kommentare abgab.

Henner kam aus der großen Halle. Er wischte seine Hände an dem mit Sägestaub bedeckten Overall ab und lächelte sie an. »Hej, Anna. Heute sehen wir uns öfter, wie?«

»Hej, Henner. Ja, die Arbeit führt mich her.« Sie gab ihm den Verbandskasten.

Zwei andere Arbeiter kamen vorbei und tippten grüßend an ihre Mützen. »Du siehst toll aus«, sagte der eine, ein junger Mann aus Svesksund, der hier erst vor kurzem seine Lehre begonnen hatte.

»Supertoll«, bestätigte der zweite, der schon ein paar Jahre länger für Blomquist arbeitete. »Das muss die Liebe sein, oder?«

Anna lachte bemüht. »Klar, was sonst? Wenn eine Frau gut aussieht, muss natürlich ein Mann dahinter stecken.«

Sie wusste, dass die meisten Leute sie für eine Schönheit hielten, und in guten Augenblicken sagte ihr der Spiegel in ihrem Zimmer dasselbe. Doch wie jede Frau kannte sie zahllose unzulängliche Stellen an ihrem Körper und empfand mitunter eine Diskrepanz zwischen ihrem Selbstbild und dem Eindruck, den sie allem Anschein nach der Öffentlichkeit vermittelte. Gegenüber Komplimenten war sie nicht unempfänglich, aber häufig verursachten anerkennende Bemerkungen über ihr Aussehen ihr auch Unbehagen, was sie dazu veranlasste, mit burschikosen Erwiderungen darüber hinwegzugehen.

Sie hatte sich bereits abgewandt, um zum Wagen zurückzugehen, als der schrille Klang der Alarmsirene sie abrupt innehalten ließ.

Sie drehte sich auf dem Absatz um und rannte zum Eingang der Werkshalle zurück. »Was ist los?«, schrie sie.

Henner stieß einen unterdrückten Fluch aus und stürzte in die Halle. Anna wollte ihm folgen, blieb aber stehen, als sie ihre Mutter näher kommen sah. Silvia Blomquist durchquerte den hinteren Teil des Parks, der das Haupthaus der Familie vom Bereich des Sägewerks trennte. Sie stieß das Gartentor auf und eilte auf das Hallentor zu. »Du lieber Himmel, was ist passiert?«

Im nächsten Moment verstummte das durchdringende Geräusch, und Mikael Leifheit kam ins Freie. Der Vorarbeiter war hochrot im Gesicht, seine Lippen zu einer ärgerlichen Linie zusammengepresst.

»Was war das?«, erkundigte sich Silvia besorgt.

»Alles in Ordnung, Silvia. Die hintere Säge ist wieder heiß gelaufen. Ich hab sie stillgelegt.«

»Mikael, das ist jetzt schon das zweite Mal in dieser Woche.«

»Ich weiß. Ich kann es nicht ändern.«

»Ich dachte, die Säge hätte einen neuen Motor bekommen.«

»So war es geplant«, meinte Mikael knapp. Mehr sagte er nicht.

Anna sah mit Bestürzung, dass die zierliche Gestalt ihrer Mutter um einige Zentimeter zu schrumpfen schien. Es war, als ob sie von einem Moment auf den nächsten einen großen Teil ihrer gewohnten Elastizität verlor. Anna wollte es nicht glauben, doch es gab keinen Zweifel: Ihre Mutter, die immer alles im Griff hatte, die immer wusste, was als Nächstes zu tun war – sie wirkte plötzlich mutlos.

»Harald hat den Motor bestimmt schon bestellt«, sagte Mikael. In Annas Ohren klang diese Bemerkung nicht so, als würde er selbst daran glauben. Sie fragte sich besorgt, was hier im Gange war. Offensichtlich etwas, von dem sie nichts wusste.

»Wo ist mein Sohn überhaupt?«, wollte Silvia wissen. »Hat ihn heute schon jemand gesehen?« Ihre Stimme hatte wieder an Festigkeit gewonnen, sie schien den Moment der Schwäche halbwegs überwunden zu haben.

Ihre Frage nach Harald wurde nicht beantwortet, bis auf ein stummes Kopfschütteln von Henner und Mikael, die sich gleich darauf wie auf ein geheimes Kommando hin in Bewegung setzten und wieder zurück an ihre Arbeit gingen.

Silvia wandte sich zu ihrer Tochter um. »Anna. Hallo, Kind.« Sie neigte sich ihr entgegen und küsste sie auf die Wange. Anna atmete den tröstlichen Duft ein, der ihre Mutter seit jeher umschwebte wie ein feiner Schleier, eine sanfte Mischung aus Vanille und Holz, mit einem Unterton von Lavendel.

»Hej, Mama. Ist alles in Ordnung?« Anna merkte, wie unsicher ihre Stimme klang. Der Vorfall von vorhin hatte sie beunruhigt, und sie setzte bereits an, ihre Mutter darauf anzusprechen. Doch Silvia schob das Kinn nach vorn und machte mit ihrer nächsten Bemerkung jeden Versuch Annas, die Sachlage auszuforschen, zunichte.

»Es sind nur die üblichen Probleme. Kein Grund zur Beunruhigung.« Im nächsten Moment lächelte sie und sah keinen Tag älter aus als vierzig. »Sag mir, was du heute Abend essen willst.«

»Heute Abend?« Anna runzelte die Stirn. »Oje. Es ist ja Dienstag. Hab ich beinahe vergessen. Und dabei hat Bertil vorhin noch davon gesprochen. Ich soll dir übrigens schöne Grüße von ihm ausrichten, er freut sich auf das Essen, wie immer.«

Der Dienstag war der so genannte Familientag. Seit Urzeiten pflegten die Blomquists diese Tradition, und Silvia achtete streng darauf, dass alle sich daran hielten. Kein Mensch wusste, wieso es ausgerechnet der Dienstag sein musste, doch es hatte sich irgendwann noch zu Lebzeiten von Annas Vater so eingebürgert, und die Familie war seither dabei geblieben.

»Wenn du einen speziellen Wunsch hast, sag es mir, ich gebe es gleich an Berta weiter. Sie freut sich immer, wenn sie dich verwöhnen kann.«

»Wenn Berta kocht, schmeckt mir alles«, sagte Anna. »Ich kann mich nicht erinnern, dass sie mir je etwas vorgesetzt hätte, was ich nicht gemocht habe.«

Silvia musterte sie prüfend. »Du siehst aus, als würdest du in letzter Zeit ein bisschen wenig essen.«

Anna unterdrückte ein Stöhnen. Jetzt fing ihre Mutter auch noch an!

»Das macht der Sport«, sagte sie.

»Bist du sicher, dass nicht etwas anderes …«

»Mama, ich muss zurück in die Apotheke. Bertil wartet schon auf mich, er will heute Nachmittag die Halbjahres-Inventur vorbereiten. Du weißt schon, meine Lieblingsbeschäftigung.«

Eine steile Falte auf der glatten Stirn ihrer Mutter zeigte Anna, dass Silvia sich nicht für dumm verkaufen ließ und sehr wohl merkte, dass Anna das Gespräch auf ziemlich unfeine Art abgewürgt hatte.

Sie sprang hinters Steuer, bevor ihre Mutter auf die Idee kommen konnte, die Unterhaltung fortzusetzen. Ihr war klar, dass Silvia auf irgendeine Art den Braten gerochen hatte. Schließlich waren sie Mutter und Tochter. Das Band zwischen ihnen war sehr eng, und manchmal hatte Anna sogar das absurde Gefühl, Silvia könnte wissen, was Anna tun würde, bevor diese überhaupt selbst daran gedacht hatte.

Als sie in die Apotheke zurückkam, wurde sie vom ohrenbetäubenden Niesen einer Kundin empfangen. Es war Dörte, die Friseurin.

»Hej«, sagte Anna. »Ich frage besser nicht, wie es dir geht, oder?«

»Erkältet«, schniefte Dörte. Sie schwenkte ein Tütchen, in dem sich Medikamente befanden. »Zum Glück gibt es Bertil. Er hat mir versprochen, dass es bis zum Mittsommerfest wieder weg ist. Muss es unbedingt.«

»Von wem willst du denn dieses Jahr träumen?«, lachte Anna. Sie wusste, dass Dörte ebenso wie Silke felsenfest an den alten schwedischen Brauch glaubte, demzufolge eine junge unverheiratete Frau in der Mittsommernacht von ihrem Zukünftigen träumte, wenn sie auf sieben Wiesen sieben verschiedene Blumen pflückte und diese unter ihr Kopfkissen legte. Vor ein paar Jahren hatte Anna auch noch daran geglaubt, doch die Zeit des Blumenpflückens war vorbei. Sie hatte ja Bertil.

»Von wem ich träumen will, darf doch nicht verraten werden«, beantwortete Dörte Annas Frage. »Aber es gibt schon einen. Vielleicht klappt es ja dieses Jahr.«

»Bestimmt«, meinte Anna. Vor drei Monaten war Dörte

noch mit Lasse, dem Polizisten, ausgegangen. Anscheinend war jetzt ein neuer Verehrer aktuell. Dörte war kein Kind von Traurigkeit.

»Du hast gut reden«, sagte Dörte. »Bist mit dem nettesten Mann des ganzen Ortes verlobt. Gibt's eigentlich endlich einen Termin für die Hochzeit?«

»Ach, wir haben es nicht so eilig«, sagte Anna.

Bertil kam aus dem Büro und trat hinter die Theke. Offenbar hatte er den letzten Teil der Unterhaltung zwischen Anna und Dörte mitgehört, denn er lächelte verbindlich und meinte mit großer Bestimmtheit: »Auf jeden Fall noch diesen Sommer.«

»Na, so was«, sagte Dörte verblüfft und erfreut. »Das ist ja wundervoll! Eine tolle Neuigkeit! Glückwunsch zu dieser Entscheidung! Wurde ja auch höchste Zeit mit euch beiden! Anna, ich freu mich für dich!« Sie winkte strahlend mit ihrer Tüte, bevor sie die Apotheke verließ.

Anna wandte sich zu Bertil um. »Was war das denn gerade? Von einer Hochzeit weiß ich ja gar nichts!« Sie bemühte sich, ihre Stimme nicht allzu verärgert klingen zu lassen, doch sie merkte sofort, dass es ihr nicht gelungen war.

Bertil zuckte ein wenig zusammen, doch er ließ sich nicht aus der Ruhe bringen. »Wieso denn nicht?«, meinte er in betont lockerem Tonfall. »Wir sind fast sieben Jahre zusammen.« Sein Gesicht verriet die Ernsthaftigkeit seiner Absichten. »Ich will endlich Nägel mit Köpfen machen, Anna!«

Sie hatte das Gefühl, protestieren zu müssen. »Von Heiraten war nie die Rede, Bertil! Das ist doch echt spießig!«

»Hör mal, wir sind verlobt, oder etwa nicht?«

»Das war doch ...« Eine Laune, wollte sie hinzusetzen. Ein Vorwand, um ein großes Fest geben zu können. Doch sie schwieg lieber, denn sie erkannte, dass er von seinem Standpunkt aus Recht hatte. Nicht nur das: Jeder vernünftige Betrachter musste derselben Meinung sein wie Bertil. Sie selbst war diejenige, die aus der Reihe tanzte.

»Wir wollten doch immer eine richtige Familie haben, Anna. Kinder.« Er holte Luft. »Ich will nicht länger warten, verstehst du!«

Sie wollte ihn anschreien, dass das noch lange kein Grund war, sie und den ganzen Ort vor vollendete Tatsachen zu stellen, doch sie brachte es nicht heraus.

Mühsam suchte sie nach Worten. »Es ist zu früh ... Noch nicht diesen Sommer ... Ich hab doch noch gar nichts von der Welt gesehen ...« Sie brach ab, hin und her gerissen zwischen Hilflosigkeit und Wut.

Bertil lachte befreit, als hätte sie ihm mit ihrer letzten Bemerkung den wahren Grund für ihre zögerliche Haltung genannt, einen Grund, den er mit Leichtigkeit entkräften konnte.

»Hör mal, wenn wir die Welt sehen wollen, können wir das auch zusammen tun, nicht wahr?« Er kam auf sie zu und nahm sie in die Arme. »Du hast Angst, stimmt's? Musst du aber nicht. Heiraten ist was Schönes. Tut gar nicht weh!«

Sie spürte die vertrauten Konturen seiner knochigen, ein wenig ungelenken Gestalt und lehnte resigniert den Kopf an seine Schulter.

*

Silvia schaute aus dem großen Fenster ihres Büros über den Fluss, der sich wie ein Silberband dahinschlängelte und an dessen Ufern dicht mit Bäumen bewachsene Hänge aufragten. Ein Atem beraubendes Panorama, doch

Silvia nahm es kaum wahr, denn im Moment musste sie sich mit Problemen herumplagen, die ihr den Blick auf die angenehmen Dinge des Lebens nachhaltig verstellten.

Immerhin ging der Mann, von dem sie sich die Rettung der Firma erhoffte, sofort ans Telefon, als sie ihn anrief. Er hatte ihr seine Handynummer gemailt, bevor er nach Stockholm geflogen war.

Seine Stimme klang angenehm. Kultiviert und dabei männlich tief, mit einem leicht rauen Unterton.

Nach einigen Begrüßungssätzen kam Silvia auf den Punkt. Welchen Sinn hatte es auch, lange drum herum zu reden? Sie brauchte Hilfe von außen und war glücklich, dass ein günstiges Schicksal ihr diese offenbar endlich zuteil werden lassen wollte.

»Ich bin sehr froh, dass Sie sich meinen Betrieb einmal anschauen wollen«, sagte sie. Es klang eine Spur inbrünstiger, als sie es beabsichtigt hatte, doch es lag ihr nicht besonders, mit ihren Gefühlen hinterm Berg zu halten, auch dann nicht, wenn es um geschäftliche Dinge ging.

Sogleich verbesserte sie sich in Gedanken. Hier ging es um viel mehr als nur ums Geschäft. Wenn sie die Dinge so laufen ließ wie bisher, stand die Existenz der Firma auf dem Spiel. Für taktische Spielchen war keine Zeit mehr, und es konnte gut sein, dass der Mann, den sie morgen hier erwartete, für das Sägewerk Blomquist die letzte Rettung war.

»Ich bin auch schon sehr gespannt«, antwortete die Stimme am anderen Ende der Leitung. »Die Unterlagen, die Sie mir geschickt haben, sind wirklich vielversprechend!«

»Schön, dass Sie das sagen.« Silvia war erleichtert. Der Anfang war gemacht, und es ließ sich weit besser an, als sie gehofft hatte. »Ich freue mich, dass Sie kommen. Morgen zu der Zeit, die wir ausgemacht haben?«

»Natürlich.«

»Also, bis dann. Auf Wiedersehen.«

Silvia hatte kaum aufgelegt, als Harald in ihr Büro spaziert kam, wie immer, ohne anzuklopfen. Sie unterdrückte das schwache Gefühl von Gereiztheit, das bei seinem Anblick in ihr aufkommen wollte. Er sah ungepflegt aus. Nicht nur heute, sondern jedes Mal, wenn sie ihn sah, ein bisschen mehr, wie es ihr schien. Es lag nicht nur an seinem mehr als lässigen Jeans-und-T-Shirt-Aufzug, sondern an seiner gesamten Erscheinung. Seine Augen waren dunkel umschattet, und er hatte sich seit Tagen nicht rasiert. Und wenn sie sich nicht sehr täuschte, hätte er auch eine Dusche vertragen können.

Silvia hätte gern gewusst, wo er sich die letzten drei Tage herumgetrieben hatte, doch sie fragte ihn nicht danach. Er würde irgendeine lockere Antwort aus dem Hut zaubern und ihr damit den Wind aus den Segeln nehmen, und sie würde sich wieder einmal damit abfinden müssen, aus seinem Leben ausgeschlossen zu sein.

Die Situation war ihr zuwider, doch sie hatte keine Ahnung, wie sie das ändern sollte. Er war zwar ihr Sohn, aber mit fast dreißig Jahren weit über das Alter hinaus, in dem ein Mann sich noch von seiner Mutter gängeln lassen musste.

Doch selbstverständlich musste sie ihm da seine Grenzen aufzeigen, wo es um das Wohl der Firma ging. Silvia stemmte entschlossen die Handflächen auf die Platte ihres großen Eichenschreibtischs und stand auf, um ihm entgegenzutreten.

»Hej, Mama«, sagte er betont unbefangen. »Du hast mich gesucht?«

»Richtig.« Silvia zwang sich zu einem gelassenen Tonfall. »Die hintere Säge ist schon wieder …«

»Hab ich gehört«, fiel Harald ihr ins Wort. »Ist aber kein Problem. Der neue Motor ist in ein paar Tagen da.«

»Er hätte schon längst hier sein können! Wenn *du* ihn bestellt hättest!« Silvia merkte, wie sie trotz aller Bemühungen, ruhig zu bleiben, allmählich die Beherrschung verlor.

»Aber das hab ich doch!« In Haralds Miene malte sich rechtschaffene Entrüstung. »Ich weiß gar nicht, warum er immer noch nicht angekommen ist!«

Silvia hatte noch nie im Leben die Hand gegen eines ihrer Kinder erhoben und würde jetzt gewiss nicht damit anfangen. Doch in diesem Augenblick weiß glühenden Zorns widerstand sie nur mühsam dem Impuls, ihrem Sohn den verlogenen Ausdruck vom Gesicht zu schlagen.

»Ja«, sagte sie kalt. »Sicher hast du ihn bestellt. Heute.« Sie trat einen Schritt auf ihn zu. »Ich habe Recht, nicht wahr?« Sie schaute ihm in die Augen. »Versuch bloß nicht, mir was vorzumachen. Ein Anruf von mir, und ich weiß genau, was los ist. Vielleicht habe ich sogar schon angerufen, wer weiß.«

Er wich ihren Blicken aus und seufzte, während sein Gesichtsausdruck sich wandelte. O ja, dachte Silvia. Er hatte für jede Situation die passende Miene parat. Diesmal signalisierten seine Züge knabenhafte Zerknirschtheit, der kleine Junge, der mit den Fingern im Marmeladentopf erwischt wurde und auf die Gnade und das Verständnis der allzeit vergebungsbereiten Mutter hofft. Doch darauf konnte er diesmal vergeblich warten. In diesem Moment war Silvia heilfroh, dass sie endlich selbst den Mumm aufgebracht hatte, für vollendete Tatsachen zu sorgen.

»Der gute Mikael hat mal wieder gepetzt, stimmt's?« Haralds Stimme klang kleinlaut, doch Silvia kannte ihn gut genug, um den leicht aggressiven Unterton herauszuhören, der bei seiner nächsten Bemerkung dann auch offen zu Tage trat. »Der Kerl lässt doch keine Gelegenheit aus, mich schlecht zu machen!«

»Wenn dich hier einer schlecht macht, bist du das selber«, versetzte sie scharf. »Was ist los mit dir, Harald? Du möchtest Geschäftsführer sein! Du trägst Verantwortung! Und was machst du daraus? Du lässt alles vor die Hunde gehen!« Ihre Stimme wurde drängend. »Harald, du musst dich endlich zusammennehmen!« Ein unausgesprochenes *Sonst* hing im Raum, doch Harald schien es nicht wahrzunehmen. Er packte Silvia kurzerhand und umarmte sie herzhaft.

»Keine Panik, Mama, ich habe alles im Griff.«

Silvia fühlte sich hin und her gerissen zwischen aufwallender Liebe und Widerwillen. Der Umstand, dass er roch, als hätte er in seiner Kleidung geschlafen, half ihr dabei, sich loszumachen und weiterhin ihren Standpunkt zu vertreten. »Du musst dich ändern, Harald. Es geht um die Firma. Ich werde nicht zulassen, dass du sie zu Grunde richtest.«

Mit ihrer letzten Bemerkung schien sie seiner zur Schau getragenen Selbstzufriedenheit einen empfindlichen Dämpfer versetzt zu haben.

Der Schreck in seinen Augen wirkte jedenfalls diesmal echt.

»Das tu ich doch gar nicht, Mama!«

»Nein, das tust du nicht. Denn ich werde es verhindern.«

Harald bewegte sich unruhig. »Soll ich das als Drohung verstehen?«

»Das musst du entscheiden.« Ihre Stimme wurde ein wenig sanfter, verlor aber nichts von ihrer Eindringlichkeit. »Schau, du weißt doch, wie sehr mir das Werk am Herzen liegt. Viele Menschen sind von uns abhängig! Seit Generationen führt die Familie Blomquist dieses Sägewerk! Ich muss einfach alles tun, um es zu erhalten!«

Harald schaute sie an, als sei sie im Begriff, ihm sein Lieblingsspielzeug wegzunehmen. Silvia sagte nichts mehr, hielt seinen Blicken aber unverwandt stand. Schließlich nickte er einfach und ging still hinaus.

*

Als Anna auf die Terrasse kam, war Berta gerade mit Tischdecken fertig. Die rundliche Haushälterin wandte sich um und strahlte sie an.

»Hej, Anna.«

»Hej, Berta. Sag nicht, dass ich die Erste bin. Wo sind denn die anderen?«

»Keine Ahnung, mein Kind. Ich weiß wirklich nicht, was heute los ist. Aber ich sage dir, in drei Minuten nehme ich das Lamm* aus dem Ofen. Ihr sagt immer alle, dass mein Lamm ein Gedicht ist. Also bestehe ich auch darauf, dass es auf den Tisch kommt, solange es noch schmeckt. Ich werde nicht zusehen, wie es austrocknet, nur weil deine Leute einfach nicht pünktlich sein können.« Berta verzog in gespielter Strenge das Gesicht. »Wo hast du deinen Verlobten gelassen?«

»Der wird gleich hier sein. Er musste noch ein Medikament ausliefern.«

Anna musterte beifällig die Tischdekoration. Berta hatte wie jeden Dienstagabend alle Geschütze aufgefahren, die der Haushalt zu bieten hatte. Die Tafel war ge-

* Svensk lamm (Schwedische Lammkeule) – Rezept siehe Anhang

deckt wie zu einem Galadinner, mit feinstem weißen Porzellan, Damastservietten und antiken Kristallgläsern. Das Silber sah aus, als wäre es heute erst auf Hochglanz poliert worden. Durch die offene Terrassentür sah Anna, dass Harald drinnen im Haus die Treppe herunterkam und durch die Halle stürmte. Als er merkte, dass sie ihn gesehen hatte, bremste er seine Schritte und kam hinaus auf die Terrasse. »Hej, Schwesterchen. Hej, Berta. Tut mir Leid, bin zum Essen heute nicht da.« Er versetzte Anna einen liebevollen brüderlichen Nasenstüber. »Siehst gut aus«, sagte er über die Schulter, schon wieder auf dem Weg ins Haus.

»Was soll das, Harald?«, rief Anna ihm nach. »Du kannst doch nicht einfach so das Essen schwänzen!«

Er drehte sich kurz zu ihr um. »Habe ich dir noch nie gesagt, wie sehr mir diese Familienessen auf den Geist gehen? Falls nicht, tue ich es hiermit. Ich hasse sie.«

Mit diesen Worten verschwand er im Haus, um gleich darauf durch die Vordertür wieder nach draußen zu gehen. Wenige Augenblicke nach dem Zufallen der Haustür hörte Anna den Motor seines Wagens anspringen.

»Was war das denn gerade?«, meinte sie.

Berta gab keine Antwort, sondern zuckte nur mit viel sagendem Gesichtsausdruck die Schultern. Wieder hatte Anna das irritierende Gefühl, dass hier Dinge im Gange waren, von denen sie nichts wusste.

Bevor sie Berta deswegen ansprechen konnte, kam Silvia auf die Terrasse. Sie trug eines ihrer neueren Cocktailkleider und strahlte Eleganz und Selbstbewusstsein aus.

Anna küsste sie auf die Wange. »Mama, kannst du mir verraten, was mit Harald los ist?«

Silvia hob die schmalen Schultern. »Ehrlich gesagt, ich weiß es nicht.« Ihr Gesicht blieb unbewegt. »Komm, lass uns von was anderem reden, ja? Über dich zum Beispiel. Wie geht es dir, Kind?«

Die Frage bedeutete mehr als die übliche Höflichkeitsfloskel. Die unausgesprochene Sorge, die darin mitschwang, entging Anna keineswegs.

»Ach, Mama, wie soll es mir gehen. Ich stehe den ganzen Tag in der Apotheke rum. Der Knaller ist das nicht gerade.«

Sie hatte es kaum ausgesprochen, als sie sich auch schon darüber ärgerte. Es war ein Fehler, ausgerechnet jetzt mit ihren Problemen anzufangen. In ein paar Minuten würde Bertil hier auftauchen, schon allein deswegen war es ganz und gar nicht der passende Augenblick für irgendwelche Lebensbeichten.

Silvia bedachte sie mit prüfenden Blicken. »Bertil hätte damals nicht gewusst, was er machen soll, wenn du nicht eingesprungen wärst.«

Anna nickte nur stumm. Sie hatte beschlossen, allen weiteren Fragen aus dem Weg zu gehen. Doch Silvia hatte offenbar nicht vor, das Thema abzuhaken. »Du denkst, du hast nicht Pädagogik studiert, um dann in einer Apotheke Kopfschmerztabletten zu verkaufen, hm? Ist es das, was dir zu schaffen macht?«

Anna machte den kläglichen Versuch, das Ganze ins Lächerliche zu ziehen. »Die Kopfschmerztabletten gehen ja noch. Aber die Hühneraugenpflaster ...« Anna senkte den Kopf. »Ich wollte mit Kindern arbeiten ... Ich ...«

»Es klappt eben nicht immer so, wie man sich das ausmalt«, sagte Silvia sanft. »Außerdem – wenn du erst eigene Kinder hast, kannst du deine ganzen Erkenntnisse bei ihnen ...«

»Darum geht es nicht, und das weißt du«, unterbrach Anna ihre Mutter, ohne sich die Mühe zu machen, die Erbitterung in ihrer Stimme zu unterdrücken. »Außerdem will ich noch gar keine Kinder haben. Wieso drängt ihr mich denn nur alle so?«

»Niemand drängt dich«, korrigierte Silvia sie. »Wir wollen nur, dass es dir gut geht.«

»Wirklich?«, fuhr Anna auf. »Was immer ihr wollt – ich finde es jedenfalls furchtbar, dass hier anscheinend jeder weiß, was ich zu tun und zu lassen habe!« Sie merkte, dass sie die Kontrolle über ihre Gefühle verlor und kurz davor stand, in Tränen auszubrechen. Hastig ging sie zur offenen Terrassentür. »Entschuldige mich bitte, Mama. Ich muss noch was aus meinem Zimmer holen.«

Auf ihrem Weg zur Treppe fühlte sie die besorgten Blicke ihrer Mutter im Rücken. Sie ging schneller, und das letzte Stück bis zur Treppe rannte sie sogar.

Als sie oben im ersten Stock die Tür zu ihrem Zimmer aufstieß, vernebelten Tränen ihr die Sicht, und wütend wischte sie sich mit dem Handrücken über die Augen, bevor sie einen Ordner aus dem Regel riss und fieberhaft darin herumblätterte, bis sie endlich gefunden hatte, was sie suchte. Die Klarsichthülle mit ihrem Abschlusszeugnis in der Hand ließ sie sich auf ihr Bett sinken und starrte das Dokument an. Sie hatte als Beste ihres Uni-Jahrgangs abgeschlossen und darauf gebrannt, ihre frisch diplomierten Fähigkeiten unter Beweis zu stellen. Doch dann war alles anders gekommen, denn Bertil hatte sie gebraucht …

Sie hatte kaum an ihn gedacht, als er auch schon die Tür öffnete und seinen Kopf ins Zimmer streckte. »Da bist du ja. Berta schickt mich. Wir können jetzt essen. Und zwar sofort, hat sie gesagt.«

Anna schob ihr Zeugnis nachlässig unter die Bettdecke und stand auf. »Bin schon da«, entgegnete sie betont munter.

Er lächelte sie an und nahm sie in die Arme. »Alles in Ordnung?«

Sie küsste ihn schnell auf die Wange und ging dann voraus zur Treppe. »Ja, alles klar«, sagte sie halb über die Schulter. »Es ist heute bloß so eine komische Stimmung hier im Haus.«

»Kann es sein, dass deine Mutter Sorgen hat?«

Anna blieb auf der ersten Stufe stehen und nickte zögernd. »Irgendwas mit Harald. Keine Ahnung, was genau.« Sie dachte kurz nach. »Vielleicht haben sie sich wegen seiner Geschäftsführung gestritten, kann sein, dass da was schief gelaufen ist.« Sie erkannte im selben Moment, dass es sich tatsächlich so verhalten musste. Wäre ihr Kopf nicht so voll von eigenen Problemen, hätte sie eher darauf kommen können.

»Anna, du musst endlich hier raus«, sagte Bertil. »Lass uns ein paar Sachen packen, und dann ziehst du zu mir.«

Anna musste lachen. Sein Versuch, die Disharmonie in ihrer Familie für seine eigenen Zwecke zu nutzen, war zwar absolut durchsichtig, aber gleichzeitig auch auf nette Art ritterlich. »Zu dir ziehen? In deine Junggesellenbude? Tut mir Leid, aber ich fürchte, das kommt nicht infrage.«

So schnell gab Bertil nicht auf. »Wenn du nicht zu mir ziehen willst – ich wüsste ein paar sehr schöne Häuser ...«

»Ach, Bertil! Dräng mich doch nicht immer so!« Sie nahm seine Hand und zog ihn die Treppe hinab. Während sie ihn von der Seite anlächelte, meinte sie in besänftigendem Tonfall: »Wir haben doch alle Zeit der Welt!«

»Du musst dir endlich ein Herz fassen, Anna! Komm, morgen früh fangen wir an, Häuser zu besichtigen!«

»Morgen geht es sowieso nicht«, widersprach sie. »Da muss ich nach Stockholm. Ich hatte dir doch von den ...

Vorhängen erzählt. Die will ich mir ansehen.« Sie konnte sich selbst nicht ausstehen für diese Unwahrheit, doch sie wollte ihn nicht unnötig beunruhigen. Vielleicht wurde ja gar nichts aus ihrer Bewerbung, dann hätte sie nur Wind um nichts gemacht.

»Wieso willst du noch Vorhänge für dein Zimmer kaufen? Du bleibst doch sowieso nicht mehr lange drin!«

»Komm jetzt, Mama wird sicher schon ungeduldig.« Anna war der Unterhaltung überdrüssig, doch Bertil war offenbar nicht gewillt, ihr das letzte Wort zu überlassen. Er hielt sie zurück und drehte sie so zu sich herum, dass sie ihm ins Gesicht schauen musste. »Es ist mir Ernst, Anna. Ich möchte nicht länger warten.«

»Das hast du mir heute schon mal gesagt.« Sie wusste, dass ihre Stimme abweisend klang, doch sie konnte nichts daran ändern. »Lass uns endlich rausgehen«, bat sie. »Sonst wird das Essen kalt.«

Endlich gab er nach und folgte ihr wortlos hinaus auf die Terrasse.

*

Robert fuhr absichtlich langsam, um den Ausblick auf die Umgebung zu genießen. Hin und wieder tauchte ein Wagen hinter ihm auf, dessen Fahrer es eiliger hatte als er, und Robert räumte jedes Mal bereitwillig das Feld, indem er auf den Standstreifen fuhr und die Drängler vorbeiließ. Wenn er in den Seitenspiegel schaute, sah er das fröhliche Wippen der Angel, die aus dem hinteren Seitenfenster ragte. Das Ende der Rute federte auf und nieder, scheinbar immer im Takt des Liedes, das Robert gerade auf den Lippen hatte. Er war bestens gelaunt. Das Wetter war prächtig, und die Welt da draußen erschien ihm so frisch und unberührt wie ein leuchtender, gerade erst gepflückter Apfel, der nur darauf wartete, dass man ihn aß.

Die Bläue des Himmels stach hell von dem dunklen Bergmassiv ab, das sich teils in schroffen Felsformationen, teils als bewaldete Höhe in der Ferne erhob, und der Fluss, der sich in majestätischer Breite zwischen den Hängen hindurchwand, hatte die Farbe von geschmolzenem Silber.

An der Straßenführung hatte sich seit damals manches verändert, doch die Landschaft war immer noch dieselbe wie früher.

Robert überquerte eine der zahlreichen Brücken, und ein Blick auf das nächste Hinweisschild sagte ihm, dass er sein Ziel fast erreicht hatte. Am Ende der Brücke wurde die Straße schmaler, sodass er noch ein wenig langsamer fuhr. Als er bremste, sah er einen Angler am Fuß der Brücke stehen. Der bunte Köder glitzerte in der Morgensonne, als der Mann die Rute hochzog und dann in gekonntem Schwung die Schnur auswarf. Kaum drei Sekunden später straffte sich die Leine bereits. Beeindruckt fuhr Robert kurzerhand an den Straßenrand und stieg aus.

Er beugte sich über das Geländer. »Hej!«, rief er nach unten. »Beißen sie gut hier?«

Der Fischer schaute zu ihm hoch, während er begann, die Schnur einzuholen. »Hervorragend!«

»Freut mich zu hören, dass das immer noch so ist! Ich hab schon als Kind hier in der Gegend die tollsten Brocken gefangen!«

Er wandte sich wieder zu seinem Wagen um und hatte bereits die Hand ausgestreckt, um die Fahrertür zu öffnen, als ein kleines Cabrio um die Kurve gefegt kam. Einen Augenblick später war das Kreischen von Bremsen zu hören, und Robert stieß einen Fluch aus, als ihm klar wurde, dass er nicht gerade vorschriftsmäßig geparkt hatte. Die Straße war an dieser Stelle nicht nur unübersichtlich, sondern einfach zu eng, um anzuhalten und damit einen Teil der Fahrbahn zu blockieren. Robert sah schockiert, wie der kleine Wagen wegrutschte und dann seitlich ausbrach. Einen Schwindel erregenden Moment schien es, als würde das Cabrio das Brückengeländer durchbrechen und in die Tiefe stürzen, doch dann gelang es dem Fahrer, das Steuer herumzureißen und den Wagen in die Böschung zu lenken. Dort blieb das Cabrio wie ein verunglückter Käfer stecken, die Kühlerhaube in Ginsterbüschen vergraben und ein Hinterrad frei in der Luft drehend wie eine ausgeleierte Schallplatte.

Robert hatte sich bereits in Bewegung gesetzt und rannte hinüber zu der Böschung, die an dieser Stelle ziemlich steil war.

Er wartete darauf, dass der Fahrer ausstieg, doch zu seiner Überraschung röhrte im nächsten Moment der Motor des Wagens auf, und die Vorderräder schleuderten Kies und Erde hoch. Der Fahrer versuchte allen Ernstes, den Wagen zurückzusetzen!

Robert wusste nicht, ob er vor Erleichterung lachen oder über so viel Unverständnis den Kopf schütteln sollte. Schließlich siegte die Erleichterung, doch das Lachen blieb ihm im Hals stecken, denn nur eine Sekunde später klappte die Tür auf der linken Seite des Cabrio auf, und der wütende Fahrer kam unter Verrenkungen herausgekrabbelt und kletterte die Böschung hoch.

Es war eine junge Frau. Wie eine Furie kam sie auf ihn losgestürmt, die Miene starr vor Schreck und Wut. Ein Windstoß wehte ihr ärmelloses weißes Seidenkleid hoch und entblößte schlanke, braun gebrannte Beine mit schmalen Füßen, die in unpraktischen hochhackigen Schuhen steckten. Ihr Haar, das sich soeben aus einer dezenten Hochsteckfrisur zu lösen begann, wallte wie ein zerzauster Heiligenschein um und über ihr Gesicht. Sie sah aus wie ein empörter Engel.

Bevor Robert weitere interessante Details ihres Äußeren begutachten konnte, hatte sie ihn erreicht.

»Ist das Ihr Auto?«, fauchte sie. »Sie sind ja wohl verrückt geworden! Wieso lassen Sie den Wagen einfach mitten auf der Straße stehen?« Sie stemmte die Hände in die Hüften und funkelte ihn an, während Robert nur stumm dastehen und sie anstarren konnte wie das achte Weltwunder.

*

Anna platzte fast vor Zorn. Das Adrenalin rauschte immer noch wie ein aggressives Gift durch ihre Adern, und am liebsten hätte sie laut geschrien, um ihrer Empörung Ausdruck zu verleihen. Sicher, sie hatte Glück gehabt, weil sie es geschafft hatte, den Wagen noch in die Böschung zu steuern. Genauso gut hätte sie gegen das Brückengeländer knallen und mindestens zehn Meter tief abstürzen können, und zwar nicht ins Wasser, sondern auf Berge von Geröll, das an dieser Stelle das Flussufer unterhalb der Brücke bedeckte.

Na schön, sie lebte noch. Aber ihr Wagen steckte im Graben! Und das war ganz allein die Schuld dieses Blödmanns!

Anstatt etwas zu sagen, stand er nur da und glotzte sie an. Wenn irgend möglich, wurde Anna noch wütender.

»So ein Mist«, entfuhr es ihr. »Ausgerechnet heute!«

Der Mann schien endlich seine Sprache wieder gefunden zu haben. »Ihnen ist doch hoffentlich nichts passiert, oder? Tut mir Leid, es war wirklich idiotisch von mir, meinen Wagen da abzustellen. Ich wollte nur eben ... «

»Ihretwegen verpasse ich meinen Termin!«, unterbrach Anna ihn mit zornbebender Stimme. Sie hätte heulen können vor Frustration. Der Tag hatte so gut angefangen, und jetzt ging alles schief!

»Vielleicht kriegen wir Ihren Wagen ja irgendwie wieder auf die Straße«, sagte der Mann.

Anna lachte, eher ungläubig als erheitert. Der Typ hatte Nerven! »Haben Sie einen Traktor dabei?«, fragte sie spöttisch.

»Leider nein. Der Traktor ist gerade in der Werkstatt. Aber ich habe ein Handy, mit dem ich einen Abschleppdienst anrufen kann.« Er grinste sie entwaffnend an, und im selben Augenblick spürte Anna, wie ihre Wut verrauchte. Eben noch hätte sie ihm eine kleben können, und einen Moment später hatte sich ihr ganzer Ärger aufgelöst, als hätte er nie existiert.

Sie stellte fest, dass er vielleicht doch nicht so ein Idiot war, wie sie gedacht hatte. Zumindest sein Lachen hatte etwas. Und auch sonst sah er gar nicht übel aus. Im Gegenteil, je länger sie ihn betrachtete, umso attraktiver kam er ihr vor. Nicht, dass sie unbedingt auf diese Sorte Mann stand, denn solche Typen bildeten sich immer ziemlich viel auf ihr Aussehen ein. Sie hielten sich für Gottes Geschenk an die Frauen, nur weil sie größer und muskulöser waren als der Durchschnitt und weißere Zähne hatten. Und natürlich, weil sie große und schnelle Autos fuhren. Genau so wie dieses besondere Exemplar hier.

Aber dieses Lachen ...

Anna spürte ein kurzes Flattern in ihrem Magen, und zögernd begann sie zu lächeln. »Das mit dem Abschleppdienst würde ewig dauern.« Ihre Stimme klang ein wenig heiser. »Meinen Termin kann ich vergessen, wenn ich so lange warten muss.« Sie warf einen Blick auf ihren Wagen, der ziemlich mitgenommen aussah. »Und den Job wahrscheinlich ebenfalls«, fügte sie niedergeschlagen hinzu.

»Aha, ein Vorstellungstermin«, sagte der Fremde. »Wohin müssen Sie denn?«

»Nach Stockholm. Auf so eine Stelle habe ich lange gewartet. Aber die Fähre kriege ich jetzt sowieso nicht mehr.« Mutlos strich sie sich die Haare aus dem Gesicht und betrachtete die Spitzen ihrer Pumps. Der rechte Schuh hatte bei dem Unfall etwas abbekommen. Eine hässliche Schramme verunzierte die Spitze.

»Hey«, sagte der Mann mit weicher Stimme. »Ich habe einen Vorschlag.«

Anna hob den Kopf und sah zu ihrer Verblüffung, dass er ihr seinen Autoschlüssel hinhielt.

»Was?«, fragte sie verständnislos.

»Nehmen Sie einfach meinen Wagen. Ich kümmere mich inzwischen um Ihr Auto. Wo wohnen Sie denn?«

Sie deutete mit dem Daumen hinter sich. »Gleich im nächsten Ort. Sie können den Wagen auf dem Marktplatz abstellen und den Schlüssel unter die Fußmatte legen.« Ihre Antwort kam mechanisch, während sie perplex den Schlüssel zu seinem Angeberschlitten anstarrte, den er ihr ohne großes Federlesen in die Hand gedrückt hatte.

Zweifelnd schaute sie ihn an. »Sie wollen das wirklich tun? Ich meine ... Sie kennen mich doch überhaupt nicht!«

»Wenn ich Sie erst besser kennen lernen soll, ist die Fähre wirklich weg«, konterte er mit einem Lachen.

Anna entschied, dass er es ihr schuldete. Auto gegen Auto sozusagen. Den letzten Rest Skepsis unterdrückend, folgte sie ihm zu seinem Wagen und half ihm beim Ausladen seines Gepäcks. Er hatte eine Angel dabei, und sie fragte sich, ob er hier in der Gegend fischen gehen wollte. Dann machte sie sich klar, dass ihr die Fähre davonfuhr, wenn sie sich nicht beeilte, und ohne zu zögern setzte sie sich hinters Steuer. Im letzten Moment ging ihr auf, dass sie um ein Haar das Wichtigste vergessen hätte.

»Wie kommen Sie eigentlich hinterher wieder an Ihr Auto?«, fragte sie durch die offene Scheibe.

»Ich würde sagen, auf dem Marktplatz«, entgegnete er trocken.

Sie lächelte ihn befreit an und startete den Motor. Es dauerte einen Moment, bis sie sich mit den Armaturen zurechtfand, doch dann war es nur noch eine Sache von Sekunden, den Wagen zu wenden und loszufahren.

»Das ist wirklich nett von Ihnen, danke!«, rief sie dem Mann im Vorbeifahren zu. »Zum Dank lade ich Sie zum Essen ein!«

Er erwiderte ihr Lachen, und als sie weiterfuhr, sah sie im Rückspiegel, dass er ihr mit der einen Hand nachwinkte und mit der anderen sein Handy hervorzog. Sehr effizient, dieser Bursche.

Ihr fiel ein, dass sie vergessen hatte, ihn nach seinem Namen zu fragen. Sie überlegte, ob sie im Handschuhfach nach Papieren schauen sollte, für den Fall, dass sie in eine Verkehrskontrolle kam. Am Ende würde man ihr unterstellen, der Wagen sei gestohlen, weil sie nicht einmal den Namen des Besitzers kannte.

Dann schlug sie sich alle Gedanken an den Unbekannten aus dem Kopf, denn im nächsten Moment ging es nur noch darum, die Fähre über den Sund zu erwischen.

Sie sah, dass Ole bereits im Begriff war, abzulegen, und wie von selbst trat ihr Fuß das Gaspedal des PS-starken Wagens durch.

Ole wirkte erstaunt, als er Anna erkannte. Er winkte sie an Deck und zwinkerte ihr schelmisch zu, als sie ihn durch das offene Fenster erleichtert anstrahlte.

»Hej, Ole. Danke!«

»Hej, Anna. Das war knapp.«

»Ich weiß.« Sie stieg aus und ging zwischen den parkenden Wagen hinüber zum Geländer, heilfroh, dass außer Ole heute keine Leute an Deck waren, die sie kannte, da sie sonst vermutlich endlose Erklärungen über die Herkunft des Wagens und ihren feinen Aufzug hätte abgeben dürfen. Während sie hinunter in die schäumenden Bugwellen schaute, musste sie wieder an den Fremden denken, der ihr sein Auto überlassen hatte.

Später, als sie durch Stockholm fuhr, überlegte sie, was ihn wohl in diese Gegend getrieben haben mochte. Inzwischen hatte sie im Handschuhfach die Papiere gefunden, die den Wagen als Mietfahrzeug auswiesen, und sie kannte nun auch den Namen des Mannes. Robert Dahlström. Er war dreiunddreißig Jahre alt, und als Wohnort war in dem Formular Toronto angegeben. Ob er Kanadier war? Nein, sicher nicht. Er trug einen skandinavischen Namen und hatte ohne den geringsten Akzent gesprochen.

Sie erreichte die Straße, in der die Olsson-Reederei ihren Sitz hatte, und als sie den Wagen vor dem großen Geschäftshaus parkte und zu der glänzenden Granitfassade hinaufstarrte, dachte sie nicht mehr an Robert Dahlström. Im Schatten des Eingangs blieb sie stehen, um sich rasch die Lippen nachzuziehen und mit dem Kamm durch die Haare zu fahren. Dann fischte sie ein letztes Mal den bereits rettungslos zerknitterten Prospekt aus ihrer Handtasche und betrachtete den weißen Südseekreuzer.

»Na denn«, murmelte sie. »Kommen Sie an Bord.«

Tief durchatmend verstaute sie das Faltblatt wieder in ihrer Tasche und stieß die Tür zu ihrem neuen Leben auf.

*

Der Fahrer des Abschleppwagens war ein geselliger Bursche, und nachdem er erst in Erfahrung gebracht hatte, dass Robert in dem zehn Kilometer entfernten Nachbarkaff eine Zeit lang zur Schule gegangen war, gab es kein Halten mehr. Er selbst, so erzählte der Fahrer, hatte dort einen Cousin, den er in den Sommerferien immer besucht hatte, woraufhin sich prompt herausstellte, dass ebendieser Cousin in derselben Fußballmannschaft wie Robert gespielt hatte. Das ergab genug Gesprächsstoff für den Rest der Fahrt in den Ort, und so war Robert bester Laune, als der Fahrer den Abschleppwagen schließlich rumpelnd auf dem Marktplatz zum Stehen brachte.

Er stieg aus und schaute sich erwartungsvoll um. Es war genau so, wie er es erwartet hatte. Anheimelnd und typisch schwedisch mit den liebevoll dekorierten Holzhäusern und der pittoresken kleinen Kirche im Hintergrund. Es gab einen kleinen Supermarkt, einen Friseur, ein Ärztehaus, einen Laden für Fischereibedarf. Außerdem eine Apotheke in einem aufwändig restaurierten Gebäude, das um einiges älter war die anderen Häuser, und direkt daneben ein Café, das ebenso gut nach Paris oder Rom gepasst hätte mit seinen im mediterranen Stil gehaltenen Tischen und Stühlen.

Eine junge Frau kam mit klappernden Absätzen auf ihn zugerannt. Ihr Gesicht war bleich.

»Das ist doch Annas Auto!« Sie blieb vor Robert stehen, die Blicke auf den Wagen geheftet, den der Fahrer soeben vom Haken ließ. »Was ist ihr passiert? Wo ist sie? Ist sie …«

Die junge Frau verstummte, und Robert sah das Entsetzen in ihren Augen.

»Es ist alles in Ordnung«, sagte er rasch.

»Was ist mit Anna?«

»Sie kennen sie?«

»Ja, klar. Ich bin Silke, ihre beste Freundin. Was ist mit ihr?«

»Es geht ihr gut. Kein Grund zur Sorge. Sie dürfte jetzt schon in Stockholm sein, bei ihrem Vorstellungsgespräch.«

Eine männliche Stimme hinter Robert sagte: »Was für ein Vorstellungsgespräch?«

Robert wandte sich um und sah sich einem Mann in seinem Alter gegenüber, ein hagerer, bebrillter Typ mit sympathischen Gesichtszügen. Er trug einen weißen Kittel und war offensichtlich aus der Apotheke gekommen.

»Anna wollte zu einem Vorstellungsgespräch?«, fragte er abermals.

Robert runzelte die Stirn. »Das sagte sie mir jedenfalls.«

Die junge Frau von dem Café und der Apotheker wechselten befremdete Blicke, und Robert fragte sich, ob er hier vielleicht im Begriff war, etwas gründlich verkehrt zu machen.

»Das haben Sie sicher missverstanden«, sagte der Apotheker. »Ich bin Annas Verlobter, Bertil Svensson. Sie können mir den Wagenschlüssel geben. Ich kümmere mich um das Auto.«

Robert setzte augenblicklich sein Pokerface auf, um seine Enttäuschung zu verbergen. Sie war verlobt. Natürlich war sie das. Wie konnte eine Frau, die so aussah wie sie, auch ungebunden sein? Und dieser Bertil machte ganz den Eindruck, als würde er alles für Anna tun.

Merkwürdig war nur, dass er nichts von ihrem Vorstellungsgespräch wusste.

»Ich hole nur noch schnell mein Gepäck aus dem Wagen«, sagte Robert.

Während er seine Koffer und die Angel auslud, hörte er notgedrungen das Gespräch zwischen Bertil und dem Fahrer des Abschleppwagens mit.

»Was ist mit den Kosten?«, wollte der Fahrer wissen.

Robert wollte sich gerade zu ihm umwenden und klarstellen, dass selbstverständlich er dafür aufkommen werde, doch Bertil war schneller.

»Die übernehme ich natürlich«, sagte er kategorisch.

Robert verkniff sich den Widerspruch, der ihm bereits auf der Zunge lag. Er ahnte, dass es nicht viel bringen würde, denn vermutlich würde Bertil noch an Ort und Stelle seine Brieftasche zücken, um zu verhindern, dass jemand anders als er den Abschleppdienst bezahlte.

Robert schulterte sein Gepäck und verabschiedete sich höflich. Ein paar Ecken weiter hatte er einen Taxistand gesehen, für die letzte Etappe seines Weges war also gesorgt.

Im Weggehen hörte er Silke mit dem Apotheker sprechen. »Wusstest du, dass sie ein Vorstellungsgespräch hat?«

»Alles Quatsch«, meinte Bertil. »Wieso sollte Anna ein Vorstellungsgespräch haben?«

Ja, wieso?, dachte Robert. Dann sagte er sich, dass es ihn nichts anginge, und er machte sich endgültig auf den Weg zu seiner neuen Arbeitsstätte.

*

Die mehrblättrige Gattersäge fraß sich heulend durch den Stamm und zerteilte das Holz wie Butter. Silvia stand vor der Maschine, den Kopf gesenkt und die Arme vor dem Körper verschränkt. Das Getöse störte sie ebenso wenig wie der allgegenwärtige Sägestaub. Was sie störte, war allein der Umstand, dass die zweite Säge stillstand und die Produktivität dieser Fabrik dadurch um fünfzig Prozent eingeschränkt war.

Sie hörte das Geschrei der Arbeiter, die in der Halle hin- und herliefen, Bretter und Balken verluden, Paletten schoben oder Rindensäcke wegkarrten. Die Männer gaben sich redlich Mühe, die halbe Arbeit so einzuteilen, dass kein Eindruck von Untätigkeit entstand. Silvia war sich darüber im Klaren, dass einige in der Belegschaft bereits um ihren Job bangten.

Vorerst hatte sie nicht vor, jemanden zu entlassen, aber wenn das nur ein paar Tage so weiterging, würde es vielleicht eng werden. Sie musste mit ansehen, wie Terminaufträge platzten und andere Bestellungen storniert wurden, von neuen Akquisitionen ganz zu schweigen. Wenn sich erst herumsprach, dass Blomquist nicht mehr pünktlich liefern konnte, würde keine Firma, die auf sich hielt, mehr mit ihnen arbeiten wollen.

Mikael stand hinter ihr, und Silvia wusste, dass ihm das Ganze mindestens so unangenehm war wie ihr selbst. Er fühlte sich schuldig, obwohl er selbstverständlich nichts dafür konnte. Doch da der Verantwortliche sich hier in der letzten Zeit selten blicken ließ, war Mikael jedes Mal derjenige, der seinen Kopf dafür hinhalten musste, dass die Hälfte der Arbeit liegen blieb.

»Wo ist Harald heute?« Silvia drehte sich zu Mikael um, damit er ihr die Worte von den Lippen ablesen konnte. Er trug wie die meisten Arbeiter in der Halle einen Gehörschutz.

»Er sagte, dass er nach Örebro fahren will, um den Motor abzuholen«, rief Mikael.

»Wann kommt er wieder?«

»Keine Ahnung.«

Silvia nickte und versuchte, sich ihren Zorn über diese neue Unbotmäßigkeit ihres Sohnes nicht anmerken zu lassen. Sie hatte ihm gesagt, dass sie ihn heute hier brauchte, und er hatte sich ihrem Willen wieder einmal entzogen.

Sie sah ihre Sekretärin am Eingang der Halle stehen und winken, und sie drückte Mikaels Arm, ein Zeichen, dass alles in Ordnung sei – jedenfalls, soweit es ihn betraf. Er lächelte sie dankbar an, als sie ihm zunickte, bevor sie zu Ingrid hinüberging, die offenbar eine Nachricht für sie hatte. Silvia wusste, dass Ingrid nicht sonderlich erpicht darauf war, die Werkshalle zu betreten. Sie war der Meinung, der Sägestaub verursache irreversible Lungenschäden, was sie indessen nicht daran hinderte, täglich mindestens dreißig Zigaretten zu rauchen.

»Was gibt es, Ingrid?«

»Herr Dahlström hat angerufen. Er verspätet sich ein wenig, weil er Probleme mit dem Auto hat.«

»Herr Dahlström?«, fragte Harald. Er kam mit den Händen in den Hosentaschen herangeschlendert. »Ein neuer Kunde, Mama?«

Silvia wandte sich zu ihm um, erleichtert, weil er doch noch rechtzeitig zurückgekommen war. Möglicherweise täuschte sie sich, und es war doch Verlass auf ihn.

»Du warst in Örebro, um den Motor abzuholen? Wo ist er denn? Können wir ihn gleich einbauen lassen?«

»Ich hab's mir anders überlegt«, sagte er ausweichend. »Sie wollen ihn lieber schicken, wegen der Gewährleistung und so.« Er legte seiner Mutter einen Arm um die Schulter. »Jetzt sag schon. Wer ist dieser Dahlström? Hast du einen neuen Kunden an Land gezogen?«

Silvia löste sich von ihm und trat zwei Schritte zur Seite.

Sie fühlte sich wie versteinert vor Ärger und Enttäuschung. Ohne ein Wort ging sie zurück in ihr Büro.

*

Anna wusste nicht, was sie denken sollte, während sie an der Seite des Personalchefs den endlos scheinenden Flur entlangging bis zur Empfangshalle, wo die großen Plakate hinter dem Tresen in Hochglanzfarben die bunte Abenteuerwelt der Kreuzfahrtflotte zeigten. Sie war erschöpft, aber auch seltsam aufgekratzt, und die Erleichterung darüber, dass sie es hinter sich hatte, mochte sich noch nicht recht einstellen. In ihrem Kopf herrschte ein wirres Durcheinander, und sie versuchte vergeblich zu rekapitulieren, ob es wohl gut oder schlecht gelaufen war.

Frank Brodersten hätte vom Alter her ihr Vater sein können und hatte sich sogar ein wenig so benommen. Ruhig, freundlich und mit einem Hauch von Schalk hatte er ihr alle Ängste genommen und sie in eine Unterhaltung verstrickt, die wenig mit einem herkömmlichen Vorstellungsgespräch zu tun hatte, sondern eher einem Plausch ähnelte, wie er sich zwischen zwei Menschen ergab, die sich zufällig gerade an einer Bar oder am Strand kennen gelernt hatten. Sie hatten hauptsächlich über ihre Studienzeit in Stockholm gesprochen und waren dann beim Rafting gelandet, ein Thema, das sie beide begeisterte und bei dem sie hängen geblieben waren. Brodersten war ebenfalls ein passionierter Kajakfahrer.

»Es hat mich wirklich sehr gefreut, Sie kennen gelernt zu haben«, sagte Brodersten. »Es war ein interessantes Gespräch, Frau Blomquist.« Er gab ihr die Hand. »Sie hören in ein paar Tagen von uns.«

Was wohl so viel bedeutete wie: Den Weg hätten Sie sich

auch sparen können. Anna nickte beklommen. »Danke vielmals.« Sie wandte sich zum Gehen, blieb aber dann in der offenen Glastür stehen. Es war absurd und verrückt, aber sie konnte nicht anders.

»Herr Brodersten«, platzte sie heraus. »Ähm ... Ich weiß, das ist jetzt vielleicht unprofessionell. Aber ich muss es einfach wissen: Wie stehen denn meine Chancen?« Sie hielt inne, dann fügte sie hastig hinzu: »Sie müssen natürlich nicht antworten. Aber ... Ich meine, wenn Sie sich zu einer Andeutung durchringen könnten ... Dieser Job wäre nämlich enorm wichtig für mich ...«

»Das habe ich begriffen.« Zu Annas grenzenloser Erleichterung reagierte Brodersten weder reserviert noch pikiert auf ihren Redeschwall. Im Gegenteil, er lächelte sie an. »Ehrlich gesagt, ich denke, Sie wären keineswegs verkehrt in diesem Job. Mit Ihrer pädagogischen Ausbildung und Ihrem Spaß am Sport ... Sagen Sie, wieso arbeiten Sie eigentlich in einer Apotheke und nicht mit Kindern?«

»Das frage ich mich manchmal auch«, murmelte Anna. Lauter setzte sie hinzu: »Die Apotheke gehört meinem Verlobten. Seine einzige Mitarbeiterin fiel aus, und er suchte vergeblich nach einem Ersatz.«

»Und fand schließlich Sie«, schlussfolgerte Brodersten. »Seine Verlobte.«

Anna nickte und fühlte sich dabei erbärmlich. Natürlich hatte sie Bertil damals nicht einfach so hängen lassen können. Silke war noch nicht mit ihrer Ausbildung fertig gewesen, und sonst gab es niemanden, der auf die Schnelle hätte einspringen können. Außerdem hatte es geheißen, dass es nur für ein paar Monate wäre.

Bei Broderstens nächster Frage unterdrückte Anna ein bitteres Auflachen, denn er brachte das ganze Problem mit wenigen Worten auf den Punkt.

»Wie lange ist das denn jetzt her?«, fragte er.

»Im September sind es fünf Jahre.« Anna fragte sich, was er nun in ihr sah. Eine Frau mit Helfersyndrom? Eine Person, die sich nicht durchsetzen konnte und unfähig war, ihren eigenen Weg zu gehen? Oder einfach jemanden, der andere nicht im Stich ließ?

Wie auch immer, sie würde auf ihrem neuen Weg nicht zurückstecken. Jetzt nicht mehr.

Entschlossen hob sie den Kopf und schaute Brodersten geradewegs in die Augen. »Dieses Jubiläum werde ich aber auf keinen Fall feiern, glauben Sie mir.«

Als sie anschließend aus dem Gebäude trat und die wenigen Schritte bis zum Hafen schlenderte, überlegte sie, dass sie ihre Sache vielleicht doch nicht ganz so schlecht gemacht hatte. Am Ende war es ihr wirklich so vorgekommen, als würde Brodersten sie mögen.

Doch dann wurde sie erneut von negativen Gefühlen heimgesucht. Möglicherweise mochte er sie, aber das wollte noch nichts heißen. Sicher hatten sich zahlreiche andere Bewerber für die Stelle gemeldet, und es konnte gut sein, dass sie nur eine von vielen war, mit denen er sich nett unterhalten hatte. Vielleicht war es einfach nur seine Art, liebenswürdig zu sein, und am Ende würde diejenige die Stelle bekommen, die am meisten Berufserfahrung hatte. Sie selbst hatte bekanntlich überhaupt keine, und mochte ihr Diplom noch so hervorragend sein – es war fünf Jahre alt. Fünf Jahre, die sich nicht wegdiskutieren ließen.

Anna verdrängte die zwiespältigen Gedanken. An einem Imbissstand kaufte sie sich einen Hamburger und verzehrte ihn mit großem Appetit, während sie den Kai entlangspazierte und ihre Blicke über das lang gezogene Areal des Hafens schweifen ließ. Zahllose Masten ragten schaukelnd in die Höhe und bildeten ein bizarres Muster senkrechter Linien vor dem strahlenden Himmel.

Ganz in der Nähe tönte eine Schiffssirene, laut und hallend. Es klang wie ein Ruf zu verlockenden neuen Ufern.

*

Harald ließ die Werkshalle links liegen und ging hinüber zu seinem Büro. Er ignorierte die vorwurfsvollen Blicke von Mikael und dem Rest der Belegschaft, und obwohl er genau wusste, dass über ihn getuschelt wurde, was das Zeug hielt, tat er so, als wäre alles in bester Ordnung. Was blieb ihm auch übrig?

Die meiste Zeit glaubte er sogar selbst daran, zumindest dann, wenn er sich gut genug fühlte, um den Geschäftsführer heraushängen zu lassen. Dazu brauchte es nur ein bis zwei Tabletten, und schon klappte es wieder.

Er tigerte eine Weile unruhig in seinem Büro herum und sagte sich, dass er noch nicht so weit war. Er würde es noch aushalten. Eine Stunde vielleicht, oder auch zwei, je nachdem, ob es ihm gelang, sich während dieser Zeit mit anderen Dingen zu beschäftigen.

Doch dann begriff er, dass er sich etwas vormachte. Er musste *jetzt* etwas einnehmen, nicht später.

Die Mischung aus Selbsthass und Furcht wurde von einer Welle kompromissloser Gier weggefegt, als er die Schreibtischschublade öffnete und das Röhrchen herausholte. Er erschrak, als er sah, dass nur noch eine Tablette darin war. Hastig zerkaute und schluckte er sie, bis auch der letzte Krümel verschwunden war. Sein Hals brannte wie Feuer, doch er brauchte kein Wasser. Es ging schon lange ohne Wasser.

Er wartete, dass die Wirkung des Mittels einsetzte, doch

es tat sich nichts. Eine Tablette reichte einfach nicht. Es reichte niemals. Widerwillig machte er sich klar, dass er in den letzten Tagen mehr genommen haben musste als sonst. Gestern war das Röhrchen noch fast voll gewesen, oder verwechselte er das mit vorgestern? Verdammt, was für ein Tag war heute überhaupt? Mittwoch. Es musste Mittwoch sein, denn gestern hatte wieder einmal das dämliche Dienstagsessen stattgefunden.

Seine Zunge fühlte sich dick und pelzig an, während er zum Telefonhörer griff und wählte. Es war immer dasselbe, auch diesmal. Er konnte betteln und flehen, so viel er wollte, doch er wurde hingehalten. Seine Quelle war eine Arzthelferin aus Stockholm, und eine Zeit lang hatte es hervorragend geklappt mit ihr. Er war mit ihr ausgegangen, und sie hatten beide ihren Spaß gehabt. Doch dann hatten die Probleme im Bett angefangen, und sie hatte es auf die Tabletten geschoben. Jetzt hatte sie längst einen anderen Kerl, aber aus alter Freundschaft hatte sie ihm weiterhin Rezepte besorgt. Dann hatte sie damit aufgehört, weil sie behauptet hatte, er wäre süchtig, und die Dosis auf den Rezepten sei inzwischen zu hoch, sodass es bald auffallen würde. Also hatte er härtere Geschütze auffahren müssen. Er hatte erwähnt, dass sie sich sowieso schon längst strafbar gemacht hatte, dass er das aber keinesfalls gegen sie verwenden werde, solange sie ihm hin und wieder etwas beschaffte. Was wiederum jedes Mal, wenn er auf dem Trockenen saß, zu endlosen Diskussionen mit ihr führte.

Doch diesmal war es anders als sonst. Nicht besser, sondern viel schlimmer. Ihre Stimme am Telefon klang unerbittlich. Sie wolle sich nicht mehr erpressen lassen, und außerdem würde sie in drei Monaten sowieso mit der Arbeit aufhören, weil sie schwanger sei. Dann sei es ihr auch völlig egal, ob sie ihre Stelle verliere, denn sie würde ohnehin zum Ablauf der Schwangerschaft kündigen, weil sie künftig zu Hause bleiben wolle.

Harald fluchte inbrünstig und lautlos, schaffte es aber immerhin, sie davon zu überzeugen, ihm ein letztes Mal ein Rezept zu besorgen. Doch er musste ihr dafür schwören, sie anschließend in Ruhe zu lassen.

Er warf den Hörer auf die Gabel und ging wieder nach draußen. Als er durch den Park zurück zum Wohnhaus kam, sah er einen fremden Wagen auf den Hof einbiegen. Erst auf den zweiten Blick erkannte er, dass Anna hinterm Steuer saß.

»Hej«, sagte er, als sie ausgestiegen war. »Neuer Wagen? Bertil scheint ja ganz schön großzügig zu sein.«

»Der ist nur geborgt.« Lachend küsste sie ihn auf die Wange, was er sich griesgrämig gefallen ließ. Allem Anschein nach war sie penetrant gut gelaunt, und er wünschte sich, dass es ihm nur halb so gut ginge wie seiner Schwester.

Seine Stimmung sank noch um einige Grade, als er seine Mutter aus dem Haus treten sah, zusammen mit einem Mann, den er nicht kannte. Wahrscheinlich war das dieser Dahlström, von dem sie gesprochen hatte. Er sah geradezu widerlich gut aus, wie eine Art moderner Cowboy, mit einem kantigen braun gebrannten Gesicht und breiten Schultern. Harald hatte immer noch keine Ahnung, wer der Kerl war und was er hier wollte. Wäre er ein neuer Großkunde gewesen, hätte seine Mutter ihm sicher davon erzählt. Obwohl – in der letzten Zeit tat sie hin und wieder Dinge, die ihm das Gefühl gaben, absolut unwichtig zu sein. Harald fand, dass sie teilweise überreagierte, was sein Verhalten betraf. Sicher, jetzt war die Sache mit dem blöden Motor passiert und davor auch noch so dies und das. Aber das waren – von der Säge abgesehen – durchweg lauter Kleinigkeiten gewesen. Außerdem konnte er nicht hexen, auch wenn sie das manchmal zu erwarten schien.

»Schön, dass ich euch beide treffe«, sagte Silvia. »Da kann ich euch ja gleich Robert Dahlström vorstellen.«

Mit einer Mischung aus Argwohn und Erstaunen sah Harald, wie seine Schwester zu dem Typ herumfuhr und ihn mit großen Augen anstarrte. Es war nicht zu übersehen, dass die beiden sich bereits kannten.

»Robert, das sind meine Tochter Anna und mein Sohn Harald.«

Missmutig registrierte Harald, dass er an zweiter Stelle genannt wurde. Außerdem nahm dieser Robert ihn überhaupt nicht wahr, sondern hatte nur Augen für Anna. Auf seinem Gesicht war förmlich die Sonne aufgegangen bei ihrem Anblick.

»Schön, Sie zu sehen, Anna«, sagte er. »Wie war's denn in Stockholm?«

»Großartig«, sagte Anna. Hastig fügte sie hinzu: »Ich … Ähm, ich habe den Stoff für die Vorhänge dann aber doch nicht genommen. Die Farbe war mir zu …« Sie brach ab.

»Zu grell?«, sprang Robert ein.

»Genau. Einfach zu grell für Vorhänge.«

Verständnislos verfolgte Harald diesen Dialog und fragte sich, ob er noch richtig tickte oder ob es die beiden waren, die eine Schraube locker hatten. Immerhin schaute seine Mutter ebenfalls ein wenig befremdet drein, was ihm ein tröstliches Gefühl von Normalität vermittelte.

»Wieso Vorhänge?«, fragte Silvia. »Du warst wegen Vorhängen in Stockholm?«

»Ich wollte neue Gardinen für mein Zimmer. Aber wie gesagt, es hat sich erledigt.«

»Na gut, wenn das nun klar ist, möchte ich euch endlich mit Robert Dahlström bekannt machen. Er interessiert sich für die Stelle eines Geschäftsführers bei uns.«

Harald zuckte wie von einem Keulenschlag getroffen zusammen. Ihm war schwindlig, und Übelkeit bohrte sich in seine Eingeweide wie eine harte Faust.

»Ach«, sagte er mit gepresster Stimme, »wir suchen einen neuen Geschäftsführer?«

Die Augen seiner Mutter waren kalt, doch Harald erkannte in ihrem Blick auch eine Spur von Mitgefühl. Er verfluchte sie innerlich mit allen ihm zu Gebote stehenden gotteslästerlichen Ausdrücken. Mitleid gepaart mit Abneigung, wenn das nicht genau das war, was er jetzt am dringendsten brauchte!

Am liebsten hätte er sich auf dem Absatz herumgedreht und sie mitsamt diesem Dahlström stehen lassen. Doch diese Blöße würde er sich nicht geben. Er hatte soeben eine Niederlage erlitten, aber besiegt war er noch lange nicht.

*

Robert machte der Köchin ein Kompliment zu dem Heringssalat*, der ihm wirklich ausnehmend gut geschmeckt hatte, und das, obwohl seine ganzen Sinne auf die Frau fokussiert waren, die zu seiner Rechten saß. Er hatte es vorhin kaum fassen können, dass er sie ausgerechnet hier wiedersehen würde. Sicher, da war die Namensgleichheit, aber vermutlich hießen ein Dutzend weitere Leute hier im Ort ebenfalls Blomquist, sodass er sich darüber nicht groß Gedanken gemacht hatte. Nun saß er neben ihr beim

* Sillsallad (Schwedischer Heringssalat) – Rezept siehe Anhang

Abendessen und war sich ihrer Gegenwart so überdeutlich bewusst, dass er sich kaum noch auf die bei Tisch geführte Unterhaltung konzentrieren konnte.

»Robert hat eine bemerkenswerte Karriere hinter sich«, sagte Silvia gerade. »Aufgewachsen in Värmland, Studium in Toronto …«

»Holzwirtschaft?«, fragte Anna.

Robert nickte. »Und Wirtschaftswissenschaften und ein bisschen Geschichte.« Es war ihm ein wenig peinlich, dass sein beruflicher Werdegang vor der ganzen Familie ausgebreitet wurde. Die Blicke, mit denen Blomquist junior ihn die ganze Zeit über bedachte, reichten aus, die Atmosphäre um einiges abzukühlen. Robert war nicht entgangen, dass Harald nichts von der Stellenausschreibung gewusst hatte, und ihm war sofort klar gewesen, dass seine neue Arbeitgeberin ihre eigene Taktik verfolgte, mit der sie ihren Sohn offenbar kalt erwischt hatte. Ob Harald sich selbst für den Job interessierte?

»Anschließend hat er ein paar Jahre in Kanada gearbeitet, als Geschäftsführer bei Hartwood Inc.«, fuhr Silvia fort, und Robert kam es so vor, als richteten sich ihre Worte speziell an ihren Sohn. »Und jetzt ist er wieder auf dem Weg zurück in die Heimat.« Bei dieser letzten Äußerung lächelte sie Robert an, bevor sie langsam hinzufügte: »Und wenn wir Glück haben, landet er hier bei uns.«

»Sie wollen wirklich zurück in die Provinz?«, fragte Anna ihn.

Er erwiderte ihren Blick und sah, dass die Iris ihrer Augen einen seltenen Türkiston aufwies, wie ein klarer Bergsee in der Sonne. »Ich könnte es mir vorstellen.« Er unterdrückte das schwache Unbehagen, das ihn bei seiner Antwort überkam, und er rechtfertigte sich innerlich damit, dass es ja keine direkte Lüge war. Doch was den weiteren Verlauf der Unterhaltung betraf, so würde er sich vorsehen müssen. Er hatte nicht damit gerechnet, dass er gleich von Anfang an derart in die Familie einbezogen werden würde, und schon gar nicht hatte er erwartet, dass ausgerechnet *sie* dabei sein und ihm Fragen stellen würde.

»Komisch«, sagte sie. »Ich finde eher, Sie sehen aus wie ein Geschäftsmann, der in die Großstadt gehört.«

Robert wollte widersprechen, doch er ahnte, dass er sich damit womöglich aufs Glatteis begeben würde. Dieser Gefahr wurde er zum Glück enthoben, weil im nächsten Augenblick ein weiterer Besucher auf der Bildfläche erschien.

Bertil kam quer durch den Garten auf die Terrasse zu und winkte fröhlich. Roberts Blicke wechselten zwischen Anna und ihrem Verlobten hin und her. Er spürte, dass sie nicht gerade überschwänglich auf Bertils unerwartetes Auftauchen reagierte, und er empfand deswegen eine derartige Befriedigung, dass er sich selbst albern deswegen vorkam.

»Hallo«, rief Bertil. »Ich hoffe, ich störe nicht!« Er trat neben Annas Stuhl und küsste sie auf den Scheitel. »Hej, Liebling! Alles in Ordnung?« Er bedachte Robert mit einem gezielten Seitenblick, bevor er sich wieder Anna zuwandte. »Ich hab mir Sorgen gemacht, als dein Auto plötzlich auf den Platz geschleppt wurde.«

Anna lächelte kurz. »Es ist nichts passiert. Alles bestens. Nur den Stoff habe ich nicht bekommen.«

Bei dieser Bemerkung hob Roberts Laune sich wieder. Sie hatte offenbar Geheimnisse vor diesem Apotheker. Welcher Art diese waren, würde er noch herausfinden. Natürlich ging es ihn nicht das Geringste an, aber er hatte soeben entschieden, dass das keine Rolle spielte. Er konnte sich nicht erinnern, je im Leben einer Frau begegnet zu sein, die ihn derart fasziniert hatte. Am liebsten hätte er alles über sie in Erfahrung gebracht, und zwar möglichst sofort.

»Wenn du willst, können wir ja am Wochenende nach Göteborg fahren«, schlug Bertil vor. »Vielleicht findest du da einen passenden Vorhangstoff.«

»Trinkst du ein Glas Wein mit uns, Bertil?« Silvia hatte sich auf ihre Pflichten als Gastgeberin besonnen und deutete auf einen freien Stuhl, bevor sie in Roberts Richtung fortfuhr: »Ach, übrigens, das ist Annas Verlobter, Bertil Svensson.«

»Ich weiß«, sagte Robert. »Wir haben uns schon kennen gelernt.« Er wandte sich Anna zu und erlaubte sich ein winziges Zwinkern. »Als ich ihr Auto abgeliefert habe.«

Sie schaute ihn neugierig an, und für einige Sekunden blieben ihre Blicke ineinander hängen. Dann schlug sie die Augen nieder und griff nach der Weinflasche, um ein Glas für Bertil einzuschenken.

Berta servierte den Nachtisch, Äpplepaj mit Vanillesoße*, und sorgte damit für weitere Ablenkung.

»Wenn Sie mir gesagt hätten, dass Sie zu den Blomquists wollen, hätte ich Sie doch gefahren«, sagte Bertil. »Oder Sie wenigstens zum Hotel gebracht.«

»Herr Dahlström wohnt hier bei uns im Gästehaus«, warf Silvia ein. »Ist praktischer so. Da ist er gleich vor Ort. Er möchte sich natürlich erst alles genau ansehen, bevor er sich entscheidet.«

»Möchte er das?«, fragte Harald. Seine lauernden Blicke streiften Robert, bevor er abrupt aufstand und dabei fast den Stuhl umwarf. »Na, dann wünsche ich dabei recht viel Vergnügen!« Er marschierte mit durchgedrücktem

* Äpplepaj med vaniljsås (Apfelauflauf mit Vanillesoße) – Rezept siehe Anhang

Kreuz und hoch erhobenem Kopf ins Haus. Sein ganzer Körper signalisierte gekränkte Würde und kaum unterdrückte Wut.

Robert schaute ihm ebenso wie die anderen nach. Er war sich nicht schlüssig, was das alles zu bedeuten hatte, doch er hatte keinen Zweifel, dass die weitere Entwicklung der Dinge ausgesprochen interessant werden würde.

*

Anna lag bäuchlings auf ihrem Bett und blätterte in den Unterlagen, die Brodersten ihr mitgegeben hatte. Sie hatte zwar gewusst, dass Kreuzfahrtschiffe groß waren, aber die tatsächlichen Ausmaße überstiegen all ihre bisherigen Vorstellungen. Von den Dimensionen her war so ein Ozeanriese im Grunde genau wie eine veritable Stadt, mit allem, was dazugehörte: Kinos, Supermärkte, Boutiquen, Friseure, Restaurants, Cafés, Sportplätze, Schwimmbäder, Promenaden zum Flanieren, ein Krankenhaus, ein Kraftwerk ... Nur, dass diese Stadt schwimmen konnte und heute hier, morgen dort war. Anna war fasziniert und überwältigt von der Flut der Informationen, und während des Lesens malte sie sich aus, was es für ein Gefühl wäre, auf so einem gewaltigen Schiff zu leben. Ob sie wohl seekrank werden würde? Besorgt überlegte sie, dass sie dagegen vermutlich genauso wenig gefeit war wie alle anderen Menschen, die sich zum ersten Mal für längere Zeit auf einem Schiff aufhielten. Doch dann fand sie im Register einen Abschnitt darüber, und der dazugehörige Text informierte sie über die Funktion von modernen Stabilisatoren, dank deren diese Krankheit so gut wie ausgerottet war.

Sie hob den Kopf, als sie durch das offene Fenster die Schritte im Hof hörte. Ihre Mutter und ihr Bruder waren längst in ihren Zimmern, also konnte es nur Robert sein. Ohne nachzudenken, erhob sie sich von ihrem Bett und ging zum Fenster. Er stand unten auf dem Kiesweg, der vom Park hinüber zum See führte, die Hände in den Hosentaschen und das Gesicht zum Haus zurückgewandt, als hätte er gespürt, dass jemand zu ihm herabschaute. Er sah sie im offenen Fenster stehen und winkte ihr zu, und Anna hob spontan die Hand und winkte zurück.

Sie fühlte eine seltsame Enttäuschung, als er sich einige Sekunden später abwandte und zum Seeufer weiterging. Eilig nahm sie ihre Jacke vom Garderobenhaken und lief die Treppe hinunter, um ihm zu folgen, ohne einen Gedanken daran zu verschwenden, ob das, was sie hier tat, sinnvoll war.

Er stand mit dem Rücken zu ihr am Seeufer und warf einen flachen Stein über die Oberfläche, der im mattsilbernen Licht des Mittsommerhimmels wiederholt aufprallte und dabei jedes Mal aufblitzte. Eins, zwei, drei, vier, fünf, sechs, sieben … Sie zählte stumm mit, bis der Stein mit einem entfernten Platschen endgültig versank. Siebenmal, dachte sie. Sieben war die magische Zahl der näher rückenden Mittsommernacht, doch die Stelle unter ihrem Kopfkissen würde auch in diesem Jahr leer bleiben.

»Hallo«, sagte sie leise. »Störe ich?«

Er wandte sich zu ihr um und betrachtete ihr Gesicht. »Im Gegenteil. Ich freue mich.«

Er kam einen Schritt näher und stand gleich darauf so dicht bei ihr, dass seine Umrisse ihr Gesichtsfeld ausfüllten und zugleich im sanften Licht der Nacht zu verschwimmen schienen.

Sie holte Luft, als könnte sie auf diese Weise den seltsamen Zauber vertreiben, der sie beide mit einem Mal zu umgeben schien.

»Ich muss mich nochmals bei Ihnen bedanken. Dass Sie mir Ihren Wagen überlassen haben, war meine Rettung.« Sie wollte hinzufügen, dass sie ihm auch dankbar dafür war, dass er ihre dämliche Schwindelei über die Vorhänge unterstützt hatte, doch er kam ihr mit seiner nächsten Bemerkung zuvor.

»Das war das Mindeste, was ich tun konnte.« Er schaute sie genauer an. »War das Gespräch denn erfolgreich? Haben Sie den Job?«

Sie zuckte die Achseln. »Ich kriege in den nächsten Tagen Bescheid.«

»Ich drücke die Daumen.« Zögernd setzte er hinzu: »Ich habe Ihr Vorstellungsgespräch gegenüber Bertil erwähnt, fürchte ich. Er kam dazu, als der Wagen abgeladen wurde, und ich dachte mir nichts dabei, es zur Sprache zu bringen. Ich wusste ja nicht, dass Sie heimlich Fluchtpläne schmieden. Tut mir Leid.«

»Ist schon gut. Über kurz oder lang muss ich es ihm und den anderen sowieso sagen. Ich wollte nur nicht ...« Sie stockte. »Na ja, hätte ja sein können, dass ich gar keine Chancen auf den Job habe. Ich wollte einfach diese endlosen Diskussionen vermeiden. Es ist ... Ich bin ...«

Sie brach ab und bückte sich, um ebenfalls einen Stein aufzuheben und ihn übers Wasser zu schleudern. Eins, zwei, drei, vier, fünf, sechs, sieben ... Sie schloss die Augen und holte kurz Luft, als der Stein nach dem siebten Aufklatschen verschwand. Als sie sich anschließend zu Robert umwandte, hatte sie sich wieder gefangen. Doch sie konnte nicht verhindern, dass sie erneut in den gefährlichen Sog seiner unbestreitbaren Anziehungskraft geriet. Vage überlegte sie, ob er sich wohl der Wirkung bewusst war, die er auf sie ausübte, und sie kam zu dem Schluss, dass es so war. Er schaute sie auf eine Art an, die über schlichte Sympathie hinausging. Wenn er so nahe bei ihr stand wie jetzt, schien die Luft um sie herum förmlich aufgeladen mit erotischer Spannung.

»Und sie?«, fragte sie leichthin. »Wollen Sie wirklich hierher zurück? Ich muss Sie warnen. Sie werden keinen Schritt mehr tun können, ohne dass jeder darüber Bescheid weiß.« Sie hielt inne und betrachtete ihn abwägend. »Hoffentlich haben Sie ein geregeltes Familienleben.« Er schien einen Moment zu zögern, bevor er antwortete. »Schon. Aber wen geht das etwas an?«

»Hier im Ort? Alle.« Sie lachte ein wenig gezwungen, wobei sie nicht wusste, ob ihr Unbehagen daher rührte, dass er vermutlich gebunden war, oder ob es eher daran lag, dass es bei ihr selbst keinen Deut anders war.

»Wir sind sozusagen eine große Familie«, fuhr sie mit leisem Spott in der Stimme fort. »Ich kann nur sagen: herzlich willkommen! Erzählen Sie uns alles von sich! Und wenn nicht – macht nichts! Wir kriegen es sowieso raus!«

Robert grinste breit, und sie musste ebenfalls lachen. »Mache ich Ihnen Angst?«, fragte sie kichernd. »Keine Sorge, hier sind nicht alle so neugierig. Vor Ihnen steht eine löbliche Ausnahme.«

Er sah sie an und hielt ihren Blick fest. »Schade. Ich hätte Ihnen gern alles über mich erzählt. Um Sie dann anschließend nach Strich und Faden über Ihr eigenes Leben auszufragen.«

Sie lachten beide, und danach standen sie einfach schweigend nebeneinander und schauten hinaus aufs Wasser, bis Robert plötzlich die Nase hob und schnuppernd Luft holte.

»Was ist denn das für ein Duft?«, wollte er wissen.

»Geißblatt.« Sie zeigte an ihm vorbei in Richtung Park. »Da drüben stehen ein paar Büsche.« Sie ging hinüber zu den Hecken. »Ich liebe es! Es duftet am stärksten in der Nacht. Für mich gehört es zum Sommer wie für andere die Rosen.« Sie blieb stehen und schob ihre Nase in einen Strauch, um tief den Duft einzuatmen.

»Ich verstehe, was Sie meinen. So könnte der Sommer riechen.« Robert war ihr gefolgt und streckte den Arm aus, um eine Blüte zu pflücken, doch sie griff nach seiner Hand, um ihn daran zu hindern. »Nicht. Sie sind zwar schön, aber auch giftig.«

Er schaute auf ihre Hand, die seine festhielt.

»Diesmal haben *Sie* mich gerettet«, sagte er.

Sie spürte ihren Puls rasen und zählte sieben magische Sekunden lang, bevor sie ihre Hand von seiner nahm und ruckartig Luft holte, um ihre beängstigende Atemlosigkeit in den Griff zu bekommen.

Sie fingen beide gleichzeitig an zu reden.

»Wieso sind Sie ...«

»Warum wollen Sie ...«

»Sie zuerst«, sagte Robert.

»Nein, Sie. Sie sind der Gast hier.«

»Na gut. Ich wollte wissen, warum Sie von hier wegmöchten.«

»Und ich wollte wissen, was Sie hierher zieht. Aufs Land.«

Sie schauten einander in die Augen, und Anna spürte erneut seine bezwingende Aura.

Was passiert mit mir?, dachte sie verstört.

Mit gespielter Munterkeit sagte sie: »Vielleicht reden wir besser morgen weiter. Ich glaube, ich gehe jetzt zu Bett. Leider muss ich früh wieder raus.«

»Sie haben Recht, es ist spät geworden.«

Anna hörte in seinem gelassenen Tonfall eine Spur Enttäuschung mitschwingen. Eilig wünschte sie ihm eine gute

Nacht und ging zurück ins Haus. Als sie später im Bett lag und ins Zwielicht des Zimmers starrte, verbannte sie jeden weiteren Gedanken an siebenfach im Wasser blitzende Steine oder den Duft von Geißblatt. Dennoch dauerte es lange, bis sie einschlafen konnte.

*

»Ich muss sagen, Sie haben da wirklich ein schönes kleines Werk«, sagte Robert, während er an Silvia Blomquists Seite aus der Halle ins Freie trat.

»Ja«, entgegnete sie bereitwillig. »Jedenfalls, wenn alles gut läuft. Wie zum Beispiel die zweite Säge ...«

Sie sprach es offen an, aber es war dennoch ein Punkt, mit dem Robert seine Schwierigkeiten hatte. Wenn eine Säge ausfiel, konnte sie ersetzt werden, doch auf seine diesbezüglichen Fragen hatte sie ausweichend reagiert und gemurmelt, dass ihr Sohn sich bereits darum gekümmert hätte.

Soweit Robert die Sachlage beurteilen konnte, lag hier einiges im Argen, und seiner Meinung nach verteilte sich die Schuld an der Misere gleichmäßig auf Silvia und ihren Sohn. Er hatte vorhin ungestört mit einem der Arbeiter gesprochen und ihm beiläufig diverse Informationen aus der Nase gezogen. Nach dem Tod ihres Mannes vor vier Jahren hatten Silvia und Harald sich die Geschäftsführung geteilt, doch auf lange Sicht war geplant, dass Harald die Firma führen sollte. Bis jetzt hatte das allerdings nicht geklappt, weil ständig etwas schief ging, und Silvia musste jedes Mal einspringen, um die Dinge wieder ins Lot zu bringen. Bis vor kurzem hatte sie mehr oder weniger gutwillig alles so weiterlaufen lassen, und erst jetzt hatte sie beschlossen, dass die Situation dringend einer Änderung bedurfte.

Robert wies in die Halle. »Natürlich kann man hier noch einiges ändern. Vor allem sollte man die Kapazitäten erweitern.«

»Das will ich schon seit einer ganzen Weile«, räumte Silvia ein. »Allerdings fehlt mir dazu ein durchsetzungsfähiger Mitarbeiter.«

Robert machte gar nicht erst den Versuch, um den heißen Brei herumzureden. »Was ist mit Ihrem Sohn?«

»Im Moment gibt es ein paar Probleme. Mutter-Sohn-Probleme, nichts weiter. Es hat nichts mit der Firma zu tun.«

Daran glaubte sie vermutlich selbst nicht, doch sie wollte ganz offensichtlich das Thema nicht vertiefen, ein Wunsch, den Robert respektierte.

»Ich würde mir gern die Bücher ansehen«, sagte er. »Und vor allem den Waldbesitz im Norden, von dem Sie gesprochen haben.«

»Natürlich. Ich hatte überlegt, dass Sie für ein, zwei Tage mit Harald hinfahren. Er wird Ihnen alles zeigen.«

»Schön«, meinte Robert. »Wir sollten das allerdings bald machen.«

»Sicher. Ich werde Harald gleich Bescheid sagen.«

Vermutlich hatte sie dabei die Vorstellung, dass Harald seine ablehnende Haltung aufgab, wenn er ihn erst näher kennen lernte, was Robert indessen für ziemlich unwahrscheinlich hielt. Der Bursche hatte allzu starke Platzhirschallüren an den Tag gelegt, um sich so einfach geschlagen zu geben.

*

Nachdem sie im Schreibwarenladen ein neues Farbband für die Kasse und anderen Bürobedarf für die Apotheke gekauft hatte, schlenderte Anna über den Markt, um frische Lebensmittel zu besorgen. Berta hatte ihr eine Liste mitgegeben und dabei gemeint, dass sie zu Ehren des netten Sommergastes heute Abend etwas besonders Gutes kochen wolle. Anna fand an dieser Idee nichts auszusetzen und kaufte gleich noch frische Schnittblumen für die Tischdekoration. Sie würde sie im Waschraum der Apotheke in einen Eimer mit Wasser stellen und in der Mittagspause rasch alles nach Hause bringen.

Als sie am Café vorbeikam, war Silke gerade dabei, die Stühle und Tische abzuwischen.

»Hej, Anna, du hast uns ja gestern einen schönen Schrecken eingejagt! Wie war's denn in Stockholm?«

»Gut«, sagte Anna vorsichtig. »Ich mag Stockholm. Da ist immer was los.«

Silke schob den Stuhl, den sie gerade abgewischt hatte, mit mehr Kraft an den Tisch, als nötig gewesen wäre. Es gab ein knallendes Geräusch, und Anna zuckte zusammen.

»Willst du deswegen weg?«, wollte Silke wissen. »Weil hier nichts los ist?«

Anna hielt den vorwurfsvollen Blicken ihrer Freundin stand. »Ich weiß es nicht, Silke.«

Silke runzelte die Stirn. »Und die Hochzeit? Ihr wolltet doch im Sommer heiraten! Und du bist dabei, abzuhauen! Das ist nicht fair, Anna, vor allem nicht Bertil gegenüber!«

Anna seufzte und stellte den Korb ab, in dem sie die Lebensmittel und die Blumen verstaut hatte. Sie rückte sich einen Stuhl zurecht und setzte sich an den Tisch. »Ich weiß, dass es nicht fair ist.« Bedrückt schaute sie Silke an. »Aber ich war eigentlich nie diejenige, die von Hochzeit geredet hat. Das wart immer nur ihr. Ich … Ich bin einfach noch nicht so weit.«

»Und wieso hast du das Bertil nicht einfach gesagt?« Silke schwenkte aufgebracht den Putzlappen. »Du hättest mit ihm reden können, statt Heimlichkeiten vor ihm zu haben!«

Anna senkte den Kopf und biss sich auf die Lippen. Silke hatte vollkommen Recht, doch sie hatte keine Ahnung, wie schwierig es war, die komplette Lebensplanung eines Menschen, der einen liebte, durcheinander zu bringen.

»Ich wollte ihm nicht wehtun. Ehrlich gesagt, ich hatte Angst, dass er versuchen würde, mich zu überreden …« Sie brach ab, denn in diesem Moment kam Bertil aus der Apotheke.

»Anna, wo bleibst du denn? Ich warte auf das Farbband für die Kasse!«

Anna sprang auf. »Tut mir Leid. Bin schon da.« Sie nahm ihren Korb auf. »Bis dann, Silke.« Sie lächelte ihre Freundin verständnisheischend an, doch Silkes Miene blieb düster.

Anna folgte Bertil zur Apotheke, doch mitten auf dem Platz blieb sie stehen und schaute sich um. »Bertil, wo ist denn mein Auto? Es müsste hier stehen, aber ich sehe es nirgends. Robert Dahlström hat gesagt, dass er es hier abgestellt hat.«

Bertil lächelte schief. »Ach ja. Das sollte eigentlich eine Überraschung werden. Ich habe es in die Werkstatt bringen lassen. Die beulen es aus. Und lackieren es anschließend gleich neu.«

»Was?«, entfuhr es Anna. »Wieso das denn?«

»Na ja, es war doch ein bisschen ramponiert. Ich dachte, du freust dich.« Er strahlte sie an wie ein kleiner Junge. »Es wird feuerrot. Was ist, freust du dich oder nicht?«

»Ja, ich freu mich«, sagte sie resigniert.

»Aber?«

»Es ist *mein* Auto. Du kannst es doch nicht einfach rot lackieren lassen, ohne mich zu fragen!«

»Das heißt, du freust dich nicht«, stellte er fest. »Wir rufen sofort dort an, und du suchst dir eine andere Farbe aus.«

»Es geht nicht um den Farbton! Verstehst du das nicht, Bertil? Es geht darum, dass du einfach in mein Leben eingreifst!«

Er sah aus, als hätte sie ihn geschlagen, und Anna hätte sonst was dafür gegeben, ihre letzte Bemerkung zurücknehmen zu können. Verständnislos und verletzt schaute er einen imaginären Punkt über ihrer Schulter an. »Ich wollte dir nur eine Freude machen.«

»Das ist ja das Problem«, sagte sie leise.

Hastig drehte sie sich weg und eilte in die Apotheke, wo sie den Korb abstellte und sich dann an der Kasse zu schaffen machte.

Bertil war ihr gefolgt und blieb wie ein begossener Pudel vor der Theke stehen. »Es tut mir Leid. Ich ... Ich hätte dich vorher fragen sollen.«

»Ist schon gut«, sagte sie mühsam.

»Ich hab da wohl was missverstanden. Ich würde niemals absichtlich etwas tun, was dich ärgert. Ich war einfach überzeugt, dass ...« Er hielt inne, dann stieß er hervor: »Mein Gott, Anna, es war doch alles klar zwischen uns, oder nicht?«

Es schnitt ihr ins Herz, ihn so hilflos dastehen zu sehen, doch sie brachte keine Antwort heraus.

Bertil kam um die Theke herum und legte ihr die Hand auf die Schulter. »Es tut mir Leid, dass ich nicht gemerkt habe, dass du wegwillst, Anna.«

Sie wünschte, er möge aufhören, sich ständig zu entschuldigen. Wenn jemand Grund dazu hatte, dann höchstens sie selbst.

»Ich hab's ja selbst lange nicht gewusst«, meinte sie beklommen. »Ich will ja auch nicht weg von *dir*. Es ist nur so, dass ich ...« Sie konnte den Satz nicht beenden, weil ihr die richtigen Worte nicht einfielen.

»Vielleicht brauchst du ja nur eine Auszeit«, sagte er hoffnungsvoll. Sofort schien er sich mit diesem Gedanken anzufreunden. »Kann sein, dass ich dich wirklich zu sehr bedrängt habe. Aber du weißt, wie sehr ich mir eine Familie wünsche. Für mich war immer klar, dass wir eines Tages heiraten werden. Wir gehören zusammen, das weiß jeder hier. Du doch auch, oder?« Er wartete gar nicht erst ab, was sie ihm antworten würde, sondern zog sie an sich, um sie zu küssen. Bevor sie sich aus seiner Umarmung lösen konnte, klingelte die Türglocke, und aus den Augenwinkeln sah Anna, dass Robert die Apotheke betreten hatte. Peinlich berührt machte sie sich von Bertil los und trat einen Schritt zur Seite. Hitze stieg in ihre Wangen, und ein flüchtiger Blick zur verspiegelten Rückwand des Regals hinter ihr zeigte ihr, dass ihr Gesicht von flammender Röte übergossen war.

»Hallo«, sagte Robert mit gedehnter Stimme. »Tut mir Leid, dass ich störe.«

»Kein Problem«, sagte Bertil, während Anna stumm an der Kasse herumfingerte, um endlich das neue Farbband einzulegen.

»Ich bin auf der Flucht«, bekannte Robert mit ernster Stimme.

»Wie bitte?«, fragte Bertil verständnislos.

Robert lachte. »Die Mücken. Sie fressen mich auf. Haben Sie etwas gegen die Biester?«

»Natürlich.« Bertil zog eines der Schubfächer auf und

nahm ein Mittel heraus. Im nächsten Moment klingelte das Telefon im Büro, und er ging rasch nach nebenan, um den Anruf entgegenzunehmen.

»Ziehst du das bitte ab?«, bat er Anna beim Hinausgehen. Sie nickte und tippte den Preis in die jetzt wieder betriebsbereite Kasse ein, und nachdem Robert das Mückenschutzmittel bezahlt hatte, packte sie es ihm zusammen mit einem Päckchen Traubenzucker in eine kleine Plastiktüte.

»Ich hatte gehofft, Sie wiederzusehen, Anna.«

Sie neigte den Kopf zur Seite und hörte von nebenan Bertils gedämpfte Stimme, während sie Roberts Blick hilflos erwiderte.

»Allein«, fügte er hinzu.

Sie holte tief Luft, sagte aber nichts.

»Und Sie, Anna? Geht es Ihnen nicht genauso?«

Sie schluckte, doch dann nickte sie mit gesenktem Blick.

»Vielleicht klappt es ja beim nächsten Mal.« So, wie er es sagte, klang es wie ein Versprechen.

Sie nickte abermals, obwohl sie genau wusste, was für ein Wahnsinn das war.

»Ist wohl nicht so einfach, oder?«, fragte er.

Sie blieb weiterhin stumm und wusste nicht, ob sie erleichtert oder frustriert sein sollte, als im nächsten Moment Bertil aus dem Büro zurückkam.

Robert hielt die Tüte mit dem Mückenschutzmittel hoch, während er zur Tür ging. »Danke vielmals. Hoffentlich bringt es nur die Mücken und nicht mich um.«

»Keine Sorge«, sagte Anna heiser. »Es ist rein pflanzlich. Es wird Ihnen nicht schaden.«

»Dann bin ich ja beruhigt.« Er bedachte sie mit einem beunruhigend intimen Lächeln und ging hinaus.

*

Silvia verschränkte die Hände auf ihrem Schreibtisch und schaute aus dem Fenster. Sie war es müde, ihrem Sohn dabei zuzusehen, wie er durchs Zimmer marschierte. Mit seiner starren Miene und den abgehackten Bewegungen ähnelte er einer Marionette, deren Schnüre durcheinander geraten waren, ein Eindruck, der durch die bleiche Farbe seines Gesichts noch verstärkt wurde. Er sah aus, als hätte er seit Tagen nicht geschlafen. Die blutunterlaufenen Augen lagen tief in den Höhlen, und der Schatten seines Dreitagebarts ließ ihn in Kombination mit seinem zerknitterten, fleckigen Hemd wie einen Herumtreiber wirken.

»Du erwartest wirklich, dass ich es einfach so schlucke, wenn du mir einen neuen Geschäftsführer vor die Nase setzt?« Seine Stimme hatte trotz der offen zur Schau getragenen Aggression einen weinerlichen Unterton, und Silvia hätte ihn am liebsten angeherrscht, sich endlich wie ein Mann zu benehmen. Stattdessen wappnete sie sich mit Geduld.

»Erstens setze ich ihn dir nicht vor die Nase. Er soll neben und vor allem *mit* dir arbeiten. Zweitens wollte ich mit dir vorher darüber reden, aber es war in der letzten Zeit nicht möglich, mit dir ein vernünftiges Gespräch zu führen. Und drittens: Es geht hier nicht um dich. Es geht um das Sägewerk.« Sie beugte sich vor und versuchte, seinen Blick einzufangen, damit er den Ernst ihrer Worte begriff. »Das Sägewerk, das seit drei Generationen in der Familie ist! Und das ich weiter erhalten will!«

»Ach«, fuhr er auf. »Und ich will das nicht, oder was?«

»Ehrlich gesagt, ich weiß es nicht«, sagte sie erschöpft. »Manchmal könnte man fast glauben, das Werk sei dir egal.«

»Ist es aber nicht! Nur weil ich einige Dinge anders

handhabe, als Papa das getan hat, musst du nicht gleich denken ... «

»Wir haben Schulden«, unterbrach sie ihn. »Wir schöpfen unsere Kapazitäten nicht aus. Letzten Monat haben wir Termine nicht eingehalten. Im April hatten wir jede Menge Ausschuss, weil ... «

Diesmal fiel er ihr ins Wort. »Das ist doch alles nicht so tragisch! Es kommt eben vor, dass eine Säge ausfällt! Und wenn wir wegen der Frühjahrsstürme zu wenige Bäume fällen können, ist es kein Wunder, dass wir in Verzug kommen. Und der Ausschuss im April lag an der schlechten Qualität der Stämme.«

»Es gibt immer für alles eine Erklärung. Nur sind es nicht die einzelnen Fälle, die zählen. Es ist die Häufung.« Sie schaute ihn an, und ihre Kehle wurde eng, als sie ihn so vor sich sah. Ihr Sohn, der vor ein paar Jahren noch so lebensfroh gewesen war und nur so gestrotzt hatte vor körperlicher und seelischer Gesundheit. Der Mensch, der heute hier in ihrem Büro stand, war ein anderer als früher. Harald ließ sich gehen und hatte kaum noch Interesse an der Arbeit. Er aß unregelmäßig, und wenn er nicht gerade unterwegs war, lag er teilnahmslos in seinem Zimmer auf dem Bett. Er war auf dem besten Wege, ein Wrack zu werden. Wenn er es nicht schon war.

Doch er war auch ihr Kind. Sie würde ihn nicht kampflos aufgeben, und wenn es dieser Anstoß von außen war, den er brauchte, um wieder auf die Füße zu kommen, dann hatte sie das Richtige getan, als sie Robert Dahlström hergeholt hatte. Auch wenn Harald das jetzt vielleicht noch nicht einsah, aber sie wollte nicht nur das Beste für die Firma, sondern auch für ihn. Sie versuchte abermals, es ihm begreiflich zu machen.

»Harald, ich mache mir Sorgen, dass du deine Aufgaben nicht ernst genug nimmst. Und deswegen hoffe ich sehr, dass Robert Dahlström sich dafür entscheidet, mein Angebot anzunehmen.«

Harald drehte sich von ihr weg und tigerte in die gegenüberliegende Ecke des Zimmers. Silvia holte Luft, sie war diese Unterhaltung restlos leid. »Noch hat er sich nicht entschieden«, sagte sie. »Er will sich vorher noch unseren Waldbesitz ansehen. Du wirst morgen mit ihm zusammen rauf nach Märraberg fahren und ihm alles zeigen.«

Er blieb stehen, ohne sie anzusehen. »Keine Ahnung, ob ich morgen Zeit habe.«

Sie wollte Einwände erheben, doch er hatte sich bereits zur Tür gewandt. Ohne ein weiteres Wort verließ er den Raum.

*

Den von der Sonne durchfluteten Birkenwald im Rücken, watete Robert bis zu den Knien ins Wasser und suchte eine Stelle im Geröll, wo seine Füße guten Halt fanden und wo er in der Deckung eines kleinen Felsens bleiben konnte. Sein Schatten war hinter ihm, und auch sonst schienen alle Bedingungen ideal.

Er hatte ein ganzes Stück laufen müssen, um diesen Platz zu finden. Die Strömung war hier nicht so stark wie weiter flussabwärts, und es war auch in Ufernähe tief genug, um auf etwas Anglerglück zu hoffen.

Eine Libelle surrte an seiner Nase vorbei, doch er ließ sich nicht beirren, als er mit einem klassischen Rollwurf die Angel auswarf und dabei befriedigt feststellte, dass er nichts verlernt hatte. Er brachte seinen gestreckten Arm in Neun-Uhr-Position, und die Schnur schnitt in einem exakten Bogen durch die Luft, bevor sie beim Auftreffen des

Köders von der Strömung seitwärts gezogen wurde, bis zu der von Robert vorausberechneten Stelle, wo der Köder anschließend dicht unter der Wasseroberfläche dahintrieb.

Er hatte kaum fünf Minuten gestanden, als er das leuchtend orangefarbene Kajak in seinem Blickfeld auftauchen sah. Es kam förmlich angeschossen in seiner wilden Fahrt über den Fluss und glitt blitzartig durch die Wasserstrudel zwischen den Basaltbrocken, die hier überall aus dem Wasser ragten.

Robert verfolgte den Weg des Bootes voller Bewunderung und überlegte sich, dass dies durchaus eine Sportart wäre, die ihn reizen könnte. Doch vermutlich war er dafür längst zu alt. Bis man paddeln konnte wie dieser Profi, brauchte man sicher viele Jahre.

Das Kajak kam näher, und er konnte erkennen, wer der Sportler mit dem Schutzhelm und der Schwimmweste war. Robert glaubte, seinen Augen nicht zu trauen.

»Anna!«, schrie er. »Hej, Anna! Hier drüben!« Behindert durch seine bis über die Hüften reichende Anglerhose, watete er auf sie zu, die Angelrute achtlos hinter sich herschleifend.

Sie hatte ihn bereits gesehen und lenkte das Boot in seine Richtung. Kurz bevor sie ihn erreichte, drehte sie es mit einer geschickten Bewegung des Paddels seitwärts und ließ sich das letzte Stück auf ihn zutreiben. Er hielt das leichte Kunststoffboot einfach fest und zog es zu sich heran.

»Hej«, sagte er nochmals, völlig außer Atem. Wie gebannt schaute er sie an. Ihr Gesicht unter dem Helm war erhitzt, und auf ihren bloßen Armen perlten die Wassertropfen.

»Hej«, sagte sie lachend. »Schon was gefangen?«

Die Art, wie sie ihn ansah, ließ ihn kühner werden. »Vielleicht«, sagte er vielsagend, mit einem Seitenblick auf seine Hand, die das Boot festhielt. Er spürte, wie die Spannung zwischen ihnen stieg. Es war wie gestern Abend an dem kleinen See hinter ihrem Park, nur dass sie diesmal nicht weglaufen konnte. Aber sie schien es auch gar nicht zu wollen.

»Gefällt Ihnen mein Fluss?«, fragte sie. Ihre Stimme klang ein wenig heiser, und ihr Blick ließ den seinen nicht los.

»Ausnehmend gut.« Natürlich meinte er nicht den Fluss, und an ihrer Reaktion sah er, dass sie das genau wusste.

Die Strömung zerrte das Boot hin und her, und er hatte Mühe, es festzuhalten. Als er einen besseren Halt suchte, geriet er aus dem Gleichgewicht und drohte wegzurutschen.

»Vorsicht«, rief sie.

Doch er hatte sich bereits wieder gefangen. Er zog das Boot noch näher zu sich heran, bis ihre Augen auf einer Höhe und ihre Gesichter nur noch wenige Zentimeter voneinander entfernt waren.

Eine atemlose Sekunde schaute er ihr in die Augen und nahm ihren Duft war, eine Mischung aus Flusswasser, frischem Schweiß und Sonnenlotion und dicht darunter diese besondere Note, die ihm wie schwerer Wein zu Kopf stieg: der Geruch nach gesunder, erregender Weiblichkeit. Ohne über die Folgen nachzudenken, beugte er sich die letzten fehlenden Zentimeter vor und presste seine Lippen auf ihren leicht geöffneten Mund. Sein Verlangen stieg sofort in nie gekannte Höhen, als sie seinen Kuss ohne zu zögern erwiderte. Ihre Zungen spielten ein wildes Spiel, und er streckte die Hand aus, um ihren Kopf zu umfangen und sie noch fester an sich zu pressen.

Unseligerweise war es die Hand, mit der er das Boot festgehalten hatte. Es geriet sofort ins Trudeln und wurde von ihm weggetrieben, und Augenblicke später war es bereits meterweit entfernt.

Sie sah betroffen über die Schulter zurück, doch dann lachte sie, ein raues Lachen voller aufpeitschender Sinnlichkeit. Mit einem kurzen Winken entfernte sie sich weiter, vorwärts getrieben durch die Strömung. Robert blieb reglos stehen, bis zu den Hüften im Wasser, schwitzend und zitternd von der Hitze, die seinen Körper erfüllte. Er schaute ein paar Augenblicke zu, wie sie mit kraftvollen Bewegungen das Kajak zur Flussmitte hin ausrichtete und sich in den nächsten Strudel stürzte, der ziemlich gefährlich aussah.

Das Boot tanzte auf und nieder wie ein Korken, es schien von den aufschäumenden Stromschnellen abzuprallen, nur um Augenblicke später gleichsam wieder eingesogen zu werden.

Robert keuchte vor Entsetzen, als das Kajak plötzlich kenterte und Anna kopfüber in den Fluten verschwand. Sein Herz schien einen Takt auszusetzen, um gleich im nächsten Moment stakkatoartig wieder loszurasen, als sie in einer eleganten Rolle wieder hochkam und weiterpaddelte, als sei nichts geschehen.

»Da soll mich doch einer«, stieß er hervor. Während er zurück ans Ufer watete, behielt er sie im Auge, und als er wieder festen Boden unter den Füßen hatte, sah er, dass sie in einiger Entfernung an Land paddelte. Das Fischen war vergessen, und abgesehen davon war seine Angel ohnehin verschwunden, mitgerissen von der Strömung. Er hatte nichts Eiligeres zu tun, als seine Anglerkluft auszuziehen, sie mit dem Rest seiner Ausrüstung unter den Arm zu klemmen und flussabwärts zu marschieren. Er sagte sich, dass er sowieso in diese Richtung musste, weil sein Wagen ja dort geparkt war, doch dann machte er sich klar, dass er sich wie ein alberner Schuljunge benahm, weil er eher rannte als ging. Natürlich wollte er sich vergewissern, dass sie das halsbrecherische Manöver von vorhin gut überstanden hatte. Doch mehr als alles andere wollte er nur eins: sie nochmals küssen.

Als er sie erreichte, zog sie gerade die Schwimmweste aus und legte sie zu dem Helm ins Boot, das sie quer über den Uferstreifen unter einen Baum gezogen hatte. Ihr Haar war zerzaust, und der eng anliegende Neoprenanzug modellierte jede einzelne Kurve ihrer Figur. Erstaunt schaute sie auf, als sie seine Schritte hörte. »Hej, was machen Sie … Was machst du denn hier?«

»Wir sind gerade unterbrochen worden.« Mit zwei Schritten war er bei ihr und riss sie in seine Arme, und sofort schmiegte sie sich an ihn und erwiderte seinen Kuss mit derselben Leidenschaft, mit der sie ihm eben auf dem Wasser entgegengekommen war.

Als sie sich nach einer Weile wieder voneinander lösten, waren sie beide außer Atem.

»Wie kommst du darauf, dass es hier langweilig ist?«, fragte er dicht neben ihrem Ohr. »Was du da vorhin mit deinem Boot auf dem Wasser gemacht hast, sah ganz schön gefährlich aus!«

Anna fasste in seine Haare und zog seinen Kopf zu sich herunter. Sie küsste ihn abermals, kurz und heftig, bevor sie ihn mit funkelnden Augen anschaute. »Kajakfahren dürfte im Moment das Ungefährlichste sein, was ich tue.«

»Aber es macht Spaß«, flüsterte Robert, wobei er offen ließ, was genau er damit meinte.

»Der Sport hält mich am Leben«, sagte sie schlicht. Sie löste sich aus seinen Armen und zog den Reißverschluss von ihrem Neoprenanzug auf. Der Bikini, den sie darunter trug, ließ noch mehr von ihrem gebräunten, schlanken Körper sehen, und Robert schluckte heftig, als sie aus dem Anzug schlüpfte und ihn zu ihrer anderen Ausrüstung warf, bevor sie sich auf einen flachen Stein setzte, um ihre feuchte Haut von der Sonne trocknen zu lassen.

»Wenn ich das Kajak nicht hätte, wäre ich hier schon längst eingegangen wie eine Primel.«

Er ließ sich neben ihr nieder und legte seinen Arm um ihre Schultern. »Ich verstehe das nicht, Anna. Du hast doch so eine Power. Wieso lässt du dich von den anderen derart vereinnahmen?«

Sie schien nachzudenken, doch dann schüttelte sie den Kopf und presste die Lippen zusammen. »Lass uns über was anderes reden.«

»Reden?«, murmelte Robert.

Sie wandte ihm ihr Gesicht zu, und das war alles, was Robert an Aufforderung brauchte.

*

Bertil fühlte sich, als müsse er die Last der ganzen Welt auf den Schultern schleppen. Er ging zu einem der freien Bistrotische und ließ sich auf einen Stuhl fallen, und während er darauf wartete, dass seine Schwester sich zu ihm gesellte, brannte das Fax ihm förmlich Löcher in die Tasche.

»Hej«, sagte er, als Silke zu ihm an den Tisch trat. »Kann ich einen Kaffee haben?«

»Natürlich. Ein Stück Mandeltorte dazu?«

»Nein, nur Kaffee.«

Sie schien sofort zu merken, dass etwas nicht stimmte. Anstatt ihm Kaffee zu holen, setzte sie sich zu ihm an den Tisch und musterte ihn besorgt. »Was ist los?«

»Ich weiß es nicht. Sie … Sie ist schon wieder unterwegs.«

»Auf dem Fluss?«

»Möglich«, sagte er. »Kann aber auch sein, dass sie auf dem Weg nach Stockholm ist. In ihr neues Leben.« Er fühlte sich miserabel, obwohl er vorhin schon etwas gegen die aufkommende Übelkeit genommen hatte. Die Neuigkeiten waren ihm auf den Magen geschlagen, und obwohl er sich sagte, dass er die vielen Anzeichen in der letzten Zeit kaum noch hatte übersehen können, war es ihm, als hätte jemand ihm einen gut gezielten Tritt verpasst und ihn aus der Bahn seines sonst so geordneten Lebens geworfen.

»Ach, ich glaube nicht, dass Anna wirklich wegwill.« Silke legte ihre Hand auf seine. »Das ist sicher nur so eine Gedankenspielerei von ihr.«

Seine Schwester meinte es gut, und das wusste er zu schätzen, aber ihm war dennoch klar, dass sie in Wahrheit dasselbe befürchtete wie er. Ohne weitere Umschweife zog er das Fax aus der Tasche seines Kittels und legte es auf den Tisch. »Das kam vorhin für Anna an.«

Silke betrachtete den Absender. »Von der Olsson-Reederei? Was wollen die von Anna?«

»Lies es einfach.«

Sie las es halblaut vor, und jedes einzelne Wort war für ihn wie ein Messer in einer offenen Wunde, obwohl er den gesamten Text längst auswendig kannte.

»Wir freuen uns, Ihnen mitteilen zu können, dass wir uns für Sie entschieden haben. Sie können die Stelle als Kinderanimateurin …« Silke hob den Kopf und schaute Bertil verständnislos an. »Kinderanimateurin?« Sie schluckte und las leise weiter. »… auf unserem Kreuzfahrtschiff *Victoria* am ersten September antreten …«

Bertil trommelte mit den Fingern auf der Tischplatte, und Silke legte das Fax zur Seite. »Ich bin sicher, sie wollte nur mal ausprobieren, ob sie überhaupt eine Chance hat, so einen Job zu bekommen.«

»Wozu sollte das gut sein?«

»Zur Selbstbestätigung?«, schlug Silke vor.

Er merkte ihr deutlich an, dass sie das nur sagte, um ihn zu beruhigen.

»Vielleicht sollte ich ihr das Fax einfach nicht geben«, meinte er.

»Das ist lächerlich«, widersprach sie sofort.

Er setzte sich aufrecht hin und stellte das Trommeln ein. »Ich soll sie gehen lassen?«

»Das Wichtigste ist, dass du versuchst, sie zu verstehen.«

Bertil schluckte seine Verstimmung hinunter und stand auf, um wieder an die Arbeit zu gehen. Natürlich musste Silke etwas in dieser Art sagen, sie war ja Annas beste Freundin. Aber er war ihr Bruder, verdammt noch mal! Er hatte ein Anrecht darauf, dass sie *ihn* verstand!

Vor allem musste sie verstehen, dass er Anna liebte. Sie war alles für ihn, und er würde den Teufel tun, sie einfach ohne Gegenwehr ziehen zu lassen.

*

Harald schwitzte, obwohl es in der Werkshalle nur mäßig warm war. Die Sägemaschine, die nur ein paar Meter von ihm entfernt kreischte, war sicherlich nicht lauter als sonst, doch das Geräusch schien Krater in sein Hirn zu fräsen. Er wusste selbst nicht, warum er sich das antat, doch wenn er öfter wegblieb, würde es auffallen. Es fiel sowieso schon auf. Mikael hatte gesagt, dass die Männer angefangen hatten, über ihn zu reden.

Endlich hatte er seinen täglichen Rundgang beendet und konnte die Halle verlassen. Er fühlte sich von allen Seiten beobachtet. Manche der starrenden Blicke bildete er sich vielleicht nur ein, aber er war davon überzeugt, dass sie zum größten Teil real waren. Man gab *ihm* die Schuld an der Misere, wem sonst?

Der Motor war immer noch nicht da, obwohl er allenthalben verlautbart hatte, ihn eigenhändig holen zu wollen. Er hatte es versucht, weiß Gott, aber die hirnlosen Idioten hatten ihm das Ding aus versicherungstechnischen Gründen nicht mitgeben wollen. Und seine Mutter tat ganz so, als hätte er all das frei erfunden! Er hasste die Situation, und am liebsten hätte er es jedem ins Gesicht gesagt. Was konnte er dafür, dass die Säge nicht lief?

Er trat aus der Halle und ging hinüber in den Park, wo er im Schatten einer Kastanie stehen blieb und sein Handy hervorzog. »Haben Sie schon etwas über Robert Dahlström in Erfahrung bringen können?«, erkundigte er sich, nachdem sich der Teilnehmer unter der von ihm gewählten Nummer gemeldet hatte.

Nein, sie wussten noch nichts. Harald fragte mehrmals nach, doch es blieb dabei. Sie brauchten noch Zeit. Weitere Informationen, genauere Daten. Morgen, spätestens übermorgen würden sie mehr wissen, er müsse sich bis dahin in Geduld üben.

Die Enttäuschung erzeugte einen galligen Geschmack in seinem Mund. Er trennte die Verbindung und zerkaute hastig zwei Tabletten aus dem Röhrchen, das er gestern Abend noch bekommen hatte und das bereits wieder halb leer war. Verdammt, er hätte darauf bestehen sollen, dass die dumme Gans ihm mehr mitbrachte!

Er hatte Mühe, sich auf seine Umgebung zu konzentrieren, aber der Gedanke an Robert Dahlström half ihm, sich zu sammeln. Der Kerl war wie ein faules Ei, das Harald aus drei Kilometern Entfernung riechen konnte. Seine Mutter würde ihm noch dankbar sein.

Er hatte kaum an sie gedacht, als sie hinter ihm auftauchte.

»Harald?«, rief sie.

Er wandte ihr den Rücken zu und schluckte hastig eine weitere Tablette, bevor er sich zu ihr umdrehte und sie anschaute. Sie kam näher, kühl und schön in ihrem eisblauen Nachmittagskleid.

»Suchst du mich?«, fragte er.

»Herr Dahlström möchte noch die Bücher der letzten Jahre sehen.«

»Kein Problem.«

»Bringst du sie ihm ins Gästehaus?«

Er deutete eine ironische Verbeugung an. »Selbstverständlich.«

»Du kannst ihm dann ja für weitere Fragen zur Verfügung stehen, wenn ihr nach Märraberg fahrt.«

»Ich sagte dir doch, ich habe keine …«

»Du wirst ihm den Waldbesitz zeigen«, fiel sie ihm entschieden ins Wort.

Sie nickte ihm zu und verschwand dann wortlos in Richtung Haus.

Er blieb mit hängenden Armen stehen und starrte ihr nach.

Ja, dachte er in wütendem Sarkasmus. Das kannst du haben. Ich werde es ihm schon zeigen.

*

Anna bemühte sich, nicht zu viel Lärm zu machen, als sie den Wagen abstellte und zum Haus ging. Ihr Gesicht glühte förmlich, und vermutlich sah sie aus, als wäre sie rückwärts durch eine Hecke gekrochen. Sie hatte versucht, ihr Äußeres einigermaßen in Ordnung zu bringen, bevor sie zurückgefahren war, doch ihre wüst zerzausten Haare hatten allen Bemühungen, sie mit dem Kamm zu glätten, hartnäckig widerstanden. Gegen die brennende Hitze, die immer noch ihr Gesicht überzog, konnte sie nicht viel tun. Vermutlich konnte sie noch von Glück sagen, dass es bei ein paar wilden Küssen geblieben war, denn wenn nicht auf einmal dieser Tourist aufgetaucht wäre, hätte sie Robert nicht daran gehindert, bis zum Letzten zu gehen.

Sie erstarrte vor Schreck, als sie ausgerechnet die Person im Hof stehen sah, der sie momentan am allerwenigsten begegnen wollte.

Bertil stand zusammen mit ihrer Mutter im Schatten der Markise. Notgedrungen ging sie auf die beiden zu. »Hej, ihr zwei. Was machst du denn hier, Bertil?«

Er betrachtete sie abwägend, und sie hätte sich am liebsten die Hände vors Gesicht gehalten, um seinem Blick zu entgehen.

»Ich bin mit Harald verabredet, wegen des Dachausbaus.«

Anna hob befremdet die Brauen. »Welcher Dachausbau?«

»Ich hatte schon lange darüber nachgedacht, das weißt du doch. Jetzt will ich es endlich angehen. Die Wohnung über der Apotheke ist mir einfach zu klein. Wenn im Dach noch zwei Zimmer dazukämen und ein Bad …«

»Lohnt sich das überhaupt?«, warf Silvia ein. »Ich dachte, ihr wolltet euch ein Haus suchen.«

»Bis wir das endgültig entscheiden, könnte Anna zu mir in die Wohnung ziehen, sobald dort ausgebaut ist. Platz wäre dann ja genug. Was meinst du dazu, Anna?«

Anna schluckte. Ihr war heiß, und sie wusste, dass sie fürchterlich aussah. Ein Wunder, dass Bertil deswegen noch keine Fragen gestellt hatte. Noch schlimmer aber war das Thema, das hier offensichtlich ausdiskutiert werden sollte. Ihr Bedürfnis, schnellstmöglich zu verschwinden, wurde übermächtig. »Tut mir Leid, ich kann jetzt nichts dazu sagen. Ich muss dringend unter die Dusche.«

Sie lächelte Bertil und ihrer Mutter entschuldigend zu und verschwand fluchtartig im Haus.

Als sie zehn Minuten später tropfnass aus der Dusche stieg, klingelte das Telefon. Es war Silke, die zunächst nur wegen eines kurzen Plauschs anzurufen schien. Doch Anna merkte schnell, dass mehr dahinter steckte.

»Was ist los, Silke?«, fragte sie schließlich.

Silke druckste herum und rückte dann mit der Sprache heraus. »Eigentlich rufe ich an, um dir was zu erzählen.«

»Ja, was denn?«

»Ähm ... Hat Bertil dir das Fax gegeben? Das aus Stockholm?«

Anna erstarrte und hielt den Hörer so fest, dass er ihr fast aus den nassen Fingern gerutscht wäre.

»War es ein Fax von der Olsson-Reederei?« Anna versuchte, sich ihren Ärger nicht allzu deutlich anmerken zu lassen. »Wie kann er das machen! Warum gibt er es mir nicht? Danke, Silke, dass du es mir gesagt hast!«

Anna beendete eilig das Gespräch. Rasch trocknete sie sich ab und schlüpfte in ihre Sachen. Sie hielt sich nicht damit auf, ihr Haar zu föhnen, sondern schlang es zu einem provisorischen Knoten zusammen.

Wie schon vorhin für die Fahrt zu ihrem Paddelausflug borgte sie sich auch diesmal wieder Haralds Sportwagen aus. Er hatte ihr gesagt, sie könne ihn ruhig nehmen, denn möglicherweise käme bald der Tag, an dem sie sich dafür erkenntlich zeigen könne. Eine ziemlich kryptische Äußerung, auf die sie jedoch nicht weiter eingegangen war. In letzter Zeit benahm er sich häufiger merkwürdig.

Anna hatte geplant, Bertil in der Apotheke zur Rede zu stellen, doch sie begegnete ihm bereits unterwegs auf der Landstraße. Anscheinend hatte er sich noch länger mit ihrer Mutter unterhalten, bevor er wieder losgeradelt war.

Sie brachte den Wagen ein paar Meter vor ihm zum Stehen und sprang hinaus. »Bertil, wieso hast du mir nichts von dem Fax gesagt?« Sofort merkte sie, wie anklagend ihre Stimme klang, und beschämt bemühte sie sich um mehr Freundlichkeit. »Was stand drin? Sag schon!«

Er war von seinem Fahrrad abgestiegen und nickte kaum merklich.

»Das ist ja super!«, rief sie begeistert aus. »O Gott, Wahnsinn! Ich habe den Job!« Sie besann sich, als ihr aufging, dass Bertil diese Nachricht alles andere als erfreulich finden dürfte.

Sein Gesichtsausdruck sprach Bände. Er wirkte zwar eine Spur schuldbewusst, doch sein Ärger war offensichtlich weit stärker. »Wieso hast du mir nie gesagt, wie sehr es dich von mir wegdrängt? Verdammt, Anna, ich habe Pläne gemacht! Ich bin davon ausgegangen, dass wir zusammengehören!«

Anna schlug die Augen nieder. »Bertil, es tut mir Leid. Aber ich habe in der letzten Zeit immer mehr gemerkt, dass ich hier einfach nicht mehr leben kann.«

»Das ist doch nicht wahr!«, entfuhr es ihm. »Du liebst unsere Gegend! Die Wälder! Den Fluss! Die Menschen!«

Seine Stimme wurde bei jedem Wort lauter, und Anna zuckte zusammen. »Das mag ja alles sein«, sagte sie verzweifelt. »Aber … Es ist so eng hier, Bertil!«

»Anderswo ist es auch eng. Wenn du mich nicht liebst, dann sag es mir einfach. Sei nicht so feige.«

Seine Miene war unversöhnlich. Ohne ihre Antwort abzuwarten, schwang er sich auf sein Rad und fuhr davon.

Von widerstreitenden Empfindungen erfüllt, schaute Anna ihm nach.

Es stimmt nicht!, wollte sie ihm nachrufen. Ich mag dich und ich schätze dich! Du bist ein wunderbarer Freund!

Doch gleichzeitig wusste sie, dass es nicht ausreichte, um sie hier zu halten.

*

Robert saß auf der Terrasse des Gästehauses und lauschte den Klavierklängen, die vom Haupthaus herüberschwebten. Er war kein Mozart-Fan, aber wenn ihn nicht alles täuschte, handelte es sich um das Elvira-Madigan-Motiv. Silvia Blomquist stellte einmal mehr unter Beweis, dass sie eine begabte Pianistin war. Sie hatte ihm erzählt, dass sie vor ihrer Ehe am Konservatorium Musik studiert hatte und sich nur schwer damit hatte abfinden können, plötzlich im Holzwesen tätig zu sein. Noch ein Mitglied der Familie, das seine Talente auf eine ungeliebte Tätigkeit verschwendete.

Als sein Handy klingelte und er James' Namen auf dem Display sah, stellte er mit deutlichem Schuldbewusstsein die Verbindung her und meldete sich. Er hätte einiges zu erzählen gehabt, aber er fasste sich kurz und beschränkte sich auf die wichtigsten Informationen, weil er nicht den Verdacht erwecken wollte, unkooperativ zu sein.

»Ich muss zuerst die Bilanzen alle gesehen haben, bevor ich mir ein abschließendes Urteil erlauben kann.«

Das war gelogen, sein Urteil stand längst fest. Doch er

hatte ein unüberwindliches Problem damit, es James Hartwood zu übermitteln. Er brauchte Zeit.

Doch sein Chef ließ sich nicht abspeisen. »Du hattest genug Zeit für einen ersten Eindruck, und um den geht es mir jetzt. Wäre es ein denkbarer Schritt in den schwedischen Markt?«

»Vielleicht«, sagte Robert ausweichend.

Er beendete das Gespräch und ging durch den Park hinüber zum Haupthaus. Seit der Begegnung am Fluss war er von Ruhelosigkeit erfüllt, und er brannte darauf, Anna wiederzusehen.

Durch die zur Terrasse hin geöffneten Flügeltüren sah er Silvia am Klavier sitzen. Sie bemerkte ihn und winkte ihn mit einer Bewegung ihres Kopfes herein.

Er betrat den großen, mit wertvollen Antiquitäten eingerichteten Raum. Auf dem Kaminsims standen Familienbilder, und auf etlichen davon erkannte er Anna. Meist saß sie in einem Boot oder stand davor. Als kleines Mädchen hatte sie entzückend ausgesehen, ein kleiner Wildfang mit blonden Zöpfen und zahnlosem Grinsen.

Silvia beendete ihr Spiel, und er trat zu ihr an den Flügel. »Sie spielen wirklich ausgezeichnet. Bereuen Sie es heute noch manchmal, die Musik nicht zu Ihrem Beruf gemacht zu haben?«

»Nicht mehr so sehr.« Sie lächelte. »Inzwischen ist das Werk mein Leben. Und, was halten Sie von den Bilanzen?«

»Auf den ersten Blick sieht alles ganz gut aus. Allerdings habe ich ein paar Posten gefunden, über die ich gern noch mit Ihnen oder Ihrem Sohn reden möchte.«

»Reden Sie mit Harald«, sagte sie sofort. »Am besten gleich. Einen Moment bitte.« Sie stand auf und ging zum Telefon, das auf einem kleinen Tischchen neben dem Kamin stand.

»Ingrid, schicken Sie mir doch bitte Harald herüber ins Haus, ich möchte gern … Wie bitte?« Sie erstarrte für einen Augenblick, bevor sie sich mit beherrschter Miene zu Robert umwandte. »Es tut mir sehr Leid. Mein Sohn hat offenbar vergessen, dass er mit Ihnen nach Märraberg fahren sollte. Er ist in Malmö.«

»Und was nun?«

»Ich würde sagen, wir trinken erst einmal Kaffee.«

*

Nach dem Gespräch mit Bertil fuhr Anna nach Hause, weil sie bei der Reederei anrufen und sich für die rasche Nachricht bedanken wollte. Auf dem Weg zu ihrem Zimmer blieb sie ruckartig stehen, als plötzlich Haralds Tür aufgerissen wurde.

»Anna?«

Sie holte tief Luft und presste die Hand gegen ihre Brust. »Mein Gott, musst du mich so erschrecken? Was ist los?«

»Komm rein.« Ihr Bruder fasste sie beim Arm und zog sie in sein Zimmer.

Sie schaute ihn bestürzt an. Er sah miserabel aus. Sein Gesicht war bleich und aufgedunsen, und er roch, als hätte er seit Tagen nicht geduscht.

»Du lieber Himmel, was ist los mit dir?«

»Mir platzt der Schädel. Ich habe Migräne. Hast du ein Schmerzmittel für mich?«

»Ich habe in meinem Zimmer Aspirin, das hole ich dir gleich.«

»Das reicht nicht.«

»Was brauchst du denn?«

Er sagte es ihr, doch Anna schüttelte den Kopf. »Das ist rezeptpflichtig.«

»Du könntest es mir einfach aus der Apotheke holen.«

»Harald, das ist ein unglaublich starkes Schmerzmittel, es muss von einem Arzt verordnet werden!«

»Meine Güte, sei doch nicht so! Ich habe es schon öfters genommen, und es ist das einzige Mittel, das zuverlässig gegen meine Kopfschmerzen hilft! Die Migräne bringt mich sonst noch um!«

Sie betrachtete ihn mitfühlend. Ihr war bisher überhaupt nicht klar gewesen, dass er häufig unter Kopfschmerzen litt.

»Ich rede mit Bertil«, sagte sie. »Vielleicht kennt er ein rezeptfreies Mittel, das ähnlich wirkt.«

»Nicht mit Bertil! Ich will nicht, dass der ganze Ort weiß, dass ...« Er brach ab.

»Was soll das? Bertil ist der Schweigepflicht unterworfen! Er würde niemals über so etwas reden!«

»Trotzdem. Ich möchte es nicht.«

»Dann kann ich dir auch nicht helfen«, sagte sie bedauernd. »Ich muss los«, fügte sie hinzu, schon auf dem Weg zur Tür. »Ich sage Mama, sie soll dir einen kalten Wickel für die Stirn bringen, das hilft meist ganz gut gegen Kopfweh.«

»Nein«, fuhr er sie an. »Sag bloß Mama nichts! Sie hält mich sowieso schon für einen Versager!« Als sie ihn verständnislos anschaute, setzte er hastig hinzu: »Mama denkt, dass ich in Malmö bin. Und das soll auch so bleiben.«

Sie fixierte ihn misstrauisch. »Sag mal, was spielst du eigentlich für ein Spiel?«

»Du darfst ihr nichts sagen. Ich will nicht, dass sie mitkriegt, wie schlecht es mir geht, das ist alles.«

Anna schien es, als würden immer mehr lose Fäden vor ihren Augen baumeln, aus denen sich nach und nach ein unentwirrbares Knäuel bildete.

»Mach, was du meinst«, sagte sie. »Ich sehe heute Abend noch einmal nach dir.«

Als sie wenige Minuten später das Haus verlassen wollte, hörte sie eine Stimme aus dem Wohnzimmer, die ihr das Blut in die Wangen schießen ließ.

»Der Kuchen ist wirklich eine einzige Versuchung«, sagte Robert.

»Das ist Wallnusstorte*«, erwiderte Silvia. »Eine von Bertas besonderen Spezialitäten.

Anna trat an die offene Tür, sodass er sie sehen konnte. Er saß an dem kleinen Teetisch und trank mit ihrer Mutter Kaffee.

»Man kann gar nicht genug davon kriegen«, fuhr Robert anerkennend fort, Anna nicht aus den Augen lassend. Sie starrte ihn an, unfähig, sich von der Stelle zu bewegen.

Silvia, die mit dem Rücken zu Anna saß, schenkte ihm Kaffee nach. »Es tut mir wirklich Leid, dass Harald nicht abkömmlich ist«, sagte sie. »Ich würde sagen, dass Mikael Sie fährt.«

Anna räusperte sich. »Wohin?«, fragte sie in beiläufigem Tonfall, während sie in den Raum geschlendert kam.

Silvia drehte sich zu ihr um und betrachtete sie beifällig. »Du siehst zauberhaft aus, mein Kind! Dieses Kleid steht dir wunderbar! Ach, Herr Dahlström möchte sich unseren Waldbesitz ansehen. Da Harald nicht da ist, wird Mikael mit ihm morgen früh nach Märraberg hinauffahren.«

»Also, wenn es euch hilft, könnte ich Herrn Dahlström fahren. In der Apotheke ist im Moment nicht so viel los.« Anna platzte mit dem Vorschlag heraus, bevor sie sich großartig Gedanken darüber machen konnte, wie er aufgenommen würde.

* Valnöttårta (Wallnusstorte) – Rezept siehe Anhang

Doch ihre Mutter schien erfreut über diese unerwartete Lösung zu sein, und was Robert betraf, so gab es nicht den geringsten Zweifel: Er war ganz offensichtlich so begeistert, dass er sein Grinsen kaum im Zaum halten konnte.

»Das ist eine gute Idee«, sagte Silvia. An Robert gewandt, fügte sie hinzu: »Anna kennt sich hervorragend dort aus. Sie ist früher oft mit ihrem Vater in den Wäldern gewesen.« Sie lächelte. »Er hat sie immer seine kleine Waldfee genannt.«

»Ich finde, dass dieser Name sehr gut passt«, sagte Robert, während er Anna in die Augen schaute.

Sie hatte plötzlich Mühe, zu atmen.

*

Es war schon fast Mitternacht, als Anna auf die Terrasse hinausging, um ihrer Mutter gute Nacht zu sagen. Silvia saß auf der Bank und hatte eine der kleinen Katzen auf dem Schoß, und bei diesem Anblick schoss Anna plötzlich der Gedanke durch den Kopf, dass ihre Mutter vielleicht einsam sein könnte. Silvia war seit dem Tod ihres Mannes nicht ausgegangen, es hatte auch sonst keine Bestrebungen gegeben, andere Männer kennen zu lernen, obwohl sie erst zweiundfünfzig war und viele Jahre jünger aussah.

»Sorgen, Mama?«, fragte Anna leise.

Silvia blickte auf und lächelte beim Anblick ihrer Tochter. »Wenn Robert Dahlström mein Angebot annimmt, werden sie nicht mehr so groß sein.«

Anna setzte sich neben ihre Mutter auf die Bank und legte den Arm um sie. »Ich wusste nicht, dass es solche Probleme mit dem Sägewerk gibt. Wieso habt ihr mir nichts davon gesagt?«

»Es reicht doch, wenn ich schlaflose Nächte habe. Und

Harald.« Silvia seufzte kurz. »Allerdings weiß ich nicht, ob er sich eingesteht, wie gefährdet die Firma wirklich ist ... «

Anna erschrak. »Ist es so schlimm?«

Silvia nahm ihre Hand und drückte sie. »Nicht so, dass wir es nicht schaffen, wenn wir uns Mühe geben.«

»Ihr hättet mir das sagen müssen!«

»Du hast deine eigenen Probleme.«

»Du ... Du denkst, dass ich Probleme habe?«, fragte Anna vorsichtig.

Silvia zog sie näher zu sich heran. »Du bist mein Kind, oder nicht? Ich kenne dich. Und ich merke, wenn etwas nicht stimmt. Warum sprichst du nicht mit mir darüber?«

»Vielleicht bin ich ja wie du und will dich nicht damit belasten«, wich Anna aus. »Nicht mit einer Sache, die sowieso nur ich lösen kann.«

»Und? Hast du eine Lösung gefunden? Bertil hat heute angedeutet, dass du weggehen willst.«

Anna streckte die Hand aus und kraulte das Kätzchen, das sich schnurrend unter ihrer Berührung wand.

»Ich kann als Kinderanimateurin auf einem Kreuzfahrtschiff arbeiten.« Sie schwieg für einige Sekunden, dann fuhr sie fort: »Weißt du, das ist eigentlich ein Traumjob. Alles, was ich mir gewünscht habe. Ich sehe die Welt, ich arbeite mit Kindern, und ich bin die ganze Zeit an der frischen Luft.« Sie zuckte die Achseln. »Eigentlich optimal, oder?«

»Und uneigentlich?«

Anna stand auf und ging zum Ufer des kleinen Sees. Sie hob einen Stein auf und ließ ihn über die Wasseroberfläche tanzen. Eins, zählte sie stumm, zwei, drei ... Nach der Sieben wandte sie sich wieder zu ihrer Mutter um. »Ich weiß es nicht«, sagte sie. »Ich weiß es wirklich nicht.«

»Vielleicht solltest du über alles noch einmal in Ruhe nachdenken.«

»Auf keinen Fall«, sagte Anna. »Ich habe im Moment den Eindruck, dass ich umso eher ins Schwimmen gerate, je länger Zeit ich mir lasse.«

Silvia lachte und sah plötzlich aus wie ein junges Mädchen. »Na und? Darüber mache ich mir keine Sorgen. Wenn du eines beherrschst, dann ist es das Schwimmen!«

*

Robert fühlte sich so gut wie seit langem nicht, als er zur verabredeten Zeit zu Anna in den Wagen stieg. Sie war in lässiger Kluft erschienen, doch auf unerfindliche Weise wirkte sie dadurch noch weiblicher und reizvoller als im Kleid. Zu ihren Workerhosen trug sie ein rosa T-Shirt, und die Haare hatte sie zu einem Pferdeschwanz hochgebunden, eine Frisur, die ihr ebenmäßiges Profil betonte und sie gleichzeitig aussehen ließ wie ein verschmitztes Schulmädchen, fast so wie auf den Fotos auf dem Kaminsims.

Sie fuhren mit einem Geländewagen, der sonst von den Arbeitern benutzt wurde, wenn Fahrten in die Berge anstanden.

Trotz des frühen Morgens war es bereits warm genug, um ohne Verdeck zu fahren, und Robert lehnte sich entspannt zurück, während Anna den Wagen steuerte. Hin und wieder streichelte er ihren bloßen Arm oder fuhr sacht mit den Fingern über ihre Wange, einfach nur die schiere Freude genießend, sie zu berühren.

Von Zeit zu Zeit warf er auch einen Blick auf die Landschaft und registrierte den sommerlichen Reiz der Umgebung. Doch das alles war nur halb so interessant wie Anna, die in lebhaftem Tonfall alles Wissenswerte über die Gegend erzählte.

»Da vorn hinter der Biegung gibt es einen großen

Kirschgarten. Er gehört dem alten Hendrik. Dort gibt es die besten Kirschen, die ich je gegessen habe. Und da drüben in dem Flussstück kann man die besten Lachse fangen. Mein Vater und ich waren oft fischen.« Sie kicherte. »Ich war ziemlich gut und hatte ständig welche am Haken. Bloß hatte ich immer Probleme damit, die armen Dinger zu töten. Entweder habe ich sie gleich wieder ins Wasser geworfen, oder ich habe sie meinem Vater gegeben. Das passiert dir sicher nicht, oder?«

»Nicht wirklich.« Robert grinste. »Habe ich dir erzählt, dass ich den besten Graved Lachs* in ganz Toronto zubereite? Selbstverständlich nur welchen, den ich selbst gefangen habe.«

»Ja? Machst du den auch mal für mich?« Sie deutete mit der Hand auf einen Gipfel in der Ferne. »Schau, der Berg da hinten. Da fahre ich Ski. Es gibt dort traumhafte Abfahrten! Fährst du auch Ski?«

»Früher mal. Bin schon länger nicht mehr auf Brettern unterwegs gewesen. Aber als Kind hat es mir riesigen Spaß gemacht. Keine Ahnung, ob ich es noch kann.«

»Das verlernt man nicht«, sagte Anna. »Und falls doch – ich bin eine sehr gute Skilehrerin!«

Sie wandte sich ihm zu, und Robert hätte am liebsten die Zeit angehalten, nur, um sie bis ans Ende aller Tage so lächeln sehen zu können. »Mit dir würde ich den Mount Everest runterfahren«, behauptete er.

Sie kicherte und sah dabei so unwiderstehlich jung und schelmisch aus, dass Robert sich vorbeugte, um sie auf den Mund zu küssen. Es dauerte nur einen Sekundenbruchteil, bis sie sich wieder abwandte, um auf die Straße zu achten, doch der Moment hatte gereicht, um Robert nachhal-

* Gravad Lax (Graved Lachs) – Rezept siehe Anhang

tig klar zu machen, dass er in seinem ganzen Leben noch nicht so verknallt gewesen war wie in Anna Blomquist.

»So«, sagte sie einen Moment später. »Hier ist die Straße zu Ende.«

Verblüfft sah er, dass sie Recht hatte. Es ging nicht mehr weiter. Direkt vor ihnen lag ein Sund, und sie waren völlig allein in der Einsamkeit. Vor ihnen erstreckte sich Wasser bis in die Ferne, wo Berge den Horizont begrenzten.

»Wie geht's jetzt weiter?«, wollte er wissen.

Als er die herantuckernde Fähre bemerkte, kam er sich ausgesprochen dämlich vor. »Ich dachte schon, wir seien die letzten Menschen auf der Welt«, meinte er mit schiefem Grinsen.

»Um Gottes willen, das wäre schrecklich«, tat sie entsetzt.

»Finde ich nicht«, widersprach er. »Kein Mensch, der uns stören würde. Kein Job. Keine Probleme …«

Sie hob die Brauen. »Du ahnst nicht, was für Probleme du mit mir bekommen würdest, wenn ich keine Ablenkung hätte. Ich langweile mich sehr schnell.«

Er packte sie ohne Umschweife und zog sie an seine Brust. Bevor er sie küsste, murmelte er an ihrem Mund: »Ich würde dir die Langeweile schon vertreiben.«

Sie zitterte in seinen Armen, und Robert spürte mit allen Fasern seines Körpers die zwischen ihnen aufflackernde Begierde. Wäre die Fähre nicht schon so nah beim Ufer gewesen, hätte er sicher mehr getan, als Anna nur zu küssen.

*

Die Landschaft schien auf- und abzuhüpfen, als er sie losließ. Die Schwäche in ihren Knien zwang sie, sich an ihm festzuhalten, weil sie befürchtete, sonst das Gleichgewicht zu verlieren.

Sie spürte seine Blicke auf sich und konnte nichts sagen, weil sie kaum Luft bekam. Seite an Seite warteten sie, bis die Fähre angelegt hatte.

Der Fährmeister war ein alter Mann mit einem sonnenverbrannten Gesicht. »Hej, das ist doch Anna Blomquist! Dass ich dich mal wieder sehe! Bist ja ganz schön groß geworden!«

Sie sprang an Bord und schüttelte ihm die Hand. »Hej, Bosse! Gut siehst du aus, genau wie früher! Wie geht es dir so?«

»Alles beim Alten. Und bei dir? Hast du einen Mann? Kinder?«

Anna folgte seinem Blick zu Robert, der gerade den Wagen an Deck fuhr. Sie schüttelte den Kopf. »Alles zu seiner Zeit.«

»Hast Recht, Mädchen. Alles zu seiner Zeit.« Er hob mahnend den Finger. »Aber man muss wach sein. Manchmal ist die Zeit schon da, und man hat es gar nicht gemerkt.«

Sie nickte und tat so, als wäre alles in bester Ordnung, obwohl in ihrem Inneren das reinste Gefühlschaos herrschte.

Robert und sie brachten die Überfahrt schweigend hinter sich, und auch als sie den Rest der Strecke hinauf in die Berge zurücklegten, sprachen sie nicht viel. Es war, als hätten sie eine stillschweigende Übereinkunft geschlossen, alles zu vermeiden, woraus Probleme erwachsen könnten.

Auf halber Höhe des Berges gab es einen Aussichtspunkt, an dem sie parkten und das grandiose Naturbild betrachteten. Flüsse und Seen bildeten ein weit über das Land verstreutes Gesprengsel großer, platinfarbener Flecken und Linien, unterbrochen von den dunklen Stellen der Bergzüge.

Anna machte eine ausholende Gebärde auf den dichten Wald unterhalb und oberhalb des Aussichtspunktes. »Das ist Märraberg. Hauptsächlich Fichten und Lärchen, aber auch einige Hektar Eichen und Buchen.« Sie sog die Luft ein. »Riechst du es?«

Er nickte, allem Anschein nach begeistert von seiner Umgebung. »Klar rieche ich es! Ich glaube, deswegen habe ich diesen Beruf gewählt. Zum einen, weil Holz etwas Lebendiges ist.« Er fuhr mit der Hand über die Borke eines Stammes. »Und weil es duftet.« Ebenso wie Anna atmete er tief den Geruch des Waldes ein. »Und das Spannende ist: Der Duft verändert sich, wusstest du das? Das Holz eines jungen Baumes riecht anders als das eines Stammes, der hundert Jahre alt ist. Das Holz eines Baumes, der frisch geschlagen ist, riecht völlig anders als das Holz, das schon einige Jahre gelagert wurde.«

»Ja«, sagte sie. »Aber es ist immer irgendwie … besonders. Am liebsten mag ich, wie es riecht, wenn es frisch entrindet ist. Es ist, als ob das Holz dann sein ganzes Leben ausströmt. Dieser Duft betäubt einen beinahe.« Sie wandte sich zu ihm um. »Ich verstehe nicht, wie du es ausgehalten hast, so viele Jahre in Toronto nur im Büro zu hocken.«

»Ach, man gewöhnt sich an vieles, wenn es sein muss.« Sein Gesicht hatte einen ernsten Ausdruck angenommen. »Und irgendwie verdrängt man wahrscheinlich auch seine Sehnsüchte. Das kennst du doch, oder?«

Er hatte sie an einem empfindlichen Punkt erwischt, doch Anna wollte nicht daran denken. Nichts zählte mehr, nur noch, dass er sie in seine Arme zog und sie die tröstliche Wärme seines Körpers spüren konnte.

Sie standen stumm beieinander, bis Anna plötzlich auf einen Gedanken kam.

»Komm!« Sie nahm seine Hand. »Ich zeig dir was!«

Vom Aussichtspunkt aus waren es nur ungefähr fünf Minuten zu Fuß, und sie fand die Stelle mit derselben traumwandlerischen Sicherheit, die sie früher schon durch alle Tiefen dieses Waldes geleitet hatte.

Das Rauschen war schon seit einer ganzen Weile zu hören, doch auf Roberts neugierige Fragen hüllte sie sich in geheimnisvolles Schweigen, denn sie wusste, dass der Anblick für ihn umso überwältigender sein würde, je weniger er darauf vorbereitet war.

Und tatsächlich, als sie endlich die Lichtung erreichten, war die Überraschung und die Begeisterung in seinem Gesicht so intensiv, dass ihr das Herz weit wurde. Anna lachte entzückt, als sie sah, dass ihm der Mund offen stand.

Der Wasserfall stürzte auf einer Breite von vielleicht dreieinhalb Metern in den kleinen Bergsee, ein quecksilbriger, beständig fließender Vorhang, der im Sonnenlicht die sprühenden Farben des Spektrums widerspiegelte. Umgeben von Farnkraut und niedrigen Gehölzen, maß der See kaum mehr als zwanzig Meter im Durchmesser, und wenn man ihn aus einem bestimmten Winkel betrachtete, konnte man bis auf den felsigen Grund schauen.

Anna hielt es nicht mehr an Roberts Seite. In Windeseile rannte sie zum Ufer und schälte sich aus ihren Kleidungsstücken, und nackt bis auf Slip und BH tauchte sie die Zehen ins Wasser. Sie konnte es kaum erwarten. Wie lange sie das nicht mehr getan hatte! Zehn Jahre? Zwölf? Sie war ewig nicht mehr hier oben gewesen, aber immer hatte ihr Wochenende auf Märraberg mit demselben Ritual begonnen. Ihr Vater hatte drüben an der Straße angehalten, und sie war zum See gerannt, um ihre persönliche Mutprobe zu bestehen.

»Das musst du erleben!«, rief sie Robert zu. »Es ist wie im Paradies! Komm her! Mach mit!«

Sie wartete nicht, was er als Nächstes tat, sondern glitt mit einem Kopfsprung ins Wasser. Die Kälte war mörderisch, es war wie früher der absolute Kreislaufschock, doch als sie mit dem Kopf prustend die Wasseroberfläche durchstieß, schnappte sie glücklich nach Luft.

»Das ist wundervoll«, schrie sie so laut sie konnte. Sie watete an Land. »Komm schon!«

Robert näherte sich zögernd dem Ufer. »Du kannst doch nicht ...«

Sie reichte ihm die Hand, doch als er sie zu sich heranziehen wollte, um ihr aus dem Wasser zu helfen, packte sie fester zu und zerrte ihn vorwärts. Erschrocken japsend rutschte er in voller Montur bis zur Brust ins Wasser.

»Gott im Himmel«, keuchte er. »Du bist verrückt! Ich habe alle Klamotten an, sogar die Schuhe! Und hier drin ist es eiskalt! Das sind doch maximal zehn Grad!«

Annas Schätzungen zufolge hatte das Wasser höchstens sechs oder sieben Grad, aber wen interessierte das?

Sie glitt näher und berührte mit den Handflächen seine Brust, zog spielerisch am Stoff seines Hemdes. »Gefällt es dir nicht?«

Er griff in ihr nasses Haar und bog ihren Kopf nach hinten. Seine Lippen bewegten sich auf ihrer Haut wie Feuer auf Eis. Sie zogen eine sengende Spur von ihrer Kehle zwischen ihre Brüste, und Anna erschauerte.

Langsam beugte er sich über ihr Gesicht. »Ja«, murmelte er an ihrem geöffneten Mund. »Du hast Recht. Es ist wie im Paradies.«

*

Silvia schlenderte zwischen den Ständen hindurch und suchte Gemüse aus. Anschließend ging sie zu Ole, bei dem sie jeden Freitag Fisch kaufte. Berta hatte bereits ihre Wünsche geäußert, und da Silvia freitags immer Besorgungen in der Stadt erledigte, brachte sie die Zutaten fürs Abendessen meist frisch vom Markt mit.

Ole wog einen Lachs ab. »Der hier hat neunhundert Gramm, ist das in Ordnung?«

»Gib mir bitte noch einen dazu.« Sie hoffte darauf, dass Harald vielleicht bis zum Abendessen wieder da wäre.

Als sie Bertil zwischen den Ständen herankommen sah, war ihr erster Impuls, rasch zu verschwinden, doch er hatte sie bereits gesehen.

»Hej, Silvia.« Er kam näher und zeigte auf den Fisch, den Ole gerade einpackte. »Ist das nicht ein bisschen viel Fisch für dich allein?«

»Seit wann machst du dir darüber Gedanken, wie viel ich einkaufe?«

Silvia bereute die Zurechtweisung sofort, denn Bertil schaute sichtlich getroffen zur Seite.

»Ich meine ja nur«, sagte er. »Harald ist in Malmö, Anna unterwegs. Sie ist doch mit diesem Dahlström weg, oder?«

Silvia hatte keinen Grund, es abzustreiten. Dennoch hatte sie ein ungutes Gefühl, als sie seine Frage bejahte. »Ich bin froh, dass Anna ihm unseren Wald zeigt«, fügte sie vorsorglich hinzu. »Es ist wichtig für das Werk, dass Robert Dahlström mein Angebot annimmt.«

Bertil nickte, aber ihm war anzumerken, wie sehr er unter der Situation litt. Silvia seufzte unhörbar. Ihr war klar, was ihn umtrieb, aber das war eine Sache zwischen ihm und ihrer Tochter.

»Anna hatte schon immer ihren eigenen Kopf«, sagte sie.

Bertil hob die Schultern, dann nickte er abermals, mit demselben verbitterten Gesichtsausdruck, den er schon die ganze Zeit zeigte.

»Sie ist kein Mensch, den man einsperren darf«, fuhr Silvia fort.

»Aber ich will sie ja gar nicht einsperren! Sie hat mir doch damals selbst angeboten, in der Apotheke auszuhelfen!«

»Meine Tochter hat ein großes Herz, das ist richtig.« Silvia nahm den Beutel mit den Fischen entgegen und zahlte den von Ole genannten Preis, bevor sie sich wieder Bertil zuwandte. »Darüber vergisst sie manchmal ihre eigenen Bedürfnisse. Und dann, irgendwann, kann sie nicht mehr anders und bricht aus.«

»Auf ein Kreuzfahrtschiff?« Sein Gesicht war starr vor Sorge und Widerwillen, und Silvia erkannte, dass seine schlimmste Angst sich nicht auf Anna konzentrierte, sondern dass er sich ganz einfach vor Veränderungen in seinem Leben fürchtete.

»Ich vermute, dass das Ziel gar keine Rolle spielt«, sagte sie. »Hauptsache, sie bekommt wieder Luft.«

»Wieso hat sie mir nicht gesagt, dass sie bei mir keine Luft bekommt? Bin ich ein Unmensch?«

Diese Vorstellung war so absurd, dass Silvia lachen musste. »Ein Unmensch? Ich würde sagen, auf dich trifft genau das Gegenteil zu.« Sie wurde wieder ernst. »In jedem Fall bist du jemand, dem man nicht wehtun möchte. Vielleicht gibt dir das zu denken, vor allem, was Anna betrifft.«

Sie hoffte, dass sie es ihm auf diese Weise leichter machen konnte, doch als sie ihn kurz darauf mit hängenden Schultern über den Markt davongehen sah, wuchs ihre Befürchtung, dass seine Probleme erst begonnen hatten.

*

Robert lag auf einen Ellbogen aufgestützt neben Anna und gab sich dem sinnlichen Vergnügen hin, sie einfach nur zu betrachten. Sie hatten sich auf einem flachen Felsen unweit des Wasserfalls ausgestreckt und ließen ihre Körper von der Sonne trocknen. Ihm war immer noch ziemlich kalt, doch das anfängliche Bibbern hatte rasch nachgelassen, sobald sie aus dem Wasser geklettert waren und die Sonne auf der Haut hatten.

Seine Sachen würden noch eine Weile brauchen, bis sie trocken waren, doch das scherte ihn nicht weiter, weil er Kleidung zum Wechseln dabeihatte. Silvia hatte gemeint, dass es ungefähr eineinhalb Tage dauerte, den ganzen Besitz zu besichtigen, folglich war geplant, dass sie eine Nacht im Hotel des nächstgelegenen Ortes übernachteten.

Anna lag auf dem Rücken, die Arme unter dem Kopf verschränkt und den Körper von Kopf bis Fuß der Sonne dargeboten. Sie hatte die Lider geschlossen, und Robert sah, dass ihre Augäpfel sich unruhig bewegten. Sie war vor einer Weile eingeschlafen, und er hatte aufgehört, sie zu streicheln, weil er sie nicht stören wollte.

Es fiel ihm schwer, sie nicht zu berühren. Seine Hände schienen ein Eigenleben entfalten zu wollen, sobald er sie nur ansah. Eine Zeit lang hatte er sich damit beschäftigt, einen Makel an ihr zu suchen, und zunächst war er davon überzeugt gewesen, dass jeder Zentimeter ihres biegsamen, durchtrainierten Körpers perfekt war. Doch dann hatte er zu seiner Freude die Narbe an ihrem rechten Knie entdeckt. Und gleich darauf eine weitere, größere Narbe, die zweifelsfrei von einer Operation stammte. Er sah nur einen Teil davon, denn der Rest verschwand unter dem Bund ihres weißen Slips. Wahrscheinlich war ihr der Blinddarm herausgenommen worden. Auf ihrer Nase tummelten sich Dutzende von Sommersprossen – eigentlich kein

Schönheitsfehler, nur eine hübsche kleine Pigmentierung, die den Reiz ihrer Züge erhöhte.

Ihre rechte Brust war um eine Winzigkeit größer als die linke, eine sympathische Ungleichheit, die bei vielen Frauen vorkam. An ihren Schenkeln zeigte sich ein feines Gespinst dünner Dehnungsstreifen, wie sie sich ebenfalls bei den meisten Frauen fanden. Dennoch tat keine dieser kleinen körperlichen Unvollkommenheiten ihrer strahlenden Schönheit den geringsten Abbruch, im Gegenteil: Sie machten aus der Göttin einen Menschen, eine warme, lebendige Frau.

Ein Windstoß fuhr über den Felsen hinweg, und ein rascher Blick zum Himmel zeigte Robert, dass Wolken aufgezogen waren. Er streckte die Hand aus, um Anna zu wecken. Sacht malte er mit der Fingerspitze Kreise auf der weichen Haut ihres Bauches. Ihre Lider flatterten und öffneten sich, und als ihr Blick auf ihn fiel, wirkte sie einen Moment lang desorientiert. Dann zog sie die Arme hinter ihrem Kopf hervor und schlang sie ihm um den Hals. Er beugte sich zu ihr, um sie zu küssen. Sie war ganz nah bei ihm, Haut an Haut, und als ihre Münder verschmolzen, gab es außer ihnen nur noch das Rauschen des Wasserfalls.

Ein Donnerschlag beendete unsanft den leidenschaftlichen Moment, und Robert fuhr hoch, als im nächsten Augenblick Regen auf sie niederprasselte. Sie hielten sich nicht damit auf, sich anzuziehen – Roberts Kleidung war ohnehin nass –, sondern rafften nur alles zusammen und rannten los.

Er schlug die Richtung ein, in der sie den Wagen abgestellt hatten, doch irgendwie mussten sie vom Weg abgekommen sein, denn es ging weiter bergauf, und wenige Minuten später erreichten sie einen Wildbach.

»Wir haben uns verlaufen«, rief er, doch Anna schüttelte den Kopf und zeigte auf die andere Seite des Baches, wo eine Holzhütte stand.

»Da drüben ist unser altes Forsthaus. Komm mit!«

Sie ging voraus und watete durch das Wasser. Dort, wo es tiefer war, fand sie Halt auf den Felsen. Robert folgte ihr und schloss auf, und als sie über den nächsten Felsen kletterte, reichte er ihr die Hand, um ihr zu helfen. Dabei geriet er selbst aus dem Gleichgewicht und drohte ins Wasser zu fallen, doch sie hielt ihn fest und zog ihn zu sich heran, zurück auf den sicheren Felsen. »Du«, sagte sie. »Bleib bei mir!«

Robert hielt sie bei den Schultern. Ihre Augen waren geweitet und ihre Lippen geschwollen von seinen Küssen. Regen strömte über ihr Gesicht und ihren Körper, und als Robert sah, wie sich unter ihrem nassen BH die Brustwarzen abzeichneten, schoss Verlangen in ihm auf.

»Du hast mich schon wieder gerettet«, stellte er heiser fest.

Sie nickte. »Allmählich bist du mir was schuldig.«

Den Rest des Weges übernahm er die Führung. Bis zum anderen Ufer waren es nur noch ein paar Meter, und nachdem sie es erreicht hatten, rannten sie Hand in Hand zu der Forsthütte hinüber. Anna nahm einen Schlüssel von einem der Fensterstürze und öffnete die Tür.

Robert hatte im Inneren eine Art primitives Campinglager erwartet und war überrascht, eine gemütliche Wochenendunterkunft vorzufinden mit einer kleinen Einbauküche, einer Sitzecke aus dunkel gebeiztem Holz und zwei übereck stehenden Betten, die aus Matratzen auf einfachen Gestellen bestanden, aber offenbar sauber bezogen waren.

»Seit dem Tod meines Vaters kommt manchmal mein

Bruder hier raus, um nach dem Rechten zu sehen«, erzählte Anna. »Und unsere Männer übernachten auch hier, wenn sie hier im Wald zu tun haben und es spät wird. Ich war schon ewig nicht mehr hier draußen, aber es wird alles in Schuss gehalten.«

Das war nicht das, was Robert in diesem Moment interessierte.

»Gibt es hier noch jemand anderen außer uns?«, fragte er. »Ich meine – könnte hier jemand reinkommen und uns stören?«

Anna schüttelte den Kopf. In ihren Augen stand derselbe Hunger, der ihn verzehrte, und ohne ein weiteres Wort hob er sie auf seine Arme und trug sie hinüber in die Ecke, wo die Betten standen.

*

Bertil zuckte zusammen, als ein weiterer Blitz in unmittelbarer Nähe niederfuhr, fast zeitgleich mit dem Krachen des Donners.

Er trug einen Stapel von Sitzkissen ins Café und klappte anschließend die Sonnenschirme zu. Silke hastete von einem Tisch zum anderen, um die Tischdecken einzusammeln.

Der Regen trommelte in dicken Tropfen auf das Kopfsteinpflaster und bildete Pfützen auf den Straßen, und als Bertil beim nächsten Donnerschlag nach oben schaute, schien es ihm, als kündigte der Himmel mit seiner drohenden Schwärze nur den Beginn des wirklichen Unheils an.

»Ich weiß nicht, warum sie nicht an ihr Handy geht«, sagte er zu Silke, die mit einem Arm voll nasser Tischdecken an ihm vorbeigeeilt kam. Sie wirkte ungeduldig, vermutlich, weil er ihr schon seit einer Viertelstunde mit dem Thema in den Ohren lag.

»Vielleicht ist ja doch was passiert.« Er wiederholte es bereits zum dritten Mal und kam sich dabei vor wie eine Schallplatte mit einem Sprung, doch er konnte nicht anders, als ständig wieder davon anzufangen.

»Mach dir keine Sorgen, sie kennt sich dort aus. Solche Unwetter hat es früher schon oft gegeben, wenn sie mit ihrem Vater da oben war.«

»Ich mache mir keine Sorgen«, log Bertil. »Sie weiß, was sie tut.«

Triefend nass folgte er ihr in das Café und wäre um ein Haar auf den Fliesen ausgerutscht, wo Straßenstaub und Regenwasser sich zu schmutzig feuchten Schlieren vermischt hatten.

»Pass auf«, warnte Silke ihn.

Er fragte sich, ob sich diese Äußerung auf seine Ungeschicklichkeit oder sein Verhalten im Allgemeinen bezog, und er kam zu dem Schluss, dass es keine Rolle spielte. Wahrscheinlich hatte seine Schwester beides gemeint.

Alles, was keinen Regen vertragen konnte, war geborgen und ins Café gebracht worden, und Bertil verabschiedete sich von seiner Schwester. In der Apotheke wartete bereits ein Kunde, den er lustlos bediente. Immerhin konnte er sich noch dazu aufraffen, dem Sohn des Mannes einen Lutscher zu überreichen.

»Hier, das ist für dich. Zuckerfrei und mit Johannisbeergeschmack.«

Der Junge schnitt ein Gesicht, brachte aber auf Geheiß seines Vaters ein artiges *Dankeschön* hervor.

Bertil wartete, bis die beiden die Apotheke verlassen hatten, dann ging er ins Büro, um zu telefonieren. Vorhin während des Platzregens war ein Gedanke in ihm aufgekeimt, der sich soeben zu einer bestechend perfekten Idee entwickelt hatte.

»Reederei Olsson, guten Tag.«

»Hier ist Bertil Svensson«, sagte er ein wenig unbeholfen. »Ich hätte da eine Frage.« Seine Stimme wurde fester, und mit einem Mal fielen ihm die Formulierungen ganz leicht. »Es betrifft Ihre Kreuzfahrtflotte. Vielleicht können Sie mich mit jemandem verbinden, der mir eine bestimmte Auskunft geben kann …«

*

Harald kam aus seinem Zimmer, hochzufrieden mit sich und der Welt. Das Gespräch, das er vorhin geführt hatte, war mehr als aufschlussreich gewesen, und alles, was er jetzt noch brauchte, war eine Bestätigung der erhaltenen Information von einer weiteren Stelle. Sobald das passiert war, wäre er auf der sicheren Seite.

Natürlich lief er auf dem Weg zur Haustür prompt seiner Mutter in die Arme, doch das konnte seine gute Laune nicht dämpfen.

»Hej, Mama«, sagte er aufgeräumt.

Sie machte aus ihrem Ärger keinen Hehl. »Was tust du hier? Ich dachte, du bist in Malmö!«

»Ich bin vorhin zurückgekommen und will auch gleich wieder an die Arbeit.« Er wollte an ihr vorbeigehen, doch sie trat ihm in den Weg. »Ich muss dir wohl nicht erst sagen, was ich davon halte, dass du dich vor der Fahrt mit Robert Dahlström gedrückt hast!«

Er gab sich unschuldig. »Aber ich habe mich doch gar nicht davor gedrückt! Ich musste wirklich dringend nach Malmö. Es ging um einen Auftrag der Papierfabrik, mit der wir neulich schon korrespondiert haben.«

»Ich hoffe, du hast alles geregelt.«

Harald zuckte nur die Achseln. Noch nicht, dachte er. Aber fast.

*

Robert stand in der offenen Tür, umweht von einem Hauch Morgenkühle, die an ihm vorbei in das Innere der Hütte drang. Die Umrisse seines hoch gewachsenen Körpers wirkten im Gegenlicht wie gemeißelt, und wenn Anna genau hinschaute, konnte sie zwischen seinen Schulterblättern auf seiner Haut die Spuren der Leidenschaft entdecken, die sie in der vergangenen Nacht geteilt hatten. Sie konnte sich nicht erinnern, ihn gekratzt zu haben, und doch musste sie es getan haben, denn gestern waren diese Striemen noch nicht da gewesen. Sie hatte jeden Zoll seines Körpers erforscht und kannte ihn inzwischen fast so gut wie ihren eigenen.

Genießerisch streckte sie sich, während sie sich an die Einzelheiten der letzten Nacht erinnerte. Es war ein einziges rauschendes Fest der Sinne gewesen, mit ihm zu schlafen, und sie musste gar nicht erst darüber nachdenken, um genau zu wissen, dass es vorher noch nie so gewesen war. Auch wenn sie nicht viel Erfahrung hatte – Bertil war ihr erster und bisher einziger Mann gewesen –, ahnte sie, dass dergleichen nicht beliebig wiederholbar war. Jedenfalls nicht mit einem anderen. Schon gar nicht mit Bertil. Die paar Mal, die sie in diesem Jahr mit ihm im Bett gewesen war, konnte sie bequem an einer Hand abzählen, und sie würde dazu nicht einmal alle Finger brauchen.

Anna stand auf und ging die wenigen Schritte bis zur Tür. Sie schmiegte sich an Roberts Rücken und legte ihren Kopf gegen seine Schulter. Während sie von hinten die

Arme um ihn schlang, schaute sie an ihm vorbei nach draußen. Nebelschwaden lagen auf den Wiesen, und über den Baumwipfeln hingen noch vereinzelte Wolkenfetzen. Der Bach war durch den Regen über Nacht weiter angeschwollen, aber die Sonne hatte bereits begonnen, die feuchten Steine am Ufer zu trocknen. Es würde wieder ein schöner Tag werden.

Ein Elch löste sich aus dem Schatten des Waldes und trottete gemächlich auf die Lichtung hinaus, wo er stehen blieb, um zu äsen.

»Schau«, wisperte Anna, doch Robert hatte das mächtige Tier bereits gesehen. Er legte seine Hände auf ihre und drückte sie gegen seinen nackten Bauch, der sich unter ihren Fingerspitzen weich und zugleich hart anfühlte, wie Seide auf Stahl. Sie drückte einen verlangenden Kuss auf die Stellen, die sie letzte Nacht zerkratzt hatte. Obwohl er ihre Lust so gründlich gestillt hatte, dass sie vor dem Einschlafen geglaubt hatte, auf ewig keinen Sex mehr zu brauchen, spürte sie, wie erneut die Begierde von ihr Besitz ergriff.

Er drehte sich schweigend zu ihr um, doch als sie ihn zum Bett ziehen wollte, blieb er stehen und hielt ihre Hände fest. »Ich nehme den Job bei deiner Mutter an«, sagte er unvermittelt. »Ich wäre dumm, wenn ich es nicht täte.«

Anna bewegte sich unruhig in seinem Griff. Sie wollte nicht darüber sprechen. Nicht ausgerechnet jetzt, da die Stimmung zwischen ihnen so vollkommen war.

»Und du?«, fragte er. »Was hast du vor?«

Sie hob die Schultern. »Ich weiß nicht. Ich … Ich hatte eigentlich andere Pläne, das hatte ich dir doch erzählt.«

Er hielt sie immer noch fest. »Und die sind unumstößlich?«

Anstelle einer Antwort löste sie ihre Hände aus seinen

und trat dicht an ihn heran. Sie presste sich an seinen Körper und sog tief seinen unverwechselbaren männlichen Geruch ein.

Diesmal reagierte er sofort. Als er sie einen Augenblick später zum Bett drängte, konnte sie endlich alle störenden Gedanken ausblenden.

Es dauerte weitere zwei Stunden, bevor sie wieder im Wagen saßen und über die teilweise gefährlich schmalen Serpentinen zurückfuhren. Diesmal hatte Robert das Steuer übernommen. Er hatte nicht wieder davon angefangen, was aus ihnen beiden werden sollte, und darüber war Anna froh, auch wenn sie natürlich wusste, dass sie bald damit beginnen musste, ihr Leben zu ordnen. Sie konnte die Aussprache mit Bertil unmöglich länger aufschieben, schon gar nicht nach letzter Nacht. Ein harter Knoten bildete sich in ihrem Magen, wenn sie daran dachte, dass sie ihm reinen Wein einschenken musste, doch dann beschloss sie, wenigstens die Rückfahrt mit Robert noch in vollen Zügen zu genießen.

Als sie gegen Mittag auf das Werksgelände einbogen, stand Silvia bei einem der Holzlaster und unterhielt sich mit Henner, dem Fahrer.

Anna stieg aus, halbwegs davon überzeugt, dass man ihr genau ansehen konnte, was sie getan hatte. Sie trödelte ein wenig herum und wartete, bis Robert ebenfalls ausgestiegen war und sie zu ihrer Mutter begleiten konnte.

»Hej, da seid ihr ja wieder«, sagte Silvia erfreut. »Hat euch das Unwetter überrascht?«

»Wir haben uns im alten Forsthaus untergestellt«, meinte Anna wortkarg.

Silvia nickte, als sei damit das Thema für sie abgehandelt.

»Haben Sie Ihren Eindruck von unserer Firma zu Ihrer

Zufriedenheit vervollständigen können?«, wandte sie sich an Robert.

Er hob lächelnd die Schultern. »Sie wissen selbst, was das für ein wunderbarer Besitz ist. Ich bin mehr als beeindruckt.«

»Das klingt gut. Bedeutet das, wir können uns über die Vertragsmodalitäten unterhalten?«

»Meinetwegen gern.«

»Dann kommen Sie bitte.« Silvia ging beschwingt voraus in Richtung Büros. Sie wirkte, als sei plötzlich eine immense Last von ihren Schultern gefallen.

»Ich muss leider weg«, sagte Anna. »Die Arbeit wartet.« Sie suchte Roberts Blick und lächelte, als sie die unverhohlene Zuneigung in seinen Augen sah. »Bis dann, Robert. Schönen Tag noch.«

»Dir auch, Anna. Danke. Es war sehr freundlich von dir, dass du … dass du dir so viel Zeit genommen hast.«

Sie konnte kaum die Augen von ihm wenden, und als er ihr plötzlich zuzwinkerte, konnte sie nicht verhindern, dass ihr glühende Hitze ins Gesicht schoss.

Im Bemühen, den Seitenblicken ihrer Mutter zu entfliehen, stolperte sie beinahe über ihre eigenen Füße. Hastig ging sie davon, ohne sich noch einmal umzudrehen.

*

Robert schaute ihr mit liebevoller Belustigung nach. Als er Silvia anschließend in ihr Büro folgte, war ihm völlig klar, dass sie Bescheid wusste. Ihm war nicht entgangen, auf welche Art sie ihre Tochter vorhin gemustert hatte. Doch es schien sie nicht zu stören, und mehr war nicht wichtig für ihn.

Sie bot ihm einen der Besuchersessel vor ihrem Schreibtisch an, und Robert wartete, bis sie Platz genommen hatte, bevor er sich ebenfalls setzte.

Sie zog eine der Schreibtischschubladen auf und nahm einen Vertragsentwurf heraus, den sie ihm reichte. »Ich kann Ihnen gar nicht sagen, wie sehr es mich freut, dass Sie mein Angebot annehmen wollen. Wann, denken Sie, können Sie anfangen?«

»Nun, ich habe die übliche Kündigungsfrist, aber ich denke, dass Hartwood Inc. mich sicherlich früher ...«

Er konnte den Satz nicht zu Ende führen, da er von Harald unterbrochen wurde, der ohne anzuklopfen hereingestürmt kam. »Na, gefällt Ihnen unser Besitz? Sind Sie zufrieden mit dem, was Sie gesehen haben?«

»Ja«, sagte Robert reserviert. »Ich habe Ihrer Mutter schon gesagt, wie sehr es mir gefällt.«

»James Hartwood wird zufrieden mit Ihnen sein.« Haralds Stimme bebte vor höhnischer Genugtuung. »Sie haben gute Arbeit für ihn geleistet. Was kriegen Sie dafür? Den Posten eines Generaldirektors?«

»Harald, was soll das?«, fragte Silvia.

Robert hätte es ihr erklären können, doch Harald gab ihm keine Gelegenheit dazu. Er nahm ihm den Vertragsentwurf weg und riss ihn in Fetzen.

Robert stand auf. Aus den Augenwinkeln sah er, wie die Papierstücke durch die Luft segelten. »Ich deute diese Geste so, dass Sie mit der Wahl Ihrer Mutter nicht einverstanden sind.«

»Darauf können Sie Ihren Hintern verwetten«, schrie Harald. Er hielt inne und versuchte, sich zu mäßigen, offenbar mit dem Ziel, seinen Triumph richtig auszukosten. Mit aufgesetzter Höflichkeit fuhr er fort: »Was meinen Sie, Herr Dahlström – wann dürfen wir wohl mit einer feindlichen Übernahme durch Hartwood Inc. rechnen?«

Silvia war ebenfalls aufgestanden. Ihr Gesicht war blass. »Harald, ich verstehe nicht ... «

»Das alles ist ein Missverständnis«, sagte Robert. Doch gleichzeitig war ihm klar, dass es zu spät war. Er hätte die Karten früher auf den Tisch legen müssen. Er hatte ein Spiel gespielt und dabei geblufft, und jetzt, als er endlich angefangen hatte, ehrlich zu bieten, hatte er verloren.

»Ja, Mama, das ist eine Überraschung, nicht wahr?« In Haralds Augen stand ein fanatisches Leuchten. »Oder sollte ich besser sagen: eine Enttäuschung? Auf jeden Fall ist Robert Dahlström nicht in eigenem Interesse hier. Er denkt überhaupt nicht daran, den Posten anzunehmen.« Harald bot das Bild eines Siegers. Die Daumen in seine Gürtelschlaufen gehakt und auf den Fußballen wippend, spulte er seine offensichtlich einstudierte kleine Rede vor seinem Feind und seiner Mutter ab.

»Hartwood plant schon lange, seinen Fuß nach Europa zu setzen. In der letzten Zeit wurden einige Sägewerke in Finnland, Polen und Schweden überprüft.« Er machte eine bedeutungsvolle Pause. »Von Robert Dahlström! Und jetzt hat er uns ins Visier genommen.« Harald wandte sich seiner Mutter zu. »Er will hier nicht arbeiten, Mama. Er will uns schlucken. Für Hartwood.«

Silvia ließ sich auf ihren Stuhl zurückfallen. Harald war fertig mit seiner Enthüllungsstory und ging zur Tür, kerzengerade aufgerichtet und ein selbstzufriedenes Grinsen auf den Lippen.

Silvia wartete, bis er verschwunden war, dann straffte sie sich. »Sagen Sie mir, dass das nicht stimmt. Dass Hartwood keine Übernahme plant.«

Robert hätte am liebsten geschrien, dass alles ein grässlicher Irrtum sei, dass seine Motive ganz andere waren.

Doch das wäre nur die halbe Wahrheit gewesen.

»Ich muss zugeben, dass ich anfangs im Auftrag von Hartwood hierher gekommen bin«, sagte er ruhig.

Silvia stieß den angehaltenen Atem aus. »Ich verstehe.« Sie stand erneut auf, diesmal, um ihm die Tür zu weisen. »Wenn Sie mich jetzt bitte entschuldigen wollen …«

»Ich verstehe Ihre Wut. Aber bitte lassen Sie mich alles erklären!«

»Ihre Erklärungen interessieren mich nicht. Auf Wiedersehen, Herr Dahlström.«

Es klang endgültig. Robert begriff, dass es keinen Zweck hatte, ihr seine Sicht der Dinge darzulegen. Seinen Sinneswandel, seine neuen Gedanken – das alles war ihr egal, und sie hatte Recht: Für jeden Außenstehenden würde es wie ein Lippenbekenntnis klingen.

Er deutete eine Verbeugung an und verließ ihr Büro.

*

Anna stand im Lager und räumte Kisten aus, zum einen froh, dass sie hier für sich allein war und in Ruhe nachdenken konnte, zum anderen beklommen wegen der unausweichlichen Auseinandersetzung mit Bertil, der vorn im Ladenbereich die Kunden bediente und immer wieder zeitweilig im Büro verschwand, um dort Anrufe entgegenzunehmen.

Ihre Unruhe wurde noch verstärkt durch die Bilder der letzten Nacht, die sich unauslöschlich in ihrer Erinnerung eingebrannt hatten. Robert füllte ihr Denken so nachhaltig aus, dass kaum noch etwas anderes Raum fand. Sosehr sie auch versuchte, sich auf den neuen Job einzustimmen und sich das spannende Leben auf dem Schiff auszumalen – ihre Vorstellungen blieben seltsam verschwommen. Dafür tauchte andauernd Roberts Gesicht in ihren Gedanken auf. Sie sah ihn vor sich, wie er mit ernster Miene über den Holzabbau in den kanadischen Wäldern dozierte oder wie er ganz plötzlich über eine ihrer Bemerkungen in Lachen ausbrechen konnte. Sie stellte ihn sich in allen möglichen Situationen vor, erlebten und fiktiven. Sie wusste, wie er aussah, wenn er wütend oder besorgt oder zärtlich war, und wie seine Stimme klang, wenn er traurig war. Wenn er schlief, sah er aus wie eine antike römische Götterstatue, ein stummer, in Träumen versunkener Apoll.

Am ausgeprägtesten waren die Bilder, die ihn als Liebhaber zeigten, kraftvoll und dominant, dabei jedoch von einer Zärtlichkeit und Geduld, die sie am Ende, als sie in seinen Armen die Erfüllung gefunden hatte, zum Weinen gebracht hatte.

Sie verharrte plötzlich. Eine Kiste mit Medikamenten in den Händen, starrte sie blicklos die Regale an und begriff unvermittelt, dass sie das Offensichtliche bisher nicht hatte wahrhaben wollen.

Sie liebte diesen Mann.

Die Erkenntnis erfüllte sie mit Freude, aber auch mit Furcht. Ihre ganzen Lebenspläne schienen mit einem Mal auf den Kopf gestellt, und die Probleme türmten sich in einer nie gekannten Höhe vor ihr auf. Doch im nächsten Augenblick erschien ihr alles ganz einfach, denn sie erkannte das Wesentliche: Sie konnte nicht weggehen. Nicht, solange Robert hier war.

Als sie Schritte hinter sich hörte, hätte sie um ein Haar die Kiste fallen lassen.

Bertil, der im Türrahmen stehen geblieben war, räusperte sich. Sein Gesicht hatte einen seltsam feierlichen Ausdruck.

»Anna, ich habe viel nachgedacht in den letzten Tagen. Und ich glaube, ich habe verstanden, worum es dir geht.

Du musst wohl wirklich einen Tapetenwechsel haben. Und so eine Kreuzfahrt – das soll ja tatsächlich etwas ganz Besonderes sein.«

»Was möchtest du mir sagen, Bertil?«

»Also, ich war ja auch noch nie so richtig weg von hier. Nur die paar Jahre während des Studiums. Und da war ich an den Wochenenden und in den Ferien auch immer hier in der Apotheke, um meinem Vater zu helfen.«

»Was dir aber Spaß gemacht hat«, meinte Anna, von leisem Argwohn beschlichen. Sie ahnte, dass das, was als Nächstes käme, ihr nicht gefallen würde.

»Ja, sicher«, sagte Bertil. »Aber weißt du, ich habe mir überlegt, dass wir beide zusammen für eine Weile weggehen könnten.«

Sie runzelte die Stirn. »Das verstehe ich nicht. Was genau meinst du damit?«

»Ich habe schon bei der Reederei nachgefragt«, sagte er eifrig. »Auf allen Schiffen gibt es natürlich Bordapotheken. Sie sind richtig groß, mit einem umfassenden Sortiment, genau wie an Land. Ich habe mich erkundigt. Sie brauchen auch immer wieder approbierte Apotheker. Verstehst du?«

Anna konnte ihn nur stumm anstarren. Er stand vor ihr wie ein Magier, der das sprichwörtliche Kaninchen aus dem Zylinder gezaubert hatte.

»Auf mindestens zwei Schiffen ist eine Stelle frei.« Ein Lächeln stahl sich auf seine Lippen. »Unter anderem auf der *Victoria*. Wie findest du das?« Die Frage war offenbar rein rhetorisch, denn er wartete ihre Antwort nicht ab. »Ich habe vor, mich zu bewerben.«

»Aber deine Apotheke!« Sie sagte das Erstbeste, das ihr einfiel. »Du kannst sie doch nicht im Stich lassen!«

»Hör mir zu, Anna.« Er kam näher und blieb dicht vor

ihr stehen. »Ich will dich nicht verlieren. Und wenn es für uns beide eine Chance gibt, so werde ich sie nutzen. Es sei denn, du sagst mir, es hätte keinen Sinn.«

Anna fühlte sich wie ein Tier in der Falle. Sie bückte sich, um die Kiste abzustellen und dabei gleichzeitig ihren schuldbewussten Gesichtsausdruck zu verbergen. Von wachsender Verzweiflung erfüllt, suchte sie nach Argumenten, um ihm begreiflich zu machen, dass seine Pläne absurd waren, doch sie fand keine Worte.

Das Bimmeln der Türglocke verschaffte ihr eine Galgenfrist. »Kundschaft«, sagte sie, während sie an Bertil vorbei in den Laden eilte. Doch es war kein Kunde, sondern Harald. Er sah aus wie ein Kater, der soeben eine Maus verspeist hatte.

»Hej, Anna«, sagte er. »Ich muss mit dir reden.«

»Lasst euch nicht stören.« Bertil lächelte Anna liebevoll an. »Ich muss sowieso noch zu Doktor Hanneken.«

Sie nickte mit niedergeschlagenen Augen und kam sich vor wie die letzte verlogene Schlampe. Wie hatte sie es nur so weit kommen lassen können? Er plante allen Ernstes, alle Brücken hinter sich abzubrechen und mit ihr auf dieses Schiff zu gehen! Und das, obwohl sie im Augenblick selbst nicht wusste, ob sie diesen Job überhaupt noch wollte!

Bertil verließ die Apotheke, und Harald beugte sich mit verschwörerischer Miene über die Theke. Anna befürchtete, er wolle sie abermals um verschreibungspflichtige Schmerzmittel bitten, doch er hatte ein anderes Anliegen.

»Wusstest du eigentlich, dass Robert Dahlström verheiratet ist?«

Es war, als würde jemand seine Hände um ihren Hals legen und sie erdrosseln. Sie musste sich an der Theke festhalten, weil ihre Füße sie nicht mehr trugen.

»Seit zwölf Jahren«, fügte Harald hinzu. »Seine Frau heißt Jane und ist Journalistin beim kanadischen Fernsehen. Sie haben ein großes Haus in Toronto. Und einen Hund, der Zeke heißt.«

»Blödsinn«, brachte sie mechanisch heraus. »Das hätte er mir doch gesagt.«

»Vielleicht. Wenn er ehrliche Absichten gehabt hätte.« Und dann erzählte er ihr Dinge von führenden internationalen Holzbaufirmen und feindlichen Übernahmen, die ihre ohnehin schon wirren Gedanken völlig konfus werden ließen.

»Wieso redest du so einen Mist?«, stieß sie hervor. »Was nimmst du eigentlich sonst noch für Zeug?«

Harald ließ sich nicht beirren. »Ich verstehe ja, dass man auf ihn reinfallen kann. Er sieht gut aus, ist charmant, gebildet, kultiviert ... Und er versteht eine Menge von seinem Job. Er ist, wie man so schön sagt, mit allen Wassern gewaschen. Es ist also keine Schande, sich von ihm über den Tisch ziehen zu lassen. Du bist dabei in allerbester Gesellschaft. Nicht mal Mama hat ihn durchschaut.«

»Mama glaubt dir?«

»Selbstverständlich«, sagte Harald gelassen. »Es hat eine Menge gekostet, diese Informationen zu beschaffen. Ich habe zwei erstklassige, international operierende Detekteien dafür eingespannt.«

Anna drehte sich der Kopf. Sie wusste nicht mehr, was sie denken sollte. Er lügt, schrie es in ihr, doch ein anderer, vernünftiger Teil von ihr wusste, dass ihr Bruder die Wahrheit sagte.

Ohne weiter zu überlegen, stürzte sie an ihrem Bruder vorbei zur Tür.

*

Der rote Anstrich des Gästehauses leuchtete in der Sonne, und die Geranienkästen vor den Fenstern vermittelten den Eindruck einladender ländlicher Gemütlichkeit, ebenso wie die Katze, die träge im Schatten eines Busches lag und ihre Jungen säugte.

Bitter überlegte Anna, dass rein äußerlich nichts darauf hindeutete, was für ein abgefeimter Schwindler der Mann war, den sie hier beherbergt hatten. Und den sie, Gott helfe ihr, ihren Körper und ihre Seele hatte vereinnahmen lassen.

Er war dabei, seine Koffer zu packen, als sie ohne anzuklopfen in sein Zimmer stürmte.

Sie erfasste mit einem Blick die Situation, und obwohl sie geglaubt hatte, es könne nicht schlimmer werden, kam sie sich mit einem Mal vor wie ein leckgeschlagenes Schiff, das dem Boden des Ozeans entgegensank.

»Du haust tatsächlich ab«, sagte sie tonlos.

Er blickte erstaunt auf. »Natürlich nicht. Ich fand es nur nicht angebracht, weiter hier im Gästehaus deiner Mutter zu wohnen.«

»Nicht angebracht?« Sie ballte die Hände zu Fäusten, um das Zittern ihrer Finger unter Kontrolle zu bringen. »Also hast du uns tatsächlich belogen? Es ist alles wahr, was Harald gesagt hat?«

»Ich verstehe, dass ihr verwirrt seid. Oder verärgert. Tatsächlich war mir bei meiner Ankunft nicht klar, dass ...«

»Verwirrt?«, fiel sie ihm zornig ins Wort. »Ich war gerade dabei, meine Pläne zu ändern! Deinetwegen! Ich habe allen Ernstes darüber nachgedacht, den Job auf dem Schiff sausen zu lassen und hier zu bleiben!«

Er wirkte zuerst ungläubig, dann erfreut. »Aber Anna, das ist ja ...«

»Selten dämlich«, beendete sie den Satz für ihn. »Ich

bleibe hier in meinem alten Leben, und du gehst zurück in deinen Job und zu deiner Frau, oder wie dachtest du dir das?« Anklagend baute sie sich vor ihm auf. »Wieso hast du das getan? Wieso hast du uns allen vorgemacht, dass du hier bleiben willst, wenn dein wirkliches Leben doch in Kanada stattfindet?«

»Mein Leben? Das da drüben war schon lange kein Leben mehr.«

Er wollte noch mehr sagen, doch Anna schnitt ihm das Wort ab. »Sag mir eines: Bist du verheiratet oder nicht?«

»Ja, aber Jane und ich ...«

Mehr brauchte Anna nicht zu hören. Sie drehte sich abrupt um und verließ türenknallend das Zimmer.

*

Ihre Füße trugen sie wie von selbst zum Fluss. Ein Reiher schoss über ihren Kopf hinweg und schnappte sich im Sturzflug einen Fisch, bevor er in eleganten Schleifen wieder zum Himmel emporstieg. Mücken tanzten in Ufernähe auf dem Wasser, und in einiger Entfernung zog eine Schar Enten ihre Bahn.

Sie sagte sich, dass das Schicksal für sie entschieden hatte. Es war ihr vorherbestimmt, diesen Job anzunehmen und die Welt zu entdecken. In ein paar Jahren wäre sie sicher froh, dass alles so gekommen war. Doch ihr kläglicher Fatalismus minderte den Schmerz kein bisschen. Sie fühlte sich wie ausgehöhlt. Erst jetzt begriff sie, wie tief die Gefühle waren, die sie für Robert entwickelt hatte.

Noch heute Morgen hätte sie geschworen, dass er diese Gefühle erwiderte. Dass er alles für sie aufgeben würde. Er hatte es selbst gesagt, mit genau diesen Worten. Und doch hatte er gelogen, so leichtfertig und unbeeindruckt, wie es nur jemand konnte, der mit allen Mitteln seine eigenen Ziele verfolgte, ohne dabei Rücksicht auf andere zu nehmen. Und wie musste erst ihrer Mutter zumute sein, die darauf vertraut hatte, dass er die Firma retten würde! Um ein Haar hätte Silvia diesem Mann alle Wege geebnet, das Werk einem gefräßigen Investor zuzuschustern!

Erschöpft ging Anna zum Haupthaus. In der Halle begegnete sie Harald, der auf sie zutrat, sobald sie die Tür geöffnet hatte. Ihr war sofort klar, dass er auf sie gewartet hatte. Sie erschrak, als sie sein verzerrtes Gesicht sah.

»Du musst mir helfen«, sagte er.

»Was ist los? Hast du wieder Kopfschmerzen?«

Er nickte und stöhnte leise. »Ich kann es nicht mehr aushalten, Anna. Ich brauche diese Tabletten!«

»Ich bringe dich zum Arzt«, sagte sie.

»Nein«, widersprach er. »Mein Arzt ist in Urlaub. Verdammt, du bist meine Schwester! Besorg mir endlich das Zeug!«

Entsetzen bemächtigte sich ihrer, als sie endlich erkannte, was los war. Er litt unter Medikamentenabhängigkeit. Wann war das passiert? Wie hatte das ihr und ihrer Mutter entgehen können?

»Harald«, sagte sie vorsichtig, »du bist krank. Lass uns bitte ... «

»Danke für deine Hilfe und dein Mitgefühl«, fiel er ihr ins Wort. Seine Augen flackerten vor Zorn. »Ist echt toll, was ich für eine Familie habe!« Er wandte sich brüsk ab, ging zur Treppe und verschwand mit Riesensätzen nach oben.

Anna hielt sich nicht damit auf, ihn zur Vernunft bringen zu wollen. Sie brauchte Hilfe von außen. Kontakt mit einer Drogenberatungsstelle, einem Arzt ... Sie überlegte, was als Nächstes zu tun war, während sie das Haus verließ und zu den Werksgebäuden hinüberging.

Hin und her gerissen zwischen der Entscheidung, ihre Mutter einzuweihen oder aber zuerst einen Arzt hinzuzuziehen, beschloss sie, zunächst medizinischen Rat einzuholen. Vielleicht war es noch nicht so schlimm, wie sie befürchtete, und außerdem würde Silvia weniger beunruhigt sein, wenn sie wusste, dass Harald bereits in Behandlung war. Anna war entschlossen, ihn notfalls dazu zu zwingen, und wenn sie ihn deswegen erpressen müsste.

Silvia saß an ihrem Schreibtisch, und es schnitt Anna ins Herz, als sie sah, dass ihre Mutter weitere Bewerbungen um den jetzt wieder vakanten Geschäftsführerposten studierte.

»Hej, Mama«, sagte sie leise.

Silvia nickte ihr zu. Ihre Augen waren leicht gerötet, und Anna war davon überzeugt, dass ihre Mutter geweint hatte. Sie holte tief Luft und ging zum Fenster, um hinauszuschauen. Wenn Silvia ihr Gesicht sah, würde sie sofort merken, dass etwas passiert war, und sie würde nicht eher Ruhe geben, bis sie alles wusste.

Die Enttäuschung nach dem Debakel mit Robert war schlimm genug für ihre Mutter. Ganz zu schweigen von der Neuigkeit, die Anna ihr mitzuteilen hatte.

»Mama, ich möchte dir sagen, dass ich von hier weggehe. Auf ein Kreuzfahrtschiff. Am ersten September geht es los.«

Tief durchatmend fügte sie hinzu: »Ich muss einfach hier raus, Mama.«

Erleichterung durchströmte sie, als sie sah, wie ihre Mutter lächelte. »Das sage ich doch schon lange, mein Schatz. Natürlich musst du raus. Hinein in dein eigenes Leben. Allerdings – ob du das auf einem Kreuzfahrtschiff finden wirst ...«

»Es ist ein Versuch.« Gereizt hob Anna die Schultern. »Verdammt, ich kann doch nicht mein ganzes Leben in Bertils Apotheke arbeiten!«

»Das ist mir klar. Aber geht es hier wirklich um die Apotheke?«

Anna wusste nicht, was ihre Mutter meinte, und auf ihren fragenden Blick hin fuhr Silvia fort: »Du wirst schweres Gepäck mitnehmen müssen. Alle deine Probleme.«

»Wenn ich weggehe, lasse ich meine Probleme hinter mir«, behauptete Anna, in der Hoffnung, es möge wirklich so sein.

»Und wenn nicht?«, fragte ihre Mutter, um sich gleich darauf selbst die Antwort zu geben. »Dann wirst du wohl endlich erwachsen werden müssen.«

»Ich *bin* erwachsen«, sagte Anna irritiert.

»Wirklich?«, fragte Silvia mit einem bedeutungsvollen Unterton.

Anna wollte es bejahen, doch dann lächelte sie leicht gezwungen. Mit einem Kuss auf die Wange verabschiedete sie sich von Silvia und verließ das Büro. Vielleicht hatte ihre Mutter Recht. Wenn sie nicht aufpasste, nahm sie ihre Probleme mit. Und erwachsen zu sein bedeutete in diesem Falle nichts anderes, als ein für alle Mal klare Verhältnisse zu schaffen. Das konnte sie nur erreichen, indem sie das tat, wovor sie schon die ganze Zeit Angst gehabt hatte. Sie musste endlich mit Bertil reden.

*

Harald wartete, bis Anna verschwunden war, bevor er das Büro seiner Mutter betrat. Er hätte sich nur zu gern vor dieser Unterredung gedrückt, doch ihre Stimme hatte derart unheilschwanger geklungen, dass er es nicht wagte, eine Ausrede vorzuschützen.

Immerhin hatte er sich vorher rasch rasiert und umgezogen. Berta hatte ihm vorhin in ihrer unverblümten Art an den Kopf geworfen, sie werde nicht länger in einem Haushalt kochen, in dem Penner freien Zutritt hätten. Dabei hatte sie ihn auf eine Weise angestarrt, die ihm das Blut in die Wangen getrieben hatte.

Silvia schaute ihn ernst, aber mit einer Spur von Wohlwollen an, als er ihr Büro betrat. Harald registrierte es mit Erleichterung. Sie hatte ihn nicht herbestellt, um ihm wieder einmal den Kopf zu waschen, sondern wollte ihn vermutlich dafür loben, dass er diesen Betrüger entlarvt hatte.

»Na, alles geregelt, Mama?«, fragte er leutselig. Er schob die Hände in die Hosentaschen, weil seine Finger so heftig zitterten, dass sie es sofort merken würde. Mit den Fingerspitzen ertastete er das leere Röhrchen, und er ging im Raum auf und ab, weil er unmöglich ruhig auf einem Stuhl sitzen konnte.

»Bist du mir dankbar, Mama?«

»Ja, das bin ich«, sagte Silvia ernst, und diese Worte stiegen Harald zu Kopf wie schwerer Wein. Er hätte jubeln mögen, auch wenn ihn der momentane Entzug beinahe umbrachte.

»Ich bin dir dankbar, weil ich nun immerhin weiß, dass du dir Gedanken um das Werk machst«, fuhr Silvia fort. »Allerdings stehen wir jetzt nicht besser da als vorher. Ich hatte gehofft, dass ein fähiger Geschäftsführer alles wieder in Ordnung bringt.«

Harald verharrte mitten im Schritt. »Aber du *hast* einen fähigen Geschäftsführer, Mama! Mich!«

Als hätte sie geahnt, dass er das sagen würde, schob sie in einer leicht abwehrenden Geste das Kinn vor. »Du hast nicht verhindert, dass sich in den vergangenen vier Jahren unser Auftragsvolumen beinahe halbiert hat.«

»Es sind schwere Zeiten, Mama. Nicht nur für uns.« Harald begann zu ahnen, dass seine Mutter ihn nicht hergebeten hatte, um ihm zu danken, sondern dass der Zweck seines Besuches ein ganz anderer war. Ein kalter Finger schien über seine Wirbelsäule zu streichen, und Harald konnte kaum das Zittern unterdrücken, das plötzlich seinen ganzen Körper erfasste.

»Ich sage dir jetzt etwas, Harald. Und ich möchte, dass du mir sehr aufmerksam zuhörst.« Sie hielt inne, um sich seiner ungeteilten Aufmerksamkeit zu vergewissern. »Ich gebe dir noch eine Chance. Sechs Monate. Um zu beweisen, dass du die Kraft und den Willen hast, unser Werk zu führen.«

»Du setzt mir ein Ultimatum?« Harald fühlte sich, als steckte seine Brust in einem Schraubstock. Er befingerte das Tablettenröhrchen und merkte, dass seine Hände nass waren vor Schweiß. Wenn er es nicht schaffte, bald für Nachschub zu sorgen, würde er durchdrehen.

»In der Tat«, sagte seine Mutter, und einen Moment lang fragte er sich desorientiert, was sie damit meinte. Dann erinnerte er sich. Sie hatte ihm eine Sechsmonatsfrist gesetzt.

Er murmelte irgendetwas, von dem er hoffte, dass es verbindlich klang. Nur jetzt keinen Streit anfangen, dazu war er nicht in der Lage.

»Und wenn du versagst, werde ich dich von deinen Aufgaben entbinden und einen Geschäftsführer einsetzen, der wirklich kompetent ist. Dir ist hoffentlich klar, dass ich es ernst meine.«

Er nickte wortlos, und anschließend kriegte er sogar irgendwie einen unauffälligen Abgang hin. Doch als er draußen vor dem Haus stand, kämpfte er gegen den aufsteigenden Brechreiz an, und einen Moment lang musste er sich an der Hauswand abstützen, weil er sonst in die Knie gegangen wäre. Taumelnd setzte er sich in Bewegung, nur noch beseelt von dem Verlangen, sich endlich das zu holen, was er brauchte.

*

Anna wusste nicht, ob sie enttäuscht oder erleichtert sein sollte, als sie die Tür zur Apotheke verschlossen vorfand. Sie brannte darauf, es endlich hinter sich zu bringen.

Davon überzeugt, dass Bertil nicht weit sein konnte, spähte sie über den Platz, und richtig, er saß mit Silke zusammen drüben vor dem Café und machte seine obligatorische Kaffeepause. Um diese Tageszeit war meist nicht viel los in der Apotheke.

Sie schloss die Tür auf und ging ins Lager, um die restlichen Kisten auszupacken, und als sie wenige Minuten später das Geräusch der Türglocke hörte, straffte sie sich. Es war so weit.

Doch es war nicht Bertil, der die Apotheke betreten hatte, sondern Harald.

»Was willst du hier?«, fragte sie.

Er kam ohne Umschweife hinter die Theke, suchte mit fiebrigen Blicken die Aufschriften auf den Schubladen ab und zog schließlich eine davon auf. Mit beiden Händen in den Medikamenten wühlend, sagte er gepresst über die Schulter: »Es ist ein Notfall. Sonst täte ich das nicht.«

Er hatte gefunden, wonach er suchte, und steckte es ein. Anna hielt ihn am Arm fest, als er verschwinden wollte.

»Das kannst du nicht tun! Es ist Diebstahl!«

»Ach komm, hab dich nicht so. Es bleibt doch in der Familie.«

»Harald, du bist tablettenabhängig, und du weißt es.«

»Blödsinn. Ich brauche nur hin und wieder was gegen

meine Kopfschmerzen. Oder wenn ich im Stress bin. Das habe ich bald wieder im Griff, glaub mir.«

»Rede nicht solchen Unfug. Du machst dich kaputt!« Sie weigerte sich, seinen Arm loszulassen, obwohl er gegen ihren Widerstand in Richtung Tür strebte. »Harald, ich kenne ein paar Adressen in Stockholm. Niemand hier muss es erfahren. Nicht mal Mama, wenn du mitmachst und sauber bleibst. Es ist eine Krankheit, und man kann etwas dagegen tun.«

»Ich schaff das allein«, wehrte er ab. »Mach dir keine Sorgen um mich.«

»Ich will dir doch nur helfen!«

Ihr letzter Satz fiel mit dem erneuten Läuten der Türglocke zusammen. Bertil kam herein und musterte sie erstaunt. »Alles in Ordnung mit euch beiden?«

Notgedrungen ließ Anna ihren Bruder los. »Ja, alles bestens.«

»Ich bin schon wieder weg. Auf Wiedersehen, Bertil. Anna.« Er wich ihren Blicken beharrlich aus und ging eilig zur Tür.

Anna blendete alle Sorgen um Harald aus und wandte sich Bertil zu. »Zeit, endlich mit dir zu reden.« Sie holte tief Luft. »Bertil, ich habe etwas Wichtiges begriffen, und das musst du wissen, bevor du diese Bewerbung als Bordapotheker abschickst. Dass ich wegwollte, hat nichts mit der Stadt oder mit meiner Arbeit hier in der Apotheke zu tun.« Einschränkend setzte sie hinzu: »Die mir allerdings wirklich keinen Spaß macht. Ich … O Gott, das ist so schwierig … Bitte, Bertil, ich will dir nicht wehtun, aber …« Sie brach ab.

»Du wolltest vor *mir* davonlaufen«, sagte er.

»Ja«, stimmte sie zu, nur um sofort den Kopf zu schütteln. »Nein, nicht direkt. Nicht vor dir. Ich mag dich wirklich sehr, das weißt du. Aber … Bertil, es war so selbstverständlich, dass wir ein Paar sind. Seit der Schule war es für uns alle klar, so klar, dass niemand auf die Idee gekommen ist, zu überlegen, ob das so in Ordnung ist. Ich meine …« Sie brach ab und suchte nach Worten. »Alle waren so davon überzeugt, dass wir zusammengehören. Vielleicht haben wir uns deshalb nie die Frage gestellt, ob das auch wirklich stimmt.«

Zaghaft berührte sie seine Hand. »Ich habe es schon länger geahnt, da war so ein Gefühl der Unzufriedenheit … Aber ich habe einfach nicht den Mut aufgebracht, es mir einzugestehen. Und dir gegenüber konnte ich meine Bedenken erst recht nicht äußern. Du bist so ein lieber Freund … Wahrscheinlich der beste Freund, den ich je haben werde.« Sie hob den Kopf und schaute ihn an. »Aber Liebe ist es nicht.«

Endlich hatte sie es ausgesprochen, und es war, als wäre ein Felsbrocken von ihrer Seele gerollt.

»Ich weiß nicht mal, ob ich wirklich von hier wegwill«, hörte sie sich zu ihrer eigenen Überraschung als Nächstes sagen. Sie hielt inne, um diesen neuen Gedanken weiterzuspinnen. Zögernd fuhr sie fort: »Ich bin im Grunde gerne hier. Ich … Ich mag die Gegend und die Menschen.« Schon während sie das sagte, spürte sie, dass es die Wahrheit war. Mit einem Mal war ihr Entschluss, von hier fortzugehen, wieder ins Wanken geraten, und jetzt erst wurde ihr klar, was ihre Mutter gemeint hatte. Sie musste erwachsen werden …

Vor allem aber musste sie dies hier zu Ende bringen.

»Es liegt daran, dass ich nicht mit dir leben kann, Bertil. Das mit uns – es ist vorbei.« Sie wusste, dass sie ihm damit wehtat, aber es war nicht zu ändern.

Bertil schluckte, und sie sah, wie sehr es ihm zusetzte.

Doch sie fand auch Verständnis in seinen Augen, und um seine Lippen zuckte ein reumütiges Lächeln auf. »Ich habe es geahnt, weißt du. Ich wollte es bloß nicht wahrhaben. Jetzt bin ich froh, dass es endlich raus ist. Damit ist wenigstens alles klar.«

»Meinst du ...« Anna zögerte. »Meinst du, wir können Freunde bleiben?«

Er senkte den Kopf. »Ich weiß es nicht. Sicher nicht sofort. Nach einer Weile vielleicht ...«

Sie beließen es dabei. Anna war klar, dass er Zeit brauchen würde, um die Trennung zu verarbeiten und sich an die veränderte Situation zu gewöhnen, doch sie war davon überzeugt, dass er es schaffen würde.

*

Der Fluss schäumte klar und kalt zu ihren Füßen, als Anna das Kajak zu Wasser brachte. Bertil hatte ihr vorgeschlagen, den Rest des Tages freizunehmen, und bevor sie gegangen war, hatte sie ihn mit einer Agentur telefonieren hören, die Aushilfskräfte vermittelte.

Zumindest dieses Problem hatte sie also bewältigt, doch ihre Gedanken waren immer noch von Chaos beherrscht. In ihrem Versuch, endlich einen klaren Kopf zu kriegen, tat sie das, was ihr immer schon geholfen hatte, wenn sie durcheinander war. Sie stieg in ihr Boot.

Doch heute war sie unaufmerksam, sei es durch die vorangegangenen hektischen Stunden, sei es durch die Regengüsse, die den Fluss hatten ansteigen und die Strömung stärker werden lassen als sonst.

Sie hielt das Boot fest und wollte gerade einen Fuß hineinsetzen, als es ihr auch schon aus der Hand glitt und binnen Sekunden davontrieb.

»O nein!«, rief sie frustriert aus, während das Kajak von der Strömung immer weiter fortgerissen wurde.

Sie überlegte kurz, ob sie mit dem Wagen flussabwärts fahren sollte, doch kein Mensch konnte sagen, wo die Strömung schließlich das Boot an Land treiben würde. Weit würde es sicher nicht kommen, bestimmt nicht mehr als einen oder zwei Kilometer. Irgendjemand würde es finden und bei ihr oder Bertil abliefern. Es war schon mehrmals vorgekommen, dass ihr das Boot weggerutscht war, und zwei-, dreimal war sie auch beim Kentern herausgeglitten und hatte an Land schwimmen müssen, doch jedes Mal hatte sie am Ende ihr Boot zurückbekommen.

Sie fuhr zurück nach Hause und zog sich um. Anschließend ging sie hinüber zum Gästehaus. Wie erwartet war Robert verschwunden, und er hatte nichts zurückgelassen, was sie an ihn erinnert hätte. Sie sagte sich, dass sie froh darüber sein sollte, ihn los zu sein. Doch warum tat es dann so weh, wenn sie die Stelle hinterm Haus sah, wo sie an jenem ersten Abend zusammen gestanden und Steine übers Wasser geworfen hatten?

In Gedanken versunken, kehrte sie zum Haupthaus zurück. Berta stand in der Halle und staubte die Wandpaneele ab.

»Du bist schon wieder da? Ich dachte, du wolltest mit dem Boot hinaus.«

»Ich hab's verloren. Ist Herr Dahlström schon lange weg?«

»Seit einer Stunde.«

Anna wollte nach oben in ihr Zimmer gehen, besann sich aber. Dort würde ihr nur die Decke auf den Kopf fallen. Sie wusste immer noch nicht genau, was nun werden sollte. Glaubte sie im einen Moment noch, es sei besser für sie, hier zu bleiben, war sie im nächsten davon überzeugt, der Job auf dem Schiff sei vielleicht doch eher das Richtige für sie.

Aus einem Impuls heraus entschied sie, noch einmal nach Märraberg zu fahren. Sie war gestern dort so glücklich gewesen, so erfüllt von Frieden und Wohlgefühl wie schon seit Jahren nicht mehr. Vielleicht würde sie einen Teil davon wieder einfangen können, wenn sie dorthin zurückkehrte. Welcher Zauber auch immer über diesem Ort lag – vielleicht schaffte sie es, ihn erneut auf sich wirken zu lassen. Und dabei endlich über ihre Zukunft zu entscheiden.

*

Heute war Robert das Anglerglück hold. Er hatte sich eine neue Rute besorgt und ein paar der Köder mitgenommen, die der Besitzer des kleinen Ladens eigenhändig gebastelt hatte. Der Mann hatte geschworen, es gebe keine Fische, die darauf nicht anbissen, und anscheinend hatte er Recht, denn Robert hatte gleich auf Anhieb einen Fisch am Haken. Keine fünf Minuten später fing er den zweiten und warf ihn ebenfalls in den mit Flusswasser gefüllten Eimer, der am Ufer stand.

Während er die Schnur ein drittes Mal auswarf, überlegte Robert, was zum Teufel er mit den Fischen tun sollte, wenn sie weiterhin so anbissen wie jetzt. Er hatte vorhin in einem Hotel im Nachbarort eingecheckt und würde wohl kaum einen Eimer voller Fische mit aufs Zimmer nehmen können. Vermutlich würde er sie am Ende alle wieder in die Freiheit entlassen.

Er setzte sich auf einen Baumstumpf und holte sein Handy aus der Brusttasche, um endlich das Gespräch hinter sich zu bringen, das er schon den ganzen Tag vor sich herschob. James Hartwood war im Wagen unterwegs und seine Stimme ziemlich schlecht zu verstehen. Er bat darum, dass Robert ihn später noch einmal anrufen möge, doch Robert wollte es gleich erledigen. Für das, was er zu sagen hatte, brauchte er nicht lange. Er teilte James seine Kündigung mit.

James reagierte kühl, aber professionell. Er habe Derartiges schon kommen sehen, meinte er. Robert sei in der letzten Zeit nicht mehr mit demselben Eifer bei der Sache gewesen wie früher. Man werde eine Freistellungsvereinbarung aufsetzen. Ob er den laufenden Auftrag noch zu Ende führen werde?

Robert verneinte die Frage. »Ich will ganz von vorn anfangen. Und zwar sofort.«

James schlug vor, einen anderen Mitarbeiter zu schicken, der die Modalitäten für eine Übernahme des Blomquist-Werks prüfen solle.

»Tun Sie das nicht, James. Diese Firma ist nichts für Hartwood, glauben Sie mir. An dieses Objekt sollten Sie keinen Gedanken mehr verschwenden.«

Damit war das Thema vom Tisch. Als Robert die Verbindung trennte, fühlte er sich, als hätte er einen hohen Berg erklommen. Er hatte einen langen, beschwerlichen Weg zurückgelegt, und jetzt war er endlich da angekommen, wo er frei sein konnte.

Doch er war auch allein. Bitterkeit erfüllte ihn bei dem Gedanken, dass es auch anders hätte sein können. Wenn er nur früh genug ehrlich gewesen wäre. Oder seine Entscheidung einfach ein paar Tage eher hätte fällen können.

Doch da hatte er Anna noch nicht gekannt. Anna …

Er schloss die Augen und sah sie in Gedanken vor sich. Ihr Gesicht. Ihre Bewegungen, wenn sie sich das Haar zurückstrich. Ihr wildes Lachen, als sie sich in den Bergsee gestürzt hatte.

Als er die Augen wieder aufschlug, war ihr Kajak das Erste, was er sah. Es hatte sich keine dreißig Meter von ihm entfernt in der Uferböschung verfangen.

»Anna?« rief er, von einer bösen Ahnung erfüllt.

Niemand antwortete, und er stand auf und lief hinüber zu dem Boot. Von Anna war weit und breit nichts zu sehen. Robert geriet in Panik und fing an, das Ufer abzusuchen. Immer wieder schaute er hinaus aufs Wasser und suchte nach einem treibenden Körper, doch ihre Schwimmweste war von einer so leuchtenden Farbe, dass er sie sofort gesehen hätte, wenn sie dort draußen gewesen wäre.

Schließlich machte er sich klar, dass es eine Sache gab, die er nicht bedacht hatte. Von wilder Hoffnung erfüllt, lief er zu seinem Wagen.

Als er fünf Minuten später mit quietschenden Bremsen auf dem Hof der Blomquists anhielt, sah er niemanden außer Harald. Er hockte auf einer Bank und hatte den Kopf in den Händen vergraben.

Robert lief zu ihm. »Hören Sie, ich habe Annas Kajak gefunden. Es kann sein, dass ihr etwas passiert ist. Oder ist sie vielleicht hier?«

»Nein«, sagte Harald mit hohler Stimme. Dann erst schien ihm klar zu werden, was Robert davor gesagt hatte.

»Mein Gott«, sagte er. Er stemmte sich hoch, fiel aber wieder zurück, und erst beim zweiten Versuch kam er taumelnd zum Stehen.

»Ist Ihnen nicht gut?«, fragte Robert.

»Geht … gleich wieder«, würgte Harald hervor. »Meine Güte, Anna …«

»Hören Sie, wenn sie nicht da ist, müssen wir einen Rettungstrupp organisieren. Die Wasserwacht alarmieren.«

Harald nickte mit glasigen Augen, machte aber keine Anstalten, sich von der Stelle zu bewegen.

Robert schaute sich wild nach allen Seiten um, dann ging er zurück zum Wagen und betätigte kurzerhand ein paar Mal die Hupe. Nur wenige Augenblicke später kam Silvia aus dem Haus, einen besorgten Ausdruck im Gesicht. Robert stürzte ihr entgegen.

»Anna«, stieß er hervor. »Wo steckt sie?«

»Um Himmels willen, was ist denn?«

»Ich habe ihr Boot am Fluss gefunden. Leer.« Unruhig sah er sich um.

»Sie ist unterwegs«, sagte Silvia. »Beruhigen Sie sich. Sie hat das Boot verloren, es ist ihr weggerutscht. Sie ist wieder nach Hause gekommen und hat es Berta erzählt. Vor einer Stunde war sie noch hier.«

»Wo ist sie jetzt?«

»Sie hat gesagt, dass sie noch mal rauf nach Märraberg fährt, weil sie da was vergessen hat.« Silvia zögerte kurz, dann fügte sie hinzu: »Was ist los mit Ihnen? Haben Sie sich Sorgen gemacht?«

Das war gar kein Ausdruck. Robert kam sich vor wie ein alter Mann, der seine Kräfte überschätzt hatte und jetzt den Preis dafür zahlen musste. Er sackte ein wenig in den Knien ein und schnaufte unterdrückt.

Es war ihr nichts passiert! Sie war in Sicherheit. Nur das zählte.

*

Harald wartete, bis seine Mutter ins Haus gegangen war. Er hatte sich wieder auf die Bank zurückgezogen, damit sie nicht mitkriegte, wie es um ihn stand. Er hatte vermutlich etwas übertrieben mit den Tabletten. Vielleicht hätte er nicht so viele auf einmal nehmen sollen. Doch es war irgendwie passiert, und jetzt war das Zeug in seinem Körper.

Das Röhrchen war leer. Diese Tatsache war ihm erst klar geworden, als er weitere Tabletten schlucken wollte, in der Hoffnung, dass sie ihm vielleicht auch gegen die Übelkeit helfen würden, die ihn immer wieder zum Würgen brachte. Vorhin hatte er versucht, sich zu übergeben, aber außer einem bisschen blasigen Schaums war nichts gekommen. Vermutlich hing das damit zusammen, dass er heute noch nichts gegessen hatte. Doch wer konnte schon essen bei so viel Stress?

Haralds Sehvermögen hatte sich getrübt, und laufen konnte er auch nicht mehr allzu gut, doch seine Ohren waren noch ausgezeichnet. Er hatte jedes Wort der Unterhaltung mitbekommen, die seine Mutter, nachdem sich Annas Verbleib aufgeklärt hatte, mit diesem schleimigen Kerl aus Kanada geführt hatte.

Silvia hatte ihm zuerst nicht zuhören wollen, doch dann hatte er sie gebeten, ihm nur eine Minute zu geben. Und sie hatte es getan.

Eine Minute! Harald lachte blechern. Die eine Minute hatte diesem Mistkerl gereicht! Am Ende hatte es ganz so ausgesehen, als hätte seine Mutter sich vom Gesülze des Burschen einwickeln lassen!

Schon seit einer Weile hätte er aus dem Job aussteigen wollen, hatte Mister Perfect behauptet, und als er hierher gekommen sei, habe er diesen Entschluss weiter durchdacht und gespürt, dass die Zeit reif sei, ein neues Leben anzufangen. So wahr ihm Gott helfe, er habe wirklich den Posten bei Blomquist haben wollen, und unter keinen Umständen hätte er zugelassen, dass Hartwood die Firma übernahm! Falls Sie ihm nicht glaube – sie könne das jederzeit überprüfen. Er habe bei Hartwood gekündigt.

Das war der Stand der Dinge. Silvia hatte nachdenklich ausgesehen, als sie ins Haus zurückgegangen war, und Mister Perfect war in seinen Wagen gestiegen, weil er nach Märraberg fahren wollte, um, wie er Silvia zum Abschied mitgeteilt hatte, ein Versäumnis nachzuholen.

Was auch immer er damit gemeint hatte – Harald zweifelte keinen Moment daran, dass dieser windige Lügner nicht zögern würde, seine ursprünglichen Pläne doch noch in die Tat umzusetzen. Und Harald hatte auch schon eine Ahnung, welches Werkzeug sich der Kerl auserkoren hatte. Anna. Er würde sie ebenso einwickeln wie Silvia, und als Nächstes würde er sich die Firma unter den Nagel reißen. Am Ende der sechs Monate, wahrscheinlich aber schon sehr viel früher, würde er an den Hebeln der Macht sitzen, und er, Harald, wäre für alle Zeiten ausgebootet.

Als er schwankend von der Bank aufstand, ahnte er vage, dass er sich zu viel zumutete. Vielleicht hatte Anna ja Recht, wenn sie sagte, dass er abhängig war. Doch sechs Monate waren lang genug, um seine Probleme aus der Welt zu räumen, und diese Zeit stand ihm verdammt noch mal zu.

Er musste den Kerl daran hindern, sich das Sägewerk anzueignen, und wenn es das Letzte war, was er tat! Seine Mutter würde erneut Grund haben, ihm dankbar zu sein, denn er würde ihr beweisen, dass sie sich wieder einmal getäuscht hatte.

Mühsam setzte er einen Fuß vor den anderen, und nachdem er eine Weile gegangen war, funktionierte es besser. Er erreichte den Wagen und schaffte es, einzusteigen und den Motor anzulassen.

Es war nicht so einfach, das Auto vom Hof auf die Straße zu lenken, doch auch das klappte schließlich. Auch das Weiterfahren kostete ihn einige Mühe, aber dafür war er sicher, dass er den Rest auch noch hinkriegen würde.

*

Anna war ziemlich schnell gefahren, weil sie nicht erwarten konnte, den Ort zu erreichen, wo sie den schönsten Tag ihres bisherigen Lebens verbracht hatte.

Sie stellte den Wagen in der Nähe des Gebirgsbachs ab, zog die Schuhe aus und watete ans andere Ufer.

An der Längswand der Hütte stand eine Bank, auf die sie sich setzte. Den Rücken gegen die warmen Holzbohlen gedrückt, genoss sie den Ausblick über die weiten Berghänge. Nach einer Weile schloss sie die Augen und begann, in ihren Erinnerungen zu schwelgen. Hier hatten sie sich geliebt, hatten einander in den Armen gehalten und geredet, bis der Morgen kam. Es war, als sei seither keinerlei Zeit verstrichen, so klar waren die Bilder in ihrem Bewusstsein. Vergangenheit und Gegenwart vereinten sich zu einem machtvollen Augenblick tiefen Empfindens, und aus ihrem Inneren stieg eine unabänderliche Gewissheit auf. Sie wusste plötzlich, dass es nur einen richtigen Weg für sie gab, und zum ersten Mal in ihrem Leben sah sie ihn in aller Klarheit vor sich.

Sie stand auf, glücklich darüber, dass sie hierher gekommen war und an diesem Ort eine Einsicht gewonnen hatte, die ihr jene Freiheit verhieß, nach der sie sich so gesehnt hatte.

Alles war mit einem Mal ganz einfach! Sie gehörte in dieses Land wie die Bäume und die Flüsse. Sie war nicht geboren für das unstete Leben eines Vagabunden. Sie war da zu Hause, wo sie aufgewachsen war.

Dann irrten ihre Gedanken wieder ab, und sie fragte sich, ob sie jemals einen Weg finden würde, Robert zu verzeihen. Er war verschwunden, und sie würde ihn nie wiedersehen, doch sie wünschte sich so sehr, eine liebevolle Erinnerung an ihre kurze gemeinsame Zeit mit in die Zukunft nehmen zu können. Eines Tages, erkannte sie, wäre sie vielleicht so weit. Doch im Moment tat es einfach noch viel zu weh.

Nach einer Weile stand sie auf, um nach Hause zu fahren.

*

Als sie hinter einer Biegung den großen Holztransporter stehen sah, bremste sie scharf. Der Laster blockierte die gesamte Straße, und daran würde sich vermutlich auch für die nächste Stunde nichts ändern, weil die Männer unter Henners Aufsicht damit beschäftigt waren, Stämme zu fällen und aufzuladen. Hier oben mussten sie keine Rücksicht auf den Verkehr nehmen, denn außer Forstarbeitern und den Holzfällern der Firma Blomquist verirrte sich kaum jemand in diese Gegend. Anna richtete sich auf eine längere Pause ein und stieg aus, um die Männer zu begrüßen.

»Hej, Henner«, rief sie.

Henner hob die Hand und lachte sie an, und auch die anderen Männer winkten grüßend in ihre Richtung.

Anna wandte den Blick zur Seite, und da sah sie ihn. Im ersten Moment war sie sicher, dass sie sich täuschte, doch er war es tatsächlich. Er stand drüben mit einem der Männer zusammen und redete. Jetzt sah sie auch seinen Wagen. Er war ein Stück abseits hinter dem Laster geparkt. Anscheinend war ihm die Straße ebenso versperrt worden wie ihr.

Anna konnte es kaum fassen. Robert war hier! Er war zurückgekommen! Oder war er gar nicht erst fortgegangen? Konnte es sein, dass er ihr die Wahrheit gesagt hatte? Dass er tatsächlich nicht vorhatte, nach Kanada zurückzukehren?

Sie würde es darauf ankommen lassen. Was auch geschah, ob er für immer hier bleiben würde oder nur für eine Weile – sie konnte nicht aufhören, ihn zu lieben.

Ihr Herz schlug einen Trommelwirbel, und nur einen Sekundenbruchteil später gab sie dem Verlangen nach, zu ihm zu laufen. Sie blieb mit ihrem Schuh an einer Wurzel hängen und strauchelte, doch gleich darauf fing sie sich wieder und rannte weiter.

»Robert!«, schrie sie.

Er schaute auf und sah sie. »Anna!«, brüllte er, mindestens in der doppelten Lautstärke wie sie. Er setzte sich ebenfalls in Bewegung, und einen Lidschlag später hatte sie ihn erreicht.

Er empfing sie mit beiden Armen und küsste sie wie ein Verdurstender, und Anna erwiderte seine ungestümen Zärtlichkeiten mit derselben Leidenschaft. Von Euphorie erfüllt, klammerte sie sich an ihn und konnte nur noch an eines denken: Er gehörte zu ihr. Er war hier, bei ihr, und er hielt sie in seinen Armen.

Unmittelbar neben ihnen röhrte die große Baumsäge auf. Zwei der Männer hatten begonnen, den nächsten Stamm zu fällen.

Robert führte Anna ein Stück weg, dann drehte er sie in seinen Armen herum, um sie erneut zu küssen.

Als er sie an sich zog, sah sie über seine Schulter ihren Bruder durch den Wald torkeln.

Er sah aus wie ein Gespenst. Bleich, mit wirren Haaren und trüben Augen kam er auf sie zugestolpert und versuchte, ihr etwas zuzurufen, doch seine Worte wurden vom Kreischen der Säge verschluckt.

Anna erkannte, dass Harald sich gefährlich nahe bei dem Baum aufhielt, der soeben gefällt wurde. Die Männer mit der Säge hatten sich bereits entfernt, und die Signalhupe ertönte im selben Moment, als Harald stehen blieb und verwirrt in der Gegend herumblinzelte.

»Lauf weg!«, schrie Anna entsetzt.

Doch Harald hatte sie nicht verstanden. Er stolperte weiter und geriet dabei noch näher in die Falllinie des Baumes, der sich bereits knirschend bewegte.

»Harald!«, schrie Anna erneut. Ohne nachzudenken, stürmte sie vorwärts, doch auf halbem Wege wurde sie von Robert überholt, und im nächsten Moment spürte sie einen harten Rempler an der Schulter.

Er hatte sie einfach zur Seite gerammt wie ein wütender Eishockeyspieler, mit einem kalkulierten Bodycheck, der Anna aus der Bahn warf und sie seitwärts zu Boden stürzen ließ, weg von dem Baum, der sich jetzt majestätisch weiter nach unten neigte, während des Fallens blitzartig schneller wurde und schließlich mit einem gewaltigen Krachen aufschlug. Der Boden bebte unter ihr, und Anna bekam eine Ladung Fichtennadeln und Waldstaub in den Mund, als sie sich eilig aufrappelte und durch das Gewirr der zitternden Äste nach Robert und ihrem Bruder Ausschau hielt.

Harald lag keine fünf Meter von ihr entfernt, und Robert befand sich unter ihm. Anna begriff sofort, dass Robert ihren Bruder buchstäblich in allerletzter Sekunde aus der Gefahrenzone gerissen hatte.

Er schob Harald vorsichtig von seinem Körper und rollte sich herum, um aufzustehen.

Halb kroch, halb taumelte Anna zu den beiden hin. Sie beugte sich über ihren Bruder. »Harald?«

Er lag reglos auf dem Rücken, die Augen geschlossen. Ein dünner Speichelfaden rann aus seinem Mund, und über seine rechte Wange zog sich eine blutige Spur. Er musste von einem der Äste gestreift worden sein. »Harald!« Sie griff nach seiner Schulter und rüttelte ihn leicht, doch er bewegte sich immer noch nicht.

Robert kam an ihre Seite getaumelt, und als sie zu ihm aufblickte, sah sie, dass er noch schlimmer aussah als Harald. Seine linke Gesichtshälfte war völlig zerkratzt, und aus einem offenen Riss an seiner Schläfe tropfte Blut.

»Alles in Ordnung?«, fragte sie.

Er nickte. »Und bei dir?«

»Ja, bei mir auch.« Sie beugte sich abermals über Harald. »Harald? Hörst du mich? Harald!«

Ihr Bruder gab kein Lebenszeichen von sich, und Anna bekam es mit der Angst zu tun. »Er ist bewusstlos!«

»Der Baum hat ihn nicht erwischt. Ich war rechtzeitig bei ihm.«

»Trotzdem! Irgendwas stimmt nicht mit ihm!«

Robert zog sein Handy aus der Brusttasche. »Ich rufe eine Ambulanz.«

Anna beugte sich zu Harald hinunter und versuchte, seinen Atemzügen zu lauschen, doch da war nichts.

»Er atmet nicht!«, schrie sie voller Panik. Sie legte zwei Finger gegen seine Kehle, doch sie fand keinen Puls.

Ohne zu zögern, riss sie Haralds Hemd auf und begann mit einer Herzmassage. Sie zählte dabei stumm und verbissen, wie sie es in diversen Erste-Hilfe-Kursen gelernt hatte. Eins-eintausend, zwei-eintausend, drei-eintausend ... Sie bewegte die Hände, presste und stieß sie gegen seine Brust, immer im selben Rhythmus, immer mit demselben Druck. Dann die Mund-zu-Nase-Beatmung. Und wieder Herzmassage. Sie fluchte und schwitzte, aber sie gab nicht auf. Er war ihr Bruder, um Gottes willen! Er lag hier und starb unter ihren Händen! Und sie hatte ihn mit den Tabletten gehen lassen, weil sie nicht wollte, dass Bertil merkte, was mit ihm los war!

»Ich löse dich ab«, sagte Robert mit ruhiger Stimme neben ihr. Er hielt ihre Hände fest und schob sie zur Seite.

Anna wollte sich widersetzen, doch im nächsten Moment schrie sie erleichtert auf. Harald bewegte sich! Sein Mund klappte auf und zu wie bei einem sterbenden Karpfen, und mühsam schnappte er nach Luft. Gurgelnd und würgend kam er zu sich und schlug schließlich die Augen auf. Seine Lippen bewegten sich. »He, wo bin ich?«

»Zurück in der Welt«, sagte Anna. Sie legte ihren Kopf auf seine Brust und fing an zu weinen.

*

Sie hielt seine Hand, als die Sanitäter ihn auf der Trage zum Krankenwagen brachten.

»Danke«, murmelte er. Seine Blicke wechselten zwischen ihr und Robert hin und her, und in dem Moment war ihnen allen klar, dass sein Dank sich an sie beide richtete. Sein Leben war heute gleich zweimal gerettet worden, und er wusste es.

»Du wirst es schaffen, Harald«, versprach Anna ihm. »Ich helfe dir.«

Sie wartete, bis die Türen des Krankenwagens zugefallen waren, dann wandte sie sich zu Robert um, der schweigend hinter ihr gewartet hatte. »Sag mal, wieso bist du eigentlich noch hier? Ich meine, musst du nicht zurück nach Kanada?«

»Was soll ich da?«, fragte er.

»Nun ... « Sie druckste ein wenig herum. »Es liegt doch nahe, oder nicht?«

»Wie kommst du darauf?«

Sie zögerte, doch dann holte sie entschlossen Luft. »Wegen deiner Frau.«

»Meine von mir in Scheidung lebende Frau«, korrigierte er.

Sie schaute ihn mit großen Augen an, woraufhin er nachlässig die Schultern hob. »Hättest du mich einfach mal ausreden lassen anstatt gleich wegzurennen, wüsstest du es schon. In ein paar Tagen wird unsere Scheidung durch sein. Wir sind bereits seit fünf Jahren getrennt.«

»Und was bedeutet das konkret?«, fragte Anna mit gespieltem Gleichmut.

»Das heißt, dass es nichts gibt, was mich daran hindern könnte, Toronto zu verlassen.« Er kniff sie sacht in die Wange. »Und hier ein neues Leben anzufangen.«

Sie reckte ihr Kinn. »Mit mir?«

»Nein, mit einer kleinen Waldfee, die ich gestern hier in der Gegend aus einem Bergsee gefischt habe.«

Sie kicherte und boxte ihn spielerisch in den Solarplexus. Dann nahm er sie in die Arme, und sein Kuss ließ sie die Welt um sie herum vergessen, bis es nichts mehr gab außer dem Flüstern und dem Duft des Waldes.

*

Silvia bezwang ihre Unruhe und eilte ihrer Tochter entgegen, als diese, gefolgt von Robert, das Haus betrat. Die ganze Zeit über hatte sie gewusst, dass etwas passiert war. Zwischen ihr und ihren Kindern gab es einen unsichtbaren Faden, und er existierte seit dem Moment ihrer Geburt, ganz so, als wäre er an die Stelle der Nabelschnur getreten, die sie vorher mit ihnen verbunden hatte.

Vor einer Weile hatte sie gespürt, dass der Faden zwischen ihr und ihrem Sohn zerrissen war. Es hatte nur Momente gedauert, doch es waren die schrecklichsten Augenblicke ihres Lebens gewesen. Das Entsetzen, das sie wenig später beim Anblick der leeren Tablettenröhrchen in seinem Zimmer übermannt hatte, hallte immer noch in ihr nach.

Anna fing ohne Umschweife an zu berichten, was geschehen war.

Mit zur Seite geneigtem Kopf hörte Silvia ihrer Tochter zu und kämpfte darum, nicht die Beherrschung zu verlieren. Vergeblich. Als Anna geendet hatte, brach Silvia in Tränen aus. Weinend ließ sie zu, dass Anna sie umarmte und wiegte, als sei sie die Mutter und Silvia ihr Kind.

»Ich habe zu viel von ihm erwartet!«, schluchzte sie. »Es ist meine Schuld!«

»Sag das nicht, denn es ist nicht wahr!«, widersprach Anna.

»Er wäre fast gestorben!«

»Er wird es überstehen! Er wird wieder völlig gesund werden! Alles wird gut, Mama!«

Silvia fing sich wieder und nahm das Taschentuch entgegen, das Robert ihr reichte. Entschlossen putzte sie sich die Nase. Sie hatte entschieden, ihre Sache diesmal besser zu machen, und sie wollte damit anfangen, solange noch Zeit dafür war. Alles zog sie zu Harald, es hielt sie kaum noch hier zu Hause. Sie wollte zum Krankenhaus fahren, um an seiner Seite zu sein. Sie wollte seine Hand nehmen und sein Gesicht sehen, und sie wollte ihm versprechen, immer für ihn da zu sein.

Doch vorher musste sie eine andere Sache in Ordnung bringen.

»Ich hoffe, Sie betrachten es nicht als Bestechung, wenn ich Ihnen den Posten abermals anbiete«, sagte sie mit belegter Stimme.

»Als Bestechung wofür?«, wollte Robert wissen.

»Dafür, dass Sie meinem Sohn das Leben gerettet haben.«

»Ihre Gründe sind für mich zweitrangig. Nur das Ergebnis zählt.«

»Also wollen Sie den Job noch?«

»Ich will ihn.« Er streckte den Arm aus und zog Anna fest an seine Seite. »Und noch einiges mehr.«

»Ich bleibe hier, Mama«, fügte Anna hinzu, eine Erklärung, die Silvia nicht mehr brauchte. Sie hatte es schon die ganze Zeit gewusst. Dieser Faden war jetzt lose, als würde er im Wind schwingen, ungestüm und frei. Ihre Tochter war erwachsen geworden.

*

Robert fand, dass das Leben gar nicht so übel war als zweiter Mann. Zumindest dann, wenn sie auf dem Fluss unterwegs waren. Der erste Mann war in diesem Fall Anna selbst, oder besser: die erste Frau. Sie saß vorn und bewegte unermüdlich ihr Paddel, während er sich die meiste Zeit nur tatenlos chauffieren ließ. Die Tatsache, dass sie ihn dabei kaum im Auge behalten konnte, half ihm dabei, sich nicht allzu blöd vorzukommen. Er zog es vor, sich nicht lächerlich zu machen, auch wenn ihm die Ausflüge mit seiner Frau einen Heidenspaß machten.

Er ahnte, dass die halbe Stadt sich lebhaft auf seine Kosten amüsierte, denn anders konnte er es sich nicht erklären, wieso jedes Mal, wenn er mit Anna im Zweierkajak auf Paddeltour ging, die Brücke voller Leute war. Neulich hatte er sogar Bertil dort oben stehen sehen, ausgerechnet an jenem Tag, an dem sie in einen dieser extremen Wasserstrudel geraten und gekentert waren. Robert hätte schwören können, dass der Typ hämisch gelacht hatte, während er sich hustend und spuckend an Land kämpfen durfte. Immerhin hatte er *überhaupt* gelacht, was wohl in

Anbetracht der Umstände als echter Fortschritt gewertet werden durfte, nachdem er seine Verlobte an einen Fremden hatte abtreten müssen.

Vor ein paar Tagen hatte Silke dann – ganz im Vertrauen natürlich – eine Bemerkung fallen lassen, dass Bertil die neue Aushilfe unglaublich gut leiden könne und am kommenden Samstag mit ihr nach Stockholm fahren wolle, um ein Musical zu besuchen. Anna hatte daraufhin sofort erklärt, dass das bei Bertil praktisch mit einer Verlobung gleichzusetzen war. Robert hatte dazu nur das Gesicht verzogen und gemeint, sie müsse es ja wissen.

Ja, das Leben in einem Kaff wie diesem, wo jeder jeden kannte, hatte mitunter seine Tücken. Aber es hatte auch seine positiven Seiten, fand Robert, und die überwogen bei weitem. Er bekam zum Beispiel jeden Dienstag ein hervorragendes Abendessen im Hause der Blomquists. Bertas Kochkünste waren schlicht unerreicht, was Robert umso mehr zu würdigen wusste, als Anna ebenso wenig kochen konnte wie er. Sie gaben sich beide redlich Mühe, es zu lernen, jedenfalls soweit ihre Arbeit ihnen Zeit dafür ließ. Seit Anna die Stelle in dem Kinderheim angenommen hatte, war sie zwar tagsüber seltener zu Hause, aber auch ungleich zufriedener. Was ihn selbst betraf, war die Arbeit ein Bestandteil seines Lebens geworden, den er nicht mehr missen mochte. Die letzte Bilanz hatte sich sehen lassen können, und die Zahlen waren seitdem noch besser geworden.

Harald, der vor zwei Monaten aus der Suchtklinik entlassen worden war, hatte sich auf eigene Füße gestellt. Er war nach Kanada gegangen, wo er eine Stelle mit viel versprechenden Zukunftschancen im Holzbau angetreten hatte. Robert wusste nicht recht, ob dies eine Ironie des Schicksals war oder eher Haralds eigene. Jedenfalls hatte sein Schwager diesen Schritt aus eigenem Antrieb getan, weil er, wie er sich ausgedrückt hatte, es allein schaffen wollte im Leben. Derzeit war er auf dem besten Wege dazu, und er hatte dabei keinerlei Protektion bedurft, obwohl Robert gern bereit gewesen wäre, in dieser Richtung etwas für Harald zu tun.

Und auch sonst entwickelten sich die Dinge so, wie er es sich wünschte. Das Leben war wie der Fluss, auf dem sie gerade unterwegs waren: überschäumend und wild an manchen Stellen, doch dafür an anderen ruhig und überschaubar. Robert vermochte nicht einmal zu sagen, was ihm besser gefiel. Doch in einem Punkt gab es keinen Zweifel: Das Beste an allem war ein Mensch, mit dem er sich eins fühlen konnte. Eine Frau, die in der Mittsommernacht in seinem Beisein sieben Blüten unter ihr Kopfkissen legte und dann in seinen Armen einschlief und die sich beim Aufwachen an ihn schmiegte und ihm mitteilte, dass sie von ihm geträumt hatte.

Anna drehte sich zu ihm um, das Paddel in der Schwebe, ihr Gesicht von glitzernden Wasserperlen übersät. Sie lachte ihn an, und ihre Augen waren wie zwei unergründliche türkisfarbene Seen, die ihn in Bann schlugen.

»He, du Faulpelz!«, rief sie. »Leg dich endlich mal richtig in die Riemen!«

Ohne zu zögern, tat Robert, was sie verlangte. Er grinste sie an und beugte sich vor, um sie zu küssen.

ENDE

Älgfilé
ELCHFILET

ZUTATEN:

4 kleine Elchfilets (das Gericht lässt sich wahlweise auch mit Rehfilets zubereiten)
4 Scheiben Sesambrot
30 g Butter
4 EL Sauerkirsch-Gelee
1–2 EL Walnussöl
4 Rosmarinzweige
einige Rispen Johannisbeeren
frisch gemahlener Pfeffer
Salz

ZUBEREITUNG:

Die Butter erhitzen und darin die Filets bei mittlerer Hitze etwa zehn bis zwölf Minuten rundum anbraten. Das Fleisch anschließend mit Salz und Pfeffer würzen, in Alufolie einschlagen und fünf Minuten ruhen lassen.
Das Sesambrot im Toaster rösten und von seiner Rinde befreien. Die Toastscheibe mit ein wenig Walnussöl beträufeln und mit einem Rosmarinzweig belegen. Anschließend das Filet auf dem Toast anrichten und mit einem Klecks Sauerkirsch-Gelee sowie einer Johannisbeerrispe garnieren.

Äpplepaj mes Vaniljsås
APFELDESSERT MIT VANILLESOSSE

ZUTATEN:

2 dl Weizenmehl*
1 EL Zucker
100 g Butter
3 Äpfel
2 EL Hagelzucker

ZUBEREITUNG:

Weizenmehl, Zucker und Butter zu einem Teig verarbeiten. Die Äpfel schälen und in Stücke scheiden. Die Äpfel in eine gefettete Auflaufform geben. Den Teig darüber als Streusel verteilen.
Bei 225 °C 20 Minuten im Ofen backen. Mit Vanillesoße servieren.

* Das Dezilitermaß ist in Schweden üblich. Messbecher gibt es in jedem schwedischen Möbelhaus zu kaufen

Chokladtårta
SCHWEDISCHE SCHOKOLADENTORTE

ZUTATEN:

Teig:
250 g Blockschokolade
250 g Margarine
20 g Puderzucker
4 Eier
100 g Weizenmehl
1,5 dl Orangensaft
Glasur:
100 g Blockschokolade
3 EL Speiseöl
Schlagsahne
Butter
Semmelbrösel

ZUBEREITUNG:

Schokolade, Margarine und Puderzucker im Wasserbad schmelzen. Die Eier trennen. Eigelb, Mehl und Orangensaft unter die Schokoladenmasse rühren. Eiweiß schaumig schlagen und vorsichtig unter die Schokoladenmasse heben. Danach den Teig in eine gebutterte und mit Semmelbröseln bestreute Springform geben.
Im vorgeheizten Backofen bei 175 °C ca. 35 Minuten backen.
Danach mit Blockschokolade, die mit Öl geschmolzen wurde, glasieren.
Torte mit Schlagsahne servieren.

Gravad Lax
GRAVED LACHS

ZUTATEN:

1 kg Lachsfilet
100 Zucker
1/2 dl Salz
1 1/2 TL zerstoßener weißer Pfeffer
100 g zerstoßene Dillstengel

ZUBEREITUNG:

Der Lachs sollte vor dem Marinieren mindestens 24 Stunden eingefroren gewesen sein. Lachs auftauen, Lachsseite entschuppen und abtrocknen, nicht abspülen. Die Gräten mit einer flachen Zange herausziehen. Die Lachsseite mit Dill, Zucker, Salz und Pfeffer einreiben. Bei Raumtemperatur stehen lassen, bis Zucker und Salz eingezogen sind. Den Lachs zum Marinieren für 2 Tage in den Kühlschrank stellen, dabei mehrmals wenden. Falls nicht genug Platz im Kühlschrank vorhanden ist, kann der Lachs auch (nachdem Salz und Zucker eingezogen sind) geteilt werden. Die Fleischseiten sollten dann aufeinander gelegt und nicht gedrückt werden, da sonst Fleischsaft austritt.

KANELKRÄM MED HJOTRON
ÜBERBACKENE ZIMTCREME MIT MOLTEBEEREN

ZUTATEN:

250 g Moltebeeren (Hjotronsylt)
1 dl Schlagsahne
1 dl Milch
3 Eigelb
2 TL Speisestärke
1 dl Zucker
1 Zimtstange
4 EL brauner Zucker
1 Bund Minze

ZUBEREITUNG:

Eigelb, Speisestärke und Zucker verrühren und die Mischung in die Milchsahne geben. Unter ständigem Rühren köcheln lassen, bis die Creme dick wird. Moltebeeren auf feuerfeste Teller geben, Zimtcreme darüber verteilen, abkühlen lassen. Mit braunem Zucker bestreuen und den Zucker im Grill des Ofens karamellisieren. Mit Moltebeeren und Minze garnieren.

Lammstek
SCHWEDISCHE LAMMKEULE

ZUTATEN:

1 Bund Thymian
1 Bund Petersilie
1 Knoblauchzehe
1 TL mittelscharfer Senf
4 EL Öl
Salz
Pfeffer
1,4 kg Lammkeule
2 EL Schmand
1 Prise Zucker

ZUBEREITUNG:

Thymian, Petersilie und Knoblauchzehe klein hacken. Mit dem Senf und Öl vermischen und mit Salz und Pfeffer würzen. Die Schwarte der Lammkeule kreuzweise einschneiden und die Oberseite mit der Farce bestreichen. Das Fleisch in einem Bräter ohne Deckel 100 Minuten bei 225 °C im Ofen braten. Danach das Fleisch herausnehmen und schräg von der Keule her schneiden. Den Fond mit 2 EL Schmand verfeinern und mit einer Prise Zucker, Salz und Pfeffer nachschmecken.

Onkel Johans Mandelpudding
SCHWEDISCHER MANDELPUDDING
MIT BEEREN

ZUTATEN:

80 g Mandeln, geschält
15 g Mehl
15 g Butter
4 dl Milch
15 Maisstärke
2 Eier
60 g Zucker
Vanilleschote
Bittermandelaroma

Beerengarnitur:
400 g Himbeeren
250 g Sahne

ZUBEREITUNG:

Die Mandeln fein mahlen. Mehl in der Butter kurz anschwitzen, mit Milch ablöschen und zu einer glatten Soße verrühren. Mandeln mit Maisstärke, Eiern und Zucker verrühren, zur Milchmasse geben und zusammen mit dem Inneren einer Vanilleschote unter Rühren einmal kurz aufkochen lassen. Bittermandelaroma beigeben.
Eine Puddingform kalt ausspülen, Masse hineingießen, 3 bis 4 Stunden kühl stellen und erstarren lassen.
Sahne steif schlagen und mit frischen Himbeeren auf dem Pudding anrichten.

Plättar
SCHWEDISCHE PFANNKUCHEN

ZUTATEN:

3 Eier
1 Tasse Milch
1 Tasse süße Sahne
1 Tasse Mehl
6 EL zerlassenene Butter
$^1/_2$ TL Salz

ZUBEREITUNG:

Die Eier mit je einer halben Tasse Milch und Sahne mit dem Schneebesen verquirlen. Das Mehl dazugeben und glatt schlagen. Die übrige Milch und Sahne, die zerlassene Butter und Salz unterrühren. Eine Pfannkuchenpfanne mit Unterteilungen ungefettet bei mittlerer Temperatur erhitzen. In jede Unterteilung 1 EL Teig geben. Die Pfannkuchen sollten sofort Blasen werfen. Wenn die Ränder braun werden, die Pfannkuchen wenden.
Bei Verwendung einer nicht unterteilten Pfanne sollte jeder Pfannkuchen ca. 6 cm Durchmesser haben.

Röda Betor Carpaccio
ROTE-BEETE-CARPACCIO

ZUTATEN:

500 g Rote Beete
2 EL Himbeeressig
4 EL Walnussöl
1–2 EL frisch geriebener Meerrettich
4 Garnelen
evtl.
frisch gemahlener Pfeffer
Salz

ZUBEREITUNG:

Entweder frische Rote Beete ungeschält in etwa einer halben Stunde weich kochen, dann mit kaltem Wasser abschrecken, die Schale abstreifen und den Wurzelansatz entfernen, oder gekochte Rote Beete kaufen, die bereits geschält ist. (Diese findet man zumeist vakuumverpackt im Gemüseregal.) Die Rote Beete dann in hauchdünne Scheiben schneiden (am besten geht's mit einer Brotmaschine) und auf vier Teller verteilen. Das Carpaccio mit etwas Himbeeressig sowie Walnussöl beträufeln und einige Raspeln frischen Meerrettich darüber streuen. Schließlich die Garnele in der Mitte anrichten und die Vorspeise je nach Geschmack mit ein wenig Salz und Pfeffer abgeschmeckt servieren.

Sillgratin
SCHWEDISCHER HERINGSAUFLAUF

ZUTATEN:

3 große in Scheiben geschnittene Kartoffeln
1 große Zwiebel in Ringe geschnitten
2,5 EL Butter
2 Matjesfilets (in Rauten geschnitten)
1 EL Zwiebackbrösel
0,33 l Sahne
1 EL Butterflöckchen
Salz
frisch gemahlener schwarzer Pfeffer

ZUBEREITUNG:

Zwiebeln glasig dünsten. In einer gebutterten Auflaufform abwechselnd Kartoffeln, Hering und Zwiebeln schichten und salzen. Oberste Schicht Kartoffeln. Die Sahne darüber gießen, mit Zwiebackbröseln bestreuen und Butterflöckchen darüber geben.
Auf dem Herd zum Kochen bringen und danach im Ofen ca. 1 Stunde backen, bis die Kartoffeln gar sind.

Sillsalad
SCHWEDISCHER HERINGSSALAT

ZUTATEN:

3 Salzheringe
250 g Pellkartoffeln
2 Äpfel
100 g Gewürzgurken
200 g eingelegte Rote Beete

für die Salatsoße:
1/8 l Fleischbrühe
6 TL Weinessig
3 TL Öl
1 TL Zucker
1 TL scharfer Senf
1/2 TL Ingwerpulver
2 hart gekochte Eier
1 TL Dill, gehackt
Salz (nach Belieben)
frischer Pfeffer

ZUBEREITUNG:

Die Heringe unter fließendem Wasser säubern, zum Entsalzen vollständig mit Wasser bedecken und über Nacht stehen lassen. Herausnehmen, abtrocknen und die Haut anziehen. Die Gräten entfernen und die Filets würfeln. In eine große Schüssel geben.
Die Kartoffeln pellen und die Äpfel schälen. Ebenso wie

die Gewürzgurken und die Rote Beete in Würfel schneiden und zum Hering in die Schüssel geben.
Für die Soße alle Zutaten mit einem Schneebesen verrühren, über die Salatzutaten gießen und mit einem Löffel vorsichtig unterheben. Wenn nötig nachsalzen, denn der Salzgehalt ist von den Heringen abhängig, je nachdem, wie gut sie gewässert wurden.
Den Salat mindestens eine Stunde durchziehen lassen. Mit den in Scheiben geschnittenen Eiern und dem Dill garnieren.

Valnöttårta
SCHWEDISCHE WALNUSSTORTE

ZUTATEN:

Für den Teig:
120 g Butter
500 g Zucker
6 Eier, getrennt
40 g Mehl
2 TL Backpulver
80 ml Milch
120 g gehackte Walnüsse (wahlweise auch Haselnüsse)

Für die Füllung:
500 ml Schlagsahne
2 EL Puderzucker
gehackte Nüsse sowie frische Erdbeeren zum Garnieren

ZUBEREITUNG:

Eine etwa 30 mal 40 cm große Backform mit Backpapier auslegen und diese dann mit etwas Butter einpinseln. Den Ofen auf 180 °C vorheizen. In einer großen Rührschüssel die Butter mit 225 g Zucker schaumig schlagen. Die Eigelbe hinzufügen und ebenfalls unter die Masse schlagen. Mehl, Backpulver und Milch hinzugeben und unterrühren. Den Rührteig nun in der vorbereiteten Backform verteilen und die Hälfte der gehackten Nüsse darüber streuen.

In einer etwas kleineren Schüssel nun die Eiweiß mit dem restlichen Zucker steif schlagen. Die Eiweißmasse über

dem Rührteig in der Backform gleichmäßig verstreichen und mit den restlichen Nüssen belegen.
Der Boden muss nun für etwa 25 Minuten in den vorgeheizten Backofen.
Den fertigen Tortenboden aus der Backform nehmen, das Backpapier vorsichtig entfernen. Nachdem der Boden abgekühlt ist, diesen in zwei gleich große Hälften schneiden.

Für die Füllung wird die Sahne in einer großen Schüssel mit dem Puderzucker steif geschlagen. Die Hälfte der Sahnemasse nun auf einem der beiden Tortenböden (die Baiserseite zuoberst!) verteilen. Ebenfalls mit der Baiserseite zuoberst wird die Füllung dann mit dem zweiten Boden abgedeckt. Vor dem Servieren wird die restliche Sahne auf der Torte verteilt und nach Belieben mit Nüssen und Erdbeeren garniert.